Robert Harris

Jagd auf Enigma

ROBERT HARRIS

JAGD AUF ENIGMA

Roman

Aus dem Englischen
von Christel Wiemken

Weltbild

Titel der Originalausgabe
ENIGMA
erschienen bei Random House, London/New York

Genehmigte Lizenzausgabe
für Weltbild Verlag GmbH, Augsburg 2000

Aus dem Englischen von Christel Wiemken
Reihenkonzeption: Michael Keller, München
Umschlaggestaltung: Jan Michel
Umschlagfoto: AKG, Berlin
Gesamtherstellung: Clausen & Bosse, Leck

Gedruckt auf chlor- und säurefreiem Papier

Printed in Germany

ISBN 3-8289-6863-5

Danksagung

Allen ehemaligen Angestellten von Bletchley Park, die mir von ihren Erfahrungen aus der Kriegszeit berichtet haben, schulde ich aufrichtigen Dank. Insbesondere danke ich Sir Harry Hinsley (Marineabteilung, Baracke 4), Margaret Macintyre und Jane Parkinson (Dechiffrierraum, Baracke 6), dem verstorbenen Sir Stuart Milner-Barry (ehemaliger Leiter von Baracke 6), Joan Murray (Baracke 8) und Alan Stripp (Japanische Chiffren).
Roger Bristow, Tony Sale und ihre Kollegen vom Bletchley-Park-Trust beantworteten meine Fragen und gestatteten mir jederzeit, das Gelände aufzusuchen.
Keiner dieser entgegenkommenden Leute trägt irgendeine Verantwortung für den Inhalt dieses Buches, das ein Werk der Phantasie, nicht der Befragung ist.
Allen Lesern, die sich für die Fakten interessieren, auf denen dieser Roman basiert, empfehle ich die folgenden Werke: *Top Secret Ultra* von Peter Calvocoressi (London, 1980), *Codebreakers,* Hrsg. F. H. Hinsley und Alan Stripp (Oxford, 1993), *Seizing the Enigma* von David Kahn (Boston, USA, 1991), *The Enigma Symposium* von Hugh Skillen (Middlesex, 2 Bände, 1992 und 1994) und *The Hut 6 Story* von Gordon Welchman (New York, 1982).
Details über die Aktionen im Nordatlantik stammen aus den entschlüsselten Originalfunksprüchen der U-Boote, die sich heute im Public Record Office in London befinden, und außerdem aus *Convoy* von Martin Middlebrook (London, 1976) und *Critical Convoy Battles of March 1943* von Jürgen Rohwer (London, 1977).
Schließlich möchte ich meinen Lektoren, Sue Freestone und David Rosenthal, danken, denn sie haben ihren Glauben an *Enigma* nie verloren, auch dann nicht, wenn es dem Autor selbst ein Rätsel war.

Robert Harris
Juni 1995

Vorbemerkung des Autors

Dieser Roman spielt vor dem Hintergrund
der tatsächlichen historischen Ereignisse.

Die im Text zitierten Funksprüche
der deutschen Marine sind allesamt authentisch.

Die Personen dagegen sind rein fiktiv.

*»Es hat den Anschein,
als wäre Bletchley Park die größte Leistung,
die Großbritannien
in den Jahren 1939–1945 vollbracht hat,
vielleicht sogar in diesem ganzen Jahrhundert.«*

George Steiner

Für Gill,
für Holly und Charlie
QXQF VFLR TXLG VLWD PRUA

I
FLÜSTERN

Flüstern: das Geräusch eines feindlichen Funkgeräts, unmittelbar bevor es eine verschlüsselte Nachricht zu senden beginnt.

EIN LEXIKON DER KRYPTOGRAPHIE
(»Streng geheim«, Bletchley Park, 1943)

I

Cambridge im vierten Kriegswinter: eine Geisterstadt. Ein unaufhörlicher eisiger Wind, den über tausend Meilen hinweg nichts hatte aufhalten können, peitschte von der Nordsee herein und fegte über die flache Landschaft. Er ließ die Wegweiser zu den Luftschutzbunkern in Trinity New Court klappern und hämmerte gegen die mit Brettern vernagelten Fenster der King's College Chapel. Er strich durch die Innenhöfe und Treppenhäuser und zwang die wenigen verbliebenen Lehrer und Studenten, in ihren Zimmern zu bleiben. Am Spätnachmittag waren die engen, mit Kopfstein gepflasterten Straßen menschenleer. Als die Nacht hereinbrach, lag die Universität, in der kein Licht zu sehen war, in völliger Dunkelheit, wie sie es seit dem Mittelalter nicht mehr erlebt hatte. Es hätte nur noch eine Prozession von Mönchen gefehlt, die auf ihrem Weg zur Abendandacht über die Magdalene Bridge zog.

In der kriegsbedingten Verdunkelung verlor man jedes Gefühl für die Zeit.

In diesen düsteren Flecken im Flachland Ostenglands kam Mitte Februar 1943 ein junger Mathematiker namens Thomas Jericho. Die Verwaltung seiner Schule, des King's College, hatte nicht einmal einen Tag Zeit, sich auf seine Ankunft einzustellen. Es reichte gerade, um seine Zimmer wieder herzurichten, sein Bett zu beziehen und den Staub von mehr als drei Jahren von den Regalen und Teppichen zu kehren. Und sie hätten sich nicht einmal diese Mühe gemacht – schließlich war Krieg und Personal äußerst rar –, hätte nicht der Rektor höchstpersönlich in seinem Büro einen Anruf von einem ihm unbekannten, aber hochrangigen Beamten des Außenministeriums erhalten. Dieser äußerte die Bitte, man möge »sich um Mr. Jericho kümmern, bis er soweit

wiederhergestellt ist, daß er seiner Arbeit nachgehen kann«.
»Natürlich«, hatte der Rektor erwidert, der mit dem Namen Jericho beim besten Willen kein Gesicht verbinden konnte. »Natürlich. Wir freuen uns, ihn wieder bei uns zu haben.«
Noch während des Gesprächs schlug er das College-Register auf und blätterte darin, bis er auf den Namen stieß: Jericho, T. R. G.; immatrikuliert 1935; Jahrgangsbester in Mathematik 1938; Junior Research Fellow mit einem Jahresgehalt von 200 Pfund; seit Ausbruch des Krieges nicht mehr an der Universität gesehen worden.
Jericho? Jericho? Für den Rektor war er bestenfalls eine vage Erinnerung, der verschwommene Fleck eines jungen Mannes auf einem Collegephoto. Früher hätte er sich vielleicht an den Namen erinnert, aber der Krieg hatte den gleichmäßigen Rhythmus von Immatrikulation und Abschlußprüfung durcheinandergebracht, und alles lag im Chaos – der Pitt Club war jetzt ein Britisches Restaurant, im Park von St. John wuchsen Kartoffeln und Zwiebeln ...
»Er hat in letzter Zeit an Dingen von größter nationaler Wichtigkeit gearbeitet«, fuhr der Anrufer fort. »Wir wären Ihnen sehr verbunden, wenn man ihn ungestört ließe.«
»Selbstverständlich«, sagte der Rektor. »Selbstverständlich. Ich werde veranlassen, daß er seine Ruhe hat.«
»Haben Sie vielen Dank.«
Der Beamte legte auf. *Dinge von größter nationaler Wichtigkeit, bei Gott ...* Der alte Mann wußte, was das bedeutete. Er legte den Hörer auf die Gabel und betrachtete ihn einen Augenblick lang nachdenklich, dann machte er sich auf die Suche nach dem Verwalter.

Ein College in Cambridge ist ein Dorf mit der Klatschsucht eines Dorfes, zumal dann, wenn dieses Dorf zu neun Zehnteln leersteht. Daher löste die Rückkehr von

Jericho beim Personal des Colleges stundenlange Spekulationen aus.
Da waren als erstes die Umstände seiner Ankunft, nur wenige Stunden nach dem Anruf beim Rektor, spät an einem verschneiten Abend. Er saß, in eine Reisedecke gehüllt, auf dem Rücksitz eines höhlenartigen Dienst-Rovers, der von einer jungen Frau in der dunkelblauen Uniform der Marinehelferinnen gefahren wurde. Kite, der Pförtner, der sich erboten hatte, das Gepäck des Gastes in dessen Wohnung zu tragen, berichtete, Jericho habe seine beiden ramponierten Lederkoffer umklammert und sich geweigert, sie aus der Hand zu geben, und das, obwohl er so blaß und mitgenommen aussah, daß Kite bezweifelte, ob er es schaffen würde, ohne Hilfe die Wendeltreppe hinaufzukommen.
Dorothy Saxmundham, die Aufwartefrau, sah ihn als nächste, als sie am folgenden Tag zum Saubermachen erschien. Er lag gegen die Kissen gelehnt und starrte hinaus in den Schneeregen, der über den Fluß hinwegpeitschte, und er drehte nicht einmal den Kopf, sah sie nicht ein einziges Mal an, schien überhaupt nicht zu wissen, daß sie da war, der arme Mann. Dann war sie im Begriff, einen seiner Koffer beiseite zu schieben, und er fuhr hoch wie der Blitz – »Bitte, rühren Sie den nicht an, vielen Dank, Mrs. Sax, vielen Dank« –, und fünfzehn Sekunden später stand sie wieder draußen auf dem Flur.
Er hatte nur einen Besucher: den Collegearzt, der zweimal zu ihm kam, jeweils ungefähr eine Viertelstunde blieb und dann wortlos wieder verschwand.
In der ersten Woche nahm er sämtliche Mahlzeiten in seinem Zimmer ein – nicht, daß er viel aß, wie Oliver Bikkerdyke, der in der Küche arbeitete, berichtete; er brachte ihm dreimal täglich ein Tablett hinauf, nur um es eine Stunde später nahezu unberührt wieder abzuholen. Bikkerdykes großer Coup, der für mindestens eine Stunde Gesprächsstoff am Kohleofen in der Pförtnerloge lieferte, bestand darin, daß er den jungen Mann bei der Arbeit an seinem Schreibtisch überraschte, mit einem Mantel über

dem Schlafanzug, einem Schal und Handschuhen. Normalerweise hielt Jericho die schwere äußere Eichentür seines Arbeitszimmers fest geschlossen – er hatte höflich darum gebeten, sein Tablett draußen abzustellen. Aber an diesem speziellen Morgen, sechs Tage nach seiner dramatischen Ankunft, stand sie einen Spaltbreit offen. Bickerdyke klopfte ganz bewußt so leise an, daß kein lebendes Wesen, vielleicht mit Ausnahme einer grasenden Gazelle, es hätte hören können, und schon war er über die Schwelle und bis auf einen Meter an seine Beute heran, bevor Jericho sich umdrehte. Bickerdyke hatte gerade noch Zeit, Stapel von Papieren wahrzunehmen (»mit Zahlen und Schaltplänen und griechischen Buchstaben und so«), bevor die Arbeit hastig zugedeckt und er hinausgescheucht wurde. Von da an war die Tür immer verschlossen.

Als Dorothy Saxmundham am nächsten Nachmittag Bickerdykes Geschichte hörte, wollte sie sich nicht übertrumpfen lassen und fügte ein eigenes Detail hinzu. Mr. Jericho hatte eine kleine Gasheizung in seinem Wohnzimmer und einen Kamin in seinem Schlafzimmer. In diesem Kamin, den sie am Morgen saubergemacht hatte, war offensichtlich Papier verbrannt worden.

»Könnte die *Times* gewesen sein«, meinte Kite dazu. »Ich lege ihm jeden Morgen ein Exemplar vor die Tür.«

Nein, erklärte Mrs. Sax. Es war nicht die *Times*. Die Zeitungen lagen noch gestapelt neben dem Bett. »Er scheint sie nicht zu lesen, soweit ich sehen konnte. Er löst nur das Kreuzworträtsel.«

Bickerdyke meinte, er könnte Briefe verbrannt haben. »Vielleicht Liebesbriefe«, fügte er mit anzüglichem Grinsen hinzu.

»Liebesbriefe? Der? Kann ich mir nicht vorstellen.« Kite nahm seinen uralten Bowler ab, inspizierte die abgeschabte Krempe und setzte ihn bedächtig wieder auf seinen kahlen Kopf. »Außerdem hat er keine Briefe bekommen, keinen einzigen, seit er hier ist.«

Und so sahen sie sich zu dem Schluß gezwungen, daß das, was Jericho im Kamin verbrannt hatte, seine Arbeit war – so geheime Arbeit, daß niemand auch nur Bruchstücke ihres Abfalls sehen durfte. Mangels eindeutiger Fakten wurden nun endlose Vermutungen angestellt. Er war ein Wissenschaftler im Dienst der Regierung, entschieden sie. Nein, er arbeitete für den Geheimdienst. Nein, nein – er war ein Genie. Er hatte einen Nervenzusammenbruch. Seine Anwesenheit in Cambridge war ein Staatsgeheimnis. Er hatte Freunde in hohen Positionen. Er war von Mr. Churchill empfangen worden. Er war vom König empfangen worden …
Und mit all diesen Spekulationen lagen sie absolut und vollkommen richtig, nur hatten sie nicht das Glück, es zu erfahren.

Drei Tage später, am Freitag morgen, dem 26. Februar, erhielt das Geheimnis neue Nahrung.
Kite sortierte die Morgenpost und verteilte einen kleinen Haufen von Briefen auf die wenigen Fächer, deren Besitzer noch im College wohnten, als er auf nicht nur einen, sondern drei Umschläge mit der Aufschrift T. R. G. Jericho Esq. stieß, die ursprünglich c/o The White Hart Inn, Shenley Church End, Buckinghamshire, adressiert und an das King's College nachgesandt worden waren. Einen Augenblick lang war Kite verblüfft. War der merkwürdige junge Mann, für den sie sich eine so exotische Identität ausgedacht hatten, in Wirklichkeit der Geschäftsführer eines Lokals? Er schob sich die Brille auf die Stirn, hielt den Umschlag auf Armeslänge von sich und schaute blinzelnd auf den Poststempel.
Bletchley.
An der hinteren Wand der Pförtnerloge hing eine alte Karte des dicht besiedelten, von Cambridge, Oxford und London begrenzten Dreiecks von Südengland. Bletchley war ein Eisenbahnknotenpunkt genau in der Mitte zwischen den beiden Universitätsstädten, und Shenley Church End

war ein winziges Nest ungefähr sechs Kilometer nordwestlich davon.
Kite betrachtete den interessantesten der drei Umschläge. Er hob ihn an seine knollige, von blauen Äderchen durchzogene Nase. Er roch daran. Er hatte mehr als vierzig Jahre lang Post sortiert und erkannte die Handschrift einer Frau auf dem ersten Brief: klarer und säuberlicher, schwungvoller und weniger kantig als die eines Mannes. Auf dem Gaskocher hinter dem Ofen dampfte ein Wasserkessel. Er sah sich um. Es war noch keine acht Uhr und draußen noch nicht richtig hell. Binnen Sekunden war er in dem Alkoven im hinteren Teil des Raums und hielt den Umschlag mit der zugeklebten Seite über den Dampf. Er war aus dünnem, schäbigem Kriegspapier, mit billigem Klebstoff verschlossen. Die Klappe wurde rasch feucht, wellte und öffnete sich, und Kite zog eine Karte heraus.
Er hatte sie gerade gelesen, als er hörte, wie die Tür zur Pförtnerloge geöffnet wurde. Ein Windstoß ließ die Fenster klappern. Er steckte die Karte hastig wieder in den Umschlag, tauchte den kleinen Finger in den Leimtopf, der neben dem Ofen stand, und drückte die Klappe an. Dann schaute er scheinbar gelassen um die Ecke, um zu sehen, wer hereingekommen war. Ihn hätte fast der Schlag getroffen.
»Großer Gott – Morgen – Mr. Jericho – Sir …«
»Ist irgendwelche Post für mich gekommen, Mister Kite?« Jerichos Stimme klang halbwegs kräftig, aber er schien leicht zu schwanken und hielt sich am Tresen fest wie ein Matrose, der nach einer langen Reise gerade erst an Land gekommen war. Er war ein blasser junger Mann, ziemlich klein, mit dunklem Haar und dunklen Augen, die die Blässe seiner Haut noch zu unterstreichen schienen.
»Nicht daß ich wüßte, Sir. Ich sehe noch einmal nach …«
Kite zog sich würdevoll in den Alkoven zurück und versuchte, den feuchten Umschlag mit dem Ärmel zu bü-

geln. Er war nur leicht gewellt. Er schob ihn zwischen einen Stapel von Briefen, kam wieder nach vorn und vollführte eine pantomimische Glanzleistung, wie er selbst befand, indem er so tat, als durchsuchte er ihn.
»Nein, nichts, nein. Oh ... doch, hier ist etwas. Tatsächlich. Und noch zwei.« Kite schob sie über den Tresen. »Ihr Geburtstag, Sir?«
»Gestern.« Jericho steckte die Briefe in die Innentasche seines Mantels, ohne auch nur einen Blick darauf zu werfen.
»Herzlichen Glückwunsch nachträglich, Sir.« Kite sah zu, wie die Briefe verschwanden, und seufzte innerlich vor Erleichterung. Er verschränkte die Arme und stützte sie auf den Tresen. »Darf ich mir eine Vermutung über Ihr Alter erlauben, Sir? Sie sind '35 hergekommen, wenn ich mich recht erinnere. Bedeutet das, daß Sie sechsundzwanzig geworden sind?«
»Ist das meine Zeitung, Mr. Kite? Vielleicht kann ich sie gleich mitnehmen. Erspart Ihnen die Mühe.«
Kite grunzte, stemmte sich wieder hoch und langte nach der Zeitung. Als er sie ihm aushändigte, unternahm er einen letzten Versuch, sich mit ihm zu unterhalten, indem er sich über den befriedigenden Verlauf des Krieges in Rußland seit Stalingrad äußerte und daß Hitler bald am Ende wäre, wenn man ihn frage – aber er, Jericho, sei über diese Dinge bestimmt besser auf dem laufenden als er, Kite ...?
Der jüngere Mann lächelte nur.
»Ich bezweifle, ob mein Wissen über irgend etwas so auf dem laufenden ist wie das Ihre, Mr. Kite, nicht einmal über mich selbst. In Anbetracht Ihrer Methoden.«
Einen Augenblick lang war Kite nicht sicher, ob er richtig gehört hatte. Er starrte Jericho an, der seinen Blick erwiderte und ihm mit seinen dunkelblauen Augen standhielt, in denen unvermittelt ein Funke Leben aufgeglommen war. Dann, immer noch lächelnd, nickte Jericho ein »Guten Morgen«, klemmte sich seine Zeitung unter den Arm und war verschwunden. Kite schaute ihm durch das

Sprossenfenster der Pförtnerloge nach – eine schlanke Gestalt im rotweißen Collegeschal, unsicher auf den Beinen, den Kopf gegen den Wind gesenkt. »Meine Methoden«, wiederholte er leise. »Meine Methoden?«
Als sich das Trio an diesem Nachmittag wie üblich zum Tee um den Ofen scharte, konnte er eine völlig neue Erklärung für Jerichos Anwesenheit in ihrer Mitte liefern. Natürlich durfte er nicht verraten, wie er an seine Information gekommen war, nur, daß sie aus sehr zuverlässiger Quelle stammte (er machte Andeutungen über ein Gespräch von Mann zu Mann). Kite vergaß seinen früheren Spott über Liebesbriefe und versicherte jetzt, daß der junge Mann ganz offensichtlich an gebrochenem Herzen litt.

2

Jericho öffnete seine Briefe nicht sofort. Statt dessen zog er die Schultern ein und stemmte sich gegen den Wind. Nach einer Woche in seinem Zimmer bewirkte die Menge von Sauerstoff, die ihm ins Gesicht geblasen wurde, daß er sich leicht benommen fühlte. Er bog am Versammlungsraum der Erstsemester nach rechts ab und folgte dem Plattenweg, der durch das College und über die kleine gewölbte Brücke zu den dahinterliegenden Rieselwiesen führte. Links von ihm lag die Aula des Colleges, zu seiner Rechten, jenseits einer ausgedehnten Rasenfläche, ragte die mächtige, zerklüftete Fassade der Chapel auf. Eine kleine Kolonne von Chorknaben zog mit flatternden Gewändern in ihrem grauen Windschatten entlang.
Er blieb stehen, und eine Bö versetzte ihm einen so heftigen Stoß, daß er einen halben Schritt zurücktreten mußte. Von einer Seite des Weges zweigte ein steinerner Durchgang ab, dessen Bogen von unbeschnittenem Efeu überwuchert war. Aus Gewohnheit sah er zu den Fenstern im zweiten Stock hinauf. Sie waren dunkel, die Lä-

den geschlossen. Auch hier hatte der Efeu ungehindert wuchern können, so daß mehrere der kleinen, rautenförmigen Fenster hinter dichtem Laub verschwunden waren.
Er zögerte, dann verließ er den Weg und trat in die Dunkelheit unter dem Bogen.
Die Treppe sah noch genauso aus, wie er sie in Erinnerung hatte, nur daß dieser Flügel jetzt geschlossen war und der Wind tote Blätter in den Treppenschacht geweht hatte. Eine alte Zeitung wickelte sich um seine Beine wie eine hungrige Katze. Er drückte auf den Lichtschalter, es klickte, doch es kam kein Licht. Die Glühbirne fehlte. Trotzdem konnte er den Namen erkennen, einen von dreien, die in eleganten weißen Großbuchstaben auf eine Holztafel gemalt waren, die gesprungen und verblichen war.
TURING, A. M.
Wie nervös war er diese Stufen zum erstenmal hinaufgestiegen – wann? Im Somrner '38? Vor einer halben Ewigkeit –, um einen Mann aufzusuchen, der kaum fünf Jahre älter war als er, aber schüchtern wie ein Erstsemester. Der große Alan Turing, Autor des Werkes *On Computable Numbers* und Vordenker der universellen Rechenmaschine ...
Turing hatte ihn gefragt, welches Thema er sich für sein erstes Forschungsjahr ausgesucht habe.
»Riemanns Theorie der Primzahlen.«
»Aber ich arbeite selbst an Riemann.«
»Ich weiß«, war Jericho herausgeplatzt. »Deshalb habe ich mich ja für ihn entschieden.«
Und Turing hatte gelacht über diese unverhohlene Zurschaustellung von Heldenverehrung und sich bereit erklärt, Jericho bei seiner Arbeit zu unterstützen, obwohl er das Unterrichten haßte.
Jetzt stand Jericho auf dem Treppenabsatz und versuchte, Turings Tür zu öffnen. Sie war natürlich abgeschlossen. Seine Hand war voller Staub. Er versuchte sich zu erinnern, wie das Zimmer ausgesehen hatte. Ausgesprochen

chaotisch. Der Fußboden war übersät mit Büchern, Notizen, Briefen, schmutzigen Kleidungsstücken, leeren Flaschen und Konservendosen. Auf dem Sims über der Gasheizung hatte ein Teddybär namens Porgy gesessen, und in einer Ecke lehnte eine ramponierte Geige, die Turing bei einem Trödler erstanden hatte.

Turing war zu schüchtern gewesen, als daß man ihn wirklich hätte kennenlernen können, und ab Weihnachten 1938 ließ er sich fast überhaupt nicht mehr sehen. Er sagte Verabredungen zu Besprechungen in letzter Minute mit der Begründung ab, er müsse nach London. Oder Jericho stieg diese Treppe hinauf und klopfte, doch es kam keine Antwort, obwohl Jericho genau spürte, daß er zu Hause war. Als die beiden Männer sich um Ostern 1939, nicht lange nach dem Einmarsch der Nazis in Prag, endlich doch einmal trafen, hatte Jericho seinen ganzen Mut zusammengenommen und gesagt: »Also, Sir, wenn Sie nicht mein Tutor sein möchten ...«

»Das ist es nicht.«

»Oder wenn Sie mit Riemanns Hypothese weitergekommen sind und das für sich behalten wollen ...«

Turing hatte gelächelt. »Ich versichere Ihnen, Tom, ich bin mit Riemann keinen Schritt weitergekommen.«

»Aber was ...«

»Es geht nicht um Riemann.« Und dann hatte er, sehr leise, hinzugefügt: »Wie Sie wissen, passieren in der Welt jetzt Dinge, die nichts mit Mathematik zu tun haben ...«

Zwei Tage später hatte Jericho in seinem Postfach eine Nachricht vorgefunden. »Bitte kommen Sie heute abend auf ein Glas Sherry in meine Wohnung. F. J. Atwood.«

Jericho drehte Turings Tür den Rücken zu. Er fühlte sich sehr schwach. Er hielt sich am Geländer fest und stieg wie ein alter Mann vorsichtig die Treppe hinab.

Atwood. Niemand lehnte eine Einladung von Atwood ab, Professor für Alte Geschichte, Dekan des Colleges, noch bevor Jericho überhaupt geboren war, ein Mann mit einem Netz von Verbindungen zu Whitehall. Es kam einer Vorladung durch Gott gleich.

»Sprechen Sie irgendwelche Fremdsprachen?« war Atwoods erste Frage gewesen, als er den Sherry einschenkte. Er war ein Mann in den Fünfzigern, Junggeselle, mit dem College verheiratet. In dem Regal hinter ihm standen unübersehbar seine Bücher. *Die Kriegskunst der Griechen und Makedonier. Caesar als Schriftsteller. Thukydides und seine Geschichte.*

»Nur Deutsch.« Jericho hatte es als Schüler gelernt, um die großen Mathematiker des neunzehnten Jahrhunderts, Gauß, Kummer, Hilbert, lesen zu können.

Atwood hatte genickt und ihm einen winzigen Schluck sehr trockenen Sherrys in einem Kristallglas gereicht. Er folgte Jerichos Blick auf seine Bücher. »Kennen Sie zufällig Herodot? Und die Geschichte von Histiaios?«

Es war eine rhetorische Frage; die meisten von Atwoods Fragen waren rhetorisch.

»Histiaios wollte vom persischen Hof aus seinem Schwiegersohn, dem Tyrannen Aristagoras in Milet, eine Nachricht zukommen lassen und ihn auffordern, einen Aufstand anzuzetteln. Aber er fürchtete, daß eine solche Botschaft abgefangen werden könnte. Seine Lösung bestand darin, daß er seinem treuesten Sklaven den Kopf scheren ließ, ihm die Botschaft auf den nackten Schädel tätowierte, wartete, bis das Haar nachgewachsen war, und ihn dann zu Aristagoras schickte mit der Anweisung, ihm die Haare zu schneiden. Unzuverlässig, aber in diesem Fall von Erfolg gekrönt. Auf Ihr Wohl.«

Jericho erfuhr später, daß Atwood diese Geschichte all seinen neuen Studenten erzählte. Auf Herodot und seinen kahlen Sklaven folgte Polybios mit seinem Zahlenquadrat, dann kam Caesars Brief an Cicero mit einem Alphabet, bei dem a als d chiffriert wurde, b als e, c als f und so weiter. Schließlich war die Lektion in Etymologie dran, die immer noch das Thema umkreiste, aber ihm schon näherkam.

»Das lateinische *crypta,* abgeleitet vom griechischen *kryptein,* was ›verbergen‹ heißt, bedeutet Gruft oder

Grotte, und das Wort *crypto* steht für geheim. Kryptokommunist, Kryptofaschist. Sie sind doch hoffentlich keines von beidem?«
»Nein, ich bin weder eine Gruft noch eine Grotte.«
»Kryptogramm ...« Atwood hatte seinen Sherry ins Licht gehoben und in die blasse Flüssigkeit geblinzelt. *»Kryptoanalyse* ... Turing hat gesagt, er glaubte, Sie könnten ziemlich gut sein ...«

Als Jericho wieder in seinem Zimmer angekommen war, hatte er Fieber. Er schloß die Tür ab und ließ sich mit dem Gesicht nach unten auf sein ungemachtes Bett fallen, immer noch in Mantel und Schal. Wenig später hörte er Schritte, und jemand klopfte an.
»Frühstück, Sir.«
»Stellen Sie es draußen ab. Danke.«
»Fehlt Ihnen etwas, Sir?«
»Nein, mir geht's gut.«
Er hörte das Klappern des Tabletts, als es abgesetzt wurde, und dann sich entfernende Schritte. Das Zimmer schien zu schlingern und anzuschwellen, eine Ecke der Decke war plötzlich riesig und zum Greifen nahe. Er schloß die Augen, und in der Dunkelheit überfielen ihn die Bilder ...
Turing mit seiner schüchternen Andeutung eines Lächelns: »Ich versichere Ihnen, Tom, ich bin mit Riemann keinen Schritt weitergekommen ...«
Logie, der ihm in der Bombenbaracke die Hand schüttelt und schreit, um den Maschinenlärm zu übertönen: »Der Premierminister hat eben angerufen und uns gratuliert ...«
Claire, die seine Wange berührt und flüstert: »Du Ärmster, ich bin dir wirklich unter die Haut gegangen, nicht wahr? Du Ärmster ...«
»Tretet zurück« – die Stimme eines Mannes. Logies Stimme: »Tretet zurück, damit er Luft bekommt ...«
Und dann nichts mehr.

Als er aufwachte, sah er als erstes auf die Uhr. Er war ungefähr eine Stunde bewußtlos gewesen. Er setzte sich auf und betastete seine Manteltaschen – irgendwo hatte er ein Notizbuch, in dem er Dauer und Symptome jedes Anfalls festhielt. Es war eine beängstigend lange Liste. Statt dessen fand er die drei Briefe.
Er legte sie aufs Bett und betrachtete sie eine Zeitlang. Dann öffnete er zwei von ihnen. Der eine enthielt eine Karte von seiner Mutter, der andere eine von seiner Tante. Beide gratulierten ihm zum Geburtstag. Keine der beiden Frauen hatte auch nur die leiseste Ahnung, was er tat, und er wußte, daß sie beide enttäuscht waren und sich schämten, daß er keine Uniform trug und auf sich schießen ließ wie die Söhne der meisten ihrer Bekannten.
»Aber was soll ich den Leuten sagen?« hatte seine Mutter ihn bei einem seiner kurzen Besuche zu Hause verzweifelt gefragt, nachdem er sich abermals geweigert hatte, ihr zu sagen, was er tat.
»Sag ihnen, ich arbeite beim Fernmeldewesen der Regierung«, hatte er erwidert und sich damit der Formel bedient, die er benutzen sollte, falls er beharrlichen Nachfragen ausgesetzt wäre.
»Aber vielleicht möchten sie ein bißchen mehr wissen als nur das.«
»Dann machen sie sich verdächtig, und du solltest die Polizei rufen.«
Seine Mutter hatte sich die gesellschaftliche Katastrophe vorgestellt, wenn ihr Bridge-Quartett von einem Inspektor vernommen würde, und war verstummt.
Und der dritte Brief? Genau wie Kite drehte er ihn um und roch daran. Bildete er es sich nur ein, oder war da wirklich ein Hauch von Parfüm? »Ashes of Roses« von Bourjois, ein winziges Fläschchen, das ihn für einen Monat fast bankrott gemacht hatte. Er benutzte seinen Rechenschieber als Brieföffner und schlitzte den Umschlag auf. Drinnen steckte eine billige Karte, gedankenlos ausgewählt – sie zeigte ausgerechnet eine Schale voll Obst –, mit einer den Umständen angemessenen Standardbot-

schaft, so nahm er jedenfalls an, da er sich bisher noch nie in dieser Situation befunden hatte. »*Liebster T. … Du wirst für mich immer ein Freund bleiben … vielleicht später einmal … tat mir leid, zu hören … in Eile … alles Gute …*« Er schloß die Augen.

Später, nachdem er das Kreuzworträtsel gelöst hatte, nachdem Mrs. Sax mit dem Putzen fertig war, nachdem Bickerdyke ein weiteres Tablett mit Essen abgestellt und unberührt wieder abgeholt hatte, ließ sich Jericho auf Hände und Knie nieder, zog einen Koffer unter dem Bett hervor und schloß ihn auf. Zwischen den Seiten seiner 1930 erschienenen Doubleday-Erstausgabe des *Complete Sherlock Holmes* lagen sechs mit seiner winzigen Handschrift bedeckte Blatt Papier. Er ging damit an den wackligen Schreibtisch am Fenster und strich sie glatt.

»*Die Chiffriermaschine konvertiert die Eingabe (Klartext, K) in Chiffre (Z) mittels einer Funktion f. Deshalb ist Z = f (K, S), wobei S den Schlüssel bezeichnet …*«

Er spitzte seinen Bleistift an, blies die Späne weg und beugte sich über das Papier.

»*Angenommen, S hat n mögliche Werte. Für jede der n angenommenen Möglichkeiten müssen wir sehen, ob* f^{-1} *(Z, K) Klartext hervorbringt, wobei* f^{-1} *die Dechiffrierfunktion ist, die den Klartext liefert, sofern S korrekt ist …*«

Der Wind kräuselte die Oberfläche des Cam. Ein Schwarm Enten ritt auf den Wellen, ohne sich zu bewegen, wie vor Anker liegende Schiffe. Er legte seinen Stift hin und las abermals ihre Karte, versuchte das Gefühl zu ermessen, den Sinn hinter den banalen Phrasen. Ob man, fragte er sich, eine entsprechende Formel für Briefe entwickeln konnte – für Liebesbriefe oder solche, die das Ende einer Liebe signalisierten?

»*Die Eingabe (Gefühl, G) wird von der Frau mittels der Funktion w in eine Botschaft (B) konvertiert. Also ist B = w (G, V), wenn V das Vokabular bezeichnet. Angenommen, V hat n mögliche Werte …*«

Die mathematischen Symbole verschwammen vor seinen Augen. Er ging mit der Karte ins Schlafzimmer, zum Kamin, kniete nieder und zündete ein Streichholz an. Das Papier flammte auf, wellte sich in seiner Hand und verwandelte sich rasch in Asche.

Allmählich nahmen seine Tage eine gewisse Form an.
Er stand früh auf und arbeitete zwei oder drei Stunden. Nicht an Kryptoanalyse – er hatte alle Notizen am gleichen Tag verbrannt wie ihre Karte –, sondern an reiner Mathematik. Dann machte er ein Nickerchen. Vor dem Mittagessen löste er das Kreuzworträtsel in der *Times*. Dafür stoppte er die Zeit auf der alten Taschenuhr seines Vaters: Er brauchte nie länger als fünf Minuten, und einmal hatte er es in drei Minuten und vierzig Sekunden geschafft. Es gelang ihm, eine Reihe von komplizierten Schachproblemen zu lösen – »die Choräle der Mathematik« hatte Hardy sie genannt –, ohne Figuren oder ein Brett zu benutzen. All das bestätigte ihm, daß sein Verstand keinen dauernden Schaden davongetragen hatte.
Nach dem Kreuzworträtsel und dem Schach überflog er an seinem Schreibtisch die Kriegsnachrichten und versuchte dabei etwas zu essen. Es war ihm unmöglich, die Nachrichten über die Schlacht im Atlantik zu übergehen, obwohl er es sich immer wieder vornahm (TOTE MÄNNER AN DEN RIEMEN; U-BOOT-OPFER IN RETTUNGSBOOTEN ERFROREN ...). Er konzentrierte sich statt dessen auf die russische Front: Pawlograd, Demiansk, Rezow ... Die Sowjets schienen alle paar Stunden eine weitere Stadt zurückzuerobern.
Nachmittags ging er spazieren, jedesmal ein wenig weiter. Zuerst beschränkte er sich auf das College-Gelände, dann wanderte er durch die leere Stadt, und schließlich wagte er sich hinaus aufs gefrorene Land, bevor er bei Anbruch der Dunkelheit zurückkehrte, um vor der Gasheizung zu sitzen und in seinem Sherlock Holmes zu lesen. Er begann, zum Abendessen in den Speisesaal hinunterzugehen, aber als der Rektor ihm einen Platz an der

großen Tafel anbot, lehnte er höflich ab. Das Essen war ebenso schlecht wie in Bletchley, aber die Umgebung war besser, das Kerzenlicht flackerte auf den Porträts in ihren schweren Rahmen und ließ die langen Tische aus polierter Eiche glänzen. Er lernte, die unverhohlen neugierigen Blicke des College-Personals zu ignorieren. Versuche, ihn in ein Gespräch zu ziehen, schnitt er mit einem Nicken ab. Einsamkeit machte ihm nichts aus. Er war zeit seines Lebens einsam gewesen. Ein Einzelkind, ein Stiefkind, ein »überdurchschnittlich begabtes« Kind – immer war da etwas gewesen, das ihn von anderen abgesondert hatte. Eine Zeitlang konnte er nicht über seine Arbeit sprechen, weil kaum jemand ihn verstanden hätte. Jetzt konnte er nicht über sie sprechen, weil sie geheim war. Es lief immer auf das gleiche hinaus.

Gegen Ende seiner zweiten Woche hatte er sogar angefangen, nachts durchzuschlafen, eine Wohltat, die er seit mehr als zwei Jahren nicht mehr genossen hatte.

Shark, Enigma, Kiss, Bomb, Break, Pinch, Drop, Crib – es gelang ihm, das ganze absurde Vokabular seines geheimen Lebens allmählich aus seinem Bewußtsein zu löschen. Zu seiner Verwunderung verschwamm sogar Claires Bild. Gelegentlich blitzten noch Erinnerungen auf, vor allem nachts – der Zitronenduft ihres frisch gewaschenen Haars, die großen, grauen Augen, so blaß wie Wasser, die weiche, halb belustigte, halb gelangweilte Stimme –, aber immer öfter blieben es Teile, die sich nicht mehr zusammenfügten. Das Ganze verschwand.

Er schrieb an seine Mutter und bat sie, ihn nicht zu besuchen.

»Krankenschwester Zeit«, hatte der Arzt gesagt und seine Tasche zuschnappen lassen, »wird dafür sorgen, daß Sie wieder gesund werden, Mister Jericho. Schwester Zeit.«

Jetzt hatte es den Anschein, als hätte der alte Knabe recht gehabt. Er würde wieder gesund werden. »Nervöse Erschöpfung«, oder wie immer sie es nannten, war eben doch nicht dasselbe wie Wahnsinn.

Und dann, am Freitag, dem 12. März, kamen sie ohne jede Vorwarnung, um ihn zu holen.

Am Abend, bevor das passierte, hatte er gehört, wie sich ein älterer Lehrer über einen neuen Luftwaffenstützpunkt beklagte, den die Amerikaner östlich der Stadt bauten.

»Ich habe gefragt, ob ihnen klar sei, daß sie auf einem Fossilienlager aus dem Pleistozän stehen, daß ich selbst an dieser Stelle die Überreste von Hörnern des *Bos primigenius* ausgegraben habe? Stellen Sie sich vor, der Mann hat nur gelacht ...«

Gut für die Amis, dachte Jericho und beschloß im selben Moment, daß dies ein geeignetes Ziel für seinen Nachmittagsspaziergang wäre. Weil er ihn mindestens drei Meilen weiter hinausführen würde als seine bisherigen Spaziergänge, brach er früher als gewöhnlich auf, gleich nach dem Mittagessen.

Er ging mit kräftigen Schritten voran, an den Backs entlang, vorbei an der Wren Library und den Puderzucker-Türmchen von St. John, vorbei an den Sportplätzen, auf denen zwei Dutzend kleine Jungen in roten Hemden Fußball spielten. Dann bog er nach links in die Madingley Road ab. Zehn Minuten später befand er sich auf freiem Feld.

Kite hatte mit trister Miene Schnee angekündigt, aber noch war es kalt und sonnig, und der Himmel war eine Pracht – eine Kuppel aus reinem Blau über der flachen Landschaft von East Anglia, meilenweit angefüllt mit silbrigen Flecken von Flugzeugen und weißen Kondensstreifen. Vor dem Krieg war er fast jede Woche mit dem Fahrrad durch diese stille Landschaft gefahren und hatte dabei kaum ein Auto gesehen. Jetzt rumpelte eine endlose Kolonne von großen amerikanischen Lastwagen an ihm vorbei und zwang ihn auf den Seitenstreifen. Sie waren ungestümer, schneller, moderner als die britischen Armeelaster. Ihre Ladeflächen waren mit Tarnplanen abgedeckt, und aus den Schatten spähten die weißen Gesichter von US-Fliegern hervor. Manchmal winkten die Männer und riefen ihm etwas zu, und er winkte zurück und kam sich dabei seltsam englisch und befangen vor. Schließlich war er in Sichtweite des neuen Stützpunkts. Er stand am Straßenrand und sah zu, wie in einiger Entfernung drei Fliegende Festungen abhoben, eine nach der anderen. Riesige Flugzeuge, fast zu schwer, so kam es Jericho vor, um sich vom Boden zu lösen. Sie rollten über die neue Betonstartbahn, heulten auf in vergeblicher Anstrengung, krallten sich in die Luft, um hochzukommen, bis plötzlich unter ihnen ein Streifen Tageslicht erschien und sie abgehoben hatten.

Er stand fast eine halbe Stunde da, spürte, wie die Luft von den Vibrationen ihrer Triebwerke pulsierte, roch den schwachen, von der kalten Luft herbeigetragenen Geruch nach Flugtreibstoff. Er hatte noch nie eine derartige Demonstration von Stärke gesehen. Die Fossilien aus dem Pleistozän, dachte er mit grimmigem Vergnügen, waren inzwischen vermutlich zu Staub zerfallen. Wie lauteten die Worte von Cicero, die Atwood so gern zitierte? *Nervus belli, pecunia infinita* ... Die Sehnen des Krieges, unendlich viel Geld ...

Er sah auf die Uhr und kam zu dem Schluß, daß er sich auf den Heimweg machen mußte, wenn er noch vor Einbruch der Dunkelheit wieder im College sein wollte.

Er war ungefähr eine Meile gelaufen, als er hinter sich ein Motorengeräusch hörte. Ein Jeep überholte ihn, fuhr an den Straßenrand und hielt an. Der Fahrer, in einen dicken Mantel gehüllt, stand auf und winkte ihn heran.

»Wollen Sie mitfahren?«

»Gern. Vielen Dank.«

»Steigen Sie ein.«

Der Amerikaner wollte sich nicht unterhalten, was Jericho nur recht war. Er umklammerte die Kanten seines Sitzes und starrte geradeaus, während sie mit ziemlicher Geschwindigkeit über die dunkler werdenden Straßen und in die Stadt hinein ratterten und rumpelten. Der Fahrer setzte ihn an der Rückseite des Colleges ab, winkte,

gab Gas und war verschwunden. Jericho sah ihm nach, dann drehte er sich um und ging durch das Tor.
Vor dem Krieg war diese dreihundert Meter lange Strecke um diese Tages- und Jahreszeit Jerichos Lieblingsweg gewesen: der Fußweg, der durch einen Teppich von gelben und violetten Krokussen führte, die abgetretenen Steine, die von dekorativen Lampen aus der Viktorianischen Zeit erhellt wurden, links die Türme der Chapel, rechts die Lichter des Colleges. Aber die Krokusse waren spät dran dieses Jahr, die Laternen waren seit 1939 nicht mehr eingeschaltet worden, und ein riesiger Wassertank verunstaltete den berühmten Blick auf die Chapel. Im College glomm schwach nur ein einziges Licht, und als er darauf zuging, wurde ihm allmählich klar, daß es von seinem Fenster kam.
Er blieb stehen und runzelte die Stirn. Hatte er seine Schreibtischlampe nicht ausgeschaltet? Er war ganz sicher, daß er es getan hatte. Dann sah er einen Schatten, eine Bewegung, eine Gestalt in dem blaßgelben Viereck. Zwei Sekunden später wurde das Licht in seinem Schlafzimmer eingeschaltet.
Es war doch nicht möglich, oder?
Er begann zu laufen. Er legte die Strecke bis zu seiner Treppe in dreißig Sekunden zurück und rannte hinauf wie ein Spitzensportler. Seine Stiefel jagten über die ausgetretenen Stufen. »Claire?« rief er. »Claire?« Seine Tür stand offen.
»Immer mit der Ruhe, alter Junge«, sagte eine Männerstimme von drinnen. »Kein Grund zur Aufregung.«

3

Guy Logie war ein großer, hagerer Mann, zehn Jahre älter als Jericho. Er hatte sich auf dem Sofa ausgestreckt, mit dem Gesicht zur Tür; sein Nacken lag auf der einen Armlehne, von der anderen baumelten seine knochigen Beine herab, und die langen Hände hatte er über dem Bauch gefaltet. Zwischen seinen Zähnen steckte eine Pfeife, und er blies Rauchringe zur Decke empor. Aufgeblähte Heiligenscheine schwebten in die Höhe, verdrehten sich, lösten sich auf und verschmolzen zu Schwaden. Er nahm die Pfeife aus dem Mund und gab ein gewaltiges Gähnen von sich, das ihn selbst zu überraschen schien.

»Du meine Güte. Tut mir leid.« Er öffnete die Augen und schwang sich in eine sitzende Position. »Hallo, Tom.«

»Bitte, bleiben Sie liegen«, sagte Jericho. »Bitte, ich bestehe darauf. Fühlen Sie sich ganz wie zu Hause. Wie wär's mit einem Tee?«

»Tee. Eine großartige Idee.« Vor dem Krieg war Logie Mathematiklehrer an einer großen und sehr alten Privatschule gewesen. Er hatte erfolgreich Rugby und Hockey gespielt, und Ironie prallte von ihm ab wie Kieselsteine von einem heranstürmenden Nashorn. Er durchquerte das Zimmer und packte Jericho bei den Schultern. »Kommen Sie, lassen Sie sich anschauen, alter Junge«, sagte er und drehte ihn ins Licht, erst zur einen und dann zur anderen Seite. »Ach herrje, Sie sehen ja furchtbar aus.«

Jericho schüttelte ihn ab. »Bis eben ist es mir gutgegangen.«

»Tut mir leid. Wir haben angeklopft. Ihr Pförtner hat uns hereingelassen.«

»Uns?«

Aus dem Schlafzimmer drang ein Geräusch.

»Wir sind in dem Wagen mit dem Stander gekommen. Das hat Ihren Mister Kite mächtig beeindruckt.« Logie folgte Jerichos Blick auf die Schlafzimmertür. »Ach, das? Das ist Leveret. Kümmern Sie sich nicht um ihn.« Er rief: »Mister Leveret! Kommen Sie heraus, damit ich Sie mit Mister Jericho bekannt machen kann. Dem berühmten Mister Jericho ...«

Ein kleiner Mann mit einem schmalen Gesicht erschien an der Schlafzimmertür.

»Guten Abend, Sir.« Leveret trug einen Regenmantel und einen Filzhut. Seine Stimme hatte einen leichten nördlichen Akzent.

»Was zum Teufel tun Sie da drinnen?«
»Er hat sich nur vergewissert, daß Sie allein sind«, sagte Logie verbindlich.
»Natürlich bin ich allein, verdammt noch mal!«
»Und ist das ganze Treppenhaus leer? Niemand in den Zimmern über oder unter Ihrem?«
Jericho warf empört die Hände hoch. »Um Himmels willen, Guy ...«
»Ich glaube, es ist alles in Ordnung«, sagte Leveret zu Logie. »Da drinnen habe ich die Verdunkelungsvorhänge schon zugezogen.« Er wandte sich zu Jericho. »Was dagegen, wenn ich es hier auch tue?« Er wartete nicht auf das Einverständnis, sondern ging zu dem kleinen, in Blei gefaßten Fenster, öffnete es, nahm seinen Hut ab, streckte den Kopf hinaus und schaute nach oben und unten, nach rechts und links. Vom Fluß stieg gefrierender Nebel auf, und ein Schwall eisiger Luft drang ins Zimmer. Beruhigt zog Leveret den Kopf wieder ein, schloß das Fenster und zog die Vorhänge zu.
Eine halbe Minute lang sagte niemand etwas. Dann brach Logie das Schweigen, indem er sich die Hände rieb und sagte: »Könnten Sie nicht ein bißchen heizen? Ich hatte vergessen, wie kalt dieser Bau im Winter ist. Schlimmer als die Schule. Und Tee? Sagten Sie nicht etwas von Tee? Möchten Sie eine Tasse Tee, Leveret?«
»Ja, gerne, Sir.«
»Und wie wäre es mit Toast? Ich habe gesehen, daß Sie drüben in der Küche Brot haben. Toast vor einem Collegekamin? Wäre das nicht ganz wie in alten Zeiten?«
Jericho musterte ihn einen Moment. Er öffnete den Mund, um zu protestieren, besann sich dann aber. Er nahm eine Schachtel Streichhölzer vom Sims, riß eines davon an und hielt es an die Gasheizung. Wie üblich war der Druck niedrig, und das Streichholz ging aus. Er riß noch eines an, und diesmal klappte es. Ein bläulicher Flammenwurm glühte auf und breitete sich aus. Er ging über den Flur in die kleine Küche, füllte den Kessel und zündete eine Gasflamme an. Im Brotkasten lag tatsäch-

lich ein Laib – Mrs. Saxmundham mußte ihn Anfang der Woche hineingelegt haben –, und er schnitt drei graue Scheiben ab. Im Schrank fand er ein Glas Marmelade aus der Vorkriegszeit, überraschend genießbar, nachdem er die weiße Schimmelschicht darauf abgekratzt hatte. Es gab auch einen Klacks Margarine auf einem angeschlagenen Teller. Er stellte seine Delikatessen auf ein Tablett und starrte auf den Kessel.

Vielleicht träumte er das alles nur. Aber als er hinüberschaute in sein Wohnzimmer, lag Logie abermals auf dem Sofa, und Leveret saß mit dem Hut in der Hand ziemlich unbequem auf der Kante eines Stuhls wie ein unsicherer Zeuge, der darauf wartet, mit einer nicht ausreichend geprobten Geschichte vor den Richter gerufen zu werden.

Natürlich hatten sie schlechte Nachrichten mitgebracht. Was konnte es sein außer schlechten Nachrichten? Der amtierende Chef von Baracke 8 würde nicht fünfzig Meilen im kostbaren Schlitten des Stellvertretenden Direktors über Land fahren, nur um ihm einen Höflichkeitsbesuch abzustatten. Sie hatten vor, ihn zu feuern. *»Tut uns leid, alter Junge, aber Trittbrettfahrer können wir nicht gebrauchen ...«* Jericho fühlte sich plötzlich sehr erschöpft. Er massierte sich mit dem Handrücken die Stirn. Das vertraute Kopfweh kehrte zurück, breitete sich von den Stirnhöhlen bis in den Hintergrund der Augen aus.

Er hatte gedacht, sie wäre es. Das war der Witz. Ungefähr eine halbe Minute lang, während er auf das erleuchtete Fenster zurannte, war er glücklich gewesen. Es war erbärmlich.

Das Wasser im Kessel begann zu kochen. Er öffnete die Teedose und stellte fest, daß die Teeblätter im Laufe der Zeit zu Staub zerfallen waren. Er löffelte sie trotzdem in die Kanne und übergoß sie mit dem kochenden Wasser. Logie verkündete, es wäre der reinste Nektar.

Hinterher saßen sie schweigend im Halbdunkel. Die einzige Beleuchtung kam vom schwachen Licht der Schreibtischlampe hinter ihnen und dem blauen Glimmen der

Heizung vor ihren Füßen. Die Gasdüse zischte. Durch die Verdunkelungsvorhänge hindurch war ein leises Plätschern zu hören und das traurige Quaken einer Ente. Logie saß auf dem Fußboden, hatte die langen Beine ausgestreckt und hantierte mit seiner Pfeife. Jericho saß in einem der beiden Sessel und stocherte geistesabwesend mit der Röstgabel im Teppich herum. Leveret war angewiesen worden, draußen Wache zu halten: »Sind Sie so freundlich und machen beide Türen zu? Die innere und die äußere, seien Sie so gut.«

Der warme Toastduft hing noch im Zimmer. Ihre Teller hatten sie beiseite geschoben.

»Hier ist es wirklich überaus gemütlich«, murmelte Logie. Er riß ein Streichholz an, und die Gegenstände auf dem Kaminsims warfen einen Moment lang Schatten auf die feuchte Wand. »Obwohl man weiß, daß man sich in gewisser Hinsicht glücklich schätzen kann, an einem Ort wie Bletchley zu sein, wenn man bedenkt, wo man sonst sein könnte, geht einem die Schäbigkeit dieses Ortes doch ziemlich auf die Nerven. Meinen Sie nicht auch?«

»Ja, das kann schon sein.« Rück endlich mit der Sprache raus, dachte Jericho und stach auf ein paar Krümel ein. Wirf mich hinaus, und dann verschwinde.

Logie brachte mit seiner Pfeife ein zufriedenes Sauggeräusch hervor, dann sagte er leise: »Wissen Sie, wir haben uns alle fürchterliche Sorgen um Sie gemacht, Tom. Ich hoffe, Sie hatten nicht das Gefühl, im Stich gelassen worden zu sein.«

Angesichts dieser so unerwarteten Anteilnahme stellte Jericho überrascht und beschämt fest, daß ihm Tränen in die Augen traten. Er hielt den Blick weiterhin auf den Teppich gerichtet: »Ich fürchte, ich habe mich ganz entsetzlich zum Narren gemacht, Guy. Und das Schlimmste daran ist, daß ich mich an vieles überhaupt nicht mehr richtig erinnern kann. Da ist fast eine Woche, die mir völlig abhanden gekommen ist.«

Logie schwenkte seine Pfeife. »Sie sind nicht der erste, der in dem Laden seine Gesundheit ruiniert hat, alter Junge. Haben Sie in der *Times* gelesen, daß der arme Dilly Knox vorige Woche gestorben ist? Sie haben ihm zum Schluß noch einen Orden verliehen. Nichts Überragendes, St. Michael and St. George, glaube ich. Er bestand darauf, ihn persönlich bei sich zu Hause entgegenzunehmen, mit Kissen in einem Sessel abgestützt. Zwei Tage später war er tot. Krebs. Furchtbar. Und dann war da noch Jeffreys. Erinnern Sie sich an ihn?«

»Er wurde auch nach Cambridge zurückgeschickt, um sich zu erholen.«

»Genau der. Was ist aus ihm geworden?«

»Er ist gestorben.«

»Ach. Ein Jammer.« Logie beschäftigte sich weiter mit seiner Pfeife, drückte den Tabak fest und riß ein weiteres Streichholz an.

Lieber Gott, laß nicht zu, daß sie mich in die Verwaltung stecken, betete Jericho. Oder in die Versorgung. Claire hatte ihm von einem Mann in der Versorgung erzählt, der für die Unterbringung zuständig war, und die Mädchen mußten sich auf seinen Schoß setzen, wenn sie ein Quartier mit Badezimmer haben wollten.

»Es war Shark, nicht wahr«, sagte Logie und warf ihm dabei durch eine Rauchwolke hindurch einen prüfenden Blick zu, »was Sie fertiggemacht hat.«

»Ja, vielleicht. Könnte man so sagen.«

»Aber Sie haben ihn geknackt«, fuhr Logie fort. »Sie haben Shark geknackt.«

»So würde ich es nicht ausdrücken. *Wir* haben ihn geknackt.«

»Nein. Sie haben ihn geknackt.« Logie drehte das abgebrannte Streichholz in seinen langen Fingern. »Sie haben ihn geknackt. Und dann hat er Sie geknackt.«

Vor Jerichos innerem Auge blitzte plötzlich ein Bild von ihm selbst auf einem Fahrrad auf, unter einem sternenübersäten Himmel. In einer kalten Nacht mit dem Knakken von Eis.

»Hören Sie«, sagte er, plötzlich gereizt, »meinen Sie nicht, wir sollten endlich zur Sache kommen, Guy. Ich meine, Tee vor einer Gasheizung im College und Reden über alte Zeiten, das ist ja alles ganz nett, aber ...«

»Wir sind bei der Sache, alter Junge.« Logie zog die Knie unters Kinn und legte die Hände um die Schienbeine. »Shark, Limpet, Dolphin, Oyster, Porpoise, Winkle (Hai, Meerschnecke, Delphin, Auster, Tümmler, Strandschnecke). Die sechs kleinen Meerestiere in unserem Aquarium, die sechs Codes der deutschen Marine. Und Shark ist der größte von ihnen.« Er starrte ins Feuer, und zum erstenmal hatte Jericho Gelegenheit, sein Gesicht zu betrachten, das in dem blauen Licht wie ein gespenstischer Schädel aussah. Die Augenhöhlen waren finstere Löcher. Er sah aus wie ein Mann, der seit Wochen nicht mehr geschlafen hat. Er gähnte abermals. »Wissen Sie, unterwegs im Wagen habe ich versucht, mich zu erinnern, wer auf die Idee gekommen ist, ihm den Namen Shark zu geben.«

»Das weiß ich auch nicht mehr«, sagte Jericho. »Es könnte Alan gewesen sein. Oder vielleicht ich selbst. Aber welche Rolle spielt das jetzt noch? Der Name bot sich einfach an. Niemand erhob Einwände. Shark war der perfekte Name dafür. Wir wußten von Anfang an, daß er ein Monster würde.«

»Und das war er.« Logie paffte an seiner Pfeife. Er verschwand langsam hinter einer Rauchschwade. Der Kriegstabak roch wie verbranntes Heu. »Und das ist er.« Die Art, wie er diese letzten Worte aussprach – mit einem leichten Zögern –, veranlaßte Jericho, jäh aufzublicken.

Die Deutschen nannten ihn Triton, nach dem Sohn Poseidons, dem Meeresgott, der in eine Spiralmuschel blies, um die Furien der Tiefe heraufzubeschwören. »Deutscher Humor«, hatte Puck gestöhnt, als sie den Codenamen entdeckt hatten. »Verdammter deutscher Humor ...« Aber in Bletchley blieben sie bei Shark. Es war eine Tradition, und da sie Briten waren, liebten sie ihre Traditionen. Sie gaben allen feindlichen Codes die Namen von Meerestieren. Den wichtigsten deutschen Marinecode nannten sie Dolphin. Porpoise war der Enigma-Code für die Überwasserfahrzeuge und den Schiffsverkehr im Mittelmeer und im Schwarzen Meer. Oyster war eine Variante von Dolphin »nur für Offiziere«, und Winkle war eine Variante von Porpoise »nur für Offiziere«.

Und Shark? Shark war der Operationscode der U-Boote.

Shark war einzigartig. Alle anderen Codes wurden mit einem mit drei Walzen arbeitenden Standardmodell der Chiffriermaschine Enigma erzeugt. Aber Shark stammte von einer Enigma mit einer speziell entwickelten vierten Walze, wodurch der Code sechsundzwanzigmal schwerer zu knacken war. Nur U-Boote durften diese Maschine benutzen.

Sie wurde am 1. Februar 1942 in Betrieb genommen, und in Bletchley tappte man fast völlig im dunkeln.

Jericho erinnerte sich, daß die folgenden Monate ein einziger Alptraum gewesen waren. Vor der Inbetriebnahme von Shark hatten die Kryptoanalytiker in Baracke 8 die meisten U-Boot-Funksprüche binnen eines Tages nach dem Auffangen entschlüsseln können, wodurch reichlich Zeit blieb, die Geleitzüge an den Wolfsrudeln von deutschen U-Booten vorbeizudirigieren. Aber in den zehn Monaten nach der Einführung von Shark entschlüsselten sie nur drei Funksprüche, und selbst dazu brauchten sie jedesmal siebzehn Tage, so daß die Information, wenn sie dann endlich eintraf, praktisch nutzlos, weil längst überholt war.

Um sie bei ihren Bemühungen anzustacheln, wurde in ihrer Baracke eine Tabelle aufgehängt, aus der hervorging, wieviel Schiffstonnage jeden Monat von den U-Booten im Nordatlantik versenkt worden war. Im Januar, vor der Einführung des neuen Codes, vernichteten die Deutschen 48 Schiffe der Alliierten. Im Februar waren es 73, im März 95, im Mai 129 …

»Das Ausmaß unseres Versagens«, sagte Skynner, der Chef der Marineabteilung, bei einer seiner hochtrabenden Wochenansprachen, »bemißt sich nach der Anzahl der Ertrunkenen.«

Im September wurden 95 Schiffe versenkt. Im November 93 ... Und dann kamen Fasson und Grazier.

In der Ferne schlug die College-Uhr. Jericho ertappte sich dabei wie er die Schläge zählte.
»Alles in Ordnung, alter Junge? Sie sind ja plötzlich so schweigsam.«
»Tut mir leid. Ich habe nachgedacht. Erinnern Sie sich an Fasson und Grazier?«
»Fasson und ... wen? Tut mir leid, ich glaube nicht, daß ich die je kennengelernt habe.«
»Nein. Ich auch nicht. Keiner von uns hat sie gekannt.«

Fasson und Grazier. Ihre Vornamen hatte er nie erfahren. Ein Oberleutnant und ein Vollmatrose. Ihr Zerstörer hatte im östlichen Mittelmeer ein U-Boot gestellt, die U-559. Sie hatten es mit Wasserbomben zum Auftauchen gezwungen. Es war ungefähr zehn Uhr abends gewesen. Eine rauhe See. Ein Sturm zog auf. Nachdem die überlebenden Deutschen das U-Boot verlassen hatten, zogen sich die beiden britischen Seeleute aus und schwammen im Licht von Suchscheinwerfern hinüber. Das U-Boot lag bereits tief im Wasser, der Kommandoturm war bei der Beschießung leckgeschlagen worden, und jetzt lief das Schiff schnell voll. Sie hatten ein Bündel geheimer Papiere aus dem Funkraum heraufgeholt und sie dem Enterkommando in einem längsseits liegenden Boot ausgehändigt. Dann waren sie noch einmal hineingestiegen, um die Enigma-Maschine zu holen, als der Bug des U-Boots plötzlich in die Höhe fuhr und es sank. Sie gingen mit ihm unter, eine halbe Meile tief, hatte der Mann von der Marine gesagt, als er ihnen in Baracke 8 die Geschichte erzählte. *»Wir können nur hoffen, daß sie tot waren, bevor sie unten aufgeprallt sind.«*
Und dann hatte er die Codebücher auf den Tisch gelegt. Das war am 24. November 1942 gewesen. Nachdem sie rund neuneinhalb Monate im dunkeln getappt waren.

Auf den ersten Blick schienen sie den Preis von zwei Menschenleben kaum wert zu sein: zwei kleine Broschüren, das Kleine Signalbuch und die Kleine Wetterchiffre, mit wasserlöslicher Druckerschwärze auf rosa Löschpapier gedruckt; der Funker sollte sie beim ersten Anzeichen von Gefahr ins Meer werfen. Aber für Bletchley waren sie unbezahlbar, wertvoller als alle versunkenen Schätze, die je aus dem Meer geborgen worden waren. Jericho kannte sie sogar jetzt noch Wort für Wort auswendig. Er schloß die Augen, und die Symbole waren immer noch da, in seine Netzhaut eingeätzt. *»T= Lufttemperatur in ganzen Celsius-Graden, +28 C = a. +27 C = b. +26 C = c ...«*

U-Boote lieferten täglich Wetterberichte. Lufttemperatur, Luftdruck, Windstärke, Wolkendecke ... Die Kleine Wetterchiffre hatte diese Daten auf ein halbes Dutzend Buchstaben reduziert. Dieses halbe Dutzend Buchstaben wurde mit der Enigma überschlüsselt. Dann wurde die Nachricht von dem U-Boot im Morsecode gesendet und von den Küstenwetterstationen der deutschen Marine aufgefangen. Aus dem von den U-Booten gelieferten Material erstellten die Wetterstationen ihre eigenen meteorologischen Berichte. Diese Berichte wurden dann, ein oder zwei Stunden später, gleichfalls gesendet, in dem von einer Enigma mit drei Walzen überschlüsselten Wettercode – einem Code, den Bletchley knacken konnte –, der von allen deutschen Schiffen benutzt wurde.

Das war die Hintertür zu Shark.

Zuerst las man den Wetterbericht. Dann übersetzte man den Bericht zurück in die Kleine Wetterchiffre. Und was dann, nach einem Prozeß logischer Deduktion, herauskam, war der Klartext, der in die Enigma mit den vier Walzen eingegeben worden war. Es war die perfekte Hilfe, der Traum jedes Kryptoanalytikers.

Aber knacken konnten sie Shark immer noch nicht.

Jeden Tag fütterten die Analytiker, darunter auch Jericho, ihre möglichen Lösungen in die »Bomben« ein – riesige elektromechanische Computer, jeder von der Größe eines begehbaren Kleiderschrankes, die sich anhörten wie Strickmaschinen – und warteten darauf zu erfahren, daß jemand richtig geraten hatte. Und nie erhielten sie eine Antwort. Das Problem war einfach zu groß. Sogar bei einer Nachricht, die von einer Enigma mit drei Walzen verschlüsselt worden war, konnte es vierundzwanzig Stunden dauern, bis die richtige Schlüsseleinstellung gefunden war, während die Bomben durch Milliarden von Permutationen ratterten. Die Entschlüsselung einer Nachricht von einer Enigma mit vier Walzen, bei der die Möglichkeiten mit dem Faktor sechsundzwanzig multipliziert werden mußten, konnte theoretisch fast einen Monat dauern.

Drei Wochen arbeitete Jericho rund um die Uhr, und wenn er es schaffte, ein oder zwei Stunden zu schlafen, dann träumte er immer wieder von Ertrunkenen. »*Wir können nur hoffen, daß sie tot waren, bevor sie unten aufgeprallt sind* ...« Sein Verstand bewegte sich jenseits der Müdigkeit und schmerzte körperlich wie ein überanstrengter Muskel. Er begann unter Blackouts zu leiden. Sie dauerten nur Bruchteile von Sekunden, aber sie waren ziemlich beängstigend. In einem Augenblick arbeitete er, über seinen Rechenschieber gebeugt, in der Baracke, und im nächsten verschwamm alles und ruckte weiter, als hätte ein Film im Projektor einen Sprung gemacht. Er schaffte es, sich vom Lagerarzt Benzedrin verschreiben zu lassen, aber das verschlimmerte seine Stimmungsschwankungen, und auf seine überdrehten Hochs folgten immer länger andauernde Tiefs.

Verblüffenderweise hatte die Lösung, als man sie endlich fand, überhaupt nichts mit Mathematik zu tun, und hinterher machte er sich wütend Vorwürfe, weil er sich zu sehr in Details verbissen hatte. Wenn er nicht so erschöpft gewesen wäre, hätte er vielleicht Abstand gewinnen und früher darauf kommen können.

Es war ein Samstag abend. Der zweite Samstag im Dezember. Gegen neun hatte Logie ihn nach Hause geschickt. Jericho hatte versucht zu widersprechen, aber

Logie hatte gesagt: Nein, wenn Sie in diesem Tempo weitermachen, bringen Sie sich um, und davon hat niemand etwas, mein Bester, Sie am allerwenigsten. Also war Jericho müde auf seinem Fahrrad zu seinem Quartier über der Gaststätte in Shenley Church End zurückgefahren und unter die Bettdecke gekrochen. Er hörte, wie unten zur letzten Bestellung aufgefordert wurde, wie die letzten paar Stammgäste aufbrachen und das Lokal geschlossen wurde. In den Stunden nach Mitternacht lag er da, starrte an die Decke und fragte sich, ob er jemals wieder würde schlafen können, und sein Gehirn rotierte wie eine Maschine, die sich nicht abschalten ließ.

Seit dem Auftauchen von Shark war offensichtlich gewesen, daß die einzig akzeptable, auf lange Sicht brauchbare Lösung darin bestand, die Bomben so umzukonstruieren, daß sie die vierte Walze einbezogen. Aber das war ein alptraumhaft langwieriger Prozeß. Wenn sie nur irgendwie die Mission, die Fasson und Grazier so heldenhaft begonnen hatten, zu Ende führen und eine Shark-Enigma-Maschine stehlen konnten! Das würde die Neukonstruktion vereinfachen. Aber Shark-Enigmas waren die Kronjuwelen der deutschen Marine. Nur die U-Boote hatten sie. Nur die U-Boote und, natürlich, das Verbindungshauptquartier der U-Boote in Sainte-Assise südöstlich von Paris.

Ein Kommandounternehmen auf Sainte-Assise vielleicht? Ein Einsatz von Fallschirmspringern? Er spielte einen Moment mit dieser Vorstellung und ließ sie dann fallen. Unmöglich. Und ohnehin sinnlos. Selbst wenn sie durch irgendein Wunder mit einer Maschine entkommen konnten, würden die Deutschen Bescheid wissen und zu einem anderen Kommunikationssystem überwechseln. Bletchleys Zukunft beruhte darauf, daß die Deutschen auch weiterhin überzeugt waren, Enigma wäre unentschlüsselbar. Man durfte nichts unternehmen, was diese Zuversicht gefährdete.

Moment mal.

Jericho fuhr hoch.
Moment mal.
Wenn nur die U-Boote und die Zentrale in Sainte-Assise Enigmas mit vier Walzen haben durften – und Bletchley wußte ganz genau, daß dies der Fall war –, wie zum Teufel konnten dann die Küsten-Wetterstationen die Funksprüche der U-Boote dechiffrieren?
Das war eine Frage, die sich bisher niemand gestellt hatte, und doch war sie von fundamentaler Bedeutung.
Um eine von einer Maschine mit vier Walzen verschlüsselte Botschaft lesen zu können, brauchte man eine Maschine mit vier Walzen.
Oder etwa nicht?
Wenn es stimmt, daß Genie, wie einmal jemand gesagt hat, »das Aufzucken eines Blitzes im Gehirn« ist, dann wußte Jericho in diesem Augenblick, was Genie war. Er sah die Lösung vor sich aufleuchten wie eine Landschaft.
Er griff nach seinem Morgenrock und zog ihn über seinen Schlafanzug. Er schnappte sich Mantel, Schal, Socken und Stiefel, und in weniger als einer Minute saß er auf seinem Fahrrad und strampelte im Mondlicht auf der Landstraße nach Bletchley Park. Die Sterne waren hell, der Boden steinhart gefroren. Er fühlte sich seltsam euphorisch, lachte wie ein Irrer, lenkte sein Fahrrad direkt über die gefrorenen Pfützen am Straßenrand, wobei die Eisdecken unter seinen Reifen zerbarsten wie Trommelfelle. Bergab rollte er im Freilauf nach Bletchley hinein. Das offene Land blieb hinter ihm zurück, und unter ihm lag im Mondlicht die Stadt, düster und häßlich wie immer, aber in dieser Nacht wundervoll, so schön wie Prag oder Paris, wie sie sich beiderseits eines glänzenden Flusses aus Eisenbahngleisen ausbreitete. In der unbewegten Luft konnte er hören, wie eine halbe Meile entfernt ein Zug auf ein Abstellgleis rangiert wurde. Das plötzliche hektische Stampfen einer Lokomotive, gefolgt von wiederholtem Rumpeln, dann ein langes Ablassen von Dampf. Ein Hund bellte, und ein

anderer antwortete. Er fuhr an der Kirche und dem Kriegerdenkmal vorbei, bremste, um nicht auf dem Eis auszurutschen, und bog dann nach links in die Wilton Avenue ab.

Als er eine Viertelstunde später die Baracke erreicht hatte, keuchte er vor Anstrengung dermaßen, daß er es kaum schaffte, mit seiner Entdeckung herauszuplatzen und gleichzeitig wieder zu Atem zu kommen und zu verhindern, daß er laut auflachte: »Sie – benutzen – sie – wie – eine – Maschine – mit – drei – Walzen – sie – lassen – die – vierte – Walze – neutral – mitlaufen – wenn – sie – den – Wetterkram – durchgeben – diese – alten – Arschlöcher ...«

Sein Eintreffen versetzte alle in Aufregung. Die Leute von der Nachtschicht unterbrachen ihre Arbeit und scharten sich beunruhigt im Halbkreis um ihn – er erinnerte sich an Logie, Kingcome, Puck und Proudfoot –, und ihren Gesichtern war zu entnehmen, daß sie glaubten, er hätte endgültig den Verstand verloren. Sie setzten ihn auf einen Stuhl, brachten ihm einen Becher Tee und forderten ihn auf, noch einmal von vorn anzufangen, und zwar ganz langsam.

Er wiederholte es, Schritt für Schritt, plötzlich voller Zweifel, daß seine Logik einen Fehler haben könnte. Enigmas mit vier Walzen gibt es nur auf U-Booten und in Sainte-Assise. Richtig? Richtig. Deshalb konnten Küstenstationen nur Botschaften von Engimas mit drei Walzen entschlüsseln. Richtig? Pause. Richtig. Also müssen die Funker, wenn die U-Boote ihre Wetterberichte übermitteln, logischerweise die vierte Walze ausschalten, vermutlich indem sie sie auf Null stellen.

Danach ging alles sehr schnell. Puck rannte den Korridor entlang in den großen Saal und legte die besten Wetterhilfen auf einem Arbeitstisch aus. Um vier Uhr morgens hatten sie ein »Menü« für die Bomben. Zur Frühstückszeit meldete eine der Bomben einen Fund, und Puck rannte durch die Kantine wie ein Schuljunge und rief: »Wir haben's! Wir haben's!«

Es war der Stoff, aus dem Legenden sind.
Am Mittag rief Logie im Marineministerium an und veranlaßte die ständige Bereitschaft des U-Boot-Ortungsraums. Zwei Stunden später knackten sie den Shark-Funkverkehr vom vorausgegangenen Montag, und die Teleprinzessinnen, die hinreißenden Mädchen an den Fernschreibern, begannen, die entschlüsselten und übersetzten Botschaften nach London zu übermitteln. Es waren wirklich die Kronjuwelen. Nachrichten, bei denen einem die Haare zu Berge standen.

VON: [U-BOOT-KAPITÄN] SCHROEDER
VON ZERSTÖRERN ZUM TAUCHEN GEZWUNGEN.
KEIN KONTAKT. LETZTE FEINDPOSITION UM 0815
PLANQUADRAT 1849. KURS 45 GRAD. GESCHWINDIGKEIT
9 KNOTEN.

VON: GILARDONE
HABEN ANGEGRIFFEN. GENAUE GELEITZUGPOSITION
AK 1984. 050 GRAD. LADE NACH UND HALTE KONTAKT.

VON: HAUSE
UM 0115 IN QUADRAT 3969 ANGEGRIFFEN WORDEN,
LEUCHTRAKETEN UND GRANATBESCHUSS. GETAUCHT,
WASSERBOMBEN. KEINE SCHÄDEN. BEFINDE MICH IN
PLANQUADRAT AJ 3996. ALLE AALE, 70 CBM.

VON: BEFEHLSHABER DER U-BOOTE
AN: »DRAUFGÄNGER«-RUDEL
AB MORGEN 1700 NEUE PATROUILLE ZWISCHEN
PLANQUADRATEN AK 2564 BIS 2994. OPERATIONEN GEGEN
OSTWÄRTS FAHRENDEN GELEITZUG, DER UM 1200/7/12 IN
PLANQUADRAT AK 4189 WAR. KURS 050 BIS 070 GRAD.
GESCHWINDIGKEIT ZIRKA 8 KNOTEN.

Bis Mitternacht hatten sie zweiundneunzig Shark-Meldungen geknackt, übersetzt und nach London übermittelt, wodurch das Marineministerium Informationen über die ungefähren Positionen und Taktiken der Hälfte der deutschen U-Boot-Flotte erhielt.

Jericho war in der Bombenbaracke, als Logie ihn fand. Er war in den letzten neun Stunden fast nur herumgejagt, und jetzt überwachte er gerade die Umstellung einer der Maschinen. Er war immer noch im Schlafanzug mit dem Mantel darüber, sehr zur Belustigung der Wrens, wie die Angehörigen des Women's Royal Navy Service, des Marinehilfscorps, genannt wurden, die hier die Maschinen bedienten. Logie ergriff Jerichos Hand und schüttelte sie heftig.

»Der Premierminister!« rief er in Jerichos Ohr, um das Rattern der Bomben zu übertönen.

»Was?«

»Der Premierminister hat gerade angerufen und gratuliert!«

Logies Stimme schien sehr weit weg zu sein. Jericho beugte sich vor, um besser hören zu können, was Churchill gesagt hatte, und dann schmolz der Betonboden unter seinen Füßen, und er kippte vornüber in die Dunkelheit.

»Ist«, sagte Jericho.

»Wie bitte, alter Junge?«

»Zuerst haben Sie gesagt, Shark war ein Monster, und dann sagten Sie, er ist ein Monster.« Er richtete die Röstgabel auf Logie. »Ich weiß, weshalb Sie hier sind. Ihr tappt wieder im dunkeln, stimmt's?«

Logie grunzte und starrte ins Feuer, und Jericho hatte das Gefühl, ihm hätte jemand einen Stein aufs Herz gelegt. Er lehnte sich in seinem Sessel zurück, schüttelte den Kopf, dann lachte er kurz auf.

»Danke, Tom«, sagte Logie leise. »Ich freue mich, daß Sie das lustig finden.«

»Und die ganze Zeit über habe ich gedacht, Sie wären gekommen, um mich vor die Tür zu setzen. Das finde ich lustig. Sogar ziemlich lustig, finden Sie nicht auch, alter Junge?«

»Welchen Tag haben wir heute?« fragte Logie.
»Freitag.«
»Ach ja.« Logie steckte seine Pfeife, die inzwischen ausgegangen war, in die Tasche und seufzte. »Das bedeutet, daß es am Montag passiert sein muß. Nein, am Dienstag. Entschuldigung. Wir haben in letzter Zeit nicht viel Schlaf bekommen.« Er fuhr sich mit der Hand durch das sich lichtende Haar, und Jericho fiel zum erstenmal auf, daß es ziemlich grau geworden war. Also hat es nicht nur mich getroffen, dachte er, sondern uns alle, wir klappen alle zusammen. Keine frische Luft. Kein Schlaf. Kein frisches Gemüse. Sechs-Tage-Wochen und Zwölf-Stunden-Tage.
»Als Sie abfuhren, lagen wir nach wie vor gut im Rennen«, sagte Logie. »Sie kennen die Routine. Natürlich kennen Sie sie. Schließlich haben Sie sie ja mit entwikkelt. Wir warten darauf, daß Baracke 10 den Hauptwetterbericht der Marine knackt, und gegen Mittag haben wir mit ein bißchen Glück genügend Material, um die kurzen Wettermeldungen des Tages zu entschlüsseln. Damit haben wir drei der vier Walzeneinstellungen, und dann können wir uns Shark vornehmen. Die Verzögerungen waren unterschiedlich lang. Manchmal brauchten wir nur einen Tag, gelegentlich drei oder vier. Auf jeden Fall war das Material Goldstaub, und für Whitehall waren wir kleine Genies.«
»Bis Dienstag.«
»Bis Dienstag.« Logie warf einen Blick auf die Tür und senkte die Stimme. »Es ist eine Tragödie, Tom. Wir hatten die Verluste im Atlantik um fünfundsiebzig Prozent verringert. Das sind ungefähr dreihunderttausend Tonnen Schiffsmaterial pro Monat. Die Informationen, die wir uns verschafften, waren unbezahlbar. Wir wußten fast genauso exakt wie die Deutschen, wo sich die U-Boote befanden. Aber es war, in der Rückschau betrachtet, zu gut, um von Dauer zu sein. Die Nazis sind nicht blöd. Ich habe schon immer gesagt: ›Erfolg in diesem Geschäft trägt das Scheitern bereits in sich, und je größer der Er-

folg, desto größer das Scheitern.‹ Sie werden sich an meine Worte erinnern. Die andere Seite schöpft Verdacht, verstehen Sie? Ich habe gesagt …«

»Was ist am Dienstag passiert, Guy?«

»Ach ja. Entschuldigung. Dienstag. Es war gegen acht Uhr abends. Wir bekamen einen Anruf von einer der Horchstellen. Ich glaube, er kam von Flowerdown, aber Scarborough hatte es auch gehört. Ich war in der Kantine. Puck kam und holte mich. Seit dem frühen Nachmittag fingen sie regelmäßig etwas auf. Ein einziges Wort, das stündlich zur vollen Stunde gesendet wurde. Es kam von Sainte-Assise, auf beiden Hauptkanälen der U-Boote.«

»Und dieses Wort war in Shark verschlüsselt?«

»Nein, das ist es ja gerade. Deshalb waren wir ja alle so aus dem Häuschen. Es war nicht verschlüsselt. Es wurde nicht einmal im Morsecode gesendet. Es war eine menschliche Stimme. Ein Mann, der immer wieder dieses eine Wort wiederholte: *Akelei.*«

»Akelei«, murmelte Jericho. »Akelei … Das ist doch eine Blume, oder?«

»Ha!« Logie klatschte in die Hände. »Sie sind wirklich ein Wunderknabe, Tom. Daran können Sie ermessen, wie sehr Sie uns fehlen. Wir mußten erst einen der Deutschpauker von der Z-Wache fragen, was es bedeutet. Akelei ist eine Blume mit fünfblättrigen Blüten aus der Familie der Hahnenfußgewächse, lateinisch *Aquilegia.* Bei uns heißt sie *columbine.*«

»Akelei«, wiederholte Jericho. »Dabei dürfte es sich um ein vereinbartes Signal handeln, meinen Sie nicht auch?«

»Ja.«

»Und was bedeutet es?«

»Es bedeutet Ärger, mein Guter. Wieviel Ärger, haben wir gestern um Mitternacht herausgefunden.« Logie lehnte sich vor. Aus seiner Stimme war der Humor verschwunden. Seine Miene war ernst. »Akelei bedeutet: ›Wechselt die Kleine Wetterchiffre aus.‹ Sie sind zu einer neuen übergegangen, und wir haben nicht die geringste Ahnung, was wir dagegen tun können. Sie haben uns den Zugang zu Shark vermauert. Sie haben dafür gesorgt, daß wir wieder völlig im dunkeln tappen.«

Jericho brauchte nicht viel Zeit zum Packen. Seit er nach Cambridge gekommen war, hatte er nichts gekauft außer einer Tageszeitung, und so trug er genau das hinaus, was er drei Wochen zuvor hineingetragen hatte: zwei mit Kleidungsstücken gefüllte Koffer, ein paar Bücher, einen Füllfederhalter, einen Rechenschieber und Bleistifte, ein Schachspiel im Taschenformat und ein Paar Wanderstiefel. Er legte seine Koffer aufs Bett und ging langsam im Zimmer herum, um seine Habseligkeiten einzusammeln, während Logie ihm von der Tür aus zuschaute.

In seinem Kopf, aus den verborgenen Tiefen seines Unterbewußtseins zum Vorschein gekommen, spulte sich immer und immer wieder ein altes Kinderlied ab: »Weil ein Nagel fehlte, war das Pferd verloren; weil das Pferd fehlte, war der Reiter verloren; weil der Reiter fehlte, war die Schlacht verloren: weil die Schlacht fehlte, war das Königreich verloren; und alles nur, weil ein Hufnagel fehlte ...«

Er faltete ein Hemd zusammen und legte es auf seine Bücher.

Weil ein Wetter-Codebuch fehlte, konnten sie die Schlacht im Atlantik verlieren. So viele Männer, so viel Material waren gefährdet wegen einer solchen Kleinigkeit wie der Änderung eines Wettercodes. Es war absurd.

»Man merkt jedem an, ob er im Internat gewesen ist«, sagte Logie. »Solche Leute reisen immer mit leichtem Gepäck. Wegen all der endlosen Bahnfahrten, nehme ich an.«

»Mir ist es so lieber.«

Er stopfte ein Paar Socken in den Koffer. Er würde zurückkehren. Sie wollten ihn wiederhaben. Er konnte sich nicht entscheiden, ob er glücklich war oder sich davor fürchtete.

»In Bletchley haben Sie auch nicht viel Zeug, nicht wahr?«

Jericho drehte sich um und sah ihn an. »Woher wissen Sie das?«
»Ach.« Logie war sichtlich verlegen. »Tut mir leid, aber wir mußten Ihre Sachen zusammenpacken und Ihr Zimmer – äh – jemand anders geben. Raumknappheit und all das.«
»Sie haben nicht geglaubt, daß ich wiederkommen würde?«
»Drücken wir es so aus – wir haben nicht gewußt, daß wir Sie schon so bald wieder brauchen würden. Auf jeden Fall haben wir für Sie eine neue Unterkunft in der Stadt. Das ist bestimmt bequemer für Sie. Keine langen Radtouren mehr mitten in der Nacht.«
»Ich mag lange Radtouren so spät in der Nacht. Sie klären den Verstand.« Jericho schloß die Deckel seiner Koffer und ließ die Schlösser einschnappen.
»Sind Sie dem auch wirklich gewachsen, alter Junge? Niemand möchte Sie zu irgend etwas zwingen.«
»Ich bin in wesentlich besserer Verfassung als Sie, nach Ihrem Aussehen zu urteilen.«
»Ich möchte nur nicht, daß Sie das Gefühl haben, unter Druck gesetzt worden zu sein ...«
»Hören Sie endlich auf damit, Guy.«
»Okay. Schließlich haben wir Ihnen ja kaum eine andere Wahl gelassen. Soll ich Ihnen helfen?«
»Wenn es mir gut genug geht, um nach Bletchley zurückzukehren, geht es mir auch gut genug, um mit zwei Koffern zurechtzukommen.«
Er trug sie zur Tür und schaltete das Licht aus. Im Wohnzimmer schaltete er die Gasheizung aus und schaute sich ein letztes Mal um. Das abgeschabte Sofa. Die verkratzten Stühle. Der kahle Kaminsims. Das war sein Leben, dachte er, ein billig möbliertes Zimmer nach dem anderen, von britischen Institutionen zur Verfügung gestellt: von der Schule, dem College, der Regierung. Er fragte sich, wie wohl sein nächstes Zimmer aussehen würde. Logie öffnete die Türen und schaltete die Schreibtischlampe aus.

Auf der Treppe war es dunkel. Die Birne war seit langem durchgebrannt. Logie leuchtete ihnen die Steinstufen hinunter, indem er ein Streichholz nach dem anderen anriß. Unten angekommen, konnten sie gerade den Umriß von Leveret erkennen, der dort Wache hielt; seine Silhouette wurde von der dunklen Masse der Chapel gerahmt. Seine Hand fuhr in die Tasche.

»Schon gut, Mister Leveret«, sagte Logie. »Ich bin's. Mister Jericho fährt mit uns.«

Leveret hatte eine Verdunkelungs-Taschenlampe, ein billiges Ding, das mit Seidenpapier umwickelt war. In ihrem schwachen Lichtstrahl und mit Hilfe des letzten Tageslichts am Himmel suchten sie sich ihren Weg durchs College. Als sie am Speisesaal vorbeikamen, hörten sie das Klappern von Besteck und die Stimmen der Essenden, und Jericho überkam ein Gefühl des Bedauerns. Sie passierten die Pförtnerloge und gingen durch eine mannsgroße, in das hohe Eichentor eingelassene Pforte. An einem der Fenster der Loge erschien ein Lichtspalt, weil jemand drinnen den Vorhang ein Stückchen zur Seite schob. Leveret ging vor ihm und Logie hinter ihm, so daß Jericho das merkwürdige Gefühl hatte, unter Arrest zu stehen.

Der Rover des Stellvertretenden Direktors stand auf dem mit Kopfsteinen gepflasterten Gehweg. Leveret schloß ihn auf, und Logie und Jericho ließen sich auf dem Rücksitz nieder. Das Wageninnere war kalt und roch nach altem Leder und Zigarettenasche. Als Leveret das Gepäck im Kofferraum verstaute, sagte Logie plötzlich: »Wer ist übrigens Claire?«

»Claire?« Jericho hörte seiner Stimme in der Dunkelheit an, daß er schuldbewußt war und abwehrte.

»Als Sie die Treppe heraufkamen, war mir, als hörte ich Sie ›Claire‹ rufen. Claire?« Logie stieß einen leisen Pfiff aus. »Sagen Sie, ist das nicht die kühle Blonde in Baracke 3? Bestimmt ist sie das. Sie Glückspilz ...«

Leveret ließ den Motor an. Er stotterte, und der Vergaser knallte. Er löste die Handbremse, und der große Wagen schoß über das Pflaster auf die King's Parade zu. Die lange Straße war in beiden Richtungen völlig leer. Vor den abgeblendeten Scheinwerfern leuchteten leichte Nebelschwaden auf. Als sie nach links abbogen, kicherte Logie immer noch leise vor sich hin. »Ganz bestimmt ist sie das. Sie Glückspilz ...«

Kite blieb an seinem Posten beim Fenster und schaute den roten Schlußlichtern nach, bis sie um die nächste Kurve verschwunden waren. Dann ließ er den Vorhang fallen.

Nun ja.

Das war etwas, was ihnen am nächsten Morgen einigen Stoff zum Reden geben würde. Hör dir das an, Dottie. Mister Jericho ist mitten in der Nacht abgeholt worden – na schön, es war acht Uhr abends –, von zwei Männern, einer davon ziemlich groß und der andere eindeutig ein Polizist in Zivil. Die haben ihn hinausgeführt, und zu keiner Menschenseele ein Sterbenswörtchen gesagt.

Der Große und der Polizist waren so gegen fünf gekommen, während der junge Herr noch unterwegs war, und der Große, vermutlich ein Detektiv, hatte ihm alle möglichen Fragen gestellt:

Hat er irgendwelchen Besuch gehabt, seit er hier ist?

Hat er an jemanden geschrieben?

Was hat er getan?

Dann hatten sie seinen Schlüssel verlangt und Jerichos Zimmer durchsucht, bevor dieser zurückgekehrt war.

Es war eine finstere Sache. Sehr finster.

Ein Spion, ein Genie, ein Mann mit gebrochenem Herzen – und was nun?

Irgendeine Art von Verbrecher? Durchaus möglich. Ein Drückeberger? Ein Flüchtiger? Ein Deserteur?

Ja, das war es: ein Deserteur!

Kite kehrte zu seinem Sessel neben dem Ofen zurück und schlug die Abendzeitung auf.

»Nazi-U-Boot torpediert Passagierschiff«, las er. »Frauen und Kinder ertrunken.«

Kite schüttelte den Kopf angesichts der Schlechtigkeit der Welt. Es war eine Schande, ein junger Mann in diesem Alter, der keine Uniform trug, sondern sich mitten in England versteckte, während Mütter und Kinder umgebracht wurden.

II

KRYPTOGRAMM

Kryptogramm: eine chiffrierte
oder auf andere Weise geheimgehaltene Nachricht,
deren Sinn nur mit Hilfe eines Schlüssels
herausgefunden werden kann.

Ein Lexikon der Kryptographie
(»Streng geheim«, Bletchley Park, 1943)

1

Die Nacht war undurchdringlich, die Kälte unerträglich. Tom Jericho saß in dem eisigen Rover, in seinen Mantel eingewickelt, und konnte kaum sehen, wie sein Atem Schwaden bildete und sich auf dem Seitenfenster niederschlug. Er lehnte sich zur Seite und rieb ein Guckloch in die beschlagene Scheibe, was nur bewirkte, daß er feuchten, kalten Schmutz an den Fingern hatte. Gelegentlich fiel das Licht der Scheinwerfer auf weißgetünchte Bauernhäuser und verdunkelte Gasthöfe, und einmal kam ihnen ein Lastwagenkonvoi entgegen. Aber die meiste Zeit schienen sie im luftleeren Raum zu fahren. Es gab weder Straßenlaternen noch Schilder, die ihnen den Weg wiesen, keine erleuchteten Fenster; nicht einmal ein Streichholz glomm in der Dunkelheit. Sie hätten die drei letzten Überlebenden auf der Welt sein können.

Eine Viertelstunde nach der Abfahrt vom King's College hatte Logie angefangen zu schnarchen, und jedesmal, wenn der Rover durch ein Schlagloch fuhr, sank ihm der Kopf ein Stückchen weiter auf die Brust, eine Bewegung, die ihn veranlaßte, etwas zu murmeln und zu nicken, als wäre er voll und ganz mit sich einverstanden. Einmal, als sie eine scharfe Kurve nahmen, kippte der lange Körper zur Seite, und Jericho mußte ihn mit dem Unterarm sanft wieder aufrichten.

Leveret auf dem Fahrersitz hatte kein Wort gesprochen, abgesehen davon, daß er, als Jericho ihn bat, die Heizung einzuschalten, gesagt hatte, sie wäre kaputt. Er fuhr mit übertriebener Vorsicht, mit dem Gesicht ganz nahe an der Windschutzscheibe, während sein rechter Fuß behutsam zwischen Bremse und Gas wechselte. Gelegentlich schien er kaum schneller als Schrittempo zu fahren, so daß sie, wie Jericho schätzte, mit einigem Glück gegen Mitternacht ihr Ziel erreichen würden, obwohl die

Fahrt nach Bletchley bei Tageslicht kaum länger als anderthalb Stunden dauerte.

»Ich an Ihrer Stelle würde zusehen, daß ich ein bißchen Schlaf bekomme, alter Junge«, hatte Logie gesagt und aus seinem Mantel ein Kissen gemacht. »Es liegt eine lange Nacht vor uns.«

Aber Jericho konnte nicht schlafen. Er schob die Hände tief in die Taschen und starrte vergeblich in die Nacht.

Bletchley, dachte er angewidert. Schon den Namen aussprechen zu müssen, erzeugte ihm ein unangenehmes Gefühl im Mund. Weshalb hatten sie sich unter allen Städten Englands ausgerechnet für Bletchley entschieden? Bis vor vier Jahren hatte er noch nie etwas von diesem Nest gehört. Und wäre da nicht im Frühjahr 1939 dieses Glas Sherry in Atwoods Wohnung gewesen, hätte er vermutlich auch den Rest seines Lebens in glücklicher Unwissenheit verbracht.

Wie seltsam das war, wie absurd: jemandes Schicksal nachzuspüren und festzustellen, daß es durch ein paar Tropfen blassen Manzanillas eine völlig andere Wendung genommen hatte ...

Kurze Zeit nach dieser ersten Begegnung hatte Atwood eine Zusammenkunft mit ein paar »Freunden« in London arrangiert. Danach stieg Jericho vier Monate lang jeden Freitag in den Frühzug und begab sich in ein staubiges Bürohaus in der Nähe der U-Bahn-Station St. James. Hier, in einem schäbigen Raum mit einer Schultafel und einem Stehpult, wurde er in die Geheimnisse der Kryptographie eingeweiht. Und es war genau so, wie Turing vorhergesagt hatte: Er war fasziniert.

Vor allem ihre Geschichte faszinierte ihn, angefangen mit den alten Runensystemen und den irischen Codes im *Book of Ballymote* mit ihren ausgefallenen Bezeichnungen (»Schlange durch das Gras«, »Qualen eines Dichterherzens«), über die Codes von Papst Sylvester II. und Hildegard von Bingen, über Albertis Erfindung der Chiffrierscheibe – der ersten polyalphabetischen Chiffre – und Kardinal Richelieus Gitter bis hin zu den ma-

schinell erzeugten Geheimnissen der deutschen Enigma, die man resigniert für unentschlüsselbar hielt.
Und er liebte das geheime Vokabular der Kryptoanalytiker mit ihren Homophonen und Polyphonen, ihren Digraphen und Bigraphen und Nullen. Er beschäftigte sich mit Frequenzanalysen. Er wurde in die komplizierten Geheimnisse von Superverschlüsselung, von Placode und Enicode eingeweiht. Anfang August 1939 wurde ihm offiziell eine Stellung an der Government Code and Cipher School mit einem Jahresgehalt von 300 Pfund angeboten; gleichzeitig wurde er aufgefordert, nach Cambridge zurückzukehren und die weitere Entwicklung abzuwarten. Am 1. September hörte er nach dem Aufwachen im Radio, daß die Deutschen in Polen einmarschiert waren. Am 3. September, dem Tag, an dem Großbritannien den Krieg erklärte, traf in der Pförtnerloge ein Telegramm ein, das ihn anwies, sich am nächsten Morgen an einem Ort namens Bletchley Park einzufinden.
Der Anweisung gemäß verließ er King's College, sobald der Tag angebrochen war, auf dem schmalen Beifahrersitz von Atwoods altem Sportwagen. Bletchley war, wie sich herausstellte, ein kleiner Eisenbahnknotenpunkt aus der Viktorianischen Zeit, ungefähr fünfzig Meilen westlich von Cambridge. Atwood, der gern ein wenig angab, bestand darauf, mit offenem Verdeck zu fahren, und als sie durch die engen Straßen ratterten, hatte Jericho den Eindruck von Rauch und Ruß, von kleinen, häßlichen Reihenhäusern und hohen, schwarzen Schornsteinen von Ziegelbrennereien. Sie fuhren unter einer Eisenbahnbrücke hindurch und dann einen Feldweg entlang und wurden von bewaffneten Posten durch ein hohes, zweiflügeliges Tor hindurchgewinkt. Rechts von ihnen fiel eine Rasenfläche zu einem von hohen Bäumen gesäumten See ab. Zu ihrer Linken ragte ein Gebäude auf – eine niedrige, langgestreckte Monstrosität aus spätviktorianischer Zeit, erbaut aus roten Ziegeln und sandfarbenem Naturstein, die Jericho an das Vetera-

nenhospital erinnerte, in dem sein Vater gestorben war. Er sah sich um und erwartete beinahe, Frauen in Schwesterntracht zu sehen, die gebrochene Männer in Rollstühlen herumschoben.

»Ist es nicht einfach grauenhaft«, quiekte Atwood vor Vergnügen. »Ein Jude hat es erbauen lassen. Ein Börsenmakler. Freund von Lloyd George.« Seine Stimme hob sich bei jeder Aussage und deutete damit eine aufsteigende Skala gesellschaftlichen Horrors an. Er bremste abrupt und viel zu heftig, wobei der Kies aufspritzte und er beinahe einen Installateur überfahren hätte, der gerade von einer großen Rolle ein Kabel abwickelte.

Drinnen, in einem getäfelten Wohnzimmer mit Blick auf den See, standen sechzehn Männer herum und tranken Kaffee. Jericho war überrascht, wie viele von ihnen er kannte. Sie warfen sich Blicke zu, verlegen und belustigt. Aha, sagten ihre Gesichter, Sie hat man also auch geholt ... Atwood ging völlig gelassen zwischen ihnen hin und her, schüttelte Hände und machte bissige Bemerkungen, über die zu lächeln sich alle verpflichtet fühlten.

»Es ist nicht der Kampf gegen die Deutschen, der mir zuwider ist. Es ist die Tatsache, daß wir wegen dieser verdammten Polen Krieg haben.« Er wendete sich an einen gutaussehenden, ein wenig finster dreinschauenden jungen Mann mit hoher, breiter Stirn und dichtem Haar. »Und wie ist Ihr Name?«

»Pukowski«, sagte der junge Mann. »Ich bin ein verdammter Pole.«

Turing warf Jericho einen Blick zu und zwinkerte.

Am Nachmittag wurden die Kryptoanalytiker in Teams aufgeteilt. Turing wurde damit beauftragt, die »Bombe« umzukonstruieren, die riesige Maschine, die der geniale Marian Rejewski von der Chiffrierabteilung des polnischen Geheimdienstes 1938 zur Entschlüsselung von Enigma gebaut hatte. Jericho wurde in das Stallgebäude hinter dem Herrenhaus geschickt, wo er verschlüsselte deutsche Funksprüche dechiffrieren sollte.

Wie eigenartig sie gewesen waren, diese ersten neun Monate des Krieges, wie unwirklich, wie – es war irgendwie absurd, das heute zu sagen –, wie friedlich. Sie kamen jeden Tag mit dem Fahrrad aus ihren Unterkünften in verschiedenen Gasthäusern auf dem Lande und Pensionen in der Stadt nach Bletchley Park. Sie aßen gemeinsam im Herrenhaus. An den Abenden spielten sie Schach und ergingen sich auf dem Gelände, bevor sie zurückradelten zu ihren Betten. Ungefähr alle zehn Tage kam ein neuer Mitarbeiter dazu – ein Altphilologe, ein Mathematiker, ein Museumskurator, ein Antiquar. Jeder von ihnen war angeheuert worden, weil er ein Freund von jemandem war, der bereits in Bletchley arbeitete.
Ein trockener und dunstiger Herbst in Gold- und Brauntönen, mit Krähen, die wie Kohlebrocken in der Luft herumwirbelten, ging über in einen Winter wie auf einer Weihnachtskarte. Der See fror zu. Die Ulmen bogen sich unter der Last des Schnees. Vor dem Stallfenster pickte ein Rotkehlchen Brotkrumen auf.
Jerichos Arbeit war angenehm akademisch. Drei- oder viermal am Tag ratterte ein Motorradkurier über den Hof hinter dem Herrenhaus und brachte eine Tasche voll aufgefangener deutscher Kryptogramme. Jericho sortierte sie nach Frequenz und Rufzeichen und trug sie mit Farbstiften in Tabellen ein – rot für die Luftwaffe, grün für das Heer –, bis sich schließlich aus dem unverständlichen Wirrwarr Formen herausbildeten. Stationen, die innerhalb eines Funknetzes frei miteinander sprechen durften, ergaben ein Muster aus sich überschneidenden Linien innerhalb eines Kreises. Netze, in denen nur Zwei-Wege-Funkverkehr zwischen einem Hauptquartier und seinen Außenstationen herrschte, ähnelten Sternen. Kreis-Netze und Stern-Netze.
Diese Idylle dauerte acht Monate, bis zur deutschen Offensive im Mai 1940. Bis dahin hatten die Kryptoanalytiker kaum genügend Material gehabt, um Enigma ernsthaft zu attackieren. Aber als die Wehrmacht

durch Holland, Belgien und Frankreich fegte, wurde aus dem Plätschern des Funkverkehrs ein Getöse. Die Menge des Materials stieg von drei oder vier Kuriertaschen voll auf dreißig oder vierzig; auf einhundert; auf zweihundert.

Es war an einem Spätvormittag, ungefähr eine Woche, nachdem dies angefangen hatte, als Jericho eine Berührung an seinem Ellenbogen spürte. Er drehte sich um, und es war Turing, der ihn anlächelte.

»Da ist jemand, mit dem ich Sie bekannt machen möchte, Tom.«

»Ehrlich gesagt, Alan, ich habe im Moment sehr viel zu tun.«

»Sie heißt Agnes. Ich finde wirklich, Sie sollten sie begrüßen.«

Jericho hätte fast widersprochen – ein Jahr später hätte er es getan –, aber damals hatte er noch viel zuviel Respekt vor Turing, als daß er sich ihm widersetzt hätte. Er griff sich sein Jackett von der Stuhllehne, das er im Gehen anzog, und ging hinaus in die Maisonne.

Um diese Zeit hatte man den Park von Bletchley bereits stark umgemodelt. Der größte Teil der Bäume am Seeufer war gefällt worden, um Platz zu schaffen für eine Reihe großer Holzbaracken. Daneben stand ein niedriges Gebäude aus Ziegelsteinen, für das man eine Hecke abgeholzt hatte, und davor hatte sich eine kleine Gruppe von Kryptoanalytikern versammelt. Aus diesem Gebäude drang ein Geräusch, wie es Jericho noch nie gehört hatte, ein Summen und Klappern wie von einem Webstuhl und einer Druckerpresse zugleich. Er folgte Turing durch die Tür. Drinnen war der Lärm ohrenbetäubend; er hallte von den weißgetünchten Wänden und der Wellblechdecke wider. Ein Brigadier, ein Luftgeschwaderkommandant und ein verängstigt dreinschauendes Mädchen vom Marinehilfscorps, das sich die Finger in die Ohren gesteckt hatte, standen da und starrten auf eine große Maschine mit sich drehenden Walzen. Über ihr spannte sich ein blauer elektrischer Licht-

bogen. Es zischte und knisterte, roch nach heißem Öl und überhitztem Metall.
»Das ist die umkonstruierte polnische Bombe«, sagte Turing. »Ich dachte, ich nenne sie Agnes.« Er legte seine langen, bleichen Finger liebevoll auf das Metallgestell. Es gab einen Knall, und er riß sie zurück. »Ich hoffe, sie wird funktionieren ...«
O ja, dachte Jericho und rieb ein weiteres Fenster in die beschlagene Scheibe, *o ja, sie hat bestens funktioniert ...*
Der Mond kam hinter einer Wolke hervor und beleuchtete kurz die Great North Road. Er schloß die Augen.
Sie hatte bestens funktioniert, und danach hatte die Welt sich verändert.

Er mußte trotz seiner anfänglichen Wachheit eingeschlafen sein, denn als er die Augen wieder öffnete, saß Logie aufrecht da, und der Rover fuhr durch eine kleine Stadt. Es war immer noch dunkel, und anfangs wußte er nicht, wo sie waren. Aber dann kamen sie an einer Reihe von Läden vorbei, und die Scheinwerfer glitten kurz über die Reklametafel des County Cinema. Er murmelte und hörte, wie die Verdrossenheit schon jetzt in seine Stimme zurückkehrte: »Bletchley.«
»Stimmt, leider«, sagte Logie.
Die Victoria Road hinunter, vorbei an der Stadtverwaltung und an einer Schule ... Die Straße führte um eine Kurve, und plötzlich schwärmte in der Ferne, oberhalb des Gehsteigs, eine Myriade von Glühwürmchen auf sie zu. Jericho fuhr sich mit der Hand übers Gesicht und stellte fest, daß seine Finger taub waren. Ihm war leicht übel.
»Wie spät ist es?«
»Mitternacht«, sagte Logie. »Schichtwechsel.«
Die Lichtpünktchen waren Verdunkelungstaschenlampen.
Jericho schätzte, daß jetzt fünf- bis sechstausend Menschen in Bletchley arbeiteten, rund um die Uhr in drei

Acht-Stunden-Schichten – Mitternacht bis acht Uhr morgens, acht Uhr morgens bis vier Uhr nachmittags, vier Uhr nachmittags bis Mitternacht. Das bedeutete, daß jetzt etwa viertausend Leute unterwegs waren, von denen die eine Hälfte ging und die andere kam, und als der Rover auf die zum Haupttor führende Straße eingebogen war, konnte er kaum einen Meter vorankommen, ohne jemanden anzufahren. Leveret lehnte sich abwechselnd aus dem Fenster und brüllte oder drückte auf die Hupe. Unmengen von Leuten überströmten die Straße, die meisten zu Fuß, einige auf Fahrrädern. Ein Konvoi von Bussen versuchte, an ihnen vorbeizukommen. Jericho dachte: *Die Chancen, daß Claire unter ihnen ist, stehen zwei zu eins,* und plötzlich hatte er das dringende Bedürfnis, sich auf seinem Sitz ganz klein zu machen, sich etwas über den Kopf zu ziehen, zu verschwinden.
Logie musterte ihn eindringlich. »Sind Sie ganz sicher, daß Sie alldem gewachsen sind, alter Junge?«
»Mir geht's gut. Ehrlich. Es ist nur – es ist schwierig, sich vorzustellen, daß das alles mit sechzehn Leuten angefangen hat.«
»Wundervoll, nicht wahr? Und nächstes Jahr wird es doppelt so groß sein.« Der Stolz in Logies Stimme verwandelte sich plötzlich in Bestürzung. »Um Himmels willen, Leveret, passen Sie auf! Sie hätten beinahe diese Lady da überfahren.«
Im Scheinwerferlicht fuhr ein blonder Kopf verärgert herum, und Jericho wurde schlecht. Aber sie war es nicht. Es war eine Frau, die er nicht kannte, eine Frau in Uniform, mit grellrot geschminkten Lippen, die wie eine Wunde mitten in ihrem Gesicht aussahen. Sie wirkte, als hätte sie sich aufgetakelt, um sich mit einem Mann zu treffen. Sie hob drohend die Faust und rief ihnen »Verpißt euch!« zu.
»Nun ja«, sagte Logie trocken, »ich dachte, es wäre eine Lady.«
Als sie den Wachtposten erreicht hatten, mußten sie ihre Ausweise hervorkramen. Leveret nahm sie an

sich und reichte sie einem Unteroffizier der Royal Air Force durch das Fenster. Der Wachtposten hängte sein Gewehr über und inspizierte die Ausweise im Licht seiner Taschenlampe, dann bückte er sich und richtete den Lichtstrahl nacheinander auf ihre Gesichter. Die Helligkeit traf Jericho wie ein Schlag. Er hörte, wie hinter ihnen ein zweiter Posten den Kofferraum durchsuchte.

Er drehte den Kopf aus dem Licht und wendete sich an Logie. »Wann hat dies alles angefangen?« Er konnte sich an eine Zeit erinnern, zu der sie nicht einmal ihre Ausweise vorzuzeigen brauchten.

»Wo Sie mich jetzt fragen – ich weiß es nicht genau.« Logie zuckte die Achseln. »Offenbar haben sie vor ein oder zwei Wochen die Sicherheitsvorkehrungen verschärft.«

Sie bekamen ihre Ausweise zurück. Der Schlagbaum hob sich. Der Posten winkte sie durch. Neben der Straße stand ein frisch gemaltes Schild. Sie hatten um die Weihnachtszeit herum ihren Namen geändert. Jericho konnte in der Dunkelheit die weiße Schrift gerade noch entziffern.

»Government Communications Headquarters«.

Hinter ihnen schlug der metallene Schlagbaum mit Getöse zu.

2

Trotz der Verdunkelung konnte man sehen, wie groß die Anlage war. Das Herrenhaus war unverändert und ebenso die Baracken, aber diese bildeten jetzt nur einen Bruchteil des Gesamtkomplexes. Hinter ihnen erstreckte sich eine große Geheimdienstfabrik: niedrige, aus Ziegelsteinen erbaute Büros und bombensichere Bunker aus Beton und Stahl, A-Blocks und B-Blocks und C-Blocks, Tunnel und Luftschutzräume und Wachstuben und Garagen ... Unmittelbar außerhalb des Zauns lag ein großes Militärlager. In den nahen Wäldern ragten die Rohre von Flakgeschützen durch die Tarnnetze. Und weitere Gebäude waren im Bau. Es hatte keinen einzigen Tag gegeben, an dem Jericho nicht das Dröhnen von Baggern und Zementmischmaschinen, das Hämmern von Spitzhacken und das Splittern umstürzender Bäume gehört hatte. Einmal, kurz vor seinem Weggang, hatte Jericho die Strecke von dem neuen Versammlungsgebäude bis zum äußeren Grenzzaun abgeschritten und sie auf eine halbe Meile geschätzt. Wozu diente das alles? Er hatte keine Ahnung. Manchmal kam ihm der Gedanke, daß sie den Funkverkehr auf dem gesamten Planeten abhörten.

Leveret lenkte den Rover langsam an dem verdunkelten Herrenhaus, am Tennisplatz und den Generatoren vorbei und hielt dann in der Nähe der Baracken an.

Jericho stieg unbeholfen aus. Seine Beine waren eingeschlafen, und die wieder einsetzende Durchblutung bewirkte, daß seine Knie nachgaben. Er lehnte sich an die Seite des Wagens. Seine rechte Schulter war starr vor Kälte. Irgendwo auf dem See plätscherte eine Ente, und er mußte an Cambridge denken – an sein warmes Bett und seine Kreuzworträtsel –, und er schüttelte den Kopf, um die Erinnerung loszuwerden.

Logie erklärte ihm, daß er wählen könne: Leveret würde ihn zu seiner neuen Unterkunft bringen, und er konnte den Rest der Nacht schlafen, oder er ging mit hinein und sah sich an, wie die Dinge standen.

»Fangen wir lieber gleich an«, sagte Jericho. Seine Rückkehr in die Baracke würde eine Strapaze sein, die er so schnell wie möglich hinter sich bringen wollte.

»Das ist wahrer Kampfgeist, mein Lieber. Leveret kümmert sich um Ihr Gepäck – das tun Sie doch, Leveret? Bringen Sie es in Mister Jerichos Zimmer?«

»Ja, Sir.« Leveret musterte Jericho einen Moment, dann streckte er ihm die Hand entgegen. »Viel Glück, Sir.«

Jericho ergriff sie. Die feierliche Geste kam ihm unpassend vor. Man hätte glauben können, er wäre im Begriff,

mit dem Fallschirm in feindliches Territorium abzuspringen. Er versuchte, sich eine Erwiderung einfallen zu lassen. »Danke, daß Sie uns gefahren haben.«
Logie hantierte mit Leverets Verdunkelungstaschenlampe. »Was ist los mit diesem Ding?« Er schlug sie gegen seine Handfläche. »Verdammtes Ding. Zum Teufel damit. Kommen Sie.«
Er setzte sich mit seinen langen Beinen in Bewegung, und nach kurzem Zögern wickelte sich Jericho den Schal fester um den Hals und folgte ihm. Es war so dunkel, daß sie sich an der Schutzmauer entlangtasten mußten, die Baracke 8 umgab. Logie stieß gegen etwas, das wie ein Fahrrad klang, und Jericho hörte ihn fluchen. Er ließ die Taschenlampe fallen, und der Aufprall bewirkte, daß sie wieder funktionierte. Ein dünner Lichtstrahl erhellte den Eingang zur Baracke. Hier roch es nach Kalk und Feuchtigkeit – Kalk und Feuchtigkeit und Kreosot: die Gerüche von Jerichos Krieg. Logie rüttelte an der Klinke, die Tür ging auf, und sie traten in das trübe Licht.
Weil er sich in dem einen Monat, den er weg gewesen war, so stark verändert hatte, erwartete er irgendwie, daß sich auch die Baracke verändert hätte. Statt dessen wurde er, sobald er die Schwelle überschritten hatte, von der Vertrautheit des Ganzen fast überwältigt. Es war wie ein ständig wiederkehrender Traum, dessen Horror darin bestand, daß man genau wußte, was als nächstes passieren würde – die Gewißheit, daß es immer genau so gewesen war und auch in Zukunft immer so sein würde.
Vor ihm lag ein schmaler, schlecht beleuchteter Korridor, vielleicht zwanzig Meter lang, von dem ein Dutzend Türen abging. Die hölzernen Trennwände waren dünn, und die Geräusche von hundert auf Hochdruck arbeitenden Menschen drangen durch sämtliche Räume – das Tappen und Poltern von Stiefeln und Schuhen auf den nackten Dielen, das Stimmengesumme, der gelegentliche laute Ausruf, das Scharren von Stuhlbeinen,

das Läuten von Telefonen, das Klack-klack-klack der Maschinen vom Typ X im Dechiffrierraum.
Der einzige winzige Unterschied bestand darin, daß sich an dem begehbaren Kleiderschrank rechts, direkt neben dem Eingang, jetzt ein Namensschild befand: »Leutnant Kramer – US Navy – Verbindungsoffizier«.
Vertraute Gesichter wurden erkennbar. Kingcome und Proudfoot standen flüsternd vor dem Katalograum und wichen zurück, damit er vorbeigehen konnte. Er nickte ihnen zu. Sie erwiderten das Nicken, sagten aber nichts. Atwood kam aus dem Geräteraum, erkannte Jericho, starrte ihn an und senkte den Kopf. Er murmelte: »Hallo, Tom« und begann fast zu rennen, in Richtung Forschungsabteilung.
Ganz offensichtlich hatte niemand damit gerechnet, ihn wiederzusehen. Er war eine Peinlichkeit. Ein toter Mann. Ein Gespenst.
Logie nahm weder die allgemeine Verblüffung noch Jerichos Unbehagen zur Kenntnis. »Hallo, Leute.« Er winkte Atwood zu. »Hallo, Frank. Seht mal, wer wieder hier ist. Der verlorene Sohn kehrt zurück! Machen Sie ein freundliches Gesicht, Tom, alter Junge, dies ist keine Beerdigung. Jedenfalls noch nicht.« Er blieb vor seinem Büro stehen und hantierte eine halbe Minute mit seinem Schlüssel, bis er bemerkte, daß die Tür unverschlossen war. »Kommen Sie mit.«
Das Zimmer war kaum größer als ein Besenschrank. Hier hatte Turing gesessen, bis er – kurz bevor es ihnen gelungen war, in Shark einzudringen – nach Amerika geschickt worden war. Jetzt gehörte es Logie – als kleines Vorrecht seines Ranges –, und als er sich über seinen Schreibtisch beugte, wirkte er unverhältnismäßig riesig, wie ein Erwachsener in einem Kinderzimmer. In einer Ecke standen ein feuersicherer Safe, aus dem aufgefangene Funksprüche hervorquollen, und eine Mülltonne mit der Aufschrift »vertraulicher Abfall«. Da stand ein Telefon mit einem roten Hörer. Überall lag Papier herum – auf dem Fußboden, auf dem Tisch, auf dem Heiz-

körper, wo es spröde und gelb geworden war, in Drahtkörben und in Ablagekästen, in hohen Stapeln und in Haufen, die zu Fächern umgekippt waren.

»Verdammt, verdammt noch mal.« Logie hatte einen gelben Benachrichtigungszettel in der Hand und starrte ihn finster an. Er holte seine Pfeife aus der Tasche und kaute auf dem Stiel herum. Offenbar hatte er Jerichos Anwesenheit völlig vergessen, bis dieser hustete, um auf sich aufmerksam zu machen.

»Was? Oh. Tut mir leid, mein Lieber.« Er zeichnete die Worte der Nachricht mit seiner Pfeife nach. »Das Marineministerium ist offensichtlich nervös. Konferenz im A-Block mit hohen Tieren aus Whitehall. Wollen wissen, was Sache ist. Skynner ist am Rotieren und will mich sofort sprechen. Verdammt noch mal.«

»Weiß Skynner, daß ich zurück bin?« Skynner war der Leiter der Marineabteilung von Bletchley. Er hatte Jericho nie leiden können, vermutlich deshalb, weil Jericho aus seiner Ansicht über ihn nie einen Hehl gemacht hatte: daß er ein aufgeblasener Kerl war und ein Leuteschinder, dessen Hauptkriegsziel darin bestand, den Frieden als Sir Leonard Skynner, OBE, MBE, zu begrüßen, mit einem Sitz im Ministerium für Staatssicherheit und einem von Oxford verliehenen Ehrendoktor. Jericho hatte eine schwache Erinnerung daran, daß er Skynner einiges oder alles oder sogar noch mehr ins Gesicht gesagt hatte, kurz bevor er nach Cambridge zurückgeschickt wurde, um wieder zu Verstand zu kommen.

»Natürlich weiß er es, alter Junge. Ich mußte zuerst sein Einverständnis einholen.«

»Und er hatte nichts dagegen?«

»Nein. Der Mann ist verzweifelt. Er würde alles tun, um Shark wieder in den Griff zu bekommen.« Logie setzte schnell hinzu: »Entschuldigung, ich habe nicht gemeint ... ich wollte nicht sagen, daß es ein Akt der Verzweiflung war, daß wir Sie zurückgeholt haben. Nur, nun ja, Sie wissen schon ...« Er ließ sich schwer auf seinen Stuhl sinken, betrachtete abermals die Nachricht und klopfte dabei mit der Pfeife gegen seine abgenutzten gelben Zähne. »Verdammt, verdammt noch mal ...«

Während Jericho ihn beobachtete, kam ihm der Gedanke, daß er fast nichts über Logie wußte. Sie arbeiteten seit zwei Jahren zusammen, hielten sich für Freunde, und dennoch hatten sie sich nie richtig unterhalten. Er wußte nicht, ob Logie verheiratet war oder eine Freundin hatte ...

»Ich glaube, ich sollte gleich zu ihm gehen. Entschuldigen Sie mich, mein Lieber.«

Logie zwängte sich an seinem Schreibtisch vorbei und rief den Korridor hinunter: »Puck!« Jericho konnte hören, wie der Ruf von jemandem am hinteren Ende der Baracke aufgegriffen wurde. »Puck!« Und dann wieder von einer anderen Stimme: »Puck! Puck!«

Er steckte den Kopf wieder in sein Büro. »In jeder Schicht koordiniert ein Analytiker die Attacke gegen Shark. In dieser Schicht ist es Puck, in der nächsten Baxter, danach Pettifer.« Sein Kopf verschwand wieder. »Ah, da ist er. Kommen Sie, alter Junge. Machen Sie ein fröhliches Gesicht. Ich habe eine Überraschung für Sie. Sehen Sie mal, wer hier drinnen ist ...«

»Hier stecken Sie also, Guy«, kam eine vertraute Stimme vom Korridor. »Niemand wußte, wo Sie zu finden waren ...«

Adam Pukowski schob seinen geschmeidigen Körper an Logie vorbei, sah Jericho und blieb wie angewurzelt stehen. Es war ein echter Schock für ihn. Jericho konnte fast sehen, wie sein Verstand sich bemühte, seine Miene wieder unter Kontrolle zu bringen, sein berühmtes Lächeln wieder auf sein Gesicht zu zwingen. Endlich gelang es ihm. Er legte sogar die Arme um Jericho und drückte ihn an sich. »Tom, das ist ... Ich hatte schon gedacht, Sie kämen nie zurück ... Es ist ... wunderbar.«

»Es ist schön, Sie wiederzusehen, Puck.« Jericho schlug ihm höflich auf den Rücken.

Puck war ihr Maskottchen, ihr Bindeglied zu den Abenteuern des Krieges. Er war in der ersten Woche angekommen, um sie mit der polnischen Bombe vertraut zu machen, dann war er nach Polen zurückgekehrt, und als Polen fiel, war er nach Frankreich geflohen, und als Frankreich zusammenbrach, war er über die Pyrenäen entkommen. Um ihn rankten sich romantische Geschichten: daß er sich in der Hütte eines Ziegenhirten vor den Deutschen versteckt hätte, daß er sich an Bord eines portugiesischen Dampfers geschlichen und den Kapitän mit vorgehaltener Pistole gezwungen hätte, ihn nach England zu bringen. Als er im Winter 1940 wieder in Bletchley aufgetaucht war, hatte Pinker, der Shakespeareforscher, seinen Namen zu Puck (»dieser frohgemute Schwärmer durch die Nacht«) abgekürzt. Seine Mutter war Engländerin, was sein fast makelloses Englisch erklärte, auffallend nur deshalb, weil er es so sorgfältig aussprach.
»Sie sind also gekommen, um uns zu helfen?«
»So sieht es aus.« Er löste sich verlegen aus Pucks Umarmung. »Ich werde es zumindest versuchen.«
»Prächtig, prächtig.« Logie musterte sie einen Moment lang beifällig, dann begann er, in dem Chaos auf seinem Schreibtisch herumzuwühlen. »Wo steckt dieses Ding? Heute morgen war es noch hier ...«
Puck nickte hinter Logies Rücken und flüsterte: »Sehen Sie, Tom? Ordentlich wie immer ...«
»Also, Puck, das habe ich gehört. Lassen Sie mich sehen. Ist es das? Nein. Ja. Ja!«
Er drehte sich um und händigte Jericho ein mit der Maschine geschriebenes Dokument aus, amtlich abgestempelt und mit der Überschrift »Auf Befehl des Heeresministeriums«. Es war eine Benachrichtigung zur Einquartierung, gerichtet an eine Mrs. Ethel Armstrong, durch die Jericho berechtigt war, im Gästehaus in der Albion Street in Bletchley zu wohnen.
»Ich weiß leider nicht, wie es dort aussieht, alter Junge. Es war das Beste, was ich für Sie tun konnte.«

»Es ist bestimmt gut.« Jericho faltete das Blatt zusammen und steckte es in die Tasche. In Wirklichkeit war er ziemlich sicher, daß es nicht gut war – die letzten anständigen Zimmer in Bletchley waren vor drei Jahren verschwunden, und jetzt mußten die Leute sogar aus dem zwanzig Meilen entfernten Bedford anreisen –, aber welchen Sinn hätte es gehabt, sich zu beklagen? Er wußte aus Erfahrung, daß er das Zimmer ohnehin fast ausschließlich zum Schlafen benutzen würde.

»Und passen Sie auf, daß Sie sich nicht überanstrengen, mein Junge«, sagte Logie. »Wir erwarten nicht von Ihnen, daß Sie eine volle Schicht arbeiten. Nichts dergleichen. Sie können kommen und gehen, wann immer Sie wollen. Was wir von Ihnen erwarten, ist das, was wir schon beim letzten Mal von Ihnen bekommen haben: Scharfblick. Inspiration. Die Entdeckung von etwas, das wir alle übersehen haben. Ist es nicht so, Puck?«

»So ist es.« Sein hübsches Gesicht war so hager, wie Jericho es noch nie gesehen hatte, und wirkte noch erschöpfter als das von Logie. »Wir haben Hilfe weiß Gott dringend nötig, Tom.«

»Wir sind also keinen Schritt vorangekommen?« sagte Logie. »Keine guten Neuigkeiten, mit denen ich unseren Herrn und Meister beglücken kann?«

Puck schüttelte den Kopf.

»Nicht einmal ein Schimmer?«

»Nicht einmal das.«

»Nun, woher sollte er auch kommen? Der Teufel hole diese verdammten Admiräle.« Logie knüllte den Zettel mit der Nachricht zusammen, zielte damit auf den Müllbehälter und traf daneben. »Ich würde Sie selbst herumführen, aber wie Sie wissen, schätzt Skynner es nicht, wenn man ihn warten läßt. Das geht doch in Ordnung, Puck, daß Sie das übernehmen?«

»Natürlich, Guy. Gern.«

Logie drängte sie auf den Korridor hinaus, versuchte seine Tür abzuschließen, dann gab er es auf. Als er sich umdrehte, öffnete er den Mund, und Jericho machte sich auf eine von Logies unausstehlichen Oberlehreransprachen gefaßt – etwas in der Art, daß das Leben unschuldiger Menschen von ihm abhinge, daß sie ihretwegen ihr Bestes geben müßten und daß das Rennen nicht unbedingt von den Schnellsten und die Schlacht nicht unbedingt von den Stärksten gewonnen würde (das hatte er tatsächlich einmal gesagt) –, aber statt dessen kam nur ein Gähnen heraus.

»Ach herrje. Tut mir leid, alter Junge. Tut mir leid.«

Er schlurfte den Korridor entlang und klopfte dabei auf seine Taschen, um sich zu vergewissern, daß er seine Pfeife und seinen Tabaksbeutel bei sich hatte. Sie hörten ihn abermals murmeln, etwas über »verdammte Admiräle«, dann war er verschwunden.

Baracke 8 war fünfunddreißig Meter lang und zehn Meter breit, und Jericho hätte sie im Schlaf durchwandern können, hatte sie vermutlich tatsächlich im Schlaf durchwandert. Die Außenwände waren dünn, und die Feuchtigkeit vom See schien durch die Fußbodendielen aufzusteigen; deshalb waren die Räume nachts kalt und in das trübe Licht kahler, schwacher Glühbirnen getaucht. Die Möblierung bestand fast ausschließlich aus Klapptischen und zusammenklappbaren Holzstühlen und erinnerte Jericho an einen Gemeindesaal an einem Winterabend. Alles, was dazu fehlte, war ein schlecht gestimmtes Klavier, auf dem jemand »Land of Hope and Glory« spielte.

Die Baracke hatte den Charakter eines Fließbandes, die wichtigste Station in einem Prozeß, der seinen Ursprung irgendwo weit draußen in der Dunkelheit hatte, vielleicht zweitausend Meilen entfernt, wenn der graue Rumpf eines U-Boots bis dicht unter die Wasseroberfläche aufstieg und einen Funkspruch an seine Leitstelle absetzte. Die Signale wurden von verschiedenen Horchstellen abgefangen und per Fernschreiber nach Bletchley übermittelt, und zehn Minuten nach der

Übertragung, noch während die U-Boote sich auf abermaliges Tauchen vorbereiteten, gelangten sie durch einen Tunnel in den Registrierraum von Baracke 8. Jericho griff sich den Inhalt eines Drahtkorbes mit der Aufschrift »Shark« und trug ihn zur nächsten Lichtquelle. In den Stunden nach Mitternacht ging es gewöhnlich am lebhaftesten zu. Und tatsächlich waren innerhalb der letzten achtzehn Minuten sechs Funksprüche abgefangen worden. Drei bestanden aus nur acht Buchstaben; er vermutete, daß es sich bei ihnen um Wetterberichte handelte. Selbst das längste der übrigen Kryptogramme enthielt nicht mehr als ein paar Dutzend Vier-Buchstaben-Gruppen:

JRLO GOPL DNRZ LQBT ...

Puck warf ihm einen gequälten Blick zu, als wollte er sagen: »Was kann man da machen ...?«

Jericho sagte: »Wie ist das Volumen?«

»Das schwankt. Hundertfünfzig, vielleicht sogar zweihundert Funksprüche pro Tag. Und steigend.«

Im Registrierraum landete nicht nur Shark. Dort kamen auch Porpoise und Dolphin und all die anderen Enigma-Schlüssel an, die eingetragen und dann über den Flur in den Hilfenraum gebracht wurden. Hier wurden sie auf Hinweise durchforscht – auf die Rufzeichen der Funkstationen, die ihnen bekannt waren (Kiel zum Beispiel war JDU, Wilhelmshaven KYU), oder auf Nachrichten, deren Inhalt sich vermuten ließ, oder auf Kryptogramme, die bereits in einem Schlüssel dechiffriert und dann in einem anderen abermals gesendet worden waren (diese kennzeichneten sie mit einem »XX« und nannten sie »Küsse«). Bei dieser Arbeit war Atwood der Champion, und die Wrens sagten boshaft hinter seinem Rücken, das wären die einzigen Küsse, die er je bekommen hätte.

In dem großen Raum nebenan, den sie mit ihrem bitteren Humor den »Ballsaal« nannten, versuchten die Kryptoanalytiker anhand von Hilfsschemata, die sie Eselsbrücken nannten, mögliche Lösungen zu finden, die dann an den Bomben getestet wurden. Jericho ließ den Blick über die wackeligen Tische und die harten Stühle schweifen, registrierte die schwache Beleuchtung, den Tabakmief, die Atmosphäre einer College-Bibliothek, die Nachtkälte (die meisten der Kryptoanalytiker trugen Mantel und Handschuhe), und fragte sich, warum – warum? – er so bereitwillig hierher zurückgekehrt war. Kingcome und Proudfoot waren da und Upjohn, Pinker und de Brooke und außerdem vielleicht ein halbes Dutzend Neuankömmlinge, deren Gesichter ihm unbekannt waren, darunter ein junger Mann, der völlig unverfroren auf dem Stuhl saß, der einst für Jericho reserviert gewesen war. Auf den Tischen stapelten sich Kryptogramme wie Stimmzettel bei der Auszählung einer Wahl.

Puck sagte etwas über bisherige Erfolge, aber Jericho, fasziniert vom Anblick eines anderen Mannes auf seinem Stuhl, verlor den Faden und mußte ihn unterbrechen. »Tut mir leid, Puck. Was haben Sie gerade gesagt?«

»Ich habe gesagt, daß wir vor rund zwanzig Minuten alles aufgeholt hatten. Daß wir sämtliche Shark-Meldungen bis zum Zeitpunkt der Codeänderung dechiffriert haben, so daß für uns jetzt nichts mehr zu tun bleibt. Außer für die Geschichte.« Er lächelte matt und klopfte Jericho auf die Schulter. »Kommen Sie, ich zeige es Ihnen.«

Wenn ein Kryptoanalytiker glaubte, in einen Funkspruch eindringen zu können, wurde seine Vermutung auf einer der Bomben getestet. Und wenn er genügend Scharfsinn oder Glück gehabt hatte, würde die Bombe eine Stunde oder einen Tag lang durch Millionen von Permutationen hindurchrattern und offenbaren, wie die Enigma-Maschine eingestellt worden war. Diese Information wurde dann von dem Bombenstandort an den Dechiffrierraum übermittelt.

Wegen des Lärms war der Dechiffrierraum ans äußerste Ende der Baracke verbannt worden. Jericho mochte das

Geklapper. Es war das Geräusch des Erfolges. Seine schlimmsten Erinnerungen bezogen sich auf die Nächte, in denen Stille geherrscht hatte. Ein Dutzend britische Dechiffriermaschinen vom Typ X waren so umkonstruiert worden, daß sie die Aktionen der deutschen Enigma imitierten. Es waren große, schwerfällige Geräte, Schreibmaschinen mit Walzen, einer Schalttafel und einem Zylinder, an denen junge und adrette Debütantinnen saßen.

Baxter, der Hausmarxist der Baracke, hatte eine Theorie, derzufolge die (überwiegend weibliche) Belegschaft von Bletchley in einer Weise gestaffelt war, daß er sie »ein Paradigma des englischen Klassensystems« nannte. Die Mädchen, die die Funksprüche auffingen und dabei in ihren Stationen an der Küste vor Kälte zitterten, entstammten gewöhnlich der Arbeiterklasse und arbeiteten in völliger Unkenntnis des Enigma-Geheimnisses. Die Mädchen, die die Bomben bedienten und auf dem Gelände von mehreren Landhäusern in der näheren Umgebung sowie in einer großen neuen Anlage unmittelbar außerhalb von London arbeiteten, stammten aus dem Kleinbürgertum und hatten eine vage Vorstellung. Und die Mädchen im Dechiffrierraum, im Herzen von Bletchley Park, entstammten der oberen Mittelschicht oder sogar dem Adel, und sie kapierten alles – die Geheimnisse gingen buchstäblich durch ihre Hände. Sie tippten die Buchstaben des ursprünglichen Kryptogramms ein, und aus dem Zylinder an der rechten Seite der Typ X erschien langsam ein Streifen gummierten Papiers von der Art, wie es für Telegrammformulare verwendet wird, und darauf stand der dechiffrierte Klartext.

»Diese drei arbeiten an Dolphin«, sagte Puck und wies quer durch den Raum, »und die beiden an der Tür fangen gerade mit Porpoise an. Und diese reizende junge Dame hier« – er verneigte sich – »hat Shark. Dürfen wir?« Sie war jung, ungefähr achtzehn, mit lockigem rotem Haar und großen braunen Augen. Sie sah auf und lächelte ihn an – ein hinreißendes Lächeln –, und er beugte sich über sie und begann, den Papierstreifen von dem Zylinder abzurollen. Jericho fiel auf, daß seine Hand währenddessen auf ihrer Schulter lag, einfach so, und er dachte, wie sehr er Puck um die Beiläufigkeit dieser Geste beneidete. Er hätte eine Woche gebraucht, um sich dazu durchzuringen. Puck forderte ihn mit einer Handbewegung auf, den dechiffrierten Text zu lesen.

VONSCHULZQU88521DAMPFER1TANKERWAHRSCHEINLICH-AM63TANKERFACKEL ...

Jericho fuhr mit dem Finger darauf entlang, trennte die Wörter und übersetzte sie in Gedanken: U-Boot-Kommandant von Schulz befand sich in Planquadrat 8852 und hatte einen Dampfer (mit Sicherheit) und einen Tanker (wahrscheinlich) versenkt und einen weiteren Tanker in Brand gesetzt ...

»Wann war das?«

»Hier sehen Sie das Datum«, sagte Puck. »Sechs drei. Am sechsten März. Bis zu der Codeänderung am Mittwoch abend haben wir aus dieser Woche alles dechiffriert, also gehen wir jetzt zurück und beschäftigen uns mit den Funksprüchen vom Anfang des Monats, die uns noch fehlen. Dieser hier ist – wieviel? – sechs Tage alt. Inzwischen kann der Herr Kapitän von Schulz schon fünfhundert Meilen weit entfernt sein. Das hier ist leider nur von akademischem Interesse ...«

»Arme Teufel«, sagte Jericho und fuhr ein zweites Mal mit den Fingern über den Papierstreifen. »1DAMPFER 1TANKER ...« Wieviel Erfrieren und Ertrinken und Verbrennen steckte in dieser einen Zeile? Wie hießen die Schiffe, fragte er sich. Waren die Angehörigen der Besatzungen benachrichtigt worden?

»Wir haben ungefähr achtzig weitere Funksprüche vom sechsten, die wir noch durch die Typ-X-Maschinen laufen lassen. Ich werde zwei weitere Bedienerinnen daran-

setzen. Ein paar Stunden, dann sollten wir damit fertig sein.«
»Und was dann?«
»Dann, mein lieber Tom? Ich nehme an, dann beschäftigen wir uns mit den Meldungen vom Februar. Aber die können nicht einmal mehr als Geschichte gelten. Februar? Februar auf dem Atlantik? Archäologie!«
»Irgendwelche Fortschritte bei der Vier-Walzen-Bombe?«
Puck schüttelte den Kopf. »Zuerst ist es unmöglich. Völlig ausgeschlossen. Dann haben wir einen Entwurf, aber dieser ist theoretischer Unsinn. Dann haben wir einen Entwurf, der funktionieren sollte, es aber nicht tut. Dann mangelt es an Material. Dann mangelt es an Ingenieuren ...« Er machte eine resignierte Handbewegung, als wollte er das alles aus dem Wege schieben.
»Hat sich überhaupt irgend etwas geändert?«
»Nichts, was uns betrifft. Das U-Boot-Hauptquartier ist von Paris nach Berlin verlegt worden. In der Gegend von Magdeburg haben sie irgendeinen wundervollen neuen Sender, von dem es heißt, daß sie damit ein zweitausend Meilen weit entferntes und fünfzehn Meter tief getauchtes U-Boot erreichen können.«
Jericho murmelte: »Wie tüchtig von ihnen.«
Das rothaarige Mädchen war mit dem Dechiffrieren der Nachricht fertig. Sie riß den Papierstreifen ab, klebte ihn auf die Rückseite des Kryptogramms und gab es einem anderen Mädchen, das damit aus dem Raum eilte. Jetzt würde es in verständliches Englisch übersetzt und per Fernschreiber an das Marineministerium übermittelt werden. Puck berührte Jerichos Arm.
»Sie müssen müde sein. Wollen Sie nicht in Ihr Quartier gehen und sich ausruhen?«
Aber Jericho war nicht nach Ausruhen zumute. »Ich würde gern sämtliche Shark-Meldungen sehen, die wir nicht haben knacken können. Alles, was seit Mittwoch nacht eingegangen ist.«

Puck lächelte verblüfft. »Weshalb? Sie werden nichts damit anfangen können.«
»Vermutlich. Aber ich möchte sie trotzdem sehen.«
»Weshalb?«
»Ich weiß es nicht.« Jericho zuckte die Achseln. »Nur, um sie in der Hand zu halten. Ein Gefühl für sie zu bekommen. Ich war einen Monat lang nicht an dem Spiel beteiligt.«
»Meinen Sie vielleicht, wir könnten etwas übersehen haben?«
»Durchaus nicht. Aber Logie hat mich gebeten ...«
»Ach ja. Jerichos berühmte ›Inspiration‹ und ›Intuition‹.« Puck konnte seine Verärgerung nicht verbergen. »Also steigen wir von Wissenschaft und Logik jetzt hinab zu Aberglauben und ›Gefühlen‹.«
»Um Himmels willen, Puck ...« Jetzt war auch Jericho verärgert. »Tun Sie mir einfach einen Gefallen, wenn es Ihnen so lieber ist.«
Puck funkelte ihn einen Moment lang an, dann verflogen die Wolken ebenso rasch, wie sie aufgezogen waren. »Natürlich.« Er streckte die Hände in die Höhe und deutete damit seine Kapitulation an. »Sie müssen alles sehen. Entschuldigen Sie. Ich bin müde. Wir sind alle müde.«
Als Jericho fünf Minuten später mit einem Aktenordner voller Shark-Kryptogramme in den Ballsaal zurückkehrte, stellte er fest, daß sein früherer Platz geräumt worden war. Jemand hatte außerdem einen Stapel Notizpapier und drei frisch gespitzte Bleistifte hingelegt. Er sah sich um, aber niemand schien ihm Aufmerksamkeit zu widmen.
Er legte die aufgefangenen Funksprüche auf dem Tisch aus. Er lockerte seinen Schal, faßte prüfend an den Heizkörper – der wie immer lauwarm war –, hauchte in seine Hände, um sie anzuwärmen, und setzte sich.
Er war wieder da.

3

Wann immer Jericho von jemandem gefragt wurde – von einer Freundin seiner Mutter oder einem neugierigen Kollegen ohne jedes Interesse an Naturwissenschaft –, weshalb er Mathematiker geworden sei, schüttelte er den Kopf, lächelte und behauptete, er hätte keine Ahnung. Wenn sie nicht lockerließen, dann verwies er sie mit einiger Verlegenheit auf die Definition, die G. H. Hardy in seiner berühmten *Apology* geliefert hatte: »Ein Mathematiker ist, wie ein Maler oder ein Dichter, ein Verfertiger von Mustern.« Wenn sie auch das nicht zufriedenstellte, versuchte er eine Erklärung, indem er das simpelste Beispiel nannte, das ihm einfiel: Pi = 3,14 bezeichnet das Verhältnis des Umfangs eines Kreises zu seinem Durchmesser. Errechnen Sie Pi bis auf die tausendste Stelle hinter dem Komma oder noch weiter, und Sie werden in dieser unendlichen Zahlenfolge keinerlei Muster entdecken. Sie erscheint zufällig, chaotisch, häßlich. Aber Leibniz und Gregory können die gleiche Zahl nehmen und ihr ein Muster von kristalliner Eleganz entlocken:

$$\frac{Pi}{4} = 1 - \frac{1}{3} + \frac{1}{5} - \frac{1}{7} + \frac{1}{9} - \ldots$$

und so weiter, ad infinitum. Ein derartiges Muster hatte keinerlei praktischen Nutzen, es war lediglich schön – so grandios, nach Jerichos Ansicht, wie eine Tonfolge in einer Fuge von Bach. Und wenn sein Quälgeist dann immer noch nicht begriffen hatte, worauf er hinauswollte, dann tat es ihm leid, das war Zeitverschwendung.
Unter diesem Aspekt war nach Jerichos Ansicht auch die Enigma-Maschine schön – ein Meisterwerk menschlichen Erfindungsgeistes, das sowohl Chaos als auch einen winzigen Streifen Sinn hervorbrachte. Zu Beginn seiner Zeit in Bletchley hatte er tatsächlich Phantasien nachgehangen, wie er eines Tages, wenn der Krieg vor-

über wäre, ihren deutschen Erfinder, Arthur Scherbius, ausfindig machen und ihn zu einem Glas Bier einladen würde. Aber dann erfuhr er, daß Scherbius bereits 1929 gestorben war, auf lächerlich unlogische Art von einem durchgehenden Pferd getötet, und den Erfolg seines Patents nicht mehr erlebt hatte.

Wenn er es getan hätte, wäre er ein reicher Mann geworden. In Bletchley schätzte man, daß die Deutschen bis Ende 1942 mindestens hunderttausend Enigmas gebaut hatten. Jede Heereseinheit hatte eine, jeder Luftwaffenstützpunkt, jedes Kriegsschiff, jedes U-Boot, jeder Hafen, jeder Eisenbahnknotenpunkt, jede SS-Brigade und jedes Gestapo-Hauptquartier. Niemals zuvor hatte eine Nation einen so großen Teil ihrer geheimen Kommunikation einem einzigen Gerät anvertraut.

Im Herrenhaus von Bletchley verfügten die Kryptoanalytiker über einen ganzen Raum voller erbeuteter Enigmas, und Jericho hatte stundenlang mit ihnen herumgespielt. Sie waren klein (kaum mehr als dreißig Zentimeter im Quadrat und fünfzehn Zentimeter hoch), tragbar (sie wogen lediglich sechsundzwanzig Pfund) und leicht zu bedienen. Man stellte die Maschine ein, tippte eine Botschaft ein, und dann kam, Buchstabe für Buchstabe, auf einer Leuchtanzeige der chiffrierte Text zum Vorschein. Wer immer die chiffrierte Nachricht erhielt, brauchte nur seine Maschine auf genau die gleiche Weise einzustellen und das Kryptogramm einzutippen, woraufhin ihm die Lämpchen den Klartext lieferten.

Das Geniale daran bestand in der ungeheuer großen Zahl von Permutationen, die die Enigma erzeugen konnte. In einer Standard-Enigma floß Strom von einer Tastatur über ein Netz aus drei verkabelten Walzen (von denen sich zumindest eine jedesmal, wenn eine Taste angeschlagen wurde, eine Kerbe weiterdrehte) zu sechsundzwanzig elektrischen Kontakten und den Lämpchen. Die Stromkreise veränderten sich ständig; ihre potentielle Zahl war astronomisch, aber berechenbar. Fünf verschiedene Walzen standen zur Wahl (zwei von ihnen wurden in Reserve gehalten), was bedeutete, daß sie in jeder von sechzig möglichen Anordnungen arrangiert werden konnten. Jede Walze drehte sich um eine Achse und verfügte über sechsundzwanzig mögliche Ausgangspositionen. Sechsundzwanzig hoch drei ergab 17 576. Wenn man das mit den 60 möglichen Walzenanordnungen multiplizierte, kam man auf 1 054 560. Und wenn man das mit der Zahl der möglichen elektrischen Kontakte multiplizierte – was ungefähr 150 Millionen Millionen ergab –, dann saß man vor einer Maschine, die ungefähr 150 Millionen Millionen Millionen verschiedene Ausgangspositionen hatte. Es spielte keine Rolle, wie viele Enigma-Maschinen man erbeutet hatte und wie lange man mit ihnen herumspielte. Sie waren nutzlos, sofern man nicht die Walzenanordnung kannte, die Schlüsseleinstellung und die Verbindung der Stromkreise. Und dies alles wurde von den Deutschen täglich geändert, gelegentlich sogar zweimal am Tag.

Die Maschine hatte nur einen winzigen, aber, wie sich herausstellte, entscheidenden Fehler. Sie chiffrierte nie einen Buchstaben als sich selbst: Ein A würde nie als ein A aus ihr zum Vorschein kommen, ein B nicht als ein B, ein C nicht als ein C ... *Nichts ist jemals es selbst:* Das war das große Leitprinzip bei der Entschlüsselung von Enigma-Botschaften, die unendlich kleine Schwachstelle, die sich die Bomben zunutze machten.

Angenommen, man hatte ein Kryptogramm, das so begann:

IGWH BSTU XNTX EYLK PEAZ ZNSK UFJR CADV

Und weiterhin angenommen, man wußte, daß diese Nachricht von der Wetterstation der Kriegsmarine in der Biskaya stammte – einem ganz speziellen Freund der »Eselsbrückenbauer« in Baracke 8 –, deren Funksprüche immer auf dieselbe Art begannen:

WUEBYYNULLSEQSNULLNULL

WUEB war die Abkürzung für »Wetterübersicht«, und SEQS stand für Sechs. YY und NULL waren lediglich eingefügt worden, um Abhörer zu verwirren.
Der Kryptoanalytiker legte nun den chiffrierten Text auf den Tisch und das Hilfsschema darunter. Dann verschob er es – nach dem Prinzip *Nichts ist jemals es selbst* – so lange, bis er eine Position gefunden hatte, in der in der oberen und der unteren Zeile kein Buchstabe mehr identisch war. In diesem Fall hätte das Ergebnis folgendermaßen ausgesehen:

B STUXNT XEYLKPEA ZZN S KUF
WUEBYYNULLSEQSNULLNULL

Und an diesem Punkt wurde es theoretisch möglich (möglich, weil zumindest genügend Beweismaterial vorlag), die einzige ursprüngliche Enigma-Einstellung zu errechnen, die genau diese Buchstabenabfolgen hervorgebracht hatte. Es war noch immer eine immense Rechenaufgabe, eine, für die ein Menschenteam mehrere Wochen gebraucht hätte. Die Deutschen gingen zu Recht davon aus, daß jede Kenntnis, die der Feind erlangen mochte, zu alt sein würde, um noch von Nutzen zu sein. Aber Bletchley – und das war etwas, womit die Deutschen nie gerechnet hatten – Bletchley setzte keine menschlichen Wesen ein. Es benutzte Bomben. Zum erstenmnal in der Geschichte wurde eine von einer Maschine erzeugte Chiffre von einer Maschine entschlüsselt.
Wer brauchte jetzt noch Spione? Wozu noch Geheimtinte und tote Briefkästen und mitternächtliche Treffen bei zugezogenen Vorhängen in Schlafwagenabteilen? Was jetzt gebraucht wurde, waren Mathematiker und Ingenieure mit Ölkännchen und fünfzehnhundert Leute, die fünftausend Geheimbotschaften pro Tag eingaben. Sie hatten die Spionage ins Maschinenzeitalter befördert.

Aber all dies half Jericho nicht beim Eindringen in Shark.
Shark entzog sich allen ihnen zur Verfügung stehenden Methoden. Zum einen verfügten sie über fast keine schematischen Hilfen oder Eselsbrücken. Wenn es sich um eine Enigma-Einstellung für Überwasserverkehr handelte, hatten sie, wenn in Baracke 8 die Hilfsschemata ausgegangen waren, mehrere Tricks, um sie zu knacken – zum Beispiel etwas, das sie »Gartenbau« nannten. Beim »Gartenbau« erhielt die Royal Air Force die Anweisung, in einem speziellen Planquadrat vor einem deutschen Hafen Minen zu legen. Und dann konnte man sich darauf verlassen, daß der Hafenkommandant mit deutscher Gründlichkeit eine Stunde später in der Enigma-Einstellung des Tages die Meldung durchgab und Schiffe vor Minen in Planquadrat Soundso warnte. Die Meldung wurde aufgefangen und sofort an Baracke 8 weitergeleitet, und damit hatten sie ihr Hilfsschema.
Aber bei Shark ging das nicht, und Jericho konnte über den Inhalt der Kryptogramme nur die allervagesten Vermutungen anstellen. Da waren acht lange Botschaften aus Berlin. Dabei konnte es sich um Befehle handeln, mit denen die U-Boote zu »Wolfsrudeln« zusammengefaßt und vor einen herannahenden Geleitzug dirigiert wurden. Die kürzeren Texte – es waren einhundertzweiundzwanzig, aus denen Jericho einen gesonderten Stapel machte – waren von den U-Booten selbst gesendet worden. Sie konnten alles mögliche enthalten: Meldungen über versenkte Schiffe und Motorschäden; Details über im Wasser treibende Überlebende und über Bord gespülte Besatzungsmitglieder; Anforderungen von Ersatzteilen oder neuen Befehlen. Am allerkürzesten waren die Wetterberichte der U-Boote oder, sehr selten, Meldungen über Kontakte: *»Geleitzug in Planquadrat BE 9533 Kurs 70 Grad, Geschwindigkeit 9 Knoten* ... Aber sie waren codiert wie die Wettermeldungen – für jede Information wurde ein Buchstabe des Alphabets verwendet. Und außerdem waren sie in Shark überschlüsselt.

Er tippte mit seinem Bleistift auf den Tisch. Puck hatte völlig recht. Sie hatten nicht genügend Material, mit dem sie arbeiten konnten.
Und selbst wenn sie es gehabt hätten, war da immer noch die verdammte vierte Walze der Shark-Enigma, die Neuerung, die bewirkte, daß U-Boot-Meldungen sechsundzwanzigmal schwerer zu knacken waren als die von Überwasserfahrzeugen. Einhundertfünfzig Millionen Millionen Millionen multipliziert mit sechsundzwanzig. Eine phänomenale Zahl. Die Ingenieure bemühten sich seit nunmehr einem Jahr, eine Bombe mit vier Walzen zu konstruieren – aber bisher offensichtlich ohne Erfolg. Sie schien immer einen Schritt außerhalb ihrer technischen Möglichkeiten zu liegen.
Keine Hilfsschemata, keine Bomben. Hoffnungslos.
Stunden vergingen, in denen Jericho mit allen erdenklichen Tricks versuchte, zu irgendeiner frischen Inspiration zu gelangen. Er sortierte die Kryptogramme chronologisch. Dann sortierte er sie nach der Länge, dann nach der Frequenz. Er kritzelte auf seinem Notizpapier herum. Er wanderte in der Baracke umher, ohne zur Kenntnis zu nehmen, wer ihn beobachtete und wer nicht. So war es im vergangenen Jahr zehn endlose Monate lang gegangen. Kein Wunder, daß er durchgedreht war. Das Ballett der sinnlosen Buchstaben tanzte vor seinen Augen. Aber sie waren nicht sinnlos. In ihnen war ein Sinn von allergrößter Bedeutung versteckt, sofern er ihn nur entdecken konnte. Aber wo war das Muster? Wo war das Muster? Wo war nur das Muster?

In der Nachtschicht war es üblich, daß gegen vier Uhr morgens alle eine kurze Essenspause einlegten. Die Kryptoanalytiker gingen, wann es ihnen gerade paßte, je nach dem Stadium, in dem sie sich mit ihrer Arbeit befanden. Die Mädchen aus dem Dechiffrierraum und die Leute, die im Registrier- und im Katalograum arbeiteten, mußten sich an einen Turnus halten, damit die Baracke nie unterbesetzt war.

Jericho bemerkte gar nicht, daß sich Leute zur Tür bewegten. Er hatte beide Ellenbogen auf den Tisch gestützt, die Knöchel an die Schläfen gedrückt, und brütete über den Kryptogrammen. Er hatte ein eidetisches Gehirn – das heißt eines, das Bilder mit photographischer Exaktheit speichern und ins Bewußtsein zurückholen konnte, ganz gleich, ob es sich dabei um die Position der Figuren während eines Schachspiels, um Kreuzworträtsel oder die chiffrierten Funksprüche der deutschen Marine handelte – und arbeitete mit geschlossenen Augen.

»Tief unterm Donnern der zerwühlten See«, intonierte eine gedämpfte Stimme hinter ihm, »weit drunten auf des Meeres finsterm Grund / den alten, traumlos unbetretnen Schlaf ...«

»... der Krake schläft.« Jericho vervollständigte das Zitat, drehte sich um und sah Atwood, der sich gerade eine violette Skihaube über den Kopf zog. »Coleridge?«

»Coleridge?« Atwood schob sein Gesicht mit einem Ausdruck der Entrüstung vor. »Coleridge? Das ist Tennyson, Sie Banause. Wir dachten, Sie hätten vielleicht Lust, auf einen Happen Essen mitzukommen.«

Jericho war im Begriff abzulehnen, entschied sich aber anders, um nicht unhöflich zu erscheinen. Außerdem war er hungrig. In den letzten zwölf Stunden hatte er außer Toast und Marmelade nichts gegessen.

»Nett von Ihnen. Danke.«

Er folgte Atwood, Pinker und einigen anderen den Korridor entlang und hinaus in die Nacht. Irgendwann, während er in die Kryptogramme versunken gewesen war, mußte es geregnet haben, und die Luft war immer noch feucht. Er konnte hören, wie sich auf der Straße rechts von ihnen Leute in der Dunkelheit bewegten. Die Lichtstrahlen von Taschenlampen funkelten auf dem nassen Asphalt. Atwood führte sie am Herrenhaus und an der Baumschule vorbei und durch das Haupttor hindurch. Es war verboten, außerhalb der Baracke über ihre Arbeit zu sprechen, und Atwood erging sich, nur um Pinker zu ärgern, über den Selbstmord von Virginia Woolf, den er für den größten Tag der englischen Literatur seit Erfindung der Druckerpresse hielt.

»Ich k-k-kann Ihnen nicht gl ... gl ... gl« Wenn Pinker sich an einem Wort verhakte, schien sein ganzer Körper zu beben vor Anstrengung, sich wieder daraus zu befreien. Sie blieben stehen und warteten geduldig auf ihn.

»Glauben?« kam ihm Atwood zu Hilfe.

»Ja, glauben«, stieß Pinker erleichtert hervor. »Danke.«

Jemand ergriff Atwoods Partei, und dann begann Pinkers schrille Stimme erneut zu argumentieren. Sie gingen weiter. Jericho folgte ihnen mit einigem Abstand.

Die Kantine, die unmittelbar außerhalb des Zauns lag, war so groß wie ein Flugzeughangar – hell erleuchtet und dröhnend laut, angefüllt mit fünf- oder sechshundert Leuten, die an Tischen saßen oder nach Essen anstanden.

Einer der neuen Kryptoanalytiker schrie Jericho zu: »Ich wette, Sie haben das hier vermißt!« Jericho lächelte und wollte etwas erwidern, aber der junge Mann verschwand, um sich ein Tablett zu holen. Der Lärm war fürchterlich, und ebenso der Geruch – eine Wolke aus Kantinenessen, bestehend aus Kohl, gekochtem Fisch und Pudding, durchsetzt mit Zigarettenrauch und feuchter Kleidung. Jericho fühlte sich davon gleichzeitig abgestoßen und losgelöst, wie ein aus Einzelhaft zurückkehrender Gefangener oder ein Patient, der nach langer Krankheit aus der Isolierstation auf die Straße entlassen wird.

Er stellte sich an und achtete kaum auf das Essen, das ihm auf den Teller geklatscht wurde. Erst hinterher, nachdem er seine zwei Shilling bezahlt und sich hingesetzt hatte, warf er einen Blick darauf – gekochte Kartoffeln in geronnenem gelbem Fett und ein Brocken von etwas Grauem und Gewelltem. Er stach mit seiner Gabel in den Brocken, dann führte er ein Stückchen davon vorsichtig zum Mund. Es schmeckte wie Fischleber, wie erstarrter Lebertran. Er stöhnte.

»Das ist ja widerlich ...«
Atwood sagte mit vollem Mund: »Es ist Walfleisch.«
»Großer Gott.« Jericho legte schleunigst seine Gabel hin.
»Vergeuden Sie es nicht, mein Junge. Wissen Sie nicht, daß wir Krieg haben? Geben Sie her.«
Jericho schob seinen Teller über den Tisch und versuchte, den Geschmack mit wäßrigem Milchkaffee hinunterzuspülen.
Der Nachtisch war eine Art Obsttörtchen, und das war besser, oder, richtig ausgedrückt, es schmeckte nach nichts Widerlicherem als Pappe, aber als er es halb verzehrt hatte, war Jericho der ohnehin schwache Appetit vergangen. Atwood äußerte jetzt seine Ansicht über Gielguds Hamlet und bespritzte dabei den Tisch mit Walpartikeln, und jetzt kam Jericho zu dem Schluß, daß es ihm reichte. Er nahm die Überreste, die Atwood nicht haben wollte, und kratzte sie in eine Milchkanne mit der Aufschrift »Schweinefutter«.
Auf halbem Weg zur Tür überkam ihn plötzlich Reue wegen seiner Unhöflichkeit. Benahm sich so ein guter Kollege, ein guter Teamarbeiter, wie Skynner es nennen würde? Aber als er sich umdrehte und zurückschaute, stellte er fest, daß niemand ihn vermißte. Atwood redete noch immer und schwenkte dabei seine Gabel durch die Luft. Pinker schüttelte den Kopf, die anderen hörten zu. Er setzte seinen Weg fort, ging zur Tür hinaus und genoß die wohltuende frische Luft.

Dreißig Sekunden später war er draußen auf dem Pflaster und ertastete sich in der Dunkelheit vorsichtig seinen Weg zum Wachtposten, während er über Shark nachdachte.
Vor sich hörte er das Klick-klick der Absätze einer Frau, die etwa zwanzig Schritte vor ihm hereilte. Sonst war niemand in der Nähe. Es war die Zeit zwischen zwei Sitzungen: Alle waren entweder bei der Arbeit oder beim Essen. Die schnellen Schritte hielten am Tor an, und ei-

nen Moment später richtete der Posten das Licht seiner Taschenlampe direkt in das Gesicht der Frau. Sie drehte mit einem verärgerten Murmeln den Kopf weg, und Jericho sah sie für einen Augenblick im Lichtkegel, und sie blickte genau in seine Richtung.

Es war Claire.

Für den Bruchteil einer Sekunde war er überzeugt, daß sie ihn gesehen hatte. Aber er befand sich in der Dunkelheit und taumelte panisch rückwärts, vier oder fünf Schritte, und sie war vom Licht geblendet. Mit scheinbar unendlicher Langsamkeit hob sie die Hand, um ihre Augen abzuschirmen. Ihr blondes Haar schimmerte weiß.

Er konnte nicht hören, was sie sagte, aber die Taschenlampe wurde sehr schnell ausgeschaltet, und alles war wieder dunkel. Und dann hörte er sie auf dem Weg auf der anderen Seite des Zauns, klick klick klick, offensichtlich in Eile. Ihre Schritte verhallten in der Nacht.

Er mußte sie einholen. Er stolperte rasch auf den Posten zu, suchte nach seiner Brieftasche, suchte nach seinem Ausweis, wäre beinahe über die Bordsteinkante gefallen, aber er konnte das verdammte Ding nicht finden. Die Taschenlampe wurde eingeschaltet, blendete ihn – *'n Abend, Sir, Abend, Corporal* –, und seine Finger waren wie gelähmt, er konnte sie nicht zum Funktionieren bringen, und der Ausweis war nicht in seiner Brieftasche, war nicht in den Manteltaschen, war nicht in den Jackentaschen, nicht in der Innentasche – jetzt konnte er ihre Schritte nicht mehr hören, nur noch den ungeduldig tappenden Stiefel des Postens –, aber ja, er war doch in seiner Innentasche, *Hier, danke, Sir, danke, Corporal, Nacht, Sir, Nacht, Corporal,* Nacht, Nacht, Nacht ...

Sie war verschwunden.

Das Licht des Postens hatte ihm das letzte bißchen Sehvermögen geraubt. Als er die Augen schloß, war da nur das Nachleuchten der Taschenlampe, und als er sie wieder öffnete, war die Dunkelheit absolut. Er fand den Rand der Straße mit dem Fuß und folgte ihrer Kurve. Sie führte ihn abermals am Herrenhaus vorbei und brachte ihn nahe an die Baracken heran. Irgendwo weit weg, vielleicht am gegenüberliegenden Ufer des Sees, begann jemand – vielleicht ein weiterer Posten – »We'll Gather Lilacs in the Spring Again« zu pfeifen, hörte aber gleich wieder auf.

Es war so still, daß man das Rauschen des Windes in den Bäumen hören konnte.

Noch während er zögerte und sich fragte, was er tun sollte, erschien auf dem Fußweg zu seiner Rechten ein Lichtpunkt und dann noch einer. Als sich die Taschenlampen auf ihn zubewegten, zog sich Jericho aus einem ihm selbst unerfindlichen Grund in den Schatten von Baracke 8 zurück. Er hörte Stimmen, die er nicht erkannte – die eines Mannes und einer Frau –, flüsternd, aber erregt. Als sie sich fast auf gleicher Höhe mit ihm befanden, warf der Mann seine Zigarette ins Wasser. Eine Kaskade aus roten Pünktchen endete in einem Zischen. Die Frau sagte: »Es ist ja nur für eine Woche, Darling«, dann umarmte sie ihn. Die Lichtpunkte tanzten, entfernten sich voneinander und bewegten sich von ihm fort.

Er trat wieder auf den Fußweg. Sein nächtliches Sehvermögen kehrte zurück. Er sah auf die Uhr. Es war halb fünf. In ungefähr anderthalb Stunden würde es hell werden.

Einem Impuls nachgebend, ging er an der Seite von Baracke 8 entlang, ganz dicht an der Schutzmauer. Das brachte ihn zur Ecke von Baracke 6, in der die Chiffren des deutschen Heeres und der Luftwaffe geknackt wurden. Unmittelbar vor ihm lag ein schmaler, über grobes Gras führender Trampelpfad, der Baracke 6 von der Rückwand der Marineabteilung trennte. Und am Ende dieses Pfads, tief in die Dunkelheit geduckt und gerade eben erkennbar, lag eine weitere Baracke, die Nr. 3, in der die in Baracke 6 dechiffrierten Meldungen übersetzt und registriert wurden.

Claire arbeitete in Baracke 3.

Er sah sich um. Es war niemand in Sicht.
Er verließ den Pfad und begann sich seinen Weg über das Gelände zu suchen. Der Boden war glitschig und uneben, und mehrmals rankte sich etwas um seine Knöchel, Efeu vielleicht oder ein Stück weggeworfenes Kabel, und er wäre beinahe hingefallen. Es dauerte fast eine Minute, bis er Baracke 3 erreicht hatte.
Auch hier gab es eine Betonmauer, die, das hofften jedenfalls ihre Erbauer, den leichten Holzbau vor einer explodierenden Bombe schützte. Sie war schulterhoch, aber da er relativ klein war, schaffte er es nur mit Mühe, über den Rand zu schauen.
In der Seitenwand des Gebäudes befand sich eine Reihe von Fenstern mit Verdunkelungsläden, die jeden Abend bei Anbruch der Dämmerung geschlossen wurden. Außer der Andeutung von Rechtecken an den Stellen, an denen Licht an den Kanten der Fensterrahmen durchschimmerte, war nichts zu sehen. Wie Baracke 8 hatte auch Baracke 3 einen Fußboden aus hohl auf Betonsockeln gelagerten Dielen, und er konnte das gedämpfte Trampeln und Poltern von herumgehenden Leuten hören.
Sie mußte Dienst haben. Sie mußte in der Nachtschicht arbeiten. Durchaus möglich, daß sie nur einen Meter von der Stelle entfernt war, an der er stand.
Er reckte sich auf die Zehenspitzen.
Er war nie in Baracke 3 gewesen. Aus Sicherheitsgründen war es unerwünscht, daß Leute, die in einer Abteilung von Bletchley Park arbeiteten, eine andere aufsuchten, sofern sie keine guten Gründe dafür hatten. Von Zeit zu Zeit hatte seine Arbeit ihn über die Schwelle von Baracke 6 geführt, aber Baracke 3 war für ihn Neuland. Er hatte keine Ahnung, was sie tat. Einmal hatte sie versucht, es ihm zu erzählen, aber er hatte sanft gesagt, es wäre besser, wenn er es nicht wüßte. Es mußte etwas mit Registrieren zu tun haben und war *»furchtbar langweilig, Darling«*, das hatte er ihren beiläufigen Bemerkungen entnommen.

Er reckte sich, soweit er konnte, bis seine Fingerspitzen die Asbestverkleidung der Baracke berührten ...
Was tust du, liebste Claire? Bist du mit deinem langweiligen Registrieren beschäftigt, oder flirtest du mit einem der diensthabenden Offiziere oder unterhältst dich mit den anderen Mädchen oder brütest über dem Kreuzworträtsel, das du nie lösen kannst ...?
Plötzlich öffnete sich ungefähr fünfzehn Meter links von ihm eine Tür. In dem schmalen Rechteck aus schwachem Licht erschien ein Mann in Uniform und gähnte. Jericho glitt lautlos zu Boden, bis er auf der feuchten Erde kniete und den Brustkorb an die Mauer drückte. Die Tür wurde geschlossen, und der Mann kam auf ihn zu. Er blieb etwa drei Meter entfernt schwer atmend stehen. Er schien zu lauschen. Jericho schloß die Augen, und kurz darauf hörte er ein Plätschern und dann ein bohrendes Geräusch, und als er sie wieder öffnete, sah er die undeutliche Silhouette des Mannes, der an die Mauer pinkelte. Das Pinkeln dauerte erstaunlich lange, und Jericho war nahe genug, um den scharfen, bierigen Urin riechen zu können. Die Nachtbrise wehte ihm einen feinen Sprühnebel entgegen. Er hielt sich die Hand vor Mund und Nase, um zu verhindern, daß er würgen mußte. Endlich gab der Mann einen tiefen Seufzer, fast ein Stöhnen, von sich und hantierte mit den Knöpfen seines Hosenschlitzes. Er entfernte sich. Die Tür öffnete und schloß sich wieder, und Jericho war allein.
Es lag eine gewisse Komik in der Situation, die ihm erst später bewußt wurde. Aber zu jener Zeit befand er sich am Rande einer Panik. Was tat er hier wider alle Vernunft? Wenn er ertappt wurde, in der Dunkelheit kniend, mit dem Ohr an einer Baracke, in der er nichts zu schaffen hatte, dann hätte er, um es milde auszudrücken, sehr viel Mühe, diesen Umstand zu rechtfertigen. Einen Augenblick dachte er daran, einfach hineinzumarschieren und nach ihr zu fragen. Aber seine Phantasie ließ ihn davor zurückscheuen. Man konnte

ihn hinauswerfen. Oder sie konnte wutentbrannt erscheinen und eine Szene machen. Oder sie konnte erscheinen und die Liebenswürdigkeit in Person sein, und was würde er dann sagen? »*Oh, hallo, Darling, ich kam gerade vorbei. Du siehst großartig aus. Übrigens, was ich dich fragen wollte, warum hast du mein Leben zerstört?*«
Er hielt sich an der Mauer fest, um wieder auf die Beine zu kommen. Der schnellste Weg zurück zur Straße führte geradeaus, aber dabei mußte er an der Tür zur Baracke vorbeigehen. Er kam zu dem Schluß, daß der sicherste Weg der wäre, auf dem er gekommen war.
Nach dem Schrecken, den er gerade durchlebt hatte, war er jetzt vorsichtiger. Bei jedem Schritt setzte er seinen Fuß sehr behutsam auf, und alle fünf Schritte blieb er stehen, um sich zu vergewissern, daß außer ihm niemand in der Dunkelheit unterwegs war. Zwei Minuten später stand er wieder vor dem Eingang zur Baracke 8.
Ihm war zumute, als hätte er einen Geländelauf hinter sich. In seinem linken Schuh war ein kleines Loch, und seine Socke war naß. An den Aufschlägen seine Hosenbeine hingen feuchte Grashalme. Seine Knie waren durchweicht. Und an der Stelle, an der er mit der Betonmauer in Berührung gekommen war, wies sein Mantel leuchtendweiße Streifen auf. Er holte ein Taschentuch hervor und versuchte, sich zu säubern. Er war gerade halbwegs damit fertig, als er die anderen aus der Kantine zurückkehren hörte. Atwoods Stimme hallte durch die Nacht: »Ein unsicherer Kantonist, dieser Mann. Ein sehr unsicherer. Ich habe ihn rekrutiert, müssen Sie wissen«, woraufhin jemand anders bemerkte: »Ja, aber früher war er sehr gut, oder etwa nicht?«
Jericho blieb nicht stehen, um den Rest zu hören. Er stieß die Tür auf und rannte fast den Korridor entlang, so daß er, als die anderen Kryptoanalytiker im großen Saal ankamen, bereits an seinem Schreibtisch saß, mit

geschlossenen Augen und an die Schläfen gedrückten Knöcheln über die Funksprüche gebeugt.

So verharrte er drei Stunden lang.
Gegen sechs erschien Puck, legte weitere vierzig chiffrierte Meldungen, die jüngste Ausbeute an Shark-Funksprüchen, auf seinen Tisch und fragte, nicht ohne ein gewisses Maß an Sarkasmus, ob Jericho »schon durchgestiegen« wäre. Um sieben Uhr hörte man Trittleitern gegen die Außenwand klappern, und die Verdunkelungsläden wurden geöffnet. Ein bleiches, graues Licht drang in die Baracke.
Wieso war sie um diese Nachtstunde durch den Park geeilt? Das war es, was er nicht verstand. Natürlich, schon die Tatsache, daß er sie wiedergesehen hatte, nachdem er einen Monat lang versucht hatte, sie zu vergessen, war verstörend. Aber jetzt, in der Rückschau, waren es vor allem die Umstände, die ihn beunruhigten. Sie war nicht in der Kantine gewesen, dessen war er sicher. Er hatte jeden Tisch, jedes Gesicht gemustert – war so abgelenkt gewesen, daß er nicht einmal hingeschaut hatte, was er zu essen bekam. Wo war sie gewesen? Hatte sie sich mit jemandem getroffen? Mit wem? Mit wem? Und die Art, wie sie dahingehastet war. Lag darin nicht etwas undefinierbar Verstohlenes, sogar Panikartiges?
Sein Gedächtnis spulte die Szene Bild für Bild wieder ab: die Schritte, das aufblitzende Licht, die Wendung ihres Kopfes, ihr Ausruf, das Schimmern ihres Haars, die Art, wie sie verschwunden war ... Auch das war merkwürdig. Konnte sie wirklich die ganze Strecke bis zu ihrer Baracke in der Zeit zurückgelegt haben, die er gebraucht hatte, um seinen Ausweis zu finden?
Kurz vor acht raffte er die Kryptogramme zusammen und schob sie in den Aktendeckel. Rings um ihn bereiteten sich die Kryptoanalytiker auf das Ende ihrer Schicht vor, streckten sich, gähnten, rieben sich die müden Augen, packten ihre Arbeit zusammen, informierten ihre Ablösung. Niemand merkte, daß Jericho den Korridor

entlang zu Logies Büro eilte. Er klopfte einmal an. Niemand meldete sich. Er drückte die Türklinke. Wie er sich erinnerte: unverschlossen.
Er machte die Tür hinter sich zu und griff nach dem Telefon. Wenn er auch nur eine Sekunde zögerte, würde ihn sein Mut verlassen. Er wählte »Null«, und nach dem siebten Läuten, als er gerade aufgeben wollte, meldete sich eine schläfrige Vermittlerstimme.
Sein Mund war fast zu trocken, um die Worte hervorzubringen. »Den diensthabenden Offizier von Baracke 3 bitte.«
Fast unmittelbar darauf sagte eine Männerstimme gereizt: »Oberst Coker.«
Jericho ließ fast den Hörer fallen.
»Arbeitet bei Ihnen eine Miss Romilly?« Er brauchte seine Stimme nicht zu verstellen; sie zitterte ohnehin so stark, daß sie nicht zu erkennen war. »Eine Miss Claire Romilly?«
»Da hat man Sie mit einer völlig falschen Abteilung verbunden. Wer sind Sie?«
»Aus der Versorgungsabteilung.«
»Verdammter Mist.« Es gab einen ohrenbetäubenden Knall, als hätte der Oberst das Telefon quer durch den Raum geworfen, aber die Verbindung blieb bestehen. Jericho konnte das Klappern eines Fernschreibers hören und eine sehr kultivierte Männerstimme irgendwo im Hintergrund, die sagte: »Ja, ja, das habe ich ... Gut, in Ordnung. Bis später.« Der Mann beendete sein Gespräch und begann ein neues. »Hier Heeres-Register ...« Jericho schaute auf die Uhr über dem Fenster. Es war bereits nach acht. Na los, komm schon, komm schon ... Plötzlich gab es wieder ein lautes Geräusch, jetzt viel näher, und eine Frau sagte leise in Jerichos Ohr: »Ja?«
Er versuchte, beiläufig zu klingen, aber es kam ein Krächzen heraus. »Claire?«
»Tut mir leid, aber Claire hat heute frei. Sie kommt erst morgen früh um acht wieder zum Dienst. Kann ich Ihnen helfen?«

Jericho legte sanft den Hörer auf die Gabel, genau in dem Moment, in dem hinter ihm die Tür geöffnet wurde.
»Ach, hier sind Sie, alter Junge ...«

4

Tageslicht tat den Baracken nicht gut.
Die Verdunkelung hatte sie mit einem gewissen Geheimnis umgeben, aber der Morgen ließ sie als das erkennen, was sie waren: gedrungen und häßlich, mit braunen Wänden und geteerten Dächern und einer Aura des Verfalls. Über dem Herrenhaus war der Himmel glänzend weiß mit grauen Streifen, eine Kuppel aus poliertem Marmor. Eine Ente in unscheinbarem Wintergefieder watschelte auf der Suche nach Nahrung über den Pfad, und Logie versetzte ihr im Vorbeigehen beinahe einen Tritt, woraufhin sie protestierend zum See zurückkehrte.
Er war nicht im mindesten verwundert gewesen, Jericho in seinem Büro vorzufinden, und hatte Jerichos sorgfältig vorbereitete Ausrede – daß er die Shark-Funksprüche zurückbringe – mit einer Handbewegung beiseite gewischt.
»Werfen Sie sie einfach in den Ablagekasten, und kommen Sie mit.«
Am Nordufer des Sees, neben den Baracken, lag der A-Block, ein langgestrecktes, zweistöckiges Gebäude mit Ziegelsteinmauern und einem Flachdach. Logie stieg eine Betontreppe hinauf und bog dann rechts ab. Am hinteren Ende des Korridors ging eine Tür auf, und Jericho hörte eine vertraute Stimme dröhnen: »*... all unsere Reserven an Menschen und Material für dieses Problem ...*«, dann ging die Tür wieder zu. Baxter kam ihnen auf dem Korridor entgegen.
»Da sind Sie ja. Ich wollte Sie gerade holen. Hallo, Guy. Hallo, Tom, wie geht es Ihnen? Auf den ersten Blick hätte ich Sie kaum wiedererkannt.« Baxter hatte

eine Zigarette im Mund und machte sich nicht die Mühe, sie herauszunehmen. Sie wippte auf und ab, während er sprach, und Asche fiel auf seinen Pullover. Vor dem Krieg hatte er an der London School of Economics gelehrt.

»Was gibt's?« fragte Logie und wies mit dem Kopf auf die geschlossene Tür.

»Unser amerikanischer Verbindungsoffizier und ein weiterer Amerikaner, irgendein hohes Tier von der Marine. Ein Mann im Anzug, wahrscheinlich vom Geheimdienst, nach seinem Aussehen zu urteilen. Drei von unserer Marine natürlich, darunter ein Admiral. Alle extra aus London angereist.«

»Ein Admiral?« Logies Hand fuhr automatisch zu seiner Krawatte. Jericho bemerkte, daß er sich umgezogen hatte und jetzt einen zweireihigen Vorkriegsanzug trug. Er leckte seine Finger an und versuchte, sein Haar zu glätten. »Von einem Admiral zu hören, gefällt mir ganz und gar nicht. Und was ist mit Skynner?«

»Ich würde sagen, im Moment spielt er eine ziemlich untergeordnete Rolle.« Baxter musterte Jericho. Seine Mundwinkel zuckten kurz herunter, was bei ihm, wie Jericho wußte, soviel wie ein Lächeln bedeutete. »Nun ja. Ich finde, Sie sehen gar nicht so schlecht aus, Tom.«

»Also, Alec, machen Sie mir den Mann bitte nicht nervös ...«

»Mir geht es gut, danke, Alec. Was macht die Revolution?«

»Sie kommt, Genosse. Sie kommt.«

Logie klopfte Jericho auf den Arm. »Sagen Sie nichts, wenn wir drinnen sind, Tom. Sie sind nur als Staffage hier, mein Guter.«

Nur als Staffage, dachte Jericho, *was zum Teufel hat das zu bedeuten?* Aber bevor er fragen konnte, hatte Logie die Tür geöffnet, und er hörte nur Skynners Stimme – *»von Zeit zu Zeit müssen wir mit solchen Rückschlägen rechnen«* –, und schon ging es los.

Es waren acht Männer in dem Zimmer. Leonard Skynner, der Leiter der Marineabteilung, saß am Kopfende des Tisches mit Atwood zu seiner Rechten und einem leeren Stuhl zu seiner Linken, den Baxter prompt für sich beanspruchte. Am anderen Ende des Tisches saßen fünf Offiziere in dunkelblauen Marineuniformen, zwei davon Amerikaner, die anderen drei Engländer. Einer der britischen Offiziere, ein Leutnant, trug eine Augenklappe. Sie schauten grimmig drein.

Der achte Mann wendete Jericho den Rücken zu. Er drehte sich um, als sie hereinkamen, und Jericho registrierte kurz ein mageres Gesicht und blondes Haar.

Skynner unterbrach seine Rede. Er stand auf und streckte eine fleischige Hand aus. »Kommen Sie herein, Guy, kommen Sie herein, Tom.« Er war ein massiger Mann mit kantigem Gesicht, dichtem schwarzem Haar und langen, buschigen Brauen, die über seinem Nasenrücken fast zusammenstießen und Jericho an das Morsezeichen für M erinnerten. Er stellte die Neuankömmlinge vor, offenbar dankbar für die Verstärkung durch Verbündete. »Das ist Guy Logie«, sagte er zu dem Admiral, »unser Chefkryptoanalytiker, und das ist Tom Jericho, von dem Sie vielleicht schon gehört haben. Daß wir kurz vor Weihnachten in Shark eindringen konnten, haben wir in erster Linie Tom zu verdanken.«

In dem lederigen alten Gesicht des Admirals regte sich nichts. Er rauchte eine Zigarette – bis auf Skynner rauchten alle Zigaretten – und musterte Jericho, ebenso wie die Amerikaner, mit ausdrucksloser Miene durch die Rauchschwaden hindurch, ohne das geringste Interesse. Skynner rasselte die Vorstellung herunter, wobei sein Arm um den Tisch herumschwenkte wie ein Uhrzeiger. »Das ist Admiral Trowbridge. Leutnant Cave. Leutnant Villiers. Commander Hammerbeck« – der ältere der beiden Amerikaner nickte –, »Leutnant Kramer, Verbindungsoffizier der amerikanischen Marine. Mister Wigram ist hier als Beobachter im Auftrag der Regie-

rung.« Skynner machte vor allen eine leichte Verbeugung und setzte sich wieder. Er schwitzte.
Jericho und Logie holten sich jeder einen Klappstuhl von einem Stapel neben dem Tisch und ließen sich neben Baxter nieder.
Fast die gesamte Fläche der Wand, an der der Admiral saß, wurde von einer Karte des Nordatlantiks eingenommen. Grüppchen von farbigen Scheiben markierten die Positionen alliierter Konvois und ihrer Beschützer: gelb für die Handelsschiffe, grün für die Kriegsschiffe. Schwarze Dreiecke kennzeichneten die vermuteten Positionen von deutschen U-Booten. Unter der Karte stand ein rotes Telefon, eine direkte Verbindung zum U-Boot-Ortungsraum im Keller des Marineministeriums. Der einzige weitere Schmuck an den weißgetünchten Wänden waren zwei gerahmte Fotos. Das eine zeigte den König, etwas nervös dreinschauend, ein Geschenk anläßlich seines kürzlichen Besuchs, mit Signatur. Auf dem anderen war Großadmiral Karl Dönitz zu sehen, der Oberbefehlshaber der deutschen Kriegsmarine: Skynner bildete sich gern ein, daß er eine persönliche Schlacht gegen den gerissenen Deutschen führte.
Aber jetzt schien er den Faden seiner Rede verloren zu haben. Er hantierte mit seinen Notizen, und während Logie und Jericho ihre Stühle holten und sich auf ihnen niederließen, erhielt einer der Männer von der Royal Navy – Cave, der mit der Augenklappe – ein Nicken des Admirals und begann zu sprechen.
»Wenn Sie Ihre Probleme gelöst haben, wäre es jetzt sicherlich nützlich, die operationelle Situation darzulegen.« Als er aufstand, scharrte sein Stuhl auf dem kahlen Fußboden. Sein Ton war beleidigend höflich. »Die Position um einundzwanzig hundert ...«
Jericho fuhr mit der Hand über sein unrasiertes Kinn. Er konnte sich nicht entscheiden, ob er seinen Mantel anbehalten oder ausziehen sollte. Anbehalten, beschloß er – das Zimmer war kalt, trotz der vielen Menschen. Er machte die Knöpfe auf und lockerte seinen Schal, und

während er das tat, bemerkte er, daß der Admiral ihn beobachtete. Sie konnten es einfach nicht glauben, diese ranghohen Offiziere, wann immer sie herkamen – die lasche Disziplin, die Schals und Pullover, das Anreden mit Vornamen. Es gab eine Geschichte über Churchill, der dem Park 1941 einen Besuch abgestattet und auf dem Rasen vor den Kryptoanalytikern eine Rede gehalten hatte. Später, bei seiner Abfahrt, hatte er zu einem der Direktoren gesagt: »Als ich sagte, Sie sollten jeden Winkel auskehren, um Mitarbeiter zu finden, habe ich nicht damit gerechnet, daß Sie das so wörtlich nehmen würden.« Die Erinnerung brachte Jericho zum Lächeln. Der Admiral funkelte ihn an und schnippte Zigarettenasche auf den Boden.
Der einäugige Offizier hatte einen Zeigestab ergriffen und stand jetzt mit einem Packen Notizen vor der Atlantikkarte.
»Es muß leider gesagt werden, daß der Situationsbericht, den Sie uns gegeben haben, in keinem schlimmeren Moment hätte kommen können. Nicht weniger als drei Geleitzüge haben in der vergangenen Woche die USA verlassen und befinden sich gegenwärtig auf See. Konvoi SC-122.« Er schlug einmal mit dem Stab gegen die Karte, heftig, als hege er einen Groll gegen sie, und las von seinen Notizen ab. »Vorigen Freitag von New York ausgelaufen. Beladen mit Heizöl, Eisenerz, Stahl, Weizen, Bauxit, Zucker, Gefrierfleisch, Zink, Tabak und Panzern. Fünfzig Frachter.«
Cave sprach mit einer knappen, metallischen Stimme, ohne sein Publikum anzusehen. Sein gesundes Auge war auf die Karte gerichtet.
»Konvoi HX-220.« Er tippte darauf. »Am Montag von New York ausgelaufen. Vierzig Frachter. Mit Fleisch, Sprengstoff, Schmieröl, gefrorenen Milchprodukten, Mangan, Blei, Holz, Phosphat, Dieselöl, Flugbenzin, Zucker und Milchpulver.« Er wendete sich zum ersten Mal den anderen zu. Die ganze linke Seite seines Gesichts war eine Masse aus purpurfarbenem Narbengewe-

be. »Das, sollte ich vielleicht hinzufügen, ist ein Zwei-Wochen-Vorrat an Milchpulver für die gesamten Britischen Inseln ...«
Es wurde nervös aufgelacht. »Das sollte besser nicht verlorengehen«, witzelte Skynner. Das Lachen hörte sofort auf. Er wirkte in der Stille so hilflos, daß er Jericho fast leid tat.
Wieder landete der Zeigestab auf der Karte.
»Und Konvoi HX-229 A. Dienstag von New York ausgelaufen. Siebenundzwanzig Schiffe. Fracht ähnlich wie bei den anderen. Heizöl, Flugbenzin, Holz, Stahl, Schiffsdiesel, Fleisch, Zucker, Weizen, Sprengstoff. Drei Konvois. Insgesamt einhundertundsiebzehn Schiffe mit zusammen knapp einer Million Bruttoregistertonnen plus einer weiteren Million Tonnen Fracht.«
Einer der Amerikaner – es war der ältere, Hammerbeck – hob die Hand. »Wie viele Menschen sind an Bord?«
»Neuntausend Mann von der Handelsmarine. Tausend Passagiere.«
»Wer sind die Passagiere?«
»Zum größten Teil Soldaten. Ein paar Damen vom amerikanischen Roten Kreuz. Eine ganze Menge Kinder. Und erstaunlicherweise eine Gruppe von katholischen Missionaren.«
»Großer Gott.«
Cave gestattete sich ein gequältes Lächeln. »Sie sagen es.«
»Und wo befinden sich die U-Boote?«
»Diese Frage sollte vielleicht mein Kollege beantworten ...«
Cave setzte sich, und Villiers, der andere britische Offizier, stand auf. Er schwang den Zeigestab.
»Um null-null-hundert am Donnerstag hatte der U-Boot-Ortungsraum Kenntnis von drei U-Boot-Rudeln.« Sein Akzent war so dick, daß er kaum als englisch erkennbar war, und wenn er sprach, bewegte er kaum die Lippen, als wäre es irgendwie unfein, sich beim Reden zu sehr anzustrengen. »*Gruppe Raubgraf* zweihundert

Meilen vor der Küste von Grönland. *Gruppe Neuland* ziemlich genau in der Mitte des Atlantiks. Und *Gruppe Westmark* genau südlich von Island.«

»Null-null *Donnerstag?* Sie meinen, vor mehr als dreißig Stunden?« Hammerbecks Haar hatte die Farbe und Dichte von Stahlwolle und war ganz kurz geschnitten. Als er sich vorbeugte, funkelte es im Licht der Leuchtstoffröhren. »Und wo zum Teufel sind sie jetzt?«

»Guter Mann, ich habe leider nicht die geringste Ahnung. Ich dachte, genau deshalb wären wir hier. Sie sind vom Schirm verschwunden.«

Admiral Trowbridge zündete sich am Stummel der vorhergehenden eine neue Zigarette an. Er hatte seine Aufmerksamkeit von Jericho abgewendet und starrte mit seinen kleinen, tränenden Augen jetzt Hammerbeck an. Wieder hob der Amerikaner die Hand. »Aus wie vielen U-Booten bestehen diese drei Wolfsrudel?«

»Tut mir leid, das sagen zu müssen, aber sie sind ziemlich groß, wir schätzen, sechsundvierzig.«

Skynner wand sich auf seinem Stuhl. Atwood tat so, als wäre er vollauf mit seinen Papieren beschäftigt.

»Damit wir uns nicht mißverstehen«, sagte Hammerbeck. (Er war wahrhaftig hartnäckig. Jericho begann, ihn zu bewundern.) »Sie sagen uns, daß eine Million Tonnen Schiffsmaterial ...«

»Frachtermaterial«, unterbrach Cave.

»... Frachtermaterial, ich bitte um Entschuldigung, mit zehntausend Passagieren an Bord, darunter etlichen Damen vom amerikanischen Roten Kreuz und einer Auswahl von katholischen Bibelschwenkern, auf sechsundvierzig U-Boote zudampft – und daß Sie keine Ahnung haben, wo diese U-Boote sich befinden?«

»Tut mir leid, aber so ist es.«

»Hol's der Teufel!« sagte Hammerbeck und lehnte sich auf seinem Stuhl zurück. »Und wie lange dauert es noch, bis sie die Konvois erreicht haben?«

»Das ist schwer zu sagen.« Das war wieder Cave. Er hatte die merkwürdige Angewohnheit, beim Sprechen das

Gesicht abzuwenden, und Jericho begriff, daß er versuchte, dafür zu sorgen, daß man seinen zertrümmerten Wangenknochen nicht sah. »Der SC ist der langsamere Konvoi. Er macht ungefähr sieben Knoten pro Stunde. Die beiden HX sind schneller; der eine macht zehn Knoten, der andere elf. Ich würde sagen, wir haben maximal drei Tage. Danach befinden wir uns in Reichweite des Feindes.«
Hammerbeck hatte begonnen, sich flüsternd mit dem anderen Amerikaner zu unterhalten. Er schüttelte den Kopf und machte kurze, hackende Handbewegungen. Der Admiral beugte sich zur Seite und murmelte etwas, woraufhin Cave leise sagte: »Ich fürchte, ja, Sir.« Jericho schaute hinauf zum Atlantik, betrachtete die gelben Scheiben der Konvois und die schwarzen Dreiecke der U-Boote, die wie Haifischzähne über die Schiffahrtswege verstreut waren. Die Entfernung zwischen den Frachtern und den Wolfsrudeln betrug rund 800 Meilen. Die Frachter schafften alle vierundzwanzig Stunden ungefähr 240 Meilen. Drei Tage, das kam ungefähr hin. Mein Gott, dachte er, kein Wunder, daß Logie mich unbedingt wieder hierhaben wollte.
»Meine Herren, bitte, wenn Sie gestatten«, sagte Skynner laut, um wieder Ordnung in die Versammlung zu bringen. Jericho sah, daß er seine »Kommt-laßt-uns-lächeln-im-Angesicht-der-Katastrophe«-Miene aufgesetzt hatte – ein untrügliches Anzeichen für ausbrechende Panik. »Ich meine, wir sollten uns vor allzu großem Pessimismus hüten. Schließlich bedeckt der Atlantik eine Fläche von zweiunddreißig Millionen Quadratmeilen.« Er riskierte ein weiteres Lachen. »Das ist eine Menge Ozean.«
»Ja«, sagte Hammerbeck, »und sechsundvierzig ist eine verdammte Menge von U-Booten.«
»Da bin ich ganz Ihrer Meinung. Es ist vermutlich die größte Konzentration, mit der wir es bisher zu tun hatten«, sagte Cave. »Ich fürchte, wir müssen davon ausgehen, daß der Feind Kontakt aufnehmen wird. Es sei

denn, wir können herausbekommen, wo sich die U-Boote befinden ...«
Er warf Skynner einen vielsagenden Blick zu, aber Skynner ignorierte ihn und redete weiter. »Und wir vergessen nicht, daß diese Konvois nicht ungeschützt sind.« Er ließ den Blick hilfesuchend um den Tisch wandern. »Sie haben doch eine Eskorte?«
»Ja.« Wieder Cave. »Sie haben eine Eskorte aus« – er konsultierte seine Notizen – »sieben Zerstörern, neun Korvetten und drei Fregatten sowie mehreren anderen Schiffen.«
»Unter einem erfahrenen Befehlshaber ...«
Die britischen Offiziere schauten zuerst sich an und dann den Admiral.
»Wie die Dinge liegen, ist es sein erstes Kommando.«
»Großer Gott!« Hammerbeck ruckte auf seinem Stuhl vorwärts und hieb mit der Faust auf den Tisch.
»Wenn ich etwas dazu sagen dürfte. Vorigen Freitag, als die Eskorten zusammengestellt wurden, haben wir natürlich nicht gewußt, daß unser Nachrichtendienst ausfallen würde ...«
»Wie lange wird dieser Blackout dauern?« Das war das erstemal, daß der Admiral etwas sagte, und alle wandten sich ihm zu. Er hustete – ein scharfes, explosives Husten, das sich anhörte, als flögen in seiner Brust Maschinenteilchen herum –, sog eine weitere Lunge voll Rauch ein und gestikulierte mit seiner Zigarette. »Was meinen Sie, wird er in vier Tagen vorüber sein?«
Die Frage war direkt an Skynner gerichtet, und nun sahen alle ihn an. Er war ein Administrator, kein Kryptoanalytiker – vor dem Krieg war er Vizekanzler an irgendeiner Universität im Norden gewesen –, und Jericho wußte, daß er nicht die geringste Ahnung hatte. Er wußte nicht, ob der Blackout vier Tage, vier Monate oder vier Jahre dauern würde.
Skynner sagte vorsichtig: »Es ist möglich.«
»Nun ja, möglich ist alles.« Trowbridge gab ein unangenehm schnarrendes Lachen von sich, das in ein

weiteres Husten überging. »Ist es wahrscheinlich? Ist es wahrscheinlich, daß Sie diesen – wie nennen Sie ihn? – diesen Shark-Code knacken können, bevor unsere Geleitzüge in die Reichweite der U-Boote kommen?«

»Wir geben dem allerhöchste Priorität ...«

»Ich weiß verdammt gut, daß Sie dem allerhöchste Priorität geben, Leonard. Das sagen Sie ständig. Aber das ist keine Antwort auf meine Frage.«

»Nun, Sir, wenn Sie darauf bestehen, Sir, ja.« Skynner schob heroisch sein großes Kinn vor. Vor seinem geistigen Auge steuerte er sein Schiff mannhaft direkt in einen Taifun hinein. »Ja, ich glaube, das wird uns gelingen.«

Du spinnst, dachte Jericho.

»Und Sie alle glauben das?« Der Admiral starrte in ihre Richtung. Er hatte Augen wie ein Bluthund, rot unterlaufen und wäßrig.

Logie war der erste, der das Schweigen brach. Er sah Skynner an, zuckte die Achseln und kratzte sich mit dem Stiel seiner Pfeife am Kopf. »Ich nehme an, wir haben den Vorteil, daß wir jetzt mehr über Shark wissen als früher ...«

Atwood kam ihm zu Hilfe: »Wenn Guy meint, wir könnten es schaffen, dann respektiere ich natürlich seine Ansicht. Ich schließe mich jeder seiner Einschätzungen an ...« Baxter nickte verständnisvoll.

»Und Sie?« sagte der Admiral. »Was meinen Sie?«

In Cambridge würden sie jetzt gerade das Frühstück beenden. Kite würde über Dampf die Post öffnen. Mrs. Sax würde mit ihren Besen und Eimern herumklappern. Im Speisesaal gab es samstags Gemüsepastete mit Kartoffeln zum Mittagessen ...

Er wurde sich der Stille im Raum bewußt, schaute auf und stellte fest, daß alle Augen auf ihn gerichtet waren. Der blonde Mann im Anzug starrte ihn besonders neugierig an. Er spürte, wie ihm die Röte ins Gesicht stieg. Und dann empfand er plötzlich Verärgerung.

Später sollte Jericho viele Male über diesen Moment nachdenken. Was hatte ihn veranlaßt, das zu tun, was er getan hatte? War es Müdigkeit? War er einfach desorientiert, aus Cambridge herausgerissen und mitten in diesen Alptraum versetzt? War er noch immer krank? Krankheit würde das, was später passierte, gewiß erklären. Oder war er vom Denken an Claire so abgelenkt, daß sein Verstand nicht mehr richtig funktionierte? Alles, woran er sich mit Sicherheit erinnerte, war ein überwältigendes Gefühl der Verärgerung. *Sie sind nur als Staffage hier, mein Lieber.* Sie sind nur hier, um unsere Zahl zu vergrößern, damit Skynner vor den Yankees eine gute Schau abziehen kann. Sie sind nur hier, um zu tun, was man Ihnen gesagt hat, behalten Sie Ihre Meinung für sich, und stellen Sie keine Fragen. Er hatte es plötzlich satt, hatte alles satt – die Verdunkelung, den Kalkgeruch und die Feuchtigkeit und das Walfleisch – Walfleisch um vier Uhr morgens ...

»Um ehrlich zu sein, ich bin nicht ganz so optimistisch wie meine Kollegen.«

Skynner unterbrach ihn sofort. Man konnte fast hören, wie in seinem Kopf die Alarmsirenen schrillten, konnte sehen, wie die Flieger übers Deck sprinteten und die Rohre der großen Geschütze himmelwärts geschwenkt wurden, als Skynner unter Beschuß geriet. »Tom ist krank gewesen, Sir. Er war fast einen Monat weg ...«

»Weshalb nicht?« Der Ton des Admirals war gefährlich freundlich. »Weshalb sind Sie nicht optimistisch?«

»... und deshalb bin ich nicht sicher, ob er mit der Situation vollkommen auf dem laufenden ist. Wollen Sie das nicht zugeben, Tom?«

»Nun, auf jeden Fall bin ich mit Enigma vollkommen auf dem laufenden, äh, Leonard.« Jericho konnte kaum seinen eigenen Worten trauen. Er fuhr fort: »Enigma ist ein sehr kompliziertes Chiffriersystem. Und Shark ist seine höchste Verfeinerung. Ich habe die letzten acht Stunden damit verbracht, mir das Shark-Material anzusehen und, äh – verzeihen Sie mir, wenn ich außer der

Reihe spreche –, aber ich habe den Eindruck, daß wir in einer sehr, äh, schwierigen Lage stecken.«
»Aber es ist Ihnen doch gelungen, diesen Code zu knacken?«
»Ja, aber wir hatten einen Schlüssel. Der Wettercode war der Schlüssel, mit dem wir diese Tür aufschließen konnten. Jetzt haben die Deutschen den Wettercode geändert, was bedeutet, daß wir unseren Schlüssel verloren haben. Sofern es nicht irgendwelche neue Entwicklungen gibt, von denen mir nichts bekannt ist, sehe ich beim besten Willen nicht, wie wir ...«, Jericho suchte nach einer Metapher, »das Schloß aufbrechen können.«
Der andere amerikanische Marineoffizier, der bisher noch nichts gesagt hatte – Jericho konnte sich momentan nicht an seinen Namen erinnern –, sagte: »Und Sie haben immer noch nicht die Bomben mit vier Walzen, die Sie uns versprochen haben.«
»Das ist ein anderes Thema«, murmelte Skynner. Er warf Jericho einen mörderischen Blick zu.
»Ist es das, Kramer?« Das war es. Er hieß Kramer. »Wenn wir ein paar Bomben mit vier Walzen hätten, dann würden wir doch den Wetterschlüssel nicht brauchen, oder?«
»Einen Moment«, sagte der Admiral, der dieser Unterhaltung mit wachsender Ungeduld gefolgt war. »Ich bin ein Seemann, und ein sehr alter Seemann obendrein. Ich verstehe nichts von diesem Gerede über Schlüssel und Hilfssysteme und Bomben mit Walzen. Wir versuchen, die Schiffahrtswege von Amerika hierher offenzuhalten, und wenn uns das nicht gelingt, verlieren wir den Krieg.«
»Hört, hört«, sagte Hammerbeck. »Gut gesagt, Jack.«
»Würde mir jetzt bitte jemand eine eindeutige Antwort auf eine eindeutige Frage geben? Wird dieser Blackout definitiv in vier Tagen behoben sein oder nicht? Ja oder nein?«
Skynners Schultern sackten herab. »Nein«, sagte er müde. »Wenn Sie so fragen, Sir, muß ich Ihnen sagen,

daß ich nicht definitiv versprechen kann, daß er behoben sein wird.«
»Danke. Also, wenn nicht in vier Tagen, wann wird er dann behoben sein? Sie da. Sie sind der Pessimist. Was glauben Sie?«
Wieder spürte Jericho, daß alle Blicke auf ihn gerichtet waren.
Er wählte seine Worte mit Bedacht. Der arme Logie schaute in seinen Tabaksbeutel, als wäre er am liebsten hineingekrochen und nie wieder herausgekommen. »Das ist sehr schwer zu sagen. Der einzige Anhaltspunkt, den wir haben, ist der letzte Blackout.«
»Und wie lange hat der gedauert?«
»Zehn Monate.«
Es war, als hätte er eine Bombe gezündet. Jeder gab ein Geräusch von sich. Die Männer von der Marine brüllten. Der Admiral begann zu husten. Baxter und Atwood sagten gleichzeitig: »Nein!« Logie stöhnte. Skynner schüttelte den Kopf und sagte: »Das ist wirklich defätistisch von Ihnen, Tom.« Sogar Wigram, der blonde Mann, schnaubte und schaute zur Decke empor, wobei er lächelte wie über einen heimlichen Scherz.
»Ich will damit nicht sagen, daß wir tatsächlich zehn Monate brauchen werden«, fuhr Jericho fort, als man ihm wieder zuhörte. »Aber so liegen die Dinge nun einmal, und ich glaube, daß vier Tage unrealistisch sind. Tut mir leid.«
Es folgte eine Pause, dann sagte Wigram leise: »Ich frage mich nur, weshalb ...«
»Mister Wigram?«
»Entschuldigen Sie, Leonard.« Wigram ließ sein Lächeln einmal um den Tisch wandern, und Jericho kam sofort der Gedanke, wie kostspielig er aussah – blauer Anzug, Seidenkrawatte, maßgeschneidertes Hemd, zurückgekämmtes, pomadisiertes Haar und ein Duft nach einem maskulinen Rasierwasser –, er sah aus, als käme er di-

rekt aus dem Foyer des Ritz. Einen Salonlöwen hatte Baxter ihn genannt, was in Bletchley der Code für einen Spion war.

»Entschuldigen Sie«, sagte Wigram abermals. »Habe nur laut gedacht. Ich habe mich gerade gefragt, weshalb Dönitz auf die Idee gekommen ist, gerade diesen Code zu ändern, und weshalb er es gerade jetzt getan hat.« Er sah Jericho an. »Nach Ihren Äußerungen hört es sich so an, als hätte er sich nichts Schädigenderes für uns ausdenken können.«

Jericho brauchte nicht zu antworten. Logie tat es für ihn.

»Routine. Mit ziemlicher Sicherheit. Sie ändern von Zeit zu Zeit ihre Codebücher. Es ist einfach unser Pech, daß sie es gerade jetzt getan haben.«

»Routine«, wiederholte Wigram. »Na schön.« Er lächelte abermals. »Sagen Sie, Leonard, wie viele Leute wissen über diesen Wettercode Bescheid und darüber, wie wichtig er für uns ist?«

»Na, hören Sie mal, Douglas«, lachte Skynner, »was wollen Sie damit andeuten?«

»Wie viele?«

»Guy?«

»Vielleicht ein Dutzend.«

»Können Sie mir eine kleine Liste machen?«

Logie warf Skynner einen fragenden Blick zu. »Ich – äh – nun ja – ich ...«

»Danke.«

Wigram nahm seine Betrachtung der Zimmerdecke wieder auf.

Das Schweigen wurde durch ein langes Aufseufzen des Admirals unterbrochen.

»Ich glaube, ich habe den Sinn dieser Zusammenkunft verstanden.« Er drückte seine Zigarette aus und griff hinunter nach seiner neben dem Stuhl stehenden Aktentasche. Er begann, seine Papiere hineinzustopfen, und seine Leutnants folgten seinem Beispiel. »Ich kann nicht behaupten, daß das eine erfreuliche Nachricht ist,

die ich dem Chef des Admiralstabs zu überbringen habe.«
Hammerbeck sagte: »Ich glaube, ich sollte Washington informieren.«
Der Admiral erhob sich, und sofort schoben alle ihre Stühle zurück und standen auf.
»Leutnant Cave fungiert als Verbindungsmann zum Admiralstab.« Er wendete sich an Cave. »Ich möchte täglich Bericht erstattet haben. Wenn ich es mir recht überlege, besser zweimal täglich.«
»Ja, Sir.«
»Leutnant Kramer, Sie machen hier weiter und halten Commander Hammerbeck auf dem laufenden?«
»Das werde ich tun, Sir. Ja, Sir.«
»Also.« Er zog seine Handschuhe an. »Ich schlage vor, wir kommen wieder zusammen, wenn es etwas Neues zu berichten gibt. Was hoffentlich im Laufe der nächsten vier Tage der Fall sein wird.«
An der Tür drehte sich der alte Mann noch einmal um. »Es geht nicht nur um eine Million Tonnen Schiffsmaterial und zehntausend Menschenleben. Es sind eine Million Tonnen Schiffsmaterial und zehntausend Menschenleben alle zwei Wochen. Und es sind nicht nur die Geleitzüge. Es ist unsere Verpflichtung, Nachschub nach Rußland zu schicken. Es ist unsere Chance, auf dem Kontinent zu landen und die Nazis zu vertreiben. Es ist alles. Es ist der ganze Krieg.« Er gab einen weiteren seiner pfeifenden Lacher von sich. »Nicht, daß ich Sie irgendwie unter Druck setzen will, Leonard.« Er nickte. »Guten Morgen, meine Herren.«
Während sie ihr Guten Morgen, Sir, murmelten, hörte Jericho, wie Wigram leise zu Skynner sagte: »Ich möchte später noch mit Ihnen reden, Leonard.«
Sie hörten, wie die Gäste die Betonstufen hinunterstampften, dann das Knirschen ihrer Füße auf dem Weg draußen, und plötzlich herrschte Stille im Zimmer. Über dem Tisch hingen blaue Tabakschwaden wie Qualm über einem Schlachtfeld.

Skynners Mund war verkniffen. Er summte vor sich hin. Er schob seine Papiere zusammen und richtete die Kanten mit übertriebener Sorgfalt aus. Keiner sagte ein Wort, und das Schweigen schien endlos. »Nun ja«, sagte Skynner schließlich, »das war ein Triumph. Ich danke Ihnen, Tom. Ich danke Ihnen wirklich sehr. Ich hatte ganz vergessen, was für eine mächtige Stütze Sie sein können. Sie haben uns gefehlt.«

»Es ist meine Schuld, Leonard«, sagte Logie. »Schlechte Vorbereitung. Ich hätte ihn besser ins Bild setzen müssen. Tut mir leid. War eine ziemliche Hetze.«

»Weshalb begeben Sie sich nicht einfach wieder in Ihre Baracke, Guy? Weshalb gehen Sie nicht alle wieder an Ihre Arbeit, und dann können Tom und ich ein wenig miteinander plaudern.«

»Verdammter Idiot«, sagte Baxter zu Jericho.

Atwood ergriff seinen Arm. »Kommen Sie, Alec.«

»Er ist trotzdem ein verdammter Idiot.«

Sie verschwanden.

Sobald sie die Tür hinter sich geschlossen hatten, sagte Skynner: »Ich habe nie gewollt, daß Sie zurückkommen.«

»Davon hat Logie nichts gesagt.« Jericho verschränkte die Arme, um seine Hände am Zittern zu hindern. »Er sagte, ich würde hier gebraucht.«

»Ich habe nie gewollt, daß Sie zurückkommen, nicht weil ich Sie für einen Idioten halte – in der Beziehung irrt sich Alec. Sie sind kein Idiot. Aber Sie sind ein Wrack. Sie sind am Ende. Sie sind schon einmal unter Druck zusammengeklappt, und es wird wieder passieren, wie Ihre kleine Vorstellung eben bewiesen hat. Sie sind für uns nicht mehr von Nutzen.«

Skynners großes Hinterteil lehnte gelassen an der Tischkante. Er sprach in freundlichem Tonfall, und aus einiger Entfernung hätte man annehmen können, daß er mit einem alten Bekannten Liebenswürdigkeiten austauschte.

»Weshalb bin ich dann hier? Ich habe nie darum gebeten, zurückkehren zu dürfen.«

»Logie hat eine hohe Meinung von Ihnen. Er ist der amtierende Chef der Baracke, und ich höre auf ihn. Und, um ehrlich zu sein, nach Turing stehen, oder besser, standen Sie in dem Ruf, der beste Kryptoanalytiker hier im Park zu sein. Sie sind ein bißchen Geschichte, Tom. Eine Art Legende. Daß wir Sie zurückgeholt haben, Sie heute morgen dabeihaben wollten, war eine Methode, unseren Bossen zu zeigen, wie ernst wir diese – äh – temporäre Krise nehmen. Es war ein Risiko. Aber offensichtlich habe ich mich geirrt. Sie haben versagt.«

Jericho war kein gewalttätiger Mann. Er hatte nie einen anderen Menschen geschlagen, nicht einmal als Junge, und er wußte, daß es eine Gnade war, daß er nicht zum Militär mußte: Wenn man ihm ein Gewehr in die Hand gegeben hätte, wäre er nur für seine eigenen Leute eine Bedrohung gewesen. Aber auf dem Tisch stand ein schwerer Aschenbecher, das abgesägte Ende einer sechszölligen Granathülse, randvoll mit Zigarettenstummeln, und Jericho war ernstlich versucht, ihn Skynner in sein selbstgefälliges Gesicht zu rammen. Skynner schien das zu spüren. Auf jeden Fall löste er sein Hinterteil vom Tisch und begann, im Zimmer herumzugehen. *Das muß einer der Vorteile sein, wenn man verrückt ist,* dachte Jericho. *Die Leute sind immer auf alles gefaßt.*

»Es war viel einfacher in den alten Zeiten, stimmt's?« sagte Skynner. »Ein Haus auf dem Lande. Eine Handvoll Exzentriker. Niemand erwartet sonderlich viel. Sie arbeiten gemächlich vor sich hin. Und dann sitzen sie plötzlich auf dem größten Geheimnis des Krieges.«

»Und dann erscheinen Leute wie Sie auf der Bildfläche.«

»So ist es. Leute wie ich werden gebraucht. Sie müssen dafür sorgen, daß diese Waffe richtig eingesetzt wird. Ich habe mich oft gefragt ...«

Skynner hörte auf zu lächeln. Er war ein massiger Mann, fast einen Kopf größer als Jericho. Er kam sehr dicht an ihn heran, und Jericho konnte den schalen Zigarettenrauch und den Schweiß in seinen Kleidern riechen.

»Sie haben keine Vorstellung mehr von diesem Ort. Keine Ahnung von den Problemen. Die Amerikaner zum Beispiel, vor denen Sie uns gerade gedemütigt haben. Uns. Wir stehen mit den Amerikanern in Verhandlungen, die ...« Er brach ab. »Aber lassen wir das. Ich will lediglich sagen, daß Sie, wenn Sie – wenn Sie – sich gehenlassen, wie Sie es gerade getan haben, dann sind Sie nicht einmal mehr imstande, den Ernst der Lage zu begreifen.«
Skynner hatte eine Aktentasche, in die das königliche Wappen und »G VI R« in Goldbuchstaben eingeprägt waren, das Gold war jedoch bereits abgegriffen. Er verstaute seine Papiere darin und verschloß sie mit einem Schlüssel, der an einer langen Kette an seinem Gürtel befestigt war.
»Ich werde veranlassen, daß Sie von der kryptoanalytischen Arbeit abgezogen und irgendwo anders untergebracht werden, wo Sie keinen Schaden anrichten können. Ich werde sogar dafür sorgen, daß Sie aus Bletchley verschwinden.« Er steckte den Schlüssel in die Tasche und klopfte darauf. »Sie können natürlich nicht ins Zivilleben zurückkehren, nicht, bevor der Krieg vorüber ist. Dazu wissen Sie zuviel. Aber ich habe gehört, daß die Admiralität auf der Suche nach einem zusätzlichen Gehirn für die Statistik ist. Ziemlich öde, aber behaglich genug für einen Mann von Ihrer Empfindsamkeit. Wer weiß? Vielleicht lernen Sie ein nettes Mädchen kennen. Jemand, der – wie soll ich sagen – passender für Sie ist als die Person, mit der Sie sich mehrere Male getroffen haben.«
Jetzt versuchte Jericho, ihm einen Schlag zu versetzen, aber nicht mit dem Aschenbecher, nur mit der Faust, was sich als Fehler erwies. Skynner trat mit überraschender Behendigkeit beiseite, der Schlag verfehlte ihn, und dann fuhr seine rechte Hand vor und packte Jerichos Unterarm. Skynner grub seine Finger sehr hart in den weichen Muskel.
»Sie sind ein kranker Mann, Tom. Und ich bin in jeder Hinsicht stärker als Sie.« Er verstärkte ein oder zwei Se-

kunden den Druck, dann ließ er den Arm unvermittelt los. »Und jetzt gehen Sie mir aus den Augen.«

5

Gott, war er müde. Die Erschöpfung hatte ihn überfallen wie ein lebendes Wesen, umklammerte seine Beine, hockte auf seinen herabgesackten Schultern. Er lehnte sich gegen die Außenmauer des A-Blocks, legte die Wange an den glatten, feuchten Beton und wartete darauf, daß sein Puls wieder normal wurde.

Was hatte er getan?

Er mußte sich hinlegen. Er mußte ein Loch finden, in dem er sich verkriechen und ein bißchen Ruhe finden konnte. Wie ein Betrunkener auf der Suche nach seinen Schlüsseln tastete er erst in der einen Tasche herum und dann in der anderen und zog schließlich die Einquartierungsnotiz hervor und starrte darauf. Albion Street? Wo lag die? Er hatte eine vage Erinnerung. Er würde es wissen, wenn er sie sah.

Er stieß sich von der Mauer ab und machte sich auf den Weg, ganz vorsichtig, vom See fort auf die Straße zu, die zum Haupttor führte. Ungefähr zehn Meter vor ihm stand ein kleiner schwarzer Wagen, und als er näher kam, ging die Fahrertür auf, und eine Gestalt in einer blauen Uniform kam zum Vorschein.

»Mister Jericho!«

Jericho fuhr überrascht zusammen. Es war einer von den Amerikanern. »Leutnant Kramer?«

»Hallo. Wollen Sie nach Hause? Kann ich Sie hinbringen?«

»Nein, vielen Dank. Es ist nicht weit.«

»Nun kommen Sie schon.« Kramer schlug mit der flachen Hand aufs Wagendach. »Habe ihn gerade bekommen. Es würde mir Spaß machen. Kommen Sie.«

Jericho war im Begriff, abermals abzulehnen, aber dann spürte er, wie seine Beine unter ihm nachgaben.

»Was ist los, Mann?« Kramer sprang vor und ergriff seinen Arm. »Sie sind ja völlig fertig. War wohl eine lange Nacht?« Jericho ließ zu, daß Kramer ihn zur Beifahrertür führte und auf den Sitz schob. Im Inneren des kleinen Wagens war es kalt und roch, als wäre er lange Zeit nicht benutzt worden. Jericho vermutete, daß er der ganze Stolz von irgend jemandem gewesen war, bis die Benzinrationierung ihn von der Straße gedrängt hatte. Das Chassis schaukelte, als Kramer an der anderen Seite einstieg und die Tür zuschlug.

»Hier gibt es nicht viele Leute, die einen eigenen Wagen haben.« Jerichos Stimme klang seltsam in seinen eigenen Ohren, als käme sie von sehr weit her. »Haben Sie Mühe, Benzin zu bekommen?«

»Nein, Sir.« Kramer drehte den Zündschlüssel, und der Motor erwachte zum Leben. »Sie kennen uns doch. Wir kriegen, soviel wir haben wollen.«

Am Haupttor wurde der Wagen sorgfältig inspiziert. Der Schlagbaum hob sich, und sie fuhren hinaus, an der Kantine und dem Versammlungsgebäude vorbei, auf das Ende der Wilton Avenue zu.

»Wohin?«

»Nach links, glaube ich.«

Kramer ließ einen der kleinen bernsteinfarbenen Winker ausschnappen, und sie bogen in die Straße ein, die mitten in die Stadt führte. Sein Gesicht sah gut aus – jungenhaft und kantig, mit einer verblichenen Sonnenbräune, die auf Dienst in Übersee schließen ließ. Er war ungefähr fünfundzwanzig und schien hervorragend in Form zu sein.

»Ich glaube, ich muß Ihnen danken.«

»Mir danken? Wofür?«

»Bei der Konferenz. Sie haben die Wahrheit gesagt, während alle anderen nur um den heißen Brei herumgeredet haben. ›Vier Tage‹ – so ein Quatsch ...«

»Sie wollten nur loyal sein ...«

»Loyal? Na hören Sie mal, Tom. Ich darf Sie doch Tom nennen? Ich heiße übrigens Jimmy. Die waren präpariert.«

»Ich glaube, über solche Dinge sollten wir uns nicht unterhalten ...« Das Schwindelgefühl war vorbei, und in der geistigen Klarheit, die immer darauf folgte, kam Jericho der Gedanke, daß der Amerikaner draußen auf ihn gewartet hatte. »Hier kann ich aussteigen, vielen Dank.«
»Wirklich? Aber wir sind doch erst ein paar Meter gefahren ...«
»Bitte, halten Sie.«
Kramer lenkte den Wagen an den Bordstein vor einer Reihe kleiner Häuser, bremste und schaltete den Motor aus.
»Bitte, hören Sie mir zu, Tom, nur eine Minute. Die Deutschen haben drei Monate nach Pearl Harbor mit Shark angefangen ...«
»Also ...«
»Entspannen Sie sich. Niemand kann uns hören.« Das stimmte. Die Straße war menschenleer. »Drei Monate nach Pearl Harbor, und plötzlich verlieren wir Schiffe, als machten wir Totalausverkauf. Aber niemand sagt uns, warum. Schließlich sind wir hierzulande die neuen Jungs – wir dirigieren lediglich die Konvois so, wie man es uns in London sagt. Schließlich wird es so schlimm, daß wir euch fragen, was mit den großartigen Kenntnissen los ist, die ihr bisher gehabt habt.« Er streckte Jericho einen Finger entgegen. »Und erst daraufhin werden wir über Shark informiert.«
»Ich kann mir das nicht anhören«, sagte Jericho. Er versuchte, die Tür zu öffnen, aber Kramer beugte sich vor und ergriff die Klinke. »Ich versuche nicht, Ihre Meinung über Ihre eigenen Leute zu vergiften. Ich versuche nur, Ihnen zu sagen, was hier vorgeht. Als wir voriges Jahr von Shark erfuhren, haben wir angefangen, uns in die Sache hineinzuknien. Und schließlich, nach langem Hickhack, haben wir ein paar Zahlen bekommen. Wissen Sie, wie viele Bomben Ihre Leute Ende letzten Sommers hatten? Das heißt, nach zwei Jahren Bauzeit?«

Jericho starrte geradeaus. »Solche Informationen sind mir nicht zugänglich ...«
»Fünfzig! Und wissen Sie, wie viele wir nach Ansicht unserer Leute in Washington innerhalb von vier Monaten würden bauen können? Dreihundertsechzig!«
»Dann bauen Sie sie doch«, sagte Jericho gereizt, »wenn Sie so verdammt großartig sind.«
»O nein«, sagte Kramer. »Sie verstehen nicht. Das ist nicht zulässig. Enigma ist ein Kind der Briten. Offiziell. Über jede Änderung des Status quo muß verhandelt werden.«
»Wird darüber verhandelt?«
»In Washington. Gerade jetzt. Dort ist auch Ihr Mr. Turing. In der Zwischenzeit bleibt uns nichts anderes übrig, als zu nehmen, was ihr uns gebt.«
»Aber das ist doch absurd. Weshalb baut ihr die Bomben nicht trotzdem?«
»Tom, nun denken Sie doch selbst mal eine Minute darüber nach. Sie haben hier all diese Horchstellen. Sie haben das ganze Rohmaterial. Wir sind dreitausend Meilen entfernt. Verdammt schwer, Magdeburg von Florida aus zu empfangen. Und welchen Sinn hätte es, dreihundertsechzig Bomben zu haben, aber nichts, womit man sie füttern kann?«
Jericho schloß die Augen und sah Skynners rot angelaufenes Gesicht, hörte seine grollende Stimme: *»Sie haben keine Ahnung mehr von diesem Ort ... Wir stehen mit den Amerikanern in Verhandlungen ... Sie sind nicht einmal mehr imstande, den Ernst der Lage zu begreifen ...«* Jetzt endlich verstand er, weshalb Skynner so wütend geworden war. Shark stellte für sein kleines Imperium, das er so mühsam aufgebaut hatte, eine tödliche Bedrohung dar. Aber die Bedrohung kam nicht aus Berlin. Sie kam aus Washington.
»Verstehen Sie mich nicht falsch«, sagte Kramer. »Ich bin jetzt seit einem Monat hier, und ich finde, was Sie alle erreicht haben, ist erstaunlich, einfach großartig. Und niemand auf unserer Seite redet von einer Übernah-

me. Aber so kann es nicht weitergehen. Nicht genügend Bomben, nicht genügend Schreibmaschinen. Diese Baracken. Großer Gott. ›War es gefährlich im Krieg, Daddy?‹ – ›Klar war es das, ich wäre beinahe erfroren.‹ Haben Sie gewußt, daß die gesamte Operation einmal fast zum Erliegen gekommen wäre, weil Ihnen die Farbstifte ausgegangen waren? Ich meine, worauf läuft das hinaus? Daß Menschen sterben müssen, weil ihr nicht genügend Stifte habt?«

Jericho war zu müde, um zu argumentieren. Außerdem kannte er sich gut genug aus, um zu wissen, daß es stimmte. Es stimmte alles. Er erinnerte sich an einen Abend vor achtzehn Monaten, als man ihn gebeten hatte, im Shoulder of Mutton Ausschau nach Fremden zu halten. Er hatte im Dunkeln an der Tür gestanden und eine Mischung aus Bier und Limonade getrunken, während Turing, Welshman und ein paar von den anderen großen Bossen in einem Zimmer oben zusammensaßen und einen Brief an Churchill schrieben. Genau die gleiche Geschichte: nicht genügend Mitarbeiter, nicht genügend Hilfskräfte, die Fabrik in Letchworth, in der früher Registrierkassen gebaut worden waren, hatte zuwenig Material, zuwenig Arbeitskräfte ... Es hatte einen Riesenkrach gegeben, als Churchill den Brief erhielt – ein Wutanfall in der Downing Street, zerstörte Karrieren, ein Durchrütteln der Maschinerie –, und die Verhältnisse hatten sich gebessert, für einige Zeit. Aber Bletchley war ein gefräßiges Kind. Sein Appetit wuchs beim Essen. *»Nervus belli«*, wie Atwood damals gemurmelt hatte, *»pecunia infinita ...«* Oder, wie Baxter es prosaischer ausgedrückt hatte: Letzten Endes ist alles eine Sache des Geldes. Die Polen hatten Enigma an die Briten übergeben müssen. Jetzt würden die Briten mit den Yankees teilen müssen.

»Mit alledem will ich nichts zu schaffen haben. Ich brauche ein bißchen Schlaf. Danke fürs Mitnehmen.«

Er griff nach der Klinke, und diesmal versuchte Kramer nicht, ihn zurückzuhalten. Jericho war schon halb drau-

ßen, als Kramer sagte: »Ich habe gehört, Sie haben im vorigen Krieg Ihren Vater verloren.«
Jericho erstarrte. »Wer hat Ihnen das erzählt?«
»Ich hab's vergessen. Spielt es eine Rolle?«
»Nein. Es ist kein Geheimnis.« Jericho massierte seine Stirn. Er spürte, daß ein gemeines Kopfweh im Anzug war. »Es ist vor meiner Geburt passiert. Er wurde bei Ypern von einer Granate getroffen. Er lebte noch eine Weile weiter, aber er war kaum noch zu etwas zu gebrauchen. Er ist nie mehr aus dem Hospital herausgekommen. Er ist gestorben, als ich sechs war.«
»Was hat er gemacht, bevor er getroffen wurde?«
»Er war Mathematiker.«
Es trat ein Moment Schweigen ein.
»Bis später«, sagte Jericho. Er stieg aus.
»Mein Bruder ist umgekommen«, sagte Kramer plötzlich. »Er war einer der ersten. Er war in der Handelsmarine. Auf einem Liberty-Schiff.«
Natürlich, dachte Jericho.
»Und das ist passiert, während wir mit Shark im dunkeln tappten, nehme ich an?«
»So ist es.« Kramer schaute ins Leere, dann zwang er sich zu einem Lächeln. »Lassen Sie uns in Verbindung bleiben, Tom. Und wenn ich etwas für Sie tun kann, lassen Sie es mich wissen.«
Er streckte den Arm aus, zog an der Tür und ließ sie lautstark zuschlagen. Jericho stand allein am Straßenrand und sah zu, wie Kramer rasch wendete. Es gab eine Fehlzündung, dann jagte der Wagen den Hang hinauf in Richtung Park und hinterließ eine kleine Wolke aus schmutzigem Qualm in der Morgenluft.

III

BEUTE

Beute: jedes vom Feind
gestohlene kryptographische Material,
das die Chancen vergrößert,
seine Codes oder Chiffren zu knacken.

Ein Lexikon der Kryptographie
(»Streng geheim«, Bletchley Park, 1943)

1

Bletchley war eine Eisenbahnstadt. Die Hauptstrecke von London nach Schottland spaltete sie in der Mitte, und die kleinere Strecke von Oxford nach Cambridge zerteilte sie in Viertel, so daß man den Zügen, wo immer man sich befand, nicht entkommen konnte: ihrem Lärm, dem Geruch nach Ruß, dem Anblick ihres über den Dächern hängenden braunen Rauchs. Sogar die meisten Reihenhäuser waren Eisenbahngebäude, aus denselben roten Ziegelsteinen erbaut wie der Bahnhof und die Lokschuppen, im gleichen öden Industriestil.

Das Gästehaus, Albion Street, war zu Fuß nur ungefähr fünf Minuten von Bletchley Park entfernt und grenzte mit der Rückfront an die Hauptstrecke. Seine Inhaberin, Mrs. Ethel Armstrong, hatte sehr viel Ähnlichkeit mit ihrem Etablissement, etwas über fünfzig Jahre alt, solide gebaut, eine einschüchternde, spätviktorianische Erscheinung. Ihr Mann war einen Monat nach Ausbruch des Krieges an einem Herzinfarkt gestorben, woraufhin sie ihr vierstöckiges Haus in eine kleine Pension umgewandelt hatte. Wie die anderen Bewohner der Stadt – es waren an die 7000 – hatte sie keine Ahnung, was auf dem Gelände des Herrenhauses ein Stück die Straße hinunter vor sich ging, und es interessierte sie auch nicht. Es war profitabel, das war alles, was für sie eine Rolle spielte. Sie verlangte achtunddreißig Shilling pro Woche und erwartete von ihren fünf Mietern, daß sie ihr als Ausgleich für ihre Mahlzeiten sämtliche Lebensmittelkarten aushändigten. Auf diese Art und Weise hatte sie bis zum Frühjahr 1943 tausend Pfund gespart und in Kriegsanleihen angelegt und in ihrem Keller so viele Lebensmittel gehamstert, daß sie einen mittelgroßen Laden hätte eröffnen können.

Am Mittwoch war eines ihrer Zimmer frei geworden, und schon am Freitag hatte sie einen Einquartierungsschein erhalten, mit dem sie angewiesen wurde, einen Mister Thomas Jericho bei sich aufzunehmen. Am Morgen des gleichen Tages war seine Habe von seinem bisherigen Wohnsitz vor ihrer Tür abgeliefert worden: zwei Kartons mit persönlichen Besitztümern und ein uraltes eisernes Fahrrad. Das Fahrrad rollte sie in den Hinterhof. Die Kartons trug sie nach oben.

Ein Karton war voller Bücher. Ein paar Romane von Agatha Christie. *A Synopsis of Elementary Results in Pure and Applied Mathematics,* zwei Bände von einem George Shoobridge Garr. *Principia Mathematica,* was immer das sein mochte. Eine deutsch klingende Broschüre, *On Computable Numbers, with an Application to the Entscheidungsproblem,* mit einer Widmung »Für Tom mit aufrichtigem Respekt, Alan«. Weitere Bücher über Mathematik, eines so oft gelesen, daß es fast auseinanderfiel, und mit zahllosen Lesezeichen, Bus- und Straßenbahnfahrscheine, ein Bierdeckel, sogar ein Grashalm. Das Buch klappte an einer Stelle auf, wo eine Passage dick unterstrichen war:

> ... auf alle Fälle gibt es eine Aufgabe, die die echten Mathematiker im Krieg erfüllen können. Wenn die Welt wahnsinnig geworden ist, kann ein Mathematiker in der Mathematik ein unvergleichliches Gegenmittel finden. Denn von allen Künsten und Wissenschaften ist die Mathematik die entlegenste.

Nun, der letzte Satz stimmt, dachte sie. Sie klappte das Buch zu, drehte es um und warf einen Blick auf den Rükken. *A Mathematician's Apology.* G. H. Hardy. Cambridge University Press.

Auch in dem anderen Karton steckte wenig Interessantes. Ein Farbstich aus Viktorianischer Zeit mit der Chapel des King's College. Ein billiger »Waralarm«-Wecker, auf elf Uhr eingestellt, in einer schwarzen Fiberschachtel. Ein

Radio. Ein verstaubter Talar mit der dazugehörigen akademischen Kopfbedeckung. Eine Flasche Tinte. Ein Teleskop. Ein Exemplar der *Times* vom 23. Dezember 1942, beim Kreuzworträtsel aufgeschlagen, das in zwei verschiedenen Handschriften ausgefüllt worden war, die eine sehr klein und präzise, die andere schwungvoller, runder, vermutlich die einer Frau. Am oberen Rand stand 2712815. Und schließlich, auf dem Grund des Kartons, eine Karte, die, wie sich zeigte, als sie sie entfaltete, nicht England darstellte und (wie sie geargwöhnt und insgeheim gehofft hatte) auch nicht Deutschland, sondern den Nachthimmel.
Sie war so enttäuscht von dieser schäbigen Ansammlung, daß sie, als in dieser Nacht um halb eins bei ihr angeklopft wurde und ein kleiner Mann mit einem nördlichen Akzent noch zwei Koffer dazu lieferte, sich gar nicht erst die Mühe machte, sie zu öffnen, sondern sie lediglich in sein Zimmer stellte.
Ihr Besitzer traf am Samstag morgen um neun Uhr ein. Sie war sich in bezug auf die Zeit ganz sicher, erklärte sie später ihrer Nachbarin Mrs. Scratchwood, weil im Radio gerade die Morgenandacht zu Ende war und gleich die Nachrichten kommen sollten. Und er sah genauso aus, wie sie ihn sich vorgestellt hatte. Er war nicht sehr groß. Er war mager. Ein Büchertyp. Sah elend aus (er hielt sich den Arm, als hätte er sich gerade verletzt). Er war unrasiert und so weiß wie – sie hatte sagen wollen, »wie ein Bettlaken«, aber so weiße Laken hatte sie seit vor dem Krieg nicht mehr gesehen, jedenfalls nicht in ihrem Haus. Seine Kleidung war von guter Qualität, aber in schlechtem Zustand. Ihr fiel auf, daß an seinem Mantel ein Knopf fehlte. Aber er machte einen angenehmen Eindruck. Sehr höflich. Gute Manieren. Eine leise Stimme. Sie selbst hatte keine Kinder, nie einen Sohn gehabt, aber wenn das der Fall gewesen wäre, dann wäre er ungefähr im richtigen Alter gewesen ... Nun, sagen wir einfach, er mußte aufgepäppelt werden, das konnte jeder sehen.

Mit der Miete war sie ganz strikt. Sie verlangte immer eine Monatsmiete im voraus. Die Forderung wurde gleich unten in der Diele gestellt, noch bevor sie den Mieter hinaufbrachte, um ihm das Zimmer zu zeigen, und gewöhnlich gab es eine Diskussion, die damit endete, daß sie sich verdrießlich bereit erklärte, sich mit zwei Wochen Vorauszahlung zu begnügen. Aber er zahlte ohne jedes Widerwort. Sie verlangte sieben Pfund und sechs Shilling, und er gab ihr acht Pfund, und als sie behauptete, kein Wechselgeld zu haben, sagte er, in Ordnung, Sie können es mir später geben. Als sie seine Lebensmittelkarten erwähnte, sah er sie einen Moment völlig verwirrt an, und dann sagte er (daran würde sie sich für den Rest ihres Lebens erinnern): *»Meinen Sie das da?«*

»Meinen Sie das da?« Sie wiederholte es erstaunt. Als ob er so etwas noch nie zuvor gesehen hätte! Er gab ihr das kleine braune Heft, den kostbaren Wochenpaß für vier Unzen Butter, acht Unzen Speck, zwölf Unzen Zucker, und sagte, sie könne damit tun, was sie wolle. *»Ich habe nie Verwendung dafür gehabt.«*

Jetzt war sie so verblüfft, daß sie kaum noch wußte, was sie tat. Sie verstaute das Geld und die Lebensmittelkarten in ihrer Schürze, bevor er es sich anders überlegen konnte, und führte ihn nach oben.

Ethel Armstrong hätte als erste zugegeben, daß das fünfte Zimmer im Gästehaus nicht viel hermachte. Es lag am Ende des Korridors, war nur über eine kleine Wendeltreppe zu erreichen und nur mit einem Bett und einem Kleiderschrank möbliert. Es war so schmal, daß man die Tür nicht richtig öffnen konnte, weil das Bett im Wege stand. Es hatte ein kleines, vom Ruß getrübtes Fenster, das auf das ausgedehnte Areal der Eisenbahngleise hinausging. Im Laufe von zweieinhalb Jahren mußte es an die dreißig verschiedene Bewohner gehabt haben. Keiner war länger als ein paar Monate geblieben, und einige hatten sich sogar geweigert, darin zu schlafen. Aber dieser hier setzte sich lediglich auf die Bettkante, eingezwängt zwischen seinen Kartons und seinen Koffern, und sagte erschöpft: »*Sehr schön, Mrs. Armstrong.*«

Sie informierte ihn rasch über die Hausordnung, Frühstück um sieben Uhr früh, Abendessen um halb sieben Uhr abends. Für diejenigen, die in unregelmäßigen Schichten arbeiteten, würden »kalte Speisen« in der Küche bereitgestellt. Am hinteren Ende des Flurs gab es ein Badezimmer, das von allen fünf Gästen benutzt wurde. Sie durften pro Woche ein Bad nehmen, wobei die Wassertiefe zwölf Zentimeter nicht übersteigen durfte (in der Wanne mit einer Linie gekennzeichnet), und er würde sich mit den anderen einigen müssen, wann er an der Reihe war. Er würde zum Heizen seines Zimmers vier Brocken Kohle pro Abend bekommen. Das Feuer im Kamin im Wohnzimmer unten wurde pünktlich um neun Uhr gelöscht. Jeder, der beim Kochen in seinem Zimmer ertappt wurde, Alkohol trank oder Besucher empfing, insbesondere weiblichen Geschlechts – dabei hatte er schwach gelächelt –, würde vor die Tür gesetzt, und die restliche Mietvorauszahlung würde als Buße einbehalten.

Sie erkundigte sich, ob er noch irgendwelche Fragen hätte, worauf er nichts erwiderte, was ein Glück war, weil in diesem Moment, keine dreißig Meter von dem Schlafzimmerfenster entfernt, ein Expreß mit einer Geschwindigkeit von sechzig Meilen pro Stunde vorbeikreischte und das kleine Zimmer so heftig erbeben ließ, daß Mrs. Armstrong einen Augenblick lang die grauenhafte Vision hatte, daß der Fußboden unter ihnen nachgab und sie beide in die Tiefe stürzten – hinunter durch ihr Schlafzimmer und durch die Spülküche, um dann zwischen den wachsartigen Schinken und den Dosen mit Pfirsichen zu landen, die sie in Aladins Wunderhöhle, ihrem Keller, so sorgfältig gehamstert und versteckt hatte.

»So«, sagte sie, als der Lärm endlich vorüber war, »und jetzt verschwinde ich, damit Sie ein bißchen Ruhe und Frieden bekommen.«

Tom Jericho saß ein paar Minuten auf der Bettkante und lauschte, wie ihre Schritte auf der Treppe verklangen, dann zog er Jackett und Hemd aus und untersuchte seinen pochenden Unterarm. Er hatte zwei Blutergüsse dicht unterhalb des Ellenbogens, so schwarz und scharf umrissen wie Trockenpflaumen, und jetzt fiel ihm wieder ein, an wen Skynner ihn immer erinnert hatte – an einen Vertrauensschüler namens Fane, Sohn eines Bischofs, der es liebte, neue Jungen zur Teezeit in seinem Zimmer mit dem Rohrstock zu schlagen, und von ihnen verlangte, daß sie hinterher »danke, Fane« sagten.

Es war kalt in dem Zimmer, er begann zu zittern und bekam eine Gänsehaut. Eine große Müdigkeit überkam ihn. Er machte einen seiner Koffer auf, holte einen Schlafanzug heraus und zog ihn schnell an. Er hing sein Jackett auf und dachte daran, auch seine restlichen Sachen auszupakken, entschied sich aber dagegen. Vielleicht war er schon morgen früh nicht mehr in Bletchley. Mein Gott, das war ein Witz – er fuhr sich mit der Hand übers Gesicht –, er hatte gerade acht Pfund, mehr als ein Wochengehalt für ein Zimmer ausgegeben, das er vielleicht gar nicht brauchte. Der Kleiderschrank wackelte, als er ihn öffnete, und die Drahtkleiderbügel erzeugten ein melancholisches Scheppern. Im Innern stank es nach Mottenkugeln. Er verstaute rasch die Kartons darin und schob die Koffer unters Bett. Dann schloß er die Vorhänge, legte sich auf die klumpige Matratze und zog die Decke bis zum Kinn hoch.

Drei Jahre lang hatte Jericho ein Nachtleben geführt, war am Abend aufgestanden und bei Tagesanbruch zu Bett gegangen, aber er hatte sich nie daran gewöhnt. Jetzt, da er hier lag und den fernen Geräuschen eines Samstagvormittags lauschte, kam er sich vor wie ein Kranker. Unten ließ jemand ein Bad einlaufen. Der Wassertank befand sich auf dem Dachboden direkt über seinem Kopf, und der Lärm, mit dem er sich leerte und wieder vollief, war ohrenbetäubend. Er schloß die Augen, und das einzige, was er vor sich sah, war die Karte vom Nordatlantik. Er öffnete die Augen, und das Bett erbebte leicht, als ein Zug vorbeifuhr, und das erinnerte ihn an Claire. Der 15.06 von London Euston – *»mit Halt in Willesden, Watford, Apsley, Berkhamstead, Tring, Chaddington und Leighton Buzzard, Ankunft Bletchley um vier Uhr neunzehn …«* Er kannte die Ansage selbst jetzt noch auswendig, und er sah auch sie vor sich. Damals war er ihr zum erstenmal begegnet.

Wann war das doch gleich gewesen? Eine Woche nach dem Eindringen in Shark? Auf jeden Fall ein paar Tage vor Weihnachten. Er und Logie, Puck und Atwood waren angewiesen worden, sich in dem Bürohaus am Broadway in der Nähe der U-Bahn-Station St. James zu melden, von dem aus Bletchley Park geleitet wurde. »C« selbst hatte eine kleine Rede über die Bedeutung ihrer Arbeit gehalten.

In Anbetracht ihres »entscheidenden Durchbruchs« und auf Anweisung des Premierministers hatten sie alle einen kräftigen Händedruck erhalten und einen Umschlag mit einem Scheck über 100 Pfund. Hinterher hatten sie sich, ein wenig verlegen, auf dem Gehsteig voneinander verabschiedet, und jeder war seines Weges gegangen – Logie zu einem Lunch in der Admiralität, Puck zu einer Verabredung mit einer Frau, Atwood zu einem Konzert in der National Portrait Gallery und Jericho zurück zum Bahnhof Euston, um den Zug nach Bletchley zu erreichen, *»mit Halt in Willesden, Watford, Apsley …«*

Jetzt würde es keine Schecks mehr geben. Vielleicht würde Churchill sein Geld zurückverlangen.

Eine Million Tonnen Frachtermaterial. Zehntausend Menschen. Sechsundvierzig U-Boote. Und das war nur der Anfang.

»Es ist alles. Es ist der ganze Krieg.«

Er drehte sein Gesicht zur Wand.

Ein weiterer Zug fuhr vorbei und dann noch einer. Jemand anders begann ein Bad einzulassen. Im Hinterhof, direkt unter seinem Fenster, begann Mrs. Armstrong den Wohnzimmerteppich, den sie über die Wäscheleine ge-

hängt hatte, zu klopfen, hart und rhythmisch, als wäre er ein Gast, der mit seiner Miete im Rückstand war, oder ein schnüffelnder Inspektor vom Ernährungsministerium.
Dunkelheit hüllte ihn ein.

Der Traum ist eine Erinnerung, die Erinnerung ein Traum.
Ein von Menschen wimmelnder Bahnsteig – Eisenträger und Tauben, die unter einem schmutzigen Glasdach herumschwirren. Über die Lautsprecheranlage tönen blecherne Weihnachtslieder. Kaltes Licht und viel Khaki.
Eine Gruppe Soldaten, in Schräglage vom Gewicht ihrer Tornister, eilt zum Dienstwagen. Ein Matrose küßt eine schwangere Frau mit einem roten Hut und tätschelt ihren Hintern. Schulkinder, die über Weihnachten nach Hause fahren. Handelsvertreter in abgeschabten Mänteln. Zwei dünne und besorgte Mütter, beide in billigen Pelzen, eine hochgewachsene blonde Frau in einem gutgeschnittenen, knöchellangen braunen Mantel – ein Vorkriegsmantel, *denkt er,* so etwas wird heutzutage nicht mehr hergestellt …
Sie geht am Fenster vorbei, und ihm wird plötzlich klar, daß sie gemerkt hat, wie er sie anstarrt. Er wirft einen Blick auf seine Taschenuhr, klappt mit dem Daumen den Deckel zu, und als er wieder aufschaut, kommt sie tatsächlich in sein Abteil. Es ist voll besetzt. Sie zögert. Er steht auf, um ihr seinen Platz anzubieten. Sie bekundet mit einem Lächeln ihren Dank und gestikuliert, um anzudeuten, daß gerade genügend Raum vorhanden ist, um sich zwischen ihn und das Fenster zu zwängen. Er nickt und setzt sich unter Schwierigkeiten wieder hin.
Über die ganze Länge des Zuges werden Türen zugeschlagen, eine Pfeife schrillt, sie rucken vorwärts. Auf dem Bahnsteig das verwischte Bild von winkenden Menschen.

Er ist so eingekeilt, daß er sich kaum rühren kann. Eine derartige Intimität wäre vor dem Krieg nie geduldet worden, aber jetzt, auf diesen endlosen, unbequemen Reisen, werden Männer und Frauen immer zusammengeworfen, oft buchstäblich. Ihr Schenkel ist gegen seinen gepreßt, so stark, daß er die Festigkeit der Muskeln und Knochen unter dem Fleischpolster spüren kann. Ihre Schulter liegt an seiner. Ihre Beine berühren sich. Ihre Strümpfe rascheln an seiner Wade. Er kann ihre Wärme spüren und ihr Parfüm riechen.
Er sieht an ihr vorbei und tut so, als schaute er aus dem Fenster auf die vorbeigleitenden häßlichen Häuser. Sie ist viel jünger, als er zuerst gedacht hat. Im Profil ist ihr Gesicht nicht eigentlich hübsch, aber bemerkenswert – kantig, stark –, »ansehnlich« wäre vielleicht das richtige Wort. Sie hat sehr blondes Haar, hinten zusammengebunden. Als er versucht, sich zu bewegen, berührt sein Ellenbogen die Seite ihrer Brust, und ihm ist, als müßte er vor Verlegenheit sterben. Er entschuldigt sich wortreich, aber sie scheint es nicht zur Kenntnis zu nehmen. Sie hat ein Exemplar der Times *klein zusammengefaltet in der Hand.*
Das Abteil ist brechend voll. Soldaten liegen auf dem Boden und verstopfen den Gang. Ein Unteroffizier der Royal Air Force ist auf der Kofferablage eingeschlafen und hält seinen Tornister in den Armen wie eine Geliebte. Jemand beginnt zu schnarchen. Die Luft riecht stark nach billigen Zigaretten und ungewaschenen Körpern. Aber all dies beginnt für Jericho allmählich zu verschwinden. Es sind nur noch sie beide da, mit dem Zug ruckelnd. Wo sie sich berühren, brennt seine Haut. Seine Wadenmuskeln schmerzen von der Anstrengung, ihr weder zu nahe zu kommen noch von ihr abzurücken.
Er fragt sich, wie weit sie fährt. Jedesmal, wenn sie an einem der kleinen Bahnhöfe anhalten, fürchtet er, sie könnte aussteigen. Aber nein: Sie starrt weiterhin auf ihr Quadrat aus bedrucktem Papier. Das triste Hinter-

land Nord-Londons weicht einer tristen Landschaft, farblos in der anbrechenden Dämmerung eines Dezembernachmittags. Viehlose Felder, kahle Bäume und die unscharfen, dunklen Linien von Hecken. Leere Straßen, kleine Dörfer mit rauchenden Schornsteinen, die sich von der Landschaft abheben wie Rußplacken.
Eine Stunde vergeht. Sie haben Leighton Buzzard hinter sich, und fünf Minuten vor Bletchley sagt sie plötzlich: »Deutsche Stadt, teilweise in französischem Widerspruch zu Hameln.«
Er ist nicht sicher, ob er richtig gehört hat, nicht einmal, ob die Bemerkung an ihn gerichtet ist.
»Wie bitte?«
»Deutsche Stadt, teilweise in französischem Widerspruch zu Hameln.« Sie wiederholt es, als wäre er beschränkt. »Sieben senkrecht. Acht Buchstaben.«
»Ah, ja«, sagt er. »Ratisbon.«
»Wie kommen Sie darauf? Ich glaube nicht, daß ich das Wort schon einmal gehört habe.« Sie wendet ihm ihr Gesicht zu. Er bekommt einen ungefähren Eindruck von ihren Zügen – eine scharfgeschnittene Nase, ein breiter Mund –, aber es sind ihre Augen, die ihn faszinieren. Graue Augen – ein kaltes Grau ohne den geringsten Anflug von Blau. Sie sind nicht taubengrau, entscheidet er später, und auch nicht perlgrau. Es ist das Grau von Schneewolken, kurz bevor sie sich entladen.
»Das ist der englische Name von Regensburg, das im Mittelalter Ratisbona hieß. Ich glaube, an der Donau gelegen. Teilweise auf französisch – nun, offensichtlich bon. *Im Widerspruch zu Hameln. Das ist leicht. Hameln – Rattenfänger – Ratten, auf englisch* rats. *Rat is* bon. *Ratte ist gut. Der Ansicht ist man nicht in Hameln.«*
Er fängt an zu lachen, dann zwingt er sich zum Aufhören. Hör dich doch nur an, du quasselst wie ein Idiot.
»Mit zehn auffüllen. Neun Buchstaben.«
»Das ist ein Anagramm«, sagt er unverzüglich. »Plentiful.«

»Morgenimbiß so weit es geht.«

»Ambit.«

Sie schüttelt den Kopf, trägt die Antworten ein. »Wie kommen Sie so schnell darauf?«

»Das ist nicht weiter schwierig. Man lernt, auf welche Weise sie denken. Morgen – das ist a. m., ante meridiem. *Imbiß – das Wort ›bite‹, Bissen, ohne das e. So weit es geht – nun ja, innerhalb des eigenen Ambitus, der eigenen Grenzen. Darf ich?«*

Er langt hinüber und nimmt Papier und Bleistift. Die Hälfte seines Gehirns beschäftigt sich mit dem Kreuzworträtsel, die andere Hälfte mit ihr – wie sie eine Zigarette aus der Handtasche nimmt und sie anzündet, wie sie ihn mit leicht zur Seite geneigtem Kopf beobachtet. Aster, tasso, lovage, landau ... *Es ist das erste und einzige Mal in ihrer Beziehung, daß er alles in der Hand hat, und als er die letzten zwanzig Fragen gelöst und ihr die Zeitung zurückgegeben hat, fahren sie durch die Außenbezirke einer kleinen Stadt, kriechen an schmalen Garten und hohen Schornsteinen vorbei. Hinter ihrem Kopf sieht er die vertrauten Leinen voller Wäsche, die Luftschutzbunker, die Gemüsebeete, die kleinen roten, von den vorbeifahrenden Zügen geschwärzten Häuser. Im Abteil wird es dunkel, als sie unter dem Eisendach des Bahnhofs einfahren. »Bletchley!« ruft der Schaffner. »Bletchley!«*

Er sagt: »Hier muß ich leider aussteigen.«

»Ja ...« Sie betrachtet nachdenklich das fertige Kreuzworträtsel, dann dreht sie sich um und lächelt ihn an. »Ja. Wissen Sie, das hatte ich mir beinahe gedacht.«

»Mister Jericho!« ruft jemand. »Mister Jericho!«

»Mister Jericho!«

Er öffnete die Augen. Einen Augenblick lang wußte er nicht, wo er sich befand. Über ihm ragte in dem schwachen Licht der Kleiderschrank auf.

»Ja.« Er setzte sich in dem fremden Bett auf. »Tut mir leid. Mrs. Armstrong?«

»Mr. Jericho, es ist Viertel nach sechs!« Sie rief von der halben Treppe aus zu ihm hoch. »Wollen Sie Abendessen?«

Viertel nach sechs? Im Zimmer war es fast dunkel. Er holte seine Taschenuhr unter dem Kissen hervor und klappte den Deckel auf. Zu seiner Verblüffung stellte er fest, daß er fast den ganzen Tag geschlafen hatte.

»Das wäre sehr nett, Mrs. Armstrong. Danke.«

Der Traum war verstörend lebhaft gewesen – auf jeden Fall lebendiger als dieses dämmrige Zimmer –, und als er die Decken zurückschlug und seine nackten Füße auf den kalten Boden schwang, war ihm, als befände er sich in einem Niemandsland zwischen zwei Welten. Er war auf seltsame Weise überzeugt, daß Claire an ihn gedacht und sein Unterbewußtsein wie ein Radio reagiert und eine Botschaft von ihr aufgefangen hatte. Das war ein absurder Gedanke für einen Mathematiker, einen rational denkenden Menschen, aber er konnte ihn nicht loswerden. Er fand seinen Kulturbeutel und zog den Mantel über den Schlafanzug.

Im ersten Stock kam eine Gestalt in einem blauen Flanellmorgenrock und mit Lockenwicklern aus weißem Papier aus dem Badezimmer. Er nickte höflich, aber die Frau gab ein verlegenes Quieken von sich und lief eilends den Korridor hinunter. Vor dem Waschbecken packte er seine Toilettenartikel aus: einen Rest Karbolseife, einen Sicherheitsrasierer mit einer sechs Monate alten Klinge, eine hölzerne Zahnbürste, abgenutzt bis auf einen kleinen Borstenrest, eine fast leere Dose mit rosa Zahnpulver. Die Wasserhähne rasselten. Es kam kein warmes Wasser. Er kratzte zehn Minuten auf seinem Kinn herum, bis es rot und stellenweise blutig war. Hier war es, wo der Teufel des Krieges wohnte: in den Details, in den tausend kleinen Demütigungen, die der ständige Mangel an Toilettenpapier, Seife, Streichhölzern oder sauberer Kleidung mit sich brachte. Die Zivilisten waren verelendet. Sie stanken, und das war die reine Wahrheit. Körpergeruch lag über den Britischen Inseln wie ein dichter, saurer Nebel.

Unten im Eßzimmer saßen zwei weitere Gäste, eine Miss Jobey und ein Mister Bonnyman, und während sie auf das Essen warteten, unterhielt er sich leise mit den beiden. Miss Jobey trug ein schwarzes Kleid mit einer Kameenbrosche am Hals. Bonnyman trug einen schimmelfarbenen Tweedanzug und hatte eine Reihe Stifte in der Brusttasche. Jericho dachte, daß er vielleicht einer der an den Bomben arbeitenden Ingenieure war. Die Tür zur Küche schwang auf, und Mrs. Armstrong brachte ihre Teller herein.

»Jetzt geht's los«, flüsterte Bonnyman. »Machen Sie sich auf etwas gefaßt, alter Junge.«

»Verderben Sie's nicht schon wieder mit ihr, Arthur«, sagte Miss Jobey. Sie kniff ihn spielerisch in den Arm, woraufhin Bonnymans Hand unter dem Tisch verschwand und ihr Knie tätschelte. Jericho goß allen Wasser ein und tat so, als bemerke er es nicht.

»Es gibt Kartoffelauflauf«, verkündete Mrs. Armstrong herausfordernd.

Sie betrachteten ihre dampfenden Teller.

»Wie überaus – äh – sättigend«, sagte Jericho schließlich.

Die Mahlzeit wurde schweigend eingenommen. Der Nachtisch war eine Art Apfelkompott mit synthetischem Pudding. Sobald er verspeist war, zündete Bonnyman seine Pfeife an und verkündete, da es Samstagabend sei, würden er und Miss Jobey dem Eight Bells Inn in der Buckingham Road einen Besuch abstatten. »Sie können gern mitkommen«, sagte er in einem Ton, der andeutete, daß Jericho keineswegs willkommen wäre. »Oder haben Sie andere Pläne?«

»Das ist sehr nett von Ihnen, aber ich habe tatsächlich andere Pläne. Oder, besser gesagt, einen Plan.«

Nachdem die anderen gegangen waren, half er Mrs. Armstrong beim Abräumen des Tisches, dann ging er hinaus auf den Hinterhof, um sein Fahrrad zu überprüfen. Inzwischen war es fast völlig dunkel, und in der Luft lag eine

Schärfe, die Frost ankündigte. Das Licht funktionierte noch. Er säuberte die Ventile und pumpte etwas mehr Luft in die Reifen.

Um acht Uhr war er wieder oben in seinem Zimmer. Um halb elf war Mrs. Armstrong im Begriff, ihr Strickzeug beiseite zu legen und ins Bett zu gehen, als sie ihn herunterkommen hörte. Sie öffnete die Tür einen Spaltbreit, gerade noch rechtzeitig, um zu sehen, wie Jericho den Flur entlangeilte und in die Nacht hinausging.

2

Der Mond widersetzte sich der Verdunkelung und ließ sein blaues Taschenlampenlicht auf die gefrorenen Felder fallen, durchaus hell genug für einen Mann auf einem Fahrrad. Jericho hob sich aus dem Sattel, trat kraftvoll in die Pedale und schwankte von einer Seite zur anderen, als er die Anhöhe außerhalb von Bletchley hinaufstrampelte und seinen eigenen Schatten verfolgte, der scharf umrissen vor ihm auf die Straße geworfen wurde. Von irgendwo in der Ferne kam das Dröhnen eines heimkehrenden Bombers.

Die Straße wurde eben, und er setzte sich wieder auf den Sattel. Trotz aller Anstrengungen mit der Luftpumpe waren die Reifen nach wie vor halb platt, und die Räder und die Kette waren eingerostet, weil das Öl fehlte. Das Treten war schwer, aber das machte Jericho nichts aus. Er unternahm etwas, das war das Entscheidende. Es war dasselbe wie das Knacken eines Codes. Ganz gleich, wie hoffnungslos die Situation war, die Regel lautete immer: Unternimm etwas. Kein Kryptogramm, pflegte Alan Turing zu sagen, ist je durch bloßes Anstarren entschlüsselt worden.

Er radelte ungefähr zwei Meilen auf der Strecke, die sanft ansteigend nach Shenley Brook End führte. Es war kaum ein Dorf, eher ein winziger Weiler mit vielleicht einem Dutzend Häusern, in denen überwiegend Farmarbeiter wohnten. Er konnte die Gebäude nicht sehen, da sie in einer kleinen Senke lagen, aber als er um eine Kurve fuhr und Holzrauch roch, wußte er, daß es nicht mehr weit sein konnte.

Unmittelbar vor dem Weiler war auf der linken Seite in der Weißdornhecke eine Lücke und dahinter ein ausgefahrener Weg, der zu einem kleinen, für sich allein stehenden Häuschen führte. Er bog auf diesen Weg ein und bremste schlitternd ab. Seine Füße glitten auf dem gefrorenen Schlamm aus. Eine unwahrscheinlich große Schleiereule erhob sich von einem nahen Ast und flatterte lautlos über das Feld. Jericho betrachtete das Haus genau. War es nur Einbildung, oder entdeckte er tatsächlich eine Andeutung von Licht am Fenster im Erdgeschoß? Er stieg ab und schob sein Fahrrad darauf zu.

Ihm war wunderbar gelassen zumute. Über dem Reetdach funkelten die Sternbilder wie die Lichter einer Großstadt – Kleiner Bär und Polarstern, Pegasus und Kepheus, das abgeflachte M von Kassiopeia, durch das die Milchstraße floß. Kein irdisches Licht konnte ihr Strahlen beeinträchtigen. *Ein Gutes hat die Verdunkelung, dachte er, sie hat uns die Sterne zurückgegeben.*

Die Tür bestand aus schwerer, mit Eisen beschlagener Eiche. Es war, als klopfte man auf Stein. Nach einer halben Minute versuchte er es noch einmal.

»Claire?« rief er. »Claire?«

Eine Pause, und dann: »Wer ist da?«

»Ich bin's, Tom.«

Er holte tief Luft und wappnete sich, wie für einen Schlag. Der Türknauf drehte sich, und die Tür wurde einen Spaltbreit geöffnet, gerade so weit, daß eine dunkelhaarige Frau in den Dreißigern sichtbar wurde, ungefähr von Jerichos Größe. Sie trug eine Brille mit runden Gläsern und einen dicken Mantel und hielt ein Gebetbuch in der Hand.

»Ja?«

Einen Moment war er sprachlos. »Tut mir leid«, sagte er, »ich wollte zu Claire ...«

»Sie ist nicht da.«

»Nicht da?« wiederholte er enttäuscht. Jetzt fiel ihm wieder ein, daß Claire mit einer Frau namens Hester Wallace zusammen wohnte *(»sie arbeitet in Baracke 6, sie ist reizend«)*, aber aus irgendeinem Grund hatte er ihre Existenz völlig vergessen. Auf Jericho wirkte sie nicht sonderlich reizend. Sie hatte ein mageres, von einer Adlernase beherrschtes Gesicht, und ihr Haar war straff nach hinten gekämmt und zu einem Knoten gebunden. »Ich bin Tom Jericho.« Sie reagierte nicht. »Vielleicht hat Claire einmal meinen Namen erwähnt.«

»Ich werde ihr sagen, daß Sie da waren.«

»Kommt sie bald zurück?«

»Ich habe keine Ahnung. Tut mir leid.«

Sie machte die Tür wieder zu. Jericho stemmte seinen Fuß dagegen. »Hören Sie, ich weiß, es ist fürchterlich unhöflich von mir, aber könnte ich nicht hereinkommen und auf sie warten?«

Die Frau warf einen Blick auf seinen Fuß und dann auf sein Gesicht. »Das ist leider unmöglich. Guten Abend, Mister Jericho.« Sie drückte die Tür mit erstaunlicher Kraft zu.

Jericho trat einen Schritt zurück auf den Weg. Dies war ein Umstand, den er in seinem Plan nicht bedacht hatte. Er hob sein Fahrrad auf und schob es in Richtung Straße, aber im letzten Moment bog er, anstatt auf die Straße zurückzukehren, nach links ab und folgte der Hecke. Er legte sein Fahrrad flach auf den Boden und zog sich in den Schatten zurück, um zu warten.

Nach etwa zehn Minuten wurde die Tür des Hauses geöffnet und wieder geschlossen, und er hörte das Klappern eines Fahrrads, das über Stein geschoben wurde. Es war, wie er gedacht hatte: Miss Wallace war zum Ausgehen angezogen, weil sie Nachtschicht hatte. Ein gelber Lichtpunkt von der Größe eines Stecknadelkopfes erschien, schwankte kurz von einer Seite zur anderen und hüpfte dann auf ihn zu. Hester Wallace fuhr, keine sechs Meter entfernt, im Mondlicht an ihm vorüber, mit wippenden

Knien und vorgestreckten Ellenbogen, so kantig wie ein alter Regenschirm. Bevor sie auf die Straße abbog, hielt sie an und bückte sich, um ihr Rücklicht zurechtzurükken. Jericho preßte sich noch tiefer in den Weißdorn. Eine halbe Minute später war sie verschwunden. Er wartete eine volle Viertelstunde, für den Fall, daß sie etwas vergessen hatte, dann kehrte er zu ihrem Haus zurück.

Es gab nur einen Schlüssel – aus Schmiedeeisen und groß genug für eine Kathedrale. Er erinnerte sich, daß er immer unter einer Schieferplatte lag, auf der ein Blumentopf stand. Die Tür hatte sich von der Feuchtigkeit verzogen, und er mußte heftig schieben, bis sie aufging und dabei einen Bogen in den Steinfußboden kratzte. Er legte den Schlüssel wieder an seinen Platz und machte die Tür hinter sich zu, bevor er das Licht einschaltete.

Er war nur einmal hier drinnen gewesen, aber es gab nicht viel, woran man sich erinnern mußte: zwei Zimmer im Erdgeschoß; ein Wohnzimmer mit niedrigen Deckenbalken und eine Küche direkt geradeaus. Links führte eine schmale Treppe hinauf zu einem kleinen Flur. Claires Schlafzimmer lag nach vorn hinaus, zur Straße hin. Das von Hester war das hintere. Die Toilette war ein chemisches Klosett unmittelbar außerhalb der Hintertür, zu der man durch die Küche gelangte. Ein Badezimmer gab es nicht. In einem Schuppen neben der Küche stand eine verzinkte Wanne. Gebadet wurde vor dem Ofen. Der ganze Bau war kalt und eng und roch nach Schimmel. Er fragte sich, wie Claire es hier aushalten konnte.

»Ach, Darling, das ist doch viel besser als ein Zimmer, wo einem eine widerliche Wirtin ständig sagt, was man zu tun und zu lassen hat ...«

Jericho tat ein paar Schritte auf dem abgetretenen Teppich, dann blieb er stehen. Zum erstenmal war ihm unbehaglich zumute. Überall, wo er hinschaute, sah er Beweise für ein Leben, das völlig zufrieden ohne ihn geführt wurde – das zusammengewürfelte blau-weiße Porzellan im Schrank, die Vase mit Narzissen, der Zeitschriftenstapel mit Vorkriegsnummern der *Vogue*, sogar die Anordnung der Möbel (die beiden Sessel und das Sofa waren der Behaglichkeit wegen an den Kamin geschoben). Jedes winzige häusliche Detail erschien ihm bezeichnend und durchdacht.

Er hatte hier nichts zu schaffen.

In diesem Moment wäre er fast gegangen. Alles, was ihn zurückhielt, war die etwas erbärmliche Erkenntnis, daß er nicht wußte, wo er sonst hingehen sollte. Bletchley Park? Albion Street? King's College? Es sah so aus, als wäre sein Leben ein Labyrinth aus Sackgassen geworden. Besser, es hier durchzustehen, beschloß er, als wieder davonzulaufen. Es war damit zu rechnen, daß sie bald zurückkam.

Aber es herrschte eine lausige Kälte. Seine Knochen waren eiskalt. Er wanderte in dem vollgestellten Zimmer herum, geduckt, um sich nicht an den niedrigen Balken den Kopf zu stoßen. Im Kamin lagen ein paar geschwärzte Holzbrocken zwischen weißer Asche. Er setzte sich zuerst auf den einen Sessel, dann probierte er den anderen aus. Jetzt war sein Gesicht der Tür zugewandt. Rechts von ihm stand das Sofa. Es war mit zerschlissener rosa Seide bezogen, die Kissen waren löchrig und ließen Federn. Die Sprungfederung war hinüber, und wenn man sich darauf setzte, sackte man fast bis zum Fußboden durch und hatte Mühe, wieder hochzukommen. Er erinnerte sich an dieses Sofa und starrte es lange Zeit an, ungefähr so, wie ein Soldat ein Schlachtfeld anstarrte, auf dem ein Krieg ein für allemal verloren worden war.

Sie verlassen gemeinsam den Zug und schlagen den Weg nach Bletchley Park ein. Zu ihrer Linken liegt ein in die Kleingärten gewalzter Sportplatz. Zu ihrer Rechten können sie durch den Zaun hindurch die vertrauten Umrisse der niedrigen Gebäude sehen. Leute schreiten rasch aus, denn der Dezembernachmittag ist kalt und neblig, der Tag geht in die Dämmerung über.

Sie erzählt ihm, daß sie in London war, um ihren Geburtstag zu feiern. Was meint er, wie alt sie ist?

Er hat keine Ahnung. Achtzehn vielleicht?

Zwanzig, sagt sie triumphierend, uralt. Und weshalb war er in London?

Das kann er ihr natürlich nicht erzählen. Geschäftlich, sagt er. Rein geschäftlich.

Entschuldigung, sagt sie, sie hätte ihn nicht danach fragen dürfen. Sie hat sich das »Wissenwollen« immer noch nicht abgewöhnen können. Sie ist jetzt seit drei Monaten in Bletchley, und sie kann es nicht ausstehen. Ihr Vater arbeitet im Außenministerium und hat ihr den Job besorgt, damit sie keine Zeit hat, Dummheiten zu machen. Wie lange ist er schon hier?

Drei Jahre, sagt Jericho, sie soll sich keine Sorgen machen, im Laufe der Zeit wird es besser.

Er hat gut reden, sagt sie, aber er tut doch bestimmt etwas Interessantes.

Eigentlich nicht, sagt er, aber dann findet er, daß sich das langweilig anhört, deshalb setzt er hinzu: nun ja, halbwegs interessant, könnte man sagen.

In Wirklichkeit fällt es ihm schwer, seinen Teil zu der Unterhaltung beizutragen. Allein neben ihr herzugehen ist schon verwirrend genug. Sie verfallen in Schweigen.

Neben dem Haupttor ist eine Anschlagtafel, auf der eine Aufführung von Bachs Musikalischem Opfer durch die Bletchley Park Music Society angekündigt wird. Sehen Sie sich das an, sagt sie, ich liebe Bach, worauf Jericho mit echter Begeisterung erwidert, daß Bach sein Lieblingskomponist ist. Froh, endlich ein Gesprächsthema gefunden zu haben, ergeht er sich weitschweifig über die sechsteilige Fuge des Musikalischen Opfers, die Bach an Ort und Stelle für Friedrich den Großen improvisiert haben soll, eine Leistung, die dem gleichzeitigen Spielen und Gewinnen von sechzig Partien Schach mit verbundenen Augen entspricht. Vielleicht weiß sie, daß Bachs Widmung an den König – Regis Iussu Cantio Et Reliqua Canonica Arte Resoluta – das Akrostichon RICERCAR ergibt, was »suchen« bedeutet?

Nein, das weiß sie seltsamerweise nicht.
Dieser zunehmend verzweifelte Monolog bringt sie bis zu den Baracken, wo sie beide stehenbleiben und sich, nach einer weiteren verlegenen Pause, gegenseitig vorstellen. Sie streckt ihm ihre Hand entgegen. Ihr Griff ist warm und fest, aber ihre Nägel sind ein Schock: fürchterlich abgekaut, bis fast aufs Fleisch. Ihr Nachname ist Romilly. Claire Romilly. Es klingt gut. Claire Romilly.
Er wünscht ihr fröhliche Weihnachten und wendet sich zum Gehen, aber sie ruft ihn zurück. Sie hofft, daß er sie nicht für aufdringlich hält, aber würde es ihm Spaß machen, mit ihr in das Konzert zu gehen?
Er ist sich nicht sicher, er weiß es nicht ...
Sie schreibt das Datum und die Uhrzeit direkt über das Kreuzworträtsel in der Times *– 27. Dezember um 8.15 Uhr – und drückt ihm die Zeitung in die Hand. Sie wird die Eintrittskarten besorgen. Sie werden sich dort treffen.*
Bitte sagen Sie nicht nein.
Und bevor er sich eine Ausrede einfallen lassen kann, ist sie verschwunden.
Er hat am Abend des 27. Dienst, aber er weiß nicht, wo er sie finden kann, um ihr zu sagen, daß er nicht kommen kann. Und außerdem, das wird ihm klar, möchte er gern hingehen. Also fordert er einen Gefallen ein, den Arthur de Brooke ihm schuldet, und wartet vor dem Versammlungsgebäude – und wartet und wartet –, und endlich, nachdem alle anderen bereits hineingegangen sind, und gerade, als er aufgeben will, kommt sie aus der Dunkelheit angerannt und entschuldigt sich mit einem Lächeln.
Das Konzert ist besser, als er gehofft hatte. Das Quintett besteht aus Leuten, die in Bletchley Park arbeiten und früher alle Berufsmusiker waren. Der Mann am Spinett ist besonders gut. Die Frauen im Publikum tragen Abendkleider, die Männer Anzüge. Plötzlich, und zum erstenmal, soweit er sich erinnern kann, ist der Krieg ganz weit weg. Als die letzten Töne des dritten Kanons

(per Motum contrarium) verklingen, riskiert er einen Blick auf Claire, nur um festzustellen, daß sie ihn anschaut. Sie berührt seinen Arm, und als der vierte Kanon (per Augmentationem, contrario Motu) beginnt, ist er verloren.

Hinterher muß er sofort in die Baracke zurückkehren; er hat versprochen, vor Mitternacht wieder dazusein. Armer Mr. Jericho, sagt sie, genau wie Aschenbrödel ... Aber auf ihren Vorschlag hin treffen sie sich auch beim Konzert in der Woche darauf – Chopin –, und als es vorüber ist, gehen sie den Abhang hinunter zum Bahnhof, um im Restaurant auf dem Bahnsteig einen Kakao zu trinken.

»Also«, sagt sie, als er mit zwei Bechern voll braunem Schaum von der Theke zurückkehrt, »wieviel darf ich über Sie wissen?«

»Über mich? Oh, ich bin ziemlich langweilig.«

»Ich finde, Sie sind überhaupt nicht langweilig. Ich habe sogar Gerüchte gehört, daß Sie ziemlich genial sind.« Sie zündet sich eine Zigarette an, und wieder fällt ihm ihre unverwechselbare Art des Inhalierens auf, sie scheint den Rauch fast zu verschlucken, dann legt sie den Kopf in den Nacken und stößt ihn durch die Nasenlöcher wieder aus. Ob das irgendeine neue Mode ist? fragt er sich. »Ich nehme an, Sie sind verheiratet?« sagt sie.

Er verschluckt sich beinahe an seinem Kakao. »Guter Gott, nein. Ich wäre wohl kaum ...«

»Verlobte? Freundin?«

»Jetzt wollen Sie mich auf den Arm nehmen.« Er zieht ein Taschentuch hervor und betupft sich das Kinn.

»Brüder? Schwestern?«

»Nein, nein.«

»Eltern? Sogar Sie müssen Eltern haben.«

»Nur ein Elternteil ist noch am Leben.«

»Mir geht es genauso«, sagt sie. »Meine Mutter ist tot.«

»Wie furchtbar für Sie. Tut mir leid. Meine Mutter ist für meinen Geschmack manchmal zu lebendig.«

Und so geht es weiter, dieses bislang unausgekostete Vergnügen, über sich selbst zu reden. Ihre grauen Augen verlassen nie sein Gesicht. Die Züge dampfen in der Dunkelheit vorbei, hinterlassen einen Sog aus Ruß und heißer Luft. Gäste kommen und gehen. »Wen kümmert das Leben ohne Licht?« fragt ein Sänger im Radio in der Ecke, »den Mond können sie nicht verdunkeln ...« Er stellt fest, daß er ihr Dinge erzählt, über die er zuvor nie wirklich gesprochen hat vom Tod seines Vaters und der Wiederverheiratung seiner Mutter, von seinem Stiefvater (einem Geschäftsmann, den er nicht ausstehen kann), von seiner Neigung zur Astronomie und dann zur Mathematik ...

»Und Ihre jetzige Arbeit?« sagt sie. »Macht die Sie glücklich?«

»Glücklich?« Er wärmt sich die Hände am Becher und überdenkt ihre Frage. »Nein. Glücklich würde ich nicht sagen. Sie verlangt viel von einem – in gewisser Hinsicht ist sie sogar beängstigend.«

»Beängstigend?« Ihre großen Augen werden noch größer. »Wieso beängstigend?«

»Wer weiß, was noch passieren kann ...« (Du spielst dich auf, warnt er sich, hör auf damit.) »Was passieren kann, wenn man etwas falsch macht, nehme ich an.«

Sie zündet sich eine weitere Zigarette an. »Sie sind doch in Baracke 8? Und Baracke 8 ist die Marineabteilung, oder nicht?«

Das läßt ihn zusammenfahren. Er sieht sich rasch um. Ein weiteres Pärchen sitzt händchenhaltend und miteinander flüsternd am Nebentisch. Vier Flieger spielen Karten. Eine Kellnerin mit einer fettigen Schürze poliert den Tresen. Niemand scheint etwas gehört zu haben.

»Apropos«, sagt er rasch, »ich glaube, ich muß mich jetzt wieder an die Arbeit machen.«

An der Ecke von Church Green Road und Wilton Avenue küßt sie ihn flüchtig auf die Wange.

Die Woche darauf ist es Schumann, gefolgt von Steak-und-Nieren-Pastete und Marmeladenrolle im British

Restaurant in der Bletchley Road (»zwei Gänge für elf Pence«), und diesmal ist sie an der Reihe zu erzählen. Ihre Mutter ist gestorben, als sie sechs Jahre alt war, sagt sie, und ihr Vater hat sie von Botschaft zu Botschaft mitgeschleppt. Familie war gleichbedeutend mit einer Folge von Kindermädchen und Gouvernanten.

Wenigstens hat sie ein paar Sprachen gelernt. Sie wollte in den Women's Royal Navy Service eintreten, aber ihr alter Herr ließ es nicht zu.

Jericho fragt, wie es in London während der Bombenangriffe gewesen ist.

»Oh, im Grunde haben wir viel Spaß gehabt. Es gab massenhaft Orte, wo wir hingehen konnten. Das Milroy. Das Four Hundred. Eine Art verzweifelter Fröhlichkeit. Wir mußten alle lernen, nur für den Augenblick zu leben.«

Als sie sich trennen, küßt sie ihn wieder, ihre Lippen ruhen auf der einen Wange, ihre kühle Hand liegt auf der anderen.

In der Rückschau ist es ungefähr um diese Zeit, Mitte Januar, wo er hätte anfangen müssen, über seine Symptome Buch zu führen, denn jetzt beginnt er sein seelisches Gleichgewicht zu verlieren. Er wacht mit einem Gefühl milder Euphorie auf. Er stürmt pfeifend in die Baracke. Er macht zwischen den Schichten lange Spaziergänge um den See herum, nimmt Brot mit, um die Enten zu füttern – nur der Bewegung halber, redet er sich ein, aber in Wirklichkeit sucht er unter den Leuten nach ihr, und zweimal sieht er sie, und einmal sieht sie ihn und winkt.

Bei ihrem vierten Zusammentreffen (dem fünften, wenn man ihre Begegnung im Zug mitrechnet) besteht sie darauf, daß sie einmal etwas anderes tun, also gehen sie ins Kino an der High Street, um sich den neuen Noël-Coward-Film In Which We Serve *anzusehen.*

»Und Sie wollen mir wirklich weismachen, Sie wären noch nie hier gewesen?«

Sie stehen für Karten an. Der Film läuft erst seit einem Tag, und die Schlange reicht um die Ecke herum bis in die Aylesbury Street.

»Nein, ehrlich, ich war noch nie hier.«

»Großer Gott, Tom, Sie sind wirklich ein komischer Kauz. Ich glaube, ich würde sterben, wenn ich hier in Bletchley festsäße und nicht ins Kino gehen könnte.«

Sie sitzen ziemlich weit hinten, und sie schiebt ihren Arm unter seinen. Das Licht des Projektors hoch über und hinter ihnen erzeugt in dem Staub und Zigarettenrauch ein Kaleidoskop aus Blau- und Grautönen. Das Pärchen neben ihnen küßt sich. Eine Frau kichert. Ein Trompetenstoß kündigt die Wochenschau an, und auf der Leinwand sind lange Kolonnen von gefangenen Deutschen zu sehen, eine unvorstellbare Menge. Sie stapfen durch den Schnee, während der Sprecher aufgeregt von einem Durchbruch der Roten Armee an der Ostfront berichtet. Stalin taucht auf und verleiht unter lautem Applaus Medaillen. Jemand ruft: »Ein dreifaches Hurra für Onkel Joe!« Die Lichter gehen an, dann verlöschen sie wieder, und Claire drückt seinen Arm. Der Hauptfilm beginnt – »Dies ist die Geschichte eines Schiffes« – mit Coward als unwahrscheinlich liebenswürdigem Kapitän der Royal Navy. Es folgt eine Menge Aufregung, in knappem Ton. »Schiff in Brand mit grüner Flagge drei-null ... Torpedospur Steuerbord, Sir ... Feuer aufrechterhalten ...« Auf dem Höhepunkt der Seeschlacht läßt Jericho den Blick vom Aufflackern der Zelluloidexplosionen auf die hingerissenen Gesichter wandern, und ihm wird bewußt, daß auch er ein Teil von alledem ist – ein unauffälliger, aber wichtiger Teil –, und daß niemand es weiß oder je wissen wird ... Nach dem Abspann spielt der Lautsprecher »God Save the King«, und alle stehen auf. Viele Zuschauer sind so bewegt von dem Film, daß sie mitsingen.

Sie haben ihre Fahrräder am Ende einer neben dem Kino verlaufenden Gasse abgestellt. Ein paar Schritte entfernt sehen sie eine merkwürdige Gestalt, die sich an der

Mauer reibt. Als sie näher kommen, erkennen sie, daß es ein Soldat ist, der seinen Mantel um eine Frau geschlungen hat. Ihr Rücken lehnt an der Mauer. Ihr weißes Gesicht starrt sie aus den Schatten heraus an wie ein Tier in seinem Bau. Die Bewegung hört so lange auf, wie Claire und Jericho brauchen, um ihre Räder zu holen; dann beginnt sie von neuem.

»Sehr merkwürdiges Benehmen.«

Er sagt es, ohne nachzudenken. Zu seiner Überraschung bricht Claire in Gelächter aus.

»Was ist los?«

»Nichts«, sagt sie.

Sie stehen neben ihren Fahrrädern auf dem Gehsteig und warten, bis ein Armeelaster sie passiert hat, der mit abgeblendeten Scheinwerfern und knirschendem Getriebe in Richtung Norden die Watling Street entlangrattert. Sie hört auf zu lachen.

»Kommen Sie mit in mein Häuschen, Tom.« Sie sagt es fast traurig. »So spät ist es noch nicht. Ich möchte es Ihnen so gern zeigen.«

Er kann sich keine Ausrede ausdenken, will es im Grunde auch nicht.

Sie führt ihn durch die Stadt und an Bletchley Park vorbei, über den Stadtrand hinaus. Sie schweigen eine Viertelstunde, und er beginnt sich zu fragen, wie weit sie ihn mitschleifen will. Endlich, als sie den Weg hinunterradeln, der zu dem Haus führt, ruft sie über die Schulter: »Ist das nicht ein reizendes Häuschen?«

»Es fallt – äh – ein wenig aus dem Rahmen.«

»Seien Sie nicht so gemein«, sagt sie und tut so, als sei sie beleidigt.

Sie erzählt ihm, wie sie es halb verfallen entdeckt hat, wie sie den Bauern, dem es gehörte, so lange becirct hat, bis er bereit war, es an sie zu vermieten. Die Einrichtung ist schäbig-elegant. Sie hat die Möbel aus dem Haus einer Tante in Kensington gerettet, das während der deutschen Bombenangriffe dichtgemacht und nie wieder geöffnet worden war.

Die Treppe knarrt so beängstigend, daß Jericho sich fragt, ob ihrer beider Gewicht sie aus der Wand reißen könnte. Der Bau ist eine Ruine, eiskalt. »Und hier schlafe ich«, sagt sie, und er folgt ihr in ein Zimmer in Rosa und Creme, vollgestopft wie eine große Ankleidekabine mit Seiden und Pelzen und Federn aus der Vorkriegszeit. Ein loses Fußbodenbrett knallt unter seinen Füßen wie ein Gewehrschuß. Es gibt zu viele Einzelheiten, als daß das Auge sie registrieren könnte, so viele Hutschachteln, Schuhkartons, Schmuckstücke, Make-up-Utensilien … Sie schlüpft aus ihrem Mantel und läßt ihn auf den Boden fallen, dann wirft sie sich der Länge nach aufs Bett, stützt sich auf die Ellenbogen und schleudert die Schuhe weg. Irgend etwas scheint sie zu amüsieren.
»Und was ist das?« Jericho ist ziemlich verwirrt auf den Treppenabsatz zurückgewichen und betrachtet nun die einzige andere Tür.
»Ach, das ist Hesters Zimmer«, ruft sie.
»Hester?«
»Irgendein Bürohengst hat herausgefunden, wo ich wohne, und hat gesagt, wenn ich ein zweites Schlafzimmer hätte, müßte ich noch jemanden aufnehmen. Daraufhin ist Hester zu mir gezogen. Sie arbeitet in Baracke 6. Sie ist wirklich reizend. Werfen Sie einen Blick hinein. Sie hätte nichts dagegen.«
Er klopft an, niemand antwortet, er öffnet die Tür. Ein weiteres winziges Zimmer, aber dieses ist spartanisch eingerichtet wie eine Zelle: ein Metallbett, Krug und Schüssel auf einem Waschtisch, ein paar Bücher auf einem Stuhl. Ableman's German Primer. Er schlägt das Deutschbuch auf. »Der Rhein ist etwas länger als die Elbe«, liest er. Er hört den Gewehrschuß vom losen Fußbodenbrett hinter sich, und Claire nimmt ihm das Buch aus der Hand.
»Nicht schnüffeln, Darling. Das ist unhöflich. Kommen Sie, wir wollen Feuer machen und etwas trinken.«
Unten kniet er vor dem Kamin nieder und knüllt ein Exemplar der Times zusammen. Er packt Kleinholz und

ein paar kleine Scheite darauf und zündet das Papier an. Der Kamin zieht gefräßig, saugt den Rauch mit Getöse an.

»Sie haben ja noch nicht einmal Ihren Mantel ausgezogen.«

Er steht auf, wischt den Staub ab und dreht sich zu ihr um. Grauer Rock, marineblauer Kaschmirpullover, eine einreihige Kette aus milchweißen Perlen an ihrem cremefarbenen Hals – die allgegenwärtige, immer gleiche Uniform der Engländerin aus der oberen Mittelschicht. Irgendwie schafft sie es, gleichzeitig sehr jung und sehr reif auszusehen.

»Kommen Sie, lassen Sie mich das machen.«

Sie stellt die Drinks hin und fängt an, seinen Mantel aufzuknöpfen.

»Machen Sie mir nicht weis, Tom«, flüstert sie, »machen Sie mir nicht weis, daß Sie nicht wissen, was die beiden hinter dem Kino gemacht haben.«

Sogar barfuß war sie genauso groß wie er.

»Natürlich weiß ich es ...«

»In London nennen die Mädchen das heutzutage eine ›Mauernummer‹. Wie finden Sie das? Sie behaupten, auf diese Weise könnte man nicht schwanger werden ...«

Instinktiv hüllt er sie mit seinem Mantel ein. Sie legt ihm die Arme um die Taille.

3

Verdammt, verdammt, verdammt.

Er kippte nach vorn und aus dem Sessel heraus, und die Bilder flogen auseinander und zerbarsten auf dem kalten Steinfußboden. Er wanderte etliche Male in dem winzigen Wohnzimmer herum, dann ging er in die Küche. Alles war sauber und ordentlich weggeräumt. Er vermutete, daß das Hesters Werk war, nicht das von Claire. Das Feuer im Herd war heruntergebrannt, und als er ihn anfaßte, war er nur lauwarm, aber er widerstand der Versuchung,

Kohle nachzulegen. Es war Viertel vor eins. Wo steckte sie? Er ging zurück ins Wohnzimmer, zögerte am Fuß der Treppe und stieg hinauf. Der Putz an der Wand war feucht und blätterte unter seinen Fingern ab. Er beschloß, zuerst einen Blick in Hesters Zimmer zu werfen. Es war genauso wie vor sechs Wochen. Ein paar solide Laufschuhe neben dem Bett. Dasselbe Deutschbuch. *»An seinen Ufern sind Berge, Felsen und malerische Schlösser aus den ältesten Zeiten.«* Er klappte es zu und kehrte auf den Treppenabsatz zurück.

Und dann, endlich, betrat er Claires Zimmer.

Ihm war jetzt völlig klar, was er tun würde, obwohl sein Gewissen ihm sagte, daß es unrecht war, und die Logik ihm sagte, daß es töricht war. Und im Prinzip war er der gleichen Ansicht. Wie jeder gute Schüler hatte er seinen Äsop gelesen, wußte, daß »Lauscher nie etwas Gutes über sich hören« – aber wann, dachte er, als er daranging, Schubladen zu öffnen, wann hat diese fromme Weisheit jemals jemanden von seinem Vorhaben abgehalten? Ein Brief, ein Tagebuch, eine Notiz – irgend etwas, das ihm sagte, warum –, er mußte es sehen, er mußte es, obwohl die Chancen, daß es ihn irgendwie tröstete, gleich Null waren. Wo war sie? War sie bei einem anderen Mann? Tat sie das, was die Mädchen in London, Darling, heutzutage eine Mauernummer nennen?

Er geriet plötzlich in Rage und wütete in ihrem Zimmer wie ein Einbrecher, riß Schubladen heraus und leerte sie aus, fegte Schmuck und Nippes von den Regalen, warf ihre Kleider auf den Fußboden, riß ihre Laken und Dekken vom Bett und zerrte ihre Matratze hoch, wobei er Wolken von Staub und Parfüm und Straußenfedern aufwirbelte ...

Nach zehn Minuten kroch er in eine Ecke und legte den Kopf auf einen Haufen aus Seide und Pelzen.

»Sie sind ein Wrack«, hatte Skynner gesagt. *»Sie sind am Ende. Sie haben versagt. Finden Sie jemanden, der besser zu Ihnen paßt als die Person, mit der Sie sich mehrere Male getroffen haben.«*

Skynner wußte von ihr, und auch Logie schien sie zu kennen. Wie hatte er sie genannt? *»Die kühle Blonde.«* Vielleicht wußten sie alle Bescheid? Puck, Atwood, Baxter, jeder?
Er mußte hier weg, fort von dem Duft ihres Parfüms und dem Anblick ihrer Kleider.
Und es war diese Aktion, die alles änderte, denn erst, als er auf dem Treppenabsatz stand, mit dem Rücken an die Wand gelehnt und mit geschlossenen Augen, wurde ihm bewußt, daß ihm etwas entgangen war.
Langsam und bedächtig kehrte er in ihr Zimmer zurück. Stille. Er trat über die Schwelle und ging noch einmal hinein. Wieder Stille. Er ließ sich auf die Knie nieder. Auf dem Boden lag einer der Teppiche von der Tante aus Kensington, irgend etwas Persisches, fleckig und geschmackvoll abgeschabt. Er war nur zwei mal zwei Meter groß. Jericho rollte ihn auf und legte ihn aufs Bett. Die Holzdielen, die darunterlagen, waren vom Alter verzogen, glatt gescheuert, mit rostfarbenen Nägeln befestigt, seit zwei Jahrhunderten unangetastet – außer an einer Stelle, wo ein Stück von einem alten Dielenbrett, ungefähr fünfundvierzig Zentimeter lang, mit vier sehr modernen, sehr glänzenden Schrauben befestigt war. Er hieb triumphierend auf den Boden.
»Gibt es sonst noch etwas, worauf Sie meine Aufmerksamkeit lenken möchten, Mister Jericho?«
»Auf den merkwürdigen Umstand des knarrenden Dielenbretts.«
»Aber das Dielenbrett hat nicht geknarrt.«
»Genau das ist der merkwürdige Umstand.«
In dem Chaos ihres Schlafzimmers konnte er kein geeignetes Werkzeug entdecken. Er ging hinunter in die Küche und fand ein Messer. Es hatte einen Perlmuttgriff mit einem eingravierten »R«. Ideal. Er flog fast die Treppe hinauf. Die Spitze des Messers paßte in den Schraubenkopf, das Gewinde drehte sich widerstandslos, die Schraube kam heraus wie im Traum. Ebenso die anderen drei. Er hob das Stück Dielenbrett heraus, und zum Vorschein

kamen Roßhaar und Putz von der Decke des darunterliegenden Zimmers. Er zog Mantel und Jackett aus und rollte einen Hemdsärmel auf. Er legte sich auf die Seite und schob seine Hand in den Hohlraum. Anfangs brachte er nichts heraus außer Händen voll Schutt, überwiegend Klumpen von altem Putz und kleine Ziegelsteinbrocken, aber er suchte weiter, bis er endlich einen kleinen Freudenschrei ausstieß, weil er Papier ertastet hatte.

Er verstaute alles wieder an seinem vorherigen Platz, mehr oder weniger. Er hängte ihre Kleider an die Balken, stopfte ihre Unterwäsche und ihre Tücher in die Schubladen und schob die Schubladen zurück in die Mahagonikommode. Er schaufelte ihren Schmuck in den Lederkasten und drapierte andere Stücke kunstvoll über die Regale, neben ihre Flaschen und Tiegel und Packungen, von denen die meisten leer waren.

All das tat er mechanisch, wie ein Automat.

Er machte das Bett, hob den Teppich herunter, strich das Oberbett glatt und warf die Spitzendecke darüber, die sich darauflegte wie ein Netz. Dann setzte er sich auf die Bettkante und ließ den Blick über das Zimmer schweifen. Nicht schlecht. Natürlich, wenn sie anfing, nach etwas zu suchen, würde sie wissen, daß jemand in ihren Sachen herumgewühlt hatte, aber auf den ersten Blick sah alles aus wie zuvor – das heißt, abgesehen von dem Loch im Fußboden. Er wußte noch nicht, was er damit anfangen sollte. Das hing davon ab, ob er die aufgefangenen Funksprüche wieder zurücklegte oder nicht. Er zog sie unter dem Bett hervor und betrachtete sie noch einmal.

Es waren vier, auf Standardblättern, zwanzig mal fünfundzwanzig Zentimeter groß. Er hielt einen davon gegen das Licht. Es war billiges Kriegspapier von der Art, wie es in Bletchley tonnenweise verbraucht wurde. In seiner groben Struktur konnte er praktisch einen versteinerten Wald sehen – die Schatten von Blättern und Blattstengeln, die schwachen Umrisse von Borke und Farn.

In der oberen linken Ecke jedes Funkspruchs stand die Frequenz, auf der er gesendet worden war – 12260 Kilohertz –, und in der rechten oberen Ecke sein »TOI« – Time of Interception. Die vier Funksprüche waren am 4. März, also erst vor neun Tagen, in schneller Folge im Abstand von 25 Minuten gesendet worden, zwischen 21.30 Uhr bis kurz vor Mitternacht. Jeder bestand aus einem Rufzeichen – ADU – und ungefähr zweihundert Gruppen aus jeweils fünf Buchstaben. Schon das war ein wichtiger Hinweis. Das bedeutete, daß es sich nicht um Marinefunksprüche handeln konnte, denn die Funksprüche der Kriegsmarine wurden in Gruppen von vier Buchstaben gesendet. Also stammten sie vermutlich vom deutschen Heer oder der Luftwaffe.

Sie mußte sie aus Baracke 3 gestohlen haben.

Die Ungeheuerlichkeit dieser Schlußfolgerung versetzte Jericho einen neuerlichen Schlag, traf ihn wie ein Hieb in die Magengrube. Er ordnete die aufgefangenen Funksprüche in der richtigen zeitlichen Reihenfolge auf ihrem Kopfkissen und versuchte angestrengt, wie ein mit der Verteidigung beauftragter Kronanwalt, sich irgendeine harmlose Erklärung einfallen zu lassen. Ein alberner Streich? Möglich. Sie hatte nie viel von Sicherheitsvorkehrungen gehalten – im Bahnhofsrestaurant lautstark über Baracke 8 geredet, wissen wollen, was er tat, versucht, ihm zu sagen, was sie tat. Eine Herausforderung? Auch möglich. Sie war zu allem fähig. Aber dieses Loch im Fußboden, diese kalte Vorsätzlichkeit, zog seinen Blick an und ließ ihn an seiner Milde ihr gegenüber zweifeln.

Ein Geräusch aus dem Erdgeschoß, vielleicht von Schritten, riß ihn aus seiner Versunkenheit und ließ ihn aufspringen.

Er sagte »Hallo« mit einer lauten Stimme, die mutiger klang, als er sich fühlte. Er räusperte sich. »Hallo?« wiederholte er. Und dann hörte er ein weiteres Geräusch, eindeutig einen Schritt, jetzt eindeutig draußen, und ein Adrenalinstoß durchfuhr ihn. Er ging rasch zur Schlafzimmertür und schaltete das Licht aus, so daß die einzige Beleuchtung im ganzen Haus aus dem Wohnzimmer kam. Falls jemand die Treppe heraufkommen sollte, wäre er imstande, seine Silhouette zu sehen. Aber nichts passierte. Vielleicht versuchte jemand, durch die Hintertür hereinzukommen? Er fühlte sich fürchterlich ausgeliefert. Er bewegte sich vorsichtig die Treppe hinunter und zuckte bei jedem Knarren zusammen. Ein Schwall kalter Luft traf ihn.

Die Haustür stand weit offen.

Er sprang die letzten sechs Stufen hinunter und rannte nach draußen, gerade noch rechtzeitig, um das Rücklicht eines Fahrrads zu sehen, das den Pfad entlangschoß und auf der Straße verschwand. Er machte sich an die Verfolgung, aber nach zwanzig Schritten gab er es auf. Zu Fuß hatte er nicht die geringste Chance, den Flüchtigen einzuholen.

Es herrschte starker Frost. Wohin man schaute, funkelte die Erde in einem matten, leuchtenden Blau. Die Äste der kahlen Bäume zeichneten sich vor dem Himmel ab wie Blutgefäße. In dem glitzernden Rauhreif waren deutlich zwei Reifenspuren zu sehen: eine, die zum Haus hinführte, und eine andere, die davon wegführte. Er verfolgte sie zurück bis zur Haustür, wo sie in scharf umrissenen Fußabdrücken endeten.

Scharf umrissen, groß – die Fußabdrücke eines Mannes. Jericho betrachtete sie eine halbe Minute lang, wobei er in seinen Hemdsärmeln zitterte. In dem nahegelegenen Wäldchen schrie eine Eule, und Jericho kam es vor, als hätte der Schrei den Rhythmus eines Morsezeichens: di-di-di-dah, di-di-di-dah.

Er eilte ins Haus zurück.

Oben rollte er die aufgefangenen Funksprüche ganz fest zu einem Zylinder zusammen. Er benutzte seine Zähne, um ein kleines Loch in das Futter seines Mantels zu reißen, und schob die Papiere hinein. Dann schraubte er rasch das Stück Fußbodenbrett wieder fest und legte den Teppich an seinen Platz. Er zog Jackett und Mantel an,

schaltete das Licht aus, legte den Schlüssel wieder an seinen Platz.
Sein Fahrrad hinterließ eine dritte Spur im Rauhreif.
An der Einmündung zur Straße hielt er an und warf einen Blick zurück auf das düstere Haus. Er hatte stark das Gefühl – albern, sagte er zu sich selbst –, daß er beobachtet wurde. Er schaute sich um. Eine Bö fuhr in die Bäume; in der Weißdornhecke neben ihm klirrten und klimperten die Eiszapfen.
Jericho zitterte vor Kälte, stieg auf sein Fahrrad und lenkte es hügelabwärts, in Richtung Süden, auf Orion und Prokyon zu und auf Hydra, die über Bletchley Park am Nachthimmel hing wie ein Messer.

IV

KUSS

Kuss: die Übereinstimmung
von zwei verschiedenen Kryptogrammen,
die in verschiedenen Chiffren
übermittelt wurden,
aber beide den gleichen,
ursprünglichen Klartext enthalten,
so daß die Entschlüsselung des einen
zur Entschlüsselung des anderen führt.

Ein Lexikon der Kryptographie
(»Streng geheim«, Bletchley Park, 1943)

1

Er weiß nicht, wovon er aufwacht – ein leises Geräusch, eine Luftbewegung, etwas, das sich in den Tiefen seines Traums festhakt und ihn an die Oberfläche zieht.
Anfangs kommt ihm sein dunkles Zimmer völlig normal vor – die vertrauten, kohlschwarzen Sparren der Eichenbalken, die glatten, grauen Flächen von Wand und Decke –, aber dann wird ihm bewußt, daß vom Fußende seines Bettes ein schwaches Licht ausgeht.
»Claire?« sagt er und richtet sich im Bett auf. »Darling?«
»Alles in Ordnung, Darling, schlaf weiter.«
»Was in aller Welt tust du da?«
»Ich sehe mir nur deine Sachen an ...«
»Du siehst dir ... was an?«
Seine Hand tastet auf dem Nachttisch herum und schaltet die Lampe ein. Sein »Waralarm«-Wecker zeigt an, daß es halb vier ist.
»So ist es besser«, sagt sie und schaltet die Verdunkelungstaschenlampe aus. »Dieses Ding ist ohnehin ziemlich nutzlos ...«
Und sie tut genau das, was sie behauptet hat. Sie ist nackt bis auf sein Hemd, sie kniet, und sie durchsucht seine Brieftasche. Sie holt ein paar Ein-Pfund-Noten heraus, dreht die Brieftasche um und schüttelt sie.
»Keine Fotos«, sagt sie.
»Du hast mir noch keins gegeben.«
»Tom Jericho«, sie lächelt und steckt das Geld zurück, »ich muß schon sagen, du wirst allmählich beinahe galant ...«
Sie durchsucht die Taschen seines Jacketts und seiner Hose, dann rutscht sie auf den Knien zu seiner Kommode. Er verschränkt die Hände hinter dem Kopf,

lehnt sich auf dem Eisenbett zurück und beobachtet sie. Es ist erst das zweite Mal, daß sie miteinander geschlafen haben – eine Woche nach dem ersten Mal –, und weil sie darauf bestand, haben sie es nicht in ihrem Haus getan, sondern in seinem Zimmer, sind durch die dunkle Bar des White Hart Inn geschlichen und die knarrende Treppe hoch. Jerichos Zimmer liegt ausreichend entfernt vom restlichen Haushalt, so daß für sie nicht die Gefahr besteht, gehört zu werden. Seine Bücher stehen aufgereiht auf der Kommode, und sie nimmt eines nach dem anderen in die Hand, dreht es mit dem Rücken nach oben und blättert es schnell durch.

Kommt ihm das irgendwie seltsam vor? Nein, das tut es nicht. Es ist lediglich amüsant, sogar schmeichelnd – eine weitere Intimität, eine Fortführung all des anderen, ein Teil des Wachtraums, zu dem sein Leben sich entwickelt hat, das von Traumregeln bestimmt wird. Außerdem hat er keine Geheimnisse vor ihr – er denkt zumindest, daß er keine hat. Sie findet Turings Abhandlung und schaut sie sich genau an.

»Und was sind komputierbare Zahlen, angewandt auf das Entscheidungsproblem, wenn sie zutreffen?«

Ihre Aussprache des deutschen Wortes Entscheidungsproblem ist, wie er überrascht feststellt, makellos.

»Das ist die Theorie einer Maschine, die zu einer unendlichen Zahl von numerischen Operationen imstande ist. Sie stützt die Annahmen von Hilbert und stellt die von Gödel in Frage. Komm wieder ins Bett, Darling.«

»Aber es ist nur eine Theorie?«

Er seufzt und klopft auf die Matratze neben sich. Sie schlafen in seinem Einzelbett. »Turing glaubt, daß es keinen vernünftigen Grund dafür gibt, weshalb eine Maschine nicht imstande sein sollte, all das zu leisten, was auch das menschliche Gehirn zu leisten vermag. Rechnen. Kommunizieren. Ein Sonett schreiben.«

»Sich verlieben?«

»Sofern Liebe logisch ist.«
»Ist sie das?«
»Komm ins Bett.«
»Dieser Turing, arbeitet der auch im Park?«
Er antwortet nicht. Sie durchblättert die Abhandlung, betrachtet angewidert die mathematischen Formeln, dann stellt sie sie zu den anderen Büchern zurück und öffnet eine der Schubladen. Als sie sich vornüberbeugt, rutscht das Hemd höher hinauf. Der untere Teil ihres Hinterns leuchtet weiß im Halbdunkel. Er starrt wie gebannt auf das weiche Dreieck aus Fleisch am unteren Ende ihrer Wirbelsäule, während sie in seinen Sachen herumwühlt.
»Ah«, sagt sie, »endlich habe ich etwas gefunden.« Sie holt ein Stück Papier heraus. »Ein Scheck über 100 Pfund, vom Spezialfonds des Außenministeriums, ausgestellt für dich ...«
»Gib ihn mir.«
»Weshalb?«
»Leg ihn zurück.«
In Sekundenschnelle ist er aus dem Bett und steht neben ihr, aber sie ist schneller als er. Sie steht auf Zehenspitzen und hält den Scheck in die Höhe, und sie ist genau diese zwei Zentimeter größer als er. Der Scheck flattert wie ein Fähnchen außerhalb seiner Reichweite.
»Ich wußte doch, daß da etwas sein mußte. Nun sag schon, Darling, wofür hast du ihn bekommen?«
Er hätte das verdammte Ding schon vor Wochen zur Bank geben sollen. Er hatte es völlig vergessen. »Claire, bitte ...«
»Du mußt in eurer Marinebaracke etwas ganz Tolles gemacht haben. Ein neuer Code? Ist es das? Hat mein kluger, kluger Liebling irgendeinen ganz wichtigen neuen Code geknackt?«
Sie mag größer sein als er, sie mag sogar kräftiger sein, aber er hat den Vorteil der Verzweiflung. Er faßt sie am Bizeps, zieht ihren Arm herunter und dreht sie um. Sie kämpfen einen Moment, dann wirft er sie auf das

schmale Bett. Er entwindet den Scheck ihren Fingern mit den abgekauten Nägeln und zieht sich in eine Ecke des Zimmers zurück.
»Das ist nicht lustig, Claire. Manche Dinge sind einfach nicht lustig.«
Er steht auf dem groben Teppich – nackt, schlank, vor Anstrengung keuchend. Er faltet den Scheck und verstaut ihn in seiner Brieftasche, steckt die Brieftasche in sein Jackett und wendet ihr den Rücken zu, um das Jakkett wieder in den Schrank zu hängen. Während er das tut, hört er ein merkwürdiges Geräusch hinter sich – ein beängstigendes Tiergeräusch –, etwas zwischen einem keuchenden Atem und einem Schluchzen. Sie hat sich auf dem Bett fest zusammengerollt, die Knie bis an den Bauch hochgezogen, die Unterarme ans Gesicht gedrückt.
Großer Gott, was hat er getan?
Er fängt an, Entschuldigungen zu stammeln. Er wollte ihr keine Angst einjagen und ihr schon gar nicht weh tun. Er geht zum Bett und setzt sich neben sie. Behutsam berührt er ihre Schulter. Sie scheint es nicht zu bemerken. Er versucht, sie an sich zu ziehen, sie auf den Rücken zu drehen, aber jetzt ist sie so steif wie eine Leiche. Die Schluchzer erschüttern das Bett. Es ist ein Anfall. Sie ist irgendwo jenseits des Kummers, irgendwo ganz weit weg, außerhalb seiner Reichweite.
»Ist ja gut«, sagt er. »Ist ja gut.«
Er kann die Decke nicht unter ihr hervorziehen, also holt er seinen Mantel und deckt sie damit zu, und dann legt er sich neben sie, zitternd in der Kälte der Januarnacht, und streicht ihr übers Haar.
So bleiben sie ungefähr eine halbe Stunde liegen, bis sie endlich wieder ruhig geworden ist, aufsteht und anfängt, sich anzuziehen. Er bringt es nicht fertig, sie anzusehen, und hütet sich, etwas zu sagen. Er kann lediglich hören, wie sie sich im Zimmer herumbewegt und ihre verstreuten Kleidungsstücke aufsammelt. Dann fällt die Tür leise ins Schloß. Die Treppe knarrt. Eine

Minute später hört er, wie sie ihr Fahrrad unter seinem Fenster vorbeischiebt.
Und damit beginnt sein eigener Alptraum.
Am Anfang steht Schuldbewußtsein, das verheerendste aller Gefühle, noch qualvoller als Eifersucht (obwohl Eifersucht ein paar Tage später hinzukommt, als er sie zufällig in Bletchley mit einem Mann sieht, den er nicht kennt. Der Mann kann jeder beliebige sein, ein Cousin, ein Freund, ein Kollege, aber das kann seine Phantasie natürlich nicht akzeptieren). Weshalb hat er auf eine so kleine Provokation so dramatisch reagiert? Schließlich hätte der Scheck eine Belohnung für alles mögliche sein können. Er hätte ihr nicht die Wahrheit zu sagen brauchen. Und jetzt, wo sie fort ist, fallen ihm hundert plausible Erklärungen für das Geld ein. Was hatte er getan, um sie dermaßen in Schrecken zu versetzen? Was für eine grauenhafte Erinnerung hatte er geweckt?
Er stöhnt und zieht sich die Decke über den Kopf.
Am nächsten Morgen bringt er den Scheck zur Bank und kassiert dafür zwanzig große, frische Fünf-Pfund-Noten. Dann geht er in das schäbige kleine Juweliergeschäft in der Bletchley Road und verlangt einen Ring, irgendeinen Ring, Hauptsache, er ist hundert Pfund wert. Daraufhin legt ihm der Juwelier – ein Frettchen von einem Mann mit einer kieselsteindicken Brille, der sein Glück kaum fassen kann – einen Brillantring vor, der nur halb soviel wert ist, und Jericho kauft ihn.
Er wird es wiedergutmachen. Er wird sich entschuldigen. Es kommt alles wieder in Ordnung.
Aber das Glück ist nicht auf Jerichos Seite. Er ist zum Opfer seines eigenen Erfolgs geworden. Die Entschlüsselung einer Shark-Nachricht ergibt, daß ein U-Boot-Tanker – die U-459, befehligt von Korvettenkapitän von Wilamowitz-Moellendorf, mit 700 Tonnen Treibstoff an Bord – sich mit dem italienischen U-Boot Calvi *treffen und es auftanken soll, und zwar 300 Meilen östlich des Sankt-Paul-Felsens, mitten im Atlantik. Und*

irgendein Idiot in der Admiralität, der vergessen hat, daß nie etwas unternommen werden darf, auch wenn die Versuchung noch so groß ist, was das Enigma-Geheimnis gefährden könnte, schickt ein Geschwader Zerstörer los. Der Angriff findet statt. Er scheitert. Die U-459 entkommt. Und Dönitz, dieser schlaue Fuchs in seinem Pariser Bau, schöpft sofort Verdacht. In der dritten Januarwoche entschlüsselt Baracke 8 eine Reihe von Funksprüchen, mit denen die U-Boot-Flotte angewiesen wird, ihre Sicherheitsvorkehrungen beim Chiffrieren zu verstärken. Die Shark-Meldungen lassen erheblich nach. Sie haben kaum genügend Material, um ein »Menü« für die Bomben zu erarbeiten. In Bletchley wird für alle jeglicher Ausgang gestrichen. Schichten von acht Stunden dauern zwölf, dann sechzehn Stunden ... Die tägliche Schlacht um das Knakken der Codes ist ein Alptraum, der fast ebenso groß ist, wie er es im tiefsten Dunkel des Shark-Blackouts war, und alle spüren Skynners Peitsche auf dem Rükken.

Jerichos Welt hat sich binnen einer Woche von ständigem Sonnenschein in den ödesten Winter verwandelt. Seine Botschaften an Claire, voller Flehen und Reue, verschwinden unbeantwortet im luftleeren Raum. Er kann nicht aus der Baracke heraus, um sich mit ihr zu treffen. Er kann nicht arbeiten. Er kann nicht schlafen. Und da ist niemand, mit dem er reden könnte. Mit Logie, der sich hilflos hinter seiner Wand aus Tabaksqualm verschanzt? Mit Baxter, der eine Affäre mit einer Frau wie Claire Romilly als Verrat an den Proletariern der Welt ansehen würde? Mit Atwood – Atwood! –, dessen sexuelle Abenteuer sich bisher darauf beschränkten, daß er die hübscheren Studenten für ein Golf-Wochenende nach Brancaster mitnahm, wo sie schnell feststellten, daß von allen Badezimmertüren die Schlösser entfernt worden waren? Puck wäre eine Möglichkeit gewesen, aber Jericho konnte sich seinen Ratschlag vorstellen – »Suchen Sie sich eine andere, mein lieber Thomas, und gehen Sie mit der ins Bett« –, und wie konnte er die Wahrheit gestehen: daß er nicht mit einer anderen ins Bett wollte, daß er nie mit einer anderen ins Bett gegangen war?

Am letzten Januartag, als er gerade bei Brinklow in der Victoria Road die Times *gekauft hat, sieht er sie in einiger Entfernung mit einem anderen Mann und weicht in einen Hauseingang zurück. Davon abgesehen bekommt er sie nie zu Gesicht: Der Park ist zu groß geworden, es gibt zu viele Schichtwechsel. Schließlich bleibt ihm nichts anderes übrig, als nahe der Einmündung des Weges zu ihrem Haus auf der Lauer zu liegen, aber sie scheint überhaupt nicht mehr nach Hause zu kommen.*

Und dann stößt er beinahe mit ihr zusammen.

Es ist der 8. Februar, ein Montag, um vier Uhr nachmittags. Er kehrt erschöpft von der Kantine in die Baracke zurück; sie befindet sich inmitten einer Menschenmenge, die nach dem Ende der Nachmittagsschicht auf das Tor zustrebt. Er hat diesen Augenblick so viele Male geprobt, aber nun bringt er nicht mehr zustande als ein vorwurfsvolles Winseln: »Weshalb beantwortest du meine Briefe nicht?«

»Hallo, Tom.«

Sie versucht weiterzugehen, aber diesmal will er sie nicht entkommen lassen. Auf seinem Schreibtisch wartet ein Stapel Shark-Meldungen, aber das ist ihm gleich. Er ergreift ihren Arm.

»Ich muß mit dir reden.«

Ihre Körper blockieren den Gehsteig. Der Menschenstrom muß um sie herumfließen wie ein Fluß um einen Felsbrocken.

»Macht Platz«, sagt jemand.

»Tom«, zischt sie, »Herrgott noch mal, mach hier keine Szene.«

»Gut. Laß uns von hier verschwinden.«

Er zieht an ihrem Arm. Sein Griff ist unnachgiebig, und widerstrebend folgt sie ihm. Der Drang der Menge fegt sie durchs Tor und die Straße entlang. Sein einziger Gedanke ist, zwischen ihnen und dem Park einigen Abstand zu schaffen. Er weiß nicht, wie lange sie gehen – vielleicht eine Viertelstunde oder zwanzig Minuten –, bis endlich die Gehsteige leer sind und sie den Stadtrand erreicht haben. Es ist ein kalter, klarer Nachmittag. Beiderseits von ihnen ducken sich Doppelhäuser hinter schmutzigen Ligusterhecken, und ihre für den Krieg ausgerüsteten Gärten sind angefüllt mit Hühnergehegen und den halb eingegrabenen Wellblechringen der Luftschutzbunker. Sie schüttelt ihn ab.

»Das hat doch keinen Sinn.«

»Du triffst dich mit jemand anderem?« Er traut sich kaum, die Frage zu stellen.

»Ich treffe mich ständig mit jemand anderem.«

Er bleibt stehen, aber sie geht weiter. Er läßt sie fünfzig Meter weit gehen, dann rennt er ihr nach, bis er sie eingeholt hat. Jetzt gibt es keine weiteren Häuser mehr, sie befinden sich in einer Art Niemandsland zwischen Stadt und Land, am Westrand von Bletchley, wo Leute ihren Müll abladen. Ein Schwarm Möwen schreit und fliegt auf wie ein vom Wind erfaßter Wirbel von Altpapier. Die Straße hat sich zu einem Pfad verengt, der unter der Eisenbahnstrecke hindurch zu einer Reihe von aufgegebenen Ziegelbrennereien aus der Viktorianischen Zeit führt. Drei rote Schornsteine ragen fünfzehn Meter hoch in den Himmel wie in einem Krematorium. Auf einem Schild steht: »Vorsicht – überschwemmte Lehmgrube – sehr tiefes Wasser.«

Claire zieht sich den Mantel um die Schultern und zittert – »Was für ein widerlicher Ort« –, aber sie geht trotzdem weiter.

Zehn Minuten lang bieten die halbzerfallenen Ziegelbrennereien eine willkommene Ablenkung. Sie wandern schweigend zwischen den Ruinen der Brennöfen und Arbeitsschuppen hindurch, und ihr Schweigen hat fast etwas Geselliges. Liebespaare haben ihre Botschaften in die zerbröckelnden Mauern eingeritzt: »AE =

GS«, »Tony = Kath«, »Sal 4 Me«. Die Erde ist übersät mit Brocken von Mauerwerk und Ziegelsteintrümmern. Einige der Gebäude sind zum Himmel hin offen, die Mauern geschwärzt – hier hat es sicher gebrannt –, und Jericho fragt sich, ob die Deutschen es irrtümlich für eine Fabrik gehalten und mit Bomben belegt haben. Er dreht sich um, um Claire das zu sagen, aber sie ist verschwunden.
Er findet sie draußen, mit dem Rücken zu ihm, und sie starrt in die überschwemmte Lehmgrube. Sie ist riesig, hat einen Durchmesser von ungefähr zweihundert Metern. Die Wasseroberfläche ist kohlschwarz und völlig unbewegt, und die Unbewegtheit läßt auf unvorstellbare Tiefe schließen.
Sie sagt: »Ich muß zurück.«
»Was willst du wissen?« sagt er. »Ich erzähle dir alles, was du wissen willst.«
Er wird es tatsächlich tun, wenn sie es hören will. Ihn kümmert weder die Sicherheit noch der Krieg. Er wird ihr von Shark und Dolphin und Porpoise erzählen. Er wird von dem Wettercode aus der Biskaya erzählen. Er wird ihr all ihre kleinen Tricks und Geheimnisse verraten und ihr aufzeichnen, wie die Bomben funktionieren, wenn es das ist, was sie will. Aber alles, was sie sagt, ist: »Ich hoffe, du hast nicht vor, mich weiter zu belästigen, Tom.«
Belästigen? Er ist ihr lästig?
»Warte«, ruft er ihr nach, »das hier kannst du noch mitnehmen.«
Er gibt ihr die kleine Schachtel mit dem Ring darin. Sie öffnet sie, kippt sie so, daß der Stein das Licht einfängt, dann klappt sie den Deckel wieder zu und gibt sie ihm zurück.
»Nicht mein Geschmack.«

»Du Ärmster«, hört er sie noch immer sagen, etwa ein oder zwei Minuten später, »ich bin dir wirklich unter die Haut gegangen, nicht wahr, du Ärmster ...«

Und am Ende der Woche sitzt er im Rover des Stellvertretenden Direktors und wird durch den Schnee ins King's College zurückgebracht.

2

Die Gerüche und Geräusche eines englischen Sonntagsfrühstücks stiegen die Treppe des Gästehauses hinauf und zogen über den oberen Korridor wie ein Ruf zu den Waffen: das Zischen von brutzelndem Fett, die ziemlich trostlos klingenden Fetzen eines Gottesdienstes, der im Radio übertragen wurde, das Geräusch von Mrs. Armstrongs abgetragenen Hausschuhen, die auf dem Linoleumboden klapperten wie Kastagnetten.
Diese Sonntagsfrühstücke waren ein Ritual in der Albion Street, mit angemessener Feierlichkeit auf weißem Gebrauchsgeschirr serviert: eine Scheibe Brot, so dick wie ein Gesangbuch, in Fett getaucht und gebraten, mit Rührei aus zwei Löffeln Eipulver bedeckt, und das Ganze schwimmend auf einem schillernden Fettfilm.
Es war keineswegs, wie Jericho zugeben mußte, eine großartige Mahlzeit, nicht einmal eine sonderlich nahrhafte. Das Brot hatte die Farbe von Rost, war schwarzfleckig und schmeckte nach den Heringen, die am voraufgegangenen Freitag in demselben Fett angebraten worden waren. Das Rührei war blaßgelb und hatte den Geschmack von altbackenen Keksen. Aber nach der Aufregung der vergangenen Nacht hatte er einen solchen Appetit, daß er alles bis auf den letzten Bissen aufaß, das letzte bißchen Fett mit einem Stück Brot aufwischte und Mrs. Armstrong sogar auf seinem Weg nach draußen ein Kompliment über ihre Kochkünste machte – eine noch nie dagewesene Geste, die sie veranlaßte, zur Küchentür herauszuschauen und in seinem Gesicht nach einem Anflug von Ironie zu suchen. Sie fand keine.
Er wünschte Mr. Bonnyman, der sich gerade am Gelän-

der entlang seinen Weg nach unten ertastete (»Mir ist ein bißchen komisch zumute, um ehrlich zu sein, alter Junge – irgend etwas stimmt nicht mit dem Bier in dieser Kneipe«), einen »guten Morgen«, und Viertel vor acht war er wieder in seinem Zimmer.
Wenn Mrs. Armstrong gesehen hätte, welche Veränderungen hier oben vorgegangen waren, wäre sie verblüfft gewesen. Weit davon entfernt, nach seiner ersten Nacht wieder auszuziehen, wie viele der früheren Bewohner dieses Zimmers, hatte Jericho seine Koffer ausgepackt. Sein einziger guter Anzug hing im Kleiderschrank. Seine Bücher standen ordentlich aufgereiht auf dem Kaminsims, und obenauf hatte er einen Stich von der King's-College-Chapel gestellt.
Er setzte sich auf die Bettkante und betrachtete das Bild. Es war keine gute Arbeit, sie war sogar ziemlich häßlich. Die beiden gotischen Türme waren flüchtig gezeichnet, der Himmel war unwahrscheinlich blau, die wie Kleckse hingeworfenen Figuren hätten von einem Kind stammen können. Trotzdem lächelte er es freundlich an. Hinter dem verkratzten Glas und hinter dem billigen viktorianischen Stich lagen, flach und sorgfältig versteckt, die vier unentschlüsselten Funksprüche, die er in Claires Schlafzimmer gefunden hatte.
Er hätte sie natürlich in den Park zurückbringen müssen. Er hätte direkt von Claires Haus zu den Baracken radeln, Logie oder sonst jemand Maßgeblichen ausfindig machen und sie bei ihm abliefern müssen.
Selbst jetzt war er nicht imstande, sich über seine Motive klarzuwerden, warum er es nicht getan hatte. Er konnte das Selbstlose (seinen Wunsch, sie zu schützen) nicht vom Selbstsüchtigen (seinem Verlangen, Macht über sie zu haben, nur ein einziges Mal) trennen. Das einzige, was er wußte, war, daß er es nicht übers Herz brachte, sie zu verraten, und daß er imstande war, das zu rechtfertigen, indem er sich einredete, daß es nichts schaden konnte, wenn er bis zum Morgen wartete und ihr eine Chance gab, alles zu erklären.

Und so war er weitergefahren, am Haupttor vorbei, war auf Zehenspitzen in sein Zimmer geschlichen und hatte die Kryptogramme hinter dem Stich versteckt, wobei er sich immer stärker der Tatsache bewußt geworden war, daß er die Grenze zwischen Torheit und Verrat überschritten hatte und daß es ihm von Stunde zu Stunde schwererfallen würde, den Weg zurück zu finden.
Während er auf seinem Bett saß, ging er zum hundertsten Mal sämtliche Möglichkeiten durch. Daß sie verrückt war. Daß sie erpreßt wurde. Daß man ihr Zimmer ohne ihr Wissen als Versteck benutzt hatte. Daß sie eine Spionin war.
Eine Spionin? Die Idee kam ihm völlig abwegig vor – melodramatisch, bizarr, unlogisch. Weshalb sollte eine Spionin mit einer Spur von Verstand Kryptogramme stehlen? Eine Spionin wäre doch auf entschlüsselte Texte aus: auf die Antworten, nicht auf die Rätsel; auf handfeste Beweise, daß Enigma geknackt wurde.
Er vergewisserte sich, daß die Tür abgeschlossen war, dann nahm er vorsichtig das Bild herunter und schob den Rahmen auseinander, löste die Heftzwecken mit den Fingern und hob die Rückwand aus Pappe ab. Jetzt, bei genauerem Hinsehen, wurde ihm bewußt, daß an diesen Kryptogrammen irgend etwas seltsam war, und als er sie abermals betrachtete, erkannte er, was es war. Auf ihrer Rückseite hätten die dünnen Papierstreifen aus den Typ-X-Maschinen mit dem entschlüsselten Text kleben müssen. Aber es waren weder die Streifen vorhanden, noch gab es Anzeichen dafür, daß diese abgerissen worden waren. Diese Botschaften waren niemals entschlüsselt worden. Ihre Geheimnisse waren intakt. Sie waren jungfräulich.
Nichts davon ergab irgendeinen Sinn.
Er zog einen der Funksprüche zwischen Daumen und Zeigefinger hindurch. Von dem gelblichen Papier ging ein schwacher, aber trotzdem wahrnehmbarer Duft aus. Was war es? Er hob das Papier näher an die Nase und roch daran. Vielleicht der Duft einer Bibliothek oder ei-

nes Archivs? Jedenfalls ein angenehmer Duft – warm, fast rauchig –, so verführerisch wie ein Parfüm.
Ihm wurde plötzlich bewußt, daß er, ungeachtet seiner Angst, die Kryptogramme als Schatz betrachtete, so wie mancher Mann den Schnappschuß eines Mädchens als Schatz hütete. Nur, daß sie für Jericho besser waren als jedes Foto, weil Fotos nur Abbilder waren, wohingegen die Kryptogramme ihm Hinweise darauf lieferten, wer sie war. Und wenn er die Funksprüche besaß, besaß er dann in gewisser Hinsicht nicht auch sie?
Er würde ihr nur noch eine Chance geben. Mehr nicht.
Er sah auf die Uhr. Seit dem Frühstück waren zwanzig Minuten vergangen. Es wurde Zeit loszugehen. Er baute sorgfältig den Rahmen wieder zusammen und stellte ihn zurück auf den Kamin, dann öffnete er die Tür einen Spaltbreit. Mrs. Armstrongs Gäste waren alle von der Nachtschicht zurückgekehrt. Er hörte ihr Gemurmel im Eßzimmer. Er zog seinen Mantel an und trat hinaus auf den Korridor. Er bemühte sich dermaßen, einen normalen Eindruck zu machen, daß Mrs. Armstrong später schwor, sie hätte gehört, wie er auf der Treppe leise vor sich hin sang.

»In meiner Zigarette Glut,
seh ich dein Lächeln funkeln,
auch wenn sie viel zu schnell erlischt,
seh ich doch alles, was ich will,
denn den Mond können sie nicht verdunkeln …«

Die Entfernung von der Albion Street bis Bletchley Park betrug nur knapp achthundert Meter – von der Haustür aus nach links und die von Reihenhäusern gesäumte Straße entlang, links unter der rußgeschwärzten Eisenbahnbrücke hindurch und dann scharf rechts quer durch die Kleingärten.
Er schritt rasch über den gefrorenen Boden, und sein Atem dampfte in dem kalten Sonnenlicht. Dem Kalender nach war es fast Frühling, aber irgend jemand hatte

vergessen, dem Winter das mitzuteilen. Noch nicht geschmolzenes Eis aus der voraufgegangenen Nacht knisterte unter seinen Schuhsohlen. In den Wipfeln der kahlen Ulmen schrien Krähen.

Es war schon nach acht Uhr, als er von dem Fußweg auf die Wilton Avenue einbog und sich dem Haupttor näherte. Der Schichtwechsel war vorüber; die Vorstadtstraße war fast menschenleer. Der Posten – ein junger Unteroffizier von riesiger Statur mit vor Kälte gerötetem Gesicht – kam aus dem Wachhaus herausgestampft und warf nur einen flüchtigen Blick auf seinen Ausweis, bevor er ihn durchwinkte.

Er ging am Herrenhaus vorbei – mit gesenktem Kopf, um mit niemandem sprechen zu müssen –, am See vorbei (der einen Eisrand hatte) und in die Baracke 8 hinein, wo die vom Dechiffrierraum ausgehende Stille ihm alles sagte, was er wissen mußte. Die Maschinen vom Typ X hatten den Rückstand an Shark-Funksprüchen aufgearbeitet, und jetzt gab es für sie nichts mehr zu tun, bis Dolphin und Porpoise durchgegeben wurden, was gewöhnlich am späten Vormittag geschah. Logies große Gestalt tauchte kurz am Ende des Korridors auf und schoß in den Registrierraum. Zu seiner Überraschung saß Puck dort in einer Ecke und wurde von zwei hingerissenen Wrens betrachtet. Sein Gesicht war grau und faltig, den Kopf hatte er an die Wand gelehnt.

Jericho dachte, daß er schliefe, aber dann öffnete er seine durchdringenden blauen Augen.

»Logie sucht nach Ihnen.«

»Tatsächlich?« Jericho legte seinen Mantel und seinen Schal ab und hängte sie an der Tür auf. »Er weiß, wo er mich finden kann.«

»Hier geht das Gerücht, Sie hätten Skynner geschlagen. Bitte, sagen Sie mir, daß es stimmt.«

Eine der Wrens kicherte.

Jericho hatte Skynner völlig vergessen. Er fuhr sich mit der Hand durchs Haar. »Bitte tun Sie mir einen Gefallen,

Puck«, sagte er. »Tun Sie so, als hätten Sie mich nicht gesehen.«
Puck musterte ihn einen Moment, dann schloß er die Augen. »Sie stecken wirklich voller Geheimnisse«, murmelte er schläfrig.
Auf dem Flur lief Jericho Logie direkt in die Arme.
»Ah, da sind Sie ja, mein Guter. Ich fürchte, wir müssen miteinander reden.«
»In Ordnung, Guy. In Ordnung.« Jericho klopfte Logie auf die Schulter und zwängte sich an ihm vorbei. »Lassen Sie mir nur zehn Minuten Zeit.«
»Nein, nicht erst in zehn Minuten«, rief Logie ihm nach, »sondern gleich!«
Jericho tat so, als hätte er ihn nicht gehört. Er trabte hinaus in die frische Luft, umrundete flott die Ecke, ging an Baracke 6 vorbei auf den Eingang von Baracke 3 zu. Erst als er nur noch zwanzig Schritte davon entfernt war, wurde er langsamer, dann hielt er an.
Tatsache war, daß er sehr wenig über Baracke 3 wußte, außer daß sie der Ort war, an dem die entschlüsselten Funksprüche vom deutschen Heer und der Luftwaffe weiterverarbeitet wurden. Sie war ungefähr doppelt so groß wie die anderen Baracken und hatte die Form eines L. Sie war um die gleiche Zeit gebaut worden wie alle anderen provisorischen Gebäude, im Winter 1939 – ein Holzskelett, das sich aus dem gefrorenen Lehm von Buckinghamshire erhob und mit Asbest und dünnen Brettern verkleidet war –, und zur Beheizung, erinnerte er sich, hatten sie aus einem der viktorianischen Gewächshäuser einen großen gußeisernen Ofen abgezogen. Claire hatte sich beklagt, daß sie immer fror. Sie fror, und ihre Arbeit war »langweilig«. Aber in welchem der zahllosen Räume dieses Kaninchenbaus sie arbeitete, wußte er nicht, und schon gar nicht, worin ihr »langweiliger« Job bestand.
Irgendwo hinter ihm schlug eine Tür zu. Er warf einen Blick über die Schulter und sah Logie, der gerade um die Ecke der Marinebaracke bog. Verdammt. Er ließ sich auf

ein Knie nieder und tat so, als müßte er seine Schnürsenkel nachbinden, aber Logie hatte ihn nicht gesehen. Er ging zielstrebig auf das Herrenhaus zu. Das schien Jericho in seinem Entschluß zu bestärken. Sobald Logie außer Sichtweite war, zählte er bis zehn, dann überquerte er den Weg und betrat die Baracke.

Er gab sich alle Mühe, so auszusehen, als hätte er ein Recht darauf, hier zu sein. Er zog einen Stift aus der Tasche und ging zielstrebig den Mittelgang entlang, vorbei an Fliegern und Offizieren des Heeres, schaute mit amtlicher Miene von einer Seite zur anderen in die Arbeitsräume. Hier herrschte sogar noch größere Enge als in Baracke 8. Der Lärm von Schreibmaschinen und Telefonen wurde durch die Holzwände wie von einer Membran verstärkt, so daß man sich wie in einem Tollhaus vorkam.

Er hatte kaum die Hälfte des Ganges hinter sich gebracht, als ein Oberst mit einem dicken Schnurrbart schneidig aus einem Zimmer heraustrat und ihm den Weg verstellte. Jericho nickte und versuchte, sich an ihm vorbeizuschieben, aber der Oberst trat gewandt zur Seite.

»Einen Moment, Fremder. Wer sind Sie?«

Einem Impuls nachgebend, streckte ihm Jericho eine Hand entgegen. »Tom Jericho«, sagte er. »Wer sind Sie?«

»Wer ich bin, geht Sie nichts an.« Der Oberst hatte kannenförmige Ohren und schwarzes Haar mit einem breiten Mittelscheitel, der aussah wie eine Feuerschneise. Er ignorierte die ihm dargebotene Hand. »Welches ist Ihre Abteilung?«

»Marine. Baracke 8.«

»Baracke 8? Und was wollen Sie hier?«

»Ich suche Doktor Weitzman.«

Eine geschickte Lüge. Er kannte Weitzman aus dem Schachclub. Er war ein deutscher Jude, der die britische Staatsbürgerschaft angenommen hatte.

»Ach, wirklich?« sagte der Oberst. »Habt ihr Marineleute noch nie etwas von Telefonen gehört?« Er strich sich über seinen Bart und musterte Jericho von Kopf bis Fuß. »Na ja, dann kommen Sie besser mit.«

Jericho folgte dem breiten Rücken des Obersts den Gang entlang und in einen großen Raum. Zwei Gruppen von ungefähr einem Dutzend Männer saßen an zwei halbkreisförmig aufgestellten Tischreihen und arbeiteten sich durch Drahtkörbe voller entschlüsselter Meldungen hindurch. Walter Weitzman saß in einer Glaskabine hinter ihnen auf einem Hocker.

»Sagen Sie, Weitzman, kennen Sie diesen Burschen?«

Weitzmans großer Kopf war über einen Stapel von deutschen Waffenhandbüchern gebeugt. Er schaute auf, irritiert und geistesabwesend, aber als er Jericho erkannte, erhellte ein Lächeln sein melancholisches Gesicht. »Hallo, Tom. Ja, natürlich kenne ich ihn.«

»Kriegsnachrichten für Seefahrer«, sagte Jericho, vielleicht eine Spur zu schnell. »Sie sagten, Sie hätten vielleicht etwas für mich.«

Weitzman zögerte einen Augenblick, und Jericho dachte, er täte das absichtlich, aber dann sagte der alte Mann langsam: »Ja, ich glaube, damit kann ich Ihnen dienen.« Er rutschte vorsichtig von seinem Hocker herunter. »Haben Sie ein Problem, Oberst?«

Der Oberst schob sein Kinn vor. »Das habe ich in der Tat, Weitzman. ›Kommunikation zwischen den Baracken, sofern nicht ausdrücklich genehmigt, darf nur telefonisch oder durch schriftliche Aktennotizen stattfinden.‹ Standardverordnung.« Er funkelte Weitzman an, und Weitzman hielt seinem Blick mit ausgesuchter Höflichkeit stand. Die Aggressivität leuchtete dem Oberst aus den Augen. »Also gut«, murmelte er. »Ja. Denken Sie in Zukunft daran.«

»Arschloch«, zischte Weitzman, als der Oberst ihnen den Rücken zugedreht hatte. »Und Sie kommen lieber mit hier herüber.«

Er führte Jericho zu einem Karteischrank, öffnete eine Schublade und blätterte in ihr herum. Jedesmal, wenn die Übersetzer auf einen Begriff stießen, den sie nicht verstanden, konsultierten sie Weitzman und seine berühmte Kartei. Er war Philologe in Heidelberg gewesen, bis die Nazis ihn zur Emigration gezwungen hatten. Das Außenministerium hatte ihn 1940, einer selten guten Eingebung folgend, nach Bletchley beordert. Es gab nur sehr wenige Ausdrücke, bei denen er passen mußte.

»›Kriegsnachrichten für Seefahrer‹. Erstmals aufgefangen und katalogisiert am 9. November vorigen Jahres. Das ist Ihnen ja bereits bekannt.« Er hielt die Karteikarte dicht vor seine Nase und betrachtete sie durch seine dicken Brillengläser. »Sagen Sie, schaut der gute Oberst immer noch her?«

»Ich weiß es nicht. Ich glaube nicht.« Der Oberst hatte sich niedergebeugt, um etwas zu lesen, das einer der Übersetzer geschrieben hatte, richtete den Blick aber zwischendurch immer wieder auf Jericho und Weitzman. »Ist er immer so?«

»Unser Oberst Coker? Ja, aber heute ist er aus irgendeinem Grund besonders schlimm.« Weitzman sprach leise, ohne Jericho anzusehen. Er zog eine weitere Schublade auf und holte, scheinbar völlig versunken, eine Karte heraus. »Ich schlage vor, wir bleiben hier, bis er den Raum verlassen hat. Also, hier ist ein U-Boot-Ausdruck, den wir im Januar aufgefangen haben. ›Fluchttiefe‹.«

»Fluchttiefe«, wiederholte Jericho. Er konnte dieses Spiel stundenlang spielen. Es gab massenhaft solche Wörter, etwa Vorhalterechner, kalte Lötstellen, Stirnwandrisse ...

Jericho riskierte einen weiteren Blick auf den Oberst. »Er geht zur Tür hinaus. Jetzt. Alles in Ordnung. Er ist fort.«

Weitzman betrachtete einen Moment die Karte, dann sortierte er sie wieder ein und schloß die Schublade. »Also. Weshalb stellen Sie mir Fragen, auf die Sie die Antworten bereits kennen?« Sein Haar war weiß, seine kleinen Augen waren von einer vorspringenden Stirn überschattet. Die Falten um die Augenwinkel deuteten darauf hin, daß er sein Gesicht einst bereitwillig zum

Lachen verzogen hatte, dies aber jetzt nicht mehr häufig tat. Wie es hieß, hatte er den größten Teil seiner Angehörigen in Deutschland zurücklassen müssen.

»Ich suche eine Frau namens Claire Romilly. Kennen Sie sie?«

»Natürlich. Die hübsche Claire. Jeder kennt sie.«

»Wo arbeitet sie?«

»Hier.«

»Das weiß ich. Aber wo?«

»›Kommunikation zwischen den Baracken, sofern nicht ausdrücklich genehmigt, darf nur telefonisch oder durch schriftliche Aktennotizen stattfinden. Standardverordnung.‹« Weitzman schlug die Hacken zusammen.

»Scheiß auf die Standardverordnung.«

Einer der Übersetzer drehte sich gereizt um. »Hört mal, ihr beiden, geht's nicht ein bißchen leiser?«

»Entschuldigung.« Weitzman ergriff Jerichos Arm und ging mit ihm ein Stück weiter. »Wissen Sie, Tom«, flüsterte er, »ich kenne Sie jetzt seit drei Jahren, und das ist das erstemal, daß ich einen Kraftausdruck von Ihnen gehört habe.«

»Walter, bitte. Es ist wichtig.«

»Und es kann nicht bis Schichtende warten?« Er sah Jericho eindringlich an. »Offensichtlich nicht. Also gut. Wohin ist Coker gegangen?«

»In Richtung Ausgang.«

»Gut. Kommen Sie mit.«

Weitzman führte Jericho fast bis ans entgegengesetzte Ende der Baracke, an den Übersetzern vorbei, durch zwei lange, schmale Räume hindurch, in denen Dutzende von Frauen an zwei riesigen Karteien arbeiteten, um eine Ecke herum und durch ein Zimmer voller Fernschreiber, in dem ein fürchterlicher Lärm herrschte. Weitzman hielt sich die Ohren zu, warf einen Blick über die Schulter und grinste. Der Lärm verfolgte sie einen kurzen Korridor entlang, an dessen Ende sich eine geschlossene Tür befand. Neben ihr hing ein Schild, in Schönschrift per Hand beschriftet: German Book Room.

Weitzman klopfte an, öffnete die Tür und trat ein. Jercho folgte ihm. Seine Augen registrierten einen großen Raum. Regale mit Stapeln von Akten und Journalen. Ein halbes Dutzend Klapptische, so zusammengeschoben, daß sie eine einzige große Arbeitsfläche bildeten. Frauen, die meisten mit dem Rücken zu ihm. Sechs, vielleicht auch sieben. Zwei sehr schnell tippend. Die anderen ständig in Bewegung und mit dem Sortieren von Papierbündeln beschäftigt.
Eine rundliche, müde aussehende Frau in Rock und Tweedjacke kam auf sie zu. Jetzt strahlte Weitzman und versprühte Charme, als säße er noch immer in der Teestube des Europäischen Hofs in Heidelberg. Er ergriff ihre Hand und beugte sich nieder, um sie zu küssen.
»Guten Morgen, mein liebes Fräulein Monk. Wie geht es Ihnen?« erkundigte er sich auf deutsch.
»Gut, danke, Herr Doktor. Und Ihnen?« erwiderte sie gleichfalls auf deutsch.
»Danke, sehr gut.«
Das war für sie offenbar ein vertrautes Ritual. Ihr glänzendes Gesicht rötete sich vor Freude. »Und was kann ich für Sie tun?« fragte sie, jetzt auf englisch.
»Mein Kollege und ich, meine liebe Miss Monk« – Weitzman tätschelte ihre Hand, dann gab er sie frei und deutete auf Jericho –, »sind auf der Suche nach der reizenden Miss Romilly ...«
Bei der Erwähnung von Claires Namen verschwand das kokette Lächeln aus Miss Monks Gesicht. »In diesem Fall müssen Sie sich in der Schlange anstellen, Doktor Weitzman. Ganz hinten.«
»Was meinen Sie damit?«
»Wir sind alle auf der Suche nach Claire Romilly. Vielleicht haben Sie oder Ihr Kollege eine Ahnung, wo wir anfangen könnten?«

Zu behaupten, die Welt stünde still, ist ein Solipsismus, und das war Jericho im gleichen Moment klar, in dem es passierte. Er wußte, daß niemals die Welt ihren Lauf verlangsamt, sondern das Individuum, mit einer unerwarteten Gefahr konfrontiert, einen Adrenalinstoß erhält und sofort schneller wird. Trotzdem durchlebte er einen Moment, in dem alles erstarrte. Weitzmans Gesicht wurde zu einer Maske der Verblüffung, das der Frau zu einer der Empörung. Als sein Verstand versuchte, Schlußfolgerungen zu ziehen, konnte er seine eigene Stimme in weiter Ferne stammeln hören: »Aber ich dachte – mir wurde gestern gesagt – versichert –, daß sie heute morgen ab acht Dienst hätte ...«

»So ist es«, sagte Miss Monk. »Es ist wirklich ziemlich rücksichtslos von ihr. Und äußerst unerfreulich.«

Weitzman warf Jericho einen fragenden Blick zu, als wollte er sagen: In was haben Sie mich da hineingezogen? »Vielleicht ist sie krank?« sagte er.

»Dann hätte sie uns wenigstens informieren können. Und zwar bevor ich die ganze Nachtschicht gehen ließ. Wir kommen kaum zurecht, wenn wir zu acht sind. Und jetzt sind wir nur zu siebt ...«

Sie fing an, auf Weitzman einzureden, über »3 A« und »3 M« und ihre zahllosen Eingaben an das Personalbüro, die sie schon gemacht hatte, und daß niemand ihre Probleme ernst nahm. Wie um ihre Worte zu unterstreichen, ging in diesem Moment die Tür auf, und eine Frau kam mit einem Stapel Papieren herein, der so hoch war, daß sie ihr Kinn daraufdrücken mußte, um ihn festzuhalten. Sie ließ den Stapel auf den Tisch knallen, und Miss Monks Mädchen stöhnten einstimmig auf. Ein paar Blätter rutschten über die Tischkante und flatterten zu Boden, und Jericho, zuvorkommend wie immer, bückte sich, um sie aufzuheben. Eine Meldung fiel ihm dabei ins Auge:

ZZZ
FELD-HAUPTQUARTIER DEUTSCHES AFRIKAKORPS AM MORGEN DES DREIZEHNTEN + DREIZEHN EINS FÜNF KILOMETER WESTLICH VON BEN GARDANE + BEN GARDANE LOKALISIERT

bevor ihm das Blatt von Miss Monk aus der Hand gerissen wurde. Erst jetzt schien sie sich seiner Anwesenheit bewußt geworden zu sein. Sie drückte die Geheimnisse an ihren formlosen Busen und funkelte ihn an.

»Tut mir leid, Sie sind – wer sind Sie eigentlich?« fragte sie. Sie schob sich vor ihn, um ihm den Blick auf den Tisch zu versperren. »Sie sind – was? – ein Freund von Claire, wenn ich recht verstehe?«

»Das geht in Ordnung, Daphne«, sagte Weitzman, »er ist ein Freund von mir.«

Miss Monk errötete abermals. »Bitte, entschuldigen Sie, Walter«, sagte sie. »Natürlich wollte ich damit nicht andeuten ...«

Jericho fiel ihr ins Wort: »Darf ich Sie etwas fragen? Hat sie das schon öfter getan? Ich meine, nicht zur Arbeit zu kommen, ohne Sie zu benachrichtigen?«

»O nein. Noch nie. Bummelei lasse ich in meiner Abteilung nicht zu. Das kann Doktor Weitzman Ihnen bestätigen.«

»So ist es«, sagte Weitzman ernst. »Hier gibt es keine Bummelei.«

Miss Monk gehörte zu einem Typus, den Jericho im Laufe der letzten drei Jahre gründlich kennengelernt hatte: leicht hysterisch in kritischen Momenten; eifrig bedacht auf ihre kostbare Position und die Zulage von 50 Pfund pro Jahr; überzeugt, daß der Krieg verlorenginge, wenn ihrer winzigen Domäne ein Bündel Bleistifte oder eine zusätzliche Schreibkraft verweigert wurde. Vermutlich haßte sie Claire, dachte er, haßte sie wegen ihres guten Aussehens und ihres Selbstbewußtseins und ihrer Weigerung, irgend etwas ernst zu nehmen.

»Sie hat sich nicht irgendwie merkwürdig verhalten?«

»Wir haben hier wichtige Arbeit zu leisten. Für merkwürdiges Verhalten haben wir keine Zeit.«

»Wann haben Sie sie zuletzt gesehen?«

»Das muß am Freitag gewesen sein.« Miss Monk war offenbar stolz auf ihr gutes Gedächtnis. »Sie kam um vier zum Dienst und ist um Mitternacht gegangen. Gestern hatte sie ihren freien Tag.«

»Also ist es ziemlich unwahrscheinlich, daß sie am frühen Samstagmorgen in die Baracke zurückgekommen ist?«

»Ja. Ich war hier. Außerdem, weshalb hätte sie das tun sollen? Sie konnte es gewöhnlich kaum abwarten, hier herauszukommen.«

Das kann ich mir vorstellen. Er warf abermals einen Blick auf die Mädchen hinter Miss Monk. Was in aller Welt taten sie? Jede hatte einen Haufen Büroklammern vor sich, einen Leimtopf, einen Stapel brauner Aktendeckel und einen Wirrwarr aus Gummibändern. Sie schienen – konnte das stimmen? – aus alten Akten neue zusammenzustellen. Er versuchte, sich Claire hier vorzustellen. In diesem schäbigen Raum, zwischen diesen braven Arbeitstieren. Es war ungefähr so, als stellte man sich einen Papagei in einem Käfig voller Spatzen vor. Er wußte nicht recht, was er nun tun sollte. Er holte seine Taschenuhr hervor und klappte den Deckel auf. Fünf Minuten nach halb neun. Sie war seit mehr als einer halben Stunde überfällig.

»Was werden Sie jetzt unternehmen?«

»In Anbetracht der Geheimhaltungsstufe müssen wir uns an bestimmte Regeln halten. Ich habe bereits die Personalabteilung informiert. Man wird jemanden in ihr Zimmer schicken, der sie aus dem Bett holt.«

»Und wenn sie nicht da ist?«

»Dann wird man sich mit ihrer Familie in Verbindung setzen und fragen, ob jemand weiß, wo sie steckt.«

»Und wenn es niemand weiß?«

»Nun, dann ist die Sache ernst. Aber soweit kommt es nie.« Miss Monk zog ihre Jacke straff über ihre Hühnerbrust und verschränkte die Arme. »Ich bin sicher, daß hinter alledem ein Mann steckt.« Sie schauderte. »Das ist gewöhnlich der Fall.«

Weitzman warf Jericho flehende Blicke zu. Er berührte seinen Arm. »Wir sollten jetzt verschwinden, Tom.«

»Haben Sie die Adresse ihrer Familie? Oder eine Telefonnummer?«

»Ja, ich glaube schon, aber ich bin nicht sicher, ob ich ...« Sie sah Weitzman an, der einen Augenblick zögerte, einen weiteren Blick auf Jericho warf, sich dann zu einem Lächeln zwang und nickte.

»Ich kann mich für ihn verbürgen.«

»Nun ja«, sagte Miss Monk zweifelnd, »wenn Sie meinen, es wäre statthaft ...« Sie ging zu einem Aktenschrank neben ihrem Schreibtisch und schloß ihn auf.

»Dafür wird Coker mich umbringen«, flüsterte Weitzman, während sie ihnen den Rücken zuwandte.

»Er wird es nie erfahren. Das verspreche ich Ihnen.«

»Das Merkwürdige ist«, sagte Miss Monk, fast zu sich selbst, »daß sie in letzter Zeit tatsächlich viel aufmerksamer war. So, hier ist ihre Karte ...«

Nächster Verwandter: Edward Romilly.
Verwandtschaftsgrad: Vater.
Adresse: 27 Stanhope Gardens, London SW.
Telefon: Kensington 2257.

Jericho schaute eine Sekunde darauf, dann gab er ihr die Karte zurück.

»Sie glauben doch nicht, daß irgendein Grund vorliegt, ihn zu beunruhigen, oder?« fragte Miss Monk. »Jedenfalls jetzt noch nicht. Bestimmt taucht Claire früher oder später hier auf, mit irgendeiner albernen Geschichte, daß sie verschlafen hat ...«

»Bestimmt«, sagte Jericho.

»... und wenn sie kommt«, fügte sie schlau hinzu, »was soll ich sagen, wer nach ihr gefragt hat?«

»*Auf Wiedersehen, Fräulein Monk.*« Weitzman hatte genug. Er war bereits halb zur Tür hinaus und zog Jericho mit erstaunlicher Kraft hinter sich her. Jericho warf einen letzten Blick auf Miss Monk, die verblüfft und argwöhnisch dastand, bevor sich die Tür hinter ihrem Schulzimmer mit der Deutschklasse schloß.

»*Auf Wiedersehen, Herr Doktor, und Herr ...*«

Weitzman führte Jericho nicht den gleichen Weg zurück, auf dem sie gekommen waren. Statt dessen zog er ihn durch den Hinterausgang. Jetzt, bei Tageslicht, konnte Jericho erkennen, warum er bei seinem Herumtappen in der Nacht solche Schwierigkeiten gehabt hatte. Sie befanden sich am Rande einer Baustelle. Im Rasen waren metertiefe Gräben ausgehoben worden. Haufen von Sand und Kies überall, die von Rauhreif überzogen waren. Es war ein Wunder, daß er sich nicht das Genick gebrochen hatte.

Weitzman schüttelte eine Zigarette aus einer verknüllten Schachtel und zündete sie an. Er lehnte sich gegen die Außenwand der Baracke und stieß einen Seufzer aus Dampf und Rauch aus. »Es hat wohl keinen Sinn zu fragen, was in aller Welt das alles zu bedeuten hat?«

»Sie würden es nicht wissen wollen, Walter. Glauben Sie mir.«

»Liebeskummer?«

»Etwas dergleichen.«

Weitzman murmelte ein paar Worte auf jiddisch, bei denen es sich um einen Fluch handeln konnte, und rauchte weiter.

Ungefähr dreißig Meter entfernt drängte sich eine Gruppe von Arbeitern um eine Kohlenpfanne. Offenbar hatten sie gerade Teepause gemacht. Sie gingen widerstrebend auseinander, ließen Spitzhacken und Spaten über den hartgefrorenen Boden schleifen, und Jericho überkam plötzlich die Erinnerung, wie er als Kind an der Hand seiner Mutter eine Strandpromenade entlanggegangen war und sein Spaten hinter ihm auf dem Beton geklappert hatte. Irgendwo hinter den Bäumen sprang ein Generator an, woraufhin sich ein Schwarm Krähen krächzend in die Luft erhob.

»Walter, was ist der German Book Room?«

»Ich gehe jetzt lieber wieder hinein«, sagte Weitzman. Er feuchtete die Kuppen von Daumen und Zeigefinger an und schnippte die glühende Spitze seiner Zigarette ab. Dann steckte er den ungerauchten Teil in seine

Brusttasche. Tabak war viel zu kostbar, um auch nur ein paar Krümel davon zu vergeuden.
»Bitte, Walter ...«
»Ach ...« Weitzman vollführte mit seinem Arm eine Geste des Widerwillens, als wollte er Jericho beiseite schieben. Dann setzte er sich für einen Mann seines Alters erstaunlich schnell in Bewegung. Er ging an der Seitenwand der Baracke entlang und auf den Weg zu. Jericho hatte Mühe, mit ihm Schritt zu halten.
»Sie verlangen zuviel, das wissen Sie ...«
»Das ist mir klar.«
»Ich meine, großer Gott, Coker hat mich ohnehin schon im Verdacht, ein Nazispion zu sein. Können Sie sich das vorstellen? Ich bin zwar Jude, aber für ihn sind alle Deutschen gleich. Was natürlich genau unser Argument ist. Ich nehme an, ich sollte mich geschmeichelt fühlen.«
»Ich würde nicht – es ist nur – es gibt sonst niemanden ...«
Zwei Wachtposten mit Gewehren kamen um die Ecke und schlenderten auf sie zu. Weitzman biß die Zähne zusammen, bog abrupt vom Weg ab und steuerte auf den Tennisplatz zu. Jericho folgte ihm. Weitzman öffnete das Tor, und sie betraten den Asphaltplatz. Die Anlage war – auf Churchills persönliche Anweisung hin, wie es hieß – vor zwei Jahren gebaut worden. Seit dem Herbst war der Platz nicht mehr benutzt worden. Die weißen Linien waren unter dem Rauhreif kaum zu erkennen. Der Wind hatte tote Blätter an den Maschendrahtzaun geweht. Weitzman schloß das Tor hinter ihnen und steuerte auf einen der Netzpfosten zu.
»Seit wir angefangen haben, hat sich alles verändert. Neun Zehntel der Leute in der Baracke kenne ich nicht einmal mehr.« Er trat angewidert nach den toten Blättern, und Jericho fiel zum erstenmal auf, wie klein seine Füße waren. Die Füße eines Tänzers. »Ich bin alt geworden in diesem Bau. Ich kann mich an eine Zeit erinnern, als wir uns für Genies hielten, wenn wir fünfzig Funk-

sprüche in der Woche lesen konnten. Wissen Sie, wie viele es jetzt sind?«
Jericho schüttelte den Kopf.
»Dreitausend pro Tag.«
»Großer Gott.« *Das sind hundertfünfundzwanzig pro Stunde,* dachte Jericho, *das ist alle dreißig Sekunden einer ...*
»Ihre Freundin steckt also in Schwierigkeiten?«
»Ich nehme es an. Ich meine, ja – ja, so ist es.«
»Tut mir leid, das zu hören. Ich mag sie. Sie lacht über meine Witze. Frauen, die über meine Witze lachen, muß man einfach mögen. Zumal, wenn sie jung sind. Und hübsch.«
»Walter ...«
Weitzman drehte sich zu Baracke 3 um. Er hatte seinen Standort gut gewählt, mit dem Instinkt eines Mannes, der früher einmal gezwungen war zu lernen, wie man sich absichert, wenn man überleben will. Niemand konnte sich von hinten anschleichen, ohne den Tennisplatz zu betreten. Niemand konnte von vorn kommen, ohne gesehen zu werden. Und wenn jemand sie aus der Ferne beobachtete – nun, was konnte er sehen außer zwei alten Kollegen, die miteinander plauderten?
»Das Ganze ist organisiert wie eine Fabrik.« Er hakte seine Finger in den Maschendraht. Seine Hände waren weiß vor Kälte. Sie umklammerten den Stahl wie Klauen. »Die entschlüsselten Funksprüche kommen auf einem Fließband aus Baracke 6. Sie gehen zuerst zur Wache, wo sie übersetzt werden – das wissen Sie, das ist mein Ressort. Zwei Wachen pro Schicht, eine für Eilmaterial, die andere für Überholtes. Übersetzte Luftwaffenfunksprüche gehen dann zu 3 A, die vom Heer zu 3 M. A für *air,* M für *military.* Herr im Himmel, ist das kalt. Frieren Sie nicht? Ich zittere am ganzen Körper.« Er holte ein schmutziges Taschentuch hervor und putzte sich die Nase. »Die Offiziere vom Dienst entscheiden, was wichtig ist, und geben dem eine Z-Priorität. Ein einziges Z ist relativ unwichtig – Hauptmann Fischer wird zur

deutschen Luftflotte in Italien versetzt. Ein Wetterbericht würde drei Z bekommen. Fünf Z ist pures Gold – wo Rommel morgen nachmittag sein wird, ein bevorstehender Luftangriff. Die Erkenntnisse werden zusammengefaßt, dann werden drei Kopien auf den Weg gebracht – eine an den SIS am Broadway, eine an die entsprechende Stelle in Whitehall, eine an den jeweiligen Befehlshaber an der Front.«

»Und der German Book Room?«

»Alles wird in die Kartei aufgenommen; jeder Offizier, jedes Stück Ausrüstung, jeder Stützpunkt. Die Information über die Versetzung von Hauptmann Fischer zum Beispiel mag ziemlich wertlos erscheinen. Aber dann konsultiert man die Kartei und sieht, daß er zuletzt bei einer Radarstation in Frankreich stationiert war. Jetzt ist er nach Bari geschickt worden. Also installieren die Deutschen in Bari Radar. Sollen sie es bauen. Und dann, wenn es fast fertig ist, bombardieren wir es.«

»Und das ist das German Book?«

»Nein, nein.« Weitzman schüttelte verärgert den Kopf, als wäre Jericho ein ziemlich dämlicher Student in seinem Hörsaal in Heidelberg. »Das German Book steht ganz am Ende dieses Prozesses. Dieses ganze Papier – der Funkspruch, die entschlüsselte Version, die Übersetzung, die Z-Markierung, die Liste der Querverweise –, Tausende von Seiten kommen am Ende zusammen, um registriert zu werden. Das German Book ist eine wortgetreue Kopie von allen entschlüsselten Meldungen in der Originalsprache.«

»Ist das ein wichtiger Job?«

»In intellektueller Hinsicht? Nein. Pure Schreibarbeit.«

»Aber in Hinsicht auf den Zugang zu geheimem Material?«

»Ach, da sehen die Dinge etwas anders aus.« Weitzman zuckte die Achseln. »Das hängt natürlich von der betreffenden Person ab, ob sie sich die Mühe macht, zu lesen, was ihr in die Finger kommt. Die meisten tun es nicht.«

»Aber theoretisch?«
»Theoretisch? An einem ganz gewöhnlichen Tag? Eine Frau wie Claire würde vermutlich mehr über die Details von Operationen der deutschen Streitkräfte erfahren als Adolf Hitler.« Er warf einen Blick in Jerichos ungläubiges Gesicht und lächelte. »Absurd, nicht wahr? Wie alt ist sie? Neunzehn? Zwanzig?«
»Zwanzig«, murmelte Jericho. »Mir hat sie immer erzählt, ihr Job wäre langweilig.«
»Zwanzig! Das ist der größte Witz in der Geschichte der Kriegsführung. Schauen Sie uns doch an: die flatterhafte Debütantin, der schwächliche Intellektuelle und der halbblinde Jude. Wenn die Herrenrasse sehen könnte, was wir ihr antun – manchmal ist es allein dieser Gedanke, der mich aufrechterhält.« Er hob seine Uhr dicht vor sein Gesicht. »Ich muß zurück. Coker dürfte inzwischen einen Haftbefehl gegen mich erlassen haben. Ich fürchte, ich habe zuviel geredet.«
»Durchaus nicht.«
»Doch, das habe ich.«
Er ging auf das Tor zu. Jericho wollte ihm folgen, aber Weitzman hob eine Hand, um ihn daran zu hindern. »Warten Sie besser hier, Tom. Nur einen Moment. Lassen Sie mich zuerst verschwinden.«
Er verließ den Tennisplatz. Als er an der anderen Seite des Zauns entlangging, schien ihm etwas eingefallen zu sein. Er verlangsamte seine Schritte und winkte Jericho an den Maschendraht heran.
»Hören Sie«, sagte er leise, »wenn Sie meinen, daß ich Ihnen noch einmal helfen kann, wenn Sie noch mehr Informationen brauchen – bitte, fragen Sie nicht mich. Ich will davon nichts wissen.«
Bevor Jericho antworten konnte, hatte er den Pfad überquert und war hinter der Rückseite der Baracke 3 verschwunden.

Auf dem Gelände von Bletchley Park, direkt hinter dem Herrenhaus, stand im Schatten einer Tanne eine ganz gewöhnliche rote Telefonzelle. Drinnen beendete ein junger Mann in Motorradkluft gerade ein Gespräch. Jericho, der an dem Baum lehnte, konnte hören, was er sagte, zwar gedämpft, aber trotzdem verständlich.

»Du hast völlig recht ... okay, Kleines ... bis später.«

Der Kurier legte lautstark den Hörer auf und stieß die Tür auf.

»Sie sind dran.«

Der Kurier fuhr nicht gleich ab. Jericho stand in der Zelle, tat so, als suchte er in seinen Taschen nach Kleingeld, und beobachtete ihn durch die Glasscheibe. Der Mann zog seine Gamaschen zurecht, setzte seinen Helm auf, hantierte mit dem Kinnriemen ...

Jericho wartete, bis er sich verzogen hatte, erst dann wählte er die Null.

Eine Frauenstimme sagte: »Vermittlung.«

»Guten Morgen. Ich möchte bitte eine Verbindung mit Kensington zwei-zwei-fünf-sieben.«

Sie wiederholte die Nummer. »Das macht vier Pence.«

Eine sechzig Meilen lange Leitung verband alle Nummern von Bletchley Park mit der Vermittlung in Whitehall. Die Frau in der Vermittlung konnte ohne weiteres davon ausgehen, daß Jericho lediglich von einem Londoner Stadtteil in einen anderen anrief. Er drückte vier Penny-Stücke in den Schlitz, und nach mehrmaligem Klicken hörte er das Freizeichen.

Es dauerte nur fünfzehn Sekunden, bis ein Mann sich meldete.

»Ja-a?«

Es war genau die Art von Stimme, die Jericho bei Claires Vater erwartet hatte. Sie war lässig und selbstbewußt und dehnte die eine kurze Silbe in zwei lange. Sofort folgte eine Reihe von Pieptönen, und Jericho drückte auf den A-Knopf. Sein Geld klimperte in den Münzschacht. Schon jetzt fühlte er sich im Nachteil – ein armer Kerl, der nicht über ein eigenes Telefon verfügte.

»Mr. Romilly?«

»Ja-a?«
»Tut mir leid, Sie zu behelligen, Sir, vor allem am Sonntag morgen, aber ich arbeite mit Claire zusammen ...«
Es gab ein schwaches Geräusch und dann eine Pause, in der er Romilly atmen hörte. Dann ein statisches Knistern. »Sind Sie noch da, Sir?«
Als die Stimme wieder zu hören war, hatte sie einen hohlen Klang, als käme sie aus einem großen, leeren Raum, und sie wirkte sehr ruhig. »Woher haben Sie diese Nummer?«
»Claire hat sie mir gegeben.« Das war die erste Lüge, die ihm einfiel. »Ich wüßte gern, ob sie bei Ihnen ist.«
Eine weitere lange Pause. »Nein. Das ist sie nicht. Weshalb sollte sie auch hier sein?«
»Sie ist heute morgen nicht zur Arbeit gekommen. Gestern hatte sie frei. Ich dachte, sie wäre vielleicht nach London gefahren ...«
»Mit wem spreche ich?«
»Ich heiße Tom Jericho.« Schweigen. »Es kann sein, daß sie meinen Namen erwähnt hat.«
»Ich glaube nicht.« Romillys Stimme war kaum hörbar. Er räusperte sich. »Es tut mir sehr leid, Mr. Jericho, aber ich kann Ihnen nicht helfen. Das Tun und Lassen meiner Tochter ist für mich ebenso ein Geheimnis wie anscheinend für Sie. Leben Sie wohl.«
Es gab ein klickendes Geräusch, und die Verbindung war abgebrochen.
»Hallo?« sagte Jericho. Ihm war, als hörte er immer noch jemanden in der Leitung atmen. »Hallo?« Er hielt den Bakelithörer noch ein paar Sekunden angestrengt lauschend ans Ohr, dann legte er ihn auf.
Er lehnte sich an die Innenwand der Telefonzelle und massierte seine Schläfen. Hinter dem Glas ging die Welt lautlos ihren Gang. Eine Gruppe von Zivilisten mit Bowlern und geschlossenen Regenschirmen, die gerade mit dem Zug aus London eingetroffen war, wurde über die Auffahrt zum Herrenhaus eskortiert. Drei Enten in Wintergefieder landeten mit gespreizten

Füßen auf dem See und pflügten Furchen in das graue Wasser.
»Das Tun und Lassen meiner Tochter ist für mich ebenso ein Geheimnis wie anscheinend für Sie.«
Das war nicht in Ordnung, oder? Das war nicht die Reaktion, die man von einem Vater erwartete, dem man gerade mitgeteilt hatte, daß sein einziges Kind verschwunden ist.
Jericho suchte in seiner Tasche nach Kleingeld. Er legte die Münzen auf seine Handfläche und starrte sie an wie ein Ausländer, der gerade in einem ihm unbekannten Land eingetroffen ist.
Er wählte abermals die Null.
»Vermittlung.«
»Kensington zwei-zwei-fünf-sieben ...«
Wieder steckte Jericho vier Pennies in den Metallschlitz. Wieder klickte es mehrere Male, dann trat eine Pause ein. Er hielt den Finger über dem A-Knopf. Aber diesmal kam kein Freizeichen, sondern nur das *Blip-blip-blip,* das verkündete, daß die Leitung besetzt war, und in seinem Ohr hämmerte es wie ein Pulsschlag.

Im Laufe der nächsten zehn Minuten unternahm Jericho drei weitere Versuche, jedesmal mit dem gleichen Ergebnis. Entweder hatte Romilly den Hörer abgenommen, oder er führte mit irgend jemandem ein langes Gespräch.
Jericho hätte es noch ein viertes Mal versucht, aber eine Frau aus der Kantine mit einem Mantel über der Schürze war aufgetaucht und klopfte ungeduldig mit einer Münze an die Scheibe. Schließlich räumte Jericho die Zelle. Jetzt stand er am Straßenrand und überlegte, was er nun tun sollte.
Er schaute zurück auf die Baracken. Ihre gedrungenen grauen Formen, gleichermaßen langweilig und vertraut, wirkten jetzt fast bedrohlich.
Verdammt. Was hatte er schon zu verlieren?

Er knöpfte sein Jackett zu, um besser vor der Kälte geschützt zu sein, und machte sich auf den Weg zum Tor.

3

Die Kirche St. Mary, acht solide Jahrhunderte aus hartem weißem Stein und christlicher Frömmigkeit, lag am Ende einer Allee aus bejahrten Eiben, weniger als hundert Meter von Bletchley Park entfernt. Als Jericho durch das Friedhofstor ging, sah er Fahrräder, fünfzehn oder zwanzig, die neben dem Portal abgestellt waren, und einen Augenblick später hörte er die Orgel und den wehmütigen Gesang einer Gemeinde der Kirche von England, die gerade eine Hymne angestimmt hatte. Er kam sich vor wie ein später Gast, der auf einer Party eintrifft, die bereits in vollem Gange ist.

Wie Blätter am Baum wir blühn und vergehn,
wir welken dahin, doch Du wirst bestehn …

Jericho stampfte mit den Füßen auf und klopfte sich auf die Arme. Er dachte kurz daran, hineinzuschlüpfen und ganz hinten am Ende des Mittelschiffs zu warten, bis der Gottesdienst vorüber war, aber die Erfahrung hatte ihn gelehrt, daß es so etwas wie ein unauffälliges Betreten einer Kirche nicht gab. Die Tür würde lautstark zufallen, Köpfe würden sich umdrehen, irgendein übereifriger Kirchenältester würde herbeieilen und ihm ein Blatt mit Gebeten und ein Gesangbuch in die Hand drükken … Aufsehen dieser Art war das letzte, was er sich wünschte.

Er verließ den Pfad und tat so, als betrachtete er die Grabsteine. Bereifte Spinnweben von unglaublicher Größe und Zartheit funkelten zwischen den Grabsteinen: marmorne Monumente für die Wohlhabenden, Schiefer für die Feldarbeiter, verwitterte Holzkreuze für die Armen und die Kinder. Ebenezer Slade, vier Jahre und sechs Monate alt, ruht in den Armen Jesu. Mary

Watson, Frau von Albert, abberufen nach langer Krankheit, sie ruhe in Frieden ... Auf einigen der Gräber deuteten Sträuße aus toten Blumen, vom Eis versteinert, auf ein fortbestehendes Interesse der Lebenden. Auf anderen hatten gelbe Flechten die Inschriften unleserlich gemacht. Er bückte sich und kratzte etwas davon weg und lauschte gleichzeitig den Stimmen der Rechtschaffenen hinter den Buntglasfenstern.

»O ihr Taue und Fröste, gesegnet sei der Herr: lobet und preiset ihn immerdar.

O du Eis und Kälte, gesegnet sei der Herr: lobet und preiset ihn immerdar ...«

Seltsame Bilder schossen ihm durch den Kopf.

Er dachte an die Beerdigung seines Vaters, an genau so einem Tag wie diesem: eine eiskalte, häßliche, viktorianische Kirche im Industriegebiet der Midlands, Medaillen auf dem Sarg, seine Mutter weinend, seine Tanten in Schwarz, er von allen mit betrübter Neugierde angestarrt, während er eine Million Meilen weit entfernt und damit beschäftigt ist, die Nummern der Hymnen in seinem Kopf zu zerlegen (»Befreit euch von dem Irrtum, Laßt hinter euch die Nacht«, Nr. 392 in *Ancient and Modern,* kam, wie er sich erinnerte, besonders hübsch heraus als $2 \times 7 \times 2 \times 7 \times 2$ ...).

Und aus irgendeinem Grund dachte er an Alan Turing, der an einem Winterabend in der Baracke ganz hektisch vor Erregung war, während er darüber sprach, wie der Tod seines besten Freundes ihn veranlaßt hatte, ein Bindeglied zwischen der Mathematik und dem Spirituellen zu suchen, und behauptete, daß sie in Bletchley eine neue Welt schufen: daß die Bomben bald ganz anders aussehen würden, man würde die schwerfälligen elektromechanischen Schaltungen durch Relais aus Fünf-Elektroden-Röhren und GTIC-Thyratronröhren ersetzen und so Computer schaffen, die eines Tages imstande wären, die Aktionen des menschlichen Gehirns nachzuvollziehen und die Geheimnisse der Seele zu entschlüsseln ...

Jericho wanderte zwischen den Toten umher. Hier war ein kleines Steinkreuz mit einer Girlande aus Steinblumen, dort ein streng dreinblickender Engel, der aussah wie Miss Monk. Die ganze Zeit hörte er nicht auf, dem Gottesdienst zu lauschen. Er fragte sich, ob jemand aus Baracke 8 in der Kirche war, und falls ja, wer. Würde Skynner zu Gott beten, wenn alles andere versagte? Er versuchte sich vorzustellen, auf welche bisher ungenutzten Reserven des Kriechertums Skynner zurückgreifen würde, um mit einem Wesen in Verbindung zu treten, das einen noch höheren Rang innehatte als der Kriegsminister, und er stellte fest, daß er es nicht konnte.

»Der Segen des Allmächtigen, des Vaters, des Sohnes und des Heiligen Geistes sei mit euch und ruhe auf euch immerdar. Amen.«

Der Gottesdienst war vorüber. Jericho wanderte schnell zwischen den Grabsteinen hindurch, entfernte sich von der Kirche und postierte sich hinter einer Gruppe aus dichten Büschen. Von hier aus hatte er einen ungehinderten Blick auf das Portal.

Vor dem Krieg hätten die Gläubigen beim erhebenden Klang sämtlicher Glocken die Kirche verlassen. Aber jetzt durften die Glocken nur im Falle einer Invasion geläutet werden, und deshalb verlieh die Stille, unter der die Tür aufging und ein ältlicher Geistlicher erschien, um sich von seinen Gemeindemitgliedern zu verabschieden, der Zeremonie eine gedämpfte und sogar melancholische Atmosphäre. Ein Gottesdienstbesucher nach dem anderen trat hinaus ins Tageslicht. Jericho erkannte niemanden. Er machte sich klar, daß er wohl die falsche Schlußfolgerung gezogen hatte. Doch dann erschien tatsächlich eine kleine, magere junge Frau in einem schwarzen Mantel.

Sie reichte dem Geistlichen kurz, beinahe schroff die Hand, sagte nichts, hängte ihre Handtasche über die Lenkstange ihres Fahrrads und schob es auf das Friedhofstor zu. Sie ging schnell mit kurzen Schritten und hatte das scharfe Kinn hoch erhoben. Jericho wartete, bis sie ein Stück an ihm vorbei war, dann trat er aus seinem Versteck hervor und rief hinter ihr her: »Miss Wallace!«

Sie blieb stehen und schaute in seine Richtung. Ihr schlechtes Sehvermögen zwang sie, die Stirn zu runzeln. Ihr Kopf bewegte sich unsicher von einer Seite zur anderen. Erst als er nur noch zwei Meter von ihr entfernt war, dämmerte Erkennen in ihrem Gesicht.

»Oh, Mister ...«

»Jericho.«

»Natürlich. Mister Jericho. Der Fremdling in der Nacht.« Die Kälte hatte ihre Nasenspitze gerötet und zwei scharf umrissene Farbflecken von der Größe einer Halbkronenmünze auf ihre weißen Wangen gemalt. Sie hatte langes, dichtes schwarzes Haar, das sie auf dem Kopf aufgetürmt trug, festgehalten von einem ganzen Arsenal von Haarnadeln. »Wie fanden Sie die Predigt?«

»Erhebend?« sagte er vorsichtig. Es schien leichter, als die Wahrheit zu sagen.

»Ist das Ihr Ernst? Ich fand, es war der größte Unsinn, den ich in all den Jahren gehört habe. ›Einem Weibe aber gestatte ich nicht, daß sie lehre, auch nicht, daß sie des Mannes Herr sei, sondern stille sei ...‹« Sie schüttelte wütend den Kopf. »Was meinen Sie, ob es Ketzerei ist, wenn man den heiligen Paulus ein Rindvieh nennt?«

Sie setzte ihren flotten Marsch in Richtung Straße fort. Jericho hielt mit ihr Schritt. Er hatte von Claire einige Details über Hester Wallace erfahren – daß sie vor dem Krieg Lehrerin an einer privaten Mädchenschule in Dorset gewesen war, daß sie Orgel spielte und die Tochter eines Geistlichen war, daß sie die vierteljährlichen Mitteilungen der Jane Austen Society erhielt –, gerade genügend Hinweise, daß er sich ein Bild von einer Frau machen konnte, die unmittelbar nach einer achtstündigen Nachtschicht in die Kirche ging.

»Gehen Sie sonntags oft in die Kirche?«

»Immer«, sagte sie. »Obwohl ich mich immer öfter frage, weshalb ich das tue. Und Sie?«
Er zögerte. »Gelegentlich.«
Das war ein Fehler, und sie stürzte sich sofort darauf.
»Wo sitzen Sie? Ich kann mich nicht erinnern, Sie je gesehen zu haben.«
»Ich versuche, mich im Hintergrund zu halten.«
»Ich auch. Ich sitze immer ganz hinten.« Sie warf ihm einen zweiten Blick zu, und ihre runden, in einem Drahtgestell sitzenden Brillengläser blitzten in der Wintersonne auf. »Wirklich, Mister Jericho, eine Predigt, die Sie offensichtlich nicht gehört haben, eine Bank, auf der Sie nie sitzen – man könnte fast vermuten, daß Sie eine Frömmigkeit vortäuschen, die Ihnen in Wirklichkeit abgeht.«
»Ah ...«
»Ich wünsche Ihnen einen guten Tag.«
Sie hatte das Tor erreicht und schwang sich mit überraschender Anmut auf den Sattel ihres Fahrrads. Das lief nicht so, wie Jericho es geplant hatte. Er mußte den Arm ausstrecken und ihre Lenkstange festhalten, um sie am Wegfahren zu hindern.
»Ich war nicht in der Kirche. Tut mir leid. Ich wollte mit Ihnen reden.«
»Seien Sie so gut, und nehmen Sie Ihre Hand von meinem Rad, Mister Jericho.« Ein paar ältliche Gottesdienstbesucher drehten sich zu ihnen um. »Sofort, wenn ich bitten darf.« Sie drehte die Lenkstange hin und her, aber Jericho ließ nicht locker.
»Es tut mir wirklich leid. Es dauert nur einen Moment.«
Sie funkelte ihn an. Einen Augenblick schoß ihm der Gedanke durch den Kopf, daß sie sich gleich bücken, einen ihrer kompakten Laufschuhe ausziehen und ihm damit auf die Finger schlagen würde. Aber in ihren Augen lag außer Zorn auch Neugierde, und die Neugierde siegte. Sie seufzte und stieg ab.
»Danke. Dort drüben ist eine überdachte Bushaltestelle.« Er deutete mit einem Kopfnicken auf die gegenüber-

liegende Seite der Church Green Road. »Opfern Sie mir fünf Minuten. Bitte.«
»Verrückt. Total verrückt.«
Als sie die Straße überquerten, klapperten die Räder ihres Fahrrads wie Stricknadeln. An der Haltestelle lehnte sie es ab, sich hinzusetzen. Sie stand mit verschränkten Armen da und schaute den Hang hinunter in Richtung Stadt.
Er versuchte, sich etwas einfallen zu lassen, womit er zum Thema kommen konnte. »Claire hat mir erzählt, daß Sie in Baracke 6 arbeiten. Das muß interessant sein.«
»Claire hatte nicht das Recht, Ihnen oder irgend jemand sonst zu sagen, wo ich arbeite. Und nein, es ist nicht interessant. Alles Interessante ist offenbar Männersache. Die Frauen erledigen den Rest.«
Sie könnte hübsch sein, dachte er, wenn sie sich ein bißchen Mühe gäbe. Ihre Haut war so glatt und weiß wie Elfenbein. Ihre Nase und ihr Kinn waren zwar scharf geschnitten, aber trotzdem zierlich. Sie trug kein Makeup, und ihre Miene wirkte ständig verärgert, ihre Lippen waren zu einer dünnen, sarkastischen Linie zusammengepreßt. Ihre kleinen, hellen Augen hinter den Brillengläsern funkelten vor Intelligenz.
»Claire und ich, wir sind ...« Er wedelte mit den Händen und suchte nach dem richtigen Wort. In solchen Dingen war er ziemlich hilflos. »Miteinander gegangen, sagt man wohl. Bis vor ungefähr einem Monat. Dann hat sie sich geweigert, weiter etwas mit mir zu tun zu haben.«
Ihre Feindseligkeit brachte seine Entschlossenheit ins Wanken. Er kam sich ziemlich albern vor, wie er so dastand und auf ihren Rücken einredete. »Und um ehrlich zu sein, Miss Wallace, ich mache mir Sorgen um sie.«
»Wie merkwürdig.«
Er zuckte die Achseln. »Ich gebe zu, wir waren ein etwas ungleiches Paar.«
»Nein.« Sie drehte sich zu ihm. »Ich meine, wie merkwürdig, daß Leute sich immer veranlaßt sehen, die Sorge

um ihr eigenes Wohlergehen als Sorge um das Wohlergehen anderer zu tarnen.«
Ihre Mundwinkel gingen nach unten, ihre Version eines Lächelns, und Jericho stellte fest, daß Miss Hester Wallace anfing, ihm zu mißfallen, nicht zuletzt deshalb, weil ihr Argument ins Schwarze getroffen hatte.
»Ich will ein gewisses Eigeninteresse nicht bestreiten«, gab er zu, »aber ich mache mir wirklich Sorgen um sie. Ich glaube, sie ist verschwunden.«
Sie schnaubte. »Unsinn.«
»Sie ist heute morgen nicht zur Arbeit erschienen.«
»Eine Stunde Verspätung bei der Arbeit ist noch kein Verschwinden. Sie hat wahrscheinlich verschlafen.«
»Ich glaube nicht, daß sie letzte Nacht überhaupt heimgekommen ist. Bis zwei Uhr ist sie jedenfalls nicht aufgekreuzt.«
»Dann hat sie vielleicht irgendwo anders verschlafen«, sagte Miss Wallace boshaft. Die Brillengläser blitzten wieder. »Übrigens, darf ich fragen, woher Sie wissen, daß sie nicht nach Hause gekommen ist?«
Er hatte gelernt, daß es besser war, ihr nichts vorzulügen. »Weil ich ins Haus gegangen bin und auf sie gewartet habe.«
»Also ein Einbrecher außerdem. Allmählich begreife ich, weshalb Claire nichts mehr mit Ihnen zu tun haben wollte.«
Zum Teufel mit alledem, dachte Jericho.
»Es gibt noch mehr, das Sie wissen sollten. Ein Mann war letzte Nacht an Ihrem Haus, während ich dort war. Er flüchtete, als er meine Stimme hörte. Und eben habe ich Claires Vater angerufen. Er behauptet, nicht zu wissen, wo sie ist, aber ich glaube, er lügt.«
Das schien sie zu beeindrucken. Sie kaute auf der Innenseite ihrer Lippe und schaute wieder weg, den Abhang hinunter. Ein Zug, dem Geräusch nach ein Expreß, fuhr durch Bletchley, und ein dunkler Rauchvorhang, eine halbe Meile lang, stieg in Wellen über der Stadt auf.

»Das alles geht mich nichts an«, sagte sie schließlich.
»Sie hat nicht erwähnt, daß sie verreisen wollte?«
»Das tut sie nie. Weshalb sollte sie?«
»Und sie ist Ihnen in letzter Zeit nicht irgendwie merkwürdig vorgekommen? Irgendwie angespannt?«
»Mister Jericho, wir könnten vermutlich diese Haltestelle – wahrscheinlich sogar einen ganzen Doppeldekkerbus – mit jungen Männern füllen, die sich Sorgen machen wegen ihrer Beziehungen zu Claire Romilly. So, und jetzt bin ich wirklich sehr müde. Zu müde und in diesen Dingen zu unerfahren, um Ihnen irgendwie von Nutzen sein zu können. Entschuldigen Sie mich.«
Sie bestieg ihr Fahrrad, und diesmal versuchte Jericho nicht, sie zurückzuhalten. »Haben die Buchstaben ADU für Sie irgendeine Bedeutung?«
Sie schüttelte gereizt den Kopf und stieß sich vom Bordstein ab.
»Es ist ein Rufzeichen«, rief er ihr nach. »Vermutlich deutsches Heer oder Luftwaffe.«
Sie bremste so heftig, daß sie vom Sattel rutschte und ihre flachen Absätze auf dem Pflaster entlangschlitterten. Sie schaute in beiden Richtungen über die leere Straße. »Sind Sie völlig verrückt geworden?«
»Sie finden mich in Baracke 8.«
»Einen Moment. Was hat das mit Claire zu tun?«
»Oder andernfalls im Gästehaus in der Albion Street.« Er nickte höflich. »ADU, Miss Wallace. Affen denken ungern. Und jetzt lasse ich Sie in Ruhe.«
»Mister Jericho ...«
Aber er wollte keine ihrer Fragen beantworten. Er überquerte die Straße und eilte den Hang hinunter. Als er nach links in die Wilton Avenue einbog und auf das Haupttor zustrebte, warf er einen Blick zurück. Sie stand immer noch da, wo er sie verlassen hatte, mit den dünnen Beinen neben den Pedalen, und starrte ihm verblüfft nach.

4

Als er in Baracke 8 zurückkehrte, wartete Logie bereits auf ihn. Er wanderte in dem engen Registrierraum herum, hatte die knochigen Hände auf dem Rücken verschränkt, und der Kopf seiner Pfeife ruckte in alle Richtungen, weil er wütend auf ihrem Stiel herumkaute.

»Ist das Ihr Mantel?« war seine einzige Begrüßung. »Sie sollten ihn mitnehmen.«

»Hallo, Guy. Wo wollen wir hin?« Jericho nahm seinen Mantel vom Haken an der Tür, und eine der Wrens bedachte ihn mit einem mitfühlenden Lächeln.

»Wir werden uns unterhalten, alter Junge. Und dann gehen Sie nach Hause.«

In seinem Büro angekommen, ließ sich Logie auf seinen Stuhl sinken und schwang seine riesigen Füße auf den Schreibtisch. »Machen Sie die Tür zu, Mann. Wir wollen zumindest versuchen, das unter uns abzumachen.«

Jericho gehorchte. Es gab keinen Stuhl, auf den er sich hätte setzen können, also lehnte er seinen Rücken an die Tür. Ihm war überraschend gelassen zumute. »Ich weiß nicht, was Skynner Ihnen erzählt hat«, begann er, »aber ich habe es nicht geschafft, ihm einen Schlag zu versetzen.«

»Oh, dann ist ja alles in bester Ordnung.« Logie hob in gespielter Erleichterung die Hände. »Ich meine, solange kein Blut geflossen ist und keiner dem anderen irgendwelche Rippen gebrochen hat ...«

»Immer mit der Ruhe, Guy. Ich habe ihn nicht angerührt. Aus diesem Grund kann er mich nicht hinauswerfen.«

»Er kann tun, was immer ihm in den Kram paßt.« Der Stuhl knarrte, als Logie die Hand über den Schreibtisch ausstreckte und eine braune Akte ergriff. Er schlug sie auf. »Wollen mal sehen, was wir hier haben. ›Schwere Insubordination‹ steht da. ›Versuchter tätlicher Angriff‹ steht da. ›Der letzte in einer langen Reihe von Zwischenfällen, die vermuten lassen, daß der Betreffende für den aktiven Dienst nicht mehr geeignet ist‹.« Er warf die Akte auf den Schreibtisch. »Wie die Dinge liegen, bin ich geneigt, mich dieser Ansicht anzuschließen. Ich habe seit gestern nachmittag darauf gewartet, daß Sie hier aufkreuzen. Wo sind Sie gewesen? Auf einer Party beim Chef des Admiralstabs?«

»Sie sagten, ich brauchte keine volle Schicht zu arbeiten. ›Sie können kommen und gehen, wann immer Sie wollen.‹ Ihre eigenen Worte.«

»Kommen Sie mir nicht auf diese Tour, mein Lieber.«

Jericho schwieg einen Moment. Er dachte an den Stich von der King's College Chapel und die dahinter versteckten Funksprüche, an den German Book Room und Weitzmans verängstigtes Gesicht; an Edward Romillys leicht erschütterte Stimme: *»Das Tun und Lassen meiner Tochter ist für mich ebenso ein Geheimnis wie anscheinend für Sie ...«* Ihm wurde bewußt, daß Logie ihn eindringlich musterte.

»Und wann soll ich gehen?«

»Also, Sie verdammter Idiot. ›Schicken Sie ihn zurück nach Cambridge, und lassen Sie den Scheißkerl diesmal zu Fuß gehen‹ – so lauteten, wenn ich mich recht erinnere, seine Anweisungen.« Er seufzte und schüttelte den Kopf. »Das hätten Sie nicht tun dürfen, Tom – ihn wie einen Trottel dastehen lassen. Nicht vor seinen hohen Gästen.«

»Aber er ist ein Trottel.« Wut und Selbstmitleid drohten ihn zu überwältigen, und er versuchte, seine Stimme ruhig zu halten. »Er hat nicht den blassesten Schimmer von dem, worüber er redet. Seien Sie ehrlich, Guy – glauben Sie wirklich auch nur eine Minute daran, daß wir Shark innerhalb der nächsten drei Tage knacken können?«

»Nein. Aber das kann man so oder so ausdrücken, wenn Sie mich verstehen, zumal wenn unsere heißgeliebten amerikanischen Brüder mit im Zimmer sitzen.«

Jemand klopfte an, und Logie rief: »Nicht jetzt, alter Junge, kommen Sie später wieder!«

Er wartete, bis derjenige, der angeklopft hatte, wieder verschwunden war, dann sagte er leise: »Ich glaube, Ihnen ist nicht ganz klar, wieviel sich hier in der Zwischenzeit geändert hat.«

»Das hat auch Skynner gesagt.«

»Nun, damit hatte er ausnahmsweise einmal recht. Sie haben es bei der Konferenz gestern selbst erlebt. Wir sind nicht mehr im Jahr 1940, Tom. Das tapfere kleine Britannien steht nicht mehr allein da. Die Dinge haben sich weiterentwickelt. Wir müssen Rücksicht darauf nehmen, was andere Leute denken. Sehen Sie sich doch nur die Karten an, Mann. Lesen Sie die Zeitungen. Diese Konvois laufen von New York aus. Ein Viertel der Schiffe gehört den Amerikanern. Die Fracht stammt ausschließlich von den Amerikanern. Amerikanische Truppen. Amerikanische Besatzungen.« Logie schlug plötzlich die Hände vors Gesicht. »Mein Gott, ich kann es einfach nicht glauben, daß Sie versucht haben, Skynner zu schlagen. Sie haben wirklich nicht mehr alle Tassen im Schrank.« Er nahm die Füße vom Schreibtisch und griff nach dem Telefon. »Hören Sie, mir ist egal, was er gesagt hat. Ich werde sehen, ob ich einen Wagen bekomme, der Sie zurückbringt.«

»Nein!« Jericho war selbst überrascht von der Vehemenz in seiner Stimme. Vor seinem geistigen Auge konnte er klar und deutlich die Karte des Atlantiks sehen – die braune Landmasse Nordamerikas, die Farbkleckse der Britischen Inseln, das Blau des Ozeans, die harmlosen gelben Scheiben, die Haifischzähne, bißbereit auf der Lauer liegend ... Und Claire? Selbst jetzt, wo er Zugang zum Park hatte, konnte er sie nicht finden. Wenn man ihn nach Cambridge zurückbeförderte und seines Passierscheins beraubte, konnte er ebensogut auf einem anderen Planeten leben. »Nein«, sagte er etwas ruhiger. »Das können Sie nicht tun.«

»Es ist nicht meine Entscheidung.«

»Geben Sie mir zwei Tage.«

»Was?«

»Sagen Sie Skynner, Sie wollen mir noch zwei Tage geben. Zwei Tage, um auszuprobieren, ob ich wieder einen Weg in Shark finde.«
Logie starrte Jericho fünf Sekunden lang an, dann begann er zu lachen. »Sie werden wirklich von Tag zu Tag verrückter, alter Junge. Gestern erklärten Sie uns, es wäre unmöglich, Shark in drei Tagen zu knacken. Und jetzt sagen Sie mir, Sie könnten es vielleicht in zwei Tagen schaffen.«
»Bitte, Guy. Ich flehe Sie an.« Und das tat er wirklich. Er hatte die Hände auf Logies Schreibtisch gestützt und beugte sich darüber. Er flehte um sein Leben. »Skynner will mich nicht nur aus der Baracke heraushaben. Er will, daß ich ganz aus Bletchley Park verschwinde. Er will, daß man mich in irgendeiner Bodenkammer in der Admiralität einsperrt, wo ich mich mit Rechenaufgaben beschäftigen soll.«
»Es gibt schlimmere Orte, an denen man den Krieg verbringen kann.«
»Für mich nicht. Ich würde mich aufhängen. Ich gehöre hierher.«
»Ich habe mich für Sie ohnehin bereits ziemlich weit vorgewagt, mein Junge.« Logie stieß mit seiner Pfeife gegen Jerichos Brust. »›Jericho?‹ haben sie gesagt. ›Das kann doch nicht Ihr Ernst sein? Wir stecken in einer Krise, und Sie wollen Jericho?‹« Die Pfeife fuhr wieder vor. »Und ich habe gesagt: ›Ja, ich weiß, er ist nicht mehr ganz dicht und fällt immer wieder in Ohnmacht wie eine alte Jungfer, aber er hat etwas, er hat diese zusätzlichen zwei Prozent. Also traut mir.‹« Weitere Stöße mit der Pfeife. »Also bitte ich um den verdammten Wagen – was hier, wie Sie wissen, kein Kinderspiel ist –, und anstatt mich aufs Ohr zu legen, fahre ich nach Cambridge und trinke schalen Tee und rede auf Sie ein wie auf einen kranken Gaul, und das erste, was Sie tun, ist, daß Sie uns alle wie Idioten dastehen lassen, und dann verprügeln Sie den Leiter der Abteilung – schon gut, schon gut, Sie versuchen ihn zu verprügeln.

Und nun frage ich Sie – wer wird jetzt noch auf mich hören?«
»Skynner.«
»Machen Sie keine Witze.«
»Skynner wird auf Sie hören müssen, wenn Sie darauf bestehen, daß Sie mich brauchen. Da bin ich ganz sicher.« Jericho hatte eine Idee. »Sie könnten damit drohen, daß Sie Admiral Trowbridge informieren, daß man mich in die Wüste geschickt hat – in einem entscheidenden Moment der Schlacht im Atlantik –, nur weil ich die Wahrheit gesagt habe.«
»Ach, könnte ich das? Danke. Vielen Dank. Dann können wir beide zukünftig Rechenaufgaben in der Admiralität lösen.«
»Es gibt schlimmere Orte, an denen man den Krieg verbringen kann.«
»Keine billigen Retourkutschen.«
Wieder wurde an die Tür geklopft, diesmal viel lauter. »Herrgott noch mal«, brüllte Logie. »Verpiß dich!« Aber der Knauf drehte sich trotzdem. Jericho machte einen Schritt zur Seite, die Tür ging auf, und Puck trat ein.
»Tut mir leid, Guy. Guten Morgen, Thomas.« Er nickte beiden mit grimmiger Miene zu. »Es hat sich etwas getan, Guy.«
»Gute Nachrichten?«
»Um ehrlich zu sein, nein. Wahrscheinlich keine guten Nachrichten. Sie sollten lieber mitkommen.«
»Verdammt, verdammt noch mal«, murmelte Logie. Er warf Jericho einen mörderischen Blick zu, griff nach seiner Pfeife und folgte Puck auf den Korridor. Jericho zögerte eine Sekunde, dann folgte er ihnen über den Korridor und in den Registrierraum. Er hatte ihn noch nie so voll gesehen. Leutnant Cave war da und außerdem, wie es schien, fast sämtliche Kryptoanalytiker der Baracke – Baxter, Atwood, Pinker, Kingcome, Proudfoot, de Brooke und auch Kramer, der in seiner amerikanischen Marineuniform aussah wie ein Filmstar. Er nickte Jericho freundlich zu. Logie schaute sich verblüfft um.

»Alle Vöglein sind schon da ...« Niemand lachte. »Was ist los, Puck? Haben Sie eine Versammlung einberufen? Wollen Sie streiken?«
Puck deutete mit einem Kopfnicken auf die drei Wrens, die in der Tagschicht im Registrierraum arbeiteten.
»Ah ja«, sagte Logie, »natürlich.« Er entblößte seine Raucherzähne und zeigte ein gelbes Lächeln. »Wir haben etwas zu besprechen, nichts für junge Mädchen. Husch, husch. Würde es den reizenden Damen etwas ausmachen, die Herren hier für ein paar Minuten allein zu lassen?«

»Ich habe das hier Leutnant Cave gezeigt«, sagte Puck, als die Wrens gegangen waren. »Funkverkehrsanalyse.« Er hielt das vertraute gelbe Formular hoch, als wäre er im Begriff, einen Zaubertrick vorzuführen. »In den letzten zwölf Stunden wurden zwei lange Meldungen aufgefangen, die von dem neuen Sender der Nazis in der Nähe von Magdeburg kamen. Eine kurz vor Mitternacht – hundertachtzig Gruppen aus vier Buchstaben. Eine kurz danach. Zweihundertelf Gruppen. Zweimal wiederholt, sowohl über die Diana- als auch über die Hubertus-Frequenz. Vier-sechs-null-eins Kilohertz. Zwölf-neun-fünfzig.«
»Nun kommen Sie schon zur Sache«, murmelte Atwood.
Puck tat so, als hätte er es nicht gehört. »Im gleichen Zeitraum betrug die Gesamtzahl der Shark-Meldungen, die von den im Nordatlantik operierenden U-Booten gesendet wurden, bis null-neun-hundert heute morgen ... fünf.«
»Fünf?« wiederholte Logie. »Sind Sie da ganz sicher, mein Lieber?« Er nahm das Formular und fuhr mit einem Finger über die säuberlichen Eintragungen.
»Wie sagt man?« fragte Puck. »So still wie ein Grab?«
»Unsere Horchstellen«, sagte Baxter, der sich das Formular über Logies Schulter hinweg ansah. »Da muß et-

was nicht in Ordnung sein. Sie müssen eingeschlafen sein.«

»Ich habe vor zehn Minuten im Kontrollraum für aufgefangene Funksprüche angerufen. Nachdem ich mit dem Leutnant gesprochen hatte. Man sagte mir, es hätte seine Richtigkeit.«

Jetzt brach ein aufgeregtes Gemurmel aus.

»Und was sagen Sie, großer Meister?«

Jericho brauchte ein paar Sekunden, bis er begriffen hatte, daß Atwood ihn angesprochen hatte. Er zuckte die Achseln. »Das ist sehr wenig. Vielsagend wenig.«

Puck sagte: »Leutnant Cave glaubt, daß ein Muster dahintersteckt.«

»Wir haben gefangene U-Boot-Besatzungen über taktisches Vorgehen verhört.« Leutnant Cave beugte sich vor, und Jericho sah, wie Pinker beim Anblick seines verunstalteten Gesichts zurückzuckte. »Wenn Dönitz einen Konvoi erschnüffelt hat, dann postiert er seine Leichenwagen Seite an Seite in einer Linie, quer zu der Route, auf der er den Konvoi erwartet. Sagen wir, zwölf Boote im Abstand von vielleicht zwanzig Meilen. Möglicherweise auch zwei Linien oder sogar drei – inzwischen hat er so viele Leichenwagen, daß er mit ihnen protzen kann. Unseren Schätzungen zufolge operierten – vor dem Blackout – allein in dem Sektor des Nordatlantiks sechsundvierzig von ihnen.« Er brach verlegen ab. »Entschuldigung«, sagte er, »unterbrechen Sie mich, wenn ich Ihnen einen Vortrag über Dinge halte, die Sie ohnehin wissen.«

»Unsere Arbeit ist eher – äh – theoretischer Natur«, sagte Logie. Er sah sich um, und mehrere der Kryptoanalytiker nickten beifällig.

»Also gut. Es gibt im Grunde zwei Arten von Linien. Einmal die Postenlinie, bei der die U-Boote über Wasser darauf warten, daß der Konvoi auf sie zugedampft kommt. Und dann haben wir die Patrouillenlinie, bei der die Leichenwagen in Formation vorrücken, um ihn abzufangen. Sobald die Linien aufgebaut sind, gibt es eine goldene Regel. Absolute Funkstille, bis der Konvoi gesichtet worden ist. Ich vermute, daß dies gerade jetzt passiert. Diese beiden langen Funksprüche aus Magdeburg – das sind höchstwahrscheinlich Befehle aus Berlin, daß die U-Boote sich in Linie formieren sollen. Und wenn die U-Boote Funkstille halten ...« Cave zuckte die Achseln. Es fiel ihm schwer, das Offensichtliche auszusprechen. »Dann sind sie wahrscheinlich auf Gefechtsposition.«

Niemand sagte etwas. Die gedanklichen Abstraktionen der Kryptoanalyse hatten nun eine konkrete Gestalt angenommen: Zweitausend deutsche U-Boot-Männer, zehntausend Seeleute und Passagiere der Alliierten liefen aufeinander zu, um im winterlichen Nordatlantik, tausend Meilen vom Land entfernt, eine Schlacht auszutragen. Pinker sah aus, als wäre ihm schlecht. Plötzlich wurde ihm die Absurdität ihrer Situation bewußt. Pinker war vermutlich persönlich dafür verantwortlich, daß – wie viele? – tausend deutsche Matrosen auf dem Grund des Meeres gelandet waren, aber Caves Gesicht zeigte einen Ausdruck, der der Brutalität des Krieges im Atlantik ziemlich genau entsprach.

Jemand fragte, was nun passieren würde.

»Wenn eines der U-Boote den Konvoi entdeckt hat? Es wird ihn beschatten. Alle zwei Stunden eine Kontaktmeldung senden – Position, Geschwindigkeit, Kurs. Die wird von den anderen Leichenwagen aufgefangen, und dann fahren alle auf dieselbe Position zu. Alle versuchen, so viele Jäger wie möglich zusammenzuziehen. Gewöhnlich versuchen sie, in den Konvoi einzudringen, mitten zwischen unsere Schiffe. Dann warten sie, bis es Nacht geworden ist. Sie ziehen es vor, im Dunkeln anzugreifen. Brände auf den Schiffen, die getroffen worden sind, beleuchten die anderen Ziele. Die Panik ist größer. Außerdem macht die Dunkelheit es für unsere Zerstörer schwerer, sie zu erwischen.«

»Das Wetter ist natürlich grauenhaft«, sagte Cave, und seine scharfe Stimme zerschnitt die Stille, »sogar für

diese Jahreszeit. Schnee. Gefrierender Nebel. Schwere Brecher. Das kommt uns zugute.«
Kramer sagte: »Wieviel Zeit haben wir?«
»Weniger, als wir anfangs dachten, das steht fest. U-Boote sind schneller als jeder Konvoi, aber immer noch ziemlich langsame Ungeheuer. Auf der Oberfläche bewegen sie sich mit der Geschwindigkeit eines Fahrradfahrers, unter Wasser kaum schneller als ein Fußgänger. Aber wenn Dönitz weiß, wo sich die Konvois befinden? Vielleicht anderthalb Tage. Durch das schlechte Wetter werden sie Sichtprobleme haben. Trotzdem – ja – ich nehme an, anderthalb Tage, höchstens.«

Cave entschuldigte sich – er wollte telefonieren und der Admiralität die schlechte Nachricht mitteilen. Die Kryptoanalytiker blieben allein zurück. Am hinteren Ende der Baracke setzte ein leises, klickendes Geräusch ein: Die Maschinen vom Typ X begannen mit ihrer Tagesarbeit.
»Das dürfte D-D-Dolphin sein«, sagte Pinker. »Sie entschuldigen mich d-d-doch, Guy?«
Logie hob zustimmend eine Hand, und Pinker eilte aus dem Zimmer.
»Wenn wir doch nur eine Bombe mit vier Walzen hätten«, stöhnte Proudfoot.
»Wir haben keine, mein Bester, also lassen Sie uns damit keine Zeit vergeuden.«
Kramer hatte an einem der Arbeitstische gelehnt. Jetzt richtete er sich auf. Zum Herumgehen reichte der Platz nicht aus, also trat er ruhelos von einem Bein aufs andere und hieb sich mit der Faust auf die linke Handfläche.
»Verdammt, ich komme mir so hilflos vor. Anderthalb Tage. Lausige anderthalb Tage. Verdammter Mist. Es muß doch irgend etwas geben. Ich meine, ihr habt es doch schon einmal geschafft, dieses Ding zu knacken, beim letzten Blackout.«
Mehrere Männer sprachen gleichzeitig.
»O ja.«

»Wissen Sie es noch?«
»Das war Tom.«
Jericho hörte nicht zu. In seinem Kopf regte sich etwas, irgendeine winzige Verlagerung in den Tiefen seines Unterbewußtseins, jenseits aller analytischen Fähigkeiten. Was war es? Eine Erinnerung? Ein Bindeglied? Je mehr er darüber nachdachte, desto unfaßbarer wurde es ...
»Tom?«
Sein Kopf fuhr überrascht hoch.
»Leutnant Kramer hat Sie gefragt, Tom«, sagte Logie mit verdrossener Geduld, »wie Sie Shark beim vorigen Blackout geknackt haben.«
»Was?« Er war gereizt, weil er beim Nachdenken gestört worden war. Seine Hände flatterten. »Oh, Dönitz wurde zum Admiral befördert. Wir vermuteten, daß die U-Boot-Zentrale hoch erfreut sein würde. So erfreut, daß sie Hitlers Verlautbarung wortwörtlich an seine U-Boote senden würden.«
»Und haben sie's getan?«
»Ja. Es war eine gute Eselsbrücke. Wir haben sechs Bomben eingesetzt. Trotzdem hat es fast drei Wochen gedauert, bis wir die Funksprüche entschlüsselt hatten.«
»Mit einem so guten Hilfsschema?« sagte Kramer. »Sechs Bomben. Drei Wochen?«
»So liegen die Dinge nun einmal bei einer Enigma mit vier Walzen.«
Kingcome sagte: »Ein Jammer, daß Dönitz nicht jeden Tag befördert wird«, was sofort Atwood zum Leben erweckte: »Wie die Dinge laufen, ist das durchaus möglich.«
Einen Augenblick lang erhellte Lachen die düstere Stimmung. Atwood schien mit sich selbst zufrieden zu sein.
»Sehr gut, Frank«, sagte Kingcome. »Eine tägliche Beförderung. Sehr gut.«
Nur Kramer lachte nicht. Er verschränkte die Arme und starrte auf seine glänzenden Schuhe.
Sie begannen, über eine Theorie von de Brooke zu reden, die seit neun Stunden auf zwei Bomben getestet wurde,

aber der methodische Ansatz war, wie Puck erklärte, hoffnungslos verkehrt.
»Nun, zumindest habe ich eine Idee gehabt«, sagte de Brooke, »was man von Ihnen nicht behaupten kann.«
»Was daran liegt, mein lieber Arthur, daß ich meine unbrauchbaren Ideen für mich behalte.«
Logie klatschte in die Hände. »Jungs, Jungs, könnt ihr euch nicht auf konstruktive Kritik beschränken?«
Die Unterhaltung schleppte sich weiter, aber Jericho hörte schon seit langem nicht mehr zu. Er jagte wieder dem Phantom in seinem Kopf nach, durchforschte seine Erinnerungen an die letzten zehn Minuten, um das Wort zu finden, den Begriff, durch den es ausgelöst worden war. Diana, Hubertus, Magdeburg, Postenlinie, Funkstille, Kontaktmeldung ...
Kontaktmeldung.
»Guy, wo bewahren Sie den Schlüssel zum Schwarzen Museum auf?«
»Wie bitte, alter Junge? Oh, in meinem Schreibtisch. Obere Schublade rechts. He, wo wollen Sie hin? Einen Moment, wir sind noch nicht fertig miteinander ...«

Es war eine Wohltat, aus der klaustrophobischen Atmosphäre der Baracke herauszukommen und die frische, kalte Luft zu atmen. Er ging die Anhöhe hinauf auf das Herrenhaus zu.
In letzter Zeit kam es selten vor, daß er das große Haus betrat, aber wenn er es tat, mußte er immer an die großen Landsitze in den Kriminalromanen der zwanziger Jahre denken. *(»Sie werden sich erinnern, Inspektor, daß der Oberst in der Bibliothek war, als die tödlichen Schüsse fielen ...«)* Das Äußere war ein Alptraum, als hätte jemand eine riesige Schubkarre mit den weggeworfenen Überresten anderer Gebäude zu einem Haufen ausgekippt. Schweizer Giebel, gotische Zinnen, griechische Säulen, ländliche Erkerfenster, städtische Rotziegel, steinerne Löwen, das Portal einer Kathedrale, das Ganze gekrönt von einem glockenförmigen Dach aus

gehämmertem, mittlerweile grünem Kupfer. Aber die Stile vertrugen sich nicht und wüteten gegeneinander. Das Innere war ein pseudogotischer Horror, nichts als steinerne Bogen und Buntglasfenster. Die glänzenden Marmorfußböden hallten unter Jerichos Schritten, und die dunkle Holztäfelung der Wände war von der Art, wie sie sich unweigerlich in der Schlußfrequenz eines Films öffnet und ein geheimes Labyrinth zum Vorschein bringt. Von dem, was jetzt hier vor sich ging, hatte er nur eine vage Vermutung. Commander Travis hatte das große Büro vorn mit Ausblick auf den See, während in den Schlafzimmern oben alle möglichen geheimnisvollen Dinge vor sich gingen. Er hatte Gerüchte gehört, daß sie dort die Codes des deutschen Geheimdienstes knackten.

Er durchquerte schnell die Diele. Ein Hauptmann des Heeres vor der Tür von Travis' Büro tat so, als läse er die neueste Ausgabe des *Observer;* in Wirklichkeit hörte er zu, wie ein Mann mittleren Alters in einem Tweedanzug versuchte, eine junge Frau von der Luftwaffe anzumachen. Niemand widmete Jericho irgendwelche Aufmerksamkeit. Am Fuße der mit üppigen Schnitzereien verzierten Eichentreppe zweigte rechts ein Korridor ab, der um den hinteren Teil des Hauses herumführte. Auf halber Länge dieses Korridors gab es eine Tür, durch die man über ein paar Stufen in einen weiteren Korridor hinuntergelangte. Hier, in einem verschlossenen Kellerraum, hatten die Kryptoanalytiker aus den Baracken 6 und 8 ihre gestohlenen Schätze untergebracht.

Jericho tastete an der Wand nach dem Lichtschalter.

Der größere der beiden Schlüssel öffnete die Tür zum Museum. An einer Wand standen auf Metallregalen ein Dutzend oder mehr erbeutete Enigmas. Der kleinere Schlüssel paßte zu einem von zwei großen Stahltresoren. Jericho kniete sich hin, schloß ihn auf und begann, den Inhalt zu durchsuchen. Hier waren sie, all ihre kostbaren Beutestücke: jedes einzelne ein Sieg in dem langen Krieg gegen die Enigma. Da war eine Zigarrenkiste mit einem Etikett, auf dem Februar 1941 stand; sie enthielt die Beute von dem bewaffneten deutschen Trawler *Krebs:* zwei Reservewalzen, eine Karte der Kriegsmarine mit den Planquadraten des Nordatlantiks und den Schlüsseleinstellungen der Marine für Februar 1941. Dahinter befand sich ein dicker Umschlag mit der Aufschrift *München* – ein weiterer Trawler, der regelmäßig Wettermeldungen abgab und dessen Kaperung drei Monate nach der *Krebs* es ihnen ermöglicht hatte, den Wettercode zu knacken – und noch einer, auf dem »U-110« stand. Er holte ganze Arme voller Papiere und Karten heraus.

Schließlich zog er aus dem unteren Fach von ganz hinten ein kleines, in braunes Wachstuch eingewickeltes Päckchen heraus. Das war die Beute, für die Fasson und Grazier gestorben waren, noch in ihrer ursprünglichen Umhüllung, in der sie aus dem sinkenden U-Boot herausgeholt worden war. Beim Anblick des Päckchens mußte er immer wieder Gott dafür danken, daß man etwas Wasserdichtes gefunden hatte, um die Sachen darin einzuwickeln. Schon die flüchtigste Berührung mit Wasser hätte die Druckerschwärze aufgelöst. Daß sie das aus einem sinkenden U-Boot hatten herausholen können, nachts, bei schwerer See ... Es reichte, um selbst einen Mathematiker an Wunder glauben zu lassen. Jericho entfernte vorsichtig das Wachstuch, ungefähr so, wie ein Gelehrter einen Papyrus einer alten Kultur enthüllt oder ein Priester heilige Reliquien. Zwei kleine Broschüren, in Fraktur auf rosa Löschpapier gedruckt. Die zweite Ausgabe der Kleinen Wetterchiffre der U-Boote, jetzt infolge der Änderung des Code-Buchs völlig wertlos. Und – genau wie er sich erinnert hatte – das Kleine Signalbuch. Er blätterte es durch. Spalten von Buchstaben und Zahlen.

An der Rückseite der Tresortür klebte eine maschinengeschriebene Notiz: »Es ist streng verboten, irgend etwas ohne meine ausdrückliche Erlaubnis zu entneh-

men. (gezeichnet) L. F. N. Skynner, Leiter der Marineabteilung.«
Jericho bereitete es ein ganz besonderes Vergnügen, das Kleine Signalbuch in seine Brusttasche zu stecken und damit in die Baracke zurückzueilen.

Jericho warf Logie die Schlüssel zu, der sie mit knapper Mühe auffing.
»Kontaktmeldung.«
»Wie bitte?«
»Kontaktmeldung«, wiederholte Jericho.
»Lobet den Herrn«, sagte Atwood und warf die Hände hoch wie ein Erweckungspriester, »denn das Orakel hat gesprochen.«
»Schon gut, Frank. Einen Moment. Was ist damit, mein Bester?«
Jericho konnte alles viel rascher sehen als mitteilen. Überhaupt war es ungeheuer schwer, es überhaupt in Worte zu fassen. Er sprach langsam, als übersetzte er aus einer Fremdsprache, als müßte er es im Geiste erst in eine neue Ordnung bringen und in einen Bericht verwandeln.
»Erinnern Sie sich, wie wir im November die Kleine Wetterchiffre aus der U-459 geholt haben? Und außerdem das Kleine Signalbuch? Nur haben wir uns damals entschlossen, das Kleine Signalbuch außer acht zu lassen, weil wir ihm nichts entnehmen konnten, das lang genug war, um uns ein brauchbares Hilfssystem zu liefern. Ich meine, die Meldung eines Kontaktes mit einem Konvoi an sich ist keinen Pfifferling wert, nicht wahr? Es sind nur alle Jubeljahre einmal lausige fünf Buchstaben.« Jericho zog die kleine Broschüre vorsichtig aus seiner Tasche. »Ein Buchstabe für die Geschwindigkeit des Konvois, zwei für seinen Kurs, zwei weitere für das Planquadrat ...«
Baxter starrte wie hypnotisiert auf das Signalbuch. »Sie haben das ohne Erlaubnis aus dem Tresor geholt ...?«

»Aber wenn Leutnant Cave recht hat und dasjenige U-Boot, das den Konvoi entdeckt, alle zwei Stunden eine Kontaktmeldung absetzt, und wenn es dann den Konvoi bis zum Einbruch der Nacht beschattet, dann ist es möglich – theoretisch möglich –, daß es vier, vielleicht sogar fünf Meldungen absetzt, je nachdem, um welche Tageszeit es den Konvoi entdeckt hat.« Jericho wendete sich an den einzigen Uniformierten im Raum. »Wie lange ist es im Nordatlantik im März hell?«
»Ungefähr zwölf Stunden«, sagte Kramer.
»Zwölf Stunden, sehen Sie? Und wenn sich eine Reihe von weiteren U-Booten an denselben Konvoi hängt, am selben Tag, als Reaktion auf die ursprüngliche Meldung, und die alle anfangen, alle zwei Stunden Kontaktmeldungen abzusetzen ...«
Zumindest Logie hatte begriffen, worauf er hinauswollte. Er zog langsam die Pfeife aus dem Mund. »Teufel noch mal ...«
»... dann könnten wir, theoretisch, von dem ersten Boot, sagen wir, ein Hilfssystem aus zwanzig Buchstaben bekommen, vielleicht fünfzehn vom zweiten – ich weiß es nicht, aber wenn es sich, sagen wir, um eine Attacke durch acht Boote handelt, dann könnten wir ohne weiteres hundert Buchstaben bekommen. Und das wäre genauso gut wie das Wetter-System.« Jericho war so stolz wie ein Vater, der der Welt erlaubt, einen ersten Blick auf sein neugeborenes Kind zu werfen. »Es ist wundervoll, ist Ihnen das nicht klar?« Er sah die versammelten Kryptoanalytiker nacheinander an: Kingcome und Logie wirkten ganz aufgeregt, de Brooke und Proudfoot sahen nachdenklich aus, Baxter, Atwood und Puck hatten eine ausgesprochen feindselige Miene. »Bis zu diesem Moment ist es nicht möglich gewesen, weil die Deutschen bisher nicht in der Lage waren, so viele U-Boote gegen eine derartige Menge von Schiffen einzusetzen. Es ist die ganze Geschichte von Enigma in einer Nußschale. Gerade das Ausmaß der deutschen Erfolge liefert uns eine derartige Masse an Material, daß

dies die Saat für ihre letztendliche Niederlage bedeutet.«
Er verstummte.
»Steckt da nicht eine ganze Menge von Wenns darin?« sagte Baxter trocken. »Wenn das U-Boot den Konvoi früh genug am Tage findet, wenn es alle zwei Stunden eine Meldung absetzt; wenn die anderen alle das gleiche tun, wenn es uns gelingt, sämtliche Funksprüche abzufangen ...«
»Und wenn«, sagte Atwood, »das Kleine Signalbuch, das wir im November erbeutet haben, nicht letzte Woche gleichzeitig mit der Wetterchiffre ausgewechselt worden ist ...«
Das war eine Möglichkeit, an die Jericho nicht gedacht hatte. Er spürte, wie seine Begeisterung leicht nachließ.
Jetzt schloß Puck sich der Attacke an. »Ich gebe zu, die Idee ist ziemlich brillant, Thomas. Ich gratuliere Ihnen zu Ihrer – Inspiration, vermute ich. Aber Ihre Strategie basiert auf Scheitern, stimmt's? Wir können, wie Sie selbst zugegeben haben, Shark nur knacken, wenn die U-Boote den Konvoi finden, und das ist genau das, was wir verhindern wollen. Und angenommen, wir bekommen die Shark-Einstellungen dieses Tages heraus – was dann? Wundervoll. Wir können sämtliche U-Boot-Meldungen nach Berlin lesen, die sich Dönitz gegenüber rühmen, wie viele Schiffe der Alliierten sie versenkt haben. Und vierundzwanzig Stunden später tappen wir wieder im dunkeln.«
Mehrere der Kryptoanalytiker stöhnten zustimmend.
»Nein, nein.« Jericho schüttelte nachdrücklich den Kopf. »Ihre Logik ist falsch, Puck. Wir hoffen natürlich, daß die U-Boote die Konvois nicht finden. Ja – das ist der einzige Sinn der Übung. Aber wenn sie es tun, können wir das zumindest zu unserem Vorteil nutzen. Und es wird nicht nur einen Tag betreffen, nicht, wenn wir Glück haben. Wenn wir die Shark-Einstellungen für vierundzwanzig Stunden knacken, dann können wir die

codierten Wettermeldungen für diesen gesamten Zeitraum entschlüsseln. Und vergessen Sie nicht, wir haben unsere eigenen Schiffe in dieser Gegend, die uns die präzisen Wetterdaten geben können, die von den U-Booten übermittelt werden. Wir werden den Klartext haben, wir werden die Enigma-Einstellungen haben, also werden wir in der Lage sein, uns an die Rekonstruktion des neuen Wetter-Codebuchs zu machen. Wir könnten wieder einen Fuß in die Tür bekommen. Begreifen Sie das denn nicht?«

Er fuhr sich mit den Händen durchs Haar und zerrte erregt daran herum. Weshalb waren sie alle so schwer von Begriff?

Kramer hatte sich in aller Eile Notizen gemacht. »Da ist etwas dran.« Er warf seinen Bleistift in die Luft und fing ihn wieder auf. »Es ist zumindest einen Versuch wert. Wenigstens sind wir damit wieder im Kampfgeschehen.«

Baxter grunzte: »Ich kapier's immer noch nicht.«

»Ich nehme an, Baxter, Sie kapieren es nur deshalb nicht«, sagte Atwood, »weil es keinen Triumph für das Weltproletariat bedeutet.«

Baxters Hände ballten sich zu Fäusten. »Eines Tages, Atwood, wird Ihnen jemand die verdammte Fresse polieren.«

»Oh, der erste Impuls eines totalitären Bewußtseins ist doch immer die Gewalt.«

»Das reicht!« Logie hieb mit seiner Pfeife auf einen Tisch, als wäre sie ein Hammer. Keiner von ihnen hatte je ein so lautes Wort von ihm gehört, und im Raum trat Stille ein. »Von diesem Hickhack haben wir reichlich genug gehabt.« Er musterte Jericho eindringlich. »Also, es ist völlig richtig, daß wir die Sache mit Vorsicht angehen sollten. Puck, Ihr Einwand ist zur Kenntnis genommen. Aber wir müssen auch den Fakten ins Auge sehen. Wir tappen seit vier Tagen im dunkeln, und Toms Idee ist die einzige, die wir haben. Also, verdammt gute Arbeit, Tom.«

Jericho betrachtete einen Tintenfleck am Boden. O Gott, dachte er, jetzt kommt die Oberlehreransprache.
»Von uns allen hängt eine Menge ab, und ich möchte, daß jeder von Ihnen daran denkt, daß er Teil eines Teams ist.«
»Kein Mensch ist eine Insel, Guy«, sagte Atwood, ohne eine Miene zu verziehen. Er hatte seine Hände wie zum Gebet über seinem dicken Bauch gefaltet.
»Danke, Frank. Völlig richtig. Und falls einer von euch – wer auch immer – je versucht sein sollte, das zu vergessen, dann denkt an diese Konvois und all die anderen, von denen der Ausgang dieses Krieges abhängt. Verstanden? Gut. Und jetzt Schluß mit dem Gerede. Zurück an die Arbeit.«
Baxter öffnete den Mund, um zu protestieren, aber dann schien er es sich anders überlegt zu haben. Er und Puck warfen sich beim Hinausgehen grimmige Blicke zu. Jericho sah ihnen nach und fragte sich, weshalb sie so ausgesprochen pessimistisch waren. Puck konnte Baxters politische Einstellung nicht ausstehen, und normalerweise gingen sie sich aus dem Wege. Aber jetzt schienen sie gemeinsame Sache zu machen. Woran lag das? Eine Art akademischer Eifersucht? Verärgerung, daß er nach all ihrer harten Arbeit mit etwas aufgewartet und damit bewirkt hatte, daß sie wie Idioten dastanden?
Logie schüttelte den Kopf. »Ich weiß wirklich nicht, mein Bester, was wir mit Ihnen anfangen sollen.« Er versuchte streng dreinzuschauen, aber er konnte seine Genugtuung nicht verhehlen. Er legte eine Hand auf Jerichos Schulter.
»Geben Sie mir meinen Job zurück.«
»Ich muß mit Skynner sprechen.« Er hielt die Tür auf und drängte Jericho hinaus auf den Korridor. Die drei Wrens beobachteten sie. »Mein Gott«, sagte Logie mit einem Schaudern. »Können Sie sich vorstellen, was er sagen wird? Er wird begeistert sein, wenn er seinem Freund, dem Admiral, sagen muß, daß unsere beste

Chance, wieder in Shark einzudringen, darin besteht, daß die Konvois angegriffen werden. Oh, Mist. Ich glaube, ich sollte ihn gleich anrufen.« Er tat einen Schritt in sein Büro, dann kam er wieder heraus. »Und Sie sind ganz sicher, daß Sie ihn wirklich nicht geschlagen haben?«
»Ganz sicher, Guy.«
»Nicht der kleinste Kratzer?«
»Nicht der kleinste Kratzer.«
»Schade«, sagte Logie, fast zu sich selbst. »In gewisser Hinsicht. Schade.«

5

Hester Wallace konnte nicht schlafen. Die Verdunkelungsvorhänge schlossen das Tageslicht aus. Ihr winziges Zimmer war ein Inbegriff der Farblosigkeit. Ein Beutel mit Lavendel ließ einen besänftigenden Duft durch ihr Kissen sickern. Doch obwohl sie in ihrem Baumwollnachthemd brav auf dem Rücken lag, mit zusammengepreßten Beinen und auf der Brust gefalteten Händen wie eine Jungfrau auf einem marmornen Grabmal, kamen ihre Gedanken nicht zur Ruhe.
»ADU, Miss Wallace. Affen denken ungern ...«
Die Gedächtnisstütze wirkte weit besser, als ihr lieb war. Sie konnte sie einfach nicht loswerden, obwohl die Reihenfolge der Buchstaben ihr nichts sagte.
»Es ist ein Rufzeichen. Wahrscheinlich deutsches Heer oder Luftwaffe ...«
Das war nicht weiter überraschend. Damit war fast zu rechnen. Schließlich gab es so viele von ihnen – Tausende und Abertausende ... Die einzige verläßliche Regel war, daß die Rufzeichen von Heer und Luftwaffe nie mit einem D begannen, weil D immer ein Hinweis auf einen kommerziellen deutschen Sender war.
ADU ... ADU ...
Sie konnte es nicht unterbringen.

Sie drehte sich auf die Seite, zog die Knie bis an den Bauch hoch und versuchte, ihren Kopf mit beruhigenden Gedanken zu füllen. Aber kaum war sie das eindringliche, blasse Gesicht von Tom Jericho losgeworden, da drängte die Erinnerung ihr den runzligen alten Priester von St. Mary auf, dieses krächzende Sprachrohr des heiligen Paulus mit seinem Frauenhaß. »Es stehet den Weibern übel an, unter der Gemeinde zu reden ...« (1. Korinther, 14.35) »... und führen die Weiblein gefangen, die mit Sünden beladen sind ...« (2. Timotheus, 3.6) Aus derartigen Texten hatte er eine polemische Predigt zusammengestrickt gegen die kriegsbedingte Beschäftigung des weiblichen Geschlechts – Frauen, die Lastwagen fuhren, Frauen in Hosen, Frauen ohne Begleitung ihrer Ehemänner, die in öffentlichen Lokalen tranken und rauchten, Frauen, die ihr Heim und ihre Kinder vernachlässigten. »Ein schön Weib ohne Zucht ist wie eine Sau mit einem güldenen Haarband.« (Sprüche, 11.22)
Wenn es nur wahr wäre! dachte sie. Wenn die Frauen tatsächlich die Vorherrschaft über die Männer gewonnen hätten. Vor ihrem inneren Auge ragte fettig die pomadisierte Gestalt von Miles Mermagen, dem Abteilungsleiter, auf. »Meine liebe Hester, eine Versetzung kommt zum gegenwärtigen Zeitpunkt überhaupt nicht in Frage.« Vor dem Krieg war er Geschäftsführer bei Barclays Bank gewesen, und er liebte es, sich hinter die arbeitenden Frauen zu stellen und ihnen die Schultern zu massieren. Bei der Weihnachtsfeier in Baracke 6 hatte er es geschafft, sie unter den Mistelzweig zu manövrieren, dann hatte er ihr ungeschickt die Brille abgenommen. (»Danke, Miles«, hatte sie gesagt und verzweifelt versucht, einen Witz daraus zu machen, »ohne meine Brille sehen Sie ja halbwegs anziehend aus ...«) Seine Lippen auf den ihren waren unangenehm feucht wie der Fuß einer Schnecke und schmeckten nach süßem Sherry.
Claire hatte natürlich sofort eine Lösung parat gehabt.

»O Darling, du Ärmste, und angenommen, er hat eine Frau?«
»Er sagt, sie hätten zu jung geheiratet.«
»Gut, dann ist sie deine Antwort. Sag ihm, du fändest es nur fair, wenn du zu ihr gingest, um mit ihr zu reden. Sag ihm, du wolltest ihre Freundin sein.«
»Und was ist, wenn er ja sagt?«
»O Gott! Dann bleibt dir wahrscheinlich nichts anderes übrig, als ihn in die Eier zu treten.«
Die Erinnerung brachte Hester zum Lächeln. Sie veränderte abermals ihre Lage im Bett, und das Laken rutschte hoch und verknüllte sich unter ihr. Es war hoffnungslos. Sie streckte die Hand aus, schaltete die kleine Nachttischlampe ein und tastete nach ihrer Brille.
Ich lerne Deutsch.
Ich lernte Deutsch.
Ich habe Deutsch gelernt ...
Deutsch, dachte sie, Deutsch wäre ihre Rettung. Ausreichende Deutschkenntnisse würden sie aus der Tretmühle des Funkspruchkontrollraums und von den klebrigen Umarmungen von Miles Mermagen erlösen und in die klare Luft des Maschinenraums befördern, wo die wirkliche Arbeit getan wurde – wo sie von Anfang an hätte sitzen müssen.
Sie setzte sich im Bett auf und versuchte, sich auf *Ableman's German Primer* zu konzentrieren. Zehn Minuten reichten gewöhnlich aus, um sie in Schlaf zu versetzen.
»Bei intransitiven Verben, die eine Veränderung des Ortes oder eines Umstandes anzeigen, wird in der zusammengesetzten Form anstelle des Hilfsverbs haben das Hilfsverb sein gebraucht ...«
Sie schaute auf. War das unten ein Geräusch gewesen?
»In der untergeordneten Wortfolge steht das Hilfsverb am Schluß, direkt hinter dem Partizip oder dem Infinitiv ...«

Da war es wieder.
Sie schob die warmen Füße in ihre kalten Straßenschuhe, schlang sich einen Wollschal um die Schultern und trat hinaus auf den Treppenabsatz.
Ein klopfendes Geräusch kam aus der Küche.
Sie ging die Treppe hinab.
Als sie von der Kirche zurückgekommen war, hatten zwei Männer auf sie gewartet. Einer hatte auf der Schwelle gestanden, der andere kam von der Rückseite des Hauses. Der erste Mann war jung und blond gewesen, mit einem schlaffen, aristokratischen Gehabe und auf eine dekadente angelsächsische Art gutaussehend. Sein Begleiter war älter, kleiner, schlank und dunkel und hatte mit einem nördlichen Akzent gesprochen. Sie wiesen Bletchley-Park-Ausweise vor und sagten, sie kämen von der Personalabteilung und suchten nach Miss Romilly. Sie war nicht zur Arbeit erschienen, sagten sie, irgendeine Ahnung, wo sie sein könnte?
Hester hatte gesagt, sie hätte keine. Der ältere Mann war nach oben gegangen und hatte geraume Zeit herumgesucht. In der Zwischenzeit hatte sich der Blonde – seinen Namen hatte sie nicht verstanden – auf das Sofa gesetzt und ihr eine Unmenge Fragen gestellt. Er hatte etwas beleidigend Herablassendes an sich, trotz seiner guten Manieren. So ungefähr wäre auch Miles Mermagen, dachte sie unwillkürlich, wenn er eine Fünftausend-Pfund-Privatschule besucht hätte ... Was für ein Mensch war Claire? Wer waren ihre Freundinnen? Wer waren die Männer in ihrem Leben? Hatte jemand nach ihr gefragt? Sie erwähnte Jerichos Besuch in der letzten Nacht, und er machte sich eine Notiz mit einem goldenen Drehbleistift. Sie wäre beinahe mit der Geschichte herausgeplatzt, wie Jericho sich auf dem Friedhof an sie herangemacht hatte *(»ADU, Miss Wallace ...«)*, aber inzwischen war ihr der blonde Mann mit seiner Arroganz so zuwider gewesen, daß sie die Worte unterdrückt hatte.
Klopf, klopf, klopf aus der Küche ...

Hester griff nach dem Schürhaken, der neben dem Kamin im Wohnzimmer stand, und öffnete langsam die Küchentür.
Es war, als beträte man einen Kühlschrank. Das Fenster schlug im Wind. Es mußte schon seit Stunden offengestanden haben.
Anfangs verspürte sie Erleichterung, aber die hielt nur so lange vor, bis sie versuchte, es zu schließen. Da entdeckte sie, daß der Eisenriegel, von Rost angefressen, abgebrochen und der ihn umgebende Teil des Fensterrahmens zersplittert war.
Sie stand in der Kälte und dachte nach. Ihr wurde schnell klar, daß es nur eine plausible Erklärung gab. Der dunkelhaarige Mann, der von der Rückseite des Hauses gekommen war, hatte offensichtlich einbrechen wollen, gerade zu dem Zeitpunkt, als sie von der Kirche heimkehrte.
Sie hatten gesagt, es gäbe keinen Grund zur Beunruhigung. Aber wenn es keinen Grund zur Beunruhigung gab, weshalb hatten sie dann vorgehabt, gewaltsam ins Haus einzudringen?
Sie zitterte und zog den Schal wie schutzsuchend enger um sich.
»Oh, Claire«, sagte sie laut, »oh, Claire, du dummes, dummes Mädchen, was hast du getan ...?«
Sie benutzte ein Stück Verdunkelungsklebeband, um das Fenster halbwegs sicher wieder zu verschließen. Dann ging sie mit dem Schürhaken in der Hand wieder nach oben und in Claires Zimmer. Ein Silberfuchs hing über dem Fußende ihres Bettes – mit starrenden Glasaugen und entblößten Nadelzähnen. Aus purer Gewohnheit rollte sie ihn ordentlich zusammen und legte ihn auf das Bord, auf dem er normalerweise wohnte. Das Zimmer war so typisch für Claire, eine derartige Extravaganz aus Farben und Stoffen und Düften, daß es von ihrer Gegenwart erfüllt schien, sogar jetzt, wo sie fort war; es war ein Summen wie die letzten Vibrationen einer Stimmgabel ... Claire, die sich irgendein albernes

Kleid anhielt und lachte und sie fragte, was sie davon hielte, woraufhin Hester so tat, als wäre sie eine mißbilligende ältere Schwester. Claire, so launisch wie ein Teenager, bäuchlings auf dem Bett liegend und in einer Vorkriegszeitschrift blätternd. Claire, die Hester kämmte (wenn sie ihr Haar herabließ, reichte es ihr bis fast zur Taille), die Bürste mit langsamen und sinnlichen Strichen hindurchzog, wobei Hester die Knie weich wurden. Claire, die darauf bestand, Hester ihr Make-up aufzulegen, sie aufzuputzen wie eine Puppe, und dann mit gespielter Überraschung zurücktrat und sagte: *»Aber Darling, du bist ja schön ...«* Claire, mit nichts bekleidet als einem weißen Seidenschlüpfer und einer Perlenkette, auf der Suche nach etwas im Zimmer herumwirbelnd, langbeinig wie eine Sportlerin, sich dann umdrehte und sah, daß Hester sie insgeheim im Spiegel beobachtete, den Ausdruck in ihren Augen registrierte und einen Moment lang mit vorgeschobener Hüfte und ausgestreckten Armen dastand – mit einem Lächeln, das irgendwo zwischen einer Einladung und einer Verhöhnung lag –, bevor sie sich wieder in Bewegung setzte.
Und an diesem kalten, klaren Sonntag nachmittag lehnte sich Hester Wallace, die Tochter eines Geistlichen, an die Wand, schloß die Augen und drückte voller Scham die Hand zwischen die Beine.
Einen Moment später fing das Geräusch aus der Küche wieder an, und ihr war, als müßte ihr Herz vor Panik zerspringen. Sie flüchtete über den Treppenabsatz in ihr Zimmer, verfolgt vom trockenen Winseln des Vikars von St. Mary – oder war es in Wirklichkeit die Stimme ihres Vaters? –, der aus den Sprüchen Salomos zitierte.
»Denn die Lippen der Hure sind süß wie Honigseim, und ihre Kehle ist glatter als Öl; aber hernach bitter wie Wermut und scharf wie ein zweischneidig Schwert. Ihre Füße laufen zum Tod hinunter, ihre Gänge erlangen die Hölle.«

6

Zum ersten Mal seit mehr als einem Monat war Jericho vollauf beschäftigt.

Er mußte das Kopieren des Kleinen Signalbuchs überwachen, sechs Exemplare, die auf Schreibmaschinen geschrieben und mit »Streng geheim« abgestempelt wurden. Jede Zeile mußte genauestens überprüft werden, denn ein einziger Fehler konnte den Unterschied zwischen einem erfolgreichen Eindringen und Tagen des Scheiterns bedeuten. Die Kontrolleure der aufgefangenen Funksprüche mußten ins Bild gesetzt werden. Per Fernschreiber mußten Weisungen an alle diensthabenden Offiziere der für Baracke 8 tätigen Horchstellen hinausgehen – von Thurso auf den Klippen am äußersten nördlichen Zipfel Schottlands bis hinunter nach St. Erith in der Nähe von Land's End. Die Weisungen waren simpel: Konzentriert euch auf alles, was ihr über die bekannten Frequenzen der U-Boote im Atlantik habt, streicht jeden Urlaub, holt, wenn es sein muß, die Lahmen und die Kranken und die Blinden, und achtet noch mehr, als ihr es ohnehin schon tut, auf sämtliche kurzen Morsesignale, denen ein E vorausgeht – Punkt Punkt Strich Punkt Punkt –, der deutsche Prioritätscode, der die Frequenz für Meldungen von Kontakten mit Konvois frei machte. Kein derartiges Signal darf euch entgehen, verstanden? Kein einziges.

Aus der Registratur holte sich Jericho die entschlüsselten Shark-Meldungen der letzten drei Monate, um sich wieder an konzentriertes Arbeiten zu gewöhnen, und am gleichen Nachmittag saß er auf seinem alten Fensterplatz im Ballsaal und bewies anhand von Rechenschieberberechnungen, was er instinktiv bereits wußte – daß siebzehn Meldungen über Kontakte mit Konvois, im Laufe von vierundzwanzig Stunden aufgefangen, fünfundachtzig codierte Buchstaben liefern würden, die, wenn die Kryptoanalytiker das erforderliche Quentchen Glück hatten, ihnen vielleicht – vielleicht –

einen Einbruch in Shark ermöglichten, vorausgesetzt, sie bekamen zumindest zehn Bomben, die sie nacheinander einsetzen konnten und die mindestens sechsunddreißig Stunden für sie arbeiteten ...
Und die ganze Zeit dachte er an Claire.
Im Grunde gab es kaum etwas, was er für sie tun konnte. Im Laufe des Tages schaffte er es zweimal, die Telefonzelle aufzusuchen, wo er versuchte, ihren Vater anzurufen: einmal, als sie alle zum Lunch gingen, wo es ihm, kurz vor dem Erreichen des Haupttors, gelang, unbemerkt von den anderen zurückzubleiben; und das zweite Mal am späten Nachmittag, als er behauptete, er müsse sich die Beine vertreten. In beiden Fällen kam eine Verbindung zustande, aber das Telefon läutete nur, und niemand meldete sich. Er hatte ein unbestimmtes, durch seine Machtlosigkeit noch verstärktes Gefühl der Angst. Er konnte nicht noch einmal in Baracke 3 gehen. Er hatte nicht die Zeit, ihr Haus zu durchsuchen. Er wäre gern in sein Zimmer zurückgekehrt und hätte die aufgefangenen Funksprüche gerettet – hinter einem Bild auf dem Kaminsims versteckt; hatte er den Verstand verloren? –, aber der Weg hin und zurück hätte ihn mindestens zwanzig Minuten gekostet, und so viel Zeit hatte er nicht.
Wieder einmal war es lange nach sieben Uhr, als er endlich gehen konnte. Logie durchquerte den Ballsaal, blieb an Jerichos Tisch stehen und sagte, er solle um Gottes willen zusehen, daß er ein bißchen Schlaf bekäme. »Hier können wir nichts mehr tun, mein Bester. Außer warten. Ich nehme an, daß wir morgen um diese Zeit ins Schwitzen geraten werden.«
Jericho griff dankbar nach seinem Mantel. »Haben Sie mit Skynner gesprochen?«
»Über den Plan, ja. Nicht über Sie. Er hat nicht gefragt, und ich habe mich gehütet, das Thema zur Sprache zu bringen.«
»Sie wollen doch nicht behaupten, er hätte es vergessen?«

Logie zuckte die Achseln. »Da braut sich irgendeine andere Sache zusammen, die ihn vollauf zu beschäftigen scheint.«
»Welche andere Sache?«
Aber Logie war schon weitergegangen. »Wir sehen uns morgen. Sorgen Sie dafür, daß Sie ein bißchen Schlaf bekommen.«
Jericho brachte den Stapel Shark-Funksprüche in die Registratur zurück und verließ die Baracke. Die Märzsonne, die sich den ganzen Tag kaum über die Baumkronen erhoben hatte, war hinter dem Herrenhaus verschwunden und hatte nur einen verblassenden Streifen aus Primelgelb und Blaßorange am Rande eines indigoblauen Himmels zurückgelassen. Der Mond war bereits aufgegangen, und Jericho konnte das Dröhnen von Bombern hören, weit weg, einen ganzen Haufen, der sich zum Nachtangriff auf Deutschland formierte. Im Gehen sah er sich staunend um. Die Mondscheibe, die sich in dem unbewegten See spiegelte, das Feuer am Horizont – es war ein außergewöhnliches Zusammentreffen von Licht und Symbolen, das fast den Charakter eines Vorzeichens hatte. Er war so versunken, daß er fast an der Telefonzelle vorbeigelaufen wäre, bevor ihm bewußt wurde, daß sie leer war.
Ein letzter Versuch? Er warf einen Blick auf den Mond. Warum nicht?
Unter der Kensington-Nummer meldete sich noch immer niemand, also entschloß er sich, einem Impuls folgend, es im Außenministerium zu versuchen. Die Vermittlung verband ihn mit der Zentrale, und er fragte nach Edward Romilly.
»Welche Abteilung?«
»Das weiß ich leider nicht.«
In der Leitung trat Stille ein. Die Chancen, daß Edward Romilly an einem Sonntagabend an seinem Schreibtisch saß, waren minimal. Er lehnte seine Schultern an die Glasscheibe der Telefonzelle. Ein Wagen fuhr langsam vorbei und hielt ungefähr zehn Meter entfernt an. Die

Bremslichter glühten rot in der Dämmerung. Es gab ein Klicken, und Jericho konzentrierte sich wieder auf sein Gespräch.

»Ich stelle Sie durch.«

Ein Freizeichen und dann eine kultivierte Frauenstimme, die sagte: »Deutschland-Abteilung.«

Deutschland-Abteilung?

Einen Moment war er verblüfft. »Äh, Edward Romilly, bitte.«

»Und wen darf ich bitte melden?«

Mein Gott, er war tatsächlich da. Er zögerte abermals.

»Einen Freund seiner Tochter.«

»Bitte warten Sie.«

Seine Finger umkrampften den Hörer so fest, daß sie bereits schmerzten. Er versuchte, sich zu entspannen. Es gab keinen guten Grund, weshalb Romilly nicht in der Deutschland-Abteilung arbeiten sollte. Hatte Claire ihm nicht einmal erzählt, daß ihr Vater um die Zeit, als die Nazis an die Macht kamen, an der Botschaft in Berlin tätig gewesen war? Sie mußte zehn oder elf Jahre alt gewesen sein. Damals hatte sie wohl auch Deutsch gelernt.

»Tut mir leid, Sir. Mr. Romilly ist bereits gegangen. Wie ist Ihr Name, bitte, damit ich ihm sagen kann, daß Sie angerufen haben?«

»Danke. Es war nicht so wichtig. Gute Nacht.«

Er legte schnell auf. Ihm gefiel die Wendung nicht, die das Gespräch genommen hatte. Und der Anblick dieses Wagens gefiel ihm auch nicht. Er verließ die Telefonzelle und ging auf das Auto zu – ein niedriges, schwarzes Gefährt mit breiten, wegen der Verdunkelung weiß umrandeten Trittbrettern. Der Motor lief. Als er näher herankam, machte der Wagen plötzlich einen Satz vorwärts und schoß auf der gewundenen Straße in Richtung Haupttor davon. Er lief hinterher, aber als er das Tor erreicht hatte, war er verschwunden.

Als Jericho den Abhang hinunterging, verschwand der vage Umriß der Stadt in der Dunkelheit. Einen derartigen Anblick hatte seit mindestens einem Jahrhundert keine Generation mehr erleben können. Selbst zu Zeiten seines Urgroßvaters hätte es irgendeine Art von Beleuchtung gegeben – das Licht einer Gaslampe oder einer Kutschenlaterne, das bläuliche Glimmen der Paraffinlampe eines Nachtwächters –, aber jetzt war nichts dergleichen zu sehen. Wie das Tageslicht verging, so verging auch Bletchley. Es schien in einem schwarzen See zu versinken. Er hätte irgendwo sein können.

Jetzt wurde er sich einer gewissen Paranoia bewußt, und die Dunkelheit verstärkte seine Befürchtungen. Er kam an einem Lokal dicht neben der Eisenbahnbrücke vorbei, ein viktorianisches Mausoleum, in dessen schwarzes Mauerwerk wie ein Epitaph in Goldbuchstaben die Worte FINE WHISKYS, PORTS AND STOUTS eingelegt waren. Er konnte ein schlecht gestimmtes Klavier hören, auf dem jemand »The Londonderry Air« spielte, und einen Moment lang war er versucht, hineinzugehen, sich einen Drink geben zu lassen, jemanden zu finden, mit dem er sich unterhalten konnte. Aber dann stellte er sich die Unterhaltung vor –

»Und womit verdienen Sie Ihre Brötchen, Freund?«

»Ich arbeite für die Regierung.«

»Öffentlicher Dienst?«

»Fernmeldewesen. Nichts Besonderes. Sagen Sie, darf ich Ihnen noch einen Drink holen ...?«

»Sind Sie von hier?«

»Nicht direkt ...«

– und er dachte, nein, besser, sich von Unbekannten fernzuhalten; und noch besser, überhaupt nichts zu trinken. Als er in die Albion Street einbog, hörte er Schritte hinter sich und wirbelte herum. Die Tür des Lokals war geöffnet worden, einen Augenblick drangen Farbe und Musik auf die Straße, dann wurde sie geschlossen, und die Straße war wieder dunkel.

Die Pension lag ungefähr in der Mitte der Albion Street, auf der rechten Seite, und er hatte sie fast erreicht, als er auf der linken Seite einen Wagen sah. Er verlangsamte seine Schritte. Er wußte nicht, ob es der gleiche Wagen war, der sich im Park so merkwürdig verhalten hatte, obwohl er ihm sehr ähnlich sah. Aber dann, als er sich fast auf gleicher Höhe mit ihm befand, riß einer der Insassen ein Streichholz an. Als der Fahrer sich vorbeugte, um das Licht mit der Hand abzuschirmen, sah Jericho auf seinem Ärmel die drei weißen Streifen eines Polizeisergeanten.

Er schloß die Haustür auf und betete, daß er die Treppe erreicht hatte, bevor Mrs. Armstrong wie ein Nachtjäger aufstieg und sich in der Diele auf ihn stürzte. Aber es half nichts. Sie mußte auf das Geräusch seines Schlüssels im Schloß gewartet haben. Sie kam durch eine nach Kohl und Innereien riechende Dampfwolke hindurch aus der Küche. Im Eßzimmer gab jemand ein würgendes Geräusch von sich, und dann wurde laut gelacht.

Jericho sagte schwach: »Ich glaube, ich habe nicht viel Hunger, trotzdem vielen Dank, Mrs. Armstrong.«

Sie trocknete sich die Hände an der Schürze ab und deutete mit einem Kopfnicken auf eine geschlossene Tür. »Sie haben Besuch.«

Er hatte gerade einen Fuß entschlossen auf die unterste Stufe gesetzt. »Ist es die Polizei?«

»Aber, Mr. Jericho, welchen Grund sollte die Polizei haben, hierherzukommen? Es ist ein sehr gut aussehender junger Gentleman. Ich habe ihn«, setzte sie bedeutungsschwer hinzu, »in den Salon gebeten.«

Den Salon! Offen für jeden Gast werktags von acht bis zehn, samstags und sonntags bereits von der Teezeit ab: so formell wie das Empfangszimmer eines Herzogs, mit einer dreiteiligen Sitzgarnitur und Schondeckchen (von der Besitzerin höchstpersönlich angefertigt), einer Mahagoni-Stehlampe mit fransenbesetztem Schirm, einer Reihe von Bierseideln in Form von grinsenden alten Männern mit Dreispitz, säuberlich auf dem Sims des

eiskalten Kamins aufgereiht. Was für ein Besucher mochte das sein, dem der Zutritt zum Salon gestattet wurde?
Anfangs erkannte er ihn nicht wieder. Goldblondes Haar, ein blasses, sommersprossiges Gesicht, blaßblaue Augen, ein geübtes Lächeln. Kam durch den Raum hindurch auf ihn zu, die rechte Hand ausgestreckt, in der linken einen Anthony-Eden-Hut, über den breiten Schultern einen Fünfzig-Guineen-Mantel aus der Savile Row. Eine Mischung aus guter Erziehung, Charme und Bedrohung.
»Wigram. Douglas Wigram. Außenministerium. Wir sind uns gestern begegnet, wurden einander aber nicht richtig vorgestellt ...«
Er ergriff Jerichos Hand leicht und auf merkwürdige Art, mit einem in die Handfläche gekrümmten Finger, und es dauerte einen Moment, bis Jericho begriffen hatte, daß dies eine Freimaurerbegrüßung gewesen war.
»Quartier in Ordnung? Ein super Zimmer. Wirklich super. Können wir irgendwo anders hingehen? Wo wohnen Sie? Oben?«
Mrs. Armstrong stand noch in der Diele vor dem ovalen Spiegel und zupfte an ihrem Haar herum.
»Mister Jericho hat vorgeschlagen, daß wir unser kleines Gespräch oben in seinem Zimmer fortsetzen. Sie haben doch nichts dagegen, Mrs. Arm ...?« Er wartete nicht auf eine Antwort. »Gehen wir, ja?«
Er streckte den Arm aus, immer noch lächelnd, und Jericho mußte feststellen, daß er die Treppe hinaufgedrängt wurde. Er kam sich vor, als wäre er hereingelegt oder beraubt worden, hatte aber keine Ahnung, wie. Auf dem Treppenabsatz hatte er sich soweit wieder gefaßt, daß er sich umdrehen und sagen konnte: »Das Zimmer ist sehr klein, man hat darin kaum Platz zum Sitzen.«
»Das macht überhaupt nichts, mein Freund. Solange wir dort ungestört sind. Also vorwärts.«
Jericho schaltete die schwache Lampe ein und trat zurück, um Wigram den Vortritt zu lassen. Als er an ihm

vorbeiging, erhaschte er einen schwachen Duft von Eau de Cologne und Zigarren. Jerichos Blick wanderte direkt zu dem Bild der Chapel, das, wie er erleichtert feststellte, unangetastet aussah. Er schloß die Tür.

»Jetzt verstehe ich, was Sie über das Zimmer sagten«, erklärte Wigram. Er legte die Hände an die Fensterscheibe und schaute hinaus. »Wir haben eine Menge durchzustehen, was? Und die Eisenbahn fährt hier auch vorbei.« Er schloß die Vorhänge und drehte sich zu Jericho um, wobei er sich mit fast weiblicher Zartheit die Hände mit einem Taschentuch säuberte. »Wir machen uns ziemliche Sorgen.« Sein Lächeln wurde breiter. »Wir machen uns ziemliche Sorgen um eine Frau namens Claire Romilly.« Er faltete das blaue Seidentuch zusammen und steckte es wieder in seine Brusttasche. »Darf ich mich setzen?«

Er zog seinen Mantel aus und legte ihn aufs Bett, dann ordnete er seine Nadelstreifenhose über den Knien, um die Bügelfalte nicht zu zerknittern. Er setzte sich auf die Kante der Matratze und hüpfte einmal auf und ab, um sie zu prüfen. Sein Haar war blond, ebenso seine Augenbrauen, seine Wimpern, die Haare auf dem Rücken seiner gepflegten weißen Hände ... Jericho spürte, wie seine Haut vor Angst und Abscheu kribbelte. Wigram klopfte auf das Federbett neben sich. »Lassen Sie uns reden.« Es schien ihm nicht das geringste auszumachen, daß Jericho stehen blieb. Er faltete lediglich gelassen die Hände im Schoß.

»Also kommen wir zur Sache, ja? Claire Romilly. Zwanzig. Dienstgrad: Schreibkraft. Offiziell vermißt seit« – er schaute auf die Uhr – »zwölf Stunden. Heute morgen nicht zur Frühschicht erschienen. Wenn man genauer nachforscht, seit Freitag um Mitternacht nicht mehr gesehen – ach herrje, das ist ja schon fast zwei Tage her –, als sie nach der Arbeit den Park verließ. Die Frau, mit der sie zusammen wohnt, schwört, daß sie sie seit Donnerstag nicht mehr gesehen hat. Ihr Vater sagt, er habe sie zuletzt vor Weihnachten gesehen. Niemand scheint auch nur die blasseste Ahnung zu haben, nicht einmal die Mädchen, mit denen sie zusammenarbeitet. Verschwunden.« Wigram schnippte mit den Fingern. »Einfach so.« Zum ersten Mal war das Lächeln aus seinem Gesicht verschwunden. »Ziemlich gute Freundin von Ihnen, wie ich gehört habe?«

»Ich habe sie seit Anfang Februar nicht mehr gesehen. Ist deshalb die Polizei draußen?«

»Eine wie gute Freundin? Gut genug, daß Sie versucht haben, sie zu finden? Draußen in ihrem kleinen Haus, vorige Nacht, wie wir von unserer kleinen Miss Wallace wissen. Fragen, Fragen. Dann heute morgen in Baracke 3, wieder Fragen über Fragen. Anruf bei ihrem Vater ... O ja«, sagte er, als er sah, wie verblüfft Jericho war, »er hat uns sofort benachrichtigt und uns gesagt, daß Sie angerufen haben. Sie haben Ed Romilly nie kennengelernt? Reizender Mensch. Ist nie das geworden, was er hätte werden können, heißt es. Hat nach dem Tod seiner Frau die Kurve nicht mehr gekriegt. Sagen Sie, Mister Jericho, weshalb dieses Interesse?«

»Ich war einen Monat weg. Ich hatte sie lange nicht gesehen.«

»Aber Sie haben doch bestimmt eine Menge wichtigerer Dinge zu tun, zumal im Augenblick, als alte Bekanntschaften zu erneuern?«

Seine letzten Worte gingen im Vorbeidonnern eines Expreßzuges unter. Das Zimmer bebte fünfzehn Sekunden lang, und genauso lange lächelte er. Als der Lärm vorüber war, sagte er: »Waren Sie überrascht, als man Sie aus Cambridge zurückholte?«

»Ja. Ich glaube, das war ich. Hören Sie, Mister Wigram, wer sind Sie eigentlich?«

»Überrascht, als man Ihnen sagte, weshalb Sie hier wieder gebraucht würden?«

»Nein, nicht eigentlich überrascht.« Er suchte nach dem Wort. »Bestürzt.«

»Bestürzt. Haben Sie je mit dem Mädchen über Ihre Arbeit gesprochen?«

»Natürlich nicht.«

»Natürlich nicht. Aber kommt es Ihnen nicht merkwürdig vor – möglicherweise mehr als nur ein Zufall – möglicherweise sogar unheimlich –, daß uns die Deutschen an einem Tag im Nordatlantik völlig blockieren und zwei Tage später die Freundin eines der führenden Kryptoanalytiker aus Baracke 8 verschwindet? Und zwar genau an dem Tag, an dem er zurückkommt?«

Jerichos Blick flackerte und ging unwillkürlich zu dem Stich der Chapel hinüber. »Ich habe es Ihnen schon gesagt. Ich habe nie mit Claire über meine Arbeit gesprochen. Ich hatte sie seit einem Monat nicht mehr gesehen. Und sie war nicht meine Freundin.«

»Nein? Was war sie dann?«

Was war sie dann? Eine gute Frage. »Ich wollte sie einfach wiedersehen«, sagte er matt. »Ich konnte sie nicht finden und machte mir Sorgen.«

»Haben Sie ein Foto von ihr? Ein neueres?«

»Nein. Ich habe überhaupt keine Fotos von ihr.«

»Tatsächlich? Das ist ja merkwürdig. Eine so hübsche junge Frau wie sie. Wo bekommen wir ein Foto her? Uns bleibt nichts anderes übrig, als das Paßfoto aus ihrer Dienstakte zu benutzen.«

»Wofür benutzen?«

»Können Sie mit einer Waffe umgehen, Mister Jericho?«

»Ich könnte nicht einmal eine Ente auf einem Jahrmarkt treffen.«

»Das dachte ich mir, obwohl man einen Mann nie nach seinem Aussehen beurteilen sollte. Es ist aber so, daß am Freitag abend im Arsenal der Wachmannschaften in Bletchley Park eingebrochen wurde. Zwei Dinge fehlen. Ein Smith-and-Wesson-Revolver, Kaliber .38, hergestellt in Springfield, Massachusetts, im vorigen Jahr an unsere Wachleute ausgegeben. Und eine Schachtel mit sechsunddreißig Schuß Munition.«

Jericho sagte nichts. Wigram musterte ihn eine Weile, als dächte er über irgend etwas nach. »Kein Grund, wes-

halb Sie das nicht wissen sollten. Ein vertrauenswürdiger Mann wie Sie. Kommen Sie, setzen Sie sich.« Er schlug eine Kuhle in das Federbett. »Ich kann nicht das größte verflixte Geheimnis des Britischen Empire quer durch Ihr verflixtes Schlafzimmer brüllen. Kommen Sie. Ich beiße nicht, das versprech' ich.«
Widerstrebend setzte sich Jericho hin. Wigram beugte sich vor. Dabei sperrte sein Jackett ein wenig, und Jericho erhaschte einen Blick auf Leder und schwarzes Metall auf dem weißen Hemd.
»Sie wollen wissen, wer ich bin?« sagte er leise. »Ich werde es Ihnen sagen. Ich bin der Mann, den unsere Herren und Meister damit beauftragt haben herauszufinden, was hier in unserem kleinen *anus mundi* vor sich geht.« Er sprach so leise, daß Jericho gezwungen war, mit dem Kopf dicht an den anderen heranzugehen. »Die Glocken läuten. Fürchterliche Glocken. Vor fünf Tagen hat Baracke 6 einen Funkspruch des deutschen Heeres aus Afrika entschlüsselt. Generalfeldmarschall Rommel entpuppt sich als eine Art Spielverderber. Scheint zu denken, der einzige Grund dafür, daß er verliert, wäre der, daß wir wie durch ein Wunder immer wissen, wo genau er anzugreifen gedenkt. Ganz plötzlich verlangt das Afrikakorps eine Sicherheitsüberprüfung. Ding dong. Zwölf Stunden später beschließt Admiral Dönitz aus bisher unbekannten Gründen, den Wettercode der U-Boote zu ändern. Wieder ding dong. Heute ist es die Luftwaffe. Vier deutsche Frachter, beladen mit hübschen Sächelchen für den bereits erwähnten Rommel, werden von der Royal Air Force – wie sollen wir es ausdrücken – ›überrascht‹ und auf dem Weg nach Tunesien versenkt. Heute morgen erfahren wir, daß kein Geringerer als Generalfeldmarschall Kesselring, Oberbefehlshaber Süd, wissen will, ob die Möglichkeit besteht, daß der Feind ihre Codes knacken kann.« Wigram klopfte Jericho auf das Knie. »Alarmglocken, Mister Jericho. Lauter als die Glocken zur Krönung in der Westminster Abbey. Und mittendrin verschwindet Ihre Freundin, zur glei-

chen Zeit wie ein brandneues Schießeisen und eine Schachtel Munition.«

»Mit wem oder was haben wir es hier zu tun?« sagte Wigram. Er hatte ein kleines schwarzes Ledernotizbuch und einen goldenen Drehbleistift hervorgezogen. »Claire Alexandra Romilly. Geboren: London, einundzwanzigster Dezember zweiundzwanzig. Vater: Edward Arthur Macauley Romilly, Diplomat. Mutter, Alexandra Romilly, geborene Harvey, im August neunundzwanzig bei einem Autounfall in Schottland ums Leben gekommen. Das Kind wird im Ausland privat unterrichtet. Auslandsposten des Vaters: Bukarest, achtundzwanzig bis einunddreißig; Berlin, einunddreißig bis vierunddreißig; Washington, vierunddreißig bis achtunddreißig. Ein Jahr in Athen, dann zurück nach London. Das Mädchen befindet sich um diese Zeit in irgendeinem feinen Pensionat in Genf. Bei Ausbruch des Krieges kehrt sie nach London zurück, inzwischen siebzehn. Hauptbeschäftigung während der nächsten drei Jahre, soweit sich das feststellen läßt: Spaß haben.« Wigram leckte einen Finger an und blätterte um. »Ein bißchen freiwillige Mitarbeit bei der zivilen Verteidigung. Nicht sonderlich anstrengend. Juli einundvierzig: Übersetzerin im Ministerium für Kriegswirtschaft. August zweiundvierzig: bewirbt sich um eine Sekretärinnenstellung beim Auswärtigen Amt. Gute Sprachkenntnisse. Empfohlen für eine Beschäftigung in Bletchley Park. Siehe beiliegendes Schreiben vom Vater, bla bla. Vorstellungsgespräch am 10. September. Angenommen, überprüft, beginnt in der Woche darauf mit der Arbeit.« Wigram blätterte in seinem Notizbuch vor und zurück. »Das war's so ungefähr. Kein sonderlich rigoroser Ausleseprozeß, finden Sie nicht auch? Aber schließlich kommt sie aus einer fürchterlich guten Familie. Und Papa arbeitet in der Zentrale. Und außerdem ist Krieg. Möchten Sie dem irgend etwas hinzufügen?«
»Ich glaube, das kann ich nicht.«

»Wie haben Sie sie kennengelernt?«
In den nächsten zehn Minuten beantwortete Jericho Wigrams Fragen. Er tat es sorgfältig und – meistens – wahrheitsgemäß. Wo er log, geschah dies nur durch Auslassungen. Bei ihrer ersten Verabredung hatten sie ein Konzert besucht. Danach waren sie ein paarmal abends zusammen ausgegangen. Sie hatten sich einen Film angesehen. Welchen? *In Which We Serve.*
»Hat er Ihnen gefallen?«
»Ja.«
»Ich werde es Noël sagen.«
Sie hatten sich nie über Politik unterhalten. Sie hatte nie über ihre Arbeit gesprochen. Sie hatte nie andere Freunde erwähnt.
»Haben Sie mit ihr geschlafen?«
»Das geht Sie nichts an.«
»Ich notiere das als ja.«
Weitere Fragen. Nein, ihm war an ihrem Benehmen nichts aufgefallen. Nein, er hatte nicht den Eindruck gehabt, daß sie angespannt oder nervös war, verschlossen, schweigsam, aggressiv, neugierig, launenhaft, deprimiert oder überschwenglich – nein, nichts von alledem –, und am Ende hatten sie sich nicht gestritten? Wirklich nicht? Nein. Also – was war passiert mit Ihnen?
»Ich weiß es nicht. Auseinandergedriftet.«
»Hat sie sich mit jemand anders getroffen?«
»Vielleicht. Ich weiß es nicht.«
»Vielleicht. Sie wissen es nicht.« Wigram schüttelte verwundert den Kopf. »Erzählen Sie mir von gestern nacht.«
»Ich bin mit dem Rad zu ihrem Haus gefahren.«
»Wann?«
»Gegen zehn, halb elf. Sie war nicht da. Ich habe mich kurz mit Miss Wallace unterhalten. Dann habe ich mich auf den Heimweg gemacht.«
»Mrs. Armstrong sagt, sie hätte Sie erst um zwei Uhr morgens heimkommen hören.«

Obwohl ich auf Zehenspitzen gegangen bin, dachte Jericho.
»Ich muß noch eine Weile mit dem Rad herumgefahren sein.«
»Ganz bestimmt. In der Kälte. In der Dunkelheit. Sie müssen ungefähr drei Stunden herumgefahren sein.« Wigram warf einen Blick auf seine Notizen, tippte sich mit dem Stift an die Nase. »Schwach, Mister Jericho. Ich habe den Punkt noch nicht gefunden. Aber trotzdem, eindeutig schwach.« Er klappte das Notizbuch zu und lächelte zuversichtlich. »Darauf können wir später noch zurückkommen.« Er legte die Hand auf Jerichos Knie und stemmte sich hoch. »Zuerst müssen wir unser Kaninchen fangen. Ich nehme an, Sie haben keine Ahnung, wo sie sein könnte? Keine Lieblingslokale? Kein kleiner Bau, in dem sie sich verkrochen haben könnte?« Er schaute auf Jericho herab, der den Fußboden betrachtete. »Nein? Nein. Das dachte ich mir.«
Als Jericho das Gefühl hatte, sich wieder unter Kontrolle zu haben, schaute er zu Wigram auf, der sich seinen schönen Mantel über die Schultern gelegt hatte und damit beschäftigt war, Fusseln von seinem Kragen zu entfernen.
»Es könnte alles Zufall sein«, sagte Jericho. »Ist Ihnen das klar? Ich meine, Dönitz scheint in bezug auf Enigma schon immer argwöhnisch gewesen zu sein. Darum hat er wohl auf den U-Booten Shark eingeführt.«
»Oh, durchaus«, sagte Wigram vergnügt. »Aber betrachten wir es einmal von der anderen Seite. Nehmen wir an, die Deutschen haben tatsächlich Lunte gerochen von unserem Vorgehen hier. Was könnten sie dagegen unternehmen? Sie können schließlich nicht über Nacht hunderttausend Enigma-Maschinen auf den Müll werfen, oder? Und was ist mit all ihren Experten, die immer wieder behaupten, Enigma wäre nicht zu knacken? Sie werden ihre Meinung nicht grundlos ändern. Nein. Sie tun nur das, was sie ihrer Ansicht nach tun können. Sie fangen an, jedem verdächtigen Zwischenfall nachzuspü-

ren. Und in der Zwischenzeit versuchen sie, stichhaltige Beweise zu finden. Eine Person vielleicht. Noch besser, eine Person mit dokumentarischem Material. Meine Güte, von der Sorte laufen genug herum. Allein hier sind es Tausende, die entweder die ganze Geschichte kennen oder einen Teil davon oder genug, um zwei und zwei zusammenzuzählen. Und was für Leute sind das?«
Er zog ein Blatt Papier aus der Innentasche seines Jacketts und entfaltete es. »Das ist die Liste, um die ich gestern gebeten habe. Elf Personen in der Marine-Abteilung wissen, wie wichtig das Wettercodebuch ist. Bei genauerem Hinsehen geben einige dieser Namen einem zu denken. Skynner können wir vermutlich ausschließen. Und Logie – der scheint ein vernünftiger Mann zu sein. Aber Baxter? Baxter ist Kommunist, nicht wahr?«
»Ich glaube, Sie werden feststellen, daß Kommunisten nicht viel für die Nazis übrig haben. In der Regel.«
»Was ist mit Pukowski?«
»Pukowski hat seinen Vater und seinen Bruder verloren, als Polen überfallen wurde. Er haßt die Deutschen.«
»Dann der Amerikaner. Kramer. Er stammt von deutschen Immigranten ab, haben Sie das gewußt?«
»Auch Kramer hat durch die Deutschen einen Bruder verloren. Also wirklich, Mister Wigram, das ist doch lächerlich ...«
»Atwood. Pinker. Kingcome. Proudfoot. De Brooke. Sie ... Wer sind Sie eigentlich alle?«
Wigram sah sich angewidert in dem winzigen Zimmer um: die ausgefransten Verdunkelungsvorhänge, der klapprige Kleiderschrank, das klumpige Bettzeug. Zum erstenmal schien er den Stich von der Chapel zur Kenntnis zu nehmen. »Ich meine, nur weil ein Bursche im King's College in Cambridge war ...«
Er nahm das Bild und hielt es schräg unter die Lampe. Jericho beobachtete ihn regungslos.
»Dieser E. M. Forster«, sagte Wigram nachdenklich. »Der ist doch noch immer in King's College, oder?«
»Ich glaube, ja.«

»Kennen Sie ihn?«
»Nur flüchtig.«
»Was war doch gleich mit diesem Essay von ihm? Worum ging es da? Doch wohl um die Entscheidung zwischen einem Freund und seinem Land?«
»›Mir ist die Vorstellung von einer Sache zuwider, und wenn ich wählen müßte zwischen dem Verrat an meinem Land und dem Verrat an meinem Freund, dann hoffe ich, den Mumm zu haben, mein Land zu verraten.‹ Aber das hat er vor dem Krieg geschrieben.«
Wigram blies den Staub vom Rahmen und stellte den Stich behutsam auf Jerichos Bücher zurück.
»Das will ich doch sehr hoffen«, sagte er und trat zurück, um ihn zu bewundern. Dann drehte er sich um und lächelte Jericho an. »Das will ich wirklich sehr hoffen.«

Nachdem Wigram gegangen war, dauerte es einige Zeit, bis Jericho imstande war, sein Bett zu verlassen.
Er hatte sich darauf ausgestreckt, immer noch in Schal und Mantel, und den Geräuschen des Hauses gelauscht. Irgendein Streichquartett, das die BBC für eine angemessene Unterhaltung am Sonntagabend hielt, fiedelte unten vor sich hin. Da waren Schritte auf dem Treppenabsatz. Darauf folgte eine geflüsterte Unterhaltung, die damit endete, daß eine Frau – Miss Jobey vermutlich – in Gekicher ausbrach. Eine Tür fiel ins Schloß. Der Wassertank über seinem Kopf leerte sich und lief wieder voll. Dann wieder Stille.
Als er sich schließlich bewegte, nach ungefähr einer Viertelstunde, tat er es mit ungestümer und zittriger Hast. Er trug den Stuhl vom Bett zur Tür und kippte ihn gegen das dünne Türblatt. Er nahm den Stich und legte ihn umgekehrt auf den abgeschabten Teppich, zog die Heftzwecken heraus, nahm die Rückwand ab, rollte die Funksprüche zusammen und ging mit ihnen zum Kamin. Auf dem kleinen Kohleneimer neben der Feuerstelle lag eine Schachtel, die zwei Streichhölzer enthielt.

Das erste war feucht und ging nicht an, aber das zweite zündete mit Mühe, und Jericho bewegte es leicht hin und her, um sicherzugehen, daß die gelbe Flamme das Holz ergriff und größer wurde. Dann hielt er das Streichholz unter die Funksprüche. Er behielt das Hölzchen in der Hand, während sie sich wellten und schwarz wurden, solange es irgend ging, bis der Schmerz ihn zwang, sie auf den Rost fallen zu lassen, wo sie zu winzigen Ascheflocken zerfielen.

V

HILFE

Hilfe, auch Eselsbrücke genannt:
jede Art von Material
(in der Regel ein erbeutetes Codebuch
oder ein Stück Klartext),
das Hinweise zur Entschlüsselung
eines Kryptogramms liefert:
»... eine Eselsbrücke ist zweifellos ...
das wichtigste Werkzeug des Kryptoanalytikers«
(Knox u. a., a. a. O., S. 27).

Ein Lexikon der Kryptographie
(»Streng geheim«, Bletchley Park, 1943)

I

Der Kriegslippenstift war hart und wächsern – es war, als versuchte man, sich die Lippen mit einer Christbaumkerze anzumalen –, und als Hester Wallace nach mehreren Minuten angestrengten Reibens ihre Brille wieder aufsetzte, schaute sie angewidert in den Spiegel. Make-up hatte in ihrem Leben nie eine große Rolle gespielt, nicht einmal vor dem Krieg, als es in den Läden alles zu kaufen gab. Aber jetzt, wo nichts mehr zu haben war, war das Ausmaß der Anstrengungen, die man unternehmen mußte, geradezu absurd. Sie wußte von anderen Frauen in der Baracke, die sich Lippenstift aus rote Bete, vermischt mit Vaseline, hergestellt hatten, die Schuhcreme und verbrannten Kork als Wimperntusche benutzten und sich doppeltkohlensaures Natron in die Achselhöhlen stäubten, um ihren Schweiß zu überdekken ... Sie formte ihre Lippen zu einem Kußmund, den sie rasch in eine Grimasse umwandelte. Wirklich, es war absurd, völlig absurd ...

Der Mangel an Kosmetika schien sogar Claire eingeholt zu haben. Obwohl ihre kleine Frisierkommode voll war von Flaschen und Tiegeln – Max Factor, Coty, Elizabeth Arden, alles Namen, die an den Glanz der Vorkriegszeit erinnerten –, erwiesen sich die meisten bei genauerem Hinsehen als leer. Nur ein Hauch von Duft war noch übriggeblieben. Hester roch an dem einen oder anderen Töpfchen, und ihr Kopf füllte sich mit Bildern von Luxus – von seidenen Cocktailkleidern von Worth of London und Abendkleidern mit gewagten Dekolletés, vom Feuerwerk in Versailles, vom Sommerball der Herzogin von Westminster und Dutzenden weiterer herrlicher Belanglosigkeiten, von denen Claire ihr vorgeschwärmt hatte. Schließlich fand sie ein noch halbvolles Döschen mit Wimperntusche und ein mit einem Glasstopfen ver-

schlossenes Gefäß mit einem Rest von ziemlich klumpigem Gesichtspuder, und mit diesen Dingen machte sie sich an die Arbeit.
Sie bediente sich ohne Gewissensbisse. Hatte Claire nicht immer gesagt, sie sollte es tun? Sich aufputzen macht Spaß, das war Claires Einstellung, man fühlte sich gut, es verwandelte einen, und außerdem, *»wenn es das ist, worauf es ankommt, meine Liebe, tut man es einfach ...«* Also gut. Hester tupfte ingrimmig auf ihren blassen Wangen herum. Wenn es das war, worauf es ankam und ihr dabei half, Miles Mermagen dazu zu bringen, daß er einer Versetzung zustimmte, dann würde sie es eben tun.
Sie betrachtete ihr Spiegelbild ohne eine Spur von Begeisterung, dann stellte sie alles an seinen angestammten Platz zurück und ging nach unten. Das Wohnzimmer war frisch gefegt. Narzissen über dem Kamin, darin Scheite aufgeschichtet. Auch die Küche war blitzsauber. Früher am Abend hatte sie einen Karottenkuchen gebacken, ausreichend für zwei, mit Zutaten, die sie selbst in dem kleinen Gemüsegarten neben der Küchentür gezogen hatte, und nun legte sie ein Gedeck für Claire auf und legte ihr eine Nachricht dazu, auf der stand, wo sie den Kuchen finden konnte und wie sie ihn aufwärmen sollte. Sie zögerte, dann schrieb sie darunter: »Willkommen zurück – wo immer du gewesen sein magst! – Ganz herzlich, H.« Sie hoffte, daß sich das nicht zu besorgt und neugierig anhörte; sie hoffte, daß sie sich nicht so verhielt wie ihre Mutter.
»ADU, Miss Wallace ...«
Natürlich würde Claire zurückkommen. Es war nichts als Panik, zu dumm, um Worte darüber zu verlieren.
Sie setzte sich in einen Sessel und wartete bis Viertel vor zwölf; länger zu warten, getraute sie sich nicht.
Als ihr Fahrrad den Pfad zur Straße entlangholperte, schreckte sie eine Schleiereule auf, die sich stumm wie ein Geist ins Mondlicht erhob.

In gewisser Hinsicht war Miss Smallbone an allem schuld. Wenn Angela Smallbone nicht nach dem Unterricht im Lehrerzimmer darauf hingewiesen hätte, daß der *Daily Telegraph* einen Kreuzworträtsel-Wettbewerb ausgeschrieben hatte, dann wäre das Leben von Hester Wallace auch weiterhin so verlaufen wie bisher. Es war kein sonderlich aufregendes Leben – ein ruhiges Leben in der Provinz, in einer abgelegenen, etwas verschrobenen Privatschule für Mädchen in der Nähe der Stadt Beaminster in Dorset, weniger als zehn Meilen von dem Ort entfernt, an dem Hester aufgewachsen war. Und es war ein Leben, dem der Krieg nicht viel hatte anhaben können, abgesehen von den blassen Gesichtern der Mädchen, die auf einige der nahegelegenen Farmen evakuiert worden waren, dem Stacheldraht am Strand in der Nähe von Lyme Regis und dem chronischen Mangel an Lehrpersonal – ein Mangel, der bedeutete, daß Hester im Herbst 1942, zu Beginn des Winterhalbjahrs, außer Religion (ihrem üblichen Fach) auch noch Englisch und etwas Latein und Griechisch unterrichten mußte.
Hester hatte eine Begabung für Kreuzworträtsel, und als Angela an diesem Abend vorlas, daß das Preisgeld 20 Pfund betrage ... nun, da hatte sie gedacht, warum nicht? Die erste Hürde, ein außerordentlich schwieriges Rätsel in der Ausgabe am nächsten Tag, löste sie mühelos. Sie schickte ihre Lösung ein, und fast postwendend kam ein Brief, der sie zur Endausscheidung einlud, die vierzehn Tage später, an einem Samstag, in der Personalkantine des *Telegraph* stattfinden sollte. Angela erklärte sich bereit, das Hockey-Training zu übernehmen. Hester fuhr mit dem Zug von Crewkerne nach London, traf mit fünfzig anderen Finalisten zusammen – und gewann. Sie löste das Kreuzworträtsel in drei Minuten und zweiundzwanzig Sekunden, und Lord Camrose überreichte ihr persönlich den Scheck. Sie gab ihrem Vater 5 Pfund für den Restaurierungsfonds seiner Kirche, sie gab 7 Pfund für einen neuen Wintermantel aus (aus zweiter

Hand natürlich, aber so gut wie neu), und den Rest brachte sie auf ihr Postsparbuch.
Am Donnerstag darauf war der zweite Brief gekommen, der völlig anders aussah. Einschreiben. Großer bräunlicher Umschlag. *Im Dienste Ihrer Majestät.*
Später war sie sich nie sicher. Hatte der *Telegraph* den Wettbewerb auf Veranlassung des Heeresministeriums ausgeschrieben, als Methode, das Land nach Männern und Frauen mit einer Begabung für Worträtsel zu durchforsten? Oder hatte irgendein heller Kopf im Heeresministerium lediglich die Ergebnisse des Wettbewerbs gesehen und den *Telegraph* um eine Liste der Finalisten gebeten? Auf jeden Fall waren fünf der am besten Geeigneten aufgefordert worden, zu einem Gespräch in einem düsteren Bürogebäude aus der Viktorianischen Zeit und auf der falschen Seite der Themse zu erscheinen, und drei von ihnen wurden angewiesen, sich in Bletchley zu melden.
Die Schule wollte sie nicht gehen lassen. Ihre Mutter hatte geweint. Ihrem Vater war die Idee zuwider gewesen, wie ihm jede Veränderung zuwider war, und schon Tage vorher hatte er in düsteren Vorahnungen geschwelgt (»Und kommt nicht wieder in sein Haus, und sein Ort kennet ihn nicht mehr«, Hiob, 7.10). Aber Gesetz war Gesetz. Sie mußte gehen. Außerdem, dachte sie, war sie achtundzwanzig. War sie dazu verurteilt, den Rest ihres Lebens am gleichen Ort zu verbringen, eingehüllt in diesen verschlafenen Flickenteppich aus winzigen Feldern und honigfarbenen Dörfern? Hier war ihre Chance zum Entkommen. Bei dem Vorstellungsgespräch hatte sie genügend Hinweise aufgeschnappt, um zu wissen, daß ihre Arbeit etwas mit Codes zu tun haben würde, und ihre Phantasien gaukelten ihr stille, mit Büchern angefüllte Bibliotheken und die reine, saubere Luft des Intellekts vor.
Nachdem sie an einem klatschnassen Montagmorgen in ihrem Mantel aus zweiter Hand in Bletchley angekommen war, wurde sie mit quietschenden Reifen ins Her-

renhaus befördert und mußte dort ein Exemplar des Geheimhaltungsgesetzes unterschreiben. Der Armeehauptmann, der sie verpflichtete, legte seine Pistole auf den Schreibtisch und sagte, falls einer von ihnen jemals auch nur ein Wort von dem verlauten ließe, was sie hier erführen, würde er sie damit erschießen. Eigenhändig. Dann wurde ihnen ihre Arbeit zugewiesen. Die beiden männlichen Finalisten wurden Kryptoanalytiker, während man sie, die Frau, die die Männer geschlagen hatte, in ein Irrenhaus namens »Kontrolle« steckte.

»Sie nehmen dieses Formular hier, und in die erste Spalte tragen Sie den Codenamen der Horchstelle ein. Chicksands, rechts, das ist CKS, Beaumanor ist BMR, Harpendon ist HPN – keine Sorge, Mädchen, Sie werden sich bald daran gewöhnt haben. Und hier, sehen Sie, tragen Sie den Auffangzeitpunkt ein, hier die Frequenz, hier das Rufzeichen, hier die Anzahl der Buchstabengruppen ...«

Ihre Phantasien waren Staub. Sie war eine bessere Schreibkraft, »Kontrolle«, eine Art Trichter zwischen den Horchstellen und den Kryptoanalytikern, ein Trichter, durch den sich der unaufhörliche Strom von rund vierzigtausend verschiedenen Funkrufzeichen ergoß, die mehr als sechzig einzeln identifizierte Enigma-Schlüssel benutzten.

»Deutsche Luftwaffe, rechts, das sind gewöhnlich Insekten oder Blumen. Nehmen Sie zum Beispiel Cockroach, das ist der Enigma-Schlüssel für die in Frankreich stationierten Jäger. Dragonfly ist die Luftwaffe in Tunis, Locust die Luftwaffe in Sizilien. Von denen gibt es Dutzende. Die Blumen bezeichnen den Luftgau – Foxglove: Ostfront, Daffodil: Westfront, Narcissus: Norwegen. Vögel stehen für das deutsche Heer. Chaffinch und Phoenix stehen für die Panzerarmee in Afrika. Kestrel und Vulture: Ostfront. Sechzehn Vögelchen. Da haben wir Garlic, Onion, Celery – alle Gemüse sind Wetter-Enigmas. Die kommen in Baracke 10. Alles verstanden?«

»Was sind Skunk und Porcupine?«
»Skunk ist Fliegerkorps VIII, Ostfront. Porcupine ist Boden-Luft-Kontrolle, Südrußland.«
»Warum sind das nicht auch Insekten?«
»Keine Ahnung.«
Die Formulare, die sie ausfüllen mußten, wurden »blists« oder »bankies« genannt, der Aktenschrank für alle möglichen Belanglosigkeiten trug den Namen Titicaca (»ein See in den Anden«, sagte Mermagen wichtigtuerisch, »der von vielen Flüssen gespeist wird, aber keinen Abfluß hat«). Die Männer nannten sich gegenseitig bei albernen Namen – »das Einhorn-Zebra«, die »Suppen-Schildkröte« –, während die Frauen nach den gutaussehenden Kryptoanalytikern im Maschinenraum schmachteten. Als Hester in diesem Winter in der eiskalten Baracke saß und ihre endlosen Listen zusammenstellte, konnte sie sich Nazideutschland nur als endlose, verdunkelte Ebene mit Tausenden von kleinen, isolierten Lichtern vorstellen, die einander in der Dunkelheit zuflackerten. Seltsamerweise, dachte sie, war dies alles auf seine Art vom Krieg ebenso weit entfernt wie die Wiesen und reetgedeckten Scheunen von Dorset.

Sie brachte ihr Fahrrad in den Schuppen neben der Kantine und ließ sich dann vom Strom der Arbeitskräfte bis in die Nähe des Eingangs von Baracke 6 treiben. Die Kontrolle befand sich bereits in einem prachtvollen Stadium des Durcheinanders. Mermagen hastete wichtigtuerisch zwischen den Schreibtischen herum, stieß mit dem Kopf gegen die tiefhängenden Lampenschirme, so daß sich Tümpel aus gelbem Licht in alle Richtungen ergossen. Die Vierte Panzerarmee meldete die erfolgreiche Wiedereroberung von Charkow durch die Russen, und die Spinner in Baracke 3 verlangten, daß sämtliche Frequenzen im Südabschnitt der Ostfront unverzüglich noch einmal überprüft würden.
»Hester, Hester, Sie kommen gerade rechtzeitig. Würden Sie mit Chicksands reden, seien Sie so gut,

und sehen, was Sie tun können? Und wenn Sie gerade dabei sind, der Maschinenraum vermutet, daß ein Text aus der letzten Sendung Kestrel verstümmelt ist – die Bedienerin muß ihre Aufzeichnung überprüfen und ihn neu senden. Und dann müssen die Elf-Uhr-Meldungen aus Beaumanor aufgelistet werden. Schnappen Sie sich jemanden, der Ihnen dabei hilft. Ach ja, und in der Registratur müßte auch Ordnung gemacht werden ...«

All das, bevor sie auch nur den Mantel ausgezogen hatte. Es war bereits zwei Uhr, als sich die Hektik soweit gelegt hatte, daß sie sich davonmachen und privat mit Mermagen sprechen konnte. Er war in seinem Besenschrankbüro. Seine Füße lagen auf dem Schreibtisch, und er betrachtete eine Handvoll Papiere durch seine halbgeschlossenen Augen; seine tolle Pose der Schicksalsergebenheit hatte er vermutlich einem Filmstar abgeschaut.

»Haben Sie einen Moment Zeit für mich, Miles?«

Miles. Ihr war dieses Bestehen auf das Anreden beim Vornamen zuwider, aber Zwanglosigkeit war eine starre Regel, ein wichtiger Bestandteil des Ethos von Bletchley: Wir, die zivilen Amateure, werden sie, die disziplinierten Deutschen, schlagen.

Mermagen fuhr fort, seine Papiere zu studieren.

Sie stampfte leicht mit dem Fuß auf. »Miles ...«

Er blätterte eine Seite um. »Sie haben meine völlig geteilte Aufmerksamkeit.«

»Meine Bitte um eine Versetzung ...«

Er stöhnte und blätterte abermals um. »Nicht das schon wieder.«

»Ich habe Deutsch gelernt ...«

»Wie tapfer.«

»Sie haben gesagt, fehlende Deutschkenntnisse machen eine Versetzung unmöglich.«

»Ja, aber ich habe nicht gesagt, daß vorhandene Deutschkenntnisse eine Versetzung wahrscheinlich machen ... Ach, verdammt, kommen Sie herein.«

Mit einem Seufzer legte er seine Papiere beiseite und winkte sie über die Schwelle. Irgend jemand mußte ihm einmal gesagt haben, daß Pomade ihn rassig aussehen ließ. Sein fettiges schwarzes Haar, aus der Stirn und hinter die Ohren zurückgekämmt, glänzte wie eine Badekappe. Er versuchte, sich ein Clark-Gable-Bärtchen stehenzulassen, aber es war an der linken Seite ein wenig zu lang.

»Versetzungen von einer Abteilung in eine andere sind, wie ich Ihnen bereits früher gesagt habe, äußerst selten. Wir müssen die Sicherheit berücksichtigen.«

Die Sicherheit berücksichtigen: So hatte er wahrscheinlich vor dem Krieg Kredite abgelehnt. Plötzlich musterte er sie intensiv, und ihr war klar, daß er das Make-up bemerkt hatte. Er hätte nicht verblüffter dreinschauen können, wenn sie sich mit blauer Farbe angemalt hätte. Seine Stimme schien eine Oktave tiefer zu werden.

»Hören Sie, Hester, ich will kein Unmensch sein. Was Sie brauchen, sind ein oder zwei Tage Tapetenwechsel.« Er berührte leicht sein Bärtchen und lächelte schwach, als wäre er überrascht, es noch vorzufinden. »Wie wäre es, wenn Sie zu einer der Horchstellen führen, um ein Gefühl dafür zu bekommen, an welchem Punkt der Kette Sie stehen? Wissen Sie«, setzte er hinzu, »ich könnte selbst eine kleine Abwechslung brauchen. Wir könnten zusammen hinfahren.«

»Zusammen? Ja ... Warum nicht? Und irgendwo unterwegs ein kleines Lokal finden, in dem wir zum Essen einkehren?«

»Hervorragend. Einen richtiggehenden Ausflug machen.«

»Vielleicht ein Lokal mit Zimmern, so daß wir über Nacht bleiben können, falls es spät werden sollte?«

Er lachte nervös. »Eine Versetzung könnte ich trotzdem nicht garantieren.«

»Aber es würde helfen?«

»Das sagen Sie.«

»Miles?«

»Mmmm?«
»Ich würde lieber sterben.«
»Frigides kleines Biest.«

Sie ließ kaltes Wasser ins Becken einlaufen und klatschte es sich wütend ins Gesicht. Das eisige Wasser ließ ihre Hände ertauben und ihr Gesicht schmerzen. Es sikkerte in ihren Halsausschnitt und in die Ärmel. Der Schock und das Unbehagen waren ihr willkommen. Sie hatte das verdient, es war eine Strafe für ihre Torheit und ihre Illusionen.

Sie drückte ihren flachen Bauch gegen die Kante des Waschbeckens und starrte kurzsichtig auf das kreidebleiche Gesicht im Spiegel.

Natürlich hatte es keinen Sinn, sich zu beschweren. Ihr Wort stand gegen seines. Niemand würde ihr glauben. Und selbst wenn jemand es tat – na und? So ging es nun einmal zu in der Welt. Miles konnte sie an sich drücken, wenn er Lust dazu hatte, und seine Hand unter ihren Rock schieben, und trotzdem würden sie nicht erlauben, daß sie ging. Niemand, der so viel gesehen hatte wie sie, durfte jemals von hier verschwinden.

Sie spürte ein Prickeln von Selbstmitleid in den Augenwinkeln und beugte sofort wieder ihren Kopf über das Becken und schüttete sich Wasser ins Gesicht, rieb mit einem Stückchen Karbolseife auf ihren Wangen und ihrem Mund herum, bis die Schminke das Wasser rosa gefärbt hatte.

Sie wünschte, sie könnte mit Claire reden.

»ADU, Miss Wallace …«

In der Kabine hinter ihr wurde die Toilettenspülung betätigt. Hastig zog sie den Stopfen aus dem Becken und trocknete Gesicht und Hände ab.

Name der Horchstelle, Auffangzeitpunkt, Frequenz, Rufzeichen, Buchstabengruppen … Name der Horchstelle, Auffangzeitpunkt, Frequenz, Rufzeichen, Buchstabengruppen …

Hesters Kopf bewegte sich mechanisch über das Formular.
Um vier machte sich die erste Hälfte der Nachtschicht auf den Weg zur Kantine.
»Kommst du mit, Hetty?«
»Geht nicht, zuviel zu tun. Ich komme nach.«
»Du Ärmste.«
»Du Ärmste und der verdammte Miles«, sagte Beryl McCann, die einmal mit Mermagen ins Bett gegangen war und sich inständig wünschte, sie hätte es nicht getan.
Hester senkte den Kopf tiefer über ihren Schreibtisch und fuhr fort, in ihrer säuberlichen Lehrerinnenhandschrift zu schreiben. Sie beobachtete, wie die anderen Frauen ihre Mäntel anzogen und hinausgingen, wobei ihre Schritte auf dem Holzfußboden dröhnten. Oh, Claire war so komisch gewesen, was die anderen Frauen anging – das war eines der Dinge, die Hester an ihr am meisten liebte, die Art, wie sie alle nachmachte – Anthea Leigh-Delamare, die Jagdreiterin, die es liebte, in Reithosen zur Arbeit zu kommen; Binnie mit dem wächsernen Teint, die katholische Nonne werden wollte; die Frau aus Solihull, die den Telefonhörer einen halben Meter vom Mund entfernt hielt, weil ihre Mutter ihr gesagt hatte, der Hörer stecke voller Bazillen ... Soweit Hester wußte, hatte Claire Miles Mermagen nie zu Gesicht bekommen, und trotzdem konnte sie ihn perfekt nachmachen. Sie hatten sich die Widerwärtigkeiten von Bletchley zu ihrer gemeinsamen Belustigung erkoren, das war ihre Verschwörung gegen die Langweiler.
Als die Außentür geöffnet wurde, strömte plötzlich ein Schwall eiskalter Luft herein. Formulare und Papiere raschelten und flatterten.
Langweiler. Langweilig. Claires Lieblingsworte. Der Park war langweilig. Der Krieg war langweilig. Die Stadt war fürchterlich langweilig. Und die Männer waren die größten Langweiler von allen. Die Männer – mein Gott, was für eine Art von Duft ging von ihr aus? –, es gab immer zwei oder drei von diesen Typen, die herumhin-

gen wie brünstige Kater. Und wie sie sich über sie lustig machte, an diesen kostbaren Abenden, an denen sie und Hester allein waren, gemütlich vor dem Feuer saßen wie ein altes Ehepaar. Sie machte sich lustig über deren ungeschicktes Gefummel, ihr sentimentales Geschwätz, ihre Überheblichkeit. Der einzige Mann, über den sie sich nicht lustig gemacht hatte, war, wie Hester sich jetzt erinnerte, der seltsame Mister Jericho, den sie nie auch nur erwähnt hatte.

»*ADU, Miss Wallace ...*«

Jetzt, wo sie sich entschlossen hatte, es zu tun – und hatte sie nicht insgeheim von Anfang an gewußt, daß sie es tun würde? –, war sie verblüfft, wie gelassen sie war. Sie würde nur einen ganz kurzen Blick darauf werfen, sagte sie sich, und was sollte dagegen einzuwenden sein? Sie hatte sogar die perfekte Ausrede, die Registratur aufzusuchen, denn der Widerling Miles hatte ihr doch in Anwesenheit all der anderen aufgetragen, sich zu vergewissern, daß alle Bände in der richtigen Reihenfolge standen.

Sie vervollständigte das Formular und legte es in sein Fach. Sie zwang sich, eine angemessene Zeit abzuwarten, während sie so tat, als überprüfte sie die Arbeit der anderen, dann machte sie sich so beiläufig, wie sie nur konnte, auf den Weg zur Registratur.

2

Jericho zog die Vorhänge auf, und zum Vorschein kam ein weiterer kalter, klarer Morgen. Es war erst sein dritter Tag im Gästehaus, aber der Ausblick war ihm bereits seltsam vertraut. Zuerst kam der lange und schmale Garten (Betonfläche mit Wäscheleine, Gemüsebeete, Luftschutzbunker), der nach ungefähr siebzig Metern in eine Wildnis aus Unkraut und einen verrotteten, umgestürzten Zaun überging. Das dahinterliegende Gelände konnte er nicht einsehen, weil es steil abfiel, und dann kam ein breites Areal von Eisenbahngleisen, ein Dutzend oder mehr, die das Auge auf das Herzstück lenkten: einen riesigen Lokschuppen aus der Viktorianischen Zeit, auf dem in stark verschmutzten weißen Lettern die Aufschrift LONDON MIDLAND & SCOTTISH RAILWAY erkennbar war.

Was für ein Tag lag heute vor ihm: die Art von Tag, die man hinter sich brachte, mit keinem anderen Ziel, als heil am Ende anzukommen. Er warf einen Blick auf seinen Wecker. Es war Viertel nach sieben. Auf dem Nordatlantik würde es noch mindestens vier Stunden dunkel sein. Seiner Schätzung nach würde es für ihn – frühestens – um Mitternacht britischer Zeit etwas zu tun geben, wenn die ersten Schiffe des Konvois in die U-Boot-Gefahrenzone einliefen. Nichts zu tun, außer in der Baracke herumzusitzen, zu warten und zu grübeln.

In der Nacht war Jericho dreimal entschlossen gewesen, Wigram aufzusuchen und ein volles Geständnis abzulegen; beim drittenmal war er sogar aufgestanden und hatte seinen Mantel angezogen. Aber letzten Endes war ihm die Sache doch zu heikel gewesen. Einerseits war es seine Pflicht, Wigram alles zu sagen, was er wußte. Andererseits würde das, was er wußte, beim Nachforschen nach ihrem Verbleib kaum von praktischem Wert sein, also weshalb sie verraten? Die Gleichungen hoben sich gegenseitig auf. Als die Dämmerung anbrach, hatte er sich dankbar der alten Trägheit ergeben, eine Folge seiner Angewohnheit, jedes Problem immer von beiden Seiten zu betrachten.

Und das alles konnte immer noch irgendein scheußlicher Irrtum sein, oder etwa nicht? Irgendein dummer Streich, der fürchterlich schiefgegangen war. Seit seinem Gespräch mit Wigram waren elf Stunden vergangen. Durchaus möglich, daß sie sie inzwischen gefunden hatten. Oder noch wahrscheinlicher, daß sie wieder aufgetaucht war, entweder bei sich zu Hause oder in der Baracke – großäugig und erstaunt darüber, daß sich alle so aufgeregt hatten ...

Er war im Begriff, sich vom Fenster abzuwenden, als sein Auge eine Bewegung am hinteren Ende des Lokschuppens wahrnahm. War es irgendein größeres Tier oder ein Mann, der auf allen vieren herumkroch? Er schaute angestrengt durch die rußverschmierte Scheibe, aber das Ding war zu weit weg, als daß er es genau hätte erkennen können, also holte er sein Teleskop aus dem Kleiderschrank. Das Fenster klemmte, aber ein paar kräftige Schläge mit dem Handrücken bewirkten, daß es sich fünfzehn Zentimeter weit hochschieben ließ. Er kniete sich hin und legte das Teleskop auf die Brüstung. Anfangs gelang es ihm nicht, in dem unübersichtlichen Wirrwarr der Gleise etwas ausfindig zu machen, aber dann hatte er es plötzlich scharf im Bild. Es war ein großer Schäferhund, so groß wie ein Kalb, der unter den Rädern eines Güterwaggons herumschnüffelte. Er verschob das Teleskop ein wenig nach links, und da sah er einen Polizisten in einem Mantel, der ihm bis über die Knie reichte. Zwei Polizisten sogar, und ein zweiter Hund an der Leine.

Er sah mehrere Minuten zu, wie die kleine Gruppe den leeren Zug durchsuchte. Dann trennten sich die beiden Teams, das eine ging an den Gleisen entlang, und das andere verschwand außer Sichtweite in Richtung auf die kleinen Eisenbahnerhäuschen an der anderen Seite. Er schob das Teleskop zusammen.

Vier Polizisten und zwei Hunde für die Gleise. Sagen wir, zwei weitere Teams auf den Bahnsteigen. Wie viele in der Stadt? Zwanzig? Und in der Umgebung?

»Haben Sie ein Foto von ihr? Aus neuerer Zeit?«

Er tippte mit dem Teleskop gegen seine Wange.

Sie mußten jeden Hafen und jeden Bahnhof im Lande überwachen.

Was würden sie tun, wenn sie sie erwischten?

Sie hängen?

Immer mit der Ruhe, Jericho. Er hörte die Stimme seines Lehrers an seinem Ellenbogen. *Nimm dich zusammen, Junge.*

Steh es irgendwie durch.
Wasch dich. Rasier dich. Zieh dich an. Mach ein kleines Bündel aus der schmutzigen Wäsche und leg sie für Mrs. Armstrong aufs Bett, mehr aus Hoffnung als erwartungsvoll. Geh nach unten. Ertrag die Versuche, eine höfliche Konversation zu machen. Hör dir eine von Bonnymans endlosen schlüpfrigen Geschichten an. Laß dir zwei der anderen Gäste vorstellen: Miss Quince, recht hübsch, eine der Teleprinzessinnen in der Marinebaracke, und Noakes, einst Fachmann für mittelhochdeutsche Hofepen, jetzt Kryptoanalytiker in der Wetterabteilung, flüchtig bekannt seit 1940, ein verdrießlicher Kerl, damals und jetzt. Vermeide alle weiteren Gespräche. Kaue den Toast, der wie Pappe schmeckt. Trinke Tee, so grau und wäßrig wie ein Februarhimmel. Hör dir mit halbem Ohr die Nachrichten im Radio an: »Radio Moskau berichtet, daß die Dritte Armee unter General Valutin die Stadt Charkow mit allen Mitteln gegen die neuerliche deutsche Offensive verteidigt ...«
Zehn vor acht erschien Mrs. Armstrong mit der Morgenpost. Nichts für Mister Bonnyman (»dafür sei Gott gedankt«, sagte Bonnyman), zwei Briefe für Miss Jobey, eine Postkarte für Miss Quince, eine Rechnung von der Buchhandlung Heffers für Mister Noakes und überhaupt nichts für Mister Jericho – oh, nur das hier, den hatte sie gefunden, als sie herunterkam, der mußte irgendwann im Laufe der Nacht unter der Tür durchgeschoben worden sein.
Er betrachtete ihn genau. Der Umschlag war von schlechter Qualität, von der Sorte für den Dienstgebrauch. Sein Name war mit blauer Tinte geschrieben, und darunter stand, zweimal unterstrichen, »Streng privat«.
Er nahm ihn mit in die Diele, um ihn zu öffnen, mit Mrs. Armstrong dicht auf den Fersen.

Baracke 6, 4.45 Uhr

Lieber Mr. Jericho,
da Sie bei unserer gestrigen Begegnung ein so großes Interesse an mittelalterlichen Alabasterfiguren bekundeten, wollte ich Sie fragen, ob Sie Lust hätten, mich heute morgen um 8 Uhr am gleichen Ort zu treffen, damit wir uns das Grabmal von Lord Grey de Wilton (15. Jahrhundert und wirklich sehr schön) ansehen können?

Hochachtungsvoll
H. A. W.

»Schlechte Nachrichten, Mister Jericho?« Es gelang ihr nicht ganz, den Anflug von Hoffnung in ihrer Stimme zu unterdrücken.
Aber Jericho schlüpfte schon in seinen Mantel und eilte zur Tür hinaus.

Obwohl er den Hang so schnell wie möglich hinaufeilte, war er doch fünf Minuten zu spät dran, als er an dem granitenen Kriegerdenkmal ankam. Auf dem Friedhof war weder sie noch sonstjemand zu sehen, also versuchte er es mit der Kirchentür. Zuerst dachte er, sie wäre abgeschlossen. Er brauchte beide Hände, um den rostigen Eisenring zu drehen. Er stemmte die Schultern gegen das verwitterte Eichentor, und es schwang einwärts. Das Kircheninnere glich einer Höhle, kalt und dunkel. Strahlen aus staubigem schiefergrauem Licht durchbrachen die Dunkelheit, als wären sie wie Pfosten gegen die Fenster gelehnt. Er war seit Jahren nicht mehr in einer Kirche gewesen, und der kalte Geruch nach Kerzenwachs und Feuchtigkeit und Weihrauch beschwor Kindheitserinnerungen herauf. Ihm war, als könnte er auf einer Bank in der Nähe des Altars einen Kopf erkennen, und er ging darauf zu.
»Miss Wallace?« Seine Stimme klang hohl und schien über eine große Entfernung zu tragen. Aber als er näher

kam, sah er, daß es kein Kopf war, sondern ein über die Rückenlehne der Bank gelegtes Priestergewand. Er ging durch das Kirchenschiff zum Altar. Links davon stand ein steinerner Sarkophag mit einer Inschrift, rechts davon das Bildnis von Richard Lord Grey de Wilton, seit fünfhundert Jahren tot, in voller Rüstung hingestreckt, der Kopf auf seinem Helm ruhend und die Füße auf dem Rücken eines Löwen.

»Die Rüstung ist besonders interessant. Aber schließlich war im fünfzehnten Jahrhundert Kriegführen die vornehmste Beschäftigung für einen Gentleman ...«

Er wußte nicht, wo sie hergekommen war. Als er sich umdrehte, war sie einfach da, ungefähr drei Meter hinter ihm.

»Und das Gesicht ist gleichfalls gut, wenn auch nicht außergewöhnlich. Ich hoffe, es ist Ihnen niemand gefolgt?«

»Nein. Ich glaube nicht, nein.«

Sie tat ein paar Schritte auf ihn zu. Mit ihrem bleichen Gesicht und den langen, weißen Fingern hätte sie selbst eine Alabasterfigur sein können, herabgestiegen von Lord Greys Grabmal.

»Vielleicht ist Ihnen das königliche Wappen über dem Nordportal aufgefallen?«

»Seit wann sind Sie schon hier?«

»Das Wappen von Königin Anne, aber – erstaunlicherweise – noch in der bei den Stuarts gebräuchlichen Form. Das Wappen von Schottland wurde erst im Jahre 1707 hinzugefügt. Das ist wirklich selten. Ungefähr zehn Minuten. Die Polizei ging gerade, als ich ankam.« Sie streckte die Hand aus. »Darf ich bitte meine Nachricht zurückhaben?«

Als er zögerte, hielt sie ihm abermals die offene Hand hin, diesmal nachdrücklicher.

»Die Nachricht bitte, seien Sie so gut. Ich ziehe es vor, keinerlei Spuren zu hinterlassen. Danke.« Sie nahm den Brief und verstaute ihn auf dem Grund ihrer riesigen Tasche. Ihre Hände zitterten so sehr, daß sie Mühe hatte, den Verschluß zuzumachen. »Wir brauchen übrigens nicht zu flüstern. Wir sind völlig allein hier. Abgesehen von Gott natürlich. Und der steht bekanntlich auf unserer Seite.«

Er wußte, daß es vernünftig wäre, zu warten, ihr Zeit zu lassen, aber er brachte es nicht fertig.

»Sie haben es überprüft?« sagte er. »Das Rufzeichen?«

Endlich hatte sie es geschafft, den Verschluß zuzuklappen. »Ja. Ich habe es überprüft.«

»Ist es Heer oder Luftwaffe?«

Sie hob einen Finger. »Geduld, Mister Jericho. Geduld. Vorher gibt es ein paar Informationen, die ich von Ihnen haben möchte, wenn's recht ist. Fangen wir damit an, wie Sie auf diese drei Buchstaben gekommen sind.«

»Sie würden es nicht wissen wollen, Miss Wallace. Glauben Sie mir.«

Sie hob die Brauen himmelwärts. »Gott behüte mich. Schon wieder einer.«

»Wie bitte?«

»Ich scheine mich in einem endlosen Kreis zu bewegen, Mister Jericho, von einem herablassenden männlichen Wesen zum nächsten, und immer wird mir gesagt, was ich wissen darf und was nicht. Nun, damit ist der Fall erledigt.« Sie deutete auf den Steinboden.

»Miss Wallace«, sagte Jericho, um den gleichen Ton kühler Sachlichkeit bemüht, »ich bin auf Ihre Nachricht hin gekommen. Ich interessiere mich nicht für Alabasterfiguren – weder für mittelalterliche noch für viktorianische, und für altchinesische auch nicht. Wenn Sie mir sonst nichts zu sagen haben, dann wünsche ich Ihnen einen guten Morgen.«

»Dann guten Morgen.«

»Guten Morgen.«

Er machte kehrt und eilte durch den Mittelgang auf die Tür zu. Du Idiot, sagte eine Stimme neben seinem inneren Ohr, du blöder, eingebildeter Idiot. Als er ungefähr die halbe Strecke zurückgelegt hatte, wurden seine Schritte langsamer, und als er beim Taufbecken ange-

kommen war, blieb er stehen. Seine Schultern sackten herunter.
»Schachmatt, scheint mir, Mister Jericho«, rief sie ihm fröhlich von den Altarstufen zu.

»ADU war das Rufzeichen auf einer Serie von vier aufgefangenen Funksprüchen, die unsere gemeinsame Freundin aus Baracke 3 gestohlen hat.« Seine Stimme war verdrossen.
»Woher wissen Sie, daß sie sie gestohlen hat?«
»Sie waren in ihrem Schlafzimmer versteckt. Unter den Dielenbrettern. Soweit ich weiß, sieht man es nicht gern, wenn wir unsere Arbeit mit nach Hause nehmen.«
»Wo sind sie jetzt?«
»Ich habe sie verbrannt.«
Sie saßen in der zweiten Bankreihe, dicht nebeneinander, die Gesichter nach vorn gerichtet. Wäre jemand in die Kirche gekommen, hätte er gedacht, es wäre eine Beichte – nur, daß sie den Geistlichen spielte und er den Sünder.
»Glauben Sie, daß sie eine Spionin ist?«
»Ich weiß es nicht. Ihr Verhalten ist verdächtig, um es gelinde auszudrücken. Andere scheinen zu glauben, daß sie eine ist.«
»Wer?«
»Ein Mann vom Außenministerium namens Wigram zum Beispiel.«
»Warum?«
»Offensichtlich deshalb, weil sie verschwunden ist.«
»Da muß noch mehr dahinterstecken. All diese Aufregung wegen einer geschwänzten Schicht?«
Er fuhr sich nervös mit den Händen durchs Haar.
»Es gibt ... Hinweise. Und verlangen Sie um Gottes willen nicht, daß ich Ihnen sage, welche – nur Hinweise, zugegeben, daß die Deutschen argwöhnen könnten, wir hätten Enigma geknackt.«
Eine lange Pause.

»Aber weshalb sollte ... unsere gemeinsame Freundin ... den Deutschen helfen wollen?«
»Wenn ich das wüßte, Miss Wallace, säße ich nicht mit Ihnen hier und verbrächte meine Zeit damit, gegen das Geheimhaltungsgesetz zu verstoßen. Haben Sie nun genug gehört?«
Eine weitere Pause. Ein widerstrebendes Kopfnicken.
»Genug.«

Sie erzählte es wie eine Geschichte, mit leiser Stimme, ohne ihn anzusehen. Ihm fiel auf, daß sie häufig mit den Händen gestikulierte. Sie konnte sie nicht stillhalten. Sie flatterten wie kleine weiße Vögel, zupften am Saum ihres Mantels, zogen ihn züchtig über die Knie, lagen auf der Lehne der vorderen Bank, beschrieben mit raschen, kreisenden Bewegungen, wie sie bei ihrem Verbrechen vorgegangen war.

Sie wartet, bis die anderen Frauen zum Essen gegangen sind. Sie läßt die Tür zur Registratur einen Spaltbreit offenstehen, um keinen verdächtigen Eindruck zu machen und rechtzeitig vorgewarnt zu sein, falls jemand käme. Sie langt an dem staubigen Metallregal hoch und zieht den ersten Band heraus.

AAA, AAB, AAC ...

Sie blättert weiter bis zur zehnten Seite.
Und da ist es.
Der dreizehnte Eintrag.

ADU.

Sie fährt mit den Fingern die Zeile mit den Serien- und Kolumneneintragungen entlang und notiert sich ihre Nummern auf einem Stückchen Papier.
Sie stellt den Registerband zurück. Das Serienbuch steht auf einem höheren Regalbrett, und sie muß sich einen Schemel holen, um dranzukommen.
Unterwegs macht sie kurz halt, streckt den Kopf zur Tür hinaus und überprüft den Korridor.
Verlassen.

Jetzt ist sie nervös. Weshalb? fragt sie sich. Was tut sie denn so fürchterlich Unrechtes? Sie fährt mit den Händen über ihren grauen Rock, um die Handflächen abzutrocknen, dann schlägt sie das Buch auf. Sie findet die Nummer. Sie fährt abermals die Zeile entlang.
Sie überprüft es einmal, dann ein zweites Mal. Ein Irrtum ist nicht möglich.
ADU ist das Rufzeichen des Nachrichtenregiments 537, einer motorisierten Einheit der deutschen Wehrmacht. Sie sendet auf Frequenzen, die von der Horchstelle Beaumanor in Leicestershire überwacht werden. Peilungen haben ergeben, daß Regiment 537 seit Oktober im Abschnitt Smolensk in der Ukraine stationiert ist, gegenwärtig besetzt von der Heeresgruppe Mitte unter dem Kommando von Generalfeldmarschall Hans Günther von Kluge.

Jericho hatte sich erwartungsvoll vorgeneigt. Jetzt lehnte er sich verblüfft zurück. »Eine Nachrichteneinheit?« Er empfand eine seltsame Enttäuschung. Was hatte er denn erwartet? Er wußte es nicht genau. Lediglich etwas, das ein bißchen ... exotischer war, vermutete er.
»537«, sagte er. »Ist das eine Fronteinheit?«
»In diesem Abschnitt ändert sich die Front von Tag zu Tag. Aber der Lagekarte in Baracke 6 zufolge liegt Smolensk nach wie vor ungefähr hundert Kilometer hinter der Front auf deutschem Territorium.«
»Aha.«
»Ja. Das war auch meine Reaktion – jedenfalls zuerst. Ich meine, das ist ein ganz gewöhnliches, im Hinterland stationiertes und nicht gerade hochrangiges Objekt. Das ist allersimpelster Alltag. Aber es gibt mehrere Komplikationen.« Sie suchte in ihrer Tasche nach einem Taschentuch und putzte sich die Nase. Jericho sah, daß ihre Finger ein wenig zitterten.

Nach dem Wiedereinstellen des Serienbandes ist es eine Sache von weniger als einer Minute, das entsprechende

Kolumnenbuch herunterzuholen und die Seriennummern der aufgefangenen Funksprüche zu notieren.
Als sie aus der Registratur zurückkommt, hängt Miles (»das ist Miles Mermagen«, setzt sie in Parenthese hinzu, »der Leiter des Kontrollraums; ein Bär von sehr geringem Verstand«) am Telefon, mit dem Rücken zur Tür, und schleimt sich bei irgendeinem Vorgesetzten ein: »Nein, nein, das geht völlig in Ordnung, Donald, ist mir ein Vergnügen, Ihnen zu Diensten sein zu können ...«, was Hester nur recht sein kann, weil es bedeutet, daß er überhaupt nicht bemerkt, wie sie ihren Mantel nimmt und verschwindet. Sie schaltet ihre Verdunkelungstaschenlampe ein und geht hinaus in die Nacht.
Eine Bö fegt durch die Gasse zwischen den Baracken und peitscht ihre Wangen. Am hinteren Ende von Baracke 8 gabelt sich der Weg: Rechts geht es zum Haupttor und zur Hektik der Kantine, links in die Dunkelheit des Seeufers.
Sie biegt links ab.
Der Mond ist von einem seidigen Schleier verhüllt, aber das bleiche Licht reicht trotzdem gerade aus, daß sie den Weg erkennen kann. Hinter dem Grenzzaun liegt im Osten ein Wäldchen, das sie nicht sehen kann, aber das Geräusch des Windes in den unsichtbaren Bäumen scheint sie magisch anzuziehen. Am A-Block und am B-Block vorbei, zweihundertfünfzig Meter, und da ist es, direkt vor ihr, schwach umrissen: das große, massige, bunkerähnliche Gebäude, gerade erst fertiggestellt, in dem jetzt die Zentralregistratur von Bletchley untergebracht ist. Als sie näher herankommt, fällt das Licht ihrer Taschenlampe auf mit Stahlläden verschlossene Fenster, dann auf die schwere Tür.
Du sollst nicht stehlen, sagt sie sich, während sie nach der Klinke greift.
Nein, nein. Natürlich nicht.
Du wirst nicht stehlen, du wirst nur schnell einen Blick darauf werfen und dann wieder verschwinden.

Und steht nicht geschrieben: »Das Geheimnis ist des Herrn, unseres Gottes« (5. Mose, 29.29)?
Das grellweiße Neonlicht ist ein Schock nach der Düsterkeit der Baracke, und ebenso die Stille, in der nur das ferne Klappern der Lochkartenmaschinen zu hören ist. Die Arbeiter sind noch nicht fertig. Pinsel und alle möglichen Werkzeuge sind an einer Seite der Eingangshalle gestapelt, in der es durchdringend nach Bauarbeiten riecht – nach frischem Beton, nasser Farbe, Hobelspänen. Die Diensthabende, ein weiblicher Unteroffizier in der Uniform der Women's Air Force, beugt sich so freundlich über den Tresen, als bediente sie in einem Laden.
»Kalte Nacht?«
»Ziemlich.« Hester schafft es, zu lächeln und zu nicken. »Ich muß ein paar Seriennummern überprüfen.«
»Nachschlagen oder ausleihen?«
»Nachschlagen.«
»Abteilung?«
»Baracke 6, Kontrolle.«
»Ausweis?«
Die Frau nimmt die Liste mit den Nummern und verschwindet in einem Hinterzimmer. Durch die offene Tür sieht Hester Metallregale und endlose Reihen von Aktenkartons. Ein Mann geht an der Tür vorbei und nimmt einen der Kartons heraus. Er starrt sie an. Sie wendet den Blick ab. An der weißgetünchten Wand ein Plakat, eine Karikatur von Bateman, mit einer niesenden Frau, neben ihr einer von diesen albernen Whitehall-Typen:

DAS GESUNDHEITSMINISTERIUM SAGT:
Husten und Schnupfen verbreiten Krankheiten.
Verhindern Sie die Verbreitung von Bazillen,
indem Sie Ihr Taschentuch benutzen.
Helfen Sie mit, die Nation kampfbereit zu halten.

Es gibt nichts, worauf sie sich setzen könnte. Hinter dem Tresen ist eine große Uhr mit dem Aufdruck Royal Air Force – so groß, daß Hester sehen kann, wie sich der Minutenzeiger bewegt. Vier Minuten vergehen. Fünf Minuten. In der Registratur ist es unangenehm warm. Sie spürt, wie sie anfängt zu schwitzen. Ihr ist beinahe übel von dem Farbgeruch. Sieben Minuten. Acht Minuten. Sie würde gern die Flucht ergreifen, aber die Wachhabende hat ihren Ausweis mitgenommen. Großer Gott, wie konnte sie nur dermaßen blöd sein? Was ist, wenn die Frau in Baracke 6 anruft und sich vergewissert? Jeden Augenblick kann Miles in die Registratur gestürmt kommen: »Was zum Teufel tun Sie hier, Frau?« Neun Minuten. Zehn Minuten. Versuch, an etwas anderes zu denken. Husten und Schnupfen verbreiten Krankheiten ...

Sie ist so durcheinander, daß sie nicht einmal hört, wie die Frau zurückkommt.

»Tut mir leid, daß es so lange gedauert hat, aber so etwas habe ich noch nicht erlebt ...«

Die Frau, das arme Ding, ist regelrecht erschüttert.

Weshalb? fragt Jericho.

Die Akte, sagt Hester. Die Akte, um die ich sie gebeten hatte. Sie war leer. Hinter ihnen ertönte ein lautes metallisches Getöse, gefolgt von einer Reihe von kurzen Kratzgeräuschen. Die Kirchentür wurde aufgestoßen. Hester schloß die Augen, ging in die Knie und ließ sich auf einem der Kissen nieder; gleichzeitig zog sie Jericho neben sich herunter. Sie senkte den Kopf und faltete die Hände, und er tat dasselbe. Schritte näherten sich auf dem Gang hinter ihnen, hielten an, gingen dann auf Zehenspitzen weiter. Jericho schaute verstohlen nach links, so daß er sehen konnte, wie der ältliche Geistliche sich bückte, um sein Gewand aufzuheben.

»Tut mir leid, wenn ich Sie in Ihrem Gebet gestört habe«, flüsterte der Vikar. Er bedachte Hester mit einem kleinen Winken und einem Kopfnicken. »Hallo. Tut mir leid. Ich überlasse Sie nun wieder Gott.«

Sie hörten, wie seine unsicheren Schritte im Hintergrund der Kirche verklangen. Die Tür wurde zugezogen. Der Riegel fiel krachend herunter. Jericho setzte sich wieder auf die Bank, legte eine Hand auf sein Herz und war sicher, daß er dessen Schlagen durch vier Lagen Kleidung hindurch fühlen konnte. Er sah Hester an. »Ich überlasse Sie Gott«, sagte er, und sie lächelte. Die Veränderung, die das in ihr bewirkt hatte, war bemerkenswert. Ihre Augen funkelten, die Härte in ihrem Gesicht war fast verschwunden – und zum erstenmal konnte er sich einen Moment lang vorstellen, weshalb sie und Claire Freundinnen gewesen waren.

Jericho betrachtete das Buntglasfenster über dem Altar und legte die Fingerspitzen zusammen. »Also, was haben wir von alledem zu halten? Daß Claire den gesamten Inhalt der Akte gestohlen hat? Nein«, widersprach er sich sofort, »nein, das kann nicht stimmen, nicht wahr, weil das, was sie in ihrem Zimmer hatte, die ursprünglichen Kryptogramme waren, nicht die Entschlüsselungen ...«

»Genau«, sagte Hester. »In der leeren Akte lag ein mit der Maschine geschriebener Zettel, den die Frau mir gezeigt hat – darauf stand, daß die darin enthaltenen Seriennummern zur Neueinordnung entnommen wurden und daß alle Anfragen ans Büro des Generaldirektors gerichtet werden sollten.«

»Des Generaldirektors? Sind Sie sicher?«

»Ich kann lesen, Mister Jericho.«

»Welches Datum stand auf dem Zettel?«

»4. März.«

Jericho massierte seine Stirn. Es war das Seltsamste, das er je gehört hatte. »Was ist nach der Registratur passiert?«

»Ich kehrte in die Baracke zurück und schrieb meine Nachricht an Sie. Das Abliefern kostete mich den Rest meiner Essenspause. Danach mußte ich zusehen, daß ich noch einmal unbemerkt in die Registratur kam. Wir führen eine Art tägliches Logbuch, anhand der Formulare, die wir ausfüllen. Eine Akte für jeden Tag.« Wieder wühlte sie in ihrer Handtasche und holte eine kleine Karteikarte mit einer Liste von Daten und Nummern heraus. »Ich wußte nicht recht, wo ich anfangen sollte, also bin ich einfach bis Anfang des Jahres zurückgegangen und habe mich dann durchgearbeitet. Nichts bis zum 6. Februar. Insgesamt nur elf Funksprüche, von denen vier am letzten Tag kamen.«

»Welcher war das?«

»Der 4. März. Der gleiche Tag, an dem die Akte aus der Registratur entfernt wurde. Was können Sie damit anfangen?«

»Nichts. Alles. Ich versuche immer noch, mir vorzustellen, wie in aller Welt eine relativ belanglose deutsche Nachrichtenabteilung etwas von sich geben kann, das zum Entfernen einer ganzen Akte führt.«

»Aber eines interessiert mich, wer ist der Generaldirektor?«

»Der Chef des britischen Geheimdienstes. ›C‹. Seinen wahren Namen kenne ich nicht.« Er erinnerte sich an den Mann, der ihm kurz vor Weihnachten einen Scheck überreicht hatte. Ein rötliches Gesicht und rustikaler Tweed. Er hatte mehr Ähnlichkeit mit einem Farmer als mit einem Meisterspion. »Ihre Notizen«, sagte Jericho und streckte die Hand aus. »Darf ich?«

Widerstrebend händigte sie ihm die Liste der aufgefangenen Funksprüche aus. Er hielt sie in das schwache Licht. Sie ergaben in der Tat ein bizarres Muster. Nach dem ersten Funkspruch – am 6. Februar kurz nach zwölf Uhr aufgefangen – hatte zwei Tage Stille geherrscht. Dann war am 9. um 14.27 Uhr eine weitere Meldung gekommen. Danach zehn Tage lang gar nichts. Dann ein Funkspruch am 20. um 18.07 Uhr, wieder eine lange Pause, gefolgt von hektischer Aktivität: zwei Meldungen am 2. März (16.39 und 19.01), zwei am 3. (11.18 und 17.27) und schließlich in der Nacht des 4. vier Funksprüche in rascher Folge. Das waren die Kryptogramme, die er aus Claires Zimmer mitgenommen hatte. Die Funksprüche hatten nur zwei Tage vor seinem letzten Gespräch mit Claire bei der überschwemmten Lehmgrube begonnen. Und sie hatten einen Monat später geendet, während er noch in Cambridge war, weniger als eine Woche vor dem Shark-Blackout.

In alldem war nicht die geringste Systematik zu erkennen.

Er sagte: »In welchem Enigma-Schlüssel sind sie gesendet worden? Sie waren doch mit Enigma verschlüsselt?«

»In der Registratur waren sie unter Vulture eingeordnet.«

»Vulture?«

»Der Standardschlüssel der Wehrmacht für die Ostfront.«

»Regelmäßig geknackt?«

»Jeden Tag. Soweit ich weiß.«

»Und die Funksprüche – wie wurden sie gesendet? Einfach über das übliche Militärnetz verbreitet?«

»Das weiß ich nicht, aber höchstwahrscheinlich nicht.«

»Weshalb?«

»Dafür sind sie zu spärlich. Zu unregelmäßig. Und die Frequenz ist mir unbekannt. Ich habe den Eindruck, daß es etwas Spezielles gewesen sein muß – sozusagen eine private Verbindung. Nur die beiden Stationen. Eine Mutter und ein einsamer Stern. Aber um sicher zu sein, bräuchten wir die entsprechenden Blätter aus dem Logbuch.«

»Und wo sind die?«

»Sie hätten in der Registratur sein müssen. Aber als ich nachsah, stellte ich fest, daß sie gleichfalls herausgenommen worden waren.«

»Donnerwetter«, murmelte Jericho, »die waren aber gründlich.«

»Viel mehr hätten sie nicht tun können, außer noch die Seiten aus dem Index im Kontrollraum herauszureißen. Und Sie glauben, Claire benimmt sich verdächtig? Und jetzt möchte ich das bitte zurückhaben.«

Sie nahm die Aufstellung der Funksprüche und bückte sich, um sie wieder in ihrer Handtasche zu verstauen.
Jericho lehnte sich an die Rückenlehne der Bank und starrte hinauf zum Deckengewölbe. *Etwas Spezielles?* dachte er. *Es mußte etwas Spezielles gewesen sein, etwas ganz Spezielles, wenn sich der Generaldirektor höchstpersönlich die ganze Akte unter den Nagel riß und obendrein die Logbuchblätter.* Es ergab einfach keinen Sinn. Wenn er nur nicht so furchtbar müde wäre. Was er brauchte, waren ein oder zwei Tage bei fest geschlossener Tür im College, ein ordentlicher Stapel frisches Notizpapier und ein Packen angespitzter Bleistifte ...
Er senkte langsam den Blick und ließ ihn dabei über den Rest der Kirche schweifen – die Heiligen in den Fenstern, die Marmorengel, die Gedenksteine für die respektablen Toten aus Bletchley Park, die Seile aus dem Glockenturm, die zusammengeschlungen waren und aussahen wie eine große Spinne. Er schloß die Augen.
Claire, Claire, was hast du getan? Hast du bei deiner »fürchterlich langweiligen« Arbeit etwas gesehen, was du nicht sehen solltest? Hast du ein paar Blätter aus dem vertraulichen Abfall herausgeholt, als gerade niemand hinschaute, und sie klammheimlich eingesteckt? Und wenn du das getan hast – warum? Und wissen sie, daß du es getan hast? Ist Wigram deshalb hinter dir her? Hast du zuviel mitbekommen?
Er sah sie in der Dunkelheit am Fuße seines Bettes knien, hörte seine eigene schlaftrunkene Stimme: »Was in aller Welt tust du da?« Und ihre aufrichtige Antwort: »Ich sehe mir nur deine Sachen an ...«
Du bist immer auf der Suche nach etwas gewesen, nicht wahr? Und als ich es nicht liefern konnte, bist du zu einem anderen gegangen. »Ich treffe mich ständig mit jemand anderem«, hast du gesagt. Die letzten Worte, die du an mich gerichtet hast, erinnerst du dich? Also, was ist es, dieses Ding, das du unbedingt haben willst?

So viele Fragen. Ihm wurde bewußt, wie kalt ihm war. Er zog seinen Mantel enger um sich, vergrub sein Kinn in seinem Schal, schob die Hände tief in die Taschen. Er versuchte, sich die vier Kryptogramme wieder ins Gedächtnis zu rufen – LCNNR KDEMS LWAZA –, aber die Buchstaben waren verschwommen. Das hatte er schon früher festgestellt. Es war unmöglich, Seiten mit unverständlichem Zeug in Gedanken zu fotografieren. Sie mußten irgendeine Bedeutung haben, irgendeine Struktur – nur dann konnte man sie im Gedächtnis behalten.
Eine Mutter und ein einsamer Stern …
Die dicken Mauern bargen eine Stille, die so alt zu sein schien wie die Kirche selbst – eine bedrückende Stille, nur gelegentlich unterbrochen von einem in den Sparren nistenden Vogel. Mehrere Minuten lang schwiegen beide. Während Jericho auf der harten Bank saß, hatte er das Gefühl, daß sich seine Knochen in Eis verwandelt hatten, und diese Taubheit, verbunden mit der Stille, den Reliquienschreinen überall und dem widerlichen Weihrauchgeruch, löste morbide Gedanken in ihm aus. Zum zweitenmal an nur zwei Tagen erinnerte er sich an das Begräbnis seines Vaters – das hagere Gesicht im Sarg, seine Mutter, die ihn zwang, ihm einen Abschiedskuß zu geben, die kalte Haut unter seinen Lippen, die leicht säuerlich nach Chemikalien roch wie das Labor in der Schule, und dann der noch schlimmere Geruch im Krematorium.
»Ich brauche frische Luft«, sagte er.
Sie nahm ihre Tasche und folgte ihm durch das Mittelschiff. Draußen taten sie so, als betrachteten sie die Grabsteine. Nördlich vom Friedhof, hinter Bäumen verborgen, lag Bletchley Park. Ein Motorrad knatterte die Straße in Richtung Stadt hinunter. Jericho wartete, bis das Geräusch zu einem leisen Dröhnen in der Ferne geworden war, dann sagte er: »Ich frage mich immer wieder, weshalb sie Kryptogramme gestohlen hat? Ich meine, wenn man bedenkt, was sie sonst hätte mitnehmen können. Wenn jemand ein Spion ist –« Hester öffnete

den Mund, um zu protestieren, und er hob die Hand »– also gut, ich behaupte ja nicht, daß sie einer ist, aber wenn jemand ein Spion ist, dann würde er doch Beweise dafür stehlen wollen, daß Enigma geknackt worden ist? Wozu in aller Welt sollen aufgefangene Funksprüche gut sein?« Er ging in die Hocke und fuhr mit den Fingern über eine fast verblaßte Inschrift. »Wenn wir nur mehr über sie wüßten. An wen sie gesendet wurden, zum Beispiel.«

»Darüber haben wir bereits gesprochen. Sie haben sämtliche Spuren entfernt.«

»Aber irgend jemand muß es doch wissen«, überlegte er. »Jemand muß die Funksprüche aufgefangen haben. Und jemand anders muß sie übersetzt haben ...«

»Weshalb fragen Sie nicht einen Ihrer Kryptoanalytiker-Freunde? Ihr seid doch alle ein Herz und eine Seele, oder etwa nicht?«

»Nicht sonderlich. Außerdem verlangt man von uns, daß jeder sein eigenes Leben lebt. Es gibt einen Mann in Baracke 3, der sie gesehen haben könnte ...« Aber dann erinnerte er sich an Weitzmans ängstliches Gesicht *(»bitte fragen Sie nicht mich, ich will es nicht wissen ...«)* und schüttelte den Kopf. »Nein. Er würde uns nicht helfen.«

»Dann ist es wirklich ein Jammer«, sagte sie ein wenig bitter, »daß Sie unsere einzigen Hinweise verbrannt haben.«

»Sie zu behalten war zu riskant.« Er rieb immer noch langsam auf dem Stein herum. »Schließlich wäre es durchaus denkbar gewesen, daß Sie Wigram erzählten, daß ich Sie nach dem Rufzeichen gefragt habe.« Er sah sie unsicher an. »Sie haben es doch nicht getan, oder?«

»Ein bißchen Verstand müssen Sie mir schon zugestehen, Mister Jericho. Wäre ich sonst hier und würde mit Ihnen reden?« Sie stapfte den Weg zwischen den Gräbern entlang und vertiefte sich wütend in ein Epitaph.

Sie bedauerte ihre Schroffheit auf der Stelle. (»Ein Geduldiger ist besser denn ein Starker, und der seines Muts Herr ist, denn der Städte gewinne.« Sprüche, 16.32) Aber schließlich, wie Jericho später sagte, als sich ihr Verhältnis zueinander so weit verbessert hatte, daß er die Bemerkung riskieren konnte, wäre ihr, wenn sie nicht die Beherrschung verloren hätte, niemals die Lösung eingefallen. »Manchmal«, sagte er, »brauchen wir ein bißchen Spannung, um unseren Geist zu schärfen.«
Sie war eifersüchtig, das steckte dahinter. Sie hatte sich eingebildet, Claire wirklich zu kennen, aber jetzt wurde immer deutlicher, daß sie sie praktisch überhaupt nicht gekannt hatte, kaum besser als er.
Sie zitterte. Es war keine Wärme in dieser Märzsonne, die so kalt auf den steinernen Turm von St. Mary fiel wie von einem Spiegel reflektiertes Licht.
Jericho war jetzt wieder auf den Beinen und wanderte zwischen den Gräbern herum. Sie fragte sich, ob sie so hätte sein können wie er, wenn man ihr erlaubt hätte, auf die Universität zu gehen. Aber ihr Vater hatte es nicht zugelassen, und statt dessen war ihr Bruder George gegangen, als wäre das ein göttliches Gesetz: Männer gehen auf die Universität, Männer knacken Codes. Frauen bleiben zu Hause, Frauen erledigen die Schreibarbeiten …
»Hester, Hester, Sie kommen gerade rechtzeitig. Würden Sie mit Chicksands reden, seien Sie so gut, und sehen, was Sie tun können? Und wenn Sie gerade dabei sind, der Maschinenraum vermutet, daß ein Text aus der letzten Sendung Kestrel verstümmelt ist – die Bedienerin muß ihre Aufzeichnung überprüfen und ihn neu senden. Und dann müssen die Elf-Uhr-Meldungen aus Beaumanor …«
Sie hatte schlaff vor Verzweiflung dagestanden und auf den Grabstein gestarrt, aber jetzt spürte sie, wie ihr Körper sich langsam wieder straffte.
»Die Bedienerin muß ihre Aufzeichnung überprüfen …«
»Mister Jericho!«

Als er seinen Namen hörte, drehte er sich um und sah sie zwischen den Gräbern hindurch auf ihn zueilen.

Es war kurz vor zehn Uhr, und Miles Mermagen kämmte sich in seinem Büro gerade die Haare, eine Vorbereitung auf die Rückkehr in sein Quartier, als Hester Wallace an seiner Tür erschien.

»Nein«, sagte er mit dem Rücken zu ihr.

»Bitte, Miles, hören Sie zu. Ich habe nachgedacht, Sie hatten recht, ich war völlig verrückt.«

Er blinzelte sie im Spiegel argwöhnisch an.

»Mein Antrag auf eine Versetzung – ich möchte, daß Sie ihn zurückziehen.«

»Gut. Ich habe ihn sowieso nicht weitergeleitet.«

Er wendete seine Aufmerksamkeit wieder seinem Spiegelbild zu. Der Kamm fuhr durch das dichte schwarze Haar wie eine Harke durch Öl.

Sie zwang sich zu einem Lächeln. »Ich habe über das nachgedacht, was Sie gesagt haben, über die Notwendigkeit herauszufinden, an welchem Punkt der Kette ich stehe ...« Er war mit dem Kämmen fertig und wendete dem Spiegel sein Profil zu, versuchte sein Spiegelbild von der Seite zu betrachten. »Sie erinnern sich, wir haben darüber gesprochen, daß ich vielleicht eine der Horchstellen besuchen könnte.«

»Kein Problem.«

»Ich dachte – also – ich habe erst morgen nachmittag wieder Dienst – ich dachte, ich könnte heute fahren ...«

»Heute?« Er sah auf die Uhr. »Ich habe ziemlich viel um die Ohren.«

»Ich könnte allein fahren, Miles. Und Sie über das, was ich herausgefunden habe, informieren ...« Sie grub hinter ihrem Rücken die Nägel in die Handflächen. »... irgendwann abends.«

Er warf ihr einen weiteren argwöhnischen Blick zu, und sie dachte: *»Nein, nein, das ist zu offensichtlich, sogar für ihn«*, aber er zuckte nur die Achseln. »Warum nicht?

Rufen Sie lieber vorher an.« Er schwenkte in einer großen Geste die Hand. »Berufen Sie sich auf mich.«
»Danke, Miles.«
»Lots Weib, wie?« Er zwinkerte ihr zu. »Salzsäule bei Tag, Feuerball bei Nacht …?«
Auf dem Weg hinaus tätschelte er ihr den Hintern.

Dreißig Meter entfernt, in Baracke 8, klopfte Jericho an die Tür, auf der »US Navy Liaison« stand. Eine laute Stimme forderte ihn zum Eintreten auf.
Kramer hatte keinen Schreibtisch– dazu war der Raum nicht groß genug –, sondern nur einen Kartentisch mit einem Telefon darauf und auf dem Boden gestapelte Drahtkörbe mit Papieren darin. Es gab nicht einmal ein Fenster. An einer der hölzernen Trennwände, die ihn vom Rest der Baracke absonderten, klebte ein Foto, aus der Zeitschrift *Life* herausgerissen, das Roosevelt und Churchill bei der Konferenz von Casablanca zeigte, Seite an Seite in einem sonnigen Garten sitzend. Er bemerkte, daß Jericho es betrachtete.
»Wenn ich von euch allen wieder einmal die Nase gestrichen voll habe, dann sehe ich es mir an und denke – zum Teufel, wenn die beiden es können, dann kann ich es auch.« Er grinste. »Ich muß Ihnen etwas zeigen.« Er öffnete einen Aktenkoffer und holte einen Packen Papier mit der Aufschrift »Streng geheim: Ultra« heraus. »Skynner hat heute morgen endlich die Anweisung erhalten, mir das Material zu geben. Ich soll es noch heute abend auf den Weg nach Washington bringen.«
Jericho blätterte die Papiere durch. Unmengen von Berechnungen, die ihm halbwegs vertraut waren, und einige komplizierte technische Zeichnungen von etwas, das aussah wie elektronische Schaltkreise.
Kramer sagte: »Die Pläne für den Prototyp der Vier-Walzen-Bombe.«
Jericho schaute überrascht auf. »Sie benutzen Röhren?«
»So ist es. Gasgefüllte Triodenröhren. GTIC-Thyratronröhren.«

»Donnerwetter ...«
»Sie nennen sie Cobra. Die Einstellungen der ersten drei Walzen werden auf die gewohnte Art geknackt, an den bereits vorhandenen Bomben – das heißt, elektromechanisch. Aber die vierte Einstellung – die vierte! – wird auf ausschließlich elektronischem Wege geknackt, mit Hilfe eines Relaisgestells und Röhren, die mit der Bombe durch dieses dicke Kabel verbunden sind, das aussieht wie eine ...«, Kramer formte mit den Händen einen Kreis, »... nun ja, das vermutlich eine gewisse Ähnlichkeit mit einer Kobra hat. Die Verwendung von Röhren in einer Reihe – das ist eine Revolution. Das hat es bisher noch nie gegeben. Ihre Leute sagen, das sollte die Berechnungen hundertmal, vielleicht sogar tausendmal schneller machen.«
Jericho sagte, fast zu sich selbst: »Eine Turing-Maschine.«
»Eine was?«
»Ein elektronischer Rechner.«
»Wie auch immer das Ding heißen mag. In der Theorie funktioniert es, das ist die gute Nachricht. Und nach dem, was ich gehört habe, ist dies wohl erst der Anfang. Es sieht so aus, als planten sie eine Art Super-Bombe, vollständig elektronisch, die sie Colossus nennen.«
Vor Jerichos innerem Auge stand plötzlich das Bild von Alan Turing an einem Winternachmittag, wie er mit untergeschlagenen Beinen in seinem Arbeitszimmer in Cambridge saß, als draußen die Lichter angingen, und seinen Traum von einer universellen Rechenmaschine beschrieb. Wie lange war das her? Noch keine fünf Jahre?
»Und wann ist es soweit?«
»Das ist die schlechte Nachricht. Selbst Cobra wird nicht vor Juni einsatzbereit sein.«
»Aber das ist ja fürchterlich.«
»Die alte Geschichte. Kein Material, keine Werkstätten, nicht genügend Techniker. Raten Sie mal, wie viele Leu-

te an diesem Ding hier arbeiten, gerade jetzt, während wir uns unterhalten?«

»Nicht genug, vermute ich.«

Kramer hob eine Hand und spreizte die Finger dicht vor Jerichos Gesicht. »Fünf. Fünf!« Er steckte die Papiere wieder in seinen Koffer und ließ das Schloß zuschnappen. »Dagegen muß etwas unternommen werden.« Er murmelte und schüttelte den Kopf. »Ich muß die Dinge in Bewegung setzen.«

»Sie fahren nach London?«

»Jetzt gleich. Zuerst zur Botschaft. Dann weiter über den Grosvenor Square zum Admiral.«

Jericho stöhnte enttäuscht auf. »Ich nehme an, Sie fahren mit Ihrem Wagen?«

»Machen Sie Witze? Hiermit?« Er klopfte auf den Koffer. »Skynner besteht auf einer Eskorte. Warum fragen Sie?«

»Ich hatte gedacht – ich weiß, das ist ziemlich unverschämt, aber Sie sagten, Sie würden mir gern einen Gefallen tun – und ich habe gedacht, daß ich ihn mir vielleicht ausleihen könnte.«

»Natürlich.« Kramer zog seinen Mantel an. »Ich werde wohl für ein paar Tage weg sein. Ich zeige Ihnen, wo er steht.« Er griff sich seine Mütze von der Tür, und sie traten hinaus auf den Korridor. Am Eingang zur Baracke trafen sie mit Wigram zusammen. Jericho war verblüfft, wie mitgenommen er aussah. Er war offensichtlich die ganze Nacht auf den Beinen gewesen. Rötlichblonde Bartstoppeln schimmerten im Sonnenlicht.

»Ah, der tapfere Leutnant und der große Kryptoanalytiker. Ich habe gehört, daß Sie beide Freunde sind.« Er verbeugte sich mit gespielter Förmlichkeit und sagte zu Jericho: »Ich muß später noch einmal mit Ihnen reden, alter Junge.«

»Also, das ist ein Typ, bei dem es mir kalt über den Rücken läuft«, sagte Kramer, als sie den Weg zum Herrenhaus entlanggingen. »Heute morgen war er ungefähr zwanzig Minuten in meinem Zimmer. Hat mir

einen Haufen Fragen gestellt über eine Frau, die ich kenne.«
Jericho trat sich fast auf die eigenen Füße.
»Sie kennen Claire Romilly?«
»Da ist sie«, sagte Kramer, und einen Augenblick lang dachte Jericho, er meinte Claire, aber er zeigte auf seinen Wagen. »Die Kiste ist noch warm. Der Tank ist voll, und im Kofferraum steht ein Kanister.« Er suchte in seiner Tasche nach dem Schlüssel und warf ihn Jericho zu. »Natürlich kenne ich Claire. Kennt die nicht jeder? Großartiges Mädchen.« Er schlug Jericho auf den Arm. »Viel Spaß bei Ihrem Ausflug.«

3

Es dauerte eine weitere halbe Stunde, bis es Jericho gelang, sich davonzumachen.
Er stieg die Betonstufen zum Operationsraum hinauf, wo er Cave fand, der, von Telefonen flankiert, allein am Ende des langen Tisches saß und auf die Atlantikkarte starrte. Seit Mitternacht waren acht Shark-Meldungen aufgefangen worden, sagte er, aber keine aus der angenommenen Kampfzone, was eine schlechte Nachricht war. Konvoi HX 229 hatte sich den vermuteten U-Boot-Linien bis auf 150 Meilen genähert. Er bewegte sich mit einer Geschwindigkeit von 10,5 Knoten auf westlichem Kurs genau auf sie zu. SC 122 war bereits ein Stück weiter, nordöstlich davon. HX 229 A lag noch weit zurück und fuhr an der Küste von Neufundland entlang nach Norden. »Fast hell«, sagte er, »aber das Wetter verschlechtert sich. Die armen Kerle.«
Jericho überließ ihn seiner Arbeit und machte sich auf die Suche zuerst nach Logie, der ihn mit einem Schwenken seiner Pfeife entließ (»in Ordnung, alter Junge, gönnen Sie sich ein bißchen Ruhe, der Vorhang geht erst um zwanzig Uhr wieder auf«), und dann nach Atwood, der sich schließlich bereit erklärte, ihm seinen Vorkriegs-

Straßenatlas der Britischen Inseln zu leihen (»in den nächsten zehn Jahren werde ich ihn ohnehin nicht brauchen«, erklärte er, als er ihn unter seinem Schreibtisch hervorzog).

Danach war er bereit.

Er setzte sich auf den Fahrersitz von Kramers Wagen und legte die Hände auf die ihm unvertrauten Schalthebel. Dabei wurde ihm bewußt, daß er nie dazu gekommen war, richtig Autofahren zu lernen. Natürlich kannte er die Grundprinzipien, aber seit seinem letzten Versuch mußten sechs oder sieben Jahre vergangen sein, und damals war es der riesige, panzerähnliche Humber seines Stiefvaters gewesen – ein gewaltiger Unterschied zu diesem kleinen Austin. Aber zumindest tat er nichts Ungesetzliches: In einem Land, in dem man heutzutage praktisch eine schriftliche Erlaubnis brauchte, um auf die Toilette zu gehen, war es aus irgendeinem Grund nicht mehr erforderlich, einen Führerschein zu besitzen.

Es dauerte mehrere Minuten, bis er herausgefunden hatte, welches die Kupplung und welches das Gaspedal und wie die Handbremse vom Schalthebel zu unterscheiden war, dann zog er den Choke und drehte den Zündschlüssel. Der Wagen ruckelte, dann starb der Motor ab. Er nahm den Gang heraus und versuchte es noch einmal, und als er den linken Fuß von der Kupplung nahm, hatte er Glück, und der Wagen kroch vorwärts.

Am Haupttor wurde er zum Halten aufgefordert und schaffte es, den Wagen rutschend zum Stehen zu bringen. Einer der Posten öffnete die Wagentür, und er mußte aussteigen, damit ein anderer das Innere untersuchen konnte.

Eine halbe Minute später hob sich der Schlagbaum, und er war durch.

Er fuhr nicht schneller als ein Radfahrer die schmalen Straßen in Richtung Shenley Brook End entlang, und es war diese geringe Geschwindigkeit, die ihn rettete. Der Plan, auf den er sich mit Hester Wallace geeinigt hatte –

vorausgesetzt, er bekam Kramers Wagen –, war der, daß er sie an ihrem Häuschen abholen würde, und er bog gerade um die etwa vierhundert Meter von der Abzweigung entfernte Kurve, als er sah, wie sich auf dem Feld rechts vor ihm etwas Dunkles bewegte. Er fuhr sofort an den Straßenrand und bremste. Er ließ den Motor laufen, öffnete vorsichtig die Tür und trat auf das Trittbrett, um einen besseren Überblick zu bekommen.

Wieder Polizisten. Einer, der sich verstohlen um den Rand des Feldes herumbewegte. Und ein weiterer, halb in der Hecke versteckt, der anscheinend die Straße in der Nähe des Hauses überwachte.

Jericho ließ sich wieder auf den Fahrersitz fallen und trommelte mit den Fingern auf das Lenkrad. Er wußte nicht, ob sie ihn gesehen hatten, aber je schneller er aus ihrem Blickfeld verschwand, desto besser. Der Schalthebel ging schwer, und er brauchte beide Hände, um den Rückwärtsgang einzulegen. Der Motor rasselte und winselte. Zuerst wäre er beinahe im Straßengraben gelandet, dann korrigierte er zu stark, und der Wagen rollte quer über die Straße bis auf das gegenüberliegende Bankett und kam dann zum Stehen. Es war nicht gerade eine elegante Art zu parken, aber wenigstens war er jetzt weit genug um die Kurve zurückgefahren, daß die Polizisten ihn nicht mehr sehen konnten.

Sie mußten ihn doch gehört haben, oder? Jeden Moment konnte einer von ihnen die Straße entlangkommen, um nachzuschauen, und er versuchte, sich eine Ausrede für sein merkwürdiges Verhalten auszudenken, aber die Minuten vergingen, und niemand kam. Er schaltete den Motor aus, und das einzige Geräusch war Vogelgezwitscher.

Kein Wunder, daß Wigram so müde ausgesehen hatte, dachte er. Wie es schien, hatte er das Kommando über die halbe Polizei der Grafschaft übernommen – vielleicht sogar des ganzen Landes.

Plötzlich wurde ihm das Ausmaß des Risikos, das sie beide einzugehen im Begriff waren, bewußt, und er war ernsthaft versucht, das ganze irrsinnige Projekt fallenzulassen. *(»Wir müssen zur Horchstelle fahren, Mister Jericho – nach Beaumanor, und versuchen, die handschriftlichen Aufzeichnungen desjenigen in die Hand zu bekommen, der die Funksprüche aufgefangen hat – sie bewahren sie mindestens einen Monat auf – darauf gehe ich jede Wette ein – außer uns armen Arbeitstieren hat niemand etwas mit ihnen zu tun ...«)* Tatsächlich hatte nicht viel gefehlt, daß er in dieser Minute den Wagen gewendet hätte und nach Bletchley zurückgefahren wäre, wenn nicht plötzlich jemand an das Fenster links von ihm geklopft hätte. Er war wohl mindestens drei Zentimeter auf seinem Sitz in die Höhe gefahren.

Es war Hester Wallace, obwohl er sie zuerst nicht wiedererkannte. Sie hatte Rock und Bluse gegen eine schwere Tweedjacke und einen dicken Pullover eingetauscht. Ihre braunen Cordhosen steckten in grauen Wollsocken, und ihre kräftigen Stiefel waren dermaßen mit Schlamm verkrustet, daß sie so groß wirkten wie die Hufe eines Ackergauls. Sie verstaute ihre riesige Handtasche auf dem Rücksitz des Austin, ließ sich auf dem Beifahrersitz nieder und stieß einen langen Seufzer der Erleichterung aus.

»Gott sei Dank. Ich fürchtete schon, ich würde Sie nicht finden.«

Er beugte sich hinüber und machte sehr leise die Tür zu.

»Wie viele sind es?«

»Sechs. Zwei in den Feldern gegenüber. Zwei gehen im Dorf von Haus zu Haus. Zwei in meinem Häuschen – einer oben, der in Claires Schlafzimmer nach Fingerabdrücken sucht, und eine Polizistin unten. Ich habe ihr gesagt, daß ich wegginge. Sie hat versucht, mich zurückzuhalten, aber ich habe ihr erklärt, daß es mein einziger freier Tag in der Woche sei und ich tun könnte, was ich wollte. Ich bin durch die Hintertür hinausgegangen und habe mich zur Straße geschlichen.«

»Hat Sie jemand gesehen?«

»Ich glaube nicht.« Sie blies Wärme in ihre Hände und rieb sie gegeneinander. »Sie sollten losfahren, Mister Jericho. Und zwar nicht zurück nach Bletchley. Ich habe gehört, wie sie sagten, daß sie alle Wagen anhalten würden, die auf der Hauptstraße stadtauswärts fahren.«
Sie rutschte tiefer in den Sitz, so daß sie von außen unsichtbar war, sofern nicht jemand direkt ans Fenster trat. Jericho schaltete den Motor ein, und der Austin setzte sich in Bewegung. Wenn sie schon nicht nach Bletchley zurückkonnten, dachte er, dann blieb ihm nichts anderes übrig, als einfach weiterzufahren.
Sie bogen um die Kurve, und die Straße war frei. Auch auf der Abzweigung zu ihrem Haus auf der linken Seite war niemand zu sehen, aber als sie sie erreicht hatten, trat plötzlich ein Polizist aus der gegenüberliegenden Hecke hervor und hob die Hand. Jericho zögerte, dann gab er Gas. Der Polizist sprang zur Seite, und Jericho hatte einen flüchtigen Eindruck von einem geröteten Gesicht. Sie rollten in die Senke hinein und wieder heraus, dann fuhren sie durch das Dorf. Ein weiterer Polizist sprach gerade mit einer Frau, die vor der Tür ihres reetgedeckten Hauses stand, und er drehte sich um und starrte auf das Auto. Jericho trat abermals aufs Gaspedal, und bald lag das Dorf hinter ihnen, und die Straße wand sich korkenzieherartig in eine weitere, mit Büschen bestandene Senke. Sie erreichten Shenley Church End, passierten den White Hart Inn, wo Jericho früher gewohnt hatte, und dann eine Kirche, und unmittelbar danach mußten sie anhalten, weil sie die Kreuzung mit der A 5 erreicht hatten.
Jericho schaute in den Spiegel, um sich zu vergewissern, daß niemand hinter ihnen her war. Die Lage schien ihm sicher. Er sagte zu Hester: »Sie können jetzt hochkommen.« Er war in einer merkwürdigen Verfassung und konnte selbst nicht glauben, was er tat. Er wartete, bis ein paar Laster vorbeigefahren waren, klappte den Winker aus und bog nach links auf die alte Römerstraße ab. Sie erstreckte sich schnurgerade in Richtung Nordwe-

sten, so weit sie sehen konnten. Jericho schaltete einen Gang höher, der Austin gewann an Tempo, und sie hatten freie Fahrt.

Das Kriegsengland tat sich vor ihnen auf – immer noch dasselbe Land, aber auf sonderbare Weise verändert: ein bißchen verschmutzt, ein bißchen ramponiert, wie ein schöner Landsitz, der schnell dem Verfall entgegengeht, oder eine vornehme alte Dame, die ihr Vermögen verloren hat.

Sie stießen nicht auf irgendwelche Bombenschäden, bis sie den Stadtrand von Rugby erreicht hatten – wo sich etwas, das aus der Ferne aussah wie die Ruine einer Abtei, als die dachlose Hülse einer Fabrik entpuppte. Die Verheerungen des Krieges waren überall. Zäune am Straßenrand, seit drei Jahren nicht mehr repariert, standen schief oder waren umgekippt. Von den herrlichen Parks waren die Tore und Einfriedungen verschwunden – eingeschmolzen für Munition. Die Häuser wirkten schäbig. Seit 1940 war nichts mehr gestrichen worden. Zerbrochene Fensterscheiben waren mit Brettern vernagelt, Eisenwerk war verrostet oder mit Teer überstrichen. Sogar die Aushängeschilder der Gasthäuser waren verblichen, und die Farbe blätterte ab. Das Land war heruntergekommen.

Und auch wir, dachte Jericho, als sie an einer geduckten Gestalt vorüberfuhren, die am Straßenrand entlangtrabte, sehen nicht auch wir von Jahr zu Jahr schlimmer aus? 1940 hatte es wenigstens noch eine elektrisierende Energie gegeben, die von der drohenden Invasion freigesetzt worden war. Und 1941 hatte es ein wenig Hoffnung gegeben, als die Sowjetunion und dann Amerika in den Krieg eingetreten waren. Aber 1942 hatte sich in 1943 hineingeschleppt, U-Boote hatten Konvois vernichtet, der Mangel war schlimmer geworden, und trotz der Siege in Afrika und an der Ostfront schien der Krieg ewig so weiterzugehen – eine durch nichts verschönte, unheroische Aussicht auf Rationierung und Erschöp-

fung. Die Dörfer machten einen fast leblosen Eindruck – die Männer fort, die Frauen in die Fabriken beordert, während in Stony Stratford und in Towcester die wenigen Leute, die es dort noch gab, zum größten Teil vor Läden mit leeren Schaufenstern Schlange standen.
Hester Wallace war die meiste Zeit stumm. Sie verfolgte ihre Fahrt geradezu zwanghaft auf Atwoods Atlas. Gut, dachte er. Da alle Wegweiser und Ortsschilder abgerissen worden waren, hätten sie, wenn sie sich verirrten, keine Ahnung, wo sie sich befanden. Er wagte nicht, allzu schnell zu fahren. Der Austin war ihm fremd und kam ihm launenhaft vor. Von Zeit zu Zeit löste das billige Kriegsbenzin ein lautes Knallen aus. Der Wagen neigte dazu, zur Straßenmitte hin abzudriften, und die Bremsen waren auch nicht die besten. Vor allem aber war ein Privatwagen eine solche Seltenheit, daß Jericho ständig fürchtete, ein übereifriger Polizist könnte sie an den Straßenrand winken, falls sie zu schnell fuhren, und ihre Papiere sehen wollen.
Er fuhr über eine Stunde lang stetig weiter, bis sie ihn kurz vor einer kleinen Stadt, von der sie behauptete, daß es Hinckley wäre, anwies, nach rechts auf eine schmalere Straße abzubiegen.
Sie hatten Bletchley unter einem klaren Himmel verlassen, aber je weiter sie nach Norden gefahren waren, desto dunkler war es geworden. Graue Schnee- oder Regenwolken hatten sich vor die Sonne geschoben. Der Asphalt zog sich durch eine öde, flache Landschaft, auf der kein Fahrzeug zu sehen war, und zum zweitenmal hatte Jericho das eigentümliche Gefühl, daß die Geschichte rückwärts verlief, daß die Straßen seit einem Vierteljahrhundert nicht mehr so leer gewesen sein konnten.
Fünfzehn Meilen weiter forderte sie ihn abermals zum Rechtsabbiegen auf, und plötzlich befanden sie sich in einer hügeligen, dicht bewaldeten Landschaft, aus der überraschend nackte, mit Schnee gesprenkelte Felsen aufragten.
»Wo sind wir hier?«

»Charnwood Forest. Wir haben es bald geschafft. Bitte, halten Sie eine Minute an. Dort drüben«, sagte sie und deutete auf einen verlassenen Picknickplatz direkt neben der Straße. »Es dauert nicht lange.«
Sie griff nach ihrer Tasche auf dem Rücksitz und machte sich auf den Weg zwischen die Bäume. In ihrer Hose und Jacke sah sie aus wie ein Bauernjunge. Was hatte Claire gesagt? »Sie ist ein bißchen in mich verschossen.« Es mußte mehr sein als nur ein bißchen, dachte er, wesentlich mehr, wenn sie soviel riskierte. Ihm kam der Gedanke, daß sie körperlich das genaue Gegenteil von Claire war. Claire war groß, blond und üppig, Hester dagegen klein, dunkel und mager. Im Grunde eher wie er. Sie zog sich hinter einem Baum um, der nicht dick genug war, um sie ganz zu verbergen, und er erhaschte einen flüchtigen Blick auf ihre magere weiße Schulter. Er schaute weg. Als er wieder hinsah, kam sie gerade in einem olivgrünen Kleid zum Vorschein. Als sie wieder in den Wagen einstieg, fiel der erste Regentropfen auf die Windschutzscheibe.
»Fahren Sie weiter, Mister Jericho.« Sie fand ihre Position auf dem Atlas wieder und legte den Finger darauf.
Seine Hand lag auf dem Zündschlüssel. »Was meinen Sie, Miss Wallace«, fragte er zögernd, »ob wir es in Anbetracht der Umstände jetzt riskieren könnten, uns beim Vornamen anzureden?«
Sie lächelte ihn flüchtig an. »Hester.«
»Tom.«
Sie gaben sich die Hand.

Die Straße führte etwa fünf Meilen durch den Wald, dann wurde er lichter, und sie befanden sich auf hochgelegenem, offenem Land. Regen und geschmolzener Schnee hatten die schmale Straße in einen Schlammpfad verwandelt, und fünf Minuten lang waren sie gezwungen, im zweiten Gang hinter einer von einem Pony gezogenen Kutsche herzukriechen. Endlich hob der Fahrer entschuldigend seine Peitsche und bog nach rechts ab, auf ein winziges Dorf zu, in dem aus einem halben Dutzend Schornsteinen Rauch aufstieg, und nur wenig später rief Hester: »Da!«

Wenn sie nicht so langsam gefahren wären, hätten sie es möglicherweise übersehen: ein hölzernes Doppeltor, eine Privatstraße, mit einem rot-weißen Schlagbaum versperrt, ein Wachhäuschen, ein geheimnisvolles Schild; »W. O. Y. G., Beaumanor.«

War Office »Y« Group, Beaumanor, wobei »Y« der Codename für die Funkhorchstellen ist.

»Auf geht's.«

Jericho mußte ihren Mut bewundern. Während er nervös nach seinem Ausweis suchte, hatte sie ihren bereits an ihm vorbei dem Wachtposten hingestreckt und forsch erklärt, daß sie erwartet würden. Der Soldat hakte ihren Namen auf einer Liste ab, ging um den Wagen herum, um die Zulassungsnummer zu notieren, kehrte zum Fenster zurück, warf einen flüchtigen Blick auf Jerichos Ausweis, dann nickte er. Sie durften weiterfahren.

Beaumanor Hall war eines dieser riesigen, abgelegenen Landhäuser, die das Militär von ihren dankbaren, fast bankrotten Besitzern requiriert hatte und die, wie Jericho vermutete, niemals wieder privat genutzt werden würden. Es stammte aus der Mitte des neunzehnten Jahrhunderts, mit einer Ulmenallee auf der einen und Stallungen auf der anderen Seite, zu denen man ihnen den Weg gewiesen hatte. Sie fuhren unter einem Torbogen hindurch. Eine Gruppe kichernder junger Frauen, die sich die Mäntel als Schutz gegen den Regen wie Zelte über den Kopf hielten, rannte vor ihnen her und verschwand in einem der Gebäude. Auf dem Hof standen zwei kleine Lastwagen und eine Reihe von Motorrädern für die Kuriere. Als Jericho parkte, eilte ein uniformierter Mann mit einem riesigen, ramponierten Regenschirm auf sie zu.

»Heaviside«, sagte er. »Major Heaviside. Sie müssen Miss Wallace sein, und Sie sind ...?«

»Tom Jericho.«
»Mister Jericho. Sehr gut. Ausgezeichnet.« Er schüttelte ihnen heftig die Hand. »Wir freuen uns wirklich sehr. Besuch aus dem Hauptbüro bei den Verwandten auf dem Lande. Der Commander läßt sich vielmals entschuldigen und bittet um Verständnis, daß ich Sie herumführe. Er wird versuchen, später zu uns zu stoßen. Tut mir leid, daß Sie das Mittagessen verpaßt haben, aber wie wäre es mit Tee? Scheußliches Wetter ...«
Jericho war auf ein paar argwöhnische Fragen gefaßt gewesen und hatte die Fahrt benutzt, um sich passende Antworten auszudenken, aber der Major hielt lediglich seinen undichten Schirm über sie und führte sie ins Haus. Er war jung und hochgewachsen, mit sich lichtendem Haar und einer so verschmutzten Brille, daß es ein Wunder war, daß er überhaupt etwas dadurch sehen konnte. Er hatte abfallende Schultern, die an eine Flasche erinnerten, und der Kragen seiner Uniformjacke war mit Schuppen übersät. Er führte seine Gäste in einen kalten und muffigen Salon und bestellte Tee.
Inzwischen war er mit seiner kurzen Geschichte des Hauses fertig (»erbaut von demselben Burschen, von dem auch die Nelson-Säule in London stammt, hat man mir gesagt«) und ließ sich nun weitschweifig über die Geschichte der Funkhorchstellen aus (»hat in Chatham angefangen, bis die Bombardierung zu schlimm wurde ...«). Hester nickte höflich. Ein weiblicher Soldat brachte ihnen Tee, der so dick und braun war wie Schuhcreme, und Jericho nippte daran und ließ den Blick ungeduldig über die leeren Wände wandern. Da waren Löcher im Putz, wo man die Bilderhaken herausgerissen hatte, und schmutzige Schatten zeichneten die Umrisse großer Bilder nach, die man entfernt hatte. Ein Ahnensitz ohne Ahnen, ein Haus ohne Seele. Die Fenster zum Garten hin waren kreuzweise mit Klebebandstreifen beklebt. Jericho griff nach seiner Taschenuhr und klappte sie auf. Fast drei. Sie mußten sich bald wieder auf den Weg machen.

Hester bemerkte seine Unruhe. »Vielleicht«, sagte sie, eine kurze Pause im Redeschwall des Majors ausnutzend, »könnten wir uns ein wenig umsehen?«
Heaviside schaute überrascht drein, und seine Teetasse klapperte auf die Untertasse. »Ach herrje, Entschuldigung. Okay. Wenn Sie sich genügend ausgeruht haben, können wir losgehen.«
Der Regen war jetzt mit Schnee vermischt, und der Wind wehte in schweren Böen von Norden. Als sie um die Ecke des großen Hauses bogen, peitschte er ihnen ins Gesicht, und als sie sich ihren Weg durch den Schlamm eines ehemaligen Rosengartens bahnten, mußten sie die Arme heben wie Boxer, die Schläge abwehren. Hinter einer Mauer war ein seltsames schrilles, heulendes Geräusch zu vernehmen, wie Jericho es noch nie gehört hatte.
»Was zum Teufel ist das?«
»Die Antennen«, sagte Heaviside.
Jericho hatte bisher erst einmal eine Horchstelle besucht, und zwar vor etlichen Jahren, als die Wissenschaft noch in den Kinderschuhen steckte. Das war ein Schuppen auf den Klippen bei Scarborough voller vor Kälte zitternder Wrens gewesen. Das hier war etwas völlig anderes. Sie gingen durch eine Pforte in der Mauer, und da sahen sie es – Dutzende von Antennenmasten, auf mehreren Morgen Land in einem seltsamen Muster angeordnet, wie die Steinkreise der Druiden. Die metallenen Masten waren durch Tausende von Metern Kabel miteinander verbunden. Ein Teil der straffen Stahlstäbe summte, ein anderer kreischte.
»Rhombus- und Wellenantennen!« schrie der Major, um den Lärm zu übertönen. »Dipolantennen und Quadrantantennen ... Sehen Sie ...« Er versuchte, auf etwas zu zeigen, doch sein Schirm schlug plötzlich um. »Wir sind hier ungefähr hundert Meter hoch, deshalb dieser fürchterliche Wind. Die Anlage hat eine doppelte Ausrichtung, können Sie das sehen? Der eine Teil ist nach Süden gerichtet. Damit bekommen wir Frankreich, den

Mittelmeerraum, Libyen. Der andere ist nach Osten auf Deutschland und die Ostfront gerichtet. Die Funksprüche gelangen über Koaxialkabel in die Auffangbaracken.« Er breitete die Arme aus und schrie: »Großartig, nicht wahr? Wir können über eine Entfernung von fast tausend Meilen alles auffangen.« Er lachte und schwenkte die Hände, als dirigierte er einen Chor.

Der Wind peitschte Schneeregen in ihre Gesichter, und Jericho legte die Hände an die Ohren. Es hörte sich an, als mischten sie sich in die Natur ein, zapften eine gewaltige Elementarkraft an, in die sie eigentlich nicht eingreifen dürften, wie Frankenstein, der Blitze in sein Laboratorium herableitete. Eine weitere Sturmbö trieb sie rückwärts, und Hester klammerte sich haltsuchend an seinen Arm.

»Lassen Sie uns von hier verschwinden!« schrie Heaviside. Er bedeutete ihnen, ihm zu folgen. Sobald sie auf der anderen Seite der Mauer angekommen waren, hatten sie etwas Schutz vor dem Wind. Eine Asphaltstraße führte um eine Gebäudeansammlung herum, die aus der Entfernung aussah wie ein Dorf auf dem Gelände des Herrenhauses. Kleine Häuser, Ackerschuppen, ein Gewächshaus, sogar ein Kricket-Pavillon mit einem Uhrenturm. Alles Attrappen, erklärte Heaviside, um die deutsche Luftaufklärung zu täuschen. Das war der Ort, wo die Auffangarbeit geleistet wurde. Gab es etwas Spezielles, was sie von ihm wissen wollten?

»Wie wäre es mit der Ostfront!« sagte Hester.

»Ostfront?« fragte Heaviside. »Gern.«

Er eilte ihnen durch die Pfützen voraus, wobei er nach wie vor versuchte, seinen übergeschnappten Schirm wieder brauchbar zu machen. Der Regen wurde heftiger, und sie fingen an zu rennen, bis sie die Baracke erreicht hatten. Die Tür schlug mit einem lauten Knall hinter ihnen zu.

»Wir verlassen uns auf das weibliche Element, wie Sie sehen«, sagte Heaviside, wobei er seine Brille abnahm und sie mit der Kante seiner Uniformjacke abtrocknete.

»Armeehelferinnen und Frauen aus der Zivilbevölkerung.« Er setzte seine Brille wieder auf und sah sich in der Baracke um. »Guten Tag«, sagte er zu einer massigen Frau mit Offiziersstreifen. »Die Aufseherin«, erklärte er, dann setzte er flüsternd hinzu: »Ein ziemlicher Drachen.« Jericho zählte vierundzwanzig Funkempfänger, zu beiden Seiten eines langen Ganges paarweise angeordnet, und vor jedem eine Frau mit Kopfhörern. Im Raum war es sehr still bis auf das Summen der Geräte und das gelegentliche Rascheln von Formularen.

»Wir haben drei Typen von Geräten«, fuhr Heaviside leise fort. »HROs, Hallicrafter 28 Skyriders und amerikanische AR 88. Jede Frau hat ihre eigene Frequenz zu überwachen, nur wenn es zu hektisch wird, muß sie zwei übernehmen.«

»Wie viele Leute arbeiten hier?« fragte Hester.

»An die zweitausend.«

»Und Sie fangen alles auf?«

»Absolut alles. Es sei denn, Sie sagen uns, wir sollen es lassen.«

»Was wir nie tun.«

»Richtig.« Auf Heavisides kahlem Kopf glänzte das Regenwasser. Er beugte sich vor und schüttelte sich wie ein Hund. »Bis auf das eine Mal vor ein paar Wochen natürlich.«

Woran sich Jericho später am deutlichsten erinnerte, war, wie gelassen sie reagierte. Sie zuckte nicht mit der Wimper. Statt dessen wechselte sie sogar das Thema und fragte Heaviside, wie schnell die Frauen sein mußten (»wir bestehen auf einer Geschwindigkeit von neunzig Morsezeichen pro Minute, das ist das absolute Minimum«), und dann machten sich alle drei auf den Weg durch den Mittelgang.

»Diese Geräte sind auf die Ostfront ausgerichtet«, sagte Heaviside, als sie ungefähr die halbe Strecke zurückgelegt hatten. Er blieb stehen und zeigte auf das Bild eines

Geiers, das bei mehreren Empfängern an der Seite klebte. »Vulture ist natürlich nicht der einzige deutsche Heerescode in Rußland. Da sind außerdem noch Kite und Kestrel, Smelt für die Ukraine ...«
»Ist im Augenblick viel los?« Jericho hatte das Gefühl, daß er auch einmal etwas sagen mußte.
»Sehr viel sogar, seit Stalingrad. Rückzüge und Gegenoffensiven an der gesamten Front. Vorstöße und Ausweichmanöver. Eines muß man den Roten lassen – sie wissen, wie man kämpft.«
Hester sagte beiläufig: »War es nicht eine Vulture-Station, die Sie nicht abhören sollten?«
»Das stimmt.«
»Und das war um den 4. März herum?«
»Stimmt auch. Gegen Mitternacht. Ich erinnere mich daran, weil wir gerade vier lange Meldungen übermittelt hatten und wie vor den Kopf gestoßen waren, als Ihr Boß Mermagen in einer fürchterlichen Panik anrief und sagte: ›Nichts mehr davon, vielen Dank, nicht heute, nicht morgen, überhaupt nie mehr.‹«
»Irgendeine Begründung?«
»Keine Begründung. Einfach aufhören. Dachte, er bekäme gleich einen Herzanfall. Verrückteste Sache, die mir je begegnet ist.«
»Vielleicht«, meinte Jericho, »wußten sie, wie beschäftigt Sie waren, und wollten auf weniger wichtige Dinge verzichten?«
»Quatsch«, sagte Heaviside. »Entschuldigen Sie, aber das ist wirklich die Höhe ...« Sein professioneller Stolz war verletzt. »Sie können Ihrem Mister Mermagen von mir sagen, daß es nichts gibt, womit wir nicht fertig werden, stimmt's, Kay?« Er tätschelte einer auffallend hübschen jungen Frau die Schulter, die daraufhin ihre Kopfhörer abnahm und ihren Stuhl zurückschob. »Nein, stehen Sie nicht auf, ich wollte Sie nicht stören. Wir haben uns gerade über unsere Rätselstation unterhalten.« Er verdrehte die Augen. »Die, die wir nicht abhören sollen.«

»Abhören?« Jericho warf Hester einen Blick zu. »Sie meinen, sie sendet nach wie vor?«
»Kay?«
»Ja, Sir.« Sie hatte einen recht melodiösen Waliser Akzent. »Im Augenblick nicht so oft, Sir, aber letzte Woche war sehr viel los.« Sie zögerte. »Ich versuche irgendwie, nicht zuzuhören, nicht absichtlich, Sir, aber er hat nun einmal die schönste Handschrift. Ganz alte Schule. Nicht so wie die Bengel«, sie spie das Wort aus, »die sie heute einsetzen. Die sind fast so schlimm wie die Italiener.«
»Der Morsestil eines Mannes«, sagte Heaviside pompös, »ist für das geschulte Ohr so unverwechselbar wie seine Unterschrift.«
»Und wie ist sein Stil?«
»Sehr schnell, aber sehr deutlich«, sagte Kay. »Dahinfließend, würde ich sagen. Eine Handschrift wie ein Konzertpianist.«
»Man könnte fast glauben, daß sie in diesen Kerl verliebt ist, meinen Sie nicht, Mister Jericho?« Heaviside lachte und tätschelte abermals ihre Schulter. »Schon gut, Kay. Gute Arbeit. Machen Sie weiter.«
Sie setzten ihren Weg fort. »Eine meiner besten«, gestand er. »Kann ziemlich hart sein, acht Stunden lang zuhören und unverständliches Zeug notieren. Vor allem nachts und im Winter. Lausig kalt hier. Wir müssen ihnen Decken geben. Ah, sehen Sie – hier kommt gerade etwas.«
Sie standen in gebührendem Abstand hinter einer Frau, die gerade hektisch eine Nachricht aufnahm. Mit der linken Hand regulierte sie die Scheibe am Empfänger, mit der rechten legte sie Formulare und Kohlepapier zusammen. Die Geschwindigkeit, mit der sie dann die Nachricht aufnahm, war verblüffend. »GLPES«, las Jericho über ihre Schulter, »KEMPG NXWPD ...«
»Zwei Formulare«, sagte Heaviside. »Das Logblatt, auf dem sie das Flüstern festhält, die Frequenz, den Q-Code

und so weiter. Und das rote Formular für die eigentliche Nachricht.«

»Wie geht es dann weiter?« flüsterte Hester.

»Von jedem Formular gibt es zwei Kopien. Das Original geht in die Fernschreiberbaracke zur sofortigen Übermittlung an Ihre Leute. Das ist die Baracke, an der wir vorbeigekommen sind, die so aussieht wie ein Kricket-Pavillon. Die anderen Kopien behalten wir hier, für den Fall, daß etwas verstümmelt wurde oder verlorengegangen ist.«

»Wie lange bewahren Sie sie auf?«

»Zwei Monate.«

»Können wir sie sehen?«

Heaviside kratzte sich am Kopf. »Wenn Sie möchten. Da gibt es aber nicht viel zu sehen.«

Er führte sie zum anderen Ende der Baracke, öffnete eine Tür, schaltete das Licht ein und trat zurück, damit sie hineinschauen konnten. Ein begehbarer Kleiderschrank. Eine Reihe von einem Dutzend dunkelgrüner Aktenschränke. Kein Fenster. Lichtschalter links neben der Tür.

»Wie sind sie geordnet?« fragte Jericho.

»Chronologisch.« Er machte die Tür wieder zu.

Wird nicht abgeschlossen, registrierte Jericho. Und die Tür nicht sichtbar, außer für die vier Frauen, die ihr am nächsten saßen. Er spürte, wie sein Herz zu hämmern begann.

»Major Heaviside, Sir!«

Sie drehten sich um und sahen, daß Kay aufgestanden war und sie herbeiwinkte, wobei sie einen ihrer Kopfhörer ans Ohr drückte.

»Mein geheimnisvoller Pianist, Sir. Er hat gerade wieder angefangen, seine Tonleitern zu spielen, Sir, falls Sie es hören wollen.«

Heaviside setzte sich den Kopfhörer als erster auf. Er hörte mit bedächtiger Miene zu, wobei er den Blick auf irgend etwas in der Ferne zu richten schien. Er sah aus wie ein Arzt mit einem Stethoskop, den man zu einer

wichtigen Diagnose gerufen hatte. Er schüttelte den Kopf, zuckte die Achseln und gab Hester die Kopfhörer.
»Nicht unsere Sache, den Gründen nachzuspüren, alter Junge«, sagte er zu Jericho.
Als Jericho an der Reihe war, nahm er seinen Schal ab und legte ihn auf den Fußboden neben dem Kabelschacht, der den Empfänger mit den Antennen und der Stromversorgung verband. Das Aufsetzen des Kopfhörers war ungefähr so, als tauchte man den Kopf unter Wasser. Merkwürdige Geräusche stürmten auf ihn ein. Ein Heulen, das ihn an den Wind in der Antennenanlage erinnerte. Ein andauerndes Gewehrknattern. Zwei oder drei verschiedene Morseübertragungen, die ineinander übergingen. Und plötzlich, völlig überraschend, eine deutsche Diva, die eine Opernarie sang, die, wie er sich vage erinnerte, aus dem zweiten Akt des *Tannhäuser* stammte.
»Ich kann überhaupt nichts hören.«
»Muß von der Frequenz abgeglitten sein«, sagte Heaviside.
Kay drehte die Scheibe ein ganz klein wenig gegen den Uhrzeigersinn, die Geräusche stiegen und fielen um eine Oktave, die Diva verschwand, noch mehr Gewehrknattern, und dann, als träte man in ein freies Gelände, ein Stakkato aus Morsezeichen, da-da-di-da-da, die über eine Entfernung von mehr als tausend Meilen, irgendwo in der von Deutschland besetzten Ukraine, klar und dringlich pulsierten.

Sie hatten den halben Weg zur Fernschreiberbaracke zurückgelegt, als Jericho plötzlich die Hand an seine Kehle hob und sagte: »Mein Schal.«
Sie blieben im Regen stehen.
»Ich werde eines der Mädchen bitten, ihn zu holen.«
»Nein, nein, ich hole ihn selbst. Ich komme dann nach.«
Hester reagierte sofort. »Und wie viele Maschinen haben Sie, sagten Sie?« Sie setzte sich wieder in Bewegung.

Heaviside zögerte einen Moment zwischen den beiden, dann eilte er hinter Hester her. Jericho hätte sie küssen können. Er hörte die Antwort des Majors nicht. Sie wurde vom Wind davongepeitscht.
Du bist ganz ruhig, erklärte er sich, du bist völlig selbstsicher, du tust nichts Unrechtes ...
Er kehrte in die Baracke zurück. Die Aufseherin stand gerade über eine der aufnehmenden Frauen gebeugt und wandte ihm den Rücken zu. Sie sah ihn nicht. Er ging schnell und geradeaus schauend den Mittelgang entlang und betrat den Lagerraum. Er machte die Tür hinter sich zu und schaltete das Licht ein.
Wieviel Zeit hatte er? Nicht viel ...
Er zog an der ersten Schublade des ersten Aktenschrankes. Verschlossen. Verdammt. Er versuchte es noch einmal. Warte. Nein, sie war nicht verschlossen. Der Schrank war mit einem irritierenden Sicherungsmechanismus ausgestattet, der verhinderte, daß zwei Schubladen gleichzeitig geöffnet werden konnten. Jericho schaute hinunter und sah, daß die unterste Schublade ein Stückchen herausragte. Er schob sie vorsichtig mit dem Fuß zu, und zu seiner Erleichterung glitt die oberste Schublade auf.
Aktendeckel aus brauner Pappe, Bündel von verwischten Durchschlägen, mit Büroklammern zusammengehalten. Logblätter und rote Aufnahmeformulare. Tag, Monat und Jahr in der rechten oberen Ecke. Bedeutungslose Stapel von handgeschriebenen Lettern. Eine Akte war vom 15. Januar 1943.
Er trat zurück und zählte schnell. Fünfzehn Schächte mit je vier Schubladen. Sechzig Schubladen. Grob gerechnet eine Schublade am Tag. Konnte das stimmen?
Er trat vor den sechsten Schrank und öffnete die dritte Schublade von oben.
6. Februar.
Volltreffer.
Er hielt sich Hester Wallace' säuberliche Aufzeichnungen vor Augen. 6. 2./12.15. – 9. 2. /14.27 – 20. 2./18.07. – 2. 3./16.39, 19.01 ...

Es wäre ihm lieber gewesen, wenn seine Finger nicht auf die Größe von Würsten angeschwollen gewesen wären, wenn sie nicht gezittert hätten und glitschig vor Schweiß gewesen wären, wenn er es irgendwie fertiggebracht hätte, richtig durchzuatmen.
Jemand mußte hereinkommen. Bestimmt würde ihn jemand hören, wie er da Metallschubladen öffnete und schloß wie Orgelregister, zwei, drei, vier Kryptogramme herauszog und außerdem die Logblätter (Hester hatte gesagt, sie wären nützlich), sie in die Innentasche seines Mantels stopfte, fünf, sechs – fallengelassen, verdammt – sieben Kryptogramme. Da hätte er beinahe aufgegeben – »machen Sie Schluß, alter Freund, solange Sie einen Vorsprung haben« –, aber er brauchte auch die letzten vier, die vier, die Claire in ihrem Zimmer versteckt hatte.
Er öffnete die oberste Schublade des dreizehnten Aktenschranks, und da waren sie, ziemlich weit hinten, praktisch hintereinander, Gott sei Dank.
Schritte außerhalb des Lagerraums. Er griff sich die Logblätter und die roten Formulare und hatte es gerade geschafft, sie in seiner Tasche zu verstauen und die Schublade zu schließen, als die Tür geöffnet wurde und die Silhouette der schlanken Figur der Aufnehmerin Kay erschien.
»Mir war so, als hätte ich Sie hereinkommen sehen«, sagte sie, »Sie haben Ihren Schal vergessen, nicht wahr?« Sie hielt ihn hoch und machte die Tür hinter sich zu, dann kam sie in dem schmalen Raum langsam auf ihn zu. Jericho stand da wie gelähmt, mit einem idiotischen Grinsen im Gesicht.
»Ich möchte Sie nicht belästigen, Sir, aber es ist doch wichtig, oder?« Ihre dunklen Augen waren groß. Er registrierte abermals, daß sie sehr hübsch war, sogar in ihrer Heeresuniform. Die Jacke war in der Taille fest gegürtet. Etwas an ihr erinnerte ihn an Claire.
»Wie bitte?«
»Ich weiß, ich sollte nicht fragen, Sir – wir sollen nie Fragen stellen, nicht wahr –, aber, nun, ist es wirklich

wichtig? Niemand sagt uns etwas, verstehen Sie. Unsinn, mehr ist es für uns nicht, nur Unsinn, Unsinn, den ganzen Tag hindurch. Und die ganze Nacht. Man versucht zu schlafen, und man hört es immer noch – piep-piep-piep. Macht einen verrückt mit der Zeit. Ich habe mich freiwillig gemeldet, verstehen Sie, aber dieser Ort hier ist nicht das, was ich erwartet hatte. Kann es nicht einmal meinen Eltern erzählen.« Sie war sehr nahe an ihn herangekommen. »Bringen Sie einen Sinn hinein? Ist es wichtig? Ich werde es nicht weitersagen«, setzte sie feierlich hinzu, »ganz bestimmt nicht.«
»Ja«, sagte Jericho. »Wir bringen Sinn hinein, und es ist wirklich wichtig. Das kann ich Ihnen versichern.«
Sie nickte, lächelte, legte ihm den Schal um den Hals und schlang ihn zusammen, dann ging sie langsam aus dem Lagerraum und ließ die Tür offen. Er wartete zwanzig Sekunden, dann folgte er ihr. Niemand hielt ihn an, als er durch die Baracke und hinaus in den Regen ging.

4

Heaviside wollte nicht, daß sie abfuhren. Jericho versuchte schwächlich zu protestieren – das Licht sei schlecht, sagte er, sie hätten eine lange Fahrt vor sich, sie müßten vor der Verdunkelung zurück sein –, aber Heaviside war bestürzt. Er bestand darauf, daß sie mindestens noch einen Blick auf die Peilanlage und die Hochgeschwindigkeitsempfänger warfen. Er war dermaßen begeistert, daß man glauben konnte, er würde in Tränen ausbrechen, wenn sie nein sagten. Und so trabten sie brav hinter ihm her über den nassen, glatten Beton, zuerst zu einer Reihe von Holzbaracken, die so getarnt waren, daß sie wie Stallgebäude aussahen, und dann zu einem weiteren falschen Cottage.
Im Hintergrund heulten die Antennen gespenstisch im Chor. Heaviside wurde immer aufgeregter, als er sich über abwegige technische Details von Wellenlängen und

Frequenzen ausließ. Hester heuchelte heroisch Interesse und vermied es tunlichst, Jericho in die Augen zu sehen, der die ganze Zeit ängstlich umherlief, ohne etwas zu hören, als sei er in einen Kokon eingesponnen, und jeden Augenblick auf die fernen Geräusche der Entdeckung und des Alarms gefaßt war. Noch nie war ihm mehr daran gelegen gewesen, von irgendwo zu verschwinden. Von Zeit zu Zeit wanderte seine Hand verstohlen zur Innentasche seines Mantels, und einmal ließ er sie darin, weil es eine Beruhigung war, das rauhe Papier der Funksprüche zwischen den Fingern zu spüren, bis ihm bewußt wurde, daß er eine passable Verkörperung von Napoleon abgab, woraufhin er prompt die Hand wieder fallen ließ.

Was Heaviside anging, so war er dermaßen stolz auf die Arbeit, die in Beaumanor geleistet wurde, daß er die beiden am liebsten eine ganze Woche dabehalten hätte. Aber als er, eine endlose halbe Stunde später, vorschlug, sie sollten sich den Fuhrpark und die Hilfsgeneratoren ansehen, war es Hester, die schließlich die Geduld verlor und sagte – in der Rückschau ein wenig zu entschieden –, nein, danke, wir müssen jetzt wirklich losfahren.

»Tatsächlich? Eine verdammt lange Fahrt für nur zwei Stunden Aufenthalt.« Heaviside machte einen ratlosen Eindruck. »Der Commander wird sehr enttäuscht sein, wenn er Sie nicht mehr antrifft.«

»Tut uns leid«, sagte Jericho. »Ein andermal.«

»Das liegt bei Ihnen, alter Junge«, sagte Heaviside verärgert. »Wir wollen uns nicht aufdrängen.« Jericho machte sich Vorwürfe, weil er dessen Gefühle verletzt hatte. Heaviside begleitete sie zu ihrem Wagen, machte unterwegs kurz halt, um sie auf eine alte Galionsfigur in Gestalt eines Admirals hinzuweisen, die auf einer Pferdetränke thronte. Irgendein Witzbold hatte eine Armeeunterhose über das Schwert des Admirals drapiert, die in der feuchten Kälte schlaff herabhing. »Cornwallis«, sagte Heaviside. »Haben ihn auf dem Gelände gefunden. Unser Talisman.«

Als sie sich verabschiedeten, schüttelte er beiden die Hand, zuerst Hester und dann Jericho, und als sie in den Austin einstiegen, salutierte er. Er drehte sich um, als wollte er gehen, dann erstarrte er und beugte sich plötzlich zum Fenster hinunter.
»Was sagten Sie doch gleich, was Sie tun, Mister Jericho?«
»Ich habe es nicht gesagt.« Jericho lächelte und ließ den Motor an. »Kryptoanalytische Arbeit.«
»Welche Abteilung?«
»Das darf ich Ihnen leider nicht sagen.«
Er legte den Rückwärtsgang ein und vollführte eine ungeschickte Dreiviertelwendung. Als sie abfuhren, konnte er Heaviside im Rückspiegel sehen. Er stand im Regen, hatte eine Hand schützend über die Augen gelegt und schaute ihnen nach. Die Kurve in der Auffahrt führte sie nach links, und das Spiegelbild verschwand.
»Ich wette tausend zu eins«, murmelte Jericho, »daß er auf dem Weg zum nächsten Telefon ist.«
»Sie haben sie?«
Er nickte. »Wir wollen warten, bis wir ein Stück von hier entfernt sind.«
Durch das Tor, die Straße entlang, am Dorf vorbei, auf den Wald zu. Der Regen peitschte in gespenstischen weißen Säulen, die aussahen wie die Banner einer Phantomarmee, über die dunklen, bewaldeten Hänge. Ein großer Vogel flog einsam durch den Wolkenbruch, sehr hoch und weit entfernt. Die Scheibenwischer ruckten hin und her. Die Bäume schlossen sie immer mehr ein.
»Sie waren sehr gut«, sagte Jericho.
»Bis gegen Ende. Zum Schluß war es unerträglich, nicht zu wissen, ob Sie es geschafft hatten oder nicht.«
Er fing an, ihr von dem Lagerraum zu erzählen, aber dann bemerkte er einen Weg, der von der Straße in die Abgeschiedenheit des Waldes abzweigte.
Der ideale Ort.
Sie rumpelten ungefähr hundert Meter weit den unebenen Weg entlang, durch Pfützen hindurch, die in Wirk-

lichkeit tiefe Schlaglöcher waren. Beiderseits von ihnen spritzte Wasser auf und klatschte gegen die Unterseite des Chassis. Es sprudelte durch ein Loch neben Hesters Füßen und durchweichte ihre Schuhe. Als die Scheinwerfer schließlich auf einen Morast fielen, der zu breit war, als daß sie darüber hätten hinwegfahren können, stellte Jericho den Motor ab.

Nichts war zu hören außer dem Prasseln des Regens auf das dünne Metalldach. Überhängende Äste sperrten den Himmel aus. Es war fast zu dunkel zum Lesen. Er schaltete die Innenbeleuchtung ein.

»VVVADU QSA? K.« Jericho las das »Flüstern« des ersten Logblattes vor. »Was, wenn ich mich von meiner Zeit bei der Funkverkehrsanalyse her recht erinnere, ungefähr heißt: Hier ist Sender Rufzeichen ADU, erbitte Angabe über meine Sendestärke, Ende.« Er fuhr mit dem Finger über den Durchschlag. Der Q-Code war eine internationale Signalsprache, das Esperanto des drahtlosen Funkverkehrs; er kannte sie auswendig. »Und dann haben wir VVVCPQ BT QSA4 QSA? K: Hier ist Sender Rufzeichen CPQ, Pause, Ihre Sendestärke ist gut, wie ist meine Sendestärke, Ende.«

»CPQ«, sagte Hester und nickte. »Das Rufzeichen kenne ich. Es hat etwas mit dem Oberkommando der Wehrmacht in Berlin zu tun.«

»Gut. Damit wäre ein Geheimnis gelüftet.« Er wendete seine Aufmerksamkeit wieder dem Blatt zu. »VVVADU QSA3 QTC1 K: Smolensk an Berlin, Ihre Sendestärke ist halbwegs gut. Ich habe eine Nachricht für Sie, Ende. QRV, sagt Berlin: Ich bin bereit. QXH K: Geben Sie Ihre Nachricht durch, Ende. Daraufhin sagt Smolensk: QXA109: Meine Nachricht besteht aus 109 Chiffregruppen.«

Hester schwenkte triumphierend das erste Kryptogramm: »Das ist es. Genau einhundertneun.«

»Gut. Sehr gut. Also das kommt durch, ohne Probleme vermutlich, denn Berlin antwortet: VVVCPQ R QRU HH VA: Nachricht empfangen und verstanden. Ich habe nichts für Sie. Heil Hitler und gute Nacht. Alles ganz glatt und methodisch, genau, wie es im Buche steht.«

»Diese Frau in der Horchbaracke hat gesagt, er wäre präzise.«

»Was wir leider nicht haben, sind die Antworten aus Berlin.« Er überflog die Logblätter. »Problemlose Verbindung auch am 9. und am 20. Ah«, sagte er, »am 2. März scheint es etwas komplizierter gewesen zu sein.« Das Formular enthielt eine Menge knappen Dialog. Er hielt es ans Licht. Smolensk an Berlin: QZE, QRJ, QRO ... (Ihre Frequenz ist zu hoch, Ihre Signale sind zu schwach, erhöhen Sie Ihre Stärke.) Und Berlin erwidert schroff: QWP. QRX1 (Beachten Sie die Vorschriften, warten Sie zehn Minuten) und schließlich ein wütendes QRX (Schluß machen). »Aber das hier ist interessant. Kein Wunder, daß sie sich plötzlich wie Fremde anhören.« Jericho schaute genauer hin. »Das Rufzeichen in Berlin hat sich geändert.«

»Geändert? Absurd. In was geändert?«

»TGD.«

»Was? Lassen Sie mich sehen.« Sie riß ihm das Formular aus der Hand. »Das ist unmöglich. Nein, nein. TGD ist kein Rufzeichen der Wehrmacht ...«

»Woher wissen Sie das so genau?«

»Weil ich es weiß. Es gibt einen ganzen Enigma-Schlüssel, der nach TGD benannt ist. Er konnte nie geknackt werden. Er ist berühmt.« Sie hatte angefangen, sich nervös eine Haarsträhne um ihren Zeigefinger zu wickeln. »Berüchtigt wäre wohl eher zutreffend.«

»Was ist es?«

»Es ist das Rufzeichen der Gestapo-Zentrale in Berlin.«

»Gestapo?« Jericho überflog die restlichen Blätter. »Aber sämtliche Meldungen vom 2. März an«, sagte er, »das sind acht von den elf, all die langen – darunter die vier in Claires Zimmer –, sind alle an dieses Rufzeichen gerichtet.« Er gab ihr die Formulare, damit sie selbst sehen konnte, und lehnte sich in seinem Sitz zurück.

Eine Bö fuhr in die Äste über ihnen, und Regenwasser prasselte wie eine Salve auf die Windschutzscheibe.

»Lassen Sie uns versuchen, eine Theorie aufzustellen«, sagte Jericho ein oder zwei Minuten später, und er sagte es nur deshalb, weil er eine menschliche Stimme hören wollte. Das Prasseln des Regens und die Düsternis des Waldes fingen an, ihm auf die Nerven zu gehen. Hester hatte die Füße von dem klatschnassen Boden hochgezogen und hockte nun sehr klein auf dem Beifahrersitz und starrte hinaus in den Wald. Sie hatte die Arme um die Beine geschlungen und massierte von Zeit zu Zeit durch ihre nassen Strümpfe hindurch ihre Zehen.

»Der 4. März ist der entscheidende Tag«, fuhr er fort. *(Wo war ich am 4. März? In einer anderen Welt: habe vor einer Gasheizung in Cambridge Sherlock Holmes gelesen, bin Mister Kite aus dem Weg gegangen und habe gelernt, wieder spazierenzugehen ...)* »Bis zu diesem Tag verlief alles ganz normal. Eine Nachrichtenabteilung, die in der Ukraine überwintert und den ganzen Winter über keinen Ton von sich gegeben hat, erwacht bei Einsetzen wärmeren Wetters plötzlich zum Leben. Zuerst ein paar Meldungen an das Oberkommando der Wehrmacht in Berlin, und dann ein Haufen längerer Meldungen an die Gestapo ...«

»Das ist nicht normal«, erklärte Hester entschieden. »Eine Einheit des Heeres, die in einem Enigma-Schlüssel der Ostfront Berichte an die Zentrale der Geheimpolizei übermittelt? Ich würde sagen, so etwas hat es noch nie gegeben.«

»So ist es.« Es störte ihn nicht, daß sie ihn unterbrach – er war froh über ein Zeichen, daß sie ihm zuhörte. »So etwas ist noch nie vorgekommen, so daß jemand in Bletchley hellhörig wird und sich fragt, was da vor sich geht, und in Panik gerät. Alle bisherigen Meldungen werden aus der Registratur entfernt. Und kurz vor Mitternacht desselben Tages ruft Ihr Mister Mermagen in Beaumanor an und sagt den Leuten dort, sie sollen mit dem Auffangen aufhören. Hat es das schon einmal gegeben?«

»Niemals.« Sie schwieg einen Moment, dann hob sie leicht die Schultern und räumte ein: »Nun ja, vielleicht, es kann sein, daß ein unwichtiges Objekt ein oder zwei Tage vernachlässigt wird, wenn der Funkverkehr extrem stark ist. Aber Sie haben ja gesehen, wie groß Beaumanor ist. Und es ist nicht so groß wie die Horchstelle der Royal Air Force in Chicksands. Es muß noch ein Dutzend kleinerer Orte geben, vielleicht sogar mehr. Leute wie Sie sagen uns immer, daß das Entscheidende an der Sache sei, alles, einfach alles aufzufangen.«

Er nickte. Das stimmte. Das war von Anfang an ihre Philosophie gewesen. Seid gründlich. Laßt euch nichts entgehen. Es sind nicht die großen Jungs, die euch die Eselsbrücken bauen – die sind zu gut. Es sind die kleinen Lichter – die längst vergessenen, an abgelegenen Orten stationierten Leute ohne Kompetenz –, die ihre Meldungen immer mit »Lage normal, nichts zu berichten« beginnen und dann die gleichen Nullen immer an derselben Stelle verwenden oder aus purer Gewohnheit ihre eigenen Rufzeichen verschlüsseln oder die Walzen jeden Morgen auf die Initialen ihrer Freundin einstellen ...

Jericho sagte: »Also hätte er die Anweisung, das Auffangen zu stoppen, nicht von sich aus gegeben?«

»Miles? Großer Gott, nein.«

»Wer erteilt ihm seine Befehle?«

»Das ist unterschiedlich. Gewöhnlich der Maschinenraum von Baracke 6. Gelegentlich die Wache in Baracke 3. Sie entscheidet über die Prioritäten.«

»Kann es sein, daß ihm ein Irrtum unterlaufen ist?«

»In welcher Hinsicht?«

»Nun, Heaviside sagte, daß Miles am 4., kurz vor Mitternacht, ziemlich panisch in Beaumanor angerufen hat. Ich frage mich folgendes: Was ist, wenn Miles früher am Tage gesagt worden ist, daß Meldungen dieser Einheit nicht mehr aufgefangen werden sollen, er aber vergessen hat, das weiterzuleiten?«

»Durchaus möglich. Sogar wahrscheinlich, wie ich Miles kenne. Ja, ja, natürlich.« Hester drehte sich zu ihm um. »Ich verstehe, worauf Sie hinauswollen. In der Zeit zwischen der Anweisung an Miles, den Stöpsel herauszuziehen, und seinem Anruf in Beaumanor waren vier weitere Meldungen aufgefangen worden.«
»Stimmt haargenau. Die spät am Abend des 4. in Baracke 6 eintrafen. Aber inzwischen war bereits der Befehl ergangen, daß sie nicht entschlüsselt werden sollten.«
»Also sind sie einfach in die Mühlen der Bürokratie geraten und weiterbefördert worden.«
»Bis sie im German Book Room angelangt waren.«
»Auf Claires Schreibtisch.«
»Unentschlüsselt.«
Jericho nickte langsam. Unentschlüsselt. Das war der entscheidende Punkt. Das erklärte, weshalb die Funksprüche in Claires Schlafzimmer völlig unbeschädigt ausgesehen hatten. Auf ihre Rückseite waren nie irgendwelche Streifen aus den Typ-X-Maschinen geklebt worden. Sie waren nie entschlüsselt worden.
Er starrte in den Wald, aber er sah keine Bäume, er sah den German Book Room am Morgen des 5., nachdem die Kryptogramme eingetroffen waren, um registriert und in den Index aufgenommen zu werden.
Ob Miss Monk persönlich den Offizier vom Dienst in Baracke 6 angerufen hat? Oder hat sie eines ihrer Mädchen damit beauftragt? »Wir haben hier vier verwaiste Funksprüche, ohne Entschlüsselung. Was, bitte, sollen wir mit ihnen anfangen?« Und die Antwort darauf wäre gewesen – was? Wenn er das nur wüßte. Registriert sie? Vergeßt sie? Werft sie in den Behälter mit der Aufschrift »Vertraulicher Abfall«?
Nur war nichts von alledem passiert.
Statt dessen hatte Claire sie gestohlen.
Theoretisch? hatte Weitzman gesagt. *An einem ganz gewöhnlichen Tag? Eine Frau wie Claire erfuhr vermutlich mehr über die Details von Operationen der deutschen Streitkräfte als Adolf Hitler. Absurd, nicht wahr?*

Ja, aber man erwartete von ihnen, daß sie sie nicht *lasen*, Walter, das war der springende Punkt. Wohlerzogene junge Damen würden niemals auf die Idee kommen, die Post anderer Leute zu lesen, es sei denn, sie wurden angewiesen, es für König und Vaterland zu tun. Sie würden sie auf gar keinen Fall von sich aus lesen. Und genau aus diesem Grund hatte Bletchley sie eingestellt.
Aber was hatte Miss Monk über Claire gesagt? *Sie war in letzter Zeit tatsächlich viel aufmerksamer* ... Natürlich war sie das gewesen. Sie hatte angefangen zu lesen, was durch ihre Hände ging. Und Ende Februar oder Anfang März hatte sie etwas gesehen, das ihr Leben verändert hatte. Etwas, das mit einer deutschen Nachrichteneinheit zu tun hatte, deren Funker der Gestapo den Morsecode vorspielte wie eine Sonate von Mozart. Etwas, das so gar nicht *»langweilig, Darling«* war, daß sie sich gezwungen gesehen hatte, als man in Bletchley beschloß, das weitere Abhören der Funksprüche zu stoppen, die letzten vier Funksprüche zu stehlen.
Und weshalb hatte sie sie gestohlen?
Er brauchte die Frage nicht einmal zu stellen. Hester war bereits vor ihm zu der Antwort gelangt, obwohl ihre Stimme schwach und ungläubig war und im Regen fast unterging.
»Sie hat sie gestohlen, um sie zu lesen.«

Sie hat sie gestohlen, um sie zu lesen. Die Antwort paßte in das Zufallsmuster der Ereignisse und fügte sich ein wie ein Schlüssel.
Sie hatte die Kryptogramme gestohlen, um sie zu lesen.
»Aber ist das wirklich plausibel?« fragte Hester, offensichtlich bestürzt über den Schluß, zu dem ihr Nachdenken sie geführt hatte. »Ich meine, hätte sie das wirklich tun können?«
»Ja. Es ist möglich. Schwer vorstellbar, aber möglich.«
Oh, diese Unverfrorenheit, dachte Jericho. Oh, diese nackte, atemberaubende Unverfrorenheit, diese kalte Entschlossenheit, mit der sie das alles geplant haben

muß. *Claire, mein Liebling, du bist wahrhaftig ein Wunder …*
»Aber allein hätte sie es nicht geschafft«, sagte er, »nicht, solange sie in Baracke 3 eingesperrt war. Sie hätte Hilfe gebraucht.«
»Wen?«
Er hob in einer Geste der Hilflosigkeit die Hände vom Lenkrad. Er wußte nicht recht, wo er anfangen sollte. »Zum Beispiel jemand, der Zugang zu Baracke 6 hat. Jemand, der die Enigma-Einstellungen des deutschen Heeresschlüssels Vulture am 4. März feststellen konnte.«
»Die Einstellungen?«
Er sah sie verblüfft an, dann wurde ihm bewußt, daß das Funktionsschema einer Enigma nicht zu den Dingen gehörte, die sie für ihre Arbeit benötigte. Und in Bletchley war es so, daß einem das, was man nicht zu wissen brauchte, auch nicht mitgeteilt wurde.
»Walzenlage«, sagte er. »Ringstellung. Steckerverbindungen. Wenn Vulture jeden Tag entschlüsselt worden ist, dann war in Baracke 6 all das bereits bekannt.«
»Und was hätte man dann tun müssen?«
»Sich Zugang zu einer Maschine vom Typ X verschaffen. Sie auf genau die richtige Weise einstellen. Die Kryptogramme eintippen und den Klartext abreißen.«
»Hätte Claire das tun können?«
»Mit ziemlicher Sicherheit nicht. Man hätte ihr nicht gestattet, auch nur in die Nähe des Dechiffrierraums zu kommen. Und außerdem hatte sie nicht die erforderliche Ausbildung.«
»Also hätte ihr Komplize über bestimmte Fähigkeiten verfügen müssen.«
»Fähigkeiten, ja. Und Mut. Und außerdem Zeit. Vier Meldungen. Tausend Buchstabengruppen. Fünftausend einzelne Zeichen. Selbst ein erfahrener Maschinenbediener würde gut eine halbe Stunde brauchen, um so viel Text zu entschlüsseln. Es wäre machbar gewesen. Aber sie hätte einen Supermann gebraucht.«
»Oder eine Superfrau.«

»Nein.« Er erinnerte sich an die Ereignisse in der Samstagnacht: das Geräusch unten in ihrem Haus, die großen Abdrücke von Männerschuhen im Rauhreif, die Fahrradspuren und das rote Rücklicht des Fahrrads, das sich vor ihm in die Dunkelheit entfernte. »Nein. Es ist ein Mann.«

Wenn ich nur dreißig Sekunden schneller gewesen wäre, dachte er, *dann hätte ich sein Gesicht gesehen.*

Und dann dachte er: *Ja, und vielleicht hätte ich dann meinerseits eine Kugel ins Gesicht bekommen, eine Kugel aus einem gestohlenen .38er Smith and Wesson, hergestellt in Springfield, Massachusetts.*

Er spürte ein Prickeln von einem eiskalten Wassertropfen auf dem Handrücken und schaute hoch. Er verfolgte seine Flugbahn zu einer Stelle am Wagendach, direkt vor der Windschutzscheibe. Noch während er hinschaute, schwoll ein weiterer Tropfen Regenwasser langsam an, färbte sich dunkel rostfarben und fiel herunter.

Shark. Ihm wurde klar, daß er es fast vergessen hatte, und er hatte ein leichtes Schuldgefühl dabei.

»Wie spät ist es?«

»Fast fünf.«

»Wir sollten allmählich zurückfahren.«

Er rieb sich die Hand ab und griff nach dem Zündschlüssel.

Der Wagen wollte nicht anspringen. Jericho drehte den Zündschlüssel vor und zurück und trat immer wieder aufs Gas, aber alles, was er aus dem Motor herausholen konnte, war ein dumpfes Kurbelgeräusch.

»Oh, verdammt ...«

Er schlug seinen Kragen hoch, stieg aus und ging nach hinten zum Kofferraum. Als er die Klappe öffnete, flogen hinter ihm zwei Tauben auf, wobei ihre Flügel knatterten wie Knallfrösche. Er fand eine Handkurbel unter dem Reservekanister und steckte sie in die Öffnung in der vorderen Stoßstange. *Du machst das nicht richtig, Junge,* hatte sein Stiefvater zu ihm gesagt, *auf diese*

Weise kannst du dir das Handgelenk brechen. Aber wie war es richtig? Im Uhrzeigersinn oder gegen ihn? Er setzte die Kurbel mit Schwung in Bewegung. Sie ging fürchterlich schwer.
»Ziehen Sie den Choke«, rief er Hester zu, »und wenn der Motor kommt, dann drücken Sie den Fuß auf das dritte Pedal.«
Der kleine Wagen schaukelte, als sie sich auf den Fahrersitz umsetzte.
Er machte sich wieder an die Arbeit. Der Waldboden war kaum einen halben Meter von seinem Gesicht entfernt, ein brauner Teppich mit einem durchdringenden Geruch nach verrotteten Blättern und Tannenzapfen. Er wuchtete die Kurbel noch ein paarmal herum, bis seine Schultern schmerzten. Er begann zu schwitzen, der Schweiß vermischte sich mit dem Regenwasser, tropfte von seiner Nasenspitze herab und rann ihm auch in den Nacken. Der Wahnsinn ihrer ganzen Unternehmung schien in diesem Moment zu stecken. Die größte Seeschlacht des Krieges stand bevor, und wo war er? In irgendeinem düsteren Wald inmitten irgendeiner Wüste, wo er über gestohlenen Gestapo-Kryptogrammen brütete, und dazu noch mit einer Frau, die er kaum kannte. Was, in aller Welt, hatten sie sich eigentlich dabei gedacht? Sie mußten – er verstärkte seinen Griff – verrückt sein ... Er riß heftig an der Kurbel, und plötzlich sprang der Motor an, spuckte, erstarb fast wieder, doch Hester ließ ihn laut auf Touren kommen – das herrlichste Geräusch, das er je gehört hatte, zerriß die Stille des Waldes. Er warf die Kurbel in den Kofferraum und schlug die Klappe zu.
Das Getriebe heulte, als er im Rückwärtsgang den Weg zur Straße zurückfuhr.

Die überhängenden Äste machten aus der durchweichten Straße eine Art Tunnel. Die Scheinwerfer glitzerten auf einem Film aus fließendem Wasser. Jericho fuhr langsam immer wieder dieselbe Strecke ab und versuchte, in der

Düsternis irgendeinen Anhaltspunkt zu finden, versuchte, nicht in Panik zu geraten. Er mußte beim Herauskommen aus der Lichtung falsch abgebogen sein. Das Lenkrad unter seinen Händen fühlte sich so naß und schlüpfrig an wie die Straße. Endlich gelangten sie an eine Kreuzung neben einer riesigen, verrotteten Eiche. Hester senkte den Kopf wieder über die Karte. Eine Strähne ihres langen, schwarzen Haars fiel ihr über die Augen. Sie klemmte eine Haarnadel zwischen die Zähne und murmelte durch sie hindurch: »Rechts oder links?«
»Sie sind der Lotse.«
»Und Sie sind auf die Idee gekommen, von der Hauptstraße abzubiegen.« Sie steckte ihr Haar energisch wieder fest. »Fahren Sie nach links.«
Er hätte die andere Richtung eingeschlagen, aber Gott sei Dank tat er es nicht, weil sie recht hatte. Bald wurde die Straße wieder heller. Stellenweise konnten sie den trüben Himmel sehen. Er gab Gas, und als sie aus dem Wald herauskamen und offenes Gelände erreichten, zeigte der Tacho fast vierzig Meilen an. Ein paar Minuten später kamen sie zu einem Dorf, und sie bat ihn, vor dem winzigen Postamt anzuhalten.
»Weshalb?«
»Ich muß herausfinden, wo wir sind.«
»Aber beeilen Sie sich.«
»Ich habe wirklich nicht die Absicht, eine Besichtigungstour zu unternehmen.«
Sie schlug die Wagentür zu und rannte durch den Regen, wobei sie den Pfützen mit der Gewandtheit einer Turnerin auswich. Als sie die Tür des Postamts öffnete, läutete drinnen eine Glocke.
Jericho schaute nach vorn, dann warf er einen Blick in den Rückspiegel. Das Dorf schien nur aus dieser einen Straße zu bestehen. Nirgendwo waren geparkte Fahrzeuge zu sehen, und niemand war unterwegs. Er vermutete, daß ein Privatwagen, insbesondere einer, der von einem Fremden gesteuert wurde, eine Seltenheit war, ein Gesprächsthema. Er konnte sich schon jetzt vorstellen, wie

in den roten Ziegelhäuschen und den Fachwerkhäusern die Vorhänge einen Spaltbreit geöffnet wurden. Er stellte die Scheibenwischer ab und ließ sich tiefer in seinen Sitz sinken. Zum zwanzigsten Mal wanderte seine Hand zu dem Packen Kryptogrammen in der Innentasche seines Mantels.

Zwei Englands, dachte er. Ein England – dieses hier – vertraut, sicher, nach außen offen. Aber jetzt gab es noch ein anderes, ein geheimes England, versteckt auf dem Gelände großer Herrenhäuser – Beaumanor, Gayhurst, Woburn, Adstock, Bletchley –, ein England der Antennenanlagen und Peilvorrichtungen, der ratternden Bomben und bald auch der flackernden grünen und orangefarbenen Röhren der Turing-Maschinen *(»das sollte die Berechnungen hundert-, vielleicht sogar tausendmal schneller machen ...«).* In den Parks der alten Zeit erwachte eine neue Zeit zum Leben. Was hatte Hardy in seiner *Apology* geschrieben? »Die wahre Mathematik hat keinerlei Einfluß auf Kriege. Noch nie hat jemand irgendeinen kriegerischen Zweck entdeckt, den die Zahlentheorie erfüllen könnte ...« Der alte Knabe hatte nicht annähernd eine Ahnung gehabt, was noch alles geschehen würde.

Die Glocke läutete abermals, und Hester kam aus dem Postamt, wobei sie sich eine Zeitung über den Kopf hielt wie einen Regenschirm. Sie öffnete die Wagentür, schüttelte die Zeitung ab und warf sie ihm nicht gerade sanft in den Schoß.

»Was soll das?« Es war der *Leicester Mercury,* ein kleines Lokalblatt; die Nachmittagsausgabe.

»Die bringen doch gewöhnlich Aufrufe zur Mithilfe, oder etwa nicht? Von der Polizei. Wenn jemand vermißt wird.«

Es war eine gute Idee, das mußte er zugeben. Aber obwohl sie die Zeitung sorgfältig durchsahen – sogar zweimal –, konnten sie weder ein Foto von Claire noch eine Erwähnung der Suche nach ihr finden.

Sie schlugen den Weg nach Süden ein, Richtung Heimat. Eine andere Route für die Rückfahrt, weiter östlich – das war Hesters Plan –, und um sie beide aufzumuntern, zitierte sie gelegentlich die Namen der Dörfer und verfolgte sie auf der Karte, während sie durch die leeren Hauptstraßen ratterten. Oadby, sagte sie (»sehen Sie die Kirche? Frühenglisch, bereits in den Perpendikularstil übergehend«), Kibworth Harcourt, Little Bowden und dann über die Grenze von Leicestershire nach Northamptonshire. Der Himmel über den fernen, blassen Bergen hellte sich von Schwarz zu Grau auf und schließlich zu einer Art glänzendem Weiß. Der Regen ließ nach, dann hörte er ganz auf. Oxendon, Kelmarsh, Maidwell ... Kantige normannische Türme mit Schießscharten, reetgedeckte Lokale, winzige viktorianische Bahnhöfe, in eine idyllische Landschaft mit hohen Hecken und dichten Wäldchen geschmiegt, bei deren Anblick man am liebsten *There'll Always Be an England* angestimmt hätte, nur daß keinem von beiden nach Singen zumute war.

Weshalb war sie davongelaufen? Das war es, was Hester, wie sie sagte, nicht verstehen konnte. Alles andere schien ziemlich logisch: wie sie sich zunächst die Kryptogramme verschafft hatte, weshalb ihr daran gelegen gewesen war, sie lesen zu können, weshalb sie einen Komplizen gebraucht hatte. Aber weshalb hatte sie dann genau das getan, was unfehlbar die Aufmerksamkeit auf sie lenken mußte? Weshalb war sie nicht zur Morgenschicht erschienen?

»Wissen Sie«, sagte sie zu Jericho, nachdem sie ein paar Meilen lang darüber nachgedacht hatte. In ihrer Stimme lag ein vorwurfsvoller Ton. »Ich glaube, es liegt an Ihnen.«

Wie ein Vertreter der Anklage ging sie mit ihm noch einmal die Ereignisse der Samstagnacht durch. Er war zum Häuschen gefahren, ja? Er hatte die Funksprüche entdeckt, ja? Ein Mann war unten aufgetaucht, ja?

»Ja.«

»Hat er Sie gesehen?«
»Nein.«
»Haben Sie etwas gesagt?«
»Möglich, daß ich ›Wer ist da?‹ oder etwas Ähnliches gerufen habe.«
»Also hätte er Ihre Stimme erkennen können?«
»Das ist möglich.«
Aber das würde bedeuten, daß ich ihn kenne, dachte er. *Oder zumindest, daß er mich kennt.*
»Wann sind Sie wieder abgefahren?«
»Ich weiß es nicht genau. Gegen halb zwei.«
»Da haben wir's«, sagte sie. »Sie sind schuld. Claire kehrt ins Häuschen zurück, nachdem Sie weg sind. Sie stellt fest, daß die Funksprüche verschwunden sind. Ihr wird klar, daß Sie sie haben müssen, weil dieser mysteriöse Mann ihr erzählt hat, daß Sie da waren. Sie glaubt, daß Sie damit schnurstracks zur Polizei gehen werden. Sie gerät in Panik. Sie läuft davon ...«
»Aber das ist doch Unsinn.« Er wandte den Blick von der Straße und sah sie an. »Ich wäre nie auf den Gedanken gekommen, sie zu verraten.«
»Das sagen Sie. Aber hat Claire das gewußt?«
Hatte sie das gewußt? Nein, dachte er, seine Aufmerksamkeit wieder dem Lenkrad zuwendend, nein, das hatte sie nicht gewußt. Im Gegenteil, in Anbetracht seines Verhaltens an dem Abend, an dem sie den Scheck gefunden hatte, konnte sie davon ausgehen, daß er in Sicherheitsfragen ein Fanatiker war – in der Schlußfolgerung steckte eine gewisse Ironie, wenn man bedachte, daß er jetzt elf gestohlene Kryptogramme in der Tasche seines Mantels hatte. Ein zwanzig Jahre alter Bus mit einer Außentreppe zum Oberdeck, der aussah, als stammte er aus einem Verkehrsmuseum, wich auf das grasbewachsene Bankett aus, damit sie ihn überholen konnten. Als sie vorbeifuhren, winkten ihnen die darin sitzenden Schulkinder begeistert zu.
»Wer waren ihre Freunde? Mit wem außer mir hat sie sich getroffen?«

»Sie würden es nicht wissen wollen. Glauben Sie mir.«
Es lag Genugtuung in der Art, wie sie ihm die Worte an den Kopf warf, die er ihr gegenüber in der Kirche gebraucht hatte. Er konnte ihr keinen Vorwurf daraus machen.
»Nun reden Sie schon, Hester.« Er umklammerte das Lenkrad und warf einen Blick in den Rückspiegel. Der Bus war fast aus ihrem Blickfeld verschwunden. Dahinter tauchte ein Wagen auf. »Sie brauchen mich nicht zu schonen. Aber um die Sache zu vereinfachen, können Sie sich auf Männer vom Park beschränken.«
Nun, es waren eher Eindrücke als Namen, sagte sie. Claire hatte nie Namen erwähnt.
Dann geben Sie mir die Eindrücke.
Das tat sie.
Der erste, dem Hester begegnete, war jung gewesen – rötliches Haar, glatt rasiert –, sie hatte ihn eines Morgens Anfang November mit den Schuhen in der Hand auf der Treppe getroffen.
Rötliches Haar, glatt rasiert, wiederholte Jericho. Das sagte ihm nichts.
Eine Woche später war sie mit dem Rad an einem Oberst vorbeigefahren, der in einem Stabswagen mit ausgeschalteten Scheinwerfern vor ihrem Häuschen wartete. Und dann war da ein Flieger namens Ivo Soundso, der immer von Bruchlandungen und Kisten und Luftkämpfen redete und den Claire mit Begeisterung nachgemacht hatte. Der hatte zu Baracke 6 oder 3 gehört. Sie war ziemlich sicher, daß es 3 gewesen war. Dann war da ein Evelyn mit einem Doppelnamen gewesen, den Claire während der Luftangriffe in London kennengelernt hatte und der jetzt im Herrenhaus arbeitete. Dann war da ein älterer Mann, von dem Hester annahm, daß er etwas mit der Marine zu tun hatte. Und schließlich war da Ein Amerikaner gewesen; der gehörte eindeutig zur Marine.
»Das dürfte Kramer sein«, sagte Jericho.
»Sie kennen ihn?«

»Er ist der Mann, der mir den Wagen geliehen hat. Wann war er an der Reihe?«

»Vor ungefähr einem Monat. Aber ich hatte den Eindruck, daß er nur ein Freund war. Ein Beschaffer von Camel-Zigaretten und Nylonstrümpfen. Nichts Besonderes.«

»Und vor Kramer kam ich.«

»Über Sie hat sie nie gesprochen.«

»Ich fühle mich geschmeichelt.«

»Das können Sie auch – in Anbetracht der Art, wie sie über die anderen gesprochen hat.«

»Sonst noch jemand?«

Sie zögerte. »Es kann sein, daß im vorigen Monat jemand Neues aufgetaucht ist. Auf alle Fälle war sie sehr oft fort. Und einmal, vor ungefähr vierzehn Tagen, hatte ich Migräne und kam früher von der Arbeit nach Hause, und mir war, als hörte ich eine Männerstimme in ihrem Zimmer. Aber wenn da wirklich jemand war, dann verstummten sie, sobald sie mich auf der Treppe hörten.«

»Das sind also acht, wenn ich richtig gezählt habe. Mich eingeschlossen. Und ohne die, die Sie vergessen haben oder von denen Sie nichts wissen.«

»Es tut mir leid, Tom.«

»Schon gut.« Er schaffte es, sein Gesicht zu einem gequälten Lächeln zu verziehen. »Eigentlich sind es sogar weniger, als ich gedacht habe.« Er log natürlich, und er vermutete, daß sie das wußte. »Ich frage mich nur, weshalb ich sie dafür nicht hasse.«

»Weil das nun einmal ihre Art ist«, sagte Hester mit plötzlicher Heftigkeit. »Schließlich hat sie nie ein großes Geheimnis daraus gemacht, oder? Und wenn jemand sie dafür haßt, daß sie so ist, wie sie ist – dann kann dieser Jemand sie nicht allzusehr geliebt haben, oder?« Ihr Hals hatte eine tiefrosa Färbung angenommen. »Wenn jemand nichts anderes als ein Abbild von sich selbst will, dann soll er einen Spiegel nehmen.«

Sie lehnte sich zurück, von ihrem Ausbruch offenbar ebenso überrascht wie er.

Er prüfte die Straße hinter ihnen im Rückspiegel. Immer noch leer, bis auf denselben einsamen Wagen. Wie lange war es her, seit er ihn das erste Mal bemerkt hatte? Ungefähr zehn Minuten? Aber wenn er es recht bedachte, war er vermutlich schon wesentlich länger hinter ihnen, bestimmt schon, bevor sie den Schulbus überholt hatten. Er lag ungefähr hundert Meter zurück – niedrig und breit und dunkel, mit dem Bauch dicht über der Erde wie eine Schabe. Er drückte den Fuß fester aufs Gaspedal und war erleichtert zu sehen, wie der Abstand zwischen ihnen größer wurde, bis endlich die Straße abfiel und eine Kurve beschrieb und der große Wagen verschwand.

Eine Minute später war er wieder da. Er hielt immer denselben Abstand ein.

Die schmale Straße verlief zwischen hohen, dunklen Hecken, an denen sich die ersten Knospen zeigten. Durch sie hindurch erhaschte Jericho wie durch eine Laterna magica flüchtige Blicke auf winzige Felder, eine zerfallene Scheune, eine kahle schwarze, von einem Blitzschlag versteinerte Ulme. Dann kam eine längere ebene Strecke.

Die Sonne war nicht zu sehen. Er schätzte, daß das Tageslicht noch etwa eine halbe Stunde anhielt.

»Wie weit ist es noch bis Bletchley?«

»Gleich kommt Stony Stratford, dann sind es noch ungefähr sechs Meilen. Warum?«

Er schaute abermals in den Rückspiegel und hatte gerade zu sprechen begonnen – »Ich fürchte ...« –, als hinter ihnen eine Sirene ertönte. Der große Wagen hatte es schließlich satt, ihnen zu folgen. Er blendete seine Scheinwerfer auf und forderte sie auf, an den Straßenrand zu fahren.

Bis zu diesem Moment waren Jerichos Begegnungen mit der Polizei selten und kurz gewesen und geprägt von einer übertriebenen Zurschaustellung gegenseitigen Respekts zwischen den Hütern des Gesetzes und dem braven Bürger. Aber diesmal würde es anders sein, das war ihm sofort klar. Eine ungenehmigte Fahrt zwischen geheimen Lokalitäten, keinerlei Beweise dafür, daß ihm der Wagen gehörte, keine Bezugscheine für Benzin, und das zu einer Zeit, in der das Land nach einer vermißten Frau durchkämmt wurde: Was würde ihnen das einbringen? Auf jeden Fall eine Fahrt zur nächsten Polizeistation. Eine Menge Fragen. Einen Anruf in Bletchley. Eine Leibesvisitation.

Der Gedanke war unerträglich.

Und deshalb musterte er, zu seiner eigenen Verblüffung, die Straße vor sich wie ein Weitspringer, bevor er losrennt. Über den Bäumen ragten in einiger Entfernung die roten Dächer und der graue Kirchturm von Stony Stratford auf.

Hester umklammerte die Kanten ihres Sitzes. Er drückte das Gaspedal bis zum Anschlag durch.

Der Austin beschleunigte so langsam wie in einem Alptraum, und das Polizeifahrzeug reagierte auf die Herausforderung und begann aufzuholen. Die Nadel des Tachos stieg auf über vierzig, auf fünfzig, auf fünfundfünfzig, auf fast sechzig Meilen. Die Landschaft schien direkt auf sie zuzurasen und erst in der letzten Sekunde an beiden Seiten ganz dicht neben ihnen vorbeizublitzen. Vor ihnen lag eine Hauptstraße. Sie mußten anhalten. Und wenn Jericho ein erfahrener Autofahrer gewesen wäre, hätte er genau das getan, ob mit oder ohne Polizei im Nacken. Aber er zögerte, bis ihm nichts anderes übrigblieb, als so heftig zu bremsen, wie er es riskieren konnte, in den zweiten Gang herunterzuschalten und das Lenkrad scharf nach links zu reißen. Der Motor kreischte. Sie gerieten ins Schleudern und nahmen die Kurve auf zwei Rädern, wobei er und Hester seitwärts geworfen wurden. Das Sirenengeheul ging im Dröhnen eines Motors unter, und plötzlich stürmte der Kühlergrill eines gepanzerten Transportfahrzeugs auf sie zu und füllte ihren Rückspiegel aus. Seine Stoßstange berührte die ihres Austin. Ein wütendes Hupen, so laut wie ein Nebelhorn, schien sie voranzutreiben. Sie schossen über die Brücke, die über den Grand Union Canal führte. Ein Schwan wendete träge den Kopf, um sie zu betrachten, und dann jagten sie durch das Marktstädtchen – nach rechts, nach links, wieder nach rechts, rumpelten über das Kopfsteinpflaster der engen Gassen, wobei das Lenkrad in Jerichos Händen bebte –, nur um von dieser verdammten Römerstraße herunterzukommen. Plötzlich hörten die Häuser auf, und sie befanden sich wieder in offenem Gelände und fuhren am Kanal entlang. Eine Schute wurde von einem Treidelpferd geschleppt. Der Schiffer, der ausgestreckt neben der Ruderpinne lag, nahm grüßend den Hut ab.

»Hier links«, sagte Hester, und sie bogen vom Kanal ab auf einen Weg, der nicht viel besser war als der Waldpfad. Er bestand aus zwei geteerten Fahrspuren voller Schlaglöcher, die durch einen hohen Grasstreifen voneinander getrennt waren, der an der Unterseite des Wagens schabte. Hester drehte sich um, kniete sich auf ihren Sitz und hielt durch das Heckfenster Ausschau nach irgendwelchen Anzeichen der Polizei, aber das Land hatte sich hinter ihnen geschlossen wie ein Dschungel. Noch zwei Meilen fuhr Jericho langsam weiter. Er fühlte sich ganz ruhig. Sie passierten ein winziges Dorf. Ungefähr eine Meile dahinter war eine kleine Bucht angelegt worden, damit Autos – oder wahrscheinlicher Karren – einander überholen konnten. Er fuhrt dort hinein und schaltete den Motor ab. Dann öffnete er die Wagentür und übergab sich.

Sie hatten nicht viel Zeit. Jericho hielt auf der Straße Wache, während Hester sich im Fond des Austin umzog. Der Karte zufolge befanden sie sich nur eine Meile westlich von Shenley Brook End, und sie behauptete, daß sie noch vor Einbruch der Dunkelheit zu Fuß zu ihrem Haus zurückkehren könnte. Er staunte über ihren Mut. Nach ihrer Begegnung mit der Polizei hatte für ihn alles einen unheilschwangeren Aspekt angenommen: die

Bäume, die einander im Wind zuzuwinken schienen, die dichten Schatten, die sich jetzt über die Ränder der Felder senkten, die Krähen, die sich kreischend aus ihren Nestern aufschwangen und hoch über ihnen kreisten.

»Können wir sie nicht entschlüsseln?« hatte Hester gefragt, nachdem sie angehalten hatten. Er hatte die Kryptogramme aus der Tasche geholt, damit sie entscheiden konnten, was sie mit ihnen machen sollten. »Also, Tom, wir können sie nicht einfach verbrennen. Wenn sie geglaubt hat, sie könnte sie entschlüsseln, weshalb können wir es dann nicht?«

Oh, dafür gibt es ein Dutzend Gründe, Hester. Sogar hundert. Aber für den Anfang erst einmal drei. Erstens brauchten sie die Vulture-Einstellungen des Tages, an dem die Funksprüche gesendet worden waren.

»Ich kann versuchen, die zu beschaffen«, hatte sie gesagt. »Sie müssen irgendwo in Baracke 6 sein.«

Also gut, vielleicht konnte sie es. Aber selbst wenn sie es schaffte, brauchten sie trotzdem noch mehrere Stunden an einer der Typ-X-Maschinen – und zwar nicht an einer der Maschinen in Baracke 8, weil die Enigmas der Marine anders verkabelt waren als die des Heeres.

Darauf hatte sie nichts zu antworten gewußt.

Und drittens mußten sie einen Platz finden, an dem sie die Kryptogramme verstecken konnten, weil man ihnen sonst, wenn man sie damit erwischte, im Old Bailey unter Ausschluß der Öffentlichkeit den Prozeß machen würde.

Auch darauf wußte sie nichts zu antworten.

Ungefähr dreißig Meter vor ihm bewegte sich etwas in der Hecke. Ein Fuchs steckte die Nase aus dem Unterholz und trottete auf den Weg. Als er ihn halb überquert hatte, blieb er stehen und starrte Jericho an. Er stand völlig reglos da und schnupperte in die Luft, dann verschwand er in der Hecke auf der anderen Seite. Jericho atmete erleichtert aus.

Und trotzdem, trotzdem ... Noch während er die einleuchtenden Einwände vorbrachte, war ihm klar, daß sie recht hatte. Sie konnten die Kryptogramme jetzt nicht einfach vernichten, nicht nach allem, was sie durchgemacht hatten, um sie zu bekommen. Und sobald das entschieden war, gab es nur einen logischen Grund dafür, sie zu behalten – sie mußten versuchen, sie zu entschlüsseln. Hester müßte irgendwie die Einstellungen stehlen, während er nach einer Möglichkeit suchte, an eine der Typ-X-Maschinen heranzukommen. Aber es war gefährlich – er betete, daß sie das begriff. Vor ihnen hatte Claire die Kryptogramme gestohlen, und sie hatten keine Ahnung, was mit ihr passiert war. Und irgendwo – möglicherweise bereits auf der Suche nach ihnen – war ein Mann, der große Fußabdrücke im Rauhreif hinterließ; ein Mann, der vermutlich mit einem gestohlenen Revolver bewaffnet war; ein Mann, der wußte, daß Jericho in Claires Zimmer gewesen war und die Funksprüche mitgenommen hatte.

Ich bin kein Held, dachte er. Er hatte fürchterliche Angst.

Die Wagentür ging auf, und Hester kam zum Vorschein, jetzt wieder in Hosen, Pullover, Jacke und Stiefeln. Er nahm ihre Tasche und verstaute sie im Kofferraum des Austin.

»Steht Ihr Entschluß fest, daß ich Sie nicht fahren soll?«

»Darüber haben wir bereits gesprochen. Es ist sicherer, wenn wir uns trennen.«

»Seien Sie um Gottes willen vorsichtig.«

»Machen Sie sich lieber Sorgen um sich selbst.« Die anbrechende Dämmerung hatte die Luft milchig gemacht, es war feucht und kalt. Ihr Gesicht begann vor seinen Augen zu verschwimmen. Sie sagte: »Wir sehen uns morgen.«

Sie schwang sich gewandt über das Gatter und marschierte quer über das Feld davon. Er dachte, sie würde sich vielleicht umdrehen und winken, aber sie schaute kein einziges Mal zurück. Er sah ihr ungefähr zwei Minuten lang nach, bis sie sicher am anderen Ende angekommen war. Sie suchte kurz nach einer Lücke in der Hecke, dann verschwand sie wie der Fuchs.

5

Die Straße führte ihn über den Chase, an den großen Telegrafenmasten der Außenstelle von Bletchley Park in Whaddon Hall vorbei und dann die Buckingham Road hinab. Mißtrauisch suchte er die Straße ab.

Der Karte zufolge verbanden nur fünf Straßen, diese eingeschlossen, Bletchley mit der Außenwelt, und wenn die Polizei nach wie vor den Verkehr kontrollierte, würde sie ihn anhalten, da war er ganz sicher. Nur eine Hakenkreuzfahne hätte den Austin noch verdächtiger machen können. Die Karosserie war bis in Höhe der Fenster mit Schlamm bespritzt. Gras hatte sich um die Achsen gewickelt. Die hintere Stoßstange war da, wo der Transporter sie gestreift hatte, verbogen. Und der Motor gab seit Stony Stratford ein durchdringendes Todesröcheln von sich. Er fragte sich, was in aller Welt er Kramer sagen sollte.

Die Straße war in beiden Richtungen leer. Er fuhr an ein paar Bauernhäusern vorbei, und fünf Minuten später hatte er die Außenbezirke der Stadt erreicht. Rechts und links sah er die Vorstadtvillen mit ihren verputzten Fassaden und dem nachgemachten Tudor-Gebälk liegen, und dann fuhr er links die Anhöhe in Richtung Bletchley Park hinauf. Er bog in die Wilton Avenue ein und bremste sofort ab. Am Ende der Straße, neben dem Wachtposten, stand ein Polizeifahrzeug. Ein Beamter in Mantel und Mütze redete auf den Wachtposten ein.

Wieder brauchte Jericho beide Hände, um den Rückwärtsgang einzulegen, dann schob er sich ganz langsam in die Church Green Road.

Er empfand jetzt keinerlei Panik mehr, es kam ihm eher so vor, als hätte er ein ruhiges Plätzchen gefunden inmitten des Sturms. »Benehmen Sie sich so normal wie möglich«, war sein Rat an Hester gewesen, nachdem sie beschlossen hatten, die Kryptogramme zu behalten. »Sie müssen erst morgen nachmittag um vier wieder zum Dienst erscheinen? Gut, dann gehen Sie auf keinen Fall vorher hin.« Die Ermahnung galt im gleichen Maße auch ihm. Normalität. Routine. Wurde er zur Nachtschicht in Baracke 8 erwartet? Zum nächtlichen Angriff auf Shark? Er würde zur Stelle sein.

Er fuhr die Anhöhe hinauf und hielt in einer Straße mit Privathäusern an, ungefähr dreihundert Meter von der Kirche St. Mary entfernt. Wo sollte er die Kryptogramme verstecken? Im Austin? Zu riskant. In der Albion Street? Dort war eine Durchsuchung zu wahrscheinlich. Durch ein Ausschlußverfahren kam er schließlich auf die Antwort. Wo konnte man einen Baum besser verstecken als im Wald? Wo konnte man ein Kryptogramm besser verstecken als in einem Entschlüsselungszentrum? Er würde sie nach Bletchley Park mitnehmen.

Er schloß die Wagentür ab. Er nahm die Papiere aus der Innentasche seines Mantels und stopfte sie in das Versteck, das er im Futter vorbereitet hatte. Dann fiel ihm Atwoods Atlas ein, und er schloß die Wagentür wieder auf. Während er sich bückte, um das Buch herauszuholen, überprüfte er unauffällig die Straße. Vor dem Haus an der anderen Straßenseite stand eine Frau in einem Rechteck aus gelbem Licht auf der Schwelle und rief ihre Kinder vom Spielen herein. Ein junges Pärchen schlenderte Arm in Arm vorbei. Ein Hund trottete müde den Rinnstein entlang und hob am Vorderreifen des Austin das Bein. Eine ganz gewöhnliche englische Provinzstraße in der Abenddämmerung. *Die Welt, für die wir kämpfen.* Er schloß leise die Tür. Mit gesenktem Kopf und den Händen in den Taschen machte er sich forschen Schrittes auf den Weg zum Park.

Für Hester Wallace war es eine Sache des Stolzes, daß sie, wenn es um einen Fußmarsch ging, die gleiche Ausdauer bewies wie ein Mann. Aber was auf der Karte ausgesehen hatte wie eine gerade, leicht zu bewältigende Meile, erwies sich als eine dreimal so lange Strecke. Es ging über winzige Felder, die von dichten Hecken begrenzt wurden und mit Gräben durchzogen waren, in denen das braune Schmelzwasser bis zum Rand stand, so daß es fast dunkel war, als sie endlich die Straße erreicht hatte.

Sie fürchtete schon, sich verlaufen zu haben, aber nach ein oder zwei Minuten kam ihr die schmale Straße vertraut vor – zwei Ulmen, die so dicht beieinanderstanden, als wären sie aus der gleichen Wurzel hervorgegangen; ein bemoostes und zerbrochenes Gatter –, und bald konnte sie auch die Feuer im Dorf riechen. Dort wurde grünes Holz verbrannt, und der Rauch war weiß und beißend.

Sie hielt Ausschau nach Polizisten, sah aber keine – weder auf dem Feld ihrem Haus gegenüber noch im Häuschen selbst, das nicht abgeschlossen war. Sie verriegelte die Tür hinter sich, blieb am Fuß der Treppe stehen und rief einen Gruß hinauf.

Stille.

Langsam stieg sie die Stufen hinauf. Claires Zimmer war ein einziges Chaos. Entweiht – das war das Wort, das ihr in den Sinn kam. Die Persönlichkeit, die es einst widergespiegelt hatte, war durcheinandergebracht, zerstört. Ihre Kleider waren herumgeworfen worden, die Laken vom Bett gerissen, ihr Schmuck verstreut, ihre Kosmetikartikel geöffnet und der Inhalt von ungeschickten Mannerhänden verschüttet worden. Zuerst dachte sie, auf allen Flächen läge Körperpuder, aber der feine weiße Staub war geruchlos, und ihr wurde klar, daß es Fingerabdruckpulver sein mußte.

Sie machte sich ans Aufräumen, gab es aber bald wieder auf und setzte sich mit dem Kopf in den Händen auf die nackte Matratze, bis eine Woge von Selbstekel sie veranlaßte aufzuspringen. Sie putzte sich wütend die Nase und ging nach unten.

Sie machte im Wohnzimmer Feuer und stellte einen Kessel mit Wasser auf den Rost. In der Küche stocherte sie im Herd und schaffte es, aus der bleichen Asche noch ein bißchen Glut hervorzuzaubern, legte ein paar Stück Kohle darauf und setzte einen großen Topf Wasser zum Kochen auf. Dann holte sie die Zinkwanne aus dem Schuppen und verriegelte und verschloß die Tür hinter sich.

Sie würde alles tun wie gewohnt und dadurch ihre Ängste ersticken. Sie würde baden. Sie würde den Rest Möhrenkuchen vom Vorabend essen. Sie würde sich zeitig hinlegen und auf Schlaf hoffen.

Denn morgen stand ihr ein fürchterlicher Tag bevor.

In Baracke 8 herrschte eine hektische, nervöse Atmosphäre wie in der Theaterkantine am Vorabend einer Premiere.

Jericho steuerte auf seinen üblichen Platz neben dem Fenster zu. Links von ihm Atwood, der in Dilly Knox' Ausgabe der *Mimiamben* des Herondas blätterte. Ihm gegenüber Pinker, gekleidet wie für Covent Garden. Die Ärmel seiner schwarzen Samtjacke waren allerdings etwas zu lang, so daß seine dicklichen Finger herausragten wie Maulwurfsklauen. Kingcome und Proudfoot spielten Schach auf einem Taschenbrett. Baxter drehte sich mit einer kleinen Blechvorrichtung, die nicht richtig funktionierte, einen Vorrat an dünnen Zigaretten. Puck hatte die Füße auf den Tisch gelegt. Im Hintergrund klickten sporadisch die Typ-X-Maschinen. Jericho nickte allen ein Guten Abend zu, gab Atwood seinen Atlas zurück – »Danke, mein Freund. Gute Fahrt gehabt?« – und hängte seinen Mantel über die Rückenlehne seines Klappstuhls. Er war gerade noch rechtzeitig eingetroffen.

»Gentlemen!« Logie erschien an der Tür und klatschte zweimal in die Hände, um ihre Aufmerksamkeit zu erregen, dann trat er beiseite, damit Skynner vor ihm den Raum betreten konnte.

Es gab ein allgemeines Gerucke und Gescharre von Stuhlbeinen, als alle aufstanden. Jemand steckte den Kopf durch die Tür des Dechiffrierraums, und das Klappern der Typ-X-Maschinen verstummte.

»Machen Sie sich's doch bequem«, sagte Skynner und bedeutete ihnen, sich wieder hinzusetzen. Jericho stellte fest, daß er, wenn er die Füße unter den Stuhl klemmte, den Knöchel gegen die gestohlenen Kryptogramme drücken konnte. »Ich bin nur vorbeigekommen, um Ihnen Glück zu wünschen.« Skynners massiger Körper war wie der eines Gangsters aus Chicago in einen Zweireiher aus einer Riesenmenge Vorkriegsnadelstreifen eingehüllt. »Ich bin sicher, daß Sie ebenso wie ich wissen, was hier auf dem Spiel steht.«

»Dann halten Sie die Klappe«, flüsterte Atwood.

Aber Skynner hörte ihn nicht. Das war es, was er liebte. Er stand breitbeinig und unerschütterlich da, die Hände auf dem Rücken verschränkt. Er war Nelson vor der Schlacht von Trafalgar. Er war Churchill während der Bombenangriffe. »Ich glaube, ich übertreibe nicht, wenn ich sage, daß dies eine der entscheidenden Nächte des Krieges sein könnte.« Sein Blick wanderte von einem zum anderen und erreichte Jericho als letzten, von dem er mit einem Aufflackern von Abscheu abglitt. »Eine gewaltige Schlacht – vielleicht die größte Konvoischlacht des Krieges – steht unmittelbar bevor. Leutnant Cave?«

»Der Admiralität zufolge«, sagte Cave, »wurden um neunzehn Uhr heute abend die Konvois HX-229 und SC-122 gewarnt, daß sie sich im vermuteten Operationsgebiet der U-Boote befinden.«

»So liegen die Dinge. Aus der Nessel Gefahr pflücken wir die Blume Sicherheit.« Skynner nickte abrupt. »An die Arbeit.«

»Habe ich das nicht irgendwo schon einmal gehört?« sagte Baxter.

»Heinrich IV., Erster Teil«, gähnte Atwood. »Das hat Chamberlain zitiert, als er abreiste, um sich mit Herrn Hitler zu treffen.«

Nachdem Skynner den Raum verlassen hatte, ging Logie herum und verteilte Kopien des Abschnittes über Konvoikontakte aus dem Kleinen Signalbuch. Jericho gab er, zum Zeichen der Anerkennung, das kostbare Original.
»Wir sind auf Meldungen über Kontakte mit den Konvois aus, meine Herren: so viele wie möglich in den vierundzwanzig Stunden zwischen heute um Mitternacht und morgen um Mitternacht – mit anderen Worten, die größtmögliche Menge von Eselsbrücken für die Enigma-Einstellung eines Tages.«
In der Sekunde, da der E-Auftakt gehört wurde, würde der diensthabende Offizier in der Horchstelle anrufen und sie informieren. Wenn eine Minute später die Kontaktmeldung per Fernschreiber eintraf, würden zehn Kopien angefertigt und verteilt werden. Nicht weniger als zwölf Bomben – Logie hatte die persönliche Zusage des in Baracke 6 für die Bomben verantwortlichen Mannes – würden ihnen zur Verfügung stehen, sobald sie über ein erfolgversprechendes Menü verfügten.
Als er seine Ansprache beendet hatte, wurden vor den Fenstern die Verdunkelungsläden angebracht und die Baracke für die Nacht dichtgemacht.

»Also, Tom«, sagte Puck freundlich. »Was meinen Sie, wie viele Kontaktmeldungen werden wir brauchen, damit Ihr Schema funktioniert?«
Jericho blätterte im Kleinen Signalbuch. Er schaute auf. »Ich habe gestern versucht, es auszurechnen. Ich würde sagen, ungefähr dreißig.«
»Dreißig?« wiederholte Pinker, wobei sich seine Stimme vor Bestürzung hob. »Aber das bedeutete ein Mmm – mmm – mmm ... Massaker?«
»Wie viele U-Boote bräuchte man, um dreißig Signale aufzufangen?« fragte Puck.
»Ich weiß es nicht«, sagte Jericho. »Das hängt ab von der Zeit zwischen der ersten Sichtung und dem Beginn des Angriffs. Acht. Vielleicht neun.«

»Neun«, murmelte Kingcome. »Großer Gott. Sie sind am Zuge, Jack.«
»Würde mir bitte jemand sagen«, fragte Puck, »worauf ich hoffen soll? Soll ich hoffen, daß die U-Boote diese Konvois finden oder nicht?«
»Nicht«, sagte Pinker und sah sich Unterstützung heischend um. »Das liegt doch auf der Hand. Wir wollen, daß die Konvois den U-Booten entkommen. Das ist es doch, worum es bei alledem geht.«
Kingcome und Proudfoot nickten, aber Baxter schüttelte heftig den Kopf. Seine Zigarette löste sich auf und übersäte seine Strickjacke mit Tabakkrümeln. »Zum Teufel«, sagte er.
»Sie würden wirklich einen Konvoi opfern?« fragte Pinker.
»Natürlich.« Baxter wischte sorgfältig die Tabakkrümel in seine Handfläche. »Im höheren Interesse. Wie viele Männer hat Stalin bisher opfern müssen? Fünf Millionen? Zehn Millionen? Der einzige Grund, daß wir uns immer noch im Krieg befinden, ist das Gemetzel an der Ostfront. Was ist im Vergleich dazu ein Konvoi, wenn wir dadurch wieder in Shark eindringen können?«
»Was sagen Sie dazu, Tom?«
»Darauf habe ich keine Antwort. Ich bin Mathematiker, kein Moralphilosoph.«
»Das ist wieder einmal typisch.«
»Nein, nein, soweit es die moralische Logik betrifft, ist Toms Antwort die einzig rationale«, sagte Atwood. Er hatte sein Buch beiseite gelegt. Das war die Art von Diskussion, die er liebte. »Überlegen Sie doch einmal. Ein Irrer greift sich Ihre beiden Kinder, hält ihnen ein Messer an die Kehle und sagt zu Ihnen: Eines muß sterben, treffen Sie Ihre Wahl. Wem machen Sie dann Vorwürfe? Sich sebst, weil Sie eine Entscheidung treffen müssen? Nein. Doch bestimmt dem Irren.«
Jericho sagte, wobei er Puck ansah: »Aber diese Analogie beantwortet nicht Pucks Frage, worauf wir hoffen sollen.«

»Oh, meiner Meinung nach gibt sie genau darauf die Antwort, weil sie die Prämisse seiner Frage verwirft: nämlich die Präsumtion, daß die Last, eine moralische Entscheidung zu treffen, auf uns ruht. Quod erat demonstrandum.«

»Niemand ist ein besserer Haarspalter als Frank«, sagte Pinker bewundernd.

»Die Präsumtion, daß die Last, eine moralische Entscheidung zu treffen, auf uns ruht«, wiederholte Puck. Er lächelte über den Tisch hinweg Jericho an. »Schönstes Cambridge. Entschuldigen Sie mich. Ich glaube, ich muß auf die Toilette.«

Er machte sich auf den Weg in den hinteren Teil der Baracke. Kingcome und Proudfoot wendeten sich erneut ihrem Schachspiel zu. Atwood nahm den Herondas wieder auf. Baxter hantierte mit seiner Zigarettendrehmaschine. Pinker schloß die Augen. Jericho blätterte im Kleinen Signalbuch und dachte an Claire.

Mitternacht kam und ging ohne einen Laut aus dem Nordatlantik, und die Spannung, die den ganzen Abend ständig gewachsen war, begann nachzulassen.

Das, was die Köche der Kantine von Bletchley Park bei der Zwei-Uhr-Mahlzeit anzubieten hatten, hätte sogar Mrs. Armstrong erblassen lassen – gekochte Kartoffeln in Käsesauce mit Barrakuda, gefolgt von einem Nachtisch, bestehend aus zwei Scheiben Brot, zusammengeklebt mit Marmelade und in Fett gebacken –, und gegen vier Uhr warf die Anstrengung, diese Mahlzeit zu verdauen, eine Decke der Schläfrigkeit über die Kryptoanalytiker. Hinzu kamen die trübe Beleuchtung in Baracke 8 und die Dünste des Paraffinofens. Atwood war der erste, der seiner Müdigkeit erlag. Sein Mund ging auf, und der obere Teil seines Gebisses lockerte sich, so daß er beim Atmen ein seltsam klickendes Geräusch von sich gab. Pinker rümpfte angewidert die Nase und verzog sich, um sich in der Ecke ein Nest zu suchen, und kurz darauf schlief auch Puck ein, den Körper nach vorn gebeugt, die linke Wange auf seinem Unterarm, der auf dem Tisch lag. Sogar Jericho, trotz seiner Entschlossenheit, die Kryptogramme zu bewachen, glitt in die Bewußtlosigkeit des Schlafes hinüber. Er riß sich mehrere Male zurück, weil er sich bewußt war, daß Baxter ihn beobachtete, aber schließlich konnte er nicht länger dagegen ankämpfen und versank in einen unruhigen Traum von ertrinkenden Männern, deren Schreie sich für ihn anhörten wie der Wind in der Antennenanlage.

VI
ENTTARNUNG

Enttarnung: das Entfernen einer Lage der Verschlüsselung eines Kryptogramms, das dem Prozeß der Überschlüsselung (siehe dort) *unterworfen wurde, das heißt, einer Nachricht, die einmal verschlüsselt wurde und dann aus Sicherheitsgründen noch ein zweites Mal.*

EIN LEXIKON DER KRYPTOGRAPHIE
(»Streng geheim«, Bletchley Park, 1943)

I

Später sollte sich herausstellen, daß Bletchley Park fast alles wußte, was es über das U-Boot 653 zu wissen gab.

Sie wußten, daß es zum Typ VII c gehörte – 66 Meter lang, 6 Meter breit, getaucht mit einer Wasserverdrängung von 871 Tonnen und einer Oberflächenreichweite von 6500 Meilen – und daß es auf der Howaldts-Werft in Hamburg gebaut worden war, mit Motoren von Blohm & Voss. Sie wußten, daß es achtzehn Monate alt war, weil sie die Meldungen über seine Seetüchtigkeit im Herbst 1941 geknackt hatten. Sie wußten, daß es unter dem Kommando von Kapitänleutnant Gerhard Feiler stand. Und sie wußten, daß es in der Nacht des 28. Januar 1943 – zufällig der letzten Nacht, die Tom Jericho mit Claire Romilly verbracht hatte – seinen Liegeplatz im Hafen St. Nazaire verlassen hatte und unter einem dunklen und mondlosen Himmel zu seinem sechsten Einsatz in den Golf von Biskaya ausgelaufen war.

Nachdem es eine Woche auf See gewesen war, knackten die Kryptoanalytiker in Baracke 8 eine Nachricht aus dem U-Boot-Hauptquartier – damals noch in seiner grandiosen Behausung in der Nähe des Bois de Boulogne in Paris –, mit der es angewiesen wurde, aufgetaucht zum Planquadrat KD 63 zu fahren. »MIT HÖCHSTMÖGLICHER GESCHWINDIGKEIT OHNE RÜCKSICHT AUF DIE BEDROHUNG AUS DER LUFT.«

Am 11. Februar schloß es sich mit zehn weiteren U-Booten zu einer neuen Gruppe zusammen, die im Atlantik patrouillieren sollte und den Codenamen »Ritter« erhielt.

Die Wetterverhältnisse im Nordatlantik waren in diesem Winter 1942/43 besonders schlecht. Es gab 100 Tage, an denen die U-Boote Stürme von mehr als Windstärke 7 auf der Beaufort-Skala meldeten. Manchmal erreichte der Wind eine Geschwindigkeit von über 100 Meilen pro Stunde und peitschte Wellen von mehr als 30 Metern Höhe auf. Schnee, Schneeregen, Hagel und gefrorene Gischt prasselten auf U-Boote und Konvois nieder. Ein Schiff der Alliierten kenterte und sank, lediglich durch das Gewicht des Eises auf seinen Aufbauten, in Minutenschnelle.

Am 13. Februar brach Feiler die Funkstille, um zu melden, daß sein Wachoffizier, Leutnant Laudon, über Bord gespült worden war – von Feilers Seite ein schwerer Verstoß gegen die Vorschriften, der ihm kein Beileid einbrachte, sondern einen heftigen Verweis, der an die gesamte U-Boot-Flotte übermittelt wurde: »FEILERS MELDUNG ÜBER VERLUST VON WACHOFFIZIER HÄTTE NICHT GESENDET WERDEN DÜRFEN BEVOR FUNKSTILLE INFOLGE FEINDKONTAKT GEBROCHEN WERDEN DARF.«

Erst am 23. Februar, nach fast vier Wochen auf See, konnte Feiler seinen Schnitzer wiedergutmachen, indem er endlich einen Konvoi sichtete. Um 18 Uhr tauchte er ab, um einem begleitenden Zerstörer auszuweichen, und als die Nacht hereinbrach, kam er wieder hoch, um anzugreifen. Ihm standen zwölf Torpedos zur Verfügung, jeder sieben Meter lang und mit einem eigenen Elektromotor ausgestattet, imstande, durch einen Konvoi zu laufen, einen Halbkreis zu beschreiben und zurückzulaufen, wieder einen Halbkreis zu beschreiben und so weiter und so weiter, bis entweder sein Strom verbraucht oder ein Schiff versenkt worden war. Der Sensormechanismus war primitiv; es kam gelegentlich vor, daß ein U-Boot von seiner eigenen Waffe verfolgt wurde. Sie wurden Zielsuchtorpedos genannt. Feiler schoß vier von ihnen ab.

VON: FEILER
IN PLANQUADRAT BC 6956 UM 0116. VIERERFÄCHER AUF KONVOI AUF SÜDLICHEM KURS MIT 7 KNOTEN. EIN DAMPFER VON 6000 BRUTTOREGISTERTONNEN: GROSSE EXPLOSION

Und Rauchwolke, dann nichts mehr zu sehen. Ein Dampfer von 5500 Brt brennend zurückgelassen. Zwei weitere Treffer gehört, keine Beobachtungen.

Am 25. meldete Feiler seine Position.
Am 26. kehrte sein Pech zurück.

Von: U 653
Befinde mich in Planquadrat BC 8747. Hochdruckaggregat 2 und Steuerbordtauchzelle unklar.
Ballastbunker 5 undicht.
Diesel erzeugt dichten weissen Qualm.

Die Zentrale brauchte die ganze Nacht, um ihre Ingenieure zu konsultieren, und erwiderte am folgenden Morgen um 10 Uhr:

An: U 653
Zustand von Ballastbunker 5 ist das einzige, was Rückkehr erforderlich machen könnte. Selbst entscheiden, dann Meldung machen.

Um Mitternacht hatte Feiler seine Entscheidung getroffen:

Von: U 653
Kehre nicht zurück.

Am 3. März ging U 653 in schwerer See bei einem U-Boot-Tanker längsseits und übernahm 65 Kubikmeter Treibstoff und Vorräte, die für weitere vierzehn Tage auf See ausreichten.
Am 6. wurde Feiler angewiesen, sich einer neuen Gruppe anzuschließen, die den Codenamen »Raubgraf« trug.
Und das war alles.
Am 9. März änderten die U-Boote ganz plötzlich ihr Wettercodebuch, so daß es für Shark ein Blackout gab.

U 653 und weitere 113 U-Boote, von denen damals bekannt war, daß sie im Atlantik operierten, verschwanden aus dem Blickfeld von Bletchley.

Um 5 Uhr britischer Zeit am 16. März, einem Dienstag, ungefähr neun Stunden nachdem Jericho den Austin stehengelassen hatte und in Baracke 8 gegangen war, fuhr U 653 aufgetaucht in Richtung Osten, um nach Frankreich zurückzukehren. Im Nordatlantik war es 3 Uhr.
Nachdem Feiler nach zehn Tagen auf Posten in der Raubgraf-Gruppe keinen Konvoi gesichtet hatte, beschloß er, nach Hause zurückzukehren. Er hatte außer Leutnant Laudon vier weitere Matrosen verloren, die gleichfalls über Bord gespült worden waren. Einer seiner Maate war krank. Der Steuerbordmotor machte immer noch Probleme. Der eine noch vorhandene Torpedo war defekt. Das Boot, das keine Heizung hatte, war kalt und feucht, und alles – Spinde, Nahrungsmittel, Uniformen – war mit grünlichweißem Schimmel bedeckt. Feiler lag auf seiner nassen Koje, zusammengerollt, um sich gegen die Kälte zu schützen, lauschte gequält dem unregelmäßigen Tukkern der Maschine und versuchte zu schlafen.
Auf der Brücke bildeten vier Männer die Nachtwache: für jede Himmelsrichtung einer. Sie waren in tropfendes schwarzes Ölzeug eingepackt und mit Metallriemen an der Reling festgeschnallt. Jeder von ihnen trug eine Schutzbrille, hielt ein Zeiss-Fernglas fest an die Augen gedrückt und starrte in seinen jeweiligen Sektor Dunkelheit.
Die Wolkendichte betrug zehn Zehntel. Der Wind blies stahlhart. Der Rumpf des U-Bootes stampfte unter ihren Füßen so heftig, daß sie über die nassen Decksplanken rutschten und gegeneinanderprallten.
Direkt voraus, in Richtung des unsichtbaren Bugs, schaute ein junger Obersteuermann namens Heinz Theen. Er starrte in eine so unendliche Schwärze, daß man sich ohne weiteres vorstellen konnte, sie wären vom Rand der Welt heruntergefallen. Da sah er plötzlich

ein Licht. Es blitzte im Nirgendwo auf, mehrere hundert Meter vor ihm, leuchtete zwei Sekunden und verlöschte wieder. Wenn sein Fernglas nicht genau darauf gerichtet gewesen wäre, hätte er es niemals gesehen.
So merkwürdig es erscheinen mochte – ihm wurde klar, daß er gerade gesehen hatte, wie sich jemand eine Zigarette anzündete.
Ein Matrose der Alliierten, der sich mitten im Nordatlantik eine Zigarette anzündete.
Er rief vom Kommandoturm hinunter: »Kommandant auf die Brücke!«
Als Feiler dreißig Sekunden später die schlüpfrige Metalleiter zur Brücke hinaufgestiegen war, hatte der starke Wind die Wolken ein wenig verschoben, und rings um sie herum bewegten sich Formen. Feiler schwenkte sein Fernglas um 360 Grad und zählte die Umrisse von fast zwanzig Schiffen, von denen das nächste nicht weiter als 500 Meter von Backbord entfernt war.
Ein geflüsterter Ruf, in dem ebenso Panik wie Befehl lag: »Alarrrmmmmm!«

U 653 stoppte sein Tauchmanöver und hing reglos in dem ruhigeren Wasser unterhalb der Wellenberge.
Neununddreißig Männer hockten schweigend im Halbdunkel und lauschten den Geräuschen des über sie hinwegfahrenden Konvois: den schnellen Umdrehungen der modernen Dieselmotoren, dem schwerfälligen Stampfen der Dampfer, den merkwürdig singenden Geräuschen der Turbinen von den eskortierenden Kriegsschiffen.
Feiler ließ sie alle passieren. Er wartete zwei Stunden, dann tauchte er auf.
Der Konvoi war bereits so weit voraus, daß er im schwachen Licht der Morgendämmerung kaum noch zu sehen war – nur die Masten der Schiffe, ein paar Rauchwölkchen am Horizont und hin und wieder, wenn eine große Welle das U-Boot anhob, die Eisenkonstruktion von Brücken und Schornsteinen.

Feiler hatte Befehl, nicht anzugreifen – was in Anbetracht der Tatsache, daß er keine Torpedos mehr hatte, ohnehin unmöglich gewesen wäre –, sondern seine Beute nicht aus den Augen zu verlieren und gleichzeitig sämtliche U-Boote im Umkreis von 100 Meilen herbeizurufen.

»Konvoi läuft auf Generalkurs 070 Grad«, sagte Feiler. »Planquadrat BD 1491.«

Der Zweite Wachoffizier kritzelte mit Bleistift eine Notiz, dann eilte er den Kommandoturm hinunter, um das Kleine Signalbuch zu holen. In seiner winzigen Kabine neben der des Kapitäns drückte der Funker auf die Tasten. Die Enigma schaltete sich summend ein.

2

Um 7 Uhr hatte Logie Pinker, Proudfoot und Kingcome in ihre Quartiere geschickt; sie sollten zusehen, daß sie ein paar Stunden Schlaf bekämen. »Jetzt tritt das Gesetz des unglücklichen Zufalls in Kraft«, prophezeite er, während er ihnen nachsah, und so war es auch. Fünfundzwanzig Minuten später kehrte er mit schuldbewußter Miene und in ziemlicher Aufregung, die diesen ganzen Tag kennzeichnen sollte, in den Ballsaal zurück.

»Es sieht beinahe so aus, als hätte es angefangen.«

Sowohl St. Erith als auch Scarborough und Flowerdown hatten einen E-Auftakt gemeldet, auf den acht Morsebuchstaben folgten, und eine Minute später hatte eine der Wrens aus dem Registrierraum die ersten Kopien gebracht. Jericho legte seine auf die Mitte seines Klapptisches.

RGHC DMIG.

Sein Herz begann schneller zu schlagen.

»Hubertus-Netz«, sagte Logie. »4601 Kilohertz.«

Cave hörte jemandem am Telefon zu. Er legte die Hand über die Sprechmuschel. »Wir haben eine Peilung.« Er schnippte mit den Fingern. »Einen Bleistift. Schnell.«

Baxter warf ihm einen zu. »49,4 Grad Nord«, wiederholte er. »38,8 Grad West. Habe ich. Gut gemacht.« Er legte auf.
Cave hatte die ganze Nacht damit verbracht, den Kurs der Konvois auf zwei großen Karten des Nordatlantiks einzutragen; die eine stammte von der Admiralität, die andere war eine erbeutete deutsche Karte, die in Tausende von Planquadraten unterteilt war. Die Kryptoanalytiker scharten sich um ihn. Caves Finger zeigte auf eine Stelle, die fast genau in der Mitte zwischen Neufundland und den Britischen Inseln lag. »Da ist es. Es beschattet HX-229.« Er zeichnete auf der Karte ein Kreuz ein und schrieb 0725 daneben.
Jericho sagte: »Welches Planquadrat ist das?«
»BD 1491.«
»Und der Kurs des Konvois?«
»070.«
Jericho kehrte an seinen Tisch zurück und hatte, indem er das Kleine Signalbuch und das aktuelle Codebuch der Kriegsmarine zum Verschlüsseln der Planquadrate benutzte (»Alfred Krause, Blücherplatz 15«: Baracke 8 hatte den Code kurz vor dem Blackout geknackt), in weniger als zwei Minuten eine aus fünf Buchstaben bestehende Eselsbrücke gebaut, die er als Schema unter die Kontaktmeldung schieben konnte.

R G H C D M I G
D D F G R X ? ?

Die ersten vier Buchstaben meldeten, daß ein Konvoi entdeckt worden war, der einen 070-Grad-Kurs steuerte, die nächsten beiden gaben das Planquadrat an, und die letzten beiden bezeichneten den Codenamen des U-Boots, den er nicht hatte. Er kreiste R-D und D-R ein. Ein Aufhänger aus vier Buchstaben aus der ersten Meldung.
»Ich habe D-R / R-D«, sagte Puck ein paar Sekunden später.
»Ich auch.«
»Ich gleichfalls«, sagte Baxter.

Jericho nickte und kritzelte seine Initialen auf den Block. »Ein gutes Omen.«

Danach begann sich das Tempo der Ereignisse zu beschleunigen.
Um 8.25 Uhr wurden zwei lange, von Magdeburg kommende Meldungen aufgefangen, die Cave sofort als Befehle der U-Boot-Zentrale erkannte, mit denen sämtliche U-Boote im Nordatlantik in die Gefechtszone beordert wurden. Um 9.20 Uhr legte er den Telefonhörer auf und verkündete, daß die Admiralität den Kommandanten des Konvois gerade gewarnt habe, daß er vermutlich entdeckt worden war. Sieben Minuten später klingelte das Telefon abermals. Horchstation Flowerdown. Ein zweiter E-Auftakt von fast derselben Stelle wie der erste. Die Wrens kamen damit herbeigelaufen.
KLYS QNLP.
»Derselbe Leichenwagen«, sagte Cave. »Hält sich an die Standardregeln. Gibt ziemlich genau alle zwei Stunden eine Meldung durch.«
»Planquadrat?«
»Dasselbe.«
»Kurs des Konvois?«
»Gleichfalls unverändert. Bis jetzt.«
Jericho kehrte zu seinem Tisch zurück und schob die Eselsbrücke vom ersten Mal unter das neue Kryptogramm.
K L Y S Q N L P
D D F G R X ? ?
Wieder gab es keine Buchstabenkollisionen. Die goldene Regel der Enigma, ihre einzige, fatale Schwäche: *Nichts ist je es selbst – A kann niemals A sein, B kann niemals B sein* ... Es funktionierte. Seine Füße vollführten unter dem Tisch einen kleinen Freudentanz. Er schaute auf und sah, daß Baxter ihn anstarrte, und ihm wurde zu seinem Entsetzen bewußt, daß er lächelte.
»Erfreut?«
»Natürlich nicht.«

Aber er schämte sich so sehr, daß er, als Logie eine Stunde später erschien und sagte, daß gerade ein zweites U-Boot eine Kontaktmeldung abgesetzt hätte, sich persönlich verantwortlich fühlte.
SOUY YTRO.
Um 11.40 Uhr begann ein drittes U-Boot den Konvoi zu verfolgen, um 12.20 Uhr ein viertes, und plötzlich hatte Jericho sieben Meldungen auf seinem Schreibtisch. Er spürte deutlich, daß Leute hinter ihn traten und ihm über die Schulter schauten – Logie mit seinem brennenden Heuschober von einer Pfeife sowie der fleischartige Geruch und das schwere Atmen von Skynner. Er sah sich nicht um. Er sagte nichts. Die Außenwelt war für ihn dahingeschmolzen. Sogar Claire war jetzt nur noch ein Phantom. Da waren nur noch die Buchstabenschlaufen, die sich vor ihm bildeten und sich in den grauen Atlantik hinaus erstreckten, sich auf seinen Zetteln vermehrten und sich in seinem Denken in dünne Ketten aus Möglichkeiten verwandelten.
Sie machten weder Frühstücks- noch Mittagspause. Den ganzen Nachmittag hindurch verfolgten die Kryptoanalytiker Minute für Minute aus dritter Hand den Verlauf der Jagd in zweitausend Meilen Entfernung. Der Kommandant des Konvois stand in ständigem Kontakt mit der Admiralität, die Admiralität hatte eine offene Leitung zu Cave, und Cave rief ihnen jedesmal zu, wenn eine neue Entwicklung so aussah, als könnte sie bei der Jagd nach Eselsbrücken nützlich sein.
Zwei Meldungen um 13.40 Uhr – die erste eine kurze Kontaktmeldung, die zweite länger, mit ziemlicher Sicherheit von dem U-Boot kommend, das die Jagd eröffnet hatte –, beide zum erstenmal so dicht aufeinanderfolgend, daß die Peilgeräte an Bord der Begleitschiffe des Konvois sie orten konnten. Cave hörte eine Minute lang mit ernster Miene zu, dann verkündete er, daß die HMS *Mansfield,* ein Zerstörer, sich jetzt von der Hauptgruppe der Frachter trennte, um die U-Boote anzugreifen.

»Der Konvoi hat gerade nach Südosten abgedreht. Sie versuchen, die Leichenwagen abzuschütteln, während die *Mansfield* sie zum Tauchen zwingt.«
Jericho schaute auf. »Welchen Kurs steuert er?«
»Welchen Kurs steuert er?« wiederholte Cave ins Telefon. »Verdammt noch mal, ich habe gefragt«, brüllte er, »welchen Kurs er steuert.« Er warf Jericho einen verzweifelten Blick zu. Der Hörer war fest an sein vernarbtes Ohr gepreßt. »Okay. Ja. Danke. Der Konvoi steuert 118 Grad.« Jericho griff nach dem Kleinen Signalbuch.
»Werden sie es schaffen, sich davonzumachen?« fragte Baxter.
Cave beugte sich mit Lineal und Winkelmesser über seine Karte. »Vielleicht. Ich hätte an ihrer Stelle dasselbe getan.«
Eine Viertelstunde verging, und nichts passierte.
»Vielleicht haben sie es geschafft«, sagte Puck. »Und was tun wir dann?«
Cave fragte: »Wieviel Material brauchen Sie noch?«
Jericho zählte die Meldungen. »Wir haben neun. Wir brauchen weitere zwanzig. Fünfundzwanzig wären noch besser.«
»Großer Gott.« Cave musterte sie voller Abscheu. »Das ist ja, als säße man mit einer Horde Aasgeier in einem Zimmer.«
Irgendwo hinter ihnen schaffte es ein Telefon, ein halbes Läuten von sich zu geben, bevor es abgehoben wurde. Einen Augenblick später kam Logie herein, noch schreibend.
»Das war St. Erith. Ein E-Auftakt von 49,4 Grad Nord und 38,1 Grad West.«
»Neue Position«, sagte Cave und starrte auf seine Karte. Er machte ein Kreuz, dann warf er seinen Bleistift hin, lehnte sich auf seinem Stuhl zurück und rieb sich das Gesicht. »Alles, was der Konvoi geschafft hat, ist, daß er von einem Leichenwagen direkt auf den nächsten zugelaufen ist. Der wievielte ist das? Der fünfte? Die See muß von ihnen wimmeln.«

»Er entkommt ihnen nicht«, sagte Puck, »oder?«
»Keine Chance. Nicht, wenn sie aus allen Richtungen auf ihn zukommen.«
Eine Wren erschien und verteilte die neueste Meldung an die Kryptoanalytiker.
BKEL UUXS.
Zehn Meldungen. Fünf U-Boote in Kontakt.
»Planquadrat?« sagte Jericho.

Hester Wallace, die Tochter eines Geistlichen, spielte nicht Poker, was ein Fehler war, denn sie verfügte über ein Pokergesicht, das ihr ein Vermögen hätte einbringen können. Keiner, der sie dabei beobachtete, wie sie an diesem Nachmittag ihr Fahrrad in den Schuppen neben der Kantine schob, oder ihr zusah, wie sie dem Posten ihren Ausweis zeigte oder sich in Baracke 6 an die Wand drückte, damit sie vorbeigehen konnte, oder ihr in der Auffangkontrolle gegenübersaß – keiner wäre auf die Idee gekommen, daß ein solcher Aufruhr in ihrem Kopf herrschte.
Ihr Teint war wie immer blaß, ihre Stirn leicht gerunzelt, so daß man sie kaum anzusprechen wagte. Sie trug ihr langes, dunkles Haar wie ein Kopfweh, wütend aufgetürmt und von Haarnadeln durchbohrt. Ihre Kleidung war die übliche Uniform einer Lehrerin aus dem Westen: flache Schuhe, graue Wollstrümpfe, schlichter grauer Rock, weiße Bluse und eine ältere, aber gut geschnittene Tweedjacke, die sie in Kürze ausziehen und über die Stuhllehne hängen würde, denn der Nachmittag war warm. Ihre Finger fuhren mit kurzen, pickenden Bewegungen über das Formular. Sie hatte die ganze Nacht kaum geschlafen.
Name der Horchstelle, Auffangzeitpunkt, Frequenz, Rufzeichen, Buchstabengruppen …
Wo wurden die Aufzeichnungen aufbewahrt? Das war das erste, was sie herausbekommen mußte. Offensichtlich nicht in der Kontrolle. Nicht im Index. Nicht in der Registratur. Und auch nicht nebenan im Registrier-

raum; dort hatte sie bereits eine schnelle Inspektion vorgenommen. Der Dechiffrierraum war eine Möglichkeit, aber die Frauen an den Typ-X-Maschinen beklagten sich ohnehin über die fürchterliche Enge. Sechzig verschiedene Enigma-Schlüssel, deren Einstellung täglich geändert wurde – bei der Luftwaffe manchmal sogar zweimal am Tag –, nun, das waren allwöchentlich mindestens fünfhundert Informationen, 25 000 im Jahr, und dies war das vierte Kriegsjahr. Das ließ auf einen ziemlich umfangreichen Katalog schließen, sogar eine kleine Bibliothek.

Die einzig mögliche Schlußfolgerung: Sie wurden dort aufbewahrt, wo die Kryptoanalytiker arbeiteten, im Maschinenraum oder ganz in der Nähe davon.

Von zwölf bis drei war sie mit dem Eintragen von Chicksands beschäftigt, dann machte sie sich auf den Weg zur Tür.

Ihr erster Gang durch den Maschinenraum wurde durch Nervosität behindert: schnurstracks durch ihn hindurch bis ans andere Ende, ohne auch nur einen Blick zur einen oder anderen Seite zu werfen. Sie stand vor dem Dechiffrierraum und versuchte, ihre Aufregung in den Griff zu bekommen. Sie tat so, als studiere sie das Schwarze Brett, und machte sich mit zitternder Hand eine Notiz über eine Aufführung der *Fledermaus* durch die Bletchley Park Music Society, die zu besuchen sie keineswegs die Absicht hatte.

Der zweite Durchgang war besser.

Im Maschinenraum gab es keinerlei Maschinen – der Ursprung seines Namens war in den grandiosen Nebeln von 1940 verschwunden –, nur Arbeitstische, Kryptoanalytiker, mit Meldungen gefüllte Drahtkörbe und Aktenregale, eines neben dem anderen an der ganzen rechten Wand. Sie blieb stehen und sah sich verzweifelt um, als suchte sie nach einem vertrauten Gesicht. Das Problem war, daß sie niemanden kannte. Doch dann fiel ihr Blick auf einen kahlen Kopf mit ein paar langen aschblonden Haarsträhnen, die über einen sommersprossi-

gen Schädel gekämmt waren, und ihr wurde klar, daß da etwas nicht hundertprozentig stimmte.
Sie kannte Cordingley.
Der gute alte, stumpfsinnige Donald Cordingley: In einem dicht besetzten Feld um die Position des stumpfsinnigsten Mannes in Bletchley Park war er der Sieger. Wegen einer Trichterbrust zum Militärdienst untauglich. Von Beruf Versicherungsstatistiker. Zehn Jahre Arbeit bei der Scottish Widows Assurance Society in der Londoner Innenstadt, bis ein glücklicher dritter Rang in dem Kreuzworträtselwettbewerb des *Daily Telegraph* ihm einen Platz im Maschinenraum von Baracke 6 eingetragen hatte.
Ihren Platz.
Sie beobachtete ihn noch ein paar Sekunden, dann entfernte sie sich.
Als sie in den Kontrollraum zurückkehrte, stand Miles Mermagen an ihrem Tisch.
»Wie war Beaumanor?«
»Aufschlußreich.«
Sie hatte ihre Jacke auf der Stuhllehne zurückgelassen, und er fuhr mit der Hand über den Kragen, befühlte das Material zwischen Daumen und Zeigefinger, als wollte er die Qualität prüfen.
»Wie sind Sie hingekommen?«
»Jemand hat mich mitgenommen.«
»Jemand männlichen Geschlechts, nehme ich an.« Mermagens Lächeln war breit und unfreundlich.
»Woher wissen Sie das?«
»Ich habe meine Spione«, sagte er.

Der Ozean wimmelte von Funksignalen. Sie landeten im Abstand von zwanzig Minuten auf Jerichos Arbeitstisch.
Um 16 Uhr hängte sich ein weiteres U-Boot an den Konvoi, und wenig später verkündete Cave, daß der Konvoi HX-229 abermals den Kurs geändert habe, jetzt auf 028 Grad, ein letzter und (seiner Ansicht nach)

hoffnungsloser Versuch, seinen Verfolgern zu entkommen.

Um 18 Uhr hatte Jericho einen Stapel von neunzehn Kontaktmeldungen, aus denen er drei Aufhänger aus jeweils vier Buchstaben herausgeholt hatte, und eine Masse von grob skizzierten Bomben-Menüs, die aussahen wie die Pläne für ein überaus kompliziertes Himmel-und-Hölle-Spiel. Sein Hals und seine Schultern waren so verspannt, daß er sich kaum aufrichten konnte.

Im Ballsaal herrschte jetzt fürchterliche Enge. Pinker, Kingcome und Proudfoot waren wieder da. Der andere britische Marine-Leutnant, Villiers, stand neben Cave, der ihm etwas auf seinen Karten erklärte. Eine Wren mit einem Tablett bot Jericho ein sich wellendes Sandwich mit Dosenfleisch und einen Emaillebecher mit Tee an, und er nahm das Angebot dankbar an.

Logie trat hinter ihn und wühlte ihm durchs Haar.

»Wie fühlen Sie sich, alter Junge?«

»Ziemlich kaputt, um ehrlich zu sein.«

»Wollen Sie aufhören?«

»Sehr komisch.«

»Kommen Sie in mein Büro, dann gebe ich Ihnen etwas. Bringen Sie Ihren Tee mit.«

Das »Etwas« stellte sich als eine große gelbe Benzedrin-Tablette heraus, von denen Logie ein halbes Dutzend in einer sechseckigen Pillenschachtel hatte.

Jericho zögerte. »Ich weiß nicht, ob ich die nehmen sollte. Das letzte Mal bin ich nach diesen Dingern zusammengeklappt.«

»Aber mit ihrer Hilfe werden Sie die Nacht durchstehen, meinen Sie nicht? Nun kommen Sie schon, alter Freund. Die Kommandotrupps schwören auf sie.« Er ließ die Schachtel unter Jerichos Nase klappern. »Also werden Sie um die Frühstückszeit zusammenklappen. Na und? Bis dahin werden wir es wohl geschafft haben. Oder auch nicht. Und in dem Fall spielt es ohnehin keine Rolle mehr.« Er nahm eine Tablette und drückte sie Jericho in die Hand. »Nun nehmen Sie schon. Ich werde es dem Onkel Doktor nicht verraten.« Er drückte Jerichos Finger um die Tablette und sagte leise: »Weil ich Sie nämlich nicht gehen lassen kann, mein Bester. Nicht heute nacht. Nicht Sie. Vielleicht einige von den anderen, aber nicht Sie.«

»Na schön, wenn Sie es so nett ausdrücken.«

Jericho schluckte die Tablette mit einem Mundvoll Tee hinunter. Sie hinterließ einen widerlichen Geschmack, den er mit dem Rest aus seinem Becher wegspülte. Logie musterte ihn freundschaftlich.

»So ist's brav.« Er verstaute die Pillenschachtel wieder in einer Schublade seines Schreibtisches und schloß sie ab. »Ich habe Ihnen übrigens wieder einmal den Rücken freigehalten. Ich mußte ihm sagen, Sie wären viel zu wichtig, als daß man Sie stören dürfte.«

»Wem haben Sie das gesagt? Skynner?«

»Nein. Nicht Skynner. Wigram.«

»Was wollte er?«

»Sie, mein Junge. Ich würde sagen, er wollte Sie haben. Gehäutet, ausgestopft und auf einen Pfahl gespießt. Wirklich, für einen so friedlichen Mann machen Sie sich eine Menge Feinde. Ich habe ihm gesagt, er soll gegen Mitternacht wiederkommen. Ist Ihnen das recht?«

Bevor Jericho etwas erwidern konnte, läutete das Telefon, und Logie griff nach dem Hörer.

»Ja. Am Apparat.« Er grunzte und griff nach einem Bleistift. »Sendezeit 19.02 Uhr, 52,1 Grad Nord, 37,2 Grad West. Danke, Bill. Machen Sie so weiter.«

Er legte den Hörer auf.

»Jetzt sind es sieben ...«

Es war wieder dunkel, und im Ballsaal war das Licht eingeschaltet. Die Wachtposten draußen brachten lautstark die Verdunkelungsläden an, wie Gefängniswärter, die ihre Schäfchen für die Nacht einschließen.

Jericho hatte seit zwanzig Stunden keinen Fuß vor die Baracke gesetzt, hatte nicht einmal aus dem Fenster geschaut. Als er zu seinem Platz zurückkehrte und seinen

Mantel überprüfte, um sicherzugehen, daß die Kryptogramme noch da waren, ging ihm kurz durch den Kopf, was für eine Art Tag es gewesen sein mochte und was Hester wohl tat.

Denk jetzt nicht darüber nach.

Er spürte bereits, wie das Benzedrin zu wirken begann. Seine Herzmuskeln fühlten sich federleicht an, sein Körper elektrisch geladen. Als er einen Blick auf seine Notizen warf, war das, was vor einer halben Stunde starr und undurchdringlich erschienen war, plötzlich in Bewegung geraten und steckte voller Möglichkeiten.

Das neue Kryptogramm lag bereits auf seinem Tisch.

YALB DKYF.

»Planquadrat BD 2742«, rief Cave. »Kurs 055 Grad. Geschwindigkeit des Konvois neuneinhalb Knoten.«

Logie sagte: »Eine Nachricht von Mister Skynner. Eine Flasche Scotch für den ersten Mann mit einem Menü für die Bomben.«

Dreiundzwanzig Meldungen eingegangen. Sieben U-Boote in Kontakt. Noch zwei Stunden bis Einbruch der Nacht über dem Nordatlantik.

20 Uhr: neun U-Boote in Kontakt.

20.46 Uhr: zehn.

Die Frauen im Kontrollraum ließen sich für ihr Abendessen an einem Tisch in der Nähe der Essensausgabe nieder. Celia Davenport zeigte allen ein paar Fotos von ihrem Verlobten, der in der Wüste kämpfte, während Anthea Leigh-Delamere sich endlos über ein Treffen der Jagdreiter von Bicester ausließ. Hester reichte die Fotos weiter, ohne sie anzuschauen. Ihre Augen ruhten auf Donald Cordingley, der gerade nach seinem Brocken Quastenflosser anstand oder was immer sonst für ein obskures Exemplar von Gottes Meeresgeschöpfen man ihnen heute zu essen gab.

Sie war intelligenter als er, und er wußte es.

Sie schüchterte ihn ein.

Hallo, Donald, dachte sie. *Hallo, Donald ... Oh, nichts Besonderes, nur diese halsbrecherische neue Abteilung, wo man nach der Parade des Oberbürgermeisters mit Eimer und Schaufel antreten muß ... Also, hören Sie zu, Donald, da ist doch dieses komische kleine Funknetz, Konotop-Prihiki-Poltawa in der südlichen Ukraine – nichts Wichtiges – aber es ist uns nie ganz gelungen, es zu knacken, und Archie – Sie kennen Archie doch? – Archie hat eine Theorie, daß es eine Variante von Vulture sein könnte ... Funkverkehr im Februar und den ersten Märztagen ... Das stimmt ...*

Sie beobachtete ihn, wie er sich allein an einem Tisch niederließ und in seinem Essen herumstocherte. Sie ließ ihn nicht aus den Augen. Und als er eine Viertelstunde später aufstand und seine Essensreste in die Abfalltonne schabte, erhob sie sich gleichfalls und folgte ihm.

Sie war sich durchaus der Tatsache bewußt, daß die anderen Frauen ihr verwundert nachschauten. Sie ignorierte sie.

Sie folgte ihm den ganzen Weg zurück zu Baracke 6, gab ihm fünf Minuten, wieder zur Ruhe zu kommen, dann ging sie ihm nach.

Der Maschinenraum war düster und verschlafen wie eine Bibliothek am Abend. Sie tippte ihm leicht auf die Schulter.

»Hallo, Donald.«

Er drehte sich um und blinzelte verblüfft zu ihr auf.

»Oh, hallo ...« Die Gedächtnisanstrengung war heroisch. »Hallo, Hester.«

»Da draußen ist es jetzt fast dunkel«, sagte Cave nach einem Blick auf die Uhr. »Jetzt dauert es nicht mehr lange. Wie viele haben Sie bekommen?«

»Neunundzwanzig«, sagte Baxter.

»Haben Sie nicht gesagt, das wäre genug, Mister Jericho?«

»Wetter«, sagte Jericho, ohne aufzusehen. »Wir brauchen einen Wetterbericht von dem Konvoi. Barometerstand, Wolkendichte, Wolkenart, Windgeschwindigkeit, Temperatur. Bevor es zu dunkel wird.«

»Die haben zehn U-Boote auf dem Hals, und Sie wollen, daß sie Ihnen einen Wetterbericht liefern?«

»Ja, bitte. So schnell wie möglich.«

Der Wetterbericht traf um 21.31 Uhr ein.

Nach 21.40 Uhr kamen keine Kontaktmeldungen mehr.

So war die Lage von Konvoi HX-229 um 22 Uhr: Siebenunddreißig Handelsschiffe in der Größenordnung von 12 000 Tonnen wie der britische Tanker *Southern Princess* bis hin zu dem 3500 Tonnen großen amerikanischen Frachter *Margaret Lykes* bewegten sich langsam durch die schwere See. Sie fuhren auf einem Kurs von 55 Grad direkt auf England zu. Wie bei einer Regatta waren sie vom Vollmond beleuchtet und auf zehn Meilen sichtbar – die erste derartige Nacht im Nordatlantik seit Wochen. Begleitschiffe: fünf, darunter zwei langsame Korvetten und zwei angejahrte, einstmals amerikanische Zerstörer, den Engländern 1940 im Austausch gegen Stützpunkte überlassen, von denen der eine – HMS *Mansfield* – bei der Jagd auf die U-Boote den Kontakt mit dem Konvoi verloren hatte, weil dessen Kommandant (bei seinem ersten Einsatz) vergessen hatte, ihm seine zweite Kursänderung mitzuteilen. Kein Rettungsschiff verfügbar. Keine Luftunterstützung. Keinerlei Verstärkung im Umkreis von 1000 Meilen.

»Alles in allem«, sagte Cave, nachdem er sich eine Zigarette angezündet und seine Karten betrachtet hatte, »eine Lage, die man als ziemlich beschissen bezeichnen könnte.«

Der erste Torpedo traf um 22.01 Uhr.

Um 22.32 Uhr hörte man Tom Jericho sehr leise sagen: »Ja.«

3

Es war kurz vor der Sperrstunde im Eight Bells Inn an der Buckingham Road, und Miss Jobey und Mister Bonnyman hatten das Hauptthema ihrer Abendunterhaltung praktisch erschöpft: das, was Bonnyman dramatisch die »Polizeirazzia« in Mister Jerichos Zimmer nannte.

Sie hatten die Einzelheiten beim Abendessen von Mrs. Armstrong erfahren, deren Gesicht vor Empörung über dieses gewaltsame Eindringen in ihr Territorium gerötet war. Ein uniformierter Beamter hatte den ganzen Nachmittag auf der Schwelle Wache gestanden (»so daß die ganze Straße ihn sehen konnte, stellen Sie sich das vor«), während zwei Männer in Zivil mit einem Werkzeugkasten und einem Durchsuchungsbefehl fast drei Stunden damit verbracht hatten, das hintere Schlafzimmer im oberen Stock zu durchwühlen, bevor sie am Nachmittag mit einem Stapel Bücher verschwanden. Sie hatten das Bett und den Kleiderschrank auseinandergenommen, den Teppich und die Dielenbretter angehoben und einen Haufen Ruß aus dem Kamin geholt. »Dieser junge Mann ist draußen«, erklärte Mrs. Armstrong und verschränkte ihre schinkendicken Arme, »und die gesamte Miete verwirkt.«

»Die gesamte Miete verwirkt«, wiederholte Bonnyman in sein Bier, zum sechsten oder siebenten Mal. »Das gefällt mir.«

»Und dabei ist er so ein stiller Mann.«

Hinter der Bar läutete eine Handglocke, und das Licht flackerte.

»*Time, Gentlemen! Time please!* Feierabend, meine Herren!«

Bonnyman kippte den Rest seines wäßrigen Biers hinunter, Miss Jobey leerte ihr Glas mit Portwein und Zitrone, und er eskortierte sie auf unsicheren Beinen an dem Dartbrett und den Jagdstichen vorbei zur Tür.

Dieser Tag, der Jericho entgangen war, hatte der Stadt den ersten wahren Vorgeschmack auf den Frühling gegeben. Draußen auf dem Pflaster war die Luft noch immer mild. Die Dunkelheit gab der Straße einen romantischen Anstrich. Als die aufbrechenden Trinker in die Verdunkelung davontorkelten, zog Bonnyman Miss Jobey spielerisch an sich. Sie wichen in einen Hauseingang zurück. Ihr Mund öffnete sich seinem, sie preßte sich an ihn, und Bonnyman reagierte, indem er ihre Taille umfaßte. Was ihr an Schönheit fehlen mochte – und wen störte das schon in der Verdunkelung? –, machte sie durch Inbrunst mehr als wett. Ihre kräftige und bewegliche Zunge, süß vom Portwein, krümmte sich gegen seine Zähne.

Bonnyman, von Beruf Postingenieur, war, wie Jericho vermutet hatte, zum Warten der Bomben nach Bletchley beordert worden. Miss Jobey arbeitete in einem der oberen Hinterzimmer des Herrenhauses und registrierte Handchiffren der Abwehr. Den Vorschriften gemäß hatte keiner dem anderen verraten, was er tat, eine Diskretion, die Bonnyman noch ein wenig ausdehnte, indem er auch das Vorhandensein einer Ehefrau und zweier Kinder zu Hause in Dorking verschwieg.

Seine Hände glitten an ihren schmalen Schenkeln hinab und begannen, ihren Rock hochzuschieben.

»Nicht hier«, sagte sie in seinen Mund und schob seine Finger beiseite.

Nun ja (wie Bonnyman später augenzwinkernd dem ernsten Polizeiinspektor erklärte, der seine Aussage zu Protokoll nahm), was ein erwachsener Mann im Krieg nicht alles auf sich nehmen muß, und das alles für ein bißchen Sie-wissen-schon.

Zuerst eine Radfahrt, die sie einen Feldweg entlangführte und unter einer Eisenbahnbrücke hindurch. Dann, im dünnen Lichtstrahl einer Taschenlampe, über ein abgeschlossenes Gatter und durch Dornengestrüpp auf die Mauern eines zerstörten Gebäudes zu. In der Nähe eine große Wasserfläche. Man konnte sie nicht sehen, aber

das Plätschern der Wellen im Wind hören und hin und wieder den Schrei eines Wasservogels, und man konnte eine tiefere Dunkelheit ahnen, so etwas wie eine große schwarze Grube.
Klagen von Miss Jobey, als sie sich ihre kostbaren Strümpfe zerriß und sich den Knöchel verstauchte: laute und bittere Verwünschungen gegen Mister Bonnyman und all seine Unternehmungen, was kein gutes Vorzeichen war für das, was er sich vorgenommen hatte. Sie begann zu winseln: »Nun komm schon, Bonny, laß uns umkehren. Ich habe Angst.«
Aber Bonnyman dachte nicht daran umzukehren. Sogar an einem normalen Abend ließ sich Mrs. Armstrong, einer Ein-Personen-Horchstelle vergleichbar, keinen Pieps und kein Knistern im Äther des Gästehauses entgehen; heute nacht würde sie sogar noch wachsamer sein als gewöhnlich. Außerdem hatte er diesen Ort schon immer als aufregend empfunden. Das Licht traf auf nackte Ziegelsteine und die Beweise früherer Techtelmechtel – »AE = GS«, »Tony = Kath«. Von dem Ort ging eine merkwürdige erotische Anziehungskraft aus. Ganz offensichtlich war hier viel passiert, viel geflüstert und gefummelt worden ... Sie waren ein Teil vom großen Strom des Begehrens, der lange vor ihrer Zeit begonnen hatte und lange danach weiterfließen würde – unerlaubt, ununterdrückbar, ewig. Das war das Leben. Das jedenfalls waren Bonnymans Gedanken, obwohl er sie natürlich zu jener Zeit ebensowenig in Worte faßte wie später der Polizei gegenüber.
»Und was ist dann passiert, Sir? Präzise, bitte.«
Das wollte er gleichfalls nicht eingestehen, weder präzise noch unpräzise.
Aber was als nächstes passierte, war, daß Bonnyman die Taschenlampe in einen Spalt im Mauerwerk klemmte, wo etwas herausgerissen worden war, und seine Arme um Miss Jobey schlang. Anfangs stieß er auf einen schwachen Widerstand – sie wand sich ein wenig und flüsterte »hör auf« und »nicht hier« –, der rasch an

Überzeugungskraft verlor, bis plötzlich ihre Zunge abermals mit ihrem Spiel begann und sie wieder dort angekommen waren, wo sie vor dem Eight Bells Inn aufgehört hatten. Wieder begannen seine Hände, ihren Rock hochzuschieben, und wieder stieß sie den Mann sachte zur Seite, aber diesmal aus einem anderen Grund. Mit leichtem Stirnrunzeln bückte sie sich und zog ihren Schlüpfer herunter. Ein Schritt, zwei Schritte, und er war in ihrer Tasche verschwunden. Bonnyman sah ihr hingerissen zu.

»Was dann passierte, Inspektor, präzise, ist, daß Miss Jobey und mir ein paar Säcke in der Ecke auffielen.«

Sie mit dem Rock hoch über den Knien, er mit der Hose um die Knöchel, vorwärtshoppelnd wie ein Mann in Fußfesseln, der schwer auf die Knie niederfiel. Aus den Säcken stieg eine Staubwolke auf, die im Licht der Taschenlampe aufwirbelte. Dann Miss Jobeys Herumwinden und Klagen, daß sich etwas in ihren Rücken bohrte. Sie standen auf und warfen die Säcke beiseite, um ein bequemeres Bett zu haben.

»Und da haben Sie es gefunden?«

»Da haben wir es gefunden.«

Der Polizeiinspektor hieb plötzlich mit der Faust auf den rauhen Holztisch und rief nach seinem Wachtmeister.

»Schon irgendeine Spur von Mister Wigram?«

»Wir suchen noch nach ihm, Sir.«

»Dann finden Sie ihn gefälligst. Finden Sie ihn.«

4

Die Bombe war schwer – Jericho schätzte, daß sie mehr als eine halbe Tonne wog –, und obwohl sie auf Laufrollen montiert war, mußten sie, er und der Ingenieur, alle Kraft aufbieten, um sie von der Wand wegzuzerren. Jericho zog, während der Ingenieur dahintertrat und seine Schulter gegen das Gestell drückte und schob. Endlich

setzte sie sich kreischend in Bewegung, und die Wrens erschienen, um sie auseinanderzunehmen.
Die Entschlüsselungsmaschine war ein Monstrum, etwas, das aus einem Zukunftsroman von H. G. Wells hätte stammen können: ein schwarzer Metallschrank, 2,40 Meter breit und 1,80 Meter hoch, mit Dutzenden in die Vorderseite eingelassener Walzenräder von rund zwölf Zentimetern Durchmesser. Die Rückseite war aufklappbar und gab in geöffnetem Zustand den Blick frei auf eine Unmenge von farbigen Kabeln und das dumpfe Funkeln von metallenen Walzen. An der Stelle, wo die Maschine auf dem Betonboden gestanden hatte, war eine große Öllache.
Jericho wischte sich die Hände an einem Putzlappen ab und trat zurück, um von einer Ecke aus zuzuschauen. In der Baracke rasselte ein Dutzend weiterer Bomben durch andere Enigma-Schlüssel, und der Lärm und die Hitze waren so stark, wie sie seiner Vorstellung nach im Maschinenraum eines Schiffes herrschten. Eine Wren trat hinter den Schrank und begann, die Kabel zu lösen und neu einzustecken. Die andere machte sich an der Vorderseite zu schaffen, holte eine Walze nach der anderen heraus und überprüfte sie. Sobald sie einen Fehler in der Verkabelung fand, gab sie die Walze dem Ingenieur, der mit einer Pinzette die winzigen Bürstendrähte wieder in die richtige Position brachte. Die Kontaktbürsten fransten ständig aus, und der Keilriemen, der den Mechanismus mit dem großen Elektromotor verband, neigte dazu, sich bei starker Belastung auszudehnen und abzugleiten. Die Ingenieure hatten es nie geschafft, die Erdung richtig hinzukriegen, so daß jeder, der die Schränke berührte, Gefahr lief, einen heftigen Schlag zu bekommen.
Jericho fand, daß dies der schlimmste Job von allen war. Eine Schweinearbeit. Acht Stunden am Tag, sechs Tage in der Woche in dieser fensterlosen, ohrenbetäubenden Zelle eingesperrt. Er wandte sich ab, um auf die Uhr zu sehen. Er wollte nicht, daß sie seine Ungeduld bemerkten. Es war fast halb zwölf.

In diesem Augenblick wurde sein Menü eiligst zu sämtlichen Bombenstandorten in der Umgebung von Bletchley befördert. Acht Meilen nördlich des Parks, in einer Baracke auf einer Lichtung inmitten des dicht bewaldeten Geländes von Gayhurst Manor, wurde eine Gruppe von erschöpften Wrens gegen Ende ihrer Schicht angewiesen, die drei Bomben anzuhalten, auf denen Nuthatch lief (Heeresverwaltung Berlin – Wien – Belgrad), sie auseinanderzunehmen und für Shark vorzubereiten. In den Stallungen von Adstock Manor, zehn Meilen westlich, lagerten die Mädchen mit hochgelegten Füßen neben ihren stummen Maschinen, tranken Ovomaltine und hörten sich Tommy Dorsey im BBC Light Programme an, als der Aufseher mit einem Stapel Menüs hereingestürmt kam und sie anwies, sich schleunigst in Bewegung zu setzen. Und in Wavendon Manor, drei Meilen nordöstlich, eine ähnliche Geschichte: vier Bomben in einem feuchten und fensterlosen Bunker wurden plötzlich von Osprey abgezogen (dem nicht sonderlich wichtigen Enigma-Schlüssel der Organisation Todt) und ihre Bedienerinnen angewiesen, sich für eine eilige Arbeit bereitzuhalten.
Diese und dazu die beiden Maschinen in Baracke 11 in Bletchley ergaben zusammen die versprochene Anzahl von einem Dutzend Bomben.
Nachdem die mechanische Überprüfung abgeschlossen war, wandte sich die Wren wieder der ersten Reihe von Walzen zu und stellte sie den auf dem Menü aufgeführten Kombinationen entsprechend ein. Sie rief die Buchstaben der anderen Frau zu, die sie überprüfte.
»Friedrich, Berta, Quelle ...«
»Ja.«
»Anton, Xanthippe, Emil ...«
»Ja.«
Die Walzen glitten auf ihre Wellen und rasteten mit einem lauten metallischen Klicken ein. Jede war so verkabelt, daß sie die Aktion einer einzelnen Enigma-Walze imitierte: 108 insgesamt, was sechsunddreißig parallel-

laufenden Enigma-Maschinen entsprach. Nachdem alle Walzen eingestellt waren, wurde die Bombe wieder zurückgeschoben und der Motor eingeschaltet.
Die Walzen begannen zu rotieren, bis auf eine in der obersten Reihe, die klemmte. Der Ingenieur versetzte ihr einen Schlag mit seinem Schraubenschlüssel, und darauf begann auch sie zu rotieren. Die Bombe würde jetzt kontinuierlich mit diesem Menü laufen – bestimmt einen Tag lang; nach Jerichos Berechnungen möglicherweise auch zwei oder drei Tage – und gelegentlich zum Stillstand kommen, wenn die Walzen so ausgerichtet waren, daß sich ein Stromkreis schloß. Dann würde das Ergebnis auf den Walzen festgestellt und überprüft und die Maschine abermals gestartet werden, und so ging es dann weiter, bis die genaue Kombination der Einstellungen gefunden war, und dann wären die Kryptoanalytiker in der Lage, den Shark-Funkverkehr dieses Tages zu lesen. Das zumindest war die Theorie.
Der Ingenieur ging daran, die andere Bombe vorzuziehen, und Jericho trat vor, um ihm zu helfen, wurde aber daran gehindert, weil jemand an seinem Ärmel zupfte.
»Kommen Sie, alter Junge«, überschrie Logie den Lärm. »Hier können wir nichts mehr tun.« Er zupfte abermals an seinem Ärmel.
Widerstrebend drehte sich Jericho um und folgte ihm aus der Baracke hinaus.

Er verspürte keinerlei Hochstimmung. Vielleicht morgen abend, vielleicht am Donnerstag würden die Bomben ihnen die Enigma-Einstellungen für den jetzt zu Ende gehenden Tag liefern. Dann würde die eigentliche Arbeit erst beginnen – der mühselige Versuch, die neue Kleine Wetterchiffre zu rekonstruieren – die meteorologischen Daten des Konvois zu nehmen, sie mit den Wettermeldungen zu vergleichen, die sie bereits von den ihn umgebenden U-Booten aufgefangen hatten, sie zu testen, neue Eselsbrücken zu bauen und Hilfsschemata zu konstruieren ... Dieser Kampf gegen Enigma ging nie zu

Ende. Es war ein Schachturnier über tausend Runden gegen einen Spieler mit schier unglaublicher Abwehrkraft, und jeden Tag kehrten die Figuren zu ihren ursprünglichen Positionen zurück, und das Spiel begann von neuem.

Auch Logie machte einen ziemlich erschöpften Eindruck, als sie auf dem asphaltierten Weg zu Baracke 8 zurückkehrten.

»Ich habe die anderen in ihre Quartiere geschickt, damit sie ein bißchen Schlaf bekommen«, sagte er, »und ich werde jetzt gleichfalls verschwinden. Das sollten Sie auch tun, falls Sie nicht zu aufgekratzt sind zum Schlafen.«

»Ich werde hier noch ein bißchen aufräumen, wenn Sie nichts dagegen haben. Das Codebuch in den Tresor zurückbringen.«

»Tun Sie das. Danke.«

»Und dann werde ich mich wohl Wigram stellen müssen.«

»Ach ja. Wigram.«

Sie gingen in die Baracke. In seinem Büro warf Logie Jericho die Schlüssel zum Schwarzen Museum zu. »Und Ihr Preis«, sagte er und hielt eine halbe Flasche Whisky hoch. »Den dürfen wir nicht vergessen.«

Jericho lächelte. »Haben Sie nicht gesagt, Skynner hätte eine ganze Flasche offeriert?«

»Ja, ja, das habe ich, aber Sie kennen doch Skynner.«

»Geben Sie sie den anderen.«

»Seien Sie doch nicht so verdammt uneigennützig.« Logie zog zwei Emaillebecher aus einer Schublade hervor. Er blies etwas Staub beiseite und wischte sie innen mit seinem Zeigefinger aus. »Worauf wollen wir trinken? Sie haben doch nichts dagegen, wenn ich mich anschließe?«

»Auf das Ende von Shark? Auf die Zukunft?«

Logie kippte in jeden Becher eine große Portion Whisky. »Wie wäre es«, sagte er, als er Jericho einen Becher reichte, »wenn wir auf *Ihre* Zukunft trinken?«

Sie stießen miteinander an.
»Auf meine Zukunft.«
Sie saßen in ihren Mänteln da und tranken schweigend.
»Ich bin völlig kaputt«, sagte Logie schließlich und stemmte sich am Schreibtisch hoch. »Ich könnte Ihnen nicht das Jahr sagen, alter Freund, geschweige denn den Tag.« Er hatte drei Pfeifen in einem Gestell und blies durch jede einmal hindurch – ein schrilles, knarrendes Geräusch –, dann schob er sie in seine Tasche. »Und vergessen Sie Ihren Scotch nicht.«
»Ich will den verdammten Scotch nicht.«
»Nehmen Sie ihn. Bitte. Um meinetwillen.«
Auf dem Korridor reichte er Jericho die Hand, und Jericho fürchtete, daß er etwas sagen würde, was ihn in Verlegenheit gebracht hätte. Aber was immer er im Sinn gehabt haben mochte, er entschied sich dagegen. Statt dessen salutierte er nur kläglich und schlurfte den Korridor entlang. Dann fiel die Tür hinter ihm ins Schloß.

Der mitternächtliche Schichtwechsel stand bevor, und daher war der Ballsaal fast leer. Am hinteren Ende wurde ein wenig an Dolphin und Porpoise gearbeitet. Zwei junge Frauen in Overalls hockten um Jerichos Arbeitstisch herum auf den Knien und steckten jedes Fetzchen Papier in einen der Säcke, die später verbrannt werden sollten. Nur Cave war noch anwesend, der sich über seine Karten beugte. Er schaute auf, als Jericho hereinkam.
»Nun? Wie läuft es bei Ihnen?«
»Es ist noch zu früh, um etwas darüber zu sagen«, meinte Jericho. Er fand das Codebuch und steckte es in die Tasche. »Und bei Ihnen?«
»Drei Treffer bisher. Ein norwegischer und ein holländischer Frachter. Beide sind sofort gesunken. Der dritte brennt und dreht sich im Kreise. Die Hälfte der Besatzung ist umgekommen, die andere Hälfte versucht, das Schiff zu retten.«
»Was für eins ist es?«

»Ein amerikanisches Liberty-Schiff. Die *James Oglethorpe.* Siebentausend Tonnen, beladen mit Stahl und Baumwolle.«
»Ein amerikanisches«, wiederholte Jericho. Kramer fiel ihm ein.
»Mein Bruder ist umgekommen. Er war einer der ersten ...«
»Es ist ein Gemetzel«, sagte Cave, »ein gottverdammtes Gemetzel. Und soll ich Ihnen sagen, was das Schlimmste daran ist? Mit dieser Nacht wird es nicht vorbei sein. Es wird noch tagelang so weitergehen. Sie werden die ganze Strecke über den verdammten Nordatlantik gejagt und bedrängt und torpediert werden. Können Sie sich vorstellen, was für ein Gefühl das ist? Zusehen zu müssen, wie das Schiff neben Ihnen in die Luft fliegt? Nicht anhalten dürfen, um nach Überlebenden zu suchen? Warten, bis Sie selbst an die Reihe kommen?« Er berührte seine Narbe, dann schien ihm bewußt zu werden, was er tat, und er ließ die Hand wieder sinken. Es lag eine erschreckende Resignation in dieser Geste. »Und jetzt werden allem Anschein nach Meldungen von U-Booten aufgefangen, die SC-122 umschwärmen.«
Sein Telefon läutete, und er wendete sich ab, um den Anruf entgegenzunehmen. Während er ihm den Rücken zukehrte, stellte Jericho stumm die halbleere Flasche Scotch auf seinen Tisch, dann ging er hinaus in die Nacht.

Sein von Benzedrin und Scotch angetriebenes Denken schien sich selbständig gemacht zu haben, ratterte vor sich hin wie die Bomben in Baracke 11, stellte bizarre und völlig willkürliche Verbindungen her – Claire und Hester und Skynner, Wigram mit seinem Schulterholster, die Reifenspuren im Rauhreif vor Claires Haus und das brennende Liberty-Schiff, das sich über den Leichen der halben Besatzung im Kreise drehte.
Er blieb am See stehen, um etwas frische Luft zu schöpfen, und dachte an all die anderen Male, bei denen er

hier in der Dunkelheit gestanden und die schwache Silhouette des Herrenhauses vor dem Sternenhimmel betrachtet hatte. Er schloß halb die Augen und sah es vor sich, wie es vor dem Krieg gewesen sein mochte. Ein Hochsommerabend. Die Klänge eines Orchesters und Stimmengewirr, das über den Rasen hallte. Eine Kette mit rosa, violetten und gelben Lampions, die im Arboretum schaukelten. Kronleuchter im Ballsaal. Weißes Kristall, das sich in der glatten Oberfläche des Sees spiegelte.

Die Vision war so lebhaft, daß er bei der Vorstellung von Sommerhitze in seinem Mantel zu schwitzen begann, und als er die Anhöhe zum Herrenhaus hinaufstieg, glaubte er eine Reihe von silberfarbenen Rolls-Royce zu sehen, deren Chauffeure an ihren langen Kühlerhauben lehnten. Aber als er näher kam, sah er, daß es nur Busse waren, die die nächste Schicht abgeladen hatten und die vorhergehende aufnehmen sollten, und die Musik im Haus war lediglich das Läuten von Telefonen und das Geklapper eiliger Schritte auf dem Steinboden.

Im Labyrinth des Hauses nickte er vorsichtshalber den paar Leuten zu, denen er begegnete – ein älterer Mann in einem dunkelgrauen Anzug, ein Armeehauptmann, eine Air-Force-Helferin. Sie wirkten schäbig in der spärlichen Beleuchtung, und ihre Mienen legten die Vermutung nahe, daß er selbst ziemlich merkwürdig aussah. Benzedrin konnte, wie er sich zu erinnern glaubte, eine seltsame Wirkung auf die Pupillen haben, und er hatte sich seit mehr als vierzig Stunden nicht rasiert oder die Kleidung gewechselt. Aber in Bletchley war noch nie jemand hinausgeworfen worden, nur weil er merkwürdig aussah – sonst wäre der Ort von Anfang an leer gewesen. Da war der alte Dilly Knox, der in seinem Schlafrock zur Arbeit zu kommen pflegte, und Turing, der mit einer Gasmaske angeradelt kam, weil er hoffte, damit seinen Heuschnupfen kurieren zu können, und der Kryptoanalytiker aus der japanischen Abteilung, der einmal mit-

tags nackt im See gebadet hatte. Im Vergleich dazu war Jericho so konventionell wie ein Buchhalter.
Er öffnete die Tür zum Kellergang. Die Birne war seit seinem letzten Besuch durchgebrannt, und vor ihm lag eine Dunkelheit, die so kalt und schwarz war wie in einer Katakombe. Irgend etwas schimmerte schwach am Fuße der Treppe, und er ertastete sich seinen Weg die Stufen hinab. Es war das Schlüsselloch zum Schwarzen Museum, das mit Leuchtfarbe angestrichen war: ein Trick, den sie während der Bombenangriffe gelernt hatten.
Innerhalb des Raums funktionierte das Licht. Er schloß den Tresor auf und legte das Codebuch hinein, und einen Augenblick lang ging ihm der verrückte Gedanke durch den Kopf, auch die gestohlenen Kryptogramme darin zu deponieren. In einen Umschlag gesteckt, konnten sie monatelang unentdeckt bleiben. Aber wann würde er wieder Gelegenheit haben, in diesen Raum zu kommen? Und eines Tages würden sie entdeckt werden. Und dann bedurfte es nur eines Anrufs in Beaumanor, und alles käme ans Licht – was er getan hatte und Hester ...
Nein, nein.
Er schloß die Stahltür.
Trotzdem konnte er sich nicht überwinden, den Raum zu verlassen. Ein so großer Teil seines Lebens lag hier. Er berührte den Tresor und dann die rauhen, trockenen Mauern. Er fuhr mit dem Finger durch den Staub auf dem Tisch. Er betrachtete die Reihe von Enigmas auf dem Metallregal. Die meisten von ihnen steckten noch in ihren deutschen Original-Kartons.
Sogar im Ruhezustand schien eine starke, fast bedrohliche Kraft von ihnen auszugehen. Sie waren viel mehr als nur Maschinen, dachte er. Sie waren die Synapsen im Gehirn des Feindes – geheimnisvoll, komplex, lebendig. Er starrte sie ein paar Minuten an, dann wollte er sich abwenden.
Mitten in der Bewegung hielt er inne.

»Tom Jericho«, flüsterte er. »Du Blödmann.«
Die ersten beiden Enigmas, die er herunterholte und inspizierte, erwiesen sich als stark beschädigt und unbrauchbar. An der dritten war mit einem Stück Schnur ein Gepäcketikett befestigt: »Sidi-Bou-Zid 14/2/43«. Eine Enigma des Afrikakorps, im vorigen Monat von der Achten Armee während ihres Angriffs gegen Rommel erbeutet. Er hob sie herunter, setzte sie vorsichtig auf den Tisch und klappte die metallenen Schließen auf. Der Deckel ließ sich leicht öffnen.
Sie war in perfektem Zustand: eine wunderbare Maschine. Die Buchstaben auf den Tasten waren überhaupt nicht abgenutzt, das schwarze Metallgehäuse ohne jeden Kratzer, die gläsernen Lämpchen klar und funkelnd. Die drei Walzen – eingestellt, wie er sah, auf ZDE – glitzerten silbern im Licht der nackten Glühbirne. Er streichelte sie zärtlich. Sie mußte gerade aus der Fabrik gekommen sein. »Chiffriermaschinen-Gesellschaft«, stand auf dem Etikett. »Heimsoeth und Rinke, Berlin-Wilmersdorf, Uhlandstraße 138«.
Er tippte auf eine Taste. Sie ging schwerer als die einer normalen Schreibmaschine. Als er sie weit genug heruntergedrückt hatte, gab die Maschine ein Klacken von sich, und die rechte Walze bewegte sich eine Kerbe weiter. Gleichzeitig leuchtete ein Lämpchen auf.
Halleluja!
Die Batterie war geladen. Die Enigma funktionierte.
Er überprüfte den Mechanismus. Er beugte sich hinunter und tippte C ein. Der Buchstabe J leuchtete auf. Er tippte L und bekam ein U. A, I, R und E ergaben X, P, Q und nochmals Q.
Er öffnete den Innendeckel der Enigma und löste die Welle, stellte die Walzen wieder auf ZDE und ließ sie einrasten. Er tippte das Kryptogramm JUXPQQ ein, und die Lämpchen buchstabierten in kleinen Lichtexplosionen Letter um Letter das Wort C-L-A-I-R-E.
Er suchte in seinen Taschen nach seiner Uhr. Zwei Minuten vor zwölf.

Er klappte den Deckel wieder zu und stellte die Enigma zurück ins Regal. Sorgsam schloß er die Tür hinter sich ab.
Wer war er schon für die Leute, die auf den Korridoren des Herrenhauses an ihm vorbeieilten? Nichts. Ein Niemand. Nur einer von diesen wunderlichen Kryptoanalytikern, wie immer in Hektik.

Hester Wallace stand verabredungsgemäß um zwölf in der Telefonzelle. Sie hielt den Hörer in der Hand, als spräche sie mit jemandem, wobei sie sich eher albern vorkam als ängstlich. Jenseits der Glasscheibe bewegten sich zwei Reihen von bleichen Funken still durch die Nacht: Die eine Schicht strömte vom Haupttor herein, die andere steuerte darauf zu. In ihrer Tasche steckte ein Blatt Notizpapier, holzfleckig und bräunlich, auf dem sich sechs Eintragungen befanden.
Cordingley hatte ihre ganze Geschichte geschluckt – er war sogar ein wenig zu begierig gewesen, ihr zu helfen. Da er zuerst nicht imstande war, die betreffende Akte zu finden, hatte er einen pickeligen, großohrigen Jungen mit strähnigem blondem Haar zu Hilfe gerufen. Konnte dieses Kind, dieses Babygesicht, hatte sie sich gefragt, tatsächlich ein Kryptoanalytiker sein? Aber Donald hatte geflüstert, ja, er wäre einer der Besten, und daß man jetzt, nachdem man alle freiberuflich tätigen Akademiker geholt und die Universitäten durchforstet hatte, auf Jungen frisch von der Schule zurückgriff. Sie waren noch ungeformt. Stellten keine Fragen. Die neue Elite.
Die Akte wurde gefunden, in einer Ecke ein Plätzchen freigeräumt, und nie hatte Miss Wallace einen Bleistift schneller in Bewegung gesetzt. Der schlimmste Teil war gegen Ende gekommen: die Nerven zu behalten und nicht die Flucht zu ergreifen, sobald sie fertig war, sondern alles noch einmal zu überprüfen, dem Babygesicht die Akte zurückzugeben und Donald gegenüber die normalen Umgangsformen zu wahren –

»Wir müssen uns unbedingt einmal zu einem Drink treffen.«
»Ja, das müssen wir wirklich.«
»Ich werde mich melden.«
»Unbedingt. Ich auch.«
– wobei natürlich keiner von ihnen auch nur die leiseste Absicht hatte, es zu tun.
Komm endlich, Tom Jericho.
Mitternacht ging vorüber. Der erste der Busse rumpelte vorbei – fast unsichtbar bis auf seine Abgase, die in seinen roten Rücklichtern aussahen wie ein rosa Wölkchen.
Und dann, gerade als sie aufgeben wollte, ein weißer Lichtfleck. Eine Hand klopfte leise an die Glasscheibe. Sie ließ den Hörer fallen und richtete ihre Taschenlampe auf das dicht an das Glas gedrückte Gesicht eines Irren. Dunkle, wild dreinschauende Augen und ein Sträflingsgesicht mit Bartschatten. »Kein Grund, mich halb zu Tode zu erschrecken«, murmelte sie noch im Schutz der Telefonzelle. Als sie herauskam, sagte sie nur: »Ich habe Ihre Nummern neben das Telefon gelegt.«
Sie hielt ihm die Tür auf. Seine Hand ruhte auf der ihren. Ein kurzer Druck signalisierte sein Dankeschön – zu kurz, als daß sie hätte sagen können, wessen Finger die kälteren waren.
»Seien Sie um fünf wieder hier.«

Die Aufregung gab ihren müden Beinen frische Kraft, als sie von Bletchley aus die Anhöhe hinaufradelte.
Er wollte sie um fünf wiedersehen. Wie sollte sie das anders verstehen, als daß er eine Möglichkeit gefunden hatte? Ein Sieg! Ein Sieg über die Mermagens und Cordingleys!
Die Anhöhe wurde steiler. Sie hob sich vom Sattel, um kräftiger in die Pedale treten zu können. Das Fahrrad schwankte von einer Seite zur anderen wie ein Metronom. Das Licht tanzte auf der Straße.

Später machte sie sich heftige Vorwürfe, daß sie zu früh triumphiert hatte. Aber die Wahrheit war, daß sie sie vermutlich ohnehin nicht gesehen hätte. Sie hatten sich sehr sorgfältig postiert, parallel zu dem Pfad und von der Weißdornhecke verdeckt – Profiarbeit –, so daß sie, als sie um die Ecke bog und über die Schlaglöcher auf ihr Häuschen zuradelte, an ihnen vorbeifuhr, ohne sie zu bemerken.

Sie war noch knapp zwei Meter von der Haustür entfernt, als die Scheinwerfer aufleuchteten– schlitzartige Verdunkelungsscheinwerfer, die trotzdem so hell waren, daß sie ihren Schatten auf die weißgetünchte Hauswand warfen. Sie hörte den Motor husten und drehte sich um, die Augen abschirmend, und da sah sie, wie der große schwarze Wagen näher kam – gelassen, ohne eine Spur von Eile, unerbittlich ruckelte er über das unebene Gelände auf sie zu.

5

Jericho ermahnte sich selbst, sich Zeit zu lassen. *Du hast keine Eile. Du hast dir fünf Stunden eingeräumt. Nutze sie.*

Er schloß sich in dem Kellerraum ein und ließ den Schlüssel halb umgedreht im Schloß stecken, so daß jeder, der seinen Schlüssel von der anderen Seite einsteckte, das Schloß blockiert finden würde. Er wußte, daß er die Tür in diesem Fall wieder öffnen mußte – sonst wäre er eine Ratte in der Falle –, aber auf diese Weise hätte er sich wenigstens dreißig Sekunden Vorwarnung gesichert, und um sich eine Rechtfertigung zu verschaffen, öffnete er den Tresor der Marineabteilung und verteilte eine Handvoll Karten und Codebücher auf dem schmalen Tisch. Daneben plazierte er die gestohlenen Kryptogramme und die Schlüsseleinstellungen, außerdem legte er seine Taschenuhr mit aufgeklapptem Deckel vor sich hin. *Als ob ich mich auf ein Examen vorbereitete,*

dachte er. »*Die Kandidaten dürfen das Papier nur auf einer Seite beschriften; außerdem muß ein breiter Rand für die Anmerkungen des Prüfers frei gelassen werden …*«
Dann holte er die Enigma herunter und nahm sie aus ihrem Karton.
Er lauschte. Nichts. Irgendwo tropfte Wasser aus einer Leitung, das war alles. Die Mauern wölbten sich unter dem Druck der kalten Erde; er konnte das Erdreich riechen, die Sporen in dem feuchten Kalkputz schmecken. Er hauchte auf seine Finger und bog sie nach innen.
Er würde von hinten anfangen, beschloß er, und das letzte Kryptogramm als erstes entschlüsseln, von der Theorie ausgehend, daß der Grund für Claires Verschwinden irgendwo in diesen letzten Funksprüchen verborgen lag.
Er fuhr mit dem Finger über Hesters Notizen, um die Vulture-Einstellungen für den 4. März zu finden: den Paniktag in der Zentralregistratur von Bletchley.

III V IV GAH CX AZ DV KT HU LW GP EY MR FQ

Die römischen Ziffern sagten ihm, welche drei von den fünf Walzen der Enigma an diesem Tag benutzt worden waren und in welcher Reihenfolge sie eingestellt werden mußten. GAH lieferte ihm die Ausgangsstellung der Walzen. Die folgenden zehn Buchstabenpaare gaben an, wie die Stöpsel am Steckerbrett an der Rückseite der Enigma eingesteckt werden mußten. Sechs Buchstaben blieben uneingestöpselt, was, infolge einer mysteriösen und grandiosen Windung in den Gesetzen der Statistik, die Zahl der potentiellen Querverbindungen von fast 8 Millionen Millionen ($25 \times 23 \times 21 \times 19 \times 17 \times 15 \times 13 \times 11 \times 9 \times 7 \times 5 \times 3$) auf mehr als 150 Millionen Millionen erhöhte.
Als erstes erledigte er das Einstöpseln. Kurze Stücke von geripptem schokoladebraunem Kabel, an beiden Enden mit in Bakelitfassungen steckenden Messingsteckern versehen, die mit erfreulicher Präzision in die mit Buch-

staben bezeichneten Buchsen einrasteten: von C zu X, von A zu Z ...
Als nächstes öffnete er den Innendeckel der Enigma, löste die Welle und schob die drei Walzen herunter, die bereits geladen waren. Aus einem Fach daneben holte er die beiden Reservewalzen heraus.
Jede Walze hatte die Größe und Dicke eines Eishockeypucks, war aber schwerer: ein Code-Rad mit sechsundzwanzig Polen – an der einen Seite stecknadelförmig und gefedert, an der anderen flach und kreisrund –, um die herum die Buchstaben des Alphabets eingraviert waren. Je nachdem, wie die Walzen sich gegeneinander drehten, veränderte sich die Form der elektrischen Stromkreise, die sie schlossen. Jedesmal, wenn eine Taste angeschlagen wurde, bewegte sich die rechte Walze einen Buchstaben weiter. Nach jeweils sechsundzwanzig Buchstaben bewirkte eine Kerbe in dem Alphabetring der mittleren Walze, daß diese gleichfalls weiterschaltete. Und wenn schließlich die mittlere Walze die entsprechende Position erreicht hatte, setzte sich die dritte Walze in Bewegung. Zwei sich gleichzeitig bewegende Walzen wurden von den Leuten in Bletchley eine Krabbe genannt; drei waren ein Hummer.
Er sortierte die Walzen in der Reihenfolge des Tages – III, V und IV – und schob sie auf die Welle. Er drehte III und stellte sie auf den Buchstaben G ein, V auf A und IV auf H, dann klappte er den Deckel zu.
Die Maschine war jetzt ebenso eingestellt wie ihr Zwilling in Smolensk am Abend des 4. März.
Er berührte die Tastatur.
Er war bereit.
Die Enigma arbeitete nach einem simplen Prinzip. Wenn, sofern die Maschine auf eine bestimmte Weise eingestellt war, das Niederdrücken der Taste A einen Stromkreis schloß, der das Lämpchen X aufleuchten ließ, dann folgte daraus – weil elektrischer Strom umkehrbar ist – daß, bei derselben Einstellung, das Niederdrücken von Taste X das Lämpchen A aufleuchten ließ.

Damit war das Entschlüsseln ebenso einfach wie das Verschlüsseln.
Jericho wurde sehr schnell bewußt, daß etwas nicht stimmte. Er tippte mit dem linken Zeigefinger einen Buchstaben des Kryptogramms ein und notierte mit der rechten Hand den in dem Anzeigefeld erscheinenden Buchstaben. T lieferte ihm H, R lieferte ihm Y, X lieferte ihm C ... Das konnte unmöglich Deutsch sein. Dennoch arbeitete er weiter, in der ständig sinkenden Hoffnung, daß es irgendwie doch noch richtig herauskommen würde. Erst nach siebenundvierzig Buchstaben gab er auf.

HYCYKWPIOROKDZENAJEWICZJPTAKJHRUTBPYSJMOTYLPCIE

Er fuhr sich mit den Händen durch die Haare.
Manchmal fügte ein Enigma-Bediener sinnlose Füllsel zwischen die Wörter, um den Sinn seiner Nachricht zu verschleiern, aber doch nicht so viele, oder? Da gab es einfach keine richtigen Wörter, die er in diesem Kauderwelsch hätte entdecken können.
Er stöhnte, lehnte sich auf seinem Stuhl zurück und starrte an die abblätternde Decke.
Zwei Möglichkeiten, beide gleichermaßen unerfreulich.
Erstens: Die Nachricht war überschlüsselt worden, das heißt, ihr Klartext war chiffriert worden und dann ein zweites Mal, um ihren Inhalt doppelt zu sichern. Ein zeitraubendes Verfahren, das in der Regel nur bei allergeheimsten Nachrichten angewendet wurde.
Zweitens: Hester hatte beim Notieren einen Fehler gemacht – hatte sich vielleicht bei nur einem Buchstaben vertan –, und in diesem Fall konnte er buchstäblich für den Rest seines Lebens hier sitzen bleiben und würde es trotzdem niemals schaffen, dem Kryptogramm sein Geheimnis zu entreißen.
Von den beiden Erklärungen war die zweite die wahrscheinlichere.
Er wanderte eine Weile in seiner Zelle herum und versuchte, die Durchblutung in seinen Armen und Beinen

wieder in Gang zu bringen. Dann stellte er die Walzen abermals auf GAH ein und versuchte, die zweite Nachricht vom 4. März zu entschlüsseln. Dasselbe Ergebnis.

SZULCJKUKAH ...

Mit dem dritten und vierten Kryptogramm versuchte er es gar nicht erst, sondern experimentierte mit den Walzeneinstellungen – GEH, GAN, CAH – in der Hoffnung, sie hätte vielleicht nur einen Buchstaben falsch notiert, aber alles, was die Enigma ihm zublinkte, war Kauderwelsch.

Vier Personen im Wagen. Hester auf dem Rücksitz neben Wigram. Zwei Männer vorn. Alle Türen verschlossen, die Heizung an, ein so starker Geruch nach Zigarettenrauch und Schweiß, daß sich Wigram seinen Schal vor die Nase drückte. Während der ganzen Fahrt hielt er das Gesicht halb von ihr abgewendet und sagte kein Wort, bis sie die Hauptstraße erreicht hatten. Dann überfuhren sie die weiße Linie, um einen anderen Wagen zu überholen, und ihr Fahrer schaltete eine Polizeisirene ein.

»Um Himmels willen, Leveret, stellen Sie das Ding ab.«

Der Lärm hörte auf. Der Wagen bog nach links und dann nach rechts ab. Sie ruckelten einen tief ausgefahrenen Weg entlang, und Hesters Finger krampften sich tiefer in die Lederpolsterung, weil sie vermeiden wollte, gegen Wigram gepreßt zu werden. Sie hatte kein Wort gesagt – dieses Schweigen war für sie eine Art Widerstandsgeste. Sie wollte verdammt sein, wenn sie ihre Nervosität zeigte, indem sie plapperte wie ein Schulmädchen.

Ein paar Minuten später hielten sie irgendwo an, und Wigram blieb regungslos sitzen wie ein Staatsmann, während seine Männer auf den Vordersitzen ausstiegen. Einer von ihnen öffnete seine Tür. In der Dunkelheit leuchteten Taschenlampen auf. Schatten erschienen. Ein Empfangskomitee.

»Haben Sie inzwischen die Scheinwerfer aufgestellt, Inspektor?« fragte Wigram.
»Ja, Sir.« Eine tiefe Männerstimme mit einem Midlands-Akzent. »Aber die Leute vom Luftschutz waren ganz und gar nicht damit einverstanden.«
»Die können sich fürs erste zum Teufel scheren. Wenn die Deutschen diesen Ort bombardieren wollen, dann sollen sie es tun. Haben Sie die Pläne?«
»Ja, Sir.«
»Gut.« Wigram hielt sich am Wagendach fest und hievte sich hinaus aufs Trittbrett. Er wartete ein oder zwei Sekunden, und als Hester sich nicht von der Stelle rührte, steckte er den Kopf wieder ins Wageninnere und schnippte gereizt mit den Fingern. »Nun kommen Sie schon. Oder erwarten Sie, daß ich Sie trage?«
Sie glitt über den Rücksitz.
Zwei weitere Wagen – nein, drei weitere mit eingeschalteten Scheinwerfern, vor denen sich die Silhouetten mehrerer Männer bewegten, dazu ein kleiner Armeelaster und ein Ambulanzwagen. Es war die Ambulanz, die sie erschütterte. Die Wagentüren standen offen, und als Wigram sie, mit der Hand leicht auf ihrem Ellenbogen, daran vorbeiführte, erhaschte sie den Geruch nach Desinfektionsmitteln, sah die gelblichen Sauerstoffzylinder, die Bahren mit den rauhen braunen Decken, den Lederriemen, den unschuldigen weißen Laken. Auf der hinteren Stoßstange saßen mit ausgestreckten Beinen und rauchend zwei Männer. Sie sahen sie ohne eine Spur von Interesse an.
»Schon einmal hier gewesen?« fragte Wigram.
»Wo sind wir?«
»In der Liebesgasse. Nicht Ihre Gegend, nehme ich an.« Er trug eine Taschenlampe, und als er beiseite trat, damit sie durch eine Pforte gehen konnte, sah sie ein Schild: »Vorsicht: Überschwemmte Lehmgrube – sehr tiefes Wasser.« Irgendwo vor ihnen hörte sie das Tukkern eines Motors und die Schreie von Seevögeln. Sie begann zu zittern.

»Die Hand des Herrn lag auf mir und trug mich davon im Geiste des Herrn und setzte mich ab inmitten des Tals, das voll war von Gebeinen …«

»Haben Sie etwas gesagt?« fragte Wigram.

»Ich glaube nicht.«

Oh, Claire, Claire, Claire …

Das Motorengeräusch war jetzt lauter zu hören, und es schien aus einem Ziegelsteingebäude zu ihrer Linken zu kommen. Durch die Löcher im Dach drang ein schwaches weißes Licht und ließ einen hohen, viereckigen Schornstein erkennen, dessen unterer Teil von Efeu überwuchert war. Sie hatte das Gefühl, daß sie eine Prozession anführten. Hinter ihnen gingen der Fahrer, Leveret, dann der andere Mann aus dem Wagen, der einen Trenchcoat trug, und dann der Polizeiinspektor.

»Passen Sie auf hier«, warnte Wigram und versuchte, wieder ihren Arm zu ergreifen, aber sie schüttelte ihn ab. Sie suchte sich selbst ihren Weg zwischen den Ziegelsteinbrocken und dem hohen Unkraut hindurch, hörte Stimmen, bog um eine Ecke und sah vor sich eine Reihe von grellen Scheinwerfern, die einen breiten Pfad erhellten. Sechs Polizisten arbeiteten sich nebeneinander auf Händen und Knien zwischen Glasscherben und Geröll vor. Hinter ihnen kümmerte sich ein Soldat um einen rumpelnden Generator; ein anderer wickelte Kabel von einer Trommel; ein dritter montierte weitere Scheinwerfer.

Wigram grinste und blinzelte ihr zu, als wollte er sagen: Da sehen Sie, welche Mittel mir zur Verfügung stehen … Er zog ein Paar hellbraune, feine Lederhandschuhe an. »Ich muß Ihnen etwas zeigen.«

In einer Ecke des Gebäudes stand ein Wachtmeister neben einem Haufen Säcken. Hester mußte ihre Beine zwingen, sich vorwärtszubewegen. *Bitte, lieber Gott, laß es nicht sie sein.*

»Holen Sie Ihr Notizbuch hervor«, sagte Wigram zu dem Wachtmeister. Er hob das Rückenteil seines Mantels an und hockte sich nieder. »Ich zeige der Zeugin erstens einen Damenmantel, offensichtlich knöchellang, Farbe Grau, mit schwarzem Samt abgesetzt.« Er zog ihn aus dem Sack heraus und drehte ihn um. »Graues Satinfutter. Stark befleckt. Vermutlich Blut. Muß überprüft werden. Etikett am Kragen: ›Hunters, Burlington Arcade‹. Und die Zeugin erklärte daraufhin?« Er hielt den Mantel hoch, ohne sich umzudrehen.

Erinnere dich. Ich habe gesagt: »Der ist viel zu schön, um ihn jeden Tag zu tragen«, und du hast gesagt: »Dumme alte Hester, das ist der einzige Grund, weshalb ich ihn überhaupt trage …«

»Und die Zeugin erklärte daraufhin?«

»Es ist ihrer.«

»Es ist ihrer. Haben Sie das? Gut. Weiter. Ein Damenschuh. Linker Fuß. Schwarz. Hoher Absatz. Absatz abgebrochen. Auch ihrer, was meinen Sie?«

»Woher soll ich das wissen? Ein Schuh …«

»Ziemlich groß, schätzungsweise Größe neununddreißig, vierzig. Welche Schuhgröße hatte sie?«

Eine Pause, dann Hester, leise: »Neununddreißig.«

»Den anderen haben wir draußen gefunden, Sir«, sagte der Inspektor. »Dicht beim Wasser.«

»Und ein Schlüpfer. Weiß. Seide. Stark blutfleckig.« Er hielt ihn zwischen Daumen und Zeigefinger auf Armeslänge von sich. »Erkennen Sie den, Miss Wallace?« Er ließ ihn fallen und steckte abermals die Hand in den Sack. »Letzter Gegenstand. Ein Ziegelstein.« Er richtete seine Taschenlampe darauf. »Gleichfalls mit Blut befleckt. Blonde Haare daran.«

»Elf Hauptgebäude«, sagte der Inspektor. »Acht davon mit Brennöfen, vier mit noch stehenden Schornsteinen. Bahngleise mit Rangierstrecken, die sie auf die Hauptstrecke führen, und hier eine Abzweigung, die direkt durch das Gelände hindurchführt.«

Sie waren jetzt draußen, an der Stelle, an der der zweite Schuh gefunden worden war, und die Karte lag auf einem rostigen Wassertank. Hester stand ein Stück von

ihnen entfernt, bewacht von Leveret, dessen Hände lokker herabhingen. Weitere Männer bewegten sich zum Wasser hinab, das Licht von Taschenlampen durchbohrte die Nacht.
»Der hiesige Angelklub hat hier einen Schuppen, dicht neben dem Anleger. Normalerweise sind darin drei Ruderboote untergebracht.«
»Normalerweise?«
»Die Tür wurde eingetreten, Sir. Die Saison ist vorbei. Deshalb hat niemand es bemerkt. Ein Boot fehlt.«
»Seit wann?»
»Also, am Sonntag ist ein bißchen geangelt worden. Nach Karpfen. Das war der letzte Tag der Saison. Da war noch alles in Ordnung. Also jederzeit nach Sonntag abend.«
»Sonntag. Und inzwischen haben wir Mittwoch.« Wigram seufzte und schüttelte den Kopf.
Der Inspektor spreizte die Hände. »Bei allem Respekt, Sir, ich habe drei Männer in Bletchley stationiert. Bedford hat uns sechs geliehen, Buckingham neun. Wir sind zwei Meilen vom Stadtzentrum entfernt. Alles hat seine Grenzen, Sir.«
Wigram schien ihn nicht zu hören. »Und wie groß ist der See?«
»Durchmesser ungefähr vierhundert Meter.«
»Tief?«
»Ja, Sir.«
»Wie tief – sechs, acht Meter?«
»An den Rändern. Fällt ab bis auf achtzehn. Könnten auch zwanzig sein. Es ist eine alte Grube. Sie haben die Stadt mit dem gebaut, was sie hier herausgeholt haben.«
»Ach, wirklich?« Wigram ließ das Licht seiner Taschenlampe über den See wandern. »Das kann gut sein. Ein Loch buddeln, um ein anderes zu bauen.« Nebel stieg auf, wirbelte im Wind wie Dampf über einem Kessel. Wigram schwenkte die Taschenlampe herum und richtete sie wieder auf das Gebäude. »Also, was ist hier passiert?« fragte er leise. »Unser Mann lockt sie am Sonntag abend für ein Schäferstündchen hierher. Tötet sie. Vermutlich mit die-

sem Ziegelstein. Schleift sie hier herunter ...« Der Lichtstrahl verfolgte den Pfad von den Brennöfen zum Wasser. »Muß ein kräftiger Mann gewesen sein – sie war ziemlich groß. Und was passiert dann? Beschafft sich ein Boot. Steckt die Leiche in einen Sack. Beschwert ihn mit Ziegelsteinen. Das liegt auf der Hand. Rudert hinaus. Wirft sie über Bord. Ein gedämpftes Aufklatschen um Mitternacht, genau wie im Film ... Vermutlich hat er vorgehabt zurückzukommen und auch die Kleidungsstücke zu holen, aber irgend etwas hat ihn daran gehindert. Vielleicht waren die nächsten beiden Turteltauben aufgekreuzt.« Er ließ das Licht wieder über den See wandern. »Zwanzig Meter tief. Verdammter Mist. Wir müssen ein U-Boot hinunterschikken, wenn wir sie da unten finden wollen.«
»Darf ich jetzt gehen?« fragte Hester. Bisher war sie sehr ruhig und gefaßt gewesen, aber jetzt kamen ihr die Tränen, und sie atmete schwer.
Wigram richtete den Lichtstrahl auf ihr nasses Gesicht. »Nein«, sagte er bedauernd. »Tut mir leid, aber das können Sie nicht.«

Jericho stöpselte die Chiffriermaschine so schnell um, wie seine tauben Finger es erlaubten.
Enigma-Einstellungen für den deutschen Heeresschlüssel Vulture am 6. Februar 1943:

I V III DMR EY JL AK NV FZ CT HP MX BQ GS

Die letzten vier Kryptogramme waren hoffnungslos, eine Katastrophe, das reinste Chaos. Er hatte schon zuviel Zeit mit ihnen vergeudet. Er würde von neuem beginnen, diesmal mit der ersten Meldung. E zu Y, J zu L ... Und wenn das auch nicht funktionierte? Gar nicht erst daran denken. A zu K, N zu V ... Er hob den Deckel, löste die Welle, schob die Walzen herunter. Aus dem großen Haus über seinem Kopf kam kein Geräusch. Er war zu sehr vertieft, um auch nur Schritte zu hören. Er fragte sich, was sie da oben taten. Suchten sie nach ihm?

Vermutlich. Und wenn sie Logie weckten, würde es nicht lange dauern, bis sie ihn gefunden hatten. Er steckte die Walzen auf – die erste, die fünfte, die dritte – und stellte sie auf DMR ein.
Er spürte sofort, daß er diesmal Erfolg haben würde. Erst C und X, die Nullen waren, und dann A, N, O, K, H ...
An OKH.
An OKH. Oberkommando des Heeres.
Ein Wunder.
Seine Finger hämmerten auf die Tasten. Die Lichter blinkten auf.
WFST ...
Wehrmachtführungsstab.
Dringend! Melde Auffindung zahlreicher menschlicher Überreste zwölf Kilometer westlich Smolensk ...

Hester zusammen mit Wigram in dem Wagen eingeschlossen. Leveret hielt draußen Wache.
Jericho. Er verhörte sie über Jericho. Was tat er? Wann hatte sie ihn zuletzt gesehen?
»Er hat die Baracke verlassen. Er ist nicht in seinem Quartier. Er ist nicht in Ihrem Haus. Ich frage Sie – wo sonst in diesem verdammten Nest könnte er stecken?«
Sie sagte nichts.
Er versuchte, sie anzuschreien, hämmerte mit der Faust auf den Sitz, und als auch das nicht funktionierte, gab er ihr sein Taschentuch und versuchte es mit Mitgefühl, aber der Duft des Kölnisch Wassers in der Seide und die Erinnerung an die blonden Haare an dem Ziegelstein bewirkten, daß sie das Gefühl hatte, sich übergeben zu müssen, und er mußte sein Fenster herunterkurbeln und Leveret anweisen, ihre Tür zu öffnen.
»Sie haben das Boot gefunden, Sir«, sagte Leveret. »Blut auf dem Boden.«

Kurz vor drei Uhr hatte Jericho die erste Meldung dechiffriert:

AN OKW/WFST. DRINGEND. MELDE AUFFINDUNG ZAHLREICHER MENSCHLICHER ÜBERRESTE ZWÖLF KILOMETER WESTLICH SMOLENSK. VERMUTLICH TAUSENDE. ERBITTE ANWEISUNGEN. LACHMANN OBERST FELDPOLIZEI.

Jericho lehnte sich zurück und dachte über dieses Wunder nach. Nun ja, Herr Oberst, und welche Anweisungen haben Sie erhalten? Ich kann es kaum abwarten, das zu erfahren.

Wieder begann er mit der mühsamen Arbeit des Einstöpselns und der Einstellung der Walzen. Die nächste Meldung war drei Tage später, am 9. Februar, aus Smolensk gesendet worden. A, N, O, K, W, W, F, S, T ... Abermals die üblichen Formalitäten der deutschen Wehrmacht. Dann eine Null und dann G, E, S, T, E, R, N, U, N, D, H, E, U, T, E ...

Gestern und heute ...

Und so weiter, Buchstabe um Buchstabe, unausweislich, unerbittlich – drücken, klick, Lämpchen, notieren –, nur gelegentlich innehaltend, um seine Finger zu massieren und seinen Rücken zu strecken. Die ganze grauenhafte Geschichte wurde noch gräßlicher durch die Langsamkeit, mit der er sie entziffern mußte.

GESTERN UND HEUTE IM WALD NORDWESTLICH DNJEPR AUF AREAL VON CA. ZWEIHUNDERT QUADRATMETERN VORLÄUFIGE EXHUMIERUNGEN VORGENOMMEN. MIT JUNGFIC HTEN BEPFLANZTES ERDREICH BIS EINSKOMMAFÜNF METER TIEFE ABGETRAGEN. FÜNF LAGEN LEICHEN. OBERSTE SCHICHT MUMIFIZIERT. UNTERSTE STARK VERWEST. ZWANZIG LEICHEN GEBORGEN. TODESURSACHE GENICKSCHUSS, HÄNDE MIT DRAHT GEFESSELT. MUND MIT LAPPEN UND SÄGEMEHL GEKNEBELT. UNIFORMSTÜCKE STIEFEL UND MILITÄRISCHE AUSZEICHNUNGEN DEUTEN AUF POLNISCHE OFFIZIERE. WEGEN FROST UND SCHNEEFALL WEITERE UNTERSUCHUNGEN BIS TAUWETTER ZURÜCKGESTELLT. ERMITTLE WEITER. LACHMANN OBERST FELDPOLIZEI.

Jericho machte eine Runde durch seine kleine Zelle, schlug die Arme gegen den Körper und stampfte mit den Füßen auf. Ihm war, als wäre sie voller Gespenster, die ihn mit zahnlosen Mündern angrinsten und Einschußlöcher im Genick hatten. Er befand sich selbst in diesem Wald. Die Kälte biß ihm ins Fleisch. Und wenn er stehenblieb und lauschte, konnte er hören, wie Bäume entwurzelt wurden und Spaten und Spitzhacken auf der gefrorenen Erde widerhallten.
Polnische Offiziere?
Puck?
Die dritte Meldung, nach einer Pause von elf Tagen, war am 20. Februar durchgegeben worden:

> Nach eintreten Tauwetter Exhumierungen im Wald bei Katyn fortgesetzt. Gestern achthundert. Zweiundfünfzig Leichen untersucht. Zahlreiche persönliche Briefe, Orden und polnische Münzen sichergestellt. Ausserdem Hülsen von Pistolenmunition Kaliber siebenkommasechszwei mm. Mit Stempel Geco D. Vernehmungen der Anwohner ergaben erstens Hinweise auf Exekutionen durch nkwd während der sowjetischen Besetzung im März und April neunzehnhundertvierzig. Zweitens wurden Opfer vermutlich aus dem Gefangenenlager Kozielsk mit der Bahn zur Station Gniezdowo befördert und von dort in Gruppen von je hundert nachts in den Wald verbracht. Schüsse wurden gehört. Drittens wird Gesamtzahl der Opfer auf zehntausend wiederhole zehntausend geschätzt. Falls weitere Exhumierung erwünscht ist Verstärkung dringend erforderlich.

Jericho saß etwa eine Viertelstunde bewegungslos da, starrte auf die Enigma und versuchte, das ganze Ausmaß der Verwicklung zu begreifen. Es handelte sich um ein Geheimnis, das zu wissen höchst gefährlich war. Gefährlich genug, dachte er, um einen Menschen völlig zu

ruinieren. Zehntausend Polen, unsere tapferen Verbündeten, Überlebende einer Armee, die zu Pferde und Säbel schwingend gegen die Panzer der Wehrmacht angestürmt war – zehntausend von ihnen gefesselt, geknebelt und erschossen von unserem anderen, neueren tapferen Verbündeten, der heroischen Sowjetunion? Kein Wunder, daß die Zentralregistratur ausgeräumt worden war.
Plötzlich kam ihm eine Idee, und er kehrte zum ersten Kryptogramm zurück. Denn wenn man es so las

HYCYKWPIOROKDZENAJEWICZJPTAKJHRUTBPYSJMOTYLPCIE ...

dann war es sinnlos, aber wenn man es so unterteilte:

HYCYK, W., PIORO, K., DZENAJEWICZ, J., PTAK, J., HRUT, B., PSY, J., MOTYL, P ...

dann verwandelte sich das Chaos in Ordnung. Namen. Er hatte jetzt genug. Er hätte aufhören können. Aber er machte trotzdem weiter, denn er war nie ein Mann gewesen, der sich damit zufriedengab, ein Geheimnis nur teilweise zu lüften, einen mathematischen Beweis nur halb zu führen. Man mußte den Pfad zur Antwort skizzieren, selbst dann, wenn man das Ziel bereits lange vor Beendigung der Reise vermutet hatte.
Enigma-Einstellungen für den deutschen Heeresschlüssel Vulture, 2. März 1943:

III IV II LUK JP DY QS HL AE NW CU IK FX BR
An Ostubaf. Dorfmann ...
Ostubaf – das hieß Obersturmbannführer.

AN: OSTUBAF. DORFMANN
AUF BEFEHL OKW NACHFOLGEND DIE NAMEN DER BISHER IDENTIFIZIERTEN IM WALD BEI KATYN ERSCHOSSENEN POLNISCHEN OFFIZIERE ...

Er machte sich nicht die Mühe, sie aufzuschreiben. Er wußte, wonach er suchte, und er fand es nach einer Stunde, vergraben in einem Wust von anderen Namen. Die Meldung war nicht am 2., sondern am 3. März an die Gestapo gegangen:

PUKOWSKI, T.

6

Ein paar Minuten nach fünf kam Tom Jericho wie ein Maulwurf aus seinem unterirdischen Loch hervor und stand lauschend auf dem Korridor des Herrenhauses. Die Enigma hatte er ins Regal zurückgestellt, den Tresor verschlossen und ebenso die Tür zum Schwarzen Museum. Die Kryptogramme und der Zettel mit den Einstellungen steckten in seiner Tasche. Er hatte keine Spuren hinterlassen. Er hörte, wie sich Schritte und Männerstimmen näherten, und drückte sich an die Wand, aber wer immer es gewesen sein mochte, sie kamen nicht in seine Richtung. Die Holztreppe knarrte, als sie außerhalb seiner Sichtweite die Stufen zu den oberen Büroräumen hinaufstiegen.

Er bewegte sich vorsichtig und hielt sich dicht an der Wand. Wenn Wigram um Mitternacht in der Baracke nach ihm gesucht und ihn nicht gefunden hatte – was wird er dann getan haben? Er wird zur Albion Street gefahren sein. Und nachdem er festgestellt hatte, daß Jericho dort nicht aufgekreuzt war, wird er einen Suchtrupp nach ihm ausgeschickt haben. Aber Jericho wollte nicht gefunden werden, noch nicht. Da gab es noch zu viele Fragen, die er stellen mußte, und nur ein Mann konnte ihm die Antworten liefern.

Er ging am Fuß der Treppe vorbei und öffnete die in die Diele führende Doppeltür.

Du bist ihr Liebhaber geworden, stimmt's, Puck? Nach mir der nächste in der großen Drehtür von Claire Ro-

millys Männern. Und irgendwie – woher? – hast du gewußt, daß in diesem fürchterlichen Wald etwas Grauenhaftes passierte. War das der Grund, daß du dich an sie herangemacht hast? Weil sie Zugang hatte zu Informationen, an die du nicht herankamst? Sie muß sich bereit erklärt haben, dir zu helfen, muß angefangen haben, alles zu kopieren, was irgendwie interessant aussah. (»Sie war in letzter Zeit tatsächlich viel aufmerksamer ...«) Und dann kam der Schock, als dir klarwurde, daß – wer? dein Vater? dein Bruder? – an diesem grauenhaften Ort verscharrt worden war. Aber am nächsten Tag konnte sie dir nichts bringen außer den Kryptogrammen, weil die Briten – die Briten, eure zuverlässigen Verbündeten, eure loyalen Beschützer, denen die Polen das Geheimnis der Enigma anvertraut hatten –, weil die Briten im höheren Interesse beschlossen hatten, daß sie einfach nicht mehr wissen wollten.

Puck, Puck, was hast du getan?

Was hast du mit ihr gemacht?

In der gotischen Diele stand ein Wachtposten, zwei Kryptoanalytiker saßen auf einer Bank und unterhielten sich leise, eine Helferin mit einem dicken Stapel Akten versuchte, mit dem Ellenbogen die Türklinke zu finden. Jericho machte ihr die Tür auf, sie lächelte dankbar und verdrehte die Augen, als wollte sie sagen: *Was für ein Laden, in dem man noch früh um fünf Uhr an einem Frühlingsmorgen steckt,* und Jericho erwiderte das Lächeln und nickte, ein Leidensgenosse. *Wahrhaftig, ein schauderhafter Laden ...*

Die Helferin verschwand in die eine Richtung, und er ging in die entgegengesetzte, auf den Morgenstern und das Haupttor zu. Der Himmel war schwarz, die Telefonzelle fast unsichtbar im Schatten des Arboretums. Sie war leer. Er ging an ihr vorbei, ohne anzuhalten, und setzte seinen Weg zwischen den Bäumen fort. Sir Herbert Leon, der letzte Besitzer von Bletchley Park in Viktorianischer Zeit, war ein großer Baumliebhaber gewesen und hatte sein Grundstück mit dreihundert verschiedenen Baumarten bepflanzt. Vierzig Jahre Selbstaussaat, gefolgt von vier Jahren ohne jegliches Beschneiden, hatten das Arboretum in ein Labyrinth aus Geheimkammern verwandelt, und hier hockte sich Jericho auf die trockene Erde und wartete auf Hester Wallace.

Viertel nach fünf war ihm klar, daß sie nicht kommen würde, was nur bedeuten konnte, daß sie irgendwo festgehalten wurde. Und das würde heißen, daß sie auch nach ihm suchten.

Er mußte den Park verlassen, aber nicht durch das Haupttor, das konnte er nicht riskieren.

Zwanzig nach fünf, als seine Augen sich vollständig an die Dunkelheit gewöhnt hatten, bahnte er sich seinen Weg nordwärts durch das Arboretum, zurück zum Herrenhaus, das Bündel Geheimpapiere schwer in seiner Tasche. Er spürte noch immer die Wirkung des Benzedrins – eine Leichtigkeit in den Muskeln, ein gesteigertes Bewußtsein, insbesondere für Gefahr–, und er sprach ein Dankgebet an Logie, weil er ihn gezwungen hatte, es zu nehmen, denn andernfalls wäre er inzwischen halb tot gewesen.

Er kam vorsichtig zwischen zwei Platanen hervor und trat auf den Rasen an der Seitenfront des Herrenhauses. Vor ihm lag der lange, niedrige Umriß der alten Baracke 4 und dahinter die Masse des großen Hauses. Er ging außen herum und gelangte, an ein paar Mülltonnen vorbei, zur Rückseite und in den Hof. Hier standen die Stallungen, in denen er 1939 seine Arbeit begonnen hatte, und dahinter die Häuschen, in denen Dilly Knox die ersten Vorstöße in die Geheimnisse der Enigma unternommen hatte. Mit einiger Mühe konnte er die funkelnden Zylinder und Auspuffrohre von einem halben Dutzend im Halbkreis aufgestellter Motorräder erkennen. Eine Tür ging auf, und in dem kurz herausfallenden Licht sah er einen Kurier – ausgepolstert, mit Helm und Handschuhen wie ein mittelalterlicher Ritter. Jericho drückte sich an die Mauer und wartete, während der Motorradfahrer seinen Sitz zurechtrückte, die Maschine antrat und Gas gab. Ihr Rücklicht wurde kleiner und verschwand allmählich.

Er dachte kurz daran, den gleichen Ausgang zu benutzen, aber sein Verstand sagte ihm, wenn das Haupttor bewacht wurde, dann sicherlich auch dieses Tor. Er schlich weiter, vorbei an den kleinen Häusern, der Rückseite des Tennisplatzes und schließlich an der Bombenbaracke, die in der Dunkelheit vor ihm vibrierte wie ein Maschinenschuppen.

Inzwischen war am Horizont ein schwaches blaues Leuchten aufgeglommen. Die Nacht – sein Freund und Verbündeter, seine einzige Deckung – war im Begriff, ihn im Stich zu lassen. Vor sich konnte er jetzt die Konturen einer Baustelle erkennen, Pyramiden aus Erde und Sand, massige Rechtecke aus Ziegelsteinen und duftendem Bauholz.

Jericho hatte sich den Außenzaun von Bletchley Park bisher nie richtig angesehen. Jetzt zeigte sich bei genauerer Betrachtung, daß er eine beachtliche Barriere aus gut zwei Meter hohen Eisenstäben darstellte, deren obere Enden in drei Spitzen ausliefen und nach außen gebogen waren, um jedes Eindringen zu verhindern. Er fuhr gerade mit der Hand über das verzinkte Metall, als er in dem Unterholz auf der anderen Seite, links von sich, eine Bewegung wahrnahm. Er trat ein paar Schritte zurück und duckte sich hinter einen Stapel Stahlträger. Einen Augenblick später schlenderte ein Posten vorbei, seiner lässigen Silhouette und dem Schlurfen seiner Füße nach zu urteilen, keineswegs in einem Zustand erhöhter Wachsamkeit.

Jericho duckte sich noch tiefer und hörte, wie die Geräusche sich entfernten. Der Zaun war vielleicht eine Meile lang. Sagen wir, fünfzehn Minuten für einen Wachtposten, um einmal herumzumarschieren. Sagen wir, zwei patrouillierende Posten. Möglicherweise drei.

Wenn es drei waren, hatte er fünf Minuten.

Er sah sich um, versuchte etwas zu finden, das er benutzen konnte.
Ein Achthundertliterfaß erwies sich als zu schwer, als daß er es hätte bewegen können, aber da lagen Bohlen und ein paar Stücke Dränagerohr aus Beton, die er an den Zaun zerren konnte. Er begann zu schwitzen. Was immer sie hier zu bauen gedachten, es würde riesig sein – riesig und bombensicher. In der anbrechenden Dämmerung waren die Baugruben unergründlich. »FÜNF LAGEN LEICHEN. OBERSTE SCHICHT MUMIFIZIERT, UNTERSTE STARK VERWEST ...«
Er stellte die Rohre im Abstand von gut einem Meter hochkant auf und legte eine Bohle darauf. Dann wuchtete er weitere Rohrstücke darauf, griff sich eine zweite Bohle, lud sie sich auf die Schulter und schleppte sie hinüber. Er deponierte sie vorsichtig auf den Rohrstükken, so daß eine Plattform mit zwei Stufen entstand – so ziemlich die erste praktische Arbeit, die er verrichtete, seit er ein Junge war. Er kletterte auf das wackelige Gebilde und ergriff die Spitzen der Eisenstäbe. Seine Füße tasteten nach einem Halt auf den Querstreben. Aber der Zaun war so konstruiert, daß er Leute am Eindringen hindern sollte, nicht am Entkommen. Angetrieben von Medikamenten und Verzweiflung, war Jericho mit knapper Not imstande, sich auf den Zaun hinaufzuschwingen, sich umzudrehen und an der anderen Seite wieder herunterzulassen. Den letzten Meter ließ er sich fallen, dann duckte er sich in das hohe Gras, versuchte wieder zu Atem zu kommen und lauschte.
Seine letzte Tat bestand darin, den Fuß zwischen den Stäben hindurchzustecken und die Bohlen wegzutreten. Er wartete nicht ab, ob der Lärm irgendwelche Aufmerksamkeit erregt hatte. Er machte sich über das Feld davon, zuerst im Trab und schließlich rennend und über das taunasse Gras schlitternd. Rechts von ihm lag ein großes Militärlager, verdeckt von einer Reihe von Bäumen, das jetzt gerade erkennbar wurde. Hinter sich konnte er die Morgendämmerung auf seinen Schultern

fühlen. Es wurde von Minute zu Minute heller. Er schaute erst zurück, als er die Straße erreicht hatte, und das war sein letzter Eindruck von Bletchley Park: eine dünne Linie aus niedrigen schwarzen Gebäuden – bloße Punkte und Striche am Horizont – und über ihnen am östlichen Himmel ein riesiger Bogen aus kaltem blauem Licht.

Er war einmal in Pucks Quartier gewesen, an einem Sonntag nachmittag vor einem Jahr, auf eine Partie Schach. Er hatte eine vage Erinnerung an eine ältliche Wirtin, die in Puck vernarrt war und ihnen in einem vollgestellten Wohnzimmer Tee einschenkte, während ihr kranker Mann oben keuchte und hustete und würgte. Er konnte sich ganz deutlich an das Spiel erinnern, es hatte einen seltsamen Verlauf genommen – Jericho sehr stark in der Eröffnung, Puck in der Mitte und Jericho wieder gegen Schluß. Sie waren mit einem Remis auseinandergegangen.

Alma Terrace. Das war es. Alma Terrace Nummer neun.

Er bewegte sich schnell – lange Schritte und hin und wieder ein kurzer Sprint –, wobei er sich am Rande des Gehsteigs hielt, den Abhang hinunter und in die schlafende Stadt hinein. Vor der Kneipe waberte ein seifiger Geruch nach dem Bier vom vergangenen Abend. Die Methodistenkapelle ein paar Türen weiter war dunkel und verschlossen, ihre abblätternde Tafel seit dem Ausbruch des Krieges unverändert: »Bereut eure Sünden, denn das Himmelreich ist nahe.« Er ging unter der Eisenbahnbrücke hindurch. Von der gegenüberliegenden Straßenseite zweigte die Albion Street ab, und ein Stückchen weiter lag der Arbeiterklub von Bletchley. (»Die Genossenschaft veranstaltet einen Vortrag von Ratsherr A. E. Braithwaite: Die sowjetische Wirtschaft, ihre Lehren für uns.«) Nach weiteren zwanzig Metern bog er nach links in die Alma Terrace ein.

Es war eine Straße wie viele andere, mit einer doppelten Reihe von Backsteinhäuschen, die parallel zu den Eisenbahngleisen verlief. Nummer neun war das genaue Ebenbild all der anderen: zwei kleine Fenster oben und eines unten, wie in Trauer mit schwarzen Verdunkelungsvorhängen verhüllt, ein spatenlanger Vorgarten mit einer Mülltonne und eine Holzpforte zur Straße. Die Pforte war zerbrochen, das graue Holz zersplittert oder glatt wie Treibholz, und Jericho mußte sie anheben, um sie zu öffnen. Er drehte am Türknauf – abgeschlossen. Dann hämmerte er mit der Faust gegen die Tür.

Ein lautes Husten – es kam so prompt wie das Bellen eines Wachhundes. Er trat einen Schritt zurück, und nach ein paar Sekunden wurde einer der oberen Vorhänge einen Spaltbreit geöffnet. Er rief: »Puck, ich muß mit Ihnen reden.«

Ein stetiges Hufgeklapper. Er schaute sich um und sah einen Kohlenwagen, der gerade in die Straße einbog. Er fuhr langsam an ihm vorbei, und der Fahrer musterte ihn lange und eingehend, dann ruckte er kurz an den Zügeln, und das große Pferd reagierte sofort, indem es das Tempo des Hufschlags erhöhte. Hinter sich hörte Jericho, wie ein Riegel zurückgeschoben wurde. Die Tür ging ein paar Zentimeter auf, und eine alte Frau lugte heraus.

»Bitte, entschuldigen Sie«, sagte Jericho, »ein Notfall. Ich muß mit Mister Pukowski reden.«

Sie zögerte, dann ließ sie ihn ein. Sie war nur knapp eins fünfzig groß, ein Gespenst in einem blaßblauen, gesteppten Morgenrock, den sie über ihrem Nachthemd zusammenhielt. Sie sprach mit der Hand vor dem Mund, und er begriff, daß es ihr peinlich war, weil sie ihr Gebiß nicht eingesetzt hatte.

»Er ist in seinem Zimmer.«

»Könnten Sie es mir zeigen?«

Sie schlurfte den Korridor entlang, und er folgte ihr. Das Husten von oben war heftiger geworden. Es schien die Decke zu erschüttern, den verrußten Lampenschirm in Schwingung zu versetzen.

»Mister Puck?« Sie klopfte an die Tür. »Mister Puck?« Sie sagte zu Jericho: »Vermutlich schläft er noch. Er ist erst sehr spät gekommen.«
»Lassen Sie mich nachsehen. Darf ich?«
Das kleine Zimmer war leer. Jericho hatte es mit drei Schritten durchquert und zog die Vorhänge auf. Graues Licht erhellte das Reich des Exilierten: ein Bett, ein Waschtisch, ein Kleiderschrank, ein Holzstuhl, ein kleiner Spiegel aus dickem rosa Kristallglas mit eingravierten Vögeln, der an einer Metallkette über dem Kamin hing. Das Bett sah aus, als hätte er nicht darin geschlafen, sondern nur darauf gelegen, und eine Untertasse am Kopfende war randvoll mit Zigarettenstummeln.
Er wendete sich zum Fenster um. Die unvermeidlichen Gemüsebeete und der ringförmige Bombenschutzraum. Eine Mauer.
»Was ist da drüben?«
»Aber die Tür war verriegelt ...«
»Auf der anderen Seite der Mauer? Was ist da?«
Sie hielt noch immer ihre Hand vor den Mund und schaute ihn erschrocken an. »Der Bahnhof.«
Er versuchte, das Fenster zu öffnen. Es klemmte und ließ sich nicht bewegen.
»Gibt es eine Hintertür?«
Sie führte ihn durch eine Küche, die sich seit der Viktorianischen Zeit kaum verändert haben konnte. Eine Mangel. Eine Handpumpe, um das Wasser in den Ausguß zu befördern ...
Die Hintertür war nicht abgeschlossen.
»Es ist ihm doch hoffentlich nichts passiert?« Sie dachte jetzt nicht mehr an ihr Gebiß. Ihr Mund zitterte, die Haut rundum war verrunzelt, eingesunken, braun.
»Bestimmt nicht. Gehen Sie wieder zu Ihrem Mann.«
Jetzt verfolgte er Pucks Spur. Fußabdrücke – große Fußabdrücke – führten zwischen den Gemüsebeeten hindurch. An der Mauer stand eine Teekiste. Sie bog sich und splitterte, als Jericho darauf kletterte, aber er schaffte es trotzdem, sich auf die verrußte Mauer zu schwin-

gen. Einen Augenblick lang verlor er das Gleichgewicht und wäre fast kopfüber auf den Betonweg gestürzt, aber dann fand er wieder Halt und zog die Beine nach.
In der Ferne das Pfeifen eines Zuges.

So war er seit fünfzehn Jahren nicht mehr gerannt, nicht, seit er ein Schuljunge gewesen und bei einem Fünf-Meilen-Hindernislauf angefeuert worden war. Aber hier waren sie wieder, so gemein wie früher, die vertrauten Folterinstrumente – das Messer in seiner Seite, die Säure in seinen Lungen, der Metallgeschmack in seinem Mund.
Er rannte durch den Hintereingang in den Bahnhof von Bletchley und jagte um die Ecke auf den Bahnsteig, zwischen einer Wolke aus bleifarbenen Tauben hindurch, die mit den Flügeln schlugen, schwerfällig aufflogen und sich dann wieder niederließen. Seine Füße dröhnten auf dem eisernen Steg. Er nahm zwei Stufen auf einmal und rannte über die Signalbrücke. Die Lokomotive fuhr langsam unter ihm hindurch, und beiderseits von ihm quoll eine Fontäne aus weißem Rauch auf.
Es war noch früh am Tage, nur wenige Leute warteten auf den Zug, und Jericho hatte die halbe Treppe zum Bahnsteig für die nordwärts fahrenden Züge hinter sich gebracht, als er Puck entdeckte, der fünfzig Meter entfernt mit einem kleinen Koffer in der Hand dicht an der Bahnsteigkante stand und langsam den Kopf drehte, um dem Vorbeigleiten der Abteile beim Einfahren des Zuges zu folgen. Jericho blieb stehen und umklammerte das Geländer, lehnte sich vor und keuchte nach Luft. Die Wirkung des Benzedrins ließ offensichtlich nach. Als der Zug endlich mit einem Ruck zum Stehen kam, schaute Puck sich um, dann ging er gelassen auf den vorderen Zugteil zu, öffnete eine Tür und verschwand. Jericho stützte sich am Geländer ab, stieg die letzten paar Stufen hinab und kippte beinahe in ein leeres Abteil.
Er mußte ohnmächtig geworden sein, und zwar für mehrere Minuten, denn er hörte weder das Zuschlagen der

Tür hinter sich noch das Abfahrtssignal. Das nächste, was wieder in sein Bewußtsein drang, war eine schaukelnde Bewegung. Die Rückenlehne an seiner Wange fühlte sich warm und staubig an, und er spürte den beruhigenden Rhythmus der Räder – da-da-di-di, di-di-da-da, da-da-di-di ... Er öffnete die Augen. Bläuliche, rosa gesäumte Wölkchen glitten langsam über ein Quadrat aus weißem Himmel. Es war alles wunderhübsch wie ein Kinderzimmer, und er wäre wieder eingeschlafen, wenn ihm nicht vage in den Sinn gekommen wäre, daß da etwas Dunkles und Bedrohliches war, wovor er Angst haben sollte, und dann fiel es ihm wieder ein.
Er richtete sich auf und faßte sich an seinen schmerzenden Kopf. Er schüttelte ihn und ließ ihn in Achterfiguren kreisen, dann zog er das Fenster herunter und hielt ihn in den kalten Luftzug. Keine Spur von irgendeiner Stadt. Nur flaches, von Hecken durchzogenes Land, durchsetzt mit Scheunen und Teichen, die in der Morgensonne funkelten. Die Strecke beschrieb eine flache Kurve, so daß er vor sich die Lokomotive sehen konnte, die ihr langes Rauchbanner über einer schwarzen Mauer aus Waggons flattern ließ. Sie fuhren auf der Hauptstrekke in Richtung Westküste nach Norden, was bedeutete – er versuchte sich zu erinnern –, daß die nächste Station Northampton war, dann kamen Coventry, Birmingham, Manchester (vermutlich), Liverpool ...
Liverpool?
Liverpool. Und dann die Fähre über die Irische See ...
Großer Gott.
Er war verblüfft von der Unwirklichkeit des Ganzen und gleichzeitig von seiner Einfachheit, seiner Offensichtlichkeit. Über der gegenüberliegenden Sitzreihe befand sich eine Notbremse (»Strafe für Mißbrauch: 20 Pfund«), und sein erster Gedanke war, sie zu ziehen. Aber was dann? *Denk nach.* Er würde dastehen, unrasiert, ohne Fahrkarte, mit drogenverklärten Augen, und versuchen müssen, einen skeptischen Schaffner davon zu überzeugen, daß in diesem Zug ein Verräter saß, während Puck –

was würde Puck tun? Er würde einfach aussteigen und verschwinden. Jericho erkannte plötzlich die ganze Absurdität seiner eigenen Situation. Er hatte nicht einmal genügend Geld bei sich, um eine Fahrkarte zu kaufen. Alles, was er hatte, war eine Tasche voll Kryptogramme.

Sieh zu, daß du sie los wirst.

Er zog sie aus der Tasche und riß sie in kleine Stücke, dann steckte er den Kopf zum Fenster hinaus und ließ sie im Fahrtwind davonflattern. Sie wurden weggefegt, hochgeweht, über das Wagendach hinweg und außer Sicht. Dann reckte er den Kopf in die entgegengesetzte Richtung und versuchte abzuschätzen, wie weit vorn im Zug Puck saß. Die Gewalt des Windes nahm ihm den Atem. Drei Wagen? Vier? Er zog den Kopf wieder ein und schloß das Fenster, dann durchquerte er das schwankende Abteil und schob die Tür zum Gang auf.

Er lugte vorsichtig hinaus.

Die Wagen waren Standardausführung aus der Vorkriegszeit – dunkel und schmutzig. Der Gang, der Verdunkelung wegen nur von schwachen blauen Birnen erhellt, hatte die Farbe einer Giftflasche. Vier Abteile auf der einen Seite, dann ein Knick im Gang und vier weitere auf der anderen. Am vorderen und am hinteren Ende führte eine Verbindungstür zu den angrenzenden Wagen.

Jericho schlurfte auf den vorderen Teil des Zuges zu. Im Vorbeigehen schaute er in jedes Abteil – hier zwei kartenspielende Matrosen, dort ein junges Paar, das sich schlafend in den Armen lag, dann eine Familie, Mutter und Vater mit Sohn und Tochter, die belegte Brote aßen und Tee aus einer Thermosflasche tranken. Die Mutter hatte einen Säugling an der Brust und wandte sich verlegen ab, als sie sah, daß er hereinschaute.

Er öffnete die zum nächsten Wagen führende Tür und trat in ein Niemandsland. Der Boden unter seinen Füßen schwankte und schob sich hin und her wie eine Zitterbrücke auf einem Jahrmarkt. Er stolperte und schlug sich das Knie an. Durch einen acht Zentimeter breiten Spalt hindurch konnte er die Kupplungen sehen und darunter den dahinrasenden Grund. Er betrat den nächsten Wagen gerade noch rechtzeitig, um das breite, finstere Gesicht des Schaffners zu sehen, der gerade aus einem Abteil herauskam. Jericho verschwand blitzschnell in der Toilette und schloß sich ein. Einen Augenblick glaubte er, es befinde sich noch jemand darin, irgendein heruntergekommener Stromer, doch dann begriff er, daß er das war – das gelbliche Gesicht, die kleinen, fiebrigen Augen, das vom Wind zerzauste Haar, die bläulichschwarzen, seit zwei Tagen nicht abrasierten Bartstoppeln –, das war sein eigenes Spiegelbild. Die Toilette war verstopft und stank. Aus dem Becken quoll eine Rolle nassen, schmutzigen Papiers und ringelte sich um seine Füße wie ein abgerollter Verband.

»Fahrkarte bitte.« Der Schaffner klopfte laut an. »Schieben Sie bitte Ihre Fahrkarte unter der Tür durch.«

»Sie ist in meinem Abteil.«

»Ach, tatsächlich.« Die Klinke ratterte. »Dann kommen Sie mit und zeigen Sie sie mir.«

»Mir geht es nicht gut.« (Was stimmte.) »Ich habe sie für Sie hingelegt.« Er drückte seine brennende Stirn an den kühlen Spiegel. »Lassen Sie mir fünf Minuten Zeit.«

Der Schaffner grunzte. »Ich komme wieder.« Jericho hörte das Rattern der Räder, als die Verbindungstür aufgeschoben wurde, dann ein Knallen, als sie zufiel. Er wartete ein paar Sekunden, dann entriegelte er die Toilettentür.

Keine Spur von Puck in diesem Wagen, und im nächsten auch nicht, und als er über die schwankenden Eisenplatten hinweg in den dritten Waggon gesprungen war, spürte er, wie der Zug langsamer wurde. Er ging weiter den Gang entlang.

Zwei Abteile voller Soldaten, mit verdrossenen Mienen, sechs in jedem, die Gewehre vor den Füßen.

Dann ein leeres Abteil.

Dann Puck.
Er saß mit dem Rücken zur Lokomotive, nach vorn gebeugt – derselbe alte Puck –, gutaussehend, angespannt, mit den Ellenbogen auf den Knien, in ein Gespräch vertieft mit jemandem, der sich außerhalb von Jerichos Blickfeld befand.
Es ist Claire. Es muß Claire sein. Es kann nur Claire sein. Er hat sie mitgenommen.
Er drehte dem Abteil den Rücken zu und bewegte sich im Krebsgang vorsichtig daran vorbei, wobei er tat, als sähe er durch das schmutzige Fenster. Sein Auge registrierte eine nahende Stadt – Gestrüpp, Güterwaggons, Lagerschuppen – und dann einen namenlosen Bahnsteig mit einer Uhr, die bei zehn nach zwölf stehengeblieben war, und verblichenen Plakaten mit drallen, fröhlichen Mädchen, die für längst verjährte Ferien in Bournemouth und Clacton-on-Sea warben.
Der Zug kroch langsam ein paar Meter weiter, dann hielt er abrupt gegenüber dem Bahnhofskiosk an.
»Northampton!« rief eine Männerstimme. »Bahnhof Northampton!«
Und wenn es Claire war, was würde er tun?
Aber sie war es nicht. Er schaute hin und sah einen Mann, einen jungen Mann – schlank, dunkelhaarig, sonnengebräunt, adlergesichtig; offensichtlich ein Ausländer. Er sah ihn nur kurz, weil der Mann bereits aufgestanden war und Pucks Hand freigab, nachdem er sie mit beiden Händen umfaßt hatte. Der junge Mann lächelte (er hatte sehr weiße Zähne) und nickte – irgendein Handel war abgeschlossen worden –, dann stieg er aus dem Abteil und bewegte sich schnell den Bahnsteig entlang, mit scharfen Schultern die Menge durchschneidend. Puck sah ihm einen Moment lang nach, dann zog er die Tür zu und lehnte sich wieder auf seinem Sitz zurück, außer Sichtweite.
Wie immer sein Fluchtplan beschaffen sein mochte, Claire Romilly gehörte offensichtlich nicht dazu.
Jericho wandte den Blick ab.

Plötzlich begriff er, was passiert sein mußte. Puck war in der Samstagnacht zu Claires Haus geradelt, um die Kryptogramme zu holen – und hatte statt dessen Jericho vorgefunden. Später war er zurückgekehrt und hatte festgestellt, daß die Kryptogramme verschwunden waren. Natürlich hatte er vermutet, daß Jericho sie an sich genommen hatte und im Begriff war, das zu tun, was jeder loyale Staatsdiener getan hätte: schnurstracks zu den Behörden zu laufen und Claire anzuzeigen.
Er warf wieder einen Blick in das Abteil. Puck hatte sich offenbar eine Zigarette angezündet. Rauchwölkchen verwandelten sich in breite stahlblaue Schwaden.
Aber das konntest du nicht zulassen, nicht wahr, weil sie das einzige Bindeglied war zwischen dir und den gestohlenen Papieren. Und du brauchtest Zeit, um mit deinem ausländischen Freund diese Flucht zu planen ...
Also was hast du mit ihr gemacht?
Ein Pfiff. Ein heftiger Ausstoß von Dampf. Der Bahnsteig erbebte und begann davonzugleiten. Jericho nahm es kaum zur Kenntnis. Nichts drang in sein Bewußtsein außer dem unausweichlichen Ergebnis seiner Überlegungen.

Was dann passierte, ging alles sehr schnell, und wenn es nie eine einheitliche, einleuchtende Erklärung für die Ereignisse gegeben hat, dann lag das an dem Zusammenspiel mehrerer Faktoren: an der durch Verletzung bewirkten Amnesie, dem Tod von zwei der Beteiligten, der Vernebelungsmaschinerie des Geheimhaltungsgesetzes.
Aber so ungefähr spielte es sich ab.
Etwa zwei Meilen nördlich des Bahnhofs Northampton, dicht bei dem Dorf Kingsthorpe, verband eine Weiche die Hauptstrecke zur Westküste mit der Nebenstrecke nach Rugby. Mit nur fünf Minuten Vorankündigung wurde der Zug von der planmäßigen Route auf die Nebenstrecke Richtung Westen abgeleitet, und ganz kurze

Zeit später warnte ein rotes Signal den Lokführer vor einem Hindernis auf den Gleisen.
Der Zug hatte deshalb seine Fahrt bereits verlangsamt, obwohl Jericho sich dessen nicht bewußt war, als er die Tür zu Pucks Abteil aufschob. Sie bewegte sich leicht, ein Fingerdruck genügte. Die Rauchschwaden gerieten in Bewegung und zogen ab.
Puck drückte gerade die Zigarette aus (später wurde festgestellt, daß in seinem Aschenbecher fünf Stummel lagen) und schob das Fenster herunter – vermutlich, weil er das Langsamerwerden des Zuges bemerkt hatte und vielleicht auch die Umleitung und weil er argwöhnisch geworden war und sehen wollte, was da vor sich ging. Er hörte die Tür hinter sich und drehte sich um, und in diesem Moment verwandelte sich sein Gesicht in einen Totenschädel. Das Fleisch war abgezehrt, die Haut straff gespannt, es wirkte maskenhaft. Er war bereits ein toter Mann, und er wußte es. Nur seine Augen waren noch lebendig und funkelten unter seiner hohen Stirn. Sie flackerten von Jericho zum Gang, zum Fenster und wieder zurück zu Jericho. Man konnte sehen, daß hinter ihnen fieberhaftes Nachdenken herrschte, ein wahnsinniger und hoffnungsloser Versuch, Auswege, Winkel, Flugbahnen zu berechnen.
Jericho sagte: »Was haben Sie mit ihr gemacht?«
Puck hatte den Smith and Wesson in der Hand. Entsichert. Er hob ihn. Seine Augen flackerten wie zuvor: Jericho, Gang, Fenster, dann wieder Jericho und schließlich erneut zum Fenster. Er legte den Kopf in den Nakken, die Waffe auf Armeslänge vor sich haltend, und versuchte auf die Gleise zu sehen.
»Warum halten wir?«
»Was haben Sie mit ihr gemacht?«
Puck winkte ihn mit der Waffe zurück, aber Jericho war es völlig gleich, was nun passierte. Er trat einen Schritt näher.
Puck sagte etwas wie »Bitte, zwingen Sie mich nicht«, und dann ging wie in einer Farce die Tür auf, und der

Schaffner kam herein, weil er Jerichos Fahrkarte sehen wollte.
Einen langen Augenblick standen sie einfach da, ein seltsames Trio – der Schaffner mit seinem breiten, nichtssagenden Gesicht, das sich vor Verblüffung in Falten legte; der Verräter mit seinem schwankenden Revolver; der Kryptoanalytiker zwischen ihnen –, und dann passierten mehrere Dinge mehr oder weniger gleichzeitig. Der Schaffner sagte: »Geben Sie das Ding her«, und trat einen Schritt auf Puck zu. Die Waffe ging los. Der Knall wirkte wie ein körperlicher Schlag. Der Schaffner gab ein verstörtes »Uff?« von sich und schaute herunter auf seinen Bauch, als hätte er einen Anfall von Magengrimmen. Die Räder des Zuges blockierten und kreischten, und plötzlich lagen alle miteinander auf dem Boden.
Es kann sein, daß Jericho der erste war, der sich wieder erhob. Auf jeden Fall hatte er eine Erinnerung, daß er Puck unter dem Schaffner hervorgezogen und ihm auf die Beine geholfen hatte, während der Schaffner ein fürchterliches Wimmern von sich gab und überall blutete – aus Mund und Nase, aus seiner Uniformjacke, sogar aus den Hosenbeinen.
Jericho beugte sich über ihn und sagte ziemlich hilflos, weil er noch nie einen Verletzten gesehen hatte: »Er braucht einen Arzt.« Auf dem Gang bewegte sich etwas. Er drehte sich um und sah, daß Puck die Tür nach draußen geöffnet hatte und den Smith and Wesson auf ihn richtete. Er umklammerte das Gelenk der Hand, mit der er die Waffe hielt, und stöhnte, als hätte er es sich verstaucht. Jericho schloß in Erwartung der Kugel die Augen, und Puck sagte – und dessen war Jericho sich ganz sicher, weil er die Worte in seinem präzisen Englisch sehr deutlich sprach –: »Ich habe sie getötet, Thomas. Es tut mir entsetzlich leid.«
Dann verschwand er.

Inzwischen war es Viertel nach sieben – 7.17 Uhr dem amtlichen Bericht zufolge –, und der Tag war angebrochen. Jericho stand auf der Schwelle des Wagens und hörte die Amseln in einem nahen Wäldchen und eine Lerche über dem Feld singen. Auf der ganzen Länge des Zuges schlugen Türen auf, und Leute sprangen hinaus in den Sonnenschein. Die Lokomotive ließ Dampf ab, und dahinter kam eine Gruppe Soldaten hervor, angeführt – zu Jerichos Erstaunen – von Wigram. Weitere Soldaten schwärmten aus dem Zug aus. Puck war nur ungefähr zwanzig Meter entfernt. Jericho sprang auf die grauen Steine neben den Gleisen und rannte hinter ihm her.

Jemand schrie sehr laut, fast direkt hinter ihm: »Aus dem Weg, Sie verdammter Idiot!« – ein weiser Ratschlag, den Jericho ignorierte.

Damit konnte es nicht enden, dachte er, nicht jetzt, wo es noch so viel herauszufinden galt.

Er war völlig erledigt. Seine Beine waren schwer. Aber Puck kam auch nicht sonderlich gut voran. Er humpelte über eine Wiese und zog den linken Fuß nach, da er, wie sich später bei der Autopsie herausstelle, einen Spaltbruch am Knöchel davongetragen hatte – ob bei seinem Sturz im Abteil oder bei seinem Sprung aus dem Zug, ließ sich nicht feststellen, aber das Laufen mußte eine Qual für ihn gewesen sein. Eine kleine Herde von Jersey-Rindern beobachtete ihn, wiederkäuend, wie Zuschauer an einer Rennstrecke.

Das Gras duftete süß, die Hecken waren voller Knospen, und Jericho war sehr nahe an ihn herangekommen, als Puck sich umdrehte und seine Pistole abfeuerte. Er konnte nicht auf Jericho gezielt haben – der Schuß ging irgendwo ins Leere. Es war lediglich eine Abschiedsgeste. Seine Augen waren jetzt tot. Blicklos, leer. Vom Zug her wurde das Feuer erwidert. Bienen summten im Frühlingsmorgen an ihnen vorbei.

Fünf Kugeln trafen Puck, und zwei trafen Jericho. Auch hier ist die Reihenfolge unklar. Jericho war, als wäre er von hinten von einem Wagen angefahren worden – nicht schmerzhaft, aber furchtbar hart. Es benahm ihm den Atem und ließ ihn vorwärtstaumeln. Irgendwie lief er weiter, auf stolpernden Beinen, und sah, wie aus Pucks Rücken Klumpen herausflogen – einer, zwei, drei, und dann zerbarst Pucks Kopf in einem roten Spritzen, genau in dem Augenblick, in dem ein zweiter Schlag, dem Jericho nicht standhalten konnte, ihn von der rechten Schulter her in einem Bogen herumwirbelte. Der Himmel war naß von Sprühregen, und sein letzter Gedanke war, so ein Jammer, es war ein Jammer, ein Jammer, daß Regen einen so schönen Morgen verdarb.

VII
KLARTEXT

*Klartext: der ursprüngliche, verständliche Text,
wie er vor der Verschlüsselung lautete
und nach erfolgreicher Entschlüsselung oder
Kryptoanalyse zum Vorschein kommt.*

EIN LEXIKON DER KRYPTOGRAPHIE
(»Streng geheim«, Bletchley Park, 1943)

I

Die Apfelbäume streuten Blütenblätter in den Wind. Sie drifteten über den Friedhof und häuften sich wie Schnee an den Grabsteinen aus Schiefer und Marmor.

Hester Wallace lehnte ihr Fahrrad an die niedrige Ziegelsteinmauer und ließ den Blick über die Szenerie schweifen. Nun ja, so ist nun einmal das Leben, dachte sie, daran gibt es nichts zu deuteln; so ist die Natur, die einfach weiterexistiert. Aus dem Kircheninnern drang das Brausen der Orgel. *O Gott, Du Helfer in der Not* ... Sie summte leise mit, während sie ihre Handschuhe anzog und ein paar lose Haare unter die Krempe ihres Hutes stopfte. Dann straffte sie die Schultern und schritt über die Steinplatten auf das Portal zu.

Die Wahrheit war, daß, wenn sie nicht dafür gesorgt hätte, es nicht einmal einen Gedächtnisgottesdienst gegeben hätte. Sie war es gewesen, die den Vikar dazu überredet hatte, die Türen von St. Mary in Bletchley zu öffnen, obwohl sie zugeben mußte, daß »die Dahingeschiedene«, wie der Vikar sich ausdrückte, keine Gläubige gewesen war. Sie war es gewesen, die den Organisten engagiert und ihm gesagt hatte, was er spielen sollte (Bachs *Präludium und Fuge* in E-Dur für den Einzug der Trauergäste und das *Sanctus* aus Faures Requiem für ihren Auszug). Sie war es gewesen, die die Hymnen und die Bibeltexte ausgesucht hatte und die Karten für den Gottesdienst drucken ließ, sie war es, die die Kirche mit Frühlingsblumen geschmückt, die Ankündigung geschrieben und sie überall im Park ausgehängt hatte (»Am Freitag, dem 16. April, findet um 10 Uhr ein kurzer Gedächtnisgottesdienst statt ...«), und die Nacht zuvor hatte sie wach gelegen und sich Sorgen gemacht, daß vielleicht niemand kommen würde.

Aber sie kamen alle.

Leutnant Kramer kam in seiner amerikanischen Marineuniform, der alte Doktor Weitzman von der Wache in Baracke 3 war da, ebenso Miss Monk und die Mädchen aus dem German Book Room und die Leiter der Luftwaffenkartei und der Heereskartei, etliche ziemlich dämlich dreinschauende junge Männer mit schwarzen Krawatten und viele andere, deren Namen Hester nicht kannte, die aber offensichtlich eine gewisse Rolle im Leben der Toten während ihres sechsmonatigen Aufenthalts in Bletchley Park gespielt hatten, im Leben von Claire Alexandra Romilly, geboren am 21. Dezember 1922, gestorben (den Vermutungen der Polizei zufolge) am 14. März 1943. Sie ruhe in Frieden.

Hester ließ sich in der vordersten Bank nieder, mit ihrer Bibel und einem Lesezeichen an der Stelle, die sie vortragen wollte (1. Korinther, 15.51–55: »Siehe, ich sage euch ein Geheimnis ...«), und jedesmal, wenn jemand hereinkam, drehte sie den Kopf, um zu sehen, ob er es war, nur um dann enttäuscht den Blick wieder abzuwenden.

»Wir sollten wirklich anfangen«, sagte der Vikar mit einem ungeduldigen Blick auf die Uhr. »Um halb elf habe ich eine Taufe.«

»Nur noch eine Minute, Herr Pfarrer, seien Sie so gut. Geduld ist eine christliche Tugend.«

Der Duft von Madonnen-Lilien lag über dem Kirchenschiff – blütenweiße Lilien mit fleischigen grünen Stielen, weiße Tulpen, blaue Anemonen ...

Es war lange her, seit sie Tom Jericho zuletzt gesehen hatte. Sie hatte nur Wigrams Wort, daß er noch am Leben war, und Wigram wollte nicht einmal verraten, in welchem Krankenhaus er lag, geschweige denn ihr erlauben, ihn zu besuchen. Aber er hatte sich bereit erklärt, ihm eine Einladung zu dem Gottesdienst zu übermitteln, und am folgenden Tag hatte er verkündet, daß die Antwort ja lautete, Jericho würde gern kommen. »Aber dem armen Kerl geht es immer noch ziemlich schlecht, also würde ich an Ihrer Stelle nicht allzu fest damit rechnen.« Jericho würde bald abreisen, sagte Wigram, einen langen Erholungsurlaub antreten. Hester hatte die Art, wie er das sagte, gar nicht gefallen; es hatte sich angehört, als wäre Jericho irgendwie Eigentum des Staates geworden.

Fünf nach zehn wußte der Organist nicht mehr, was er spielen sollte, und es gab eine peinliche Pause mit Füßescharren und Gehuste. Eines der Mädchen aus dem German Book Room begann zu kichern, bis Miss Monk sie laut zurechtwies, still zu sein.

»Hymne Nummer 477«, sagte der Vikar mit einem Blick auf Hester. »Der Tag, den Du uns gabst, o Herr, hat nun geendet.«

Die Gemeinde erhob sich. Der Organist schlug ein zittriges D an. Sie begannen zu singen. Von irgendwo ziemlich weit hinten konnte sie Weitzmans klangvollen Tenor hören. Erst als sie bei der fünften Strophe angekommen waren (»So sei es, Herr; Dein Thron wird nie vergehen wie die stolzen Reiche der Welt«), hörte Hester das Scharren der Tür hinter sich. Sie drehte sich um, ebenso wie die meisten anderen, und dort, unter dem grauen Steinbogen – mager und zerbrechlich und von Wigrams Arm gestützt, aber am Leben, Gott sei Dank: unbestreitbar am Leben –, stand Jericho.

Wie er so dastand im Hintergrund der Kirche, in seinem Mantel mit den frisch gestopften Kugellöchern, wünschte sich Jericho mehrere Dinge gleichzeitig. Zuerst einmal wünschte er sich, daß Wigram seine verdammte Hand von seinem Arm nähme, weil der Mann bewirkte, daß es ihn kalt überlief. Er wünschte sich, daß sie nicht gerade diese Hymne spielten, weil sie ihn immer an den letzten Schultag vor den Ferien erinnerte. Und er wünschte sich, daß es nicht notwendig gewesen wäre zu kommen. Aber es war notwendig. Er hätte nicht wegbleiben dürfen.

Er machte sich höflich von Wigrams Arm frei und ging ungestützt zur nächsten Bank. Er nickte Weitzman und

Kramer zu. Die Hymne endete. Seine Schulter schmerzte von der Fahrt. »Ewig besteht Dein Königreich«, sang die Gemeinde, »in ihm sind alle Menschen gleich.« Jericho schloß die Augen und atmete den üppigen Duft der Lilien ein.

Die erste Kugel, die ihn getroffen und durchgeschüttelt hatte, als sei er mit einem Wagen zusammengeprallt, war in den unteren linken Quadranten seines Rückens eingedrungen, hatte vier Lagen Muskeln durchschlagen, seine elfte Rippe gestreift und war an seiner Seite wieder ausgetreten. Die zweite, die ihn herumgewirbelt hatte, hatte sich tief in seine rechte Schulter gebohrt und einen Teil des Deltamuskels zerfetzt, und das war die Kugel, die herausoperiert werden mußte. Er hatte sehr viel Blut verloren. Es war zu einer Infektion gekommen.

Er lag isoliert und unter Bewachung in einer Art Militärhospital unmittelbar außerhalb von Northampton – isoliert vermutlich für den Fall, daß er im Delirium über Enigma redete; bewacht für den Fall, daß er zu fliehen versuchte. Ein lächerlicher Gedanke, da er nicht einmal wußte, wo er sich befand.

Sein Traum – er hatte das Gefühl, daß er tagelang andauerte, aber vielleicht war das nur ein Teil des Traums, darüber war er sich nie im klaren –, sein Traum bestand darin, daß er auf dem Grund des Meeres lag, auf weichem weißem Sand, in einer warmen und wiegenden Strömung. Gelegentlich tauchte er auf, und manchmal war es hell in einem Raum mit hoher Decke und einem Blick auf Bäume hinter einem hohen, vergitterten Fenster. Zu anderen Zeiten tauchte er auf, und es war dunkel, mit einem runden gelben Mond, und jemand beugte sich über ihn.

Am Morgen des Tages, an dem er aufwachte, bat er darum, mit einem Arzt zu sprechen. Er wollte wissen, was passiert war.

Der Arzt kam und erzählte ihm, er wäre aus Versehen angeschossen worden. Allem Anschein nach war er zu nahe an einen Schießstand der Armee herangekommen (»Wie konnten Sie nur so unvorsichtig sein«), und er konnte froh sein, daß er noch am Leben war.

Nein, nein, protestierte Jericho. So war es ganz und gar nicht gewesen. Er versuchte, sich aufzusetzen, aber die Schmerzen in seinem Rücken ließen ihn laut aufschreien.

Sie gaben ihm eine Spritze, und er kehrte auf den Grund des Meeres zurück.

Als er sich allmählich erholte, verlagerte sich auch das Gewicht seiner Schmerzen. Anfangs waren sie zu neun Zehnteln körperlich und zu einem Zehntel seelisch gewesen; dann acht Zehntel zu zwei Zehntel; dann sieben zu drei und so weiter, bis das ursprüngliche Verhältnis sich umgekehrt hatte und er sich fast auf die tägliche Agonie des Verbandwechsels freute. Das gab ihm Gelegenheit, die Erinnerung an das, was passiert war, wegzubrennen.

Er verfügte über einen Teil des Bildes, aber nicht über das ganze. Jeder Versuch, Fragen zu stellen, jede Bitte, mit einem Verantwortlichen zu sprechen – kurzum, jede Verhaltensweise, die als »schwierig« ausgelegt werden konnte –, hatte die Nadel zur Folge, die Nadel mit ihrer kleinen Ladung Vergessen.

Er lernte mitzuspielen.

Er verbrachte die Zeit mit dem Lesen von Kriminalromanen, die meisten von Agatha Christie, die sie ihm aus der Krankenhausbibliothek brachten – kleine rotgebundene Bände, vom vielen Lesen zerfleddert, mit mysteriösen Flecken auf den Seiten, die er lieber nicht allzu genau betrachtete. *Dreizehn bei Tisch, Der Wachsblumenstrauß, 16 Uhr 50 ab Paddington, Mord im Pfarrhaus.* Er las zwei, manchmal drei am Tag. Außerdem brachten sie ihm einige Sherlock-Holmes-Stories, und einen Nachmittag verbrachte er ein paar erfreuliche Stunden mit dem Versuch, die Abe-Slaney-Chiffre in *Das Abenteuer der tanzenden Männchen* zu lösen (er kam zu dem Schluß, daß es sich um ein vereinfachtes

Playfair-Gittersystem handelte, mit umgekehrten und spiegelverkehrten Bildern), aber er konnte seine Ergebnisse nicht überprüfen, weil sie ihm keinen Bleistift und kein Papier gaben.
Gegen Ende der ersten Woche war er kräftig genug gewesen, um ein paar Schritte den Flur entlangzugehen und ohne Hilfe die Toilette aufzusuchen.
In dieser ganzen Zeit hatte er nur zwei Besucher: Logie und Wigram.
Logie mußte irgendwann Anfang April gekommen sein. Es war früher Abend, aber immer noch relativ hell, und Schatten fielen durch das kleine Zimmer – das Bett aus Metallröhren, weiß lackiert und verkratzt; der Rolltisch mit Wasserkrug und Metallbecken; der Stuhl. Jericho trug einen blaugestreiften, stark ausgeblichenen Pyjama; seine Handgelenke auf der Bettdecke sahen zerbrechlich aus. Nachdem die Schwester gegangen war, ließ Logie sich verlegen auf der Bettkante nieder und sagte, daß alle ihm gute Besserung wünschten.
»Auch Baxter?«
»Auch Baxter.«
»Sogar Skynner?«
»Nun ja, Skynner vielleicht nicht. Aber um ehrlich zu sein, ich habe Skynner in letzter Zeit kaum zu Gesicht bekommen. Er hat andere Dinge im Kopf.«
Logie redete eine Weile darüber, was jeder einzelne tat, dann fing er an, ihm von der Geleitzugschlacht zu erzählen, die, genau wie Cave es vorausgesagt hatte, fast eine Woche gedauert hatte. Zweiundzwanzig Frachter versenkt, bevor die Geleitzüge Deckung aus der Luft erhielten und die U-Boote verjagt werden konnten. 150 000 Tonnen alliierter Schiffstonnage vernichtet und 160 000 Tonnen Fracht verloren – darunter auch der Zwei-Wochen-Vorrat an Milchpulver, über den Skynner diesen peinlichen Witz gemacht hatte, erinnern Sie sich? Angeblich hatte sich die See, als das Schiff unterging, weiß gefärbt. »Die größte Geleitzugschlacht aller

Zeiten«, hatte der deutsche Rundfunk sie genannt, und ausnahmsweise hatten die Kerle einmal nicht gelogen.
»Wie viele Tote?«
»Ungefähr vierhundert. Überwiegend Amerikaner.«
Jericho stöhnte. »Irgendwelche U-Boote versenkt?«
»Nur eins, glauben wir.«
»Und Shark?«
»Wir sind wieder drin, alter Junge.« Er tätschelte Jericho durch die Decke hindurch das Knie. »Sie sehen also, letzten Endes hat es sich doch gelohnt. Dank Ihnen.«
Die Bomben hatten vierzig Stunden gebraucht, um die Einstellungen zu finden, von Mitternacht am Dienstag bis zum späten Nachmittag des Donnerstags. Aber am Wochenende war es den Analytikern gelungen, die Wetterchiffre teilweise zu rekonstruieren – oder jedenfalls einen ausreichenden Teil, um einen Ansatzpunkt zu haben –, und jetzt knackten sie Shark an sechs von sieben Tagen, obwohl die Einbrüche manchmal reichlich spät kamen. Aber es mußte reichen. Es mußte reichen, bis sie im Juni die ersten Cobra-Bomben bekamen.
Ein Flugzeug flog in geringer Höhe über sie hinweg – dem Motorengeräusch nach zu urteilen eine Spitfire.
Nach einer Weile sagte Logie leise: »Skynner mußte die Pläne für die Vier-Walzen-Bomben den Amerikanern aushändigen.«
»Ach.«
»Nun ja, natürlich«, sagte Logie und verschränkte die Arme, »wird das alles als Kooperation deklariert. Aber niemand läßt sich davon täuschen. Ich jedenfalls nicht. Von jetzt an müssen wir von jeder U-Boot-Meldung in dem Moment, in dem wir sie auffangen, per Fernschreiber eine Kopie nach Washington schicken, und nun sind es zwei Teams, die freundschaftlich zusammenarbeiten, und was dergleichen schöne Worte mehr sind. Aber letzten Endes wird es auf brutale Gewalt hinauslaufen. Das tut es immer. Und wenn sie dann zehnmal so viele Bomben haben wie wir – was vermutlich nicht sehr lange

dauern wird, höchstens sechs Monate, schätze ich –, welche Chancen haben wir dann noch? Wir besorgen das ganze Auffangen, und sie besorgen das ganze Entschlüsseln.«
»Wir können uns kaum beklagen.«
»Nein, ich weiß, daß wir das nicht können. Es ist nur ... Unsere, meine und Ihre, beste Zeit liegt hinter uns.« Er seufzte, streckte die Beine aus und betrachtete seine riesigen Füße. »Immerhin, die Sache hat vermutlich auch ihr Gutes.«
»Und was ist das?« Jericho sah ihn an, dann begriff er, was er meinte, und beide sagten gleichzeitig »Skynner!« und lachten.
»Er ist verdammt wütend«, sagte Logie befriedigt. »Die Sache mit Ihrer Freundin tut mir übrigens leid.«
»Nun ja ...« Jericho machte eine schwache Handbewegung und stöhnte.
Es folgte ein betretenes Schweigen, das gnädigerweise durch die Schwester beendet wurde, die hereinkam und Logie sagte, seine Zeit wäre um. Er stand erleichtert auf und ergriff Jerichos Hand. »Und nun sehen Sie zu, daß Sie bald wieder gesund werden, alter Junge, haben Sie verstanden? Ich komme Sie bald wieder besuchen.«
»Tun Sie das, Guy. Danke.«
Aber es war das letzte Mal, daß er ihn sah.

Miss Monk begab sich zur Kanzel, um die erste Lesung zu halten: »Sag nicht, daß Kampf vergebens ist«, von Arthur Hugh Clough, ein Gedicht, das sie mit großer Entschlossenheit vorlas, wobei sie der Gemeinde von Zeit zu Zeit einen eindringlichen Blick zuwarf, als wollte sie sehen, ob jemand ihr zu widersprechen wagte. Es war eine gute Wahl, dachte Jericho. Von einem trotzigen Optimismus erfüllt. Claire hätte es gefallen.

Wenn Tageshelle aufsteigt, fällt das Licht
nicht nur durch Fenster ein an östlicher Wand,

vorn steigt die Sonne träg, sie eilt sich nicht,
doch westwärts, sieh nur, leuchtet schon das Land.

»Lasset uns beten«, sagte der Vikar.
Jericho ließ sich vorsichtig auf die Knie nieder. Er schloß die Augen und bewegte die Lippen wie all die anderen, aber ihm fehlte der Glaube an all das. Glaube an die Mathematik, ja; Glaube an die Logik, natürlich; Glaube an die Umlaufbahn der Sterne, ja, vielleicht. Aber Glaube an einen Gott, einen christlichen oder sonst einen?
Neben ihm gab Wigram ein lautes »Amen« von sich.

Wigrams Besuche waren häufig und besorgt gewesen. Er reichte Jericho immer mit dem gleichen eigentümlichen und festen Griff die Hand. Er schüttelte ihm die Kissen auf, goß ihm Wasser ein, rückte seine Decken zurecht. »Behandelt man Sie gut? Es fehlt Ihnen an nichts?« Und Jericho sagte immer ja, danke, er werde bestens versorgt, und dann lächelte Wigram und sagte super, wie super alles war – wie super er aussah, was für eine super Hilfe er gewesen war und einmal sogar, wie super die Aussicht aus seinem Krankenzimmer war, als wäre Jericho dafür verantwortlich. O ja, Wigram war charmant. Wigram teilte Charme aus wie Suppe an die Armen.
Anfangs war es Jericho, der den größten Teil der Unterhaltung bestritt und Wigrams Fragen beantwortete. Weshalb hatte er die Behörden nicht über die Kryptogramme in Claires Zimmer informiert? Weshalb war er nach Beaumanor gefahren? Was hatte er mitgenommen? Wie hatte er das angestellt? Wie hatte er die Kryptogramme entschlüsselt? Was hatte Puck gesagt, als er aus dem Zug sprang?
Dann ging Wigram, und am nächsten oder übernächsten Tag erschien er wieder und stellte weitere Fragen. Jericho versuchte seinerseits, ein paar Fragen einzuflechten, aber Wigram wischte sie immer beiseite. Später. Alles zu seiner Zeit.

Und dann kam er eines Nachmittags herein, noch strahlender als sonst, und verkündete, daß er seine Untersuchungen abgeschlossen hätte. Als er auf Jericho herablächelte, erschien um seine blauen Augen herum ein kleines Netz aus Fältchen. Seine Wimpern waren dick und sandig, wie die einer Kuh.
»Also, mein Lieber, wenn Sie nicht zu erschöpft sind, kann ich Ihnen jetzt die ganze Geschichte erzählen.«

Es war einmal, sagte Wigram, nachdem er sich am Fußende des Bettes niedergelassen hatte, ein Mann, der Adam Pukowski hieß, dessen Mutter Engländerin und dessen Vater Pole war. Bis zum Alter von zehn Jahren lebte er in London, und dann, nach der Scheidung seiner Eltern, zog er mit seinem Vater nach Krakau. Der Vater war Mathematikprofessor, der Sohn ließ eine ähnliche Begabung erkennen und fand zu gegebener Zeit seinen Weg in das polnische Chiffrierbüro in Pyry südlich von Warschau. Der Krieg brach aus. Der Vater wurde im Range eines Majors ins polnische Heer einberufen. Der Krieg ging verloren. Die eine Hälfte des Landes wurde von den Deutschen besetzt, die andere Hälfte von der Sowjetunion. Der Vater verschwand. Der Sohn entkam nach Frankreich und wurde dort einer der fünfzehn polnischen Kryptoanalytiker, die im französischen Entschlüsselungszentrum in Gretz-Armainvilliers arbeiteten. Wieder ging der Krieg verloren. Der Sohn entkam über Vichy-Frankreich ins neutrale Portugal, wo er einen gewissen Rogerio Raposo kennenlernte, der dem diplomatischen Dienst Portugals angehörte und ein überaus dubioser Charakter war.
»Der Mann im Zug«, murmelte Jericho.
»So ist es.« Wigram schien über die Unterbrechung verärgert; schließlich war dies die Stunde seines Ruhms. »Der Mann im Zug.«
Von Portugal aus schlug Pukowski sich nach England durch.

1940 verging ohne Nachrichten über Pukowskis Vater – und ebensowenig erfuhr man über die anderen 10 000 vermißten polnischen Offiziere. 1941, nach dem Einmarsch der Deutschen in Rußland, wurde Stalin unerwartet unser Verbündeter. Zu gegebener Zeit wurden wir, wie es sich gehörte, wegen der vermißten Polen vorstellig. Daraufhin wurde uns, gleichfalls, wie es sich gehörte, versichert, es gäbe keine derartigen Gefangenen in sowjetischer Hand; alle, die sich vielleicht einmal dort befunden hatten, waren vor langer Zeit freigelassen worden.

»Also«, sagte Wigram, »um die lange Geschichte ein Stück abzukürzen, es sieht so aus, als wären seit Ende letzten Jahres unter den Exilpolen in London Gerüchte kursiert, daß diese Offiziere erschossen und in einem Wald in der Nähe von Smolensk verscharrt worden wären. Sagen Sie, ist es heiß hier drinnen, oder bin nur ich ins Schwitzen geraten?« Er stand auf und versuchte, das Fenster zu öffnen. Als es ihm nicht gelang, kehrte er zu seinem Platz am Ende des Bettes zurück. Er lächelte. »Sagen Sie, waren Sie es, der Pukowski mit Claire bekannt machte?«

Jericho schüttelte den Kopf.

»Das ist wohl auch belanglos«, seufzte Wigram. »Einen Teil der Geschichte werden wir nie erfahren. Wir wissen nicht, wie sie sich kennengelernt haben und wann oder weshalb sie sich bereit erklärte, ihm zu helfen. Nicht einmal, was genau sie ihm gezeigt hat. Aber ich denke, wir können erraten, was passiert sein muß. Sie machte Kopien von diesen Meldungen aus Smolensk und schmuggelte sie in ihrem Schlüpfer oder sonstwie hinaus. Versteckte sie unter den Fußbodendielen. Dort holte der Liebhaber sie ab. So mag es ein oder zwei Wochen lang gegangen sein. Bis der Tag kam, an dem Pukowski sah, daß einer der Toten sein eigener Vater war. Und dann, am nächsten Tag, konnte Claire ihm nichts anderes bringen als die unentschlüsselten Kryptogramme, weil jemand« – Wigram schüttelte verwundert den

Kopf –, »jemand in einer ganz, ganz hohen Position, wie ich inzwischen erfahren habe, beschlossen hatte, daß wir es einfach nicht wissen wollten.«

Er streckte plötzlich die Hand aus, ergriff einen von Jerichos ausgelesenen Kriminalromanen, blätterte darin und legte ihn wieder zurück.

»Wissen Sie, Tom«, sagte er nachdenklich, »in der Weltgeschichte hat es so etwas wie Bletchley Park noch nie gegeben. Nie zuvor hat eine Seite so viel über den Feind gewußt. Ich glaube, manchmal kann man auch zuviel wissen. Erinnern Sie sich an die Bombardierung von Coventry? Unser geliebter Premierminister erfuhr durch Enigma ungefähr vier Stunden im voraus, was passieren würde. Und wissen Sie, was er getan hat?«

Wieder schüttelte Jericho den Kopf.

»Er sagte seinem Stab, daß ein Angriff auf London bevorstünde, und sie sollten die Schutzräume aufsuchen, aber er ginge hinauf, um sich das anzusehen. Dann stieg er auf das Dach des Luftfahrtministeriums und verbrachte eine Stunde in der Kälte, um auf einen Angriff zu warten, von dem er wußte, daß er anderswo stattfinden würde. Er zog seine Schau ab, verstehen Sie? Um das Enigma-Geheimnis zu wahren. Oder ein anderes Beispiel: Nehmen Sie die U-Boot-Tanker. Dank Shark wissen wir, wo sie sich befinden, und wenn wir sie versenkten, könnten wir Hunderte von Leben der Alliierten retten – auf kurze Sicht. Aber wir würden Enigma gefährden, denn wenn wir das täten, wüßte Dönitz, daß wir seine Codes knacken können. Sie verstehen, worauf ich hinauswill? Also hat Stalin zehntausend Polen umgebracht? Ich bitte Sie ... Onkel Josef ist bei uns ein Held. Er gewinnt für uns den verdammten Krieg. Nach Churchill und dem König der populärste Mann im Lande. Wie heißt dieses hebräische Sprichwort? ›Der Feind meines Feindes ist mein Freund‹? Nun, Stalin ist der größte Feind, den Hitler hat, also ist er, soweit es uns angeht, ein verdammt guter

Freund von uns. Ein Massaker in Katyn? Ein fürchterliches Massaker? Besten Dank, aber davon wollen wir nichts hören.«
»Ich glaube nicht, daß Puck das auch so gesehen hätte.«
»Nein, das hätte er wohl nicht. Soll ich Ihnen etwas sagen? Ich glaube, er hat uns sogar ein wenig gehaßt. Schließlich hätten wir, wenn die Polen nicht gewesen wären, nicht einmal in Enigma eindringen können. Aber die Leute, die er wirklich haßte, waren die Russen. Und er war willens, alles zu tun, um Rache zu nehmen. Selbst wenn das bedeutete, daß er den Deutschen half.«
»Der Feind meines Feindes ist mein Freund«, murmelte Jericho, aber Wigram hörte nicht zu.
»Und wie konnte er den Deutschen helfen? Indem er sie warnte, daß Enigma nicht sicher war. Und wie konnte er das tun?« Wigram lächelte und streckte die Hände vor. »Natürlich mit Hilfe von Rogerio Raposo, seinem alten Freund von 1940, kürzlich von Lissabon hierher versetzt und jetzt als Kurier bei der portugiesischen Gesandtschaft in London beschäftigt. Wie wär's mit einer Tasse Tee?«

Für die teuren Hingeschiednen
beten wir mit Hymnen, Worten
zarter Liebe, die behütet
deine Kinder allerorten ...

Senhor Raposo, sagte Wigram und nippte an seinem Tee, nachdem die Schwester wieder gegangen war, Senhor Raposo, gegenwärtig in Seiner Majestät Gefängnis Wandsworth einsitzend, hatte alles gestanden.
Am 6. März hatte Pukowski ihn in London aufgesucht und ihm einen dünnen, versiegelten Umschlag ausgehändigt mit der Versicherung, er könnte eine Menge Geld einheimsen, wenn er ihn den richtigen Leuten übergab.
Am folgenden Tag flog Raposo mit einer Linienmaschine der British Imperial Airways nach Lissabon.

Besagten Umschlag hatte er bei sich und übergab ihn einer Kontaktperson im Stab des deutschen Marineattachés.
Zwei Tage darauf änderte die U-Boot-Führung ihre Wetterchiffre, und es setzte eine allgemeine Sicherheitsüberprüfung der Verschlüsselungen ein – bei der Luftwaffe, beim Afrikakorps ... Oh, die Deutschen waren interessiert. Natürlich waren sie das. Aber sie dachten nicht daran, das aufzugeben, was nach Behauptung ihrer Experten nach wie vor das sicherste Verschlüsselungssystem aller Zeiten war. Nicht aufgrund eines einzigen Briefes. Sie argwöhnten, es könnte ein Trick sein. Sie wollten Beweise. Sie wollten diesen mysteriösen Informanten in Berlin sehen, höchstpersönlich.
»Das zumindest vermuten wir.«
Am 14. März, zwei Tage vor Beginn der Geleitzugschlacht, unternahm Raposo seine nächste allwöchentliche Reise nach Lissabon und kehrte mit exakten Instruktionen für Pukowski zurück. Ein U-Boot würde in der Nacht des 18. vor der Nordwestküste Irlands auf ihn warten.
»Und das war es, worüber sie sich im Zug miteinander unterhielten«, sagte Jericho.
»Und das war es, worüber sie sich im Zug unterhielten. So ist es. Unser Mann Puck nahm sozusagen seine Fahrkarte in Empfang. Und soll ich Ihnen sagen, was wirklich erschreckend ist?« Wigram trank, mit elegant gekrümmtem kleinem Finger, einen weiteren Schluck Tee und sah Jericho über den Rand der Tasse hinweg an. »Wenn Sie nicht gewesen wären, hätte er es vielleicht sogar geschafft.«
»Aber Claire hätte das alles niemals mitgemacht«, protestierte Jericho plötzlich. »Ein paar aufgefangene Funksprüche weiterleiten – vielleicht. Aus Jux. Vielleicht sogar aus Liebe. Aber sie war keine Verräterin.«
»Großer Gott, nein.« Wigram reagierte entsetzt. »Nein, ich bin sicher, daß Pukowski mit keinem Wort erwähnt

hat, was er vorhatte. Betrachten Sie es von seinem Standpunkt aus. Sie war das schwache Glied. Sie hätte ihn jeden Augenblick denunzieren können. Also stellen Sie sich vor, was er empfunden haben muß, als er Sie an diesem Freitag abend hereinkommen sah, als Sie aus Cambridge zurückgekehrt waren.«

Jericho erinnerte sich an den entsetzten Ausdruck in Pucks Gesicht, diesen verzweifelten Versuch, ein Lächeln hervorzubringen. Er hatte bereits begriffen, was passiert sein mußte: Puck, der in ihrem Haus eine Nachricht hinterlassen hatte, daß er sie sprechen müßte; Claire, die um vier Uhr nachts in den Park hastete – klick, klick, klick auf ihren hohen Absätzen in der Dunkelheit. Er sagte leise, fast zu sich selbst: »Ich war ihr Todesurteil.«

»Vermutlich. In gewisser Hinsicht. Er muß gewußt haben, daß Sie versuchen würden, sie wiederzusehen. Und dann, am nächsten Abend, als er zu ihrem Haus fuhr, um das Beweismaterial, die gestohlenen Kryptogramme, verschwinden zu lassen, und Sie dort vorfand ... Nun ja ...«

Jericho lehnte sich zurück und starrte zur Decke, während Wigram den Rest der Geschichte herunterratterte. Wie er, an dem Abend, an dem die Geleitzugschlacht begann, von der Polizei erfahren hatte, daß ein Sack voller Frauenkleidung gefunden worden war. Wie er versucht hatte, Jericho zu finden, aber Jericho war verschwunden, also hatte er sich statt dessen Hester Wallace gegriffen und sie zu dem See gebracht. Wie sofort auf der Hand gelegen hatte, was passiert war, daß Claire erschlagen worden war, oder vielleicht auch erschlagen und erwürgt, und der Mörder ihre Leiche auf den See hinausgerudert und versenkt hatte.

»Stört es Sie, wenn ich rauche?« Er zündete sich eine Zigarette an, ohne auf eine Antwort zu warten, und benutzte seine Untertasse als Aschenbecher. Einen Moment lang betrachtete er das Ende seiner Zigarette. »Wo war ich stehengeblieben?«

Jericho sah ihn nicht an. »Beim Abend der Geleitzugschlacht.«
Ach ja. Also, zuerst hatte Hester nicht reden wollen, aber es gibt nichts Besseres als einen Schock, um jemandem die Zunge zu lösen, und schließlich hatte sie ihm alles erzählt, woraufhin Wigram begriffen hatte, daß Jericho kein Verräter war; und überdies hatte er begriffen, daß Jericho, wenn er die Kryptogramme entschlüsselt hatte, der Entdeckung des Verräters wahrscheinlich näher war als er selbst.
Also hatte er seine Leute postiert. Und beobachtet.
Das mußte gegen fünf Uhr morgens gewesen sein.
Zuerst wurde Jericho gesehen, wie er die Church Green Road entlang in die Stadt eilte. Dann wurde beobachtet, wie er das Haus in der Alma Terrace betrat. Dann wurde er beim Besteigen des Zuges identifiziert.
Wigram hatte Männer im Zug.
»Danach waren Sie drei offen gestanden nur noch Fliegen in einem Marmeladenglas.«
Alle Fahrgäste, die in Northampton ausstiegen, wurden angehalten und verhört, und damit war Raposo erledigt. Inzwischen hatte Wigram veranlaßt, daß der Zug auf eine Nebenstrecke umgeleitet wurde, wo er wartete, um ihn in aller Ruhe durchsuchen zu können.
Seine Leute hatten Befehl, nicht zu schießen, sofern nicht zuerst auf sie geschossen wurde. Aber sie sollten keinerlei Risiko eingehen. Dafür stand zuviel auf dem Spiel.
Und Pukowski hatte seine Waffe benutzt. Da war das Feuer erwidert worden.
»Sie sind in die Schußlinie geraten. Das tut mir leid.«
Dennoch war, wie Jericho ihm bestimmt beipflichten würde, die Bewahrung des Enigma-Geheimnisses oberstes Gebot. Und das war gelungen. Das U-Boot, das ausgeschickt worden war, um Puck aufzunehmen, war abgefangen und vor der Küste von Donegal versenkt worden, was ein zweifacher Bonus war, weil die Deutschen jetzt vermutlich dachten, daß die ganze Ge-

schichte von Anfang an getürkt gewesen war und nur den Zweck hatte, eines ihrer U-Boote in die Falle zu locken. Auf jeden Fall waren sie nicht von Enigma abgegangen.
»Und Claire?« Jericho starrte nach wie vor die Decke an. »Haben Sie sie schon gefunden?«
»Lassen Sie uns Zeit, mein Freund. Sie liegt mindestens achtzehn Meter tief im Wasser, irgendwo in der Mitte eines Sees von rund vierhundert Meter Durchmesser. Das kann eine Weile dauern.«
»Und Raposo?«
»Der Außenminister hat heute morgen mit dem portugiesischen Botschafter gesprochen. Unter den gegebenen Umständen hat er sich bereit erklärt, auf diplomatische Immunität zu verzichten. Am Mittag hatten wir Raposos Wohnung auseinandergenommen. Erbärmliche Bude am verkommenen Ende der Gloucester Road. Armer kleiner Dreckskerl. Ihm ging es im Grunde nur um das Geld. Wir fanden 2000 Dollar, die die Deutschen ihm gegeben hatten, in einem Schuhkarton auf seinem Kleiderschrank. Zwei Riesen. Kläglich.«
»Was wird mit ihm passieren?«
»Er wird hängen«, sagte Wigram gelassen. »Aber machen Sie sich seinetwegen keine Gedanken. Er ist Geschichte. Die Frage ist, was sollen wir mit Ihnen anfangen?«
Nachdem Wigram gegangen war, lag Jericho noch lange wach und versuchte sich darüber klarzuwerden, welche Teile seiner Geschichte wahr gewesen waren.

»Siehe, ich sage euch ein Geheimnis«, sagte Hester. »Wir werden nicht alle entschlafen, aber wir werden alle verwandelt werden.
Und dasselbe plötzlich, in einem Augenblick, zur Zeit der letzten Posaune. Denn es wird die Posaune schallen, und die Toten werden auferstehen, unverweslich, und wir werden verwandelt werden.

Denn dies Verwesliche muß anziehen die Unverweslichkeit, und dies Sterbliche muß anziehen die Unsterblichkeit.
Wenn aber dies Verwesliche wird anziehen die Unverweslichkeit, und dies Sterbliche wird anziehen die Unsterblichkeit, dann wird erfüllet werden das Wort, das geschrieben stehet:
Der Tod ist verschlungen in den Sieg. Tod, wo ist dein Stachel? Hölle, wo ist dein Sieg?«
Sie klappte langsam ihre Bibel zu und musterte die Gemeinde mit trockenen und ruhigen Augen. In der letzten Bank konnte sie eben noch Jericho erkennen, der mit weißem Gesicht geradeaus starrte.
»Gott sei gedankt.«

Sie fand ihn vor der Kirche, wo er auf sie wartete und die weißen Blütenblätter auf ihn herabregneten wie Konfetti. Die anderen Trauergäste waren gegangen. Er hatte sein Gesicht in die Sonne erhoben, und nach der Art, wie er die Wärme aufzusaugen schien, vermutete sie, daß er sie lange entbehrt hatte. Als er sie kommen hörte, drehte er sich um und lächelte, und sie hoffte, daß ihr eigenes Lächeln ihren Schock verbarg. Seine Wangen waren eingefallen, seine Haut so wächsern wie die Kerzen in der Kirche. Sein Hemdkragen hing locker um seinen abgemagerten Hals.
»Hallo, Hester.«
»Hallo, Tom.« Sie zögerte kurz, dann reichte sie ihm ihre behandschuhte Hand.
»Super Gottesdienst«, sagte Wigram. »Wirklich super. Das hat jeder gesagt, stimmt's, Tom?«
»Jeder. Ja.« Jericho schloß für einen Moment die Augen, und sie begriff sofort, was er ihr zu verstehen gab: daß er bedauerte, daß Wigram neben ihnen stand, aber daß er nichts dagegen tun konnte. Er gab ihre Hand frei. »Ich wollte nicht verschwinden«, sagte er, »ohne mich vorher zu erkundigen, wie es Ihnen geht.«

»Nun ja«, sagte sie mit einer Fröhlichkeit, die sie nicht empfand, »so halbwegs.«
»Wieder bei der Arbeit?«
»Ja. Immer noch beim Ausfüllen von Formularen.«
»Und immer noch im Häuschen?«
»Bis jetzt. Aber ich werde wohl ausziehen, sobald ich eine andere Unterkunft gefunden habe.«
»Zu viele Gespenster?«
»Kann man so sagen.«
Plötzlich war ihr die Banalität der Unterhaltung zuwider, aber ihr fiel einfach nichts Besseres ein.
»Leveret wartet beim Wagen«, sagte Wigram. »Er wird uns zum Bahnhof fahren.« Durch das Friedhofstor hindurch konnte Hester die lange schwarze Haube sehen. Der Fahrer lehnte daran, beobachtete sie und rauchte eine Zigarette.
»Sie wollen einen Zug erreichen, Mister Wigram?« fragte Hester.
»Nicht ich«, sagte er, als wäre die Idee beleidigend. »Tom fährt. Nicht wahr, Tom?«
»Ich fahre zurück nach Cambridge«, erklärte Jericho. »Um mich dort ein paar Monate auszuruhen.«
»Wir sollten jetzt wirklich losfahren«, drängte Wigram mit einem Blick auf die Uhr. »Man kann nie wissen – es besteht immer die Möglichkeit, daß der Zug pünktlich ist.«
Jericho sagte gereizt: »Würden Sie uns bitte für eine Minute entschuldigen, Mister Wigram?« Ohne eine Antwort abzuwarten, führte er Hester von Wigram fort in Richtung Kirche. »Dieser verdammte Kerl läßt mich keine Minute allein«, flüsterte er. »Hören Sie, wenn es Ihnen nichts ausmacht – würden Sie mir einen Kuß geben?«
»Was?« Sie war nicht sicher, ob sie richtig gehört hatte.
»Einen Kuß. Schnell. Bitte.«
»Na schön. Es fällt mir nicht sehr schwer.« Sie nahm ihren Hut ab, beugte sich vor und drückte ihre Lippen auf seine magere Wange. Er umfaßte ihre Schultern und

sagte leise in ihr Ohr: »Haben Sie Claires Vater zu dem Gottesdienst eingeladen?«

»Ja.« Er ist verrückt geworden, dachte sie. Der Schock hat sein Denken beeinträchtigt. »Natürlich habe ich das getan.«

»Was ist passiert?«

»Er hat nicht geantwortet.«

»Ich habe es gewußt«, flüsterte er. Sie spürte, wie sein Griff sich verstärkte.

»Was haben Sie gewußt?«

»Sie ist nicht tot ...«

»Wie rührend«, sagte Wigram, der von hinten herankam, laut. »Ich störe Sie nur äußerst ungern, aber Sie werden Ihren Zug verpassen, Tom Jericho.«

Jericho gab sie frei und trat einen Schritt zurück. »Passen Sie gut auf sich auf«, sagte er.

Einen Moment lang konnte sie nicht sprechen. »Sie auch.«

»Ich werde Ihnen schreiben.«

»Ja. Bitte, tun Sie das.«

Wigram zupfte ihn am Ärmel. Jericho lächelte ihr noch einmal zu, dann zuckte er die Achseln und ging neben seinem Begleiter davon.

Sie sah ihm nach, wie er unter Schmerzen den Weg entlangging und dann durch das Friedhofstor. Leveret öffnete die Wagentür, und Jericho drehte sich noch einmal um und winkte. Sie hob gleichfalls die Hand, sah, wie er sich steif auf den Rücksitz manövrierte, dann wurde die Tür zugeschlagen. Sie ließ ihre Hand sinken.

Nachdem der große Wagen abgefahren war, blieb sie noch mehrere Minuten stehen. Dann setzte sie ihren Hut wieder auf und kehrte in die Kirche zurück.

2

»Das hätte ich fast vergessen«, sagte Wigram, als der Wagen die Anhöhe hinunterfuhr. »Ich habe Ihnen eine Zeitung gekauft. Für die Reise.«

Er öffnete seinen Aktenkoffer und holte ein Exemplar der *Times* heraus, schlug die dritte Seite auf und reichte sie Jericho. Der Artikel bestand nur aus fünf Absätzen, daneben die Abbildung eines Londoner Omnibusses und ein Spendenaufruf von der Hilfsorganisation für arme Geistliche:

VERMISSTE POLNISCHE OFFIZIERE
DEUTSCHE BEHAUPTUNGEN

> Der polnische Minister für Nationale Verteidigung, Generalleutnant Marjan Kukiel, hat eine Verlautbarung herausgegeben, betreffs etwa 8000 polnischer Offiziere, die im Frühjahr 1940 aus sowjetischen Kriegsgefangenenlagern entlassen wurden. In Anbetracht deutscher Behauptungen, daß in der Nähe von Smolensk die Leichen von vielen tausend polnischen Offizieren gefunden und daß diese von den Russen ermordet worden seien, hat sich die polnische Regierung entschlossen, das Internationale Rote Kreuz um eine Untersuchung dieser Angelegenheit zu bitten ...

»Mir gefällt vor allem diese Formulierung«, sagte Wigram. »Aus sowjetischen Kriegsgefangenenlagern entlassen ...«
»So kann man es vermutlich auch ausdrücken.« Jericho versuchte, ihm die Zeitung zurückzugeben, aber Wigram wehrte ab.
»Behalten Sie sie. Ein Andenken.«
»Danke.« Jericho faltete die Zeitung zusammen und steckte sie in die Tasche, dann schaute er stur aus dem Fenster, um eine weitere Unterhaltung zu verhindern. Er hatte Wigram und seine Lügen restlos satt. Als sie zum letzten Mal unter der geschwärzten Eisenbahnbrücke hindurchfuhren, berührte er verstohlen seine Wange und wünschte sich, er hätte Hester mitnehmen können zu diesem letzten Akt.

Am Bahnhof bestand Wigram darauf, ihn bis in den Zug zu begleiten, obwohl Jerichos Gepäck bereits Anfang der Woche vorausgeschickt worden war und er nichts zu tragen hatte. Als Gegenleistung ließ Jericho zu, daß Wigram ihn mit der Hand stützte, als sie die Fußgängerbrücke überquerten und auf der Suche nach einem freien Platz am Zug nach Cambridge entlanggingen. Jericho achtete darauf, daß er, nicht Wigram, das Abteil auswählte.

»Also dann, mein lieber Tom«, sagte Wigram mit gespielter Traurigkeit, »leben Sie wohl.« Wieder dieser eigentümliche Handschlag, bei dem der kleine Finger irgendwie in die Handfläche gebogen war. Letzte Dinge: Hatte Jericho seine Fahrkarte? Ja. Und er wußte, daß Kite ihn in Cambridge abholen und mit einem Taxi zum King's College bringen würde? Ja. Und er würde daran denken, daß jeden Morgen eine Schwester vom Addenbrooke's Hospital käme, um den Verband an seiner Schulter zu wechseln? Ja, ja, ja.

»Leben Sie wohl, Mister Wigram.«

Er lehnte seinen schmerzenden Rücken an die Lehne seines Sitzes, der gegen die Fahrtrichtung zeigte. Wigram schloß die Tür. In dem Abteil saßen noch drei weitere Fahrgäste: ein dicker Mann in einem schmutzigen gelbbraunen Regenmantel, eine ältere Frau in einem Silberfuchs und ein verträumt aussehendes Mädchen, das in einer Zeitschrift las. Sie sahen alle ziemlich harmlos aus, aber konnte man sicher sein? Wigram klopfte ans Fenster, und Jericho mühte sich auf die Beine, um es zu öffnen. Als er es endlich geschafft hatte, war bereits der Pfiff ertönt, und der Zug hatte sich in Bewegung gesetzt. Wigram trottete daneben her.

»Ich melde mich, wenn Sie wieder ganz in Ordnung sind, okay? Und Sie wissen, wo Sie mich erreichen können, wenn Sie mich brauchen.«

»Ja, das weiß ich«, sagte Jericho und schob das Fenster mit einem Knall zu. Aber Wigram hielt immer noch Schritt – lächelnd, winkend, rennend. Es war eine Herausforderung für ihn, ein grandioser Spaß. Er hielt nicht an, bis er das Ende des Bahnsteigs erreicht hatte, und das war Jerichos letzter Eindruck von Bletchley: Wigram, der sich vornüberbeugte, die Hände auf die Knie gestemmt, den Kopf schüttelte und lachte.

Fünfunddreißig Minuten nach Besteigen des Zuges in Bletchley stieg Jericho in Bedford wieder aus, kaufte sich eine einfache Fahrkarte nach London und wartete dann im Sonnenschein am Ende des Bahnsteigs, wobei er das Kreuzworträtsel in der *Times* löste. Es war heiß, die Gleise flimmerten; in der Luft lag ein starker Geruch nach erhitztem Kohlenstaub und Stahl. Als er mit dem Lösen des Rätsels fertig war, stopfte er die Zeitung ungelesen in einen Papierkorb und wanderte langsam den Bahnsteig auf und ab, um wieder ein Gefühl für seine Beine zu bekommen. Um ihn herum versammelten sich zahlreiche weitere Fahrgäste, und er musterte automatisch jedes Gesicht, obwohl die Logik ihm sagte, daß es unwahrscheinlich war, daß er beschattet wurde: Wenn Wigram befürchtet hätte, daß er sich heimlich davonmachen könnte, hätte er bestimmt veranlaßt, daß Leveret ihn die ganze Strecke bis nach Cambridge fuhr.

Die Gleise begannen zu wimmern. Die Reisenden drängten vorwärts. Ein Militärzug fuhr langsam Richtung Süden vorbei, voll besetzt und mit bewaffneten Soldaten auf der Plattform der Lokomotive. Aus den Wagenfenstern blickten abgezehrte, erschöpfte Gesichter, und ein Murmeln lief durch die Menge. Deutsche Kriegsgefangene! Deutsche Kriegsgefangene unter Bewachung! Einen Augenblick lang begegneten sich Jerichos Augen und die eines Gefangenen – eulenhaft, bebrillt, unmilitärisch; mehr Intellektueller als Soldat –, und etwas vollzog sich zwischen ihnen, ein blitzartiges Erkennen über den Abgrund des Krieges hinweg. Ich könnte du sein, schienen die Augen des Gefangenen zu sagen, du könntest ich sein. Eine Sekunde später war er verschwunden, und kurz darauf fuhr der Expreß nach London ein, überfüllt und schmutzig. »Schlimmer als der Zug mit den verdammten Gefangenen«, beklagte sich ein Mann.

Jericho konnte keinen Platz finden, also blieb er stehen, gegen die Tür im Gang gelehnt, bis sein kreidebleiches Gesicht und der Schweißfilm auf seiner Stirn einen jungen Offizier dazu bewegten, ihm seinen Platz zu überlassen. Jericho setzte sich dankbar hin und döste bald ein. Er träumte von dem deutschen Kriegsgefangenen mit dem traurigen Gesicht und dann von Claire auf ihrer ersten gemeinsamen Fahrt kurz vor Weihnachten, und davon, wie sich ihre Körper berührt hatten.

Um 2.30 Uhr war er in London am Bahnhof St. Pancras. Mühsam quälte er sich durch die Menge auf den Eingang zur Untergrundbahn zu. Der Aufzug war außer Betrieb, also mußte er die Treppe benutzen und auf jedem Absatz stehenbleiben, um wieder zu Atem zu kommen. Sein Rücken pochte, und etwas Feuchtes rieselte an seinem Rückgrat herunter, aber er konnte nicht sagen, ob es Schweiß war oder Blut.

Auf dem Bahnsteig für die in Richtung Osten fahrenden Züge huschte eine Ratte durch den Müll neben den Schienen und verschwand im Tunneleingang.

Als Jericho nicht aus dem Zug aus Bletchley ausstieg, war Kite etwas verärgert, machte sich aber keine Sorgen. Der nächste Zug war zwei Stunden später fällig, ganz in der Nähe des Bahnhofs gab es eine gute Kneipe, dort verbrachte der Portier die Wartezeit, in der erfreulichen Gesellschaft von zwei halben Litern Bier und einer Schweinspastete.

Aber als der zweite Zug in Cambridge einlief und immer noch keine Spur von ihm zu entdecken war, verfiel Kite in einen Mißmut, der die halbe Stunde anhielt, die er brauchte, um zum King's College zurückzulaufen.

Er informierte den Verwalter über Jerichos Nichterscheinen, und dieser informierte den Rektor, und der

Rektor überlegte hin und her, ob er das Außenministerium anrufen sollte oder nicht.
»Keine Rücksichtnahme«, beklagte sich Kite in der Portiersloge bei Dorothy Saxmundham. »Keine Spur von Rücksichtnahme.«

Mit der Lösung in der Tasche verließ Tom Jericho Somerset House und wanderte am Embankment entlang langsam westwärts, dem Herzen der City entgegen. Das Südufer der Themse war ein Trümmerfeld. Über den Docks hingen silberne Sperrballons, die sich in der Nachmittagssonne drehten und glänzten.
Unmittelbar hinter der Waterloo Bridge, vor dem Eingang zum Savoy, gelang es ihm endlich, ein freies Taxi zu finden, und er wies den Fahrer an, ihn zu Stanhope Gardens in South Kensington zu bringen. Die Straßen waren leer. Sie kamen schnell dort an.
Das Haus war groß genug, um eine Botschaft zu beherbergen, mit einer stuckverzierten Fassade und einem von Säulen flankierten Eingang. Es mußte einst beeindruckend gewesen sein, aber jetzt war der Verputz grau und blätterte ab, und an manchen Stellen hatten Granatsplitter große Brocken herausgesprengt. Die Fenster der beiden oberen Stockwerke waren verhängt und blind. Das Haus nebenan war ausgebombt, im Keller wucherte Unkraut. Jericho stieg die Stufen der Vortreppe hinauf und drückte auf die Klingel. Sie schien weit entfernt zu läuten, tief in den Eingeweiden des toten Hauses, und hinterließ eine schwere Stille. Er versuchte es noch einmal, obwohl er wußte, daß es sinnlos war, dann zog er sich auf die andere Straßenseite zurück, setzte sich auf die Stufen des gegenüberliegenden Hauses und wartete.
Fünfzehn Minuten vergingen, dann erschien, vom Cromwell Place her kommend, ein hochgewachsener, kahlköpfiger Mann, erschreckend mager – ein Skelett in einem Anzug –, und Jericho wußte sofort, daß er es sein mußte. Schwarzes Jackett, graugestreifte Hose, eine

graue Seidenkrawatte. Es fehlten nur noch ein Bowler und ein zusammengerollter Regenschirm, um das Klischee zu vervollständigen. Statt dessen trug er, völlig unpassenderweise, außer seinem Aktenkoffer eine Tüte mit Lebensmitteln. Er ging müde auf seine Haustür zu, schloß sie auf und verschwand im Innern des Hauses.
Jericho stand auf, klopfte den Staub von seiner Hose und folgte ihm.
Wieder läutete die Glocke; wieder passierte nichts. Er versuchte es ein zweites und ein drittes Mal, dann ließ er sich mühsam auf die Knie nieder und öffnete die Klappe des Briefschlitzes.
Edward Romilly stand am Ende eines düsteren Flurs, mit dem Rücken zur Tür, völlig unbeweglich.
»Mister Romilly?« Jericho mußte durch den Schlitz hindurch rufen. »Ich muß mit Ihnen reden. Bitte.«
Der hochgewachsene Mann bewegte sich nicht. »Wer sind Sie?«
»Tom Jericho. Wir haben einmal miteinander telefoniert. Bletchley Park.«
Romillys Schultern sackten herunter. »Um Gottes willen, könnt ihr Leute mich nicht endlich in Ruhe lassen?«
»Ich war in Somerset House, Mister Romilly«, sagte Jericho, »in der Registratur für Geburten, Heiraten und Todesfälle. Ich habe ihren Totenschein bei mir.« Er zog ihn aus der Tasche. »Claire Alexandra Romilly. Ihre Tochter. Gestorben am 14. Juni 1929 im St. Mary's Hospital in Paddington. An Hirnhautentzündung. Im Alter von sechs Jahren.« Er warf ihn durch den Briefschlitz und beobachtete, wie er über die schwarz-weißen Fliesen auf Romillys Füße zuglitt. »Es tut mir leid, Sir, aber ich muß hierbleiben, bis alles geklärt ist.«
Er ließ die Klappe zufallen. Er empfand Abscheu vor sich selbst, drehte sich um und lehnte seine heile Schulter an eine Säule. Er blickte über die Straße hinweg auf den

kleinen Park. Von jenseits der Häuser auf der anderen Straßenseite kam das erfreuliche Summen des frühabendlichen Verkehrs auf der Cromwell Road. Er verzog das Gesicht. Die Schmerzen hatten sich jetzt aus seinem Rücken verzogen und liefen hinab in seine Beine, breiteten sich aus in seine Arme, seinen Hals; überallhin.
Er wußte nicht, wie lange er dort kniete, die Knospen an den Bäumen betrachtete und den Verkehrsgeräuschen lauschte, bis Romilly endlich die Tür hinter ihm aufschloß.

Er war um die Fünfzig, mit einem asketischen, fast mönchischen Gesicht, und als Jericho ihm über die breite Treppe hinauf folgte, ertappte er sich, wie so oft bei einem Zusammentreffen mit Männern dieser Generation, bei dem Gedanken, daß dies in etwa das Alter seines Vaters wäre, wenn er noch lebte. Romilly führte Jericho durch eine Tür in die Dunkelheit und zog zwei schwere Vorhänge auf. Licht ergoß sich in ein Wohnzimmer, dessen Möbel mit weißen Laken abgedeckt waren. Nur ein Sofa stand offen da und ein nahe an einen marmornen Kamin herangeschobener Tisch. Auf dem Tisch stand schmutziges Geschirr, auf dem Kamin ein paar große Fotos in Silberrahmen.
»Man lebt allein«, sagte Romilly entschuldigend und wedelte den Staub beiseite. »Man hat nie Gäste.« Er zögerte, dann ging er zum Kamin und griff nach einem der Fotos. »Das ist Claire«, sagte er leise. »Eine Woche vor ihrem Tod aufgenommen.«
Ein hochgewachsenes, mageres Mädchen mit dunklen Ringellocken lächelte Jericho zu.
»Und das ist meine Frau. Sie starb zwei Monate nach Claire.«
Die Mutter hatte dieselbe Haarfarbe und denselben Knochenbau wie die Tochter. Keine von beiden hatte auch nur entfernte Ähnlichkeit mit der Frau, die Jericho als Claire kannte.

»Sie war allein mit einem Auto unterwegs«, fuhr Romilly fort. »Es kam von einer leeren Straße ab und prallte gegen einen Baum. Der Untersuchungsrichter war so entgegenkommend, es als Unfall zu deklarieren.« Sein Adamsapfel hüpfte, als er schluckte. »Weiß jemand, daß Sie hier sind?«
»Nein, Sir.«
»Wigram?«
»Nein.«
»Verstehe.« Romilly nahm ihm die Fotos ab, stellte sie auf den Kamin zurück und richtete sie wieder genau so aus, wie sie gestanden hatten. Sein Blick wanderte von Mutter zu Tochter und wieder zurück.
»Das wird Ihnen absurd vorkommen«, sagte er schließlich, ohne Jericho anzusehen, »jetzt kommt es auch mir absurd vor – aber es schien eine Möglichkeit zu sein, sie wieder zurückzubringen. Können Sie das verstehen? Ich meine, der Gedanke, daß ein anderes Mädchen, genauso alt wie sie, unter ihrem Namen herumliefe und das täte, was sie getan hätte ... Ihr Leben lebte ... Ich dachte, es würde dem, was passiert ist, einen Sinn geben, verstehen Sie? Ihren Tod nach all den Jahren rechtfertigen. Töricht, aber ...« Er hob eine Hand an die Augen. Es dauerte eine Minute, bevor er wieder sprechen konnte. »Was wollen Sie von mir, Mister Jericho?«

Romilly hob eines der Laken an und brachte eine Flasche Whisky und zwei Gläser zum Vorschein. Sie saßen zusammen auf dem Sofa und starrten in den leeren Kamin.
»Was genau wollen Sie von mir?«
Vielleicht endlich die Wahrheit? Bestätigung? Seelenfrieden? Einen Abschluß?
Und Romilly schien bereit, ihm das zu geben, als erkannte er in Jericho einen Leidensgenossen.
Es war Wigrams geniale Idee gewesen, sagte er, einen Agenten in Bletchley Park einzuschleusen. Eine Frau. Eine Person, die ein Auge auf diese seltsame Ansamm-

lung von Charakteren hatte, die so wichtig für den Sieg über Deutschland war, aber gleichzeitig so fremd für den Geheimdienst und seine Tradition; diese Leute hatten sogar diese Tradition zerstört, und das, was eine Kunst gewesen war – ein Spiel für Gentlemen, wenn man so wollte –, in eine Wissenschaft der Massenproduktion verwandelt.

»Wer waren Sie alle? Was waren Sie? Konnte man Ihnen allen trauen?«

Niemand in Bletchley durfte wissen, daß sie eine Agentin war, das war wichtig, nicht einmal der Kommandant. Und sie mußte den richtigen gesellschaftlichen Hintergrund haben, das war von ausschlaggebender Bedeutung, sonst hätte man sie in irgendeine Außenstelle gesteckt, und Wigram brauchte sie dort im Zentrum des Geschehens.

Er goß sich einen weiteren Drink ein und wollte Jerichos Glas auffüllen, aber Jericho hielt die Hand darüber.

Nun, sagte er seufzend, während er die Flasche neben seine Füße stellte, eine solche Person aufzubauen war schwerer, als man glauben sollte: sie ins Leben zu rufen, komplett mit Personalausweis und Lebensmittelkarten und all dem anderen Drum und Dran des Lebens im Kriege, ihr den richtigen Hintergrund zu verschaffen (»die richtige Legende«, wie Wigram es ausgedrückt hatte), ohne dabei das Innenministerium einzuschalten und ein halbes Dutzend Regierungsstellen, die von dem Geheimnis keine Ahnung hatten.

Aber dann hatte Wigram sich an Edward Romilly erinnert. Den armen alten Edward Romilly. Den Witwer. Außerhalb des Ministeriums kaum jemandem bekannt, in den letzten zehn Jahren ständig im Ausland, mit all den richtigen Verbindungen, in Enigma eingeweiht – und, was noch wichtiger war, mit der Geburtsurkunde eines Mädchens im richtigen Alter. Alles, was von ihm verlangt wurde, abgesehen von der Benutzung des Namens seiner Tochter, war ein Empfehlungsschreiben an Bletchley Park. Im Grunde nicht einmal das, da Wigram

selbst den Brief schreiben würde. Er brauchte nur seine Unterschrift zu liefern. Und danach konnte Romilly so einsam weiterleben wie bisher, in dem Bewußtsein, daß er seine patriotische Pflicht erfüllt hatte. Und seiner Tochter eine Art Existenz verschafft.
Jericho sagte: »Ich nehme an, Sie sind ihr nie begegnet? Der Frau, die den Namen Ihrer Tochter angenommen hat?«
»Großer Gott, nein. Wigram hat mir sogar versichert, daß ich nie wieder etwas von dieser Sache hören würde. Das habe ich zur Bedingung gemacht. Und ich habe nichts gehört, sechs Monate lang. Bis Sie eines Sonntags morgens hier anriefen und mir mitteilten, daß meine Tochter verschwunden sei.«
»Und Sie haben schnurstracks zum Telefon gegriffen und Wigram berichtet, was ich gesagt habe?«
»Natürlich. Ich war bestürzt.«
»Und natürlich wollten Sie wissen, was passiert war. Und er hat es Ihnen gesagt.«
Romilly kippte seinen Scotch hinunter und starrte in das leere Glas. »Der Gedächtnisgottesdienst war heute, nicht wahr?«
Jericho nickte.
»Darf ich fragen, wie er verlaufen ist?«
»›Denn es wird die Posaune schallen‹«, sagte Jericho, »›und die Toten werden auferstehen unverweslich, und wir werden verwandelt werden …‹« Er wandte den Blick von dem Foto des kleinen Mädchens auf dem Kamin ab. »Nur daß Claire – meine Claire – nicht tot ist, stimmt's?«

Im Zimmer wurde es dunkler, das Licht hatte die Farbe des Whiskys angenommen, und jetzt besorgte Jericho den größten Teil des Gesprächs.
Später wurde ihm bewußt, daß er Romilly im Grunde nicht gesagt hatte, wie er alles durchschaut hatte: die Unmenge von winzigen Ungereimtheiten, die die offizielle Version unsinnig machte, obwohl vieles von dem,

was Wigram ihm erzählt hatte, der Wahrheit entsprochen haben mußte.
Zuerst einmal ihr sonderbares Verhalten; die fehlende Reaktion ihres angeblichen Vaters auf ihr Verschwinden und sein Nichterscheinen bei dem Gedächtnisgottesdienst; die Tatsache, daß ihre Kleidung so prompt gefunden worden war, nicht aber ihre Leiche; die verdächtige Schnelligkeit, mit der Wigram den Zug hatte anhalten lassen ... All das hatte geklickt und sich gedreht und gewendet und sich schließlich zu einem Muster aus perfekter Logik zusammengefügt.
Wenn man begriffen hatte, daß sie eine Informantin war, erklärte sich alles andere von selbst. Das Material, das Claire – er nannte sie immer noch Claire – Pukowski hatte zukommen lassen, war mit Wigrams Zustimmung ausgehändigt worden, oder etwa nicht?
»Weil es – anfangs jedenfalls – nur belangloses Zeug war, verglichen mit dem, was Puck bereits über Enigma wußte. Was konnte es schaden? Und Wigram ließ sie es aushändigen, weil er erfahren wollte, was Puck damit anfing. Ob noch jemand anders im Spiel war. Es war ein Köder, wenn Sie so wollen. Habe ich recht?«
Romilly sagte nichts.
Erst später wurde Wigram klar, daß er sich in einem Punkt gründlich verrechnet hatte – daß es Katyn war und insbesondere der Entschluß, die betreffenden Funksprüche nicht mehr aufzufangen, die bewirkt hatten, daß Puck zum Verräter wurde und daß es ihm irgendwie gelungen war, die Deutschen über Enigma zu informieren.
»Ich nehme an, es war nicht Wigrams Entscheidung, das Auffangen zu stoppen?«
Romilly schüttelte kaum wahrnehmbar den Kopf. »Höher.«
»Wie hoch?«
Er wollte es nicht sagen.
Jericho zuckte die Achseln. »Es spielt keine Rolle. Von diesem Zeitpunkt an muß Puck rund um die Uhr über-

wacht worden sein. Man wollte herausfinden, wer seine Kontaktperson war, und beide auf frischer Tat ertappen. Ein Mann, der rund um die Uhr überwacht wird, kann unmöglich jemanden ermorden und schon gar nicht eine Agentin der Leute, die die Überwachung besorgen. Es sei denn, sie sind völlig unfähig. Nein. Als Puck entdeckte, daß ich die Kryptogramme hatte, wußte er, daß Claire verschwinden mußte, sonst würde man sie verhören. Sie mußte für mindestens eine Woche verschwinden, damit er flüchten konnte. Am besten für noch länger. Also inszenierten sie gemeinsam ihre Ermordung – ein gstohlenes Boot, blutbefleckte Kleidung in der Nähe des Sees. Er ging davon aus, daß dies ausreichen würde, um die Polizei von ihrer Suche abzubringen. Und er hatte recht. Sie hat aufgehört, nach ihr zu suchen.«

Jericho trank einen Schluck Whisky. »Wissen Sie, ich glaube, er hat sie sogar wirklich geliebt – das ist der Witz an der Sache. Und zwar so sehr, daß noch seine letzten Worte eine Lüge waren – ›*Ich habe sie getötet, Thomas. Es tut mir entsetzlich leid.*‹ Er wollte ihr eine Chance geben, sich aus dem Staub zu machen.

Und das war für Wigram das Stichwort, denn von seinem Standpunkt aus räumte dieses Geständnis mit allem auf. Puck war tot. Raposo würde bald tot sein. Weshalb also Claire nicht auf dem Grunde des Sees ruhen lassen? Alles, was zur Vervollständigung der Geschichte noch fehlte, war, zu behaupten, daß ich es war, der ihn zu dem Verräter geführt hatte.

Also ist die Behauptung, daß sie noch am Leben ist, keine Sache des Glaubens, sondern reine Logik. Sie ist doch am Leben, oder etwa nicht?«

Eine lange Pause. Irgendwo prallte eine Fliege immer wieder gegen eine Fensterscheibe.

Ja, sagte Romilly hoffnungslos. Ja, soweit er wußte, war das der Fall.

Was hatte Hardy geschrieben? Daß ein mathematischer Beweis, wenn er ästhetisch befriedigend sein sollte, drei

Eigenschaften besitzen mußte: Zwangsläufigkeit, Unvorhersehbarkeit und Sparsamkeit der Mittel; daß er »aussehen müsse wie eine einfache, klar umrissene Konstellation, nicht wie ein verstreuter Haufen in der Milchstraße«.
Siehst du, Claire, dachte Jericho, hier ist mein Beweis. Hier ist meine klar umrissene Konstellation.

Armer Romilly, er wollte nicht, daß Jericho ging. Er hatte auf dem Heimweg vom Amt ein paar Lebensmittel eingekauft, sagte er. Sie könnten zusammen essen. Jericho könnte über Nacht bleiben – er hatte weiß Gott genügend Platz.
Aber Jericho betrachtete die als Gespenster verkleideten Möbel, das schmutzige Geschirr, die leere Whiskyflasche, die Fotos, und plötzlich drängte es ihn, von hier zu verschwinden.
»Vielen Dank, aber ich bin ohnehin schon spät dran.« Er schaffte es, sich auf die Beine zu stemmen. »Ich werde schon seit Stunden in Cambridge zurückerwartet.«
Enttäuschung legte sich wie ein Schatten über Romillys langes Gesicht. »Wenn Sie sicher sind, daß ich Sie nicht überreden kann ...« Seine Sprache war leicht verschliffen. Er war betrunken. Auf dem Treppenabsatz stieß er an einen Tisch und schaltete eine Stehlampe an, dann begleitete er Jericho auf unsicheren Beinen die Treppe hinab bis zur Diele.
»Werden Sie versuchen, sie zu finden?«
»Ich weiß es nicht«, sagte Jericho. »Vielleicht.«
Der Totenschein lag immer noch auf dem kleinen Tisch.
»Dann werden Sie das hier brauchen«, sagte Romilly und griff danach. »Sie müssen ihn Wigram zeigen. Wenn Sie wollen, können Sie ihm erzählen, daß Sie bei mir waren. Falls er versuchen sollte, alles abzustreiten. Ich bin sicher, er wird dann zulassen, daß Sie sie sehen. Wenn Sie darauf bestehen.«
»Wird Sie das nicht in Unannehmlichkeiten stürzen?«

»Unannehmlichkeiten?« Romilly lachte auf. Er deutete hinter sich, auf sein Mausoleum von einem Haus. »Glauben Sie etwa, mir machten Unannehmlichkeiten etwas aus? Hier, Mister Jericho, nehmen Sie ihn mit.«
Jericho zögerte. Sollte er auch so enden wie Romilly, fragte er sich plötzlich, und versuchen, einem Geist Leben einzuhauchen? »Nein«, sagte er schließlich, »das ist sehr nett von Ihnen. Aber ich denke, ich sollte ihn lieber hierlassen.«

Jericho ließ erleichtert die stille Straße hinter sich und ging auf die Verkehrsgeräusche zu. Auf der Cromwell Road winkte er ein Taxi herbei.
Der Frühlingsabend hatte die Menschen auf die Straßen gelockt. Auf den breiten Gehsteigen von Knightsbridge und im Hyde Park sah es fast so aus, als wäre ein Festival im Gange: Unmengen von Uniformen, amerikanischen und britischen – dunkelblau, khaki, grau –, und überall Farbtupfer von Sommerkleidern.
Sie war vermutlich hier, dachte er, irgendwo in der Stadt. Aber vielleicht hatte man auch das für zu riskant gehalten und sie inzwischen ins Ausland geschickt, wo sie in Deckung gehen sollte, bis die ganze Geschichte in Vergessenheit geraten war. Ihm kam der Gedanke, daß vieles von dem, was sie ihm erzählt hatte, durchaus wahr gewesen sein konnte; es war möglich, daß sie eine Diplomatentochter war.
Auf der Regent Street sah er eine blonde Frau am Arm eines Majors aus dem Café Royal kommen.
Er wandte bewußt den Blick ab und schaute in eine andere Richtung. ALLIIERTER ERFOLG IM NORDATLANTIK! las er auf einem Nachrichtenplakat auf der gegenüberliegenden Straßenseite. NAZI-U-BOOTE VERSENKT!
Er kurbelte das Fenster im Taxi herunter und ließ die warme Abendluft über sein Gesicht streichen.
Und irgend etwas war überaus merkwürdig. Während er auf die von Menschen wimmelnden Straßen schaute,

empfand er ganz deutlich ein Gefühl von – nun, Glück konnte er es eigentlich nicht nennen. Erlösung war vielleicht das bessere Wort.

Er erinnerte sich an ihre letzte gemeinsame Nacht. Wie er neben ihr gelegen hatte, als sie weinte. Was war das gewesen? Reue? Falls ja, dann hatte sie vielleicht doch etwas für ihn empfunden.

»Über Sie hat sie nie gesprochen«, hatte Hester gesagt.

»Ich fühle mich geschmeichelt.«

»Das sollten Sie auch – in Anbetracht der Art, wie sie über die anderen gesprochen hat ...«

Und dann war da diese Geburtstagskarte: *»Liebster Tom ... Du wirst für mich immer ein Freund bleiben ... vielleicht später einmal ... tat mir leid, zu hören ... Eile ... alles Gute ...«*

Es war eindeutig. So ziemlich das Eindeutigste, was er je erfahren würde.

Am Bahnhof King's Cross kaufte er eine Postkarte und Briefmarken. Er schrieb an Hester und bat sie, ihn so bald wie möglich in Cambridge zu besuchen.

Im Zug fand er ein leeres Abteil und starrte auf sein Spiegelbild auf der Fensterscheibe, ein Bild, das allmählich klarer wurde, als die Nacht hereinbrach und die flache Landschaft unsichtbar wurde, bis er einschlief.

Das Haupttor zum College war verschlossen. Nur die in das Tor eingesetzte kleine Pforte war offen, und es muß zehn Uhr gewesen sein, als Kite, der neben dem Kohlenofen döste, vom Geräusch des Öffnens und Schließens aufgeweckt wurde. Er hob den Verdunkelungsvorhang an einer Ecke und konnte gerade noch sehen, wie Jericho den Innenhof betrat. Es war überraschend hell – am Himmel standen zahllose Sterne –, und einen Augenblick lang dachte er, Jericho müsse ihn gesehen haben, denn der junge Mann blieb plötzlich am Rande des Rasens stehen. Aber dann wurde ihm klar, daß Jericho zum Himmel blickte. Nach Kites späteren Aussagen hatte

Jericho mindestens fünf Minuten lang so dagestanden, zuerst der Chapel zugewandt, dann dem Rasen, dann dem Wohngebäude, bis er schließlich entschlossenen Schrittes auf das Treppenhaus zuging und aus seinem Blickfeld verschwand.